原来爱情刚刚好

刚刚好

上册

碧玉萧 著

青岛出版社
QINGDAO PUBLISHING HOUSE

图书在版编目（ＣＩＰ）数据

原来爱情刚刚好 / 碧玉萧著. — 青岛 ：
青岛出版社，2019.7
　ISBN 978-7-5552-5558-1

　Ⅰ. ①原… Ⅱ. ①碧… Ⅲ. ①言情小说－中国－当代
Ⅳ. ①I247.5

中国版本图书馆CIP数据核字(2017)第124354号

书　　名　原来爱情刚刚好
著　　者　碧玉萧
出版发行　青岛出版社
社　　址　青岛市海尔路182号（266061）
本社网址　http://www.qdpub.com
邮购电话　010-85787680-8015　13335059110
　　　　　0532-85814750（传真）　0532-68068026
责任编辑　贺　林
责任校对　邓　旭
特约编辑　孙红彦
装帧设计　林　丽
照　　排　孙顾芳
印　　刷　三河市良远印务有限公司
出版日期　2019年7月第1版　　2019年7月第1次印刷
开　　本　32开（880mm×1230mm）
印　　张　16
字　　数　350千
书　　号　ISBN 978-7-5552-5558-1
定　　价　55.00元

编校印装质量、盗版监督服务电话　4006532017　0532-68068638
建议陈列类别：畅销·青春

The best time

刚 原
刚 来
　 爱
好 情

目 录
上册

The best time

原来爱情
刚刚好

目 录
下册

第一章　有没有爱情

顾青青醒来的时候，屋子里一片昏暗。她拥着被子坐在床头，眼神有些茫然，直到屋子里的老式黄金座钟响了四下，她才慢慢回过神来。

身边的床铺早已经空了，昨晚事毕之后，冷斯城连在她身边多躺一分钟都不乐意，穿上衣服就坐车离开了。

时间还早，天阴沉沉的，闷雷作响，像在酝酿一场大的风雨。她的心也如同山雨欲来，沉沉的，闷闷的，像是被关进了牢笼，憋闷得快喘不上气来。

他们的婚姻，无关爱情，更像是一场"交易"。

翻了个身打算再睡一会儿，一个电话突然打了进来。

晚上八点半。

宴会厅的角落里，顾青青的眉头皱着。她的客户指定要在这里谈合作，即使知道今晚的宴会是冷斯城举办的，她也只能硬着头皮过来。

客户滔滔不绝，没说一句有关合作的话，反而跟她聊起了八卦："听说冷斯城又换了个女伴，是最近蹿红的小花旦，叫陈文捷，待会儿不知道会不会带来。"

顾青青没接话。

客户继续感慨:"真不知道他老婆是怎么忍下来的。不过,也不奇怪,他老婆长什么样都没人见过,结婚三年,肚子里一点动静都没有,很快就要让位了吧?"

顾青青闻言笑了笑,刚想说话,忽然门口传来一阵喧哗声。待看到来人,她惊慌地低下了头,是冷斯城。

冷斯城目光浅淡,长腿一迈,不理会蜂拥而至想套近乎的人,径直走到大厅一侧的沙发前。他身边的女人应该就是那个传说中的女伴陈文捷。

大厅里的人立马掉转方向,往沙发这边冲了过来。

顾青青看到冷斯城往沙发这边走的时候,就相当"识趣"地低着头往后退——不能被他看到。他早有命令,不准她出来工作。冷斯城的妻子在外面对人卑躬屈膝,他丢不起这个脸。

然而,不知道是谁推了她一下,她没站稳,差点跌倒在地。忽然手腕一紧,一只冰凉的骨节分明的手握住了她纤细的手腕,是冷斯城。

顾青青后背顿时泛起一层细密的冷汗。

冷斯城坐在沙发上,英俊的脸上没有一丝表情,好像在看一个陌生人。

顾青青心慌意乱,用力把手抽出来。为了避免陷入麻烦,她立即开口:"冷先生,谢谢你。"

大厅里相当安静。

冷斯城看着她,幽深的眸子里似乎有什么情绪在酝酿。

"冷先生?"他一字一顿地说道,虽然在笑,瞳孔却微微收缩了一下,"这位小姐,我们是不是见过?"

"没有,我们这是第一次见。"顾青青立即摇头。

这时,陈文捷手臂一伸,搂住冷斯城的胳膊,上下扫了顾青青好几

2

眼："冷总，不介绍一下这位小姐吗？"

冷斯城微微闭上眼眸："没听见她说吗？一个陌生人罢了。"

宴会开始，顾青青想找客户继续谈合作，在大厅里转了好几圈，却发现他在冷斯城身边围着，只好作罢。

洗手间里，陈文捷正对着镜子补妆。她对自己的容貌一直很自信，全身上下唯一动过刀子的地方是她的眼睛，开了眼角割了双眼皮，成了明眸皓齿的大美女。

但是，在娱乐圈，不是长得漂亮身材够好就能混出头的，眼看着身边的女艺人一个个靠着这个老板那个大哥而蹿红，她哪里能甘心？她一定要把握住冷斯城，不仅因为他的钱和容貌，更因为他娱乐公司老板的身份。

这时，顾青青走了进来。也许是冷斯城的绯闻听多了也麻木了，她居然没有立刻冲上去手撕"小三"，而是靠在门上，看着镜子里的陈文捷，暗自评头论足起来。陈文捷的确是个美人，妆容、面貌都无可挑剔，但是比起她的长相，顾青青更关注她微卷的长发、纤细的腰身、修长的双腿。不得不说，冷斯城的口味真是一点没变。

补完妆，陈文捷收起化妆包，踩着高跟鞋，走到门口。擦肩而过的时候，顾青青偏头看了她一眼，意外地发现，陈文捷的眼睛居然和自己的有点像。

这时，一个电话打了进来，是顾青青的死党李悠悠。

"悠悠，什么事？"

李悠悠焦急的声音响起："你知道吗？冷斯城又换了一个女伴，是我们公司的艺人，叫陈文捷。"

顾青青看着陈文捷离开的方向，点点头："知道啊，我还看到她了。"

"什么？你看到她了？怎么不冲上去给她两巴掌？"

"我打她做什么？"顾青青扬起一个嘲讽的笑意，"就算不是她，也会有别人。这三年来，冷斯城的女伴三个月一换，都快组成'金陵十二钗'了，我收拾得过来吗？"

"那也不能这样啊！"

"悠悠，你知道的。"顾青青长长地叹了口气，"冷斯城是因为什么娶我。"

"那又怎样？既然娶了你，就有管好他下半身的义务。"

顾青青表情平静中带着一丝无奈："我哥昨晚跟人打架，砸了人家的店，需要赔偿三十万，他一个电话就搞定了。说老实话，我很感谢他，要不是他，我哥就要坐牢了。"

"你妈和你哥真是……"

顾青青安抚道："好了，悠悠，你就别操心我的事了，我知道该怎么做的。"

挂了电话，顾青青低着头往门外走，和从男洗手间出来的一个男人撞到了一起。

"抱歉。"顾青青立即道歉。

顾青青刚转身，就被那个男人叫住了："请等一等。"

顾青青转头，这才看到被她撞到的男人穿着银色西装，身材修长，温润的面上噙着一抹笑。

"有事？"

男人递过来一部手机："这是你的吧？"

顾青青看了一眼，还真是："谢谢！"

"不客气。"男人笑了笑，"祝你拥有一个愉快的夜晚。"

顾青青接过手机，转身离开。那个男人却眯起眼睛："这个女人好像是……"

顾青青低着头检查手机，一切正常。忽然，一条手臂从她身后伸过来，一把将她拉到了一间关着灯的包间里。

顾青青被这突然的袭击吓到了，借着包间里烟雾探测器的微光，她定睛一看，是冷斯城。可是，他怎么会在这里？他不是和陈文捷在一起吗？

"冷……斯城？"

男人阴沉着脸，一只手撑在墙上，阻挡住她逃离的步伐，高大的身躯缓缓压了下来，仿佛一座山，带着极强的压迫感。

"冷……斯城，你，我……"顾青青被他近距离地逼视，有些手足无措。

"怎么，不叫我'冷先生'了？"最后一个字微微扬起，像是恋人间亲密的呢喃，他微眯起的眸却射出一道危险的光芒。

顾青青垂眸："我只是觉得……那样，不好。"

冷斯城没理会她的回答，另一只手从她的额角顺着她的脸颊一点点滑下，明明是很温柔的抚摸，可是他的手指太冰，眼神太冷，就像毒蛇的蛇芯掠过一般。

"你怎么会来这里？"

"我……"不能被他知道自己是来谈生意的，"我听说今晚皇霆娱乐会在这里举办宴会。"顿了顿，顾青青补充，"你会带新女伴来，我……我想看看。"

冷斯城的眉头轻轻挑了挑："是吗？你觉得她怎么样？"

顾青青没想到他会这么问，一下愣住了——不管怎么说，她现在都是他的妻子，他觉得她应该怎么回答？她微微低头，想了很久才开口："她……很漂亮。"

"还有呢？"

顾青青眉头微蹙，过了一会儿，才抿了抿唇："她，长得很像……"

冷斯城紧紧盯着她。顾青青似乎在他眼里看见了一丝惊讶、一丝狼狈、一丝躲闪、一丝恍惚，以及连她都说不清道不明的情绪，心里蓦地一痛——所以，无论找了多少个女人，全都是细腰长腿、长发微卷，也包括她。

"像那个……""她"字只发出一个"T"的音节，包厢里，气氛瞬间一凝。

冷斯城眼中的惊讶、狼狈、闪躲、恍惚，瞬间消失不见。

"整天说像这个像那个，那你知道，她们是怎么'讨好'我的吗？"目光一沉，冷斯城压低身子靠了过来。

他的眼神让她感到害怕，顾青青忍不住推开他，往后退去，一直退到角落里："我，我要走了。"

恰在此时，包厢外有高跟鞋的声音响起，一个女人焦急地呼喊："冷总，您在吗？"是陈文捷。

顾青青立即说道："冷……斯城，那个女明星来了，你……"

冷斯城没有回答她，而是身子压下来，用嘴唇堵住了她所有的话语。

包厢外的声音越来越近："冷总，冷总，你在这里吗？"

顾青青不敢叫，也不敢推开冷斯城，生怕外面的陈文捷听到一点动静，推门进来发现他们。

脚步声停在包厢门口，陈文捷奇怪道："奇怪，有人看到他往这边来了啊！冷总，冷总？"随后，脚步声渐渐远去。

不知道过了多久，冷斯城才放开顾青青。顾青青脚下一软，差点跌坐在地上。

冷斯城一定是疯了！如果刚刚陈文捷推门进来，他们不就被看到了？他不是最厌恶她，从来不带她出席任何活动，连他们的夫妻关系都不想让人知道吗？

三年来，冷斯城和她在一起的时间屈指可数，除了每个月给她生活费的那天见一面，就只有她开口求他的时候才会"纡尊降贵"地来"临幸"她一次，其他时间根本不会住在家里，也懒得碰她，甚至看都不会多看她一眼，昨晚完事后就立即离开，更别说像刚才那样的吻了。

顾青青忽然想到，昨晚冷斯城没有做任何措施，家里的药也吃完了，现在又不是她的安全期，万一怀孕了怎么办？她立即推开他，急急忙忙整理好衣服，往门口走去。包厢昏暗，她刚走了两步，腿撞到沙发，差点摔倒在地。一条有力的胳膊在她快要摔倒的时候忽然伸了过来，搂住她的细腰把她往怀里一拉，她便撞进了一个坚实宽阔的怀抱。

顾青青疑惑地抬头，看到冷斯城眼底依然一派平和冷静。她刚想说话，冷斯城却放开了手，退后一步，面色冷峻地站在她身前一米的地方，似乎刚刚的所作所为不过是她的错觉。

顾青青心底泛起一抹苦涩，她一定是疯了，才会觉得冷斯城在刚刚那一瞬间对她动了恻隐之心。再不多留，她转身摇摇晃晃地走出包厢，直接朝电梯走去。

冷斯城站在包厢门口，一直看着顾青青走进电梯。

身后不远处，有人叫了他一声："冷总！"声音有些欣喜，是陈文捷。她笑意盎然，快步走上前来，"你去哪里了？人家找了你好久。"

冷斯城收回目光，没说什么，转身走进大厅。

宴会正进行到最高潮的时候，男男女女跳舞狂欢。

冷斯城走到吧台，陈文捷缠了过来，他也没理会，拿起一杯威士忌，仰头一口喝下。冷斯城正要去拿第二杯，忽然，窗外轰隆一声，电闪雷鸣，紧接着，豆大的雨滴哗啦啦倾盆而下。

陈文捷递过来一杯酒："冷总，今晚……"

话音未落，冷斯城用力推开她，转身往大厅外面冲去。

陈文捷哪里甘心到手的鸭子飞了，立即追了出来："冷总……外面下着雨，时间也不早了，不如我们……"

谁知道，冷斯城理都不理她，直接走向电梯，一面走一面给程秘书打电话："你，立刻，马上，去停车场。我三分钟之后要用车。"说完，冷斯城按了电梯。

陈文捷想跟着进去，谁知道冷斯城进去后直接按了关闭键，把她关在了外面。

　　上了车，冷斯城给顾青青打电话，却是"您所拨打的电话已关机"。

　　程秘书打着方向盘："冷总，要去哪里？"

　　"去周围转转。"

　　雨很大，冷斯城让程秘书开慢一些，他摇下车窗四处看了看，周围躲雨的人不少，但是没有她。

　　再往前开，准备过十字路口的时候，冷斯城忽然看到一家药店里站着一个人，正是顾青青。

　　"开过去。"冷斯城开口道。

　　很快，车子停在药店门口的街道上。

　　冷斯城下车，走到药店门口，刚想迈进去，药店员工的一句话让他停住了脚步。

　　"事后药，要二十四小时的还是七十二小时的？"

　　顾青青声音有些沙哑，买这种药显得轻车熟路："要二十四小时的，一瓶。"顿了顿又说道，"请给我一杯热水。"

　　冷斯城冷眼看着顾青青接过药店员工递给她的药和水。顾青青拧开瓶盖拿出一粒药，毫不犹豫地放进嘴里，喝水咽了下去。

　　冷斯城阴沉着脸，快速转身，返回车内。

　　"去STAR。"冷斯城唰的一下关上了车窗。

　　车子发动，很快过了十字路口。

　　冷斯城看着后视镜里越来越远的顾青青，眼眸随着雨幕一起迷离起来。

　　STAR是燕城最有名的娱乐场所，越到深夜越热闹。

　　包厢里，冷斯城把靠在他身上的女人推开，将西装外套一脱，走到台球桌前，伏低身体，手臂随着球杆伸直，眼眸微眯，像一只蓄势待发的猎豹，球杆往前一送，白球飞速向前，桌上其他球散开，咚咚咚落袋。

对面面容白净的男人不甘心地大叫："你也太过分了，一杆收，还让我们怎么玩？"

冷斯城神色淡淡，长腿一迈，走到墙边，把球杆一放，然后身体陷入柔软的真皮沙发里："今晚的酒水我请。"

一片欢呼声中，冷斯城的女伴扭着细腰走出了包厢。

门一关，白净男人挤眉弄眼地凑了过来："听人说，你新捧了一个小花旦，怎么没见你带过来？"

冷斯城眸色浅淡："怎么，你对她有想法？"

白净男人一摆手："哪能啊！朋友妻，不客气——啊，不对，朋友妻，不可欺。也不对，她不是你老婆。"

听到"老婆"二字，冷斯城面色一凝，端起桌子上的酒杯，轻轻转动着。

白净男人感慨道："说起来，我真挺佩服你的，当初娶那个没钱没势的丫头的时候，谁不笑你傻，而现在，看你多潇洒，想怎么玩就怎么玩，你家里那位也不敢多说什么。"

冷斯城将酒杯重重一放，一抬手，一块糕点塞进了白净男人的嘴里："莫东阳，多少东西也堵不住你这张讨人厌的嘴。"

莫东阳嘻嘻一笑，口齿不清地感叹："话说回来，三年已经过去了，他们快要回国了吧……"

话音未落，冷斯城眼神蓦地幽深，猛地站起来，一把拿过西装外套，一边穿一边往外走。莫东阳一脸奇怪："斯城，你去哪里？"

冷斯城头都没回，只淡淡地丢下几个字："回公司。"

冷斯城走到STAR大门外的时候，雨还在下。程秘书把车停在了门口，见他出来，立即下车，打开了车门。冷斯城什么也没说，弯腰钻进了车里。

程秘书上了车："冷总，我们接下来要去哪里？"

冷斯城没有回答，车里一片安静。

许久后，后座传来冷斯城冷冷的声音："随便。"

程秘书无奈，发动车子，向前开去。

程秘书从后视镜偷偷瞄了一眼，见冷斯城闭着眼睛，脑袋仰靠在车座上，眉头皱得很紧。虽然担心被他的怒气扫到，程秘书还是壮着胆子说道："冷总，刚刚，陈文捷小姐一直打电话找您。"

冷斯城睁开眼睛看向窗外，神色淡淡，没有一点要回应的意思。

程秘书正想说什么，电话又打了进来，不过，这一次是冷斯城的私人号码。

"冷总，您的电话。"

冷斯城这才收回目光，拿起手机一看，是顾青青住的西山别墅的座机号。他冷眼看着手机，直到电话快要自动挂断，才按下接听键："什么事？"

电话是保姆打来的："冷先生，太太淋了雨，感冒了，您要不要过来看看？"

冷斯城一直听她说完，才沉沉开口："她难受就给她找医生，我又不会看病！"

挂了电话，冷斯城的心情更糟糕了，握着手机的手时紧时松，眉心差点拧成一个疙瘩。

看着车窗外飞驰而过的一盏盏路灯，他紧握的双拳又缓缓松开："去……西山别墅。"

顾青青回到别墅的时候已经是凌晨，保姆早已贴心地把门打开等着她。她关好车门走进去，保姆礼貌地行礼："太太。"

顾青青低头换鞋，淡淡地应了一声："嗯。"

借着灯光，保姆看到顾青青浑身被雨淋得透湿，吓了一跳："我去拿毛巾。需要吃点感冒药吗？"

"不用了。"顾青青摇摇头，穿着拖鞋踏上楼梯，走出一地水渍。

顾青青推开卧室的门，一室清冷。

她掏出手机充电，刚开机，一条短信就跳了出来，是妈妈发来的："女儿，我已经收到女婿给的三十万，你哥没事了。你要好好跟女婿道谢，不要惹他生气，知道吗？"

也许是太累，顾青青不知道自己是什么时候睡着的，恍惚间，感觉有人抚上了她的额头，眼神担忧又复杂地看着她，还感觉到自己身边一沉，然后自己落入了一个温暖的熟悉的怀抱。

顾青青慢慢睁开眼，见冷斯城正眼睛一眨不眨地盯着自己，眼神平静之中带着一抹疏离，而她真的在他怀里。

冷斯城最不喜欢和她接触，他怎么会躺在她身边，还抱着她？

看到她醒来，冷斯城伸出手，一根手指戳在她额头上，然后用力，嫌恶地一点一点把她推离自己身边，接着迅速起身。

还没等她说话，冷斯城一句话就砸在她头顶："顾青青，我没想到你这么……饥渴，你就这么想跟我在一起吗？"

顾青青有多少话都被他这一句噎在了喉咙里，她想解释："我没有！我只是……"

"只是什么？"冷斯城冷哼一声，眸中尽是讽意，"只是，你这次没有求我，我也没有付钱，是吧？"

一句话说得顾青青脸色苍白。对，他说得都对，他每次来找她，不是给她生活费，就是帮她哥哥解决麻烦。

顾青青低头，双手揪着床单，声音很轻："那你为什么……回来？"

像是要回答她心中的疑问，冷斯城走向门口，程秘书早已等候在外，冷斯城开口问道："文件呢？"

程秘书摇摇头："不在书房，也不在您的卧室，不知道放到哪里去了。"

冷斯城抬起胳膊看了眼腕表："离开会还有八个小时，开会之前，我必须见到那份文件。"

程秘书满头汗，立马点头："是，我知道了，我马上去找。"

程秘书走了以后，冷斯城站在门口，看着顾青青："下次你要像其他女人一样用你的身体换钱，不再找借口，我也许会高看你一眼。"说完，冷斯城转身离开了。

顾青青看着天花板上水晶灯折射出来的光芒，虽然很累，却根本睡不着。再看看墙上的挂钟，五点刚过，她干脆起身，打开窗户，让清晨的风吹进沉郁得像是一潭死水的室内。

嫁给冷斯城的时候，顾青青刚好大学毕业，之后又继续读研，现在三年过去了，她也毕业。虽然冷斯城不准她出去找工作，但她也不能真在家里混吃等死。她大学学的是广告专业，找的也是与广告有关的工作。公司很小，和皇霆娱乐没太多牵扯，只有一些没有名气的十八线小艺人会来拍点平面广告。因为公司小，她既要做设计、策划，又要做AE（客户主任）。昨晚这一单应该是吹了，明天上班还得跟老板汇报一下情况。

在窗前站了许久，顾青青才关上窗户，简单地洗漱了一下，下楼跟保姆说："我没什么胃口，早餐想吃点清淡的，白粥就好……"

话音未落，她听见客厅里有电视的声音，正播放着财经新闻，电视屏幕一闪一闪的。

保姆闻言，从厨房走了出来："太太，怎么了？"

她摇摇头，往客厅一看，一个人背对着她坐在沙发上，正是冷斯城。

顾青青吓了一跳，他昨天晚上不是走了吗？

冷斯城正在打电话，虽然看不见他的表情，但是语气非常不好："昨天找了一晚上才把文件找到，今早让你出去买粥，都出去快一个小时了，你是不是迷路到别的城市去了？"

那边是程秘书战战兢兢的声音："冷，冷总，昨儿下了一夜的雨，路面积水，车堵得严严实实的。"

冷斯城根本不满意程秘书的解释："我最近没扣你工资，所以看起来很善良吗？我就喜欢那家的生姜大枣粥，配海带丝、白萝卜菜心和西红柿洋葱拌牛肉。你现在还堵在路上，一来一回得好几个小时。公司上午十点开会，耽误了时间，你能负责？"

"不是视频会议吗？"程秘书很小声地说道，"要不，您先在西山别墅将就一下……"

下面的话顾青青没听到，因为冷斯城直接挂了电话。

冷斯城转头，看到顾青青，英俊的脸上没有一丝表情，沿着楼梯另一侧上楼，与顾青青擦肩而过，就好像她是空气一样。

顾青青愣了几秒，抬头看着他上了楼，进了书房，重重关上了门。

保姆直到房子里彻底安静下来，才走过来："太太，先生这是……"

顾青青揉了揉眉心："我想，他今天也许会留下来。"

"那……早点呢？"

"算了，我来吧。"他刚刚说的那几样食物，正好家里都有食材。

保姆开心得不得了，她就担心自己做得不够好，冷斯城把低气压过渡到自己身上。

过了一会儿，保姆抓抓脑袋，小声疑惑地道："我记得这几样都是感冒的时候应该吃的啊？！"

不过，已经走进厨房的顾青青并没有听见。

八点半。

早点做好了，冷斯城还没下来。

顾青青走到房门口，手扬到一半，门忽地一下打开了，冷斯城扫了她一眼，她就像触了电般，立即把手收了回来，跟学生一样背在身后："早饭做好了，你……"

冷斯城理都没理她，眼神淡漠地一收，从她身边绕过，直接下了楼。

顾青青身子僵了一下，看着他从楼梯口一转进了餐厅，也跟着下去了。

保姆给二人放好碗筷，冷斯城拿起汤匙刚要喝，保姆说了一句："这是太太亲自做的。"

顾青青有点紧张，这是她第一次为冷斯城下厨，端上桌之前，她偷偷尝过味道，应该不算差。

顾青青看了冷斯城一眼，冷斯城连眉毛都没动一下，拿起筷子尝了一遍桌上的菜。顾青青刚松了一口气，却见冷斯城突然把筷子一放，张口道："你菜里下毒了？"

顾青青摇摇头。

"那你为什么不吃？"

顾青青赶紧拿起了汤匙。

浓稠的粥有点儿烫嘴，她喝了一大口，差点噎住，立即低头捂嘴，怕冷斯城看到她模样不雅。等她抬起头，只看到冷斯城不急不缓地喝着粥，眼神都没往她身上飘一下。

冷斯城吃完早餐，用餐巾优雅地擦着嘴，程秘书这才拎着一袋早点冲了进来。冷斯城把餐巾一放："等你回来，我早就饿死了。你买的东西，和保姆吃吧！"说完，他抬起手腕看了看时间，"现在是九点整。三十分钟内吃完早餐，要是耽误了一点时间，你这个月的工资就别想要了！"说完这句话，他懒得再理会这几个人，转身上了楼。

一上午，冷斯城和程秘书都在书房里忙着开视频会议。

14

到了中午，程秘书刚想问吃什么，就听见冷斯城冷冷地说道："我不喜欢浪费，你把你买的早点吃完。我没什么胃口，让她们把早上的粥和小菜热一下端进来。"

程秘书刚出门，冷斯城就砰的一声把门摔上了。

顾青青在楼下听到动静，面上并没有太大波动。她知道他不是在跟程秘书生气，他是在跟她生气，虽然她也不知道他到底为什么生气，也许是因为她昨晚搅了他和陈文捷的好事吧！

晚上，刚洗完澡，顾青青的妈妈又打了个电话给她："我昨天发的信息你收到没？跟斯城道谢了吗？"

"还没。"顾青青看了看紧闭的书房门，摇摇头。

她妈妈又说："你这孩子怎么回事？你要是再不和他搞好关系，万一他哪天跟你离婚……"

"我知道了。"顾青青揉了揉湿漉漉的头发，刚挂掉电话，又一个电话打了进来，顾青青直接问道，"还有什么事？"

"什么啊？"李悠悠的大嗓门传来，"我跟你说，冷斯城真跟陈文捷在一起了，你到底在干什么？"

李悠悠在皇霆娱乐工作，从场务助理做起，一路摸爬滚打，升到了现在的副导演，娱乐圈有什么风吹草动她都知道。尤其，冷斯城身边的每一个女伴都是皇霆娱乐的小花旦。

"你再隐忍，他也不会夸你'贤惠'，只会变本加厉。"

"变本加厉……又能怎么样？"顾青青走到窗前，看着幽暗的夜空，苦笑一声，"已经三年了，他们要回来了，我很快就要退位让贤……"

话音未落，门一下子被推开，顾青青吓了一跳，居然是冷斯城。

电话那头，李悠悠的声音继续传来："退位让贤个屁啊，你是正牌大老婆，就算别人是床前明月光，你这滴蚊子血也转正了。她回国又怎样？破坏别人家庭那就是小三啊……"

顾青青立即挂断了电话："你……来了。"

刚刚的对话他听到了多少？会不会觉得她在背后偷偷议论他的不是？

冷斯城从鼻子里挤出一个"嗯"，不急不缓地一颗颗解开衬衫的纽扣，眼神淡淡地瞟了她一眼——脸色红润，感冒应该好了吧？

顾青青开口："谢谢你帮了我哥。"

不管怎么说，他出钱救了她哥，她总是要感激的。

冷斯城手指一顿，脱掉衬衫甩在她身上，她立即接过。似乎觉得刚刚自己的态度不够恳切，她又马上建议："要洗澡吗？我帮你准备浴巾和睡衣。"

这一句换来的是冷斯城转身走进浴室，皮带扣碰撞的金属声响起，接着，一条西裤丢了出来。她刚上前接过，浴室门啪的一声重重关上，差点撞到她的脸。顾青青摸摸鼻子，把他的衣服丢进洗衣篓里，然后走到梳妆台前，对着镜子吹干潮湿的头发。

虽然冷斯城不搭理她，但也没有嫌恶地躲远，更没有摆出一张臭脸。

浴室里的水声一停，她立即起身走到浴室门边，准备把毛巾递给他。

浴室门打开，全身上下只围了一条浴巾的冷斯城出现在了她的面前。

顾青青转头不看他，拿着毛巾的手往前一送："给你，你的毛巾。"

冷斯城没接毛巾，反而向前一步，靠近她。

顾青青吓了一跳，条件反射地后退一步。

她退一步，他向前逼近一步，直到退到床边，她一下子坐在了床上，头顶，冷斯城的声音响起："你躲什么？又不是第一次了，我全身上下哪一处是你没有见过的？"

"我，我不是……"她无言以对又不知所措，连呼吸都有些急促。

看到她尴尬的模样，冷斯城脸上露出一丝笑容，在她发现之前便迅速消失不见："帮我擦干净。"

"你让我帮你擦身体？"

"怎么，不是要感谢我救了你哥哥吗？这点小事都做不到？"说完，冷斯城把手臂平伸，像古代帝王等待宫女帮他宽衣一样等着顾青青给他擦身体。

顾青青平复呼吸，认命地起身，拿起毛巾，认认真真给他擦去身上的水渍。

他身材高大，胸肌饱满，还有八块腹肌。

到了腹肌下方，顾青青的手一下停住了。

这时，冷斯城的声音在她头顶响起："怎么不擦了？"

"我……"

"下面全都没擦，你想让我感冒吗？"

顾青青深呼吸一口气，跳过被浴巾围着的某处，直接往下擦拭他的双腿。

等一切完毕，她也没抬头，转身从旁边的凳子上拿起睡袍和内裤："可以穿了。"

"我这里还是湿的，你想要我湿着睡觉？"冷斯城指了指浴巾围着的地方。

不管他会不会生气，顾青青都死活不动手了："这里，你自己……"

"我怎么？嗯？"她往后退，冷斯城便往前进，高大的身躯压下，她本来是站在床边的，一下倒在了床上。

她倒下去的时候，脚勾住了他的小腿，他跟着重心不稳地扑倒下来，修长的胳膊一撑，撑在了她的身体上方。

她头转到一侧都能感觉到他微烫的呼吸喷在她的脸上，当炽热的吻落在她的颈侧，她整个人像是触了电般轻颤起来。

体温越来越高，气氛越来越浓，就在这时，顾青青伸手挡住了他即将前进的势头："可以戴'那个'吗？我吃了事后药，身体有些不舒服……"

冷斯城身体猛地一僵，半晌后，他眼中锋芒一收，翻身下床，居高临下地看着她："你以为我还想碰你？我去书房休息。"

星期一，顾青青刚进办公大楼，同事张语欣便以百米冲刺的速度冲到她面前："我有一个好消息和一个坏消息，你要先听哪一个？"

顾青青伸出一根手指："坏消息。"

张语欣哭丧着脸："坏消息就是，我们公司被人收购了，听说新大王马上就要过来巡山，也不知道我们这些虾兵蟹将的命运是好还是坏。"

顾青青淡淡地点点头。电梯到了，她抬腿迈了进去。刚工作不到三个月，这家公司没了也不要紧，她再换一家就是。比起这个她更关心的是，这个月的工资怎么领。

张语欣立马跟了进去。

电梯里没有别人，张语欣又问道："还好消息呢，你怎么不问？"

"你说吧。"

张语欣刚才的哭丧脸立马变笑脸："就是我们负责的那个广告啊！和我们签约的时候，那人还不出名，不然哪里会跟我们这样的小公司合作。刚才小王给我发短信，说人已经到了，真人比电视上看到的还漂亮！姓陈，叫陈什么来着……"说话间，两个人已经走到了办公室门口，顾青青一推门，沙发上坐着一个打扮潮流的美女，正是陈文捷。

奇怪的是，陈文捷旁边围着的广告公司同事，不像在围观明星那般兴奋，而是一个个耷拉着脑袋，一脸郁闷的表情。

顾青青还没来得及问为什么，陈文捷的助理就开始连珠炮般数落了："你们这什么破公司啊？我们Jenny来之前就说了，她至少得用迪奥或者香奈儿的化妆品，你们这什么牌子的破东西也敢给她用？还有衣服，这是十块钱一天租来的道具服吗？我们Jenny肯继续跟你们合作，是因为她讲义气，可你们呢，这就是你们的态度？"

张语欣忙拉了拉站在门边的小王："怎么回事？"

小王低声道："一个小时前，陈文捷的助理发了条短信过来，把她的要求列了一大堆，我们就算有时间去准备，也没钱给她置办啊！现在公司新老交替，新老板没来，更不可能给她办到了。"

助理说话的时候，陈文捷戴着大大的黑色墨镜，双腿交叠坐在沙发上，悠闲地看着她新做的漂亮指甲。

旁边的副经理脑门冒汗地劝说道："陈小姐，真是对不住，您这些要求，我们也想努力做到，可一是时间太紧来不及置办，二是领导还没批复，而且，合同上也写明了，您必须无条件地配合我们的拍摄，除非有危险环节，否则……不予更改。"

副经理刚说完，陈文捷的助理就怒了："你什么态度？知道我们Jenny是什么人吗？她可是前途无量的新星，是皇霆娱乐力捧的花旦，是我们总裁冷斯城欣赏的对象！就凭你们，也敢在我们Jenny面前大呼小叫？"

话音刚落，一直看着指甲的陈文捷推了推鼻梁上的墨镜站了起来："跟他们废什么话？没有满足要求我们就走。今天还要赶两个通告，忙得都快没时间了。"

广告公司的人都急了，可是没人敢阻拦。

陈文捷刚走两步，就被一个人挡住了去路。

顾青青面色淡然地道："陈小姐要走可以，请先把违约金交了。"

陈文捷一皱眉，面前的女人目光平和中透着些许冷淡，像是在嘲讽什么，只是这张脸，好像在哪里见过。

她没说话，身边的助理跳了出来："你是什么人？你没听清楚吗？

我们Jenny说得还不够明白？不是我们要走，是你们准备不周。"

顾青青看都不看那个助理，只盯着陈文捷："你又是什么人？你没听清楚吗？我们副经理说得还不够明白？你们想走当然可以，交了违约金，我们绝不阻拦。"

宴会的时候她不跟陈文捷计较，是因为她知道，一个女伴掀不起什么风浪，关键在冷斯城的态度，但是，工作是工作，私事是私事，陈文捷没有按照规定办事，她就是要拦陈文捷。

所有人都惊了。顾青青向来是不声不响闷头做事，这次怎么这么大胆，敢冲出来阻拦一个被力捧的明星？

一愣之后，陈文捷毫无疑问地怒了！自从搭上了冷斯城，她在皇霆娱乐一直顺风顺水，这样一个在小破公司打工的女人，居然敢跟她叫板，是不是活得不耐烦了？

"你是什么人，敢这么跟我说话？知道我背后的人是谁吗？"

"不就是冷斯城吗？那又怎么样？"顾青青眼神清冷，"就算说到天上去，该按合同办事还是得按合同办事。陈小姐想走，我不拦着，交了违约金再说！"

陈文捷骄纵，加上最近成名，哪里受得了这份气，闻言立即上前，伸手就要打顾青青。

顾青青身后一人突然伸手，拦住了陈文捷就要落下来的巴掌，同时一个冷冷的声音响起："陈小姐，这样过分了。"

刚刚所有人的注意力都集中在顾青青和陈文捷的身上，完全没有注意到顾青青身后聚了一大堆人，其中有这个公司原来的老板、股东和总经理。

拦住陈文捷巴掌的是站在最前面的男人，穿着银色西装，温润如玉的面上凝着一层寒霜。顾青青回头一看，这个男人怎么这么面熟？

"你又是谁？放手！给我放手！"陈文捷气得花枝乱颤。

男人冷眼看着她，用力一甩手。

陈文捷站立不稳，后退了几步，差点摔倒，助理赶紧扶住了她。

站稳后，陈文捷怒道："你是什么东西？居然敢推我！把你们领导叫出来！要是不给我一个交代，我非跟你们死磕到底不可！"

男人看着她叫嚣，忽然淡淡一笑："不好意思，如果你要找这家公司的领导，我就是。"

此话一出，在场的人皆满脸惊讶。

顾青青更惊讶的是，如果她没认错的话，这个男人是……

"你？"陈文捷微微一愣，快速扫了一眼，见他一身纪梵希，可是有点钱，也不过是一家小破公司的老板，她得罪得起，于是她眼睛一瞪，"你知道我是谁，敢这么对我？"

"我知道你是谁又怎么样？刚刚这位小姐说得对，要按规定办事。"男人一脸淡定。

他不解释，他身后的原公司老板开口了："陈小姐，这位是林氏的股东之一林周逸先生，刚从美国普林斯顿大学毕业，绝对的青年才俊。"

陈文捷没想到面前的男人拥有如此背景，气势一下子弱了下来。她在娱乐圈混了这么多年，早习惯见风使舵："原来是林先生，久闻大名。"

林周逸看了她两眼，既没嘲讽也没生气，只是淡淡地说道："我看今天陈小姐的状态似乎不适合拍广告，还是请先回去吧，等哪天我们准备好了，再给你发通知。"

陈文捷点头，和助理一起离开了。

陈文捷一走，办公室里顿时炸开了锅。

顾青青闪到一边，尴尬地对林周逸说道："刚刚谢谢您了。"

"不客气。我也没想到，会在这里见到你。"

此言一出，所有人都看着顾青青。

"你，叫什么名字？"林周逸声音温和。

"顾青青。"

"青青，你和林总认识？"旁边，张语欣一脸好奇地问。

"一面之缘。上次也得感谢林总帮我。"顾青青立即解释。

林周逸没说什么，一笑之后，看向全体员工："各位，如大家所见，从今天起，我是这家公司的新老板，我叫林周逸，请大家多多指教。"

"林总好！"所有人齐刷刷地低头致意，尤其是女员工，兴奋得眼睛像灯泡一样。

"我刚接手公司，对大家还不熟悉，希望以后可以一起努力。"林周逸勉励了几句，又看着顾青青，笑道："顾小姐刚刚那番话说得很好，工作上的事情，我希望大家可以坚持原则，以后再遇到这样的情况，不要被无礼的行为吓倒，要据理力争。"

所有人的目光又一次聚集在顾青青身上，顾青青只觉头皮发麻，马上谦虚地说道："我的做法也有不恰当的地方，生意场上不能得罪合作伙伴。"

林周逸笑了笑说道："顾小姐这样谦虚自省的态度，很值得大家学习。"

在场的人更是目瞪口呆。

所幸之后林周逸没再把话题扯到顾青青身上，最后在原公司老板的陪伴下，林周逸离开办公室，去了档案室看业务资料和人事档案。

林周逸走后，一堆人围在顾青青身边，打头阵的是张语欣："青青，你和林总到底是什么关系？"

顾青青特别无奈："我上周手机丢了，林总捡到还给了我，就这样。"顾青青顿了顿，又加了一句，"你觉得他那样的人，会和我有什么关系吗？"

"那倒是。"大家纷纷点头表示赞同。

一整天，顾青青都心不在焉，她不是怕陈文捷，她是担心林周逸。

她听说林家和冷家有些过节儿，一旦起冲突不好收拾，不如辞职，反正工作也不是找不到。

五点下班，保姆打电话过来，顾青青接听以后，还有心情跟保姆说："今天晚上吃什么？可以做火锅吗？"

"不是啊太太，我想说的是……"话还没说完，电话一下挂断了，顾青青一看，低电关机。

收起手机，她忽然想到，刚才她和陈文捷正面冲突，陈文捷会不会记住她？随即，她自嘲地笑了笑，冷斯城怎么可能光听描述就知道是她。

从她十五岁那年见到冷斯城的第一面开始，他看她的目光一直是冷冷的，就算结婚，就算亲密接触，也没见他对她有过好脸色，也许，他不满意的只是她这个人吧。

坐车回家，到了别墅前，大门大开，她正疑惑着，保姆跑了出来："太太，先生回来了。"

顾青青吓了一跳，第一反应是：他怎么又来了？

她立即低声问保姆："你怎么不告诉我一声？"

冷斯城每次来之前都会通知她，她也早跟保姆说好了，有事先给她打电话。

保姆郁闷地道："我要跟您说来着，可是您的电话关机了啊！"

"我……"顾青青这才想起自己的手机关机了。

冷斯城今天过来，难不成是为了陈文捷？还是知道了她偷偷工作？

脑中闪过几个念头，顾青青面上却无比镇定："是吗？他在哪儿？"

不需要保姆回答，顾青青刚踏进玄关，就看见冷斯城从楼上下来，眼眸低垂，长睫毛在眼睑上投射出一圈淡淡的阴影。

"你回来了。"

"啊，嗯。"顾青青点点头。

"去了哪里？"

"我……和李悠悠出去了。"

"今天是星期一。"冷斯城看了她一眼，"李悠悠在上班。我们皇霆娱乐的工作时间，应该没有这么随便。"

"我是去看她……工作，她拍外景。"顾青青立即解释，"我一个人闲在家里无聊得很。"

冷斯城看了她一眼："无聊？这世界上不知道有多少人想要过这种'无聊'的生活。"

比如说他，今天中午还在外地参加一个商贸活动，明早还有一个开机仪式，紧赶慢赶地回来，她居然不在家，还嫌在家里无聊。

也许是今天被陈文捷挤对得有点委屈，顾青青竟然敢反驳："那我能怎么办？你不是不让我出去工作吗？不是说我出去工作会丢你的脸，不想要你冷大少爷的妻子对别人卑躬屈膝吗？"

冷斯城没说话，只是看着她。

顾青青被他看得头皮发麻。

过了半天，冷斯城忽然道："算起来，已经三年了。"

顾青青点头："是啊，已经三年了。"

相识十年，结婚三年，两个人从陌生人变成了最熟悉的陌生人，唯一不变的是他对她的态度。

顾青青十五岁那年，以全市前十的成绩考进了燕城最好的高中——燕城第一中学。

原本应该庆祝，可是，妈妈下岗，父亲喝酒打牌，哥哥高考落第，整天和一群狐朋狗友厮混，家里穷得连吃饭都困难，哪有钱供她念书。

有一天，妈妈喜滋滋地回家，说自己找到了新工作，在一户有钱人家当保姆。那户人家姓徐，有两个女儿，大女儿徐子佩十七岁，小女儿徐子衿与顾青青同年，开学也要去燕城一中念书。比起品学兼优的姐姐，徐二小姐则是娇生惯养出来的，成绩一塌糊涂，除了她单恋的聂之宁，还一直念叨着一个名字——冷斯城。比如，"斯城哥哥好聪明好厉害，全校女生都喜欢他"，还有"像斯城哥哥那样完美的男生，只有姐姐才配得上"。

那是顾青青第一次听到"冷斯城"这个名字，对于这个传说中的人物，她内心毫无波澜。不过是个十七岁的少年，可能长得好看点，脑袋聪明点，家庭出身好点，又能怎么样？

顾青青真正见到冷斯城，是一两个月之后的事情了。

开学，她和徐子衿顺利地进入燕城一中，还恰好分到了一班。

顾青青绝对是个好学生，读书刻苦为人低调不作妖，而高中老师夸奖好学生的方式之一，是让她在做课间操的时候，站在最前面领操。

领操需要两个人，一男一女，除了她，还有徐子衿单恋的聂之宁。对此，徐子衿很是嫉妒，她却心无旁骛，只是按照规定动作一板一眼地做操，直到有一次她偶然抬头，看到教学楼的天台上走来一个人。

那个人一身纯白，衬得他本就白皙的皮肤更加雪白。他的头发是褐色的，眼神淡淡的，神情有些慵懒，站在教学楼下面，需要把头仰得很高才能看到他。秋风吹过，吹动了他柔软的发丝，落叶围着他翩翩起舞。太阳照射下来，给他的周身镀上了一层金边，人就像是从画中走出来的一般。

那时的他只是一个雪白的幻影，遥远又不真实，可那个幻影不经意间低头看了她一眼，琥珀色的瞳眸轻转，像是下了一场雨又天晴，带着雨意萧疏的意味。

顾青青的心怦地跳动了一下。

然后，她只顾仰头看他，一脚踩空，当着全校学生的面摔倒在地。再抬头，他已经不见了。

即使他们后来真正相识、结婚，甚至争吵到关系最坏的时候，她都没有忘记，那个平淡无奇的晴朗日子，站在天台上看她的雪白幻影，仿佛离得很近，却又远在天边，就像她刚才回到家的时候，看到他站在楼梯上看着她一样。

"如果你真的觉得无聊，可以来我们公司工作。"冷斯城看了看她，淡然开口。

顾青青回神，惊讶道："我去你们公司？"

冷斯城微微皱眉，好像真的在替她考虑："你学的是广告策划，去皇霆娱乐，从平面广告做起，然后做电视广告甚至编导。"冷斯城说完，又补充了一句，"去其他公司工作，你想都不要想。"

顾青青想起陈文捷的嚣张，心里有股怒气横冲直闯，一句话便说出了口："我去皇霆娱乐，帮你那些女伴做造型录MV拍广告？"

冷斯城眼里有一丝难以察觉的玩味："你，会关注这些？"

顾青青心里不舒服，轻蔑地道："你那些破事媒体整天报道，就算我不出门，看电视也都知道了。"

没想到，冷斯城听了这句话，不但不生气，反而笑了："怎么，你是嫉妒了吗？"

"你不要误会，我没这个意思。"顾青青摇摇头，"我只是觉得，那些女人行事嚣张，你自己也许不要紧，拖累了公司的名声可不是什么好事。"

冷斯城皱了皱眉，唇角的笑意瞬间收敛，眼眸微眯，声音也提高了："娱乐公司不需要名声，就怕没有炒作，就像广告一样，你上了这么多年学，书都读到狗肚子里去了？"

天地良心，刚刚那番话绝对是为他着想，并不是讽刺他："我只是建议，不是……"

没想到，冷斯城的脸色越来越冷，他看了她一眼："你抱着你的'贤良淑德'过一辈子吧！"说完，他转身上了楼，留给她一个不屑的背影。

吃晚饭的时候，保姆真给顾青青做了火锅，而且，因为冷斯城来了，菜品比往常更丰富，大大小小的碟子摆了一桌子。

菜很丰富，却只有顾青青一个人，看起来更凄凉。

保姆看着火锅汤渐渐烧干，却一片菜一块肉都没下，忍不住问道："太太，要不要叫先生下来一起吃？"

顾青青摇摇头，伸手关了火，对保姆说道："记住，你以后找男朋友，一定要找一个能和你一起吃火锅的。"

顾青青一直在楼下待到晚上十点半，才慢悠悠地上楼。以往经历告诉她，冷斯城生气的时候，最好不要去招惹他，会碎成渣渣的。

她小心翼翼地打开门，卧室里很黑，没有点灯。她走到床边，突然发现冷斯城坐在一旁的沙发上，虽然看不清他的表情，却能感觉到他很生气。

顾青青吓了一跳，下意识地后退一步："你怎么在这儿？"

冷斯城没有回答。

她又往后退了一小步："没吃晚饭吧？我先出……"

顾青青话还没说完，冷斯城猛地站起来，二话不说向她逼近。

顾青青立即后退："冷……唔……"

冷斯城的目光如寒冰，身体却烫得像火，紧紧搂住她，用力堵住了她的唇。

顾青青用力挣扎，冷斯城却抱着她倒在了床上。

"等等！我，我还没洗澡！"

事实证明，愤怒的男人是可怕的，他目光一冷，眼底好似有什么东西一闪而过，很快化作了燃烧的火焰。

知道无法逃脱，顾青青干脆不再抵抗，任由他宣泄心中的怒火。她手指揪着床单，床单的褶皱被揪得越来越深，像是她越来越纠结的心。

第二章　也许相遇是场劫难

第二天。

顾青青是被电话吵醒的，她昏昏沉沉地爬起来，在床头柜上摸索了半天："喂？"

"青青，都几点了，你怎么还不来呢？"是张语欣打来的。

顾青青睁开惺忪的睡眼，看了看时间，九点十五分。公司九点上班，她工作两个月从来没迟到过，今天破例了。

顾青青定了定神："语欣，请你帮我一件事，我要辞职。"

张语欣一时没反应过来："你说什么？"

顾青青又强调了一遍："我要辞职，下午会去办辞职手续，请你先替我跟组长说一声。"

电话挂断，顾青青坐在床头出了会儿神。身边已经空了，床铺平整，没有一丝热气，冷斯城早就走了吧！

洗漱完毕，顾青青下楼，保姆在扫地："太太，先生已经上班去了，他好像有点生气。""有点"是比较温柔的说法，事实上，冷斯城天不亮就离开了，走的时候怒气冲冲。

顾青青淡淡地点点头。

"其实……"保姆继续道，不过顾青青已经走出家门，没听到她后面的话，"其实，先生临走时吩咐，不要吵醒你。"

到了公司，张语欣看到顾青青，立刻飞奔过来："青青，你真的要走？"

顾青青点头。

张语欣又问："以后有什么打算？"

"继续找工作啊！"

顾青青的东西不多，简单收拾一下就完事了。

她抱着装东西的小纸箱离开办公大楼，穿过广场，广场的LED屏里正播放着娱乐新闻，主人公是陈文捷和冷斯城。

记者问新片女主角陈文捷："陈小姐，男一号和男二号，您更喜欢哪一个？"

陈文捷接过话筒："一个俊美一个霸道，都很优秀。不过，我的梦中情人另有其人。"她说着，含情脉脉地看了一眼坐在一边的冷斯城。

冷斯城眸色浅淡，是顾青青没有见过的亲和模样。

看采访时间，是今天上午，冷斯城应该是从她房间离开就去了陈文捷身边吧？

她垂下眼帘，抱着纸箱的手指渐渐收紧。

她的隐忍、她的等候，没有换来冷斯城的丝毫在意，她有再多期待也会消耗殆尽，是该做打算了。

接下来的几天，冷斯城都没有回来，他和陈文捷的绯闻越炒越烈。顾青青妈妈的电话打来不少，李悠悠更是。

李悠悠很讨厌小三。她和顾青青是从高中到大学的死党，一开始两家一样贫穷，不过后来她家的土地和房子被征收，一夜暴富。钱多了，幸福却没跟着来。原本老实巴交的父亲居然开始养小三闹离婚，好好的一个家被弄得四分五裂。所幸，李悠悠的男友张复兴是她的大学同学，两人相恋数年关系稳定，已开始谈婚论嫁。

这年头，想找到工作并不难，尤其是在顾青青对工资和待遇要求并不高的情况下。

这一天，旭逸广告的人事部给顾青青打来电话，通知她周五面试。

旭逸广告是最近发展势头很猛的广告公司，总部在美国，工资及福利待遇都很高。这样的公司，顾青青当然求之不得。

可是没想到，在旭逸广告，顾青青又遇到了那个人。

顾青青在面试厅中间的椅子上正襟危坐，她对面摆着一张长方形办公桌，桌前坐着两女一男——三个衣着一丝不苟的人。

男面试官推了推鼻子上的眼镜，打量了顾青青半天，语气淡淡地道："123号？"

"是。"

"叫什么名字？"

"顾青青。"

那人挑剔的眼神瞬间收敛了不少，低头看了看资料，脸上立马多云转晴，笑容灿烂："顾小姐是吧？N大广告系硕士毕业，有相关从业经验吗？"

顾青青点点头："我做过广告策划方面的工作。"

"什么公司？"

"不是大公司，叫明盛。"

顾青青是最后一个面试者，她从面试厅出来后不久，面试官走出来直接宣布："请123号留下来。"

闻言，来应聘的人都震惊了，顾青青是这些人里最不起眼的，为什么选她？而且面试刚结束就有了结果，谁知道这里面有什么猫腻？

顾青青旁边的一个美女有些不服气："为什么是她？"

面试官一脸淡定："她是我们总经理亲自选出来的。他来了。"

众人回头，看到浩浩荡荡一大群人走了过来，走在最前面的赫然就是林周逸。

怎么会是他？怎么又是他？

林周逸走到众人面前，几个面试官恭恭敬敬地低头："总经理。"

林周逸看了那个美女一眼，手一伸："她的资料。"

面试官递了上来。

林周逸低头翻动："三十八号，C大毕业，X广告公司工作两年，业务方面成绩平平。无论学历、经验还是业务能力，没有一个突出的，请问你凭什么质疑我的决定？"

"我……"那个美女羞愧不已，低头落荒而逃。

随后，来应聘的人渐渐散去。

顾青青抬头看了一眼林周逸，上前一步，鼓足勇气说："林总，我有话想跟您说。"

林周逸看了一眼一脸认真的顾青青，点头道："好。"

办公室里。

林周逸关上门，看着有点拘谨的顾青青，笑了笑："顾小姐请坐。想喝什么？"

顾青青摇摇头："不用了，谢谢。"想了想又道，"林总，你怎么……"她想问，林周逸为什么在这里？

林周逸笑道："我本来就是旭逸的总经理，收购明盛也是为了旭逸。"

顾青青皱了皱眉，半天才开口："我不太明白，您为什么要选我？"

林周逸坐在旋转椅上看着她："你觉得我在徇私？还是觉得旭逸的用人机制就是任人唯亲？"

"我不是这个意思……"顾青青摇头。她离开明盛，就是不想跟林周逸扯上关系。

林周逸笑了："其实,你说我任人唯亲,也没错,在这些面试的人里,我只认识你。不过,我看过你的资料,N大硕士毕业,成绩优异,毕业设计的广告也相当精彩。在明盛参与了几个广告案,虽然不是你直接负责,但你提供了极为重要的创意,在同事间的口碑也很好。当然,你可能经验不足,但是,比起经验,我更看中你的能力。"林周逸最后说道,"如果顾小姐没信心做好,可以转身离开。"

话都说到这个份上了,顾青青还有什么可顾虑的,她当即内心坦荡地点点头:"感谢林总的信任。"

林周逸笑道:"期待顾小姐的表现。"

顾青青离开后,林周逸打开抽屉,拿出一份个人资料,是顾青青的:"顾青青,二十五岁,母亲吴爱梅,哥哥顾青山,父亲已故。已婚,配偶冷斯城。"

楼下,车水马龙,顾青青丝毫不知道,楼上有一双眼睛正紧盯着她。

顾青青回到家刚坐下,还没来得及吃饭,一个电话就打了过来:"青青,出事了!"

顾青青赶到医院的时候,已经是晚上十点。

抢救室外面的走廊里,一侧坐着一家五口,每个人都面露悲戚,另一侧坐着一个六十岁左右的中年女人和一个三十岁左右的青年。中年女人面上有担心有疲惫,她旁边的青年却歪着身子打着哈欠,百无聊赖地玩着手机。

看到青年懒散的模样,对面的中年男人一下子冲了过来,一把揪住青年的领口:"要是我弟弟有个三长两短,我一定不会放过你!"

青年一副无所谓的表情:"你知道我妹夫是谁吗?我妹夫就是……"

顾青青看到这种状况,就知道又是她这个哥哥闯祸了。她忍住怒火，没去管哥哥，而是直接走到中年女人面前："妈，电话里说不清，到底怎么回事？"

"你哥不是打架把人家店砸了吗？这是那家店的伙计。"中年女人努努嘴，"昨晚送的医院，内出血，腹积水，正在手术。说是上回你哥哥打的。"

顾青青简直无语。

就在这时，主治医师从手术室走出来："手术非常成功，还需要住院观察一段时间。"

所有人都松了口气，还好没闹出人命，还有"私了"的可能。

那家人态度坚定："我弟弟的医药费、误工费、精神损失费，至少要十万！"

顾青山不认："谁知道是不是因为那天打架，也许是昨天才受伤的，故意赖给我……"

"怎么，不给钱？好啊，那我就报警！"

眼见着事情要闹大，顾青青怒了："哥，你给我少说两句！"转头，她看向受害者家属，态度诚恳："你们放心，我们会积极配合。"

结婚后，冷斯城不许她出去工作，她的收入只有冷斯城每个月给的一万，再就是过年过节冷家父母给的红包，其中一半给了母亲当生活费，她自己撑死也就九万存款。

她在这边纠结，顾青山却满不在乎地说："十万又不多，妹妹，你跟妹夫打一个电话就搞定了。"

顾青青皱起眉头："让我掏钱，可以，但是，你得保证，这是最后一次。"

"你怎么说话呢？"顾青山顿时怒了。

吴爱梅显然也不满意："青山是你唯一的哥哥，你不帮他帮谁？"

顾青青回头看了哥哥一眼，发狠道："妈，不能再这么惯着他了。上回是赌博，这次是打架，下一次是不是要杀人放火了？这次的钱我掏，以后他再捅出什么娄子，我不会再管，你也不用打电话给我，更不要找冷斯城！"

顾青山一直受宠，哪里受得了被人这么指着鼻子骂："如果不是我们，你以为你能嫁进冷家？"

"你以为，我就那么愿意嫁到冷家吗？"顾青青心里的委屈一下子涌了出来，可是看到母亲和哥哥一脸的无法理解，她话到嘴边又咽了下去，恹恹地摆摆手，"就这样吧！你要是继续这样下去，我永远都不会再理你了！"

从医院离开的时候，顾青青心里除了对母亲和哥哥的失望，更烦恼十万怎么弄。

咬咬唇，实在不行，她只能求助冷斯城了。

顾青青回到家正好早上六点，保姆刚起床，看到顾青青一脸颓然，吓了一跳。

顾青青开口就问："冷斯城回来过吗？"

"先生？没有。"保姆摇摇头。

顾青青苦笑，是啊，他怎么会回来。

回到卧室，看着天花板上的水晶灯，听着挂钟在安静的房间里发出一下一下的嘀嗒声，顾青青一直等到七点，想着冷斯城该起床了，她深呼吸一下，拨了电话。

她没敢打冷斯城的私人电话，而是打了他倾城公寓的座机——他不回家的时候，也不会去父母的老宅，而是在市中心的倾城公寓买了一套房子，平时"金屋藏娇"。

过了好久，电话终于接通了，顾青青刚准备说话，电话那边的一个声音瞬间让她的话噎住了。

"喂？"是陈文捷，"你是谁？怎么不说话？喂……"

顾青青啪的一声把电话挂断了。

中午，顾青青母亲又打电话过来："青青，对方说了，明天傍晚之前一定要见到钱，不然就要报警抓你哥。"

顾青青心烦意乱："我知道了。"

犹豫了一下，她电话打给了李悠悠："悠悠。"

电话那边有点吵，李悠悠应该在工作："青青，怎么了？我们这一场刚收工，马上要去摄影棚拍下一场。"

知道她在忙，顾青青又不好意思说了，只能支吾道："那你什么时候结束？"

"最快也要晚上十点以后了吧。你有事吗？"

"没，没事，我……"

李悠悠爽快地道："等我这边完事了，你要是有时间，我们去STAR喝一杯？我们好久没见了。"

"好，那我等你电话。"

晚上十点。

STAR的豪华包厢里，冷斯城斜靠在沙发上，修长的双腿交叠，白皙的手端着一杯加了冰块的威士忌，轻轻一摇，冰块清脆作响。

冷斯城对面，肥头大耳的中年男人杜总笑容满面："冷总，我先干为敬。"

冷斯城象征性地举了举酒杯，却没有喝一口。

早上有个活动要和陈文捷一起参加，因为时间紧迫，他让她六点半就来倾城公寓，却没想到陈文捷胆大包天，敢私自接听他住宅的电话，还是顾青青打来的。他大怒，立即让陈文捷滚出去，她的通告全部取消，她的活动全都暂停。他再打电话过去，那头是忙音。他让程秘书去打听，果然，她家里又出事了，她哥哥把人打伤住院，对方嚷嚷着不给钱就报警。

冷斯城唇角勾起一丝冷笑，他就知道，如果不是她的家人又惹了麻烦，她绝对不会给他打电话。

一杯威士忌下肚，像是噼里啪啦燃起了烈火，烧得他心头的荒原烈焰熊熊。

旁边浓妆艳抹的女人趁机往他身边凑，他嫌恶地皱皱眉："把脸洗干净。"

杜总看着女人离开，笑眯眯地道："冷总，不满意？"

冷斯城把酒杯一放，靠在沙发上没说话。

杜总继续笑道："可恶的娟姐，我早说了，今晚要宴请贵宾，让她把最漂亮最聪明的姑娘给我留下，却送来这些货色，我这就去亲自挑几个。"说罢，他站起来，身子晃荡着出了包厢。

杜总刚出门，莫东阳就笑眯眯地凑了过来："他出去干吗？"

冷斯城头都没抬，淡淡地说道："找漂亮女人去了，你不是最喜欢吗？"

莫东阳笑道："我跟你不一样，我这是博爱，而你，这些女人面前不是大爷，你是根本没把她们当人看，哦，除了你家那位……"

话音未落，冷斯城猛地站起身来，莫东阳一愣："你做什么？"

"出去透透气！"冷斯城抬脚就往外走。

冷斯城推开包厢门，外面声音嘈杂，音乐震天响。

程秘书等候在外："冷总，需要什么吗？"

冷斯城摇摇头，抬步往最喧闹的中央舞池走去。

顾青青坐在角落的卡座上，百无聊赖地喝着柳橙汁。

一首曲子结束，李悠悠意犹未尽地走下舞台，拿起一瓶喜力喝了一口，然后开始连珠炮似的数落："你来夜场居然不化妆，不跳舞，也不喝酒，要不要我给你点一盘麻辣鸭脖啃？"

顾青青只是笑。她不常来这种地方，也不喜欢这样喧闹的环境。

李悠悠又苦口婆心地劝她："冷斯城三年换了十二个，全凑一起能打三圈麻将。你这脑袋都快绿成千年王八了，好容易出来一次，还不痛快地玩？"

顾青青把李悠悠手中的酒瓶子抢走，把一杯葡萄汁递了过去："你出来玩，也不怕你家张复兴找你麻烦？"

李悠悠洒脱地一挥手："怕什么？我只是出来透透气。我和我家复兴这么多年，我信任他，他也百分百相信我。"说完，又对顾青青道，"要是我，冷斯城敢找一个女人，我就给他戴十顶绿帽子。择日不如撞日，要不，我去给你找两个帅气的小哥哥？"

顾青青立即摇头。

李悠悠又问："那你今天找我出来做什么？"

顾青青犹豫了一下，这还是她第一次跟冷斯城以外的人开口借钱，就算李悠悠是她的好友，她也不好意思。

半天，她才鼓起勇气："其实，我找你是因为……"

就在这时，她妈妈的电话打了过来，她按掉了，没接。紧接着，一条短信蹦了出来，她点开一看，也是她妈妈发来的，只有四个字，外加两个标点符号："钱呢？快点！"

顾青青看着屏幕呆愣了两秒，即使知道妈妈重男轻女偏心哥哥，可这冷冰冰的四个字，还是刺痛了她的心。有时候，她甚至会想，自己是不是捡来的，不然，妈妈怎么会偏心到这个地步？

"怎么了？"李悠悠不解地问顾青青。即使夜场灯光昏暗，她也能看出顾青青的脸青了又白，神情十分落寞。

顾青青摇摇头，想了想，拉着李悠悠的胳膊往外走："出去再说。"

到了走廊，稍微安静了点，顾青青才鼓起勇气说："我现在急需用钱，一万块，下个月一定还你。"

李悠悠很意外，不过还是拍了拍胸脯："没问题，你不还也没事，只是，发生了什么事？"

顾青青皱了皱眉："是我哥哥出了点事。"

李悠悠问道："你哥哥又出什么事了？"

顾青青气道："什么事已经不重要了，我跟我哥说这是最后一次，要是他再敢出去闹事，我就是和冷斯城离婚也不管他了。"

李悠悠拍拍她的肩膀："行，你早该这么做了。不过，要是真闹离婚，你以后打算怎么办？"

顾青青神情漠然："他的钱，我一分也不会要。我已经找到了工作，星期一就去上班。至少，我能养活我自己。"

"好，有志气，姐们儿看好你！"李悠悠掏出手机，准备给她转账，"一万块够吗？要不要多给你转一些？"

正说着，一个人忽然凑了过来，一下子撞到顾青青身上："一万块？我出啊！"

顾青青吓了一跳，转头一看，是一个肥头大耳的中年男人，上上下下打量着她，小眼睛里射出惊艳的光："只要你搞定了冷斯城，你想要多少钱都可以！"

"你说搞定谁？"顾青青一愣，没想到会听到冷斯城的名字。

杜总还以为顾青青心动了："冷斯城啊！你要是伺候好了他，钱还不是大把地来？"

顾青青仿佛被闪电击中了，僵立在原地。

是他疯了，还是她疯了？冷斯城竟然在这里找女人，而她作为他的正牌妻子，竟然被当作不三不四的女人要介绍他。

李悠悠气愤万分："你说什么？你知道她是谁吗？"

"怎么，你是她的'大姐'？不就是一万块吗？我掏！"

三个人拉扯间，一个甜腻娇媚的声音响起："冷总，你怎么出来了！"

三个人一起转头，看到一个穿着火辣脸上没有一点妆容的女人朝走廊尽头一个身材修长的男人跑去。

杜总看到来人，笑嘻嘻地解释："冷总，这个……怎么样？"

冷斯城的目光投射过来的时候，顾青青正好看向他，四目相对。

冷斯城好似根本不认识面前的这几个人，伸出手，将他身边的女人揽入怀里。

到了这个时候，顾青青心里的震惊、害怕、疑惑，全都一扫而空，她看着冷斯城，指甲狠狠刺入掌心。

下一秒，她开口："你找错人了，我是和朋友出来玩的。"

"就是！"李悠悠帮顾青青说话，"别以为有几个臭钱就了不起，你们男人能玩，我们女人一样能！"她说着，还朝冷斯城抛去一记挑衅的眼神，"你只要往舞台上一站，什么样的男人找不到？别担心，我今天一定叫几个大帅哥来陪你。"

冷斯城原本平静的面容，终于有了一丝波动，目光沉沉地看着顾青青。

顾青青低着头，转身准备离开，刚走两步，手腕就被杜总紧紧握住了："冷总不要，不如，你跟了我？"

"放开我！"顾青青吓了一跳，立即挥手想甩开。

杜总握得很力："你不是要钱吗？一万块，我给……"

杜总话没说完，忽然重重一拳打在了他的脸上，是冷斯城。杜老板松开手，倒退了好几步。旁边走过一个端酒的服务生，冷斯城直接拿起一瓶酒，高高扬起，狠狠朝杜总的脑袋砸去，砰的一声，杜总连叫都没叫一声，就直接晕了过去。

然后，冷斯城用力一拽，把看蒙的顾青青甩到了墙上。

想到她把自己当提款机，想到她刚刚被杜总抓住手，想到李悠悠说今晚要带她找男人，冷斯城恶狠狠地盯着顾青青："顾青青，你丢脸都丢到外面来了！你不是想要钱吗？我给你！"

这么大的动静自然惊动了STAR的客人。

程秘书和莫东阳冲过来，吓了一跳："怎么回事？"

冷斯城理都不理，一把拉起顾青青就往外走。

"放手！冷斯城，你放手！"顾青青被他一路拽着拖出了大门，走向停车场，找到他的车，车门一开，冷斯城直接将她扔进了轿车的副驾驶。

顾青青从车座上弹起来，想要逃出去，冷斯城却二话不说，把车门摔上，绕过车头坐到驾驶位，制动，猛打方向盘，平地九十度大转弯，像利箭一样冲了出去。

"冷斯城，你停下！你要去哪儿？"

顾青青一开始还在愤怒，看到不断飙升的速度表，以及一明一暗的车灯下他阴鸷的面孔，她的愤怒渐渐转为惊讶，甚至有些害怕。

"冷斯城，你疯了？！"

冷斯城驾车一路狂飙，最终一个急刹车后，在燕河边一处幽静的公园停了下来。此刻已是深夜，周围一个人都没有。

车刚停下，顾青青就打开车门冲了出去。

然而，她还没走两步，一只大手忽然将她整个人一拽，她的后背撞到了车门上，紧接着，冷斯城那张阴鸷的面孔出现在了她的面前。

也许是被摔得有点疼，她身体里的反抗因子瞬间被激活了——这次，她没跟他要钱，他玩女人都玩到夜场来了，甚至玩到了她的身上，她都没说他一句不是，他凭什么生气？

"冷斯城，今天晚上……"

冷斯城目光幽深，一句话都没让她说完，一低头，死死咬住了她的唇，同时将她的两只手压在她的脑侧，身体用力往前靠，似乎要把她弄到窒息。

他越是强横，她越是想要反抗，在外人眼里像是一对情侣缠绵悱恻的吻，却生生射出一抹刀光剑影般的寒。

直到顾青青狠狠咬了冷斯城的舌头，疼得冷斯城后退一步，两个人才分开。顾青青喘着粗气红着眼眶，一点也看不出来刚才她和冷斯城是在接吻，倒像是打了一架。

"冷斯城，你到底……想做什么？"

冷斯城胸口剧烈起伏，眼神狠辣得像要杀了她："我想做什么？我倒是想问问，你想怎么样？"

只有要钱和找他帮忙的时候才会打电话给他，她的关心和讨好都是看着他的口袋才会施舍的"收费品"。她这次不跟他要钱了，所以理直气壮了？连她以往强装的关心和讨好都懒得继续了？最残忍的是她，最无情的也是她！

他眼神一厉，一把拉过的手腕，用力把她往车里拽。

"冷斯城你做什么？"顾青青用力反抗着，使劲踢他，但是冷斯城坚决不放，把她推进了后座，自己也跟着钻了进来，关上了车门。

顾青青想从另一侧车门逃跑，冷斯城手疾眼快，按了锁车键，顾青青开不了门，像是被关进了牢笼。

她回头愤怒地瞪着冷斯城，刚想说话，却看到冷斯城伸手扯下了自己的领带，然后解开了衬衫的扣子。

顾青青忽然想到了什么，有点疑惑，更有点害怕："你不会是想……"

他什么也没说，脱下了西装外套。

"你疯了？你不会是要在这里……"顾青青急忙往车窗外看去，一个人都没有。

"怎么，你都敢去STAR找帅哥，在这里难道委屈了你吗？"他声音冷冷的，"还去要钱，甚至要到了杜总身上。怎么，嫌我给的钱不够多吗？"

顾青青又气又急，更觉得委屈羞辱："我去哪里是我的自由，我跟谁玩也是我的自由，我又没有跟你要钱，你凭什么管我？！"

"确定，我不能管你吗？"冷斯城声音忽地一冷，顾青青还没反应过来，他就一手抓住了她的胳膊，把她用力扯到自己身前，然后二话不说开始撕扯她的衣服。

顾青青害怕了："冷斯城，你疯了？你放手，放开！"

话音刚落，她的衣服刺啦一声被他扯开，紧接着，他的身体靠了过来，像是磨盘，压制住了她所有的反抗。

当他的嘴唇贴上她的脖颈，恐惧终于压倒了一切情绪："求你，不要……"顾青青身体缩在一起，眼泪不由自主地夺眶而出。

冷斯城顿了顿，微微抬起头，表情依旧冷漠："求我什么？"

"我错了，我不该去借钱，我也不该去STAR！"

看到她害怕的样子，冷斯城没有再继续，直起身体，冰冷的指尖戳在她的心口："记住了，如果以后我再发现你有类似的行为——你是我'明媒正娶'的妻子，我出于家族面子考虑，不会对你怎么样，可你的妈妈、你的哥哥，还有你的朋友……如果，你不想要他们因为你而生活得辛苦的话，就乖乖的，别再闹什么事。这次我放过你，下次就不知道会怎么样了。"

顾青青做了个梦，梦见自己什么都没穿，旁边围了一堆人，她妈妈、哥哥、李悠悠、保姆，甚至是陈文捷、杜总，都围在车边，幸灾乐祸地看她的笑话。冷斯城一身齐整，站在枫树下看着狼狈的她，不仅不帮忙，还笑得比谁都要恶劣。

顾青青迷迷糊糊地醒来，听见旁边有人在打电话："七点的飞机，马上就走是吗？知道了，我起来收拾。"是冷斯城。

程秘书问："陈文捷一直给您打电话。"

冷斯城声音冷淡："让她去拍广告，别再给我惹乱子。"

程秘书又问："那杜总呢？他现在还在医院，说要讨个说法。"

冷斯城哼了一声："让律师去处理，与他的合作全部终止。另外，封锁消息，我不想在今天的报纸上看到关于昨晚那件事的一个字。"

待冷斯城挂了电话，卧室内一片安静，除了冷斯城略重的呼吸声，再也听不到其他。

过了好久，顾青青感觉到身边陡然一起，紧接着，是窸窸窣窣的穿衣声。然后，眼前光亮暗了些，一个高大的身影靠了过来，即使她闭着眼睛，也能感觉到他有些冰冷的鼻息喷在她的脸上、脖颈上，在她的身上游弋着，吹得她身上细软的绒毛微微起伏，就像是一只狮子在狩猎自己的猎物。而她，除了装死，别无他法。

最终，他的鼻息停在了她的唇边，这是在吻她吗？

许久，他才渐渐远离，直到彻底离开。

脚步声响起，好像是他走到了桌子前，接着，响起唰唰的写字声。

然后，他又走了回来，把什么东西放在了床头柜上，停顿了一会儿，他又迈步离开，脚步声渐渐远去。他走了。

顾青青松了口气，也许是因为太累，也许是因为刚刚太紧张，等冷斯城离开后，又坠入了深深的梦里，直到一个电话将她惊醒："喂……"

"还没死就好。"那边，李悠悠松了口气。

"我没事了，你不用担心。"顾青青挣扎着爬起来，才发现自己不是睡在车里，而是回到了家。

"你没事就好。昨晚，冷斯城那眼神，像要杀人似的。"李悠悠心有余悸地吐出一口气，想了想又问，"对了，那钱怎么办？"

对了，钱！顾青青转头，床头柜上，果然放着一张支票，上面是冷斯城龙飞凤舞的字："过夜费，壹万元整。"

"过夜费，一万元。"这张支票，就像是冷斯城狠狠的一巴掌扇在了她的脸上。

她还以为冷斯城离开之前吻她，是对她有那么一瞬间的珍惜，现在看来是她太天真了。

没有哪一次比这一刻让她更想逃离，逃离这样的境地，逃离这个家。

她原本对在旭逸工作有一丝担忧，现在全都没了。她需要独立的经济能力，她不能再这么生活下去。她让自己如此卑微，本身就是一个错误。

星期一。

新公司，新气象。进办公室前，顾青青特意整理了一下自己的衣服，然后深呼吸，刷卡进门。门应声打开，她刚准备做自我介绍，里面一个女人严厉的训斥声就传来："记着，这里不是你们之前在的小破公司，这里是旭逸！别以为你们公司被旭逸收购，就可以怠慢工作。"

"记住了！"顾青青往前走了两步，看到一个浓妆的丽人抱臂站在窗边，姿态高傲得很，在她面前站着两名员工，低着头战战兢兢地回道。

只是，看背影，这两个人怎么这么眼熟？

那个女人训斥完，看到顾青青，上上下下打量了她几眼，眼神挑衅且不屑："你就是林总亲自选的那个？"

顾青青上前一步："您好，我叫顾青青。"

"青青？"背对着她被训的两名员工回头，正是张语欣和小王。

"这是怎么回事？"找到自己的工位，顾青青刚把东西放下，就忍不住问旁边的张语欣。

张语欣低着头凑过来，压低声音说："我们公司不是被林总收购了吗？你刚辞职走人，林总就大刀阔斧地改革了，辞退一批，留下来的都并入旭逸。我和小王被分到林总主管的开发部，担任助理。刚才训斥我们的是开发部一组的副组长沈亚婷。那你呢，你怎么会在这里？"

顾青青正准备回答，办公室的大门打开，林周逸西装革履，微笑着走了进来。

"林总好！"办公室的人纷纷站起来，点头致意。

林周逸的目光在办公室里的每个人身上扫了一圈，扫到顾青青的时候，不知道是不是她的错觉，他好像顿了顿，笑容更灿烂了些："都到了吧？十点开会，大家准备一下。亚婷，带着新来的员工到处参观参观，熟悉一下工作环境。"

"是。"面对林周逸，刚刚还一脸高傲的沈亚婷立刻谦卑了不少，带着顾青青三人在旭逸的各个办公室参观了一下，介绍了公司的同事。

参观完回到工位已是上午九点四十分，顾青青刚准备坐下，沈亚婷冷幽幽地加了一句："我们旭逸，最不能接受的就是办公室恋情，尤其是对我们林总的勾引，发现一个，开除一个，没有任何情面可以讲。"

顾青青一脸无语，她不但对林周逸没有一点企图，还巴不得能离他远一点。

十点例会。

林周逸说道："开发部是一个新创立的部门，主要工作就是处理加急的紧要的广告案。为此，我特意划分了两个小组，一组由沈亚婷担任副组长，二组由顾青青暂代组长，两组之间开展竞争，在规定时间内提出的策划案和执行方式更优者当选。第一个，就是明盛并购带入的与明星陈文捷小姐的广告案。"

山不转水转，陈文捷的广告，还是落在了顾青青的头上。

林周逸继续说道："陈文捷小姐的广告，之前是明盛负责的，这次也交由二组负责。陈文捷的档期比较赶，要争取在一个星期内拍完广告。因为合同变动，原来的广告案也需要调整。下午两点，陈文捷会亲自过来，商量广告拍摄的事。"最后又对顾青青说道："你是负责人，一起参加吧。"

下午一点五十分。

会议室外的洗手间，顾青青站在镜子前，整理了一下衣服。看着镜子里光鲜靓丽的自己，她觉得有几分好笑——她是疯了吗？居然为了见陈文捷，特意整理自己的衣服。

她刚走出洗手间，就见林周逸等在外面，吓了一跳："林总……"

林周逸笑容温和："时间快到了还不出来，我以为你会临阵脱逃呢！"

他的打趣倒是让顾青青心里的郁闷之气少了不少，她笑着点点头："林总忘记我那时候是怎么阻拦陈文捷的了？只要您不怕我得罪了这位影视新星就行。"

正说着，电梯间传来了脚步声，陈文捷真的来了。

顾青青笑容一收，转头看向陈文捷，意外地发现，陈文捷憔悴了不少。

陈文捷依旧戴着大大的墨镜，几乎遮住大半张脸，见到顾青青和林周逸也没打招呼。

她的助理的情绪也低落了不少。

这是怎么回事？

顾青青想到冷斯城离开时打电话说到陈文捷时的冷淡语气，难道陈文捷被他责罚，"失宠"了？

顾青青一愣之下，陈文捷和她的助理先进了会议室，她随后跟着林周逸进去。

陈文捷坐在沙发上一声不吭，对广告的事似乎一点也不关心不在乎，全权交给了助理。

谈好条件，临走，陈文捷仍一脸不快。

出门前，她打出去的电话被接通，瞬间笑容灿烂起来："冷总……"

听到冷斯城的名字，顾青青整个人都僵住了。

电话那头，冷斯城似乎有点累，应该是刚开完会，一张口就不耐烦地说："我很忙。"

陈文捷像表功劳一样说："我今天来谈广告了，合同重新签了，马上就要开拍。我会努力配合的。"

冷斯城没回应。

陈文捷有点急了。

前天，是她第一次去倾城公寓，发现公寓里杯子一个、碗碟刀叉一副、拖鞋也只有一双。趁冷斯城没注意，她偷偷溜进卧室看了一眼，居然连寝具也只有一份。几乎他的每一任女伴都出入过倾城公寓，这里的所有东西怎么会都只备一份呢？

然后，她听到了"冷太太"打来的那个电话，半好奇半挑衅地接了起来，对方却没说一句话就挂了。

她忘不了冷斯城看见她拿着电话时的眼神。她知道冷斯城发起怒来很可怕，却没想到冷斯城连一句解释也不听，直接让她滚蛋。不，不仅让她滚蛋，她的通告、她的活动、她的电影，全都暂停，像被公司雪藏了一样。

为什么会这样？他不是不在意他的妻子吗？不是说他一直花天酒地，从来不把他的妻子放在眼里吗？

她内心忐忑地等待了一天，直到昨天上午，冷斯城出国前才松口答应，让她好好拍这个广告。

"冷总，你什么时候回来啊？现在英国那边应该很冷吧？我看了天气预报，那边正下雨呢。"

她走了两步，忽然觉得身后有人跟着。

顾青青面色平静，又往前走了几步，然后一转身，去了旁边的茶水吧，似乎是去拿咖啡的。

又是那个讨厌的女人！陈文捷嫌弃地皱眉。不过，她不想在这个时候闹事，踩着高跟鞋先下了楼。

林周逸走进茶水吧的时候，看到顾青青拿着杯子正在接水，水都溢出来了。他故意叫了一声："顾小姐？"

顾青青一愣，手一晃，杯子里的水哗啦啦一下子洒了出来。

林周逸立即上前，关了水龙头。看着顾青青蹲在地上收拾，他立马也蹲了下来。

顾青青明显有点尴尬。

林周逸装作什么都没发生过，一面帮顾青青收拾一面说："我看，我选顾小姐，是捡到宝了。"

顾青青一愣。

林周逸一本正经地说："陈文捷刚走，你就想广告的事情想得入了神，这样敬业的员工，现在真是少见啊！"

顾青青心里有些乱，闻言，应付式地扯出一丝苦笑。

林周逸继续说道："还好不是开水，不然，顾小姐岂不是一个星期不能工作了？说起来也是我的错，不该突然叫你。"

他帮了忙，还道歉，顾青青无论如何也过意不去，摇摇头："林总，太不好意思了，我以后会更加努力的。"

林周逸见好就收，也没多言，只是点头："那就看你的表现了。"

之后的几天，顾青青果然很努力。幸亏她之前在明盛上至策划下至助理，什么事情都做过，上手也快，很快挑出了重点，做了新的策划案。

陈文捷也没有反对，马上安排拍摄。

广告拍摄的间隙，有杂志社来采访，陈文捷自动把冷斯城带入了话题："我这次广告的拍摄，公司很重视，尤其是他，特别关心我。"

"他？"记者立即跟进。

陈文捷点点头："他告诉我，工作要努力，就算只是一个广告，也要全力以赴。"毕竟仍忌讳冷斯城对她的态度，不敢说得太露骨。

记者心知肚明，又加了一句："不知道，陈小姐对爱情是怎么看待的？"

恰好这时，顾青青和张语欣布置完了，准备叫她过去，就听到她回答记者："我认为，爱情是不分年龄、不分国界、不分种族的。爱情的到来就像魔法一样，是人不能抗拒的，有时候连法律和道德都无法阻止。"

记者笑道："是吗？那陈小姐遇到这样的爱情了吗？"

陈文捷这次学聪明了，没有回答，只是羞涩地笑，脸上分明写着

"默认"两个大字!

张语欣看了看一直冷静地看着采访的顾青青,八卦地摇摇头:"这个陈文捷,好像是勾搭上了那个皇霆娱乐的小开才上位的吧?据说是有妇之夫?真不知道那个小开的老婆知道了这些事,会是什么感觉?"

什么感觉?没什么感觉,她的心早就死了,百毒不侵。

记者临走,还笑着"祝福":"那,我们就祝愿,陈小姐能遇到命定的爱情。"

陈文捷站起身,刚要笑着回应,林周逸走了过来,声音清朗地说:"我倒是觉得,如果爱情有违道德和法律,是不应该存在的。爱情再美,也不能破坏婚姻和家庭的神圣。陈小姐,你说,我说得对吗?"

他一席话,掷地有声,摄影棚里的人都听得清清楚楚,等于明明白白地告诉大家,陈文捷一个小三,有什么资格讲"爱情"?

陈文捷被他说得有些蒙。

张语欣带头鼓掌:"林总说得好!"

林周逸笑道:"我们旭逸的确讲究效益,但是,我们对德行也有一定的考量。以后来拍广告的时候,这种明显不符合道德标准的问题就不要回答了。希望别人提到我们旭逸的时候,不只认为我们是一个广告公司,更是有正能量有正面影响的公司。对吧,顾小姐?"

顾青青没想到林周逸并不知道自己的真实身份,却如此帮自己说话。

看着林周逸温和的脸孔,她眼底有感激的暖流滑过:"陈小姐,采访结束了吗?可以过来拍摄了。"

不知道是不是因为林周逸的话,那天下午,陈文捷拍摄异常认真,当天就完成了室内的所有镜头,只需要补拍一点外景就OK。

拍摄工作顺利结束后,该下班的下班,该回家的回家,顾青青留了下来,她还有些资料需要整理。

八点半,旭逸公司的整栋楼都灭了灯,林周逸下班的时候,看到顾青青还在对着电脑录入，便走了过来："怎么这么晚了还不下班？"

顾青青起身，礼貌地道："林总。"转头看了看电脑屏幕，"还差一点就做完了。"

"还没吃饭吧？一起去吧？"

"这……恐怕不好吧？"顾青青摇摇头，有点犹豫。

林周逸笑道："资料明天上午十点开会前给我就行，要是饿肚子得了胃病，我会少一个尽职尽责的下属的。"

顾青青不好再说什么，把资料备份了才起身："那就，谢谢林总。"

林周逸特意选了一家大厅里有电视的，可以看到电视新闻。

坐下来刚点完菜，电视里便播了一档关于冷斯城的电视节目，不用说，重点就是他的"个人生活"，提到了他和不少明星的绯闻，唯独没有提他的妻子一句。

林周逸注意到顾青青面色平静，既不关注，也不理会，可菜上来之后，也不见她伸筷子夹菜，只是小口小口地低头吃着碗里的米饭。

林周逸故意说道："说实话，我很为冷斯城的妻子惋惜。"

顾青青拿着筷子的手顿了顿。

林周逸笑了笑："虽然现在大家都说婚姻是爱情的坟墓，我却不这么认为。如果结婚，一定要跟我爱的人，一生不弃不离。"

顾青青抬起头，半天才说："林总的妻子，一定会很幸福。"

林周逸只是笑："希望如此。"

饭后，顾青青说什么也不让林周逸送她回家："我家离得比较远，我自己坐公车回去就好。"

林周逸心知肚明，点点头："好的，那明天不要迟到。"

林周逸刚走，顾青青就接到了保姆打来的电话："太太，先生一小时后到家。"

顾青青吓了一跳："什么，谁回家？"她刚才在电视里看到，他昨天还在英国谈生意，怎么今天就回来了？

"是先生。先生刚下飞机，正在赶过来。"

顾青青出来上班，不可能瞒着和她一起住的保姆，上回她差点被冷斯城抓到自己出来工作，所以这次她千叮万嘱，只要冷斯城打电话回来，保姆一定要立马通知她。

顾不得许多，顾青青赶紧招手叫了一辆出租车，急速往家里驶去。

顾青青回到家，见保姆正在门口张望，她立即冲进去："他人呢？"

保姆摇摇头："还没回，不过……"

话音未落，山道那边传来了汽车的鸣笛声。

来不及说什么，顾青青赶紧踢了鞋子跑上二楼。刚关上卧室门，她就听见楼下传来停车的声音，然后，冷斯城踏了进来。

楼下，保姆刚把顾青青脱得东倒西歪的鞋子放到鞋柜里，冷斯城就进门了："先生。"

冷斯城声音低沉地嗯了一声，看了一眼空荡荡的客厅，一面解着西服的扣子一面问："她呢？"

保姆立即说道："太太在二楼的卧室里。"

房间里，顾青青脱了衣服，只穿着一套纯白的内衣，伸手正准备去拿睡衣，卧室的门开了。她的手停在半空，有些僵硬地回头。

空气里，有一丝暗流在涌动。

四目相对。

顾青青赶紧拿起衣服遮住自己的身体，然后才故作镇静地道："你回来了？"

冷斯城只看了她一眼，目光就从她身上极快地收回，好像把她当成了空气，然后，他抬脚从她的身边绕过，走到床边，自顾自地换上了睡衣。

顾青青身体发僵，她实在是不明白，她和冷斯城的关系一直很僵，每个月除了固定的那一天以及她实在需要麻烦他的时候，平时都不怎么见面，更没什么交流，除了每次回冷家老宅的时候，会陪他父母吃一顿饭，说上一两句话，而今天，他怎么一回国就来了她这里？

像是要回答她心头的疑问似的，冷斯城刚换好衣服，一个电话就打了进来，是打的家里的座机。

冷斯城在座机响起的第一时间就拿起了听筒，然后，用他最温和的语气开口："妈。"

原来是他妈妈洛清雪打来的。她就说，冷斯城怎么可能一回国就来她这里，分明是应付母亲查岗的。

安静的房间里，她能听到电话那边洛清雪的声音："回来了？"

冷斯城嗯了一声。

"坐了这么长时间的飞机肯定很辛苦，让青青给你放洗澡水，好好泡一泡，解解乏。"

冷斯城又嗯了一声。

见儿子这么乖，洛清雪也松了口气："以后你不要到处乱跑，工作完就回家，知道吗？"

冷斯城顿了顿，骨节分明的手指握紧了听筒，半天才点头："我知道了。"

洛清雪又加了一句："让我跟青青说两句。"

冷斯城又嗯了一声，转头把听筒递给顾青青："妈要跟你说话。"声音平和，眼神却在示意，别乱说话，我在一边看着。

顾青青点点头，接过了听筒："妈。"

洛清雪声音柔和地道："青青啊，小宝工作忙，你要体谅一下。最近身体怎么样？"

"妈，我很好。斯城……也不错，您和爸爸呢？"

"我们没事。只要你和小宝好好的，我们就放心了。哪天有时间，回来一起吃顿饭？"

"好，谢谢妈妈关心。"顾青青顿了顿，"妈，还跟斯城说话吗？"

"不用了，让他不要工作太累了，事业要紧，家庭和身体同样要紧。"

挂了电话，顾青青心里不知道是什么滋味。结婚三年，冷斯城虽然对她一直冷若冰霜，他的父母却很照顾她，尤其是有自己的妈妈和哥哥作对比的情况下。

她刚挂电话，冷斯城的声音就响起了："顾青青，你能耐啊！居然告状！"

"我没……"

"你没有？"冷斯城轻哼一声，"怎么，怕我跟你离婚，你前脚去我爸妈那里告状，后脚就脱了衣服在家里等我？"

顾青青可能没听出来，他说到最后一个字的时候，声音明显上扬，说明他并没有很生气。

顾青青皱着眉，懒得跟他解释："随你怎么想，反正我没这么做。你也累了吧？我去帮你放水。"说完，她转身往浴室走去。

冷斯城长腿一伸，将她拦住："何必这么麻烦，既然你衣服都脱了，干脆一起洗吧？"

"冷斯城！"顾青青有点吃惊，又有点疑惑，不会是他在英国没有女人陪伴，火气太旺了吧？怕他继续误会，她干脆说道，"我没有告状，也没打算脱衣服诱惑你，我只是和李悠悠出去逛街刚回来，恰巧和你撞上了，我并不是有意这么做的。"

她每说一个字，冷斯城的脸色都凝固一分。

她微微低头，声音有点小："我知道，那天我和李悠悠去夜店玩，尤其要找什么帅哥，还有杜老板……总之，我不喜欢STAR，以后不会再去了，更不会找帅哥。还有……"她说到这里，一句在喉咙里徘徊许久的话，最后还是说了出来，"如果，如果你真的需要的话……可以去找别的女人。我，不会嫉妒的。"

冷斯城的眼神瞬间冰冷，心脏像被铁锤击中，钝痛无比。

他在她的眼里，就这么无耻吗？无论传多少次绯闻，招惹多少桃花，闹出多少事，她连眉头都不会皱一下。还说她不会嫉妒？她当然不会嫉妒，因为她的心根本不在他的身上。

"是啊，我是不是要赞扬你的'贤惠'？"他眉毛一挑，眼底一片冰冷。

顾青青不知道，他突然迸发出来的怒气是因为什么，她明明顺着他的话说了啊，他怎么还是这样一副咬牙切齿的表情？

她咬着嘴唇，半天才张口："别的就罢了，刚刚你妈妈有句话说得很对，你得好好保重。"

"保重什么？"他觉得有些不妥，但还是问了出来。

顾青青一面说一面看着他，声音越来越小："你女伴有点多，要是不注意碰了什么不干净的，出点什么事……"

"顾、青、青！"只要她去过一次倾城公寓她就会知道，一个带着女人回公寓的男人，房间里会只有一套生活用品吗？

他根本没碰过那些女人，看似在外拈花惹草，不过是为了气她试探她。

她从来没有试着了解他，就算因为嫉妒跟他争执也好，可她一句话都没回应过，反而照单全收。她根本不爱他，更没重视过他们的婚姻。

"我告诉你，如果不是因为那件事，如果不是因为我们结了婚，我才不屑于碰你！你以后少用这些手段来吸引我的注意力！"冷斯城盛怒之下，只想宣泄自己内心的痛苦，"但是，想离开我，想和我离婚？想离婚以后找别人开始你的新生活？你想都别想！"

风刀霜剑都不及冷斯城的一席话，越是痛苦，顾青青的意识越清醒："我觉得，我很快就要等到那一天了……已经三年了，他们要回国了。"

"你——"冷斯城听到她这句话，一丝惊惧转为更大的怒气，瞬间席卷了他。

　　他用力捏住她的下巴，让她的脸靠近自己，看着近在咫尺的她的眼睛里一闪而过的惊讶和痛楚，他的心里更是钝痛、沉闷、狂乱、愤怒交织。

　　每次都是这样，每当他想要对她表示好感，她都用这种满不在乎的口气，说这样冷漠无情的话。

　　他就说，她怎么每次听到他的绯闻、见识到他的恶劣后，还能保持冷静，原来她早就打算好了，等他回国后，她就立即跟他解除婚姻关系，再跟那个人重修旧好。

　　"你想走？好啊！等我哪天玩腻了你，你就给我滚！"

　　冷斯城狠狠地把顾青青一甩，起身换衣，大步流星地转身离开。

　　保姆奇怪的声音传来："冷先生，怎么了？"

　　然后，是他重重摔门而去的声音，再接着，车子发动，越来越远，越来越远。

　　他，走了。

　　顾青青惨笑一声，后背抵着门，身体无力地滑落。

　　他好狠，每一句话都直入她的内心，刺得她千疮百孔。

　　不爱她，却要困她一辈子。

　　遇到他，到底是她的劫，还是她的孽！

　　"太太，怎么回事？"

　　"没事。"顾青青用力撑着门站起来，"你去休息吧！"

　　今晚，不过是让她更加清楚，她在他心里，到底是一个什么样的位置罢了。

第三章　冤家路窄

冷斯城开着车一路飞驰，暗夜深沉，他却不知道前路在何方。

去哪里？他还有地方可以去吗？

回冷家老宅？刚跟妈妈保证过，会和顾青青好好过。

回倾城公寓？一个人面对空荡荡的屋子。

去STAR？在震天的音乐声里、在迷醉的酒精里，度过漫漫长夜？他已经过腻了！

他再也不想过这样空荡荡的生活，他再也不想要他一个人痛苦、她却毫不介意、冷酷无情的婚姻。

冷斯城开着车刚到倾城公寓，发现从一辆车里下来一个人，正是陈文捷。

冷斯城没理她，径直从她身边走过。

陈文捷以为他还在生气上回自己的自作主张，快走几步跟了上去。

进了门，冷斯城打开灯，也没理她，打开酒柜，取出一瓶芝华士，坐在沙发上喝起来。

陈文捷鼓起勇气坐在他旁边，看到他酒杯空了，立刻"体贴"地帮他倒满一杯。冷斯城也没拒绝，仰起头，一饮而尽。陈文捷继续倒。

一连喝了三杯，冷斯城才放下酒杯，闭上眼睛，靠在了沙发背上。

机会来了！陈文捷立即身子柔软地靠了过去，伸出双手："冷总，累了吧？我来帮你按按。"

她的手刚碰到他的太阳穴，他眼底闪过一抹厌恶，伸手一推，把她从身边推开了。

"冷总，我是真心喜欢你的，我想和你在一起！"

冷斯城站了起来："可是，我不喜欢你。"

陈文捷傻眼了。冷斯城如果不喜欢她，为什么要给她安排那么多出名的机会，还给她联系大导演？

陈文捷抬起头，眼里含着泪光："冷总，我知道你结婚了，我也无意破坏你的婚姻，我只是……想留在你身边，每天能看着你，我就知足了！"

"演技不错。"冷斯城忽然蹲了下来，"我老婆说，我在外面有多少女伴她都不管，可是，她、怕、得、病。"

陈文捷的脑袋嗡一声蒙了！她怎么也没有想到，冷斯城会说这样的话。

"知道了，就快点滚。"冷斯城收回目光，再也没兴趣看她一眼，迈开步子走到沙发另一侧坐下，身体陷入柔软的沙发里。

陈文捷哆哆嗦嗦，几乎是手脚并用地爬到门口。

一道冷凝的声音忽然从身后传来："你明天，是拍广告的外景吧？"

陈文捷一愣，瑟缩地转回头，却看见冷斯城的眼里闪过一缕幽暗的光，似乎在谋算些什么。

陈文捷离开后，冷斯城让人把她坐过的沙发擦干净，他则起身走到窗前。

倾城公寓虽处闹市，却十分安静。看着远处的车水马龙，他的目光微微一凝。

他已经不记得他是什么时候认识她的了，似乎，两个人相识了很久，又似乎，他们第一次相遇就在昨天。

他是在大院长大的，除了莫东阳等发小，还有一家人经常走进大院，就是徐家。

徐家是名门望族，多年来一直在海外发展，回国后买的房子恰好在他家旁边。徐家有两个女儿，姐姐徐子佩与他同岁，是他的同班同学，妹妹徐子衿小他两岁。徐子佩经常带着妹妹去他家玩，便渐渐熟悉了起来。

第一次听到顾青青的名字，是在他十七岁那年的暑假。

那天，徐家姐妹来他家里玩，徐子衿说她妈妈新找了个保姆，保姆有个女儿，跟她一样大，也考进了燕城一中，叫顾青青，还和她同班，可是她很不喜欢顾青青。

他随口问了一句："她叫什么名字？"

徐子衿想了想，才开口："顾盼的顾，青草的青，顾青青。"

冷斯城随意地点了点头。

哦，顾青青，一顾倾人城的"顾"，青青子衿的"青青"，名字还不错嘛！

第一次见她，是几个月之后的事了。

他记得，那是个天气晴朗的日子，因为他被保送上了N大，原本忙碌的高三，他变得无所事事，最喜欢骑着一辆拉风的钛合金山地车满校园转悠，看着别人都在痛苦地上课，他别提多高兴了。

燕城一中是全国重点中学，教学楼后有一座花园。那天，他骑着山地车，戴着安全头盔，拐到花园附近，有一段弯路，他一扭车头，一个漂亮的漂移，然后，一道绿色身影闯入了他的眼中……

惊叫！刹车！砰的一声，天旋地转，他丢开了心爱的山地车，往前一扑，抱住了那个绿色的身影，然后身体翻转，两个人一起倒在了地上。

倒在地上的一瞬间，他的脑海居然闪过一句话——这个女孩穿着绿裙子旋转的时候，还挺好看的。

顾青青在为学校的运动会开场舞做准备，刚换上演出服，抄近道从花园这边走，就被撞了。

这个男生穿着赛车服，戴着安全头盔，连长什么样都看不见。

冷斯城立即起身，低头一看，顾青青绿色的裙摆扇子一样散开，她微卷的长发垂下，腿很长，细腰盈盈一握，脚上穿着跳舞用的软底鞋，脚踝精致。

"你……没事吧？"看了半天，他终于想起来要道歉，同时伸手想将顾青青扶起来，却落了个空。

顾青青扶着旁边的假山，倔强地站起来，摇摇头："没事。"

嗯，声音也很好听。

"要去校医院吗？"冷斯城微微皱眉。

"没事、没事。"像是要证明自己真的没事，顾青青强忍着疼痛走了两步，然后抬头朝冷斯城笑了笑，"你看，没事了。"

他记得那天，她的眼睛乌黑明亮闪着光，笑的时候，眼睛弯弯的像月牙，有很漂亮的卧蚕，给人很温暖的感觉。

他看着顾青青慢慢地走远，一瘸一拐的，愣了几秒，正想上前扶她去校医院，远远的似乎有人在叫她的名字："顾青青，你在哪儿？"

"我在这里。"

李悠悠跑了过来，看见顾青青腿上有很大一个车轮印，她立马问道："你怎么回事啊？这谁撞的？"

"没事，是我不小心。赶紧去找老师吧，耽误排练就不好了。"

说完，李悠悠扶着顾青青走远了。

冷斯城微微皱眉，顾青青，这个名字好像在哪里听过。

当天晚上，徐子衿来冷斯城家玩，一脸不爽地说："顾青青那个家伙真是讨厌，今天刚发的裙子，她就给弄脏了，说是被自行车撞的，可是撞她的人是谁她又说不出来，谁信啊？！"

"她就是顾青青？"

"是啊，她最讨厌了！"徐子衿平常没少被父母拿来跟顾青青比学习成绩，早就一肚子怨气，"看着不声不响的，其实可有心计了，连之宁都说她好。她和之宁被选为运动会开场舞的领舞，还每天和之宁一起领操，谁知道会不会趁机接近之宁……"

冷斯城想到那个眼睛弯弯闪着光的女生，笑了。

几天后，学校领导找到冷斯城，说他上课时间满校园乱窜，影响不太好。虽然他不用上课，但他这个学生会主席还有别的方法可以发光发热，于是他多了一个任务，每天学生做课间操，他站在天台上检查做操情况。

于是，站在学校最高的地方看着下面学生整齐划一地做操，他无聊地嚼了嚼口香糖吹出一个泡泡，看着远处放空大脑，然后看心情，随意地给做操的班级打分，直到他看到领操的顾青青。

顾青青的眼睛太亮，像是天上的星星落到了她的眼睛里，看他看得那么认真，他还以为他被她认出来了，然后就看到她一脚踩空，当着全校学生的面摔了一跤。

等他下去找她的时候，顾青青已经回了班级休息。

如果他没记错，那是她对他展露出的最甜美的笑容，等他们真正相识后，这样的笑容越来越少，顾青青眼里的光芒也渐渐暗淡，直到现在。

冷斯城眉头皱得越来越紧，许久没有舒展。

第二天，顾青青感冒了，吃了药，脑袋仍昏昏沉沉。紧赶慢赶，终于在八点五十九分到了公司大门打卡，进了办公室，正好九点整。

沈亚婷抬起头来，不屑地撇撇嘴："一分不多，一分不少，还挺有时间观念的嘛！"她声音不低，整个办公室的人都能听见。

顾青青懒得理她，在自己的工位上坐下——昨天和林周逸吃饭前，工作还剩一点没收尾，现在继续。

九点四十分，林周逸来了。

顾青青拿着U盘准备去打印，看到林周逸，立即行礼："林总，我马上把资料给您。"

林周逸笑了笑："不着急，这是一份总结性的文件，数据不出错，写清楚就行，记得给每个参会的人都打一份。"

顾青青点点头，拿着U盘到打印室打了十来份文件。

她刚把文件放到工位上，李悠悠的电话就打了过来。

在办公区接电话不方便，她走到茶水间，接了杯咖啡，边喝边聊："怎么了？"

"明天我没事，找你逛街。"

顾青青想了想，陈文捷的广告今天应该能拍完，便点点头："没问题，明天约。"

挂了电话，她大口喝完咖啡，转身回到自己的工位，竟然发现她刚刚打印好的资料不翼而飞了。她看了看时间，九点五十五分，就算她现在跑去打印资料也来不及了。

这时，张语欣站在会议室门口叫她："青青，你在干什么啊？要开会了。"

顾青青脸色一僵，点点头，硬着头皮走了进去。

会议室里坐满了人，顾青青看见沈亚婷挑衅地瞅了她一眼，只这一眼她就知道，偷资料的肯定是沈亚婷。

可是，就算知道，又能怎样？首先她没证据，就算她能找到证据，会议也耽误了，而且，沈亚婷在旭逸工作多年，林周逸可能为了一个新人斥责她吗？答案不用想就是否定的。所以，沈亚婷才会这么有恃无恐吧！

"顾小姐，你站在门口做什么？"林周逸笑着问顾青青，"文件呢？"

"对不起，文件……没有。"

会议室里一静。

林周逸收敛笑容，声音一沉："什么意思？"

顾青青环顾了一下会议室，看到电脑和投影仪，立马有了主意。

她态度诚恳地说："文件……我确实没有打印出来，但是，我有一个更为直观的方式让大家了解到资料的内容，还请林总支持。"

林周逸想了想，点点头。

顾青青快步走到电脑前，把U盘插上，然后关上灯，把投影仪打开，拉下幕布。

然后，她从容地走到前面，面对所有人，声音清朗地开口："我们旭逸最近几年发展迅速，第一季度财务数据更是有较大幅度增长，其中，电视广告和网络传媒的增长量是……"

这些资料，都是她一个字一个字敲出来的，印象极其深刻。一些数据为防止过多的罗列不好辨认，她还特意做成了扇形和金字塔状，让人一目了然。

林周逸看着她自信的样子，暗想，这个冷斯城的妻子，真是越来越有意思了。

一场危机，有惊无险地度过了。

林周逸表扬顾青青，说她"条理清晰，报告作得很好"。

会议开完到了中午，张语欣拉着顾青青出去吃饭，路过一家咖啡店，张语欣买了两杯咖啡，递给顾青青一杯，然后问道："那资料，我明明看你去打印了，怎么没了？是不是沈干的？"

顾青青一脸平静："除了她还会有谁？"

"你知道是她，怎么不去找林总主持公道啊？"张语欣差点气死。

顾青青眸色淡淡："知道是她，又能怎么样？有证据吗？"

张语欣说："怎么没有？监控啊！"

顾青青笑了笑："就算找到了，你觉得林总会怎么处罚她？她进公司几年，我进公司多久？"

　　"就算是这样，也不能……"

　　"放心，就她那点小伎俩，伤不到我。"

　　说话间，两个人走到了一家快餐店，刚进门就看到沈亚婷和几个同事买完外卖要出门。

　　沈亚婷却装作没看见顾青青，出门的时候，顾青青侧身想让道，沈亚婷却肩膀用力地撞了上去，撞得顾青青后退了一步。

　　顾青青还没说话，旁边的张语欣来气了："你怎么回事啊？"

　　"哦，不好意思，我没看路。"沈亚婷表情淡漠，一看就知道是故意的。

　　张语欣正要说话，却见顾青青把咖啡杯的盖子一掀，把没喝完的咖啡直接泼到了沈亚婷的身上.

　　"喂，你干什么？"沈亚婷大叫一声。

　　顾青青把咖啡杯一扔，空杯在空中划了一个非常漂亮的弧度，准确无误地进了旁边的垃圾箱，然后她整理了一下衣服，平静地说："哦，不好意思，我也没看路。"说完，拉着看呆的张语欣往店内走去。

　　吃完午饭回到公司，顾青青听到不少人在议论，不是议论她往沈亚婷身上泼咖啡，而是："冷斯城待会儿要亲自过来看陈文捷拍广告。"

　　顾青青闻言，差点崴了脚。

　　她扶着墙，回头一看，正在议论的是摄制组的几个女同事，一个个眼睛放光："冷斯城？是那个冷斯城吗？"

　　"还能有哪个冷斯城？就是那个冷斯城啊！"

　　"青青，青青，你怎么了？"张语欣发现顾青青没跟上来，奇怪地回头一看，顾青青脸色苍白，似乎还有些惊慌，"青青，你怎么了？"

　　"我……没事，没事。"

　　怎么办？怎么办？如果被冷斯城知道自己偷偷出来工作，不就完蛋了吗？

　　她知道这是她在旭逸负责的第一个项目，十分重要，可是，她能不能请假？

　　她真心希望，冷斯城忙到来不了。

　　广告拍摄地点在燕城著名的商业广场，这个商业广场是冷斯城投资的，所以可以提供场地让他们拍摄。

　　陈文捷最近很火，不少人都伸长了脖子看，只有顾青青，紧张地躲在一堆工作人员里，焦急地往外看，看冷斯城来了没有。

　　今天不只顾青青状态不佳，正在拍摄的陈文捷也是，眼神飘忽不定。

　　拍摄了整整一个下午，只剩下最后一部分镜头，布置的布置，化妆的化妆，连顾青青也全身心投入到拍摄工作当中，忘了冷斯城要来的事情。

　　顾青青皱着眉，看着拍摄里面。

　　林周逸走了过去，凑到她耳边轻声问："在看什么？"

　　顾青青往旁边挪了一下，和林周逸保持一点距离："这里，需要表现出惊喜，并且应该有个特写，而陈文捷的眼神差了一点。"

　　果然，陈文捷肢体动作虽然很到位，眼睛却无神，嘴角勉强勾起的弧度也很僵硬。这一闪而过的细微表情，她竟然也看得这么清楚。

　　"当然，不重拍，后期处理也可以，但是我们的经费……"

　　他们在这边说，那边导演要求陈文捷重拍一次，让她笑得再自然一点。

　　林周逸又装作聊天似的问："听说，你中午泼了沈亚婷咖啡？"

　　顾青青倒是坦然："对。"

　　"不小心吗？"

　　"没有。"顾青青爽快地承认了，"是她先撞上来的，我只是一报还一报。"

林周逸又问："只是因为她撞了你吗？还有没有别的原因？"

顾青青点头："有，不过是一些私事，与工作无关。林总放心，我不会带着情绪工作，相信沈亚婷也一样。"

林周逸这下真的惊讶了。他原来以为这个一直被藏起来的冷太太是怯懦的、隐忍的，没想到她居然是该亮出爪子的时候从来不遮掩，对陈文捷是这样，对沈亚婷也是这样。那么，她为什么一直要躲避冷斯城？

他笑着说："公私分明啊？很好，以后继续保持。"

导演这边，又一条被喊"卡"，陈文捷怒了："导演，你到底要我怎么演？"

"这最后一个转身，你得表情既欣喜又惊讶，尤其是惊讶，再试一次！"

镜头再次对准陈文捷。

这次，她居然一下子展露出了欣喜、期待、惊讶、甜美……一系列复杂的表情，因为她看到冷斯城坐着电梯突然降临。

冷斯城站在最前面，后面跟着一大群下属，走到了拍摄现场。

躲在人群里的顾青青看到冷斯城，赶紧偷偷溜了。

她悄悄坐电梯上了楼，然后躲到二楼一个店铺的广告展板后面，静静地看着一楼的情况。

冷斯城看着陈文捷，陈文捷看着冷斯城。

二楼的顾青青看着冷斯城，一楼的林周逸却在看着她。

真是太有意思了，冷斯城和小三深情对视，他老婆躲在二楼偷偷看着他。

林周逸脸上泛起一个大大的笑容："这位就是冷斯城吧？你好，我是旭逸广告的老板林周逸。"

冷斯城转头看了他一眼，淡淡地点了点头。

冷家和林家虽然一直是竞争关系，但是也有联姻，仔细算起来，冷斯城是林周逸的远房表哥。

林周逸笑容满面："论起来，我得叫你一声'表哥'。听说表哥已经结婚了，不知道什么时候方便，我正式上门拜访表哥和表嫂？"

冷斯城眸色沉了沉。

陈文捷脸色大变，尴尬得很。

林周逸装作什么都不知道的样子，连连摆手："我不是这个意思，我不是在强调陈小姐的身份……哎呀，表哥，你看我……我就是希望以后还有机会合作。"

冷斯城看着面前这个男人一脸温和的笑容，眼里满是警惕，来者不善啊！

眼神微微一敛，冷斯城淡淡地说道："是吗？可惜，我对广告没有研究，我们皇霆娱乐每次拍广告都是找最好的团队，想合作当然有的是机会，不过，得公平竞争才行。"意思就是，林周逸还没资格跟他谈合作，只有被挑选的份。

冷斯城低头看了看手表，已经到了下班时间，他朗声对工作人员说："辛苦大家了，今天，我尽地主之谊，请大家吃顿便饭。"

在所有人的欢呼声中，冷斯城伸出两根手指，只用指尖虚虚地握住了陈文捷的手腕，但是这个动作看起来就像是他紧紧握住了陈文捷的手腕一样，显得无比亲密。

果然，二楼的顾青青看到，立即从广告展板后站了起来，目光一凝。

"这个人，我就先借走了，祝大家用餐愉快。"说完，冷斯城用指尖虚握着陈文捷的手腕，众目睽睽之下，堂而皇之地走出了商业广场。

在众人都看着那两个人离开的背影时，林周逸反而看着顾青青。

她眼里，满是死灰般的沉寂。

而那沉寂之中，隐隐闪出一丝火苗，像是有了什么决断。

冷斯城刚走出商场，就甩开了陈文捷的手腕，从口袋里掏出一方手帕，一边擦拭着手指，一边上了车，砰的一声关上了车门。

陈文捷被车门撞到了脸，后退一步，疼得眼泪都出来了。

她正纠结着怎么跟冷斯城说话，车门又唰的一声拉开，她惊喜地往前一步，刚说了个"冷"字，一方手帕从车里丢出来，刚好落到她的脸上。

陈文捷脸唰的一下白了："冷，冷总……"

冷斯城靠着椅背，眼睛一闭，淡淡地吩咐："明天上午十点，华贸天街见。记得打扮漂亮点，不该说的话，一个字都别说。"

"可是冷总……"陈文捷一句话还没说完，车门一关，车子发动，毫不留情地把她抛在了后面。

陈文捷呆了，她怎么觉得冷斯城像在演戏？

想起那天她私自接了冷太太的电话，冷斯城大发雷霆的样子，她越发不安起来。

第二天，上午十点。

华贸天街的珠宝店里，李悠悠表情夸张，声音更夸张："什么？你亲眼看到那对狗男女牵手？并且当着你的面，把那个女人带走了？"

顾青青在旁边揉揉眉心："不是当着我的面，我当时在二楼，他没看见我。"

李悠悠义愤填膺："没区别！他也太嚣张了吧？公共场合竟敢这么肆意妄为，他到底想怎么样？"

"你小声点！"顾青青看了看周围，见没有人注意她们，才继续说，"我想通了，不是自己的，勉强也没有好结果，他爱怎么样就怎么样，我已经做好最坏的打算了。"

李悠悠见顾青青表情平静，这才松了口气："也对，只要你心里有数就好。在新公司发展怎么样？"

"挺好的。陈文捷的广告……算是完成了，等下一个单子。"顾青青见李悠悠一直在看柜台里的首饰，好奇地问道，"你和张复兴要结婚了？"

"有这个打算，所以我先来转转，你帮我掌掌眼。"

看来看去也没有特别出挑的，正打算换一家，看见售货员手里的托盘上放着一条非常漂亮的项链，中间用钻石镶嵌成一个"LOVE"，李悠悠一下子就被吸引住了："这个好看！"

售货员说："这是皇霆娱乐的总裁定制的。"

皇霆娱乐的总裁，不就是冷斯城吗？

李悠悠看了一眼顾青青。

顾青青显然也很惊讶："不可能吧？"她连婚戒都没收到过，两个人的关系又那么僵，冷斯城怎么可能给她买项链，可这项链上镶嵌着"LOVE"，不是结婚的对象一般不会送，难道真的是给她的？好像，他们结婚三周年的纪念日马上就要到了。

就在这时，售货员朝她背后礼貌地行礼："冷先生、陈小姐，欢迎光临。"

冷斯城和陈文捷一起进来的时候，看到了顾青青的背影，心就像是到了悬崖的边缘，一不小心摔倒，一直往下滑。

李悠悠是皇霆娱乐的人，他昨天安排的一切，李悠悠应该早就知道了，而李悠悠知道了，绝对会第一时间告诉顾青青。

昨天回到倾城公寓后，他一直在等她上门来质问他，或者打个电话斥责他，他只希望她不要这样沉默不语，只求她对自己说一句话。

今天早上，冷斯城九点四十五分就到了珠宝店外面，他一直坐在车里。陈文捷比他到得更早，坐在保姆车里等他的指令。他没有理会陈文捷，手里一直握着手机，隔一两分钟，就点开扫一眼通话记录，翻一下QQ和微信，再看一看她的私人微博有没有新的动态，最后，他连她的某宝记录都翻了一遍。据说，有些生气愤怒的女人不会骂你，但会变成剁手族，美其名曰，老娘要花光你的钱，绝对不能留着便宜小三。他为此，还偷偷提了他们关联账号的消费上限，只要她肯花他的钱。

他不想错过与她有关的任何一条信息，可她依然毫无动静，就像一潭死水一样。

进珠宝店前的五分钟，他还在担心，难道是顾青青的手机没电了，所以不能打电话来训斥他？又或者是现在时间还早，李悠悠还没起床，还没告诉她昨天的事？

他想了想，特意叫来程秘书，让他用自己的电话，往西山别墅的座机打去："喂，我是程秘书，太太在家吗？"

冷斯城耳朵贴在手机上，捂住口鼻，不让自己的呼吸声传过去。

保姆不知所以，回答："太太一大早就出门了，说是跟李小姐去逛街。"

程秘书看了一眼冷斯城。

冷斯城用口型说："她离开的时候有生气吗？有难过吗？有暴跳如雷吗？"

那边，保姆疑惑地抓了抓脑袋："没有啊！太太拿了个包就出门了，临走时还说，中午可能在外面吃饭，不回来了，让我不用做她的那份。"

冷斯城微微皱眉，想了想，又用口型说："她带手机了没？手机有电没？"

程秘书依言而行，得到的答案是："我也不清楚，不过太太出门都会带手机的。"

冷斯城心烦意乱地让程秘书挂了电话。她既然是跟李悠悠去逛街，李悠悠肯定把昨天的事情告诉她了，而她带着手机，想打电话质问他，随时都可以，可他等到现在，她一点动静都没有，难道她一点都不在意吗？

他想了想，又让程秘书往倾城公寓门卫打电话："你好，我是一号楼住户冷斯城的秘书，请问，今天早上有人找过冷总吗？"

门卫想了想："有的。"

冷斯城一脸惊喜，他就知道，顾青青绝对没有表面那么平静，她绝对是和李悠悠一起来找他算账了。

门卫翻了翻来访记录："八点五十分冷氏集团商务部的刘总来访，九点零五分燕城卫视的李记者来访，九点五十分圣海贸易的公司代表来访。"

不是顾青青，不是她！

冷斯城死死握着手机，强行压制着体内极大的怒气，而比怒气更盛的是深深的失落。

他又问了一遍："还有人吗？今天还有人找过我吗？有没有两个年轻女人，二十来岁，其中一个长卷发，身材很好，气质端庄，长得很漂亮的？"

门卫茫然地摇摇头："没看见。"

没看见！简简单单的三个字像是一记重拳，狠狠击在他的心头。

连他自己都觉得他昨天那么做很过分，他都希望她能找上门来打他骂他，可她为什么没来？为什么不给他打电话？

手机响了，冷斯城看了一眼屏幕上的名字没理会。

手机一遍遍响起，他依旧充耳不闻。

这电话是陈文捷打来的，她已经等急了。

冷斯城早就安排了记者跟拍，昨天的事情如果没有传到顾青青的耳朵里，那今天他和陈文捷逛街，逛的还是珠宝店，这样的事被"偷拍"传到网上，她应该会看到吧？别的事情也就罢了，而男人送给女人珠宝意义非凡，她就算对他的绯闻不感兴趣，至少会对威胁到她"冷太太"的地位的事情感兴趣吧？可是现在，仍没有她的一点消息，他也懒得继续了。

程秘书跟了冷斯城好多年，冷斯城的心思他多多少少知道些。他知道冷斯城从来没有碰过那些女人，每次只是配合着拍几张照片，炒一下绯闻，让她们的名气更高一些，以便更好地为皇霆娱乐赚钱。

车里沉默了一阵，最后还是程秘书问："冷总，还去吗？"

冷斯城神情有点恍惚，最后还是下了车。

可没想到，一进门，他就看到了顾青青和李悠悠。

冷斯城心神大乱，第一反应就是惊，惊喜于遇到她，惊慌于和陈文捷一起出现时遇到她，惊恐于顾青青会更加讨厌他。

她会生气、会难过、会伤心还是会愤怒，会当场跟他吵架吗？冷斯城一瞬间表情有些失控，恨不得立即走上前去问问她的状况。

售货员见冷斯城来了，把托盘放到一边，笑容满面地朝冷斯城行礼："冷先生好，您定制的项链已经做好了，需要看一看吗？"

冷斯城没理她，一直看着顾青青的背影，深深地。

顾青青没回头，只是浑身僵硬地站着。

李悠悠脾气火暴，回头看见打扮帅气逼人的冷斯城和踩着高跟鞋、穿着时尚的陈文捷一起站在珠宝店的门口，再想到那条项链上面刺眼的"LOVE"，她怒不可遏，怪声怪气地说："哟，什么风把我们冷大总裁吹来了？真巧，我跟青青看戒指，你也带你女朋友来买项链？"

冷斯城没看李悠悠，眼睛一直盯着顾青青，表情有一丝狼狈。

李悠悠冷笑一声："这位美女是您的第几任？说起来，冷大总裁还是我的学长呢，怎么没听说过N大有结婚了还可以在外面乱找女人的校训啊？"

被李悠悠骂，冷斯城半点反应都没有，倒是旁边的陈文捷受不住了，可她不敢出头，更不敢乱说，因为冷斯城特意强调过，不该说的话，一个字也不能说。

冷斯城见顾青青始终没有回头，心里有点慌有点乱，更多的还是担心。他上前一步，想要解释，李悠悠却挡在了他和顾青青之间："怎么的，你还想打人？有什么话，你就站在这里说！"

冷斯城收回脚步，又深深地看了顾青青一眼，对她说："我在外面的车上等你，出来。"说完这句话，他转身推开店门，走出去，坐到了车上。

冷斯城出去了，陈文捷却没有跟出去，她仰起下巴，像是在示威，又像是在炫耀："把这些拿出来让我瞧瞧。"

售货员拿出首饰，一面看着她试，一面问："陈小姐，冷总带您来，是不是……好事将近了？"

听到这句话，一直僵立着的顾青青身体猛地颤了颤。

陈文捷瞟了一眼售货员，得意地道："……你说呢？哎呀，这些都不特别，还有别的吗？"说着，她一眼就瞟到了冷斯城定制的那条"LOVE"项链，"这个，可以试吗？"

售货员有些为难："不好意思陈小姐，这是冷总定制的项链，没有冷总的吩咐，我们是不能给任何人试的。"

"怎么不能给我试？今天是冷总特意带我来的，也许这条项链就是给我定制的。"

李悠悠实在受不了了，一下子冲了过去："你耳朵聋了？没听见吗？你又不是冷斯城的老婆，凭什么试这条项链？"

"你是谁？"

李悠悠不屑地看着她："我是谁关你什么事，反正我不像你，明知道冷斯城有老婆，还上赶着送上门。"

"够了，悠悠。"顾青青吐出一口气，一把拉住李悠悠的胳膊。

"什么够了？！"李悠悠差点被气死。虽说外遇这种事要负主要责任的是男人，可如果没有这些小三不要脸地勾搭，也成不了事："你——真的很贱！"

陈文捷哪里能忍住气，顿时把冷斯城的告诫放在脑后："我贱，也比你们这些没人要的弃妇强……"

啪！话音未落，一巴掌狠狠地甩到了陈文捷的脸上。

陈文捷捂住脸，不可置信地看着打她的顾青青："你敢打我？"

陈文捷说她可以，说李悠悠一个字，她却饶不了陈文捷。

顾青青面色平静，眼睛里却射出慑人的光芒："怎么，想找我的麻烦？好啊，让冷斯城亲自来！悠悠，我们走！"说完这句话，她拽着李悠悠的胳膊，从另一扇门走了出去。

她受够了！她之所以忍着冷斯城，一是因为她爱他，二是因为她有求于他，尤其是家里还有两个一直拖后腿的。现在，她已经跟母亲和哥哥说好，不再管他们的破事，她自己也找到了工作，可以自给自足。

他对她有多少不满都可以冲着她来，可要是他以及他身边的人敢动她家人和朋友一根手指头，她宁愿跟他鱼死网破。

陈文捷从来没被人打过，愣了几秒，想上去报复，顾青青已经拉着李悠悠离开了，她只好捂着脸想去冷斯城那里求安慰。刚拉开车门，她就扑了上去："冷总，那两个女人欺负我！"

冷斯城一直坐在车里等着顾青青，他想跟她解释，他不是带着陈文捷来买戒指的，也不是想离婚，他只是见她昨天没有质问自己，才想出这个昏招来，却没想到车门开了，进来的是陈文捷。

冷斯城冷冷地把哭得梨花带雨的陈文捷推开："你怎么惹她了？"

陈文捷假装抽噎地说："就说了几句话，那个副导演就骂了我，她的朋友还打我一巴掌。冷总你看，脸都红了。"

冷斯城冷眼看着陈文捷，忽然伸出手，狠狠地对着她的脸甩了一巴掌。这一巴掌打在同一个地方，加上冷斯城是男人，力道要比顾青青重得多也狠得多。

陈文捷被打蒙了，她捂住脸，脸上火辣辣地疼，却一句话都不敢说，只是怔怔地看着冷斯城。

"你找死！"冷斯城说完，推开车门下了车，跑进店里。

顾青青和李悠悠早就走了，冷斯城立即从另一扇门追了出去，可这里人潮拥挤，哪里还能看到顾青青的影子。

冷斯城找不到人，打电话给顾青青也关机，这时陈文捷踩着高跟鞋冲了过来："冷，冷总……"

冷斯城双眼快要喷火："她们人呢？去了哪里？"

陈文捷被吓到了，后退两步，哆哆嗦嗦地说："我，我看见她们从这扇门出来，之后，就不知道去了哪里……"

冷斯城转身大步走到车前，拉开车门坐进去，然后车扬长而去。

陈文捷呆呆地站在原地，她的脸仍疼得厉害，可再疼也比不上她心里的慌乱。

又是这样，冷斯城又是这样方寸大乱，难道，他真的很在意那个老婆？他是害怕那两个人到他老婆面前告状，才追出去的？

车里，程秘书从后视镜偷偷看了一眼面容紧绷的冷斯城，小心翼翼地问："冷总，我们去哪里？"

冷斯城紧皱眉头，想了想问道："你知道这附近卖婚戒的地方吗？"

冷斯城的车刚走，李悠悠就怒气冲冲地从华贸天街的另一条街道冲了出来："不行，我还是不能容忍那对狗男女那么嚣张，实在太过分了，哪有这么欺负人的？！"

顾青青拉着她："悠悠，谢谢你，可我现在……真的不用了。我已经想好了，我是一定要离婚的。等我工作步入正轨，经济可以独立，我就提出离婚。"

"你真的打算离婚？"李悠悠表示怀疑，"可你妈妈和你哥哥……"

顾青青摇摇头："结婚不能听从我的意见，离婚，我一定要自己做主。"

"好！"李悠悠也豁出去了，"大不了被冷斯城开除，老娘我不要那个工作就是了，有什么了不起的，我们逛街！"

顾青青和李悠悠一直逛到晚上，吃了晚餐，又看了场电影，回家的时候已经是凌晨了。

家里的灯亮着，她进门脱了鞋，放下购物袋，喊了一声："我回来了。"

屋子里安安静静的，平常保姆听到动静都会迎出来，今天怎么了？

她往里面走了几步，这才知道为什么今天会这么安静，因为，冷斯城就坐在客厅的沙发上。冷斯城像是刚洗过澡，头发湿漉漉的，发梢还在滴水。

看到她回来，他目光闪了闪，似乎有什么话要说，可是，嘴唇微张，什么都没说出来。

他身边站着战战兢兢的保姆，看她的模样，估计是冷斯城发了点脾气，她不太敢讲话，只抬起头跟顾青青打了声招呼，然后小心翼翼地问道："先生、太太，我，可以回去休息了吗？"

顾青青立即道："你去吧，好好休息。"

保姆如蒙大赦，立即点头："谢谢太太！"然后一溜烟跑了。

顾青青把购物袋拎进来，没问冷斯城为什么回来，也没问他什么时候走。

她往里面走的时候，看了眼餐厅，一桌子的菜，动都没动。

想到上次来这儿吃饭，冷斯城挑三拣四，还害得程秘书早上六点不到就跑出去给他买早点，估计是保姆做的饭菜不合他的口味，所以他脾气不好吧？

她收回目光，直接上楼。

刚走两步，她的手腕就被人抓住了，不用回头也知道是冷斯城。

冷斯城在外面转了一天，华贸天街附近的几个商场他都去了，还是没找到人，最后，他又跑回了华贸天街。

他回到那家珠宝店，售货员已经换了一拨，他特意叫来值班经理："上午，我来的时候，跟我说话的那两个女人，之后又来了吗？"

值班经理一脸诧异："不好意思，冷总，我没有注意，要不要查查监控？"

“不用了。”冷斯城拿起项链就走。

出了珠宝店，他长呼一口气，想了想，对程秘书说："回……西山别墅吧。"

回到西山别墅的时候已是傍晚，保姆迎了上来，冷斯城装作不经意地问："她人呢？"

“太太还没回来。”保姆见冷斯城的脸色沉了下来，立马加了一句，“需不需要我打电话问一声？”

“打什么电话？她有手有脚，自己会回来。”冷斯城进门，还不忘加一句，“多做一个人的饭，省得她回来没东西吃，你又在厨房给她做饭打扰到我。”

“是。”保姆应道。

可是，等她备好了饭菜，顾青青还没回来，然后，冷斯城的脸色就变得不怎么好了，一会儿嫌弃菜色太单调，一会儿嫌弃鱼汤太腥、肉炒得太老，一会儿又嫌弃盐放得太多，最后得出的结论是："我最近没生气，所以你觉得我变温柔了吗？这么难吃，你是想毒死我？"

保姆给他放洗澡水，他也嫌弃："你想烫死我吗？你调的是什么温度？"

好容易洗完了澡，冷斯城坐在客厅里，顾青青回来的前五分钟，他还在大发雷霆："都跟你说了，这是实木地板，得跪在地上用半干的抹布一点一点地擦。你就拿墩布这么胡乱地扫两下，你当你是行为艺术家在搞创作呢？"

保姆平常就怕冷斯城，被他一骂差点哭出来，还好顾青青回来了。

顾青青被他握住了手腕，本想挣扎，想回头质问他到底想怎么样。不肯跟她离婚，却在外面嚣张地宣告他和陈文捷的关系，而且，徐子佩马上就要回来了……想到他的这双手也握过陈文捷的手，也搂过她的腰，也许，以后还会抱其他女人，她的脸色便冷了下来，深呼吸，声音淡淡的："有事？"

"有事？"冷斯城眼睛一眯，他听错了吗？顾青青跟他讲话，声音怎么能这么平静，这么毫无波澜？他仰起下巴，一挑眉，手却握得更紧了："怎么，我必须得'有事'才能找你？"

"当然不是。"顾青青说着，将手臂抬起，"但是，我想上去休息，可不可以请你松手？"

冷斯城没想到顾青青会如此冷静，既不反抗也不顺从，还这么"客气"地跟他谈条件。

他一愣之下，顾青青已经用力甩开他的手，走了上去。

看着她的背影，他心里的不安越来越强烈，难道，她真的准备好离婚了？

见她开门进了房间，他立即跟上，刚想说话，顾青青忽然回头，吓了他一跳。

顾青青握着门把手，看着冷斯城："我要洗澡休息了，你还有事？"

冷斯城原本想跟她解释一下今天的事情，却没想到她居然这么平静，他一下怔住了。

顾青青马上加了一句："没事的话，我关门了。"说完，嘭的一声关上了门。

被关在外面的冷斯城满脸诧异，难道他想对了，她真的打算离婚？

冷斯城上前一步，正要扬手敲门，一下顿住了，他该说些什么呢？

这时，门开了。

顾青青和冷斯城，一个在门里，一个在门外，四目相对。

一瞬间，冷斯城眼里闪过一丝亮光，有欣喜，有期待。

顾青青开口道："不好意思，请你让一下。"

突然，刺耳的手机铃声响起，是程秘书打来的，张口就问："冷总，陈小姐打电话来，问您明天的安排……"

顾青青微低着头，脸上浮现一抹嘲讽又无奈的笑意。

见他站在门口不让开，她伸手轻轻推开他，毫不犹豫地踏出了脚步。

擦肩而过的瞬间，他看了她一眼，微微扬起的发丝，带着她身上清冷疏淡的气息，好像要走出他的生活一样。

他立即挂了电话："让她去死！"然后三步并作两步冲过去，挡在了顾青青面前。

顾青青一愣，抬起头来看着他。

冷斯城有些焦急："我有话要说。"

顾青青声音平静："想说什么？"

他原本要冲出口的解释，在看到她毫无波澜的表情时，硬生生变成了："我待会儿还要工作，你不要去书房打扰我。"

"哦，我知道了。还有吗？"他在等她的质问，她也在等他的答案！他既然这么喜欢陈文捷，又何必和自己僵持着，离婚啊，她在等他说出口。

冷斯城的眼神一下子锋利起来，她怎么能说得这么轻松、这么平静、这么自然、这么……让他崩溃？！

"顾青青，你真行，真行……"他深深地看了顾青青一眼，然后，转身下楼。

顾青青看着他离开，听着他的脚步声冲到玄关，像是踢倒了什么东西，又一路冲到了屋外，接着车子发动，越来越远……

过了许久，顾青青才扶着墙，一步步顺着楼梯往下走，一直走到玄关，果然，他踢倒的是她那一堆购物袋。购物袋里还装着她给他买的剃须膏——她结完账才发现自己顺手买了这个，虽然她知道，她买的他也不会用。

保姆听到动静从卧室跑了出来，担心地看着顾青青："太太，你……怎么了？"

这次，顾青青没有力气回答她，她把剃须膏扔进垃圾桶里，像幽灵一样飘了回去。

第四章　尘封的爱意

晚上，顾青青睡得很不安稳，以前的很多事情都到了她的梦里，毫无疑问，都与冷斯城有关，而且大都是悲剧。

事实上，冷斯城真的守在她的身边，看着她皱起的眉，他眼里有担忧，又有说不出口的深情。

刚才，他盛怒之下，开着车冲了出去，在山道上狂飙，却感受不到任何畅快淋漓，巨大的空虚感和一眼望不到头的黑暗紧紧包裹着他。

把车停在路边，他手伸到口袋里，触手冰凉，拿出来，正是那条"LOVE"项链。

这三年里，每一年的结婚纪念日，他都会定制一份小礼物，每去一个国家，看到弯弯的像月牙一样的东西，他也会买下，日积月累，这些东西堆满了一个盒子，只是，每次鼓起勇气要给她的时候，都被她冷淡的态度刺伤内心，最后，他只能收在倾城公寓里，就像今天一样。

这条项链，注定也送不出去了，就像他的心意，不敢倾吐，只能尘封在盒子里。

冷斯城开着车在外面转悠了许久，最后停车的时候，他发现自己不知不觉间竟然又回到了西山别墅。

凌晨三点，西山别墅里灯火暗淡，她应该睡着了。

冷斯城坐在车里，静静地望着二楼窗户，直到听见屋子里的座钟敲了四下，他才回过神来，推开车门，走进屋里。

卧室的门没锁，一盏暗黄的小夜灯亮着，顾青青躺在床上，眉头皱着，看样子睡得很不安稳。

他脚步很轻地走过去，给她盖好了被子。

他很清楚，三年前，顾青青根本不是心甘情愿嫁给他的，如果不是他利用那件事逼她结婚，只怕她早就和聂之宁一起出国了。

刚结婚的时候，他也很体贴，知道勉强了她，对她特别温柔，想让她爱上自己，可她一直对他相敬如宾，不，应该说是"相敬如冰"。偶尔她对他温柔，也是她有求于他，比如需要用钱的时候。

他永远忘不了，她跟他的新婚之夜，她在他的怀里问他事后药的时候，他心中突然生起的悲凉。他对她的好，他对她的坏，她全都当作没看见。

可就算是这样，他还是不想放手。

冷斯城伸手，将她紧皱的眉心抚平，又动作轻柔地把她鬓角的乱发理顺。

看着近在咫尺的她的睡颜，冷斯城忍不住凑上去，想要亲吻她的唇。

结婚三年，两人亲密的次数算起来不少，可这样很珍惜很温柔的亲吻很少，每次，他都得等她累极睡着后才敢偷偷吻她。

也许是刚才他轻抚她眉心的时候她感觉到了，顾青青动了动身体，冷斯城便没再吻她的唇，而是轻轻地吻了一下她的眉心，虔诚得像信徒一样。

没人看见，也就没人知道，面对她的时候，他的心低微到了尘埃里。只要她对他笑一笑，哪怕明知她心里根本没有他，他也能开心好多天，就像诗里写的那样——见了她，他变得很低很低，低到尘埃里，但他心里是欢喜的，从尘埃里开出花来。

他一直守在她身边，静静地看着她，舍不得移开视线，直到天色发白，估摸着保姆要起床了，他才轻轻起身，整理好床铺，走了出去，并随手关上了房门。

顾青青醒来，像走进了幻梦中，有种错觉，刚刚冷斯城在她身边。看看四周，一片空寂，房门紧闭，没有人在。她觉得好笑，自己对这样的婚姻、这样的冷斯城竟然还抱有一丝幻想。

她揉揉太阳穴，下楼的时候，看到冷斯城穿着家居服正坐在餐厅吃饭。

直到早餐吃完，冷斯城优雅地用餐巾把唇角擦了擦，才开口："刚才我妈打电话过来，让我们今天去老宅一趟。"

顾青青皱着眉看了他一眼。冷家老宅，一般过年过节或者特殊的日子，他们才会过去，现在不年不节的，他们过去做什么？难道是最近冷斯城和陈文捷的事情闹得太过分，传到他父母耳朵里去了？

以他俩现在的关系，她实在提不起精神跟他周旋下去。

冷斯城一直在注意她的反应，见她咬着汤匙不回应，顿时急了。

今天一大早，他冒着被父母骂死的危险打电话给他们。他知道顾青青看似温柔，其实倔得很，她要是动了离婚的念头，就会不顾一切地去做这件事。但是她很孝顺，和他父母相处得很好，如果他父母劝她，相信她会听的。只是没想到，她听他说"回老宅"，竟然无动于衷。

冷斯城正不知道该如何继续的时候，顾青青的手机响了。

顾青青拿起手机，见是冷斯城妈妈打来的，她犹豫了一下，最后还是接了电话："妈。我知道了，我们待会儿就过去。"

见她一口答应，冷斯城立马松了口气。

上了车，她一直看着外面，一眼也不看他。

他想说些什么，话在喉咙里打转，最后还是咽了下去。

到了老宅，冷斯城看到母亲洛清雪站在门口等他们，他目光一转，见顾青青正要解开安全带下车，他立刻倾身过去，打开了安全带的纽扣。

他靠得太近，呼吸喷在她的脖颈处，手臂还蹭着她的腰。如果两个人很恩爱，这样的肢体接触可能会让人脸红心跳，而现在，他们俩的关系好似处在悬崖边，这样的亲近，不免让人觉得尴尬。

安全带解开后，顾青青刚想起身，发现冷斯城还没起来，她皱了皱眉，刚想说话，冷斯城忽然开口了："等下，在我爸妈面前……"顾青青听见他的声音有点儿虚，"恩……恩爱一点，不要让他们为我们操心。"

顾青青冷冷地看了看他，他还有脸说这样的话？刚想反驳，可能是程秘书没停稳，车子一震动，他往前一扑，本来两个人就靠得很近，这下嘴唇瞬间贴在了一起。

冷斯城很少吻她，或者说，很少在她清醒的时候吻她。

这样只有嘴唇相贴、纯洁得像是高中生的亲吻，印象中，好像是第二次，第一次得追溯到十年前了，他们第一次正式见面的时候。

顾青青愣了一下后开始反抗。

冷斯城干脆把身体的重量全都压在了她的身上，不敢乱动，更不敢加深这个吻。

直到外面传来狗叫以及冷斯城母亲的声音："小威尔士，别叫。"顾青青用力把冷斯城推开，然后赶紧坐直身子整理衣服。

冷斯城皱了皱眉，拉开车门走了出去。

顾青青随后下了车，汪汪的叫声立即响起，一只白色萨摩耶冲了过来，尾巴拼命摇，小鼻子吸了吸，毛茸茸的小脑袋用力蹭了蹭顾青青的腿。

顾青青上前一步："妈。"

洛清雪笑盈盈地看着他们："等你们很久了，进去吧。"

两人走进客厅，看到冷斯城的父亲冷云霆坐在沙发上，手里的手机一放，声音冷得很："斯城，你给我过来。"

冷斯城打完那个电话，就料到会被父亲训斥，赶紧走了过去。

洛清雪却笑道："青青，麻烦你跟我去厨房打打下手。"

书房里，冷云霆坐在椅子上，冷眼看着站在一旁的儿子，声音低沉："说吧，怎么回事？"

冷斯城被训，倒是一点也不紧张，想了想才开口："陈文捷和其他人一样，与皇霆娱乐签的是一九的协议，如果她不出乱子，皇霆娱乐会力捧她，仅此而已。"

冷云霆淡淡地问："你跟她们……"

"只是工作关系。"冷斯城回答得很干脆。

他选择她们，一是她们的确有过人之处，比如陈文捷的"演技"，比如之前几位的播音和主持，或者舞蹈方面的才能。二是，他选择的女伴都是细腰长腿长卷发，长得像顾青青。

"只是工作关系？"冷云霆挑眉看了他一眼，"不是在商业广场请了整个团队吃饭吗？不是去了首饰店买珠宝吗？"

冷斯城僵了一下，然后像是下定了决心般摇摇头："以后不会了，不会再对陈文捷这样。"

"只是陈文捷吗？"冷云霆冷冷哼了一声。

"都没有，不管是以前还是以后。"冷斯城马上回答。

冷云霆抬起头："不管你们有什么矛盾，她都是你自己要娶的妻子。我和你妈妈可以帮你，但是夫妻相处是你们自己的事，你得有点分寸。"

书房里，两个男人在交流，厨房里，两个女人在做饭——冷家虽然有厨娘，但洛清雪还是坚持自己做饭。

洛清雪对顾青青说："听说，小宝最近做了很多过分的事情。"

顾青青低头，没有回话。

洛清雪继续说："外面传的那些，说实话，我是不信的。小宝从小就不喜欢跟女孩子亲近，他这些年，主动提过的唯一一次要求，就是和你结婚。"

顾青青正在往菜里加盐，闻言，手一抖，差点把整罐盐都撒进去。

做父母的自然希望儿子娶一个门当户对的女人，顾青青虽然出身差了点，但是性格温柔和顺，既然儿子喜欢，而且当时事出有因，他们也没什么好说的，谁知道会到今天这一步。

洛清雪见顾青青心不在焉地炒着菜，她继续说："我的儿子我知道，他这个臭脾气跟他爸爸年轻的时候一模一样，又倔又傲，话也不会好好说。有时候，越想吸引一个人的注意力，越会做一些过分的事情。我觉得，两个人能成为夫妻是缘分。小宝有做得不对的地方，我和他爸爸都会教训他。我们只希望，你们两个能好好过。"

顾青青依然没有说话。

洛清雪看着她，叫了一声："青青。"

"啊？"顾青青回头。

洛清雪笑了笑："菜要煳了。"

两个女人忙活了好一阵才端菜上桌，两个男人也从楼上走了下来。别的还好，只有一盘辣椒炒肉黑乎乎的。

冷云霆皱了皱眉："这煳了的菜是怎么回事？"

洛清雪笑道："这是青青炒的。"

没想到，冷斯城夹了一筷子又一筷子，很快就把整盘菜都消灭光了。

洛清雪在一旁看呆了，好奇地尝了一口，肉又老又焦还很咸，这样的菜，儿子竟然能面不改色地吃下去。

84

她听到最近传的绯闻，以为儿子要离婚了，可现在看不像啊，她还得试探试探："青青，有些菜离小宝比较远，你帮忙给他夹一下。"

她知道儿子有洁癖，轻易不碰别人碰过的东西，家里吃饭都是用的公筷，要不就是事先分好了餐。

顾青青只好伸筷子给冷斯城夹了一块甲鱼肉。

冷斯城面色不改，一口咬下，细细咀嚼起来。

洛清雪继续试探："再试试这个生蚝。"

顾青青也没多想，又给他夹了生蚝。

"今天汤不错，让青青给你盛碗汤。"顾青青继续盛，洛清雪继续指挥，一连盛了三碗汤，她才满意地看了看顾青青，"青青，你今年，二十五了吧？"

顾青青点点头。

洛清雪又说："小宝也二十七了，该有孩子了。"

顾青青差点呛到，看了一眼冷斯城。

冷斯城手中的汤匙顿在空中，随即他把汤匙一放："我们现在还年轻，孩子的事情还没考虑。"

"没考虑？"洛清雪说，"你们俩结婚三年了，该考虑了。"

冷斯城没说话，顾青青也皱眉不语。

饭后，洛清雪说："晚上别走了，留下来住吧。"

顾青青一愣，看了一眼冷斯城，见冷斯城皱了皱眉。

不给他们犹豫的时间，冷云霆直接招呼："吴妈，去准备房间。"

晚上十点，洛清雪打了个哈欠，冷云霆关了电视，小威尔士竖起耳朵摇摇尾巴，冷云霆摸摸它的小脑袋，说："睡觉吧。"

冷斯城起身，礼貌地跟父母道晚安，然后和顾青青一起朝他们要住的房间走去。

走到二楼转角，确定洛清雪和冷云霆看不到他们了，顾青青立即往后面退了一步。

她一退步，冷斯城立马察觉到了，脚步飞快，像是根本不想跟她一起进门似的。等顾青青走到门边，发现他正站在门口，像是在等她。她眼神瞟过去的时候，他立即往屋里走了几步，表情冷漠，装作什么事情都没有发生过一样，只是淡淡地说："我要洗澡了。"

"好。"她也没在意，好像吃晚饭的时候给他夹菜假装温情的人根本不是她。

进了浴室，冷斯城用力握拳，当空打了出去。

又是这样，无论他做好做坏，她都是一副"相敬如冰"的模样，如果不是他在来之前说了一句"假装恩爱"，她可能连这样假装的亲近也不会有吧？他妈妈还要他们俩尽快生孩子，是他不愿意吗？是她根本不想跟他生孩子。每次跟他亲密之后，她都恨不得立即吃药，一分一秒都不想耽搁。他是个男人，难道还要跪着求她赐给他一个孩子吗？

顾青青给林周逸发信息请假，今晚要住在这里，明天上班是无论如何也赶不回去了。

林周逸回复得很快，把需要她整理的资料发到她的邮箱里了，她周三前整理完就行，明天可以不用去上班。

"上帝给你关上了所有的门，还会给你留下一扇窗。"换到顾青青身上，就是情场失意，职场得意。这样的公司、这样的老板，她一定会竭尽全力工作的。

哗啦一声，浴室的门开了，顾青青立即把短信删除，装作什么事都没发生过："你洗完了？"

冷斯城腰间围着浴巾，头发上还滴着水，闻言也不回答，甚至连一个眼神都没给她，只拿着毛巾擦头发。

她已经习惯了被无视，也不觉得奇怪，说："那我收拾收拾。"

与冷斯城擦肩而过的时候，她发现冷斯城身上一点热气都没有，难道他冲的是凉水？

顾青青没想太多，洗完澡出来看见冷斯城靠着床头坐着，身边空出一大半床铺来——这屋子里只有一张床，他们晚上要睡在一起。

顾青青想等他睡着了自己再休息，她走到梳妆台前，仔仔细细做了护肤，又用吹风机吹干了头发，然后往梳妆台的镜子里瞟了一眼，冷斯城动都没动。她又整理了一遍衣服，冷斯城还是动都没动一下。她又把梳妆台整理了一下，这下再也没有办法拖延时间了，只好慢慢回过了头。

见顾青青回头，冷斯城立即把手里的书往旁边的床头柜上一放，然后躺直了身体，双手平放在腹部，闭上眼睛，显然是懒得理她。

顾青青顿了顿，绕到床的另一侧，轻轻上了床。

洛清雪摆明了要缓和他俩的关系，连被子都只给了一床。顾青青拽起一点点被角，然后身体蜷缩着侧躺在床边，伸手关了灯。

屋子里一片安静，只有空调缓缓送风的声音。

冷斯城好像睡着了，呼吸平缓得很。

顾青青也想睡，可脑袋里一直不消停，一会儿想着明天的工作，一会儿又想起她和他的婚事，一会儿又想起她的母亲和哥哥，心烦意乱。

突然，冷斯城掀开被子，快速下床，奔进了洗手间。

洗手间里的冷斯城也是一脸纠结，只是躺在一张床上，他和她之间隔了有一米远，而且他俩还在冷战，他怎么就……

另一个房间里，洛清雪对冷云霆说："海马、鹿茸、人参、羊鞭、生蚝放在一起熬了一大碗浓汤给小宝喝，这两人应该好了吧？"

"你少操些心吧！小宝不是那种人，我看那些绯闻未必是真的。"冷云霆摇摇头。

"我也没相信那些绯闻。"洛清雪缓了口气，"可是有句话说得对，夫妻，床头打架床尾和。小宝不善表达，我也不能看着他们闹不和啊！"

冷斯城洗了把脸，顿时清醒了不少，转身走出洗手间，又躺到了床上。

可是，那汤的原材料都是补身体的，还没到半个小时，冷斯城又浑身燥热起来。

这是怎么回事？冷斯城干脆背起了儿时母亲教他的绕口令以转移注意力："小牛牛，围兜兜，兜兜里头装豆豆……"

绕口令翻来覆去背了十来遍，转移注意力的效果没达到，反而让他体内更加燥热起来。实在没办法，他只好再次掀开被子，冲进了洗手间。

顾青青皱着眉头，他是不是喝多水了啊？

时间一分一秒地过去，顾青青渐渐习惯了冷斯城的反常举动，睡着之前还在想，难道冷斯城肾脏不好，怎么尿频呢？

凌晨六点。

冷斯城快疯了，他终于知道他爸妈给他的汤里放了什么。

再一次从洗手间回来后，他蹲在床前看着顾青青。他是有老婆的人，明媒正娶，合理合法，凭什么要去洗手间洗冷水脸？

他轻手轻脚地爬上床，轻轻扳过顾青青的肩膀，让她面向自己。

顾青青皱了皱眉，可能因为太累，并没有醒过来。

他干脆把她的手脚搭到自己身上，然后装作被她"调戏"了的样子，羞恼地道："顾青青，我没想到你这么……你这么饥渴！"

怎么回事？顾青青睡得好好的，被冷斯城这一声吼醒了，迷迷糊糊地睁开眼，看着面前羞恼不已的冷斯城，一脸茫然，然后，她就看到自己八爪鱼一般缠在他的身上，难道，自己做了春梦？

冷斯城咬牙切齿地道："好你个顾青青，你就这么想投怀送抱吗？好啊，我就成全你！"

"什，什么？"顾青青还没反应过来发生了什么事，冷斯城就饿虎扑食般朝她扑了过来。

"我，我没……唔……"剩下的话，她再也说不出来，因为冷斯城已经堵住了她的嘴，这回真的把她拉入了似真似幻的迷梦之中。

次日，离开老宅的时候，冷斯城一直握着顾青青的手。她回头白了他一眼，刚挣脱开，突然腿脚一软，又被冷斯城紧紧握住了。

冷斯城虽然一夜没睡，精神头却很不错。如果不是早跟父母说了十点有会，他都想把会议推迟了。古人说"夫妻没有隔夜仇，床头打架床尾和"，绝对是世间真理，至少，现在她对他的态度，不像昨天那样冷若冰霜了。

看到这一幕，洛清雪一脸了然地笑着说："青青，以后有什么事就给我打电话，要是小宝欺负你，我帮你教训他。"

顾青青身体僵硬地点点头。

昨天跟冷斯城……不是她本意，甚至现在跟他站在一起，她都有些不自在，可她没办法解释。

"我们先回去了。"冷斯城拉着顾青青离开。

路过一栋别墅，顾青青立刻想起来这是谁家的了，她妈妈曾在这里做了七年保姆，她和冷斯城第一次正式见面也是在这里。

冷斯城眼眸也一眯，这栋别墅早就没人住了，现在却有人在往里面运送东西，好像又有人要住进去。

算算时间，三年过去，顾青青都硕士毕业了，留学的也该回来了吧？她们是，他……也是。

冷斯城看向旁边的顾青青，见她一直看着外面，一副若有所思的样子，直到车驶出别墅区上了大路很久，她才收回目光。

她就这么想他吗？

他伸出手握住她的手，紧紧的。

顾青青想要把手抽回来，冷斯城却怎么也不松开，还越握越紧，紧到她都感觉到了痛。

她再一次用力，这次，冷斯城没再继续握她的手，而是一把甩开了。顾青青一愣，抬头看他，他的眉头已经深深皱了起来。

进了市区，还差二十分钟会议就要开始了，时间紧得很。冷斯城对程秘书说："等我到了公司，你直接送她回去。"

程秘书一愣："可是冷总，我还有资料要给您……"

顾青青马上说："不用了，我自己打车回去就好。"

"没事，资料可以让秘书室的小唐转交。"程秘书马上说。

"不用、不用，你们找个地方把我放下就行。"顾青青极力推辞着。

她话音刚落，冷斯城便吼了一声："停车！"

程秘书一愣，虽然不知道怎么回事，也只好靠边停车。

冷斯城眼神冷冷地看着顾青青，命令："下车！"

"冷，冷总……您不会是让我下车吧？"程秘书哆嗦着手指着自己的脸。

冷斯城理都没理他，只目光炯炯地看着顾青青："不是要自己回去吗？下车！自己打车回去啊！"

顾青青没想到冷斯城离开他父母家，连装都懒得装，竟然直接让她离开他的视线："我知道了……不会让你为难，也不会耽误你的时间。"

"你……"冷斯城见顾青青毫不留恋地下了车，又关上了车门，想要出口的挽留，硬生生咽回了肚子里。

"冷总……"程秘书看见冷斯城的目光一直追随着顾青青，似乎很担心她，可为什么表现得那么冷淡？

"她不是要自己回去吗？那还管她做什么！"冷斯城收回目光，声音冷冷地道。

程秘书无奈，只好发动了车子。

冷斯城一直看着后视镜里的顾青青，越来越小，越来越小，直到再也看不到，冷斯城忽然喊了一声："停车！回头！"

程秘书吓了一跳："冷，冷总，不能啊！会议马上要开始了，这可是董事会，不能不去的。"

"我让你掉头，快！"

程秘书无奈，到了前面的立交桥赶紧掉头，可是回到刚才顾青青下车的地方，根本没有顾青青的影子。

因为，她被刚刚看到的一幕吓到了。

她站在路边等出租车的时候，一辆车缓缓驶过来，车里坐着一对情侣，男的是李悠悠的男朋友张复兴，女的却不是李悠悠。

顾青青愣了几秒，眼见着那辆车开到路边停下，她小心翼翼地跟了上去，只见车里的那两个人下车，相互挽着胳膊，走进了一家大型商场。

顾青青隔着两个柜台冷眼看着那两个人亲热，一边低声打电话："悠悠，这一阵总不见你家复兴，他去了哪里？"

李悠悠那边有点吵，似乎在工作："青青啊，我在外地。"

她实在不知道该怎么跟李悠悠说，想了想，换了个方式："你不是说你要结婚吗？下次把他带来见见呗？"

"哦哦哦，你说复兴啊？他说他出差了。"

出差？她看是出轨吧！

"你就不怕张复兴以后跟你爸一样，有钱了就变坏？"

"怎么可能？！"李悠悠得意扬扬，"我跟他大一就在一起了，情比金坚！"

"不管怎么样，你都得慎重一点，万一……"

李悠悠再神经大条，也觉出不对劲了："青青，是不是出了什么事？"

"我……"顾青青刚准备开口，那边，似乎有人在叫李悠悠过去，李悠悠点头应承了一句，又对顾青青说："不跟你说了，我这周末回去，咱们见面再聊！"说完，挂了电话。

顾青青赶紧拿起手机，拍了好几张张复兴和那个女人的亲密照片，然后她从柜台的另一侧走出商场，招手上了出租车，根本不知道冷斯城在她下车的地方等了很久，直到程秘书再三催促才离开。

今天，皇霆娱乐董事会的议题有三个，一是皇霆娱乐计划增发新股，二是计划收购一个文学网站，三就是皇霆娱乐新代言人的问题。

一位董事试探着说："冷总，听说您有意让陈文捷当广告代言人。我们皇霆娱乐的代言人，以往都是国内的顶级明星，而且形象正面，陈小姐她……"

冷斯城毫不犹豫地说："不可能是她。"

听他这么一说，众人都松了口气。

有人提议："徐子佩小姐怎么样？她是新晋的戛纳影后，马上就要回国了，听说还和冷总您认识，是否考虑一下她？"

徐子佩？听到这个名字，冷斯城皱了下眉头。

冷斯城想了想："可以考虑，让公关部的人去联系一下。还有别的人选吗？"

又有人提了几个候选人，冷斯城定了几个，让人分头去谈。

开完会，已经到了中午，冷斯城坐在办公室里拿着手机，几次想打电话又放弃了。

程秘书敲门进来，怀里抱着一大摞资料，看见冷斯城拿着手机，想打又不打的样子，便说道："要不，冷总，我往西山别墅打个电话？"

"谁让你打了？！"冷斯城冲他吼了一声。

程秘书吓了一跳，身体一哆嗦，抱着的那摞资料哗啦啦全散到了地上，这可是他花了一个多小时才整理好的啊！

"她要是回家了，自然会给我打电话报平安！"冷斯城说完，旋转椅一转，背对着程秘书，嫌恶地一挥手，"抱着你这些东西赶紧给我滚！"

程秘书赶紧收拾起散落一地的资料，开门跑了。

直到他走回自己的办公室，还是没弄明白，自己到底做错了什么得罪了冷总？他啥也没说啊！

冷斯城的低气压一直持续到了傍晚。

从办公室出来，冷斯城走着走着，忽然想起什么，定住脚步："今天有人打电话找我吗？"

程秘书跟在他身后，躲闪不及，差点一头撞上去："今天找您的一共有十通电话，分别是宇通公司、佳美实业……"

冷斯城打断他的话："私人电话。"

"有。"

冷斯城的眼神瞬间期待起来。

程秘书说："陈文捷打来过。"

冷斯城冷漠脸。

程秘书又说："冷总，有人想约您晚上一起吃饭。"

冷斯城声音立马冷了下来："他约我，我就得去，那我岂不是太没面子了？不去！"

"那您今天……"

"继续工作！"

冷斯城转身走回了办公室。

他刚坐到椅子上，又试探地问："真的没有人打电话找我？"

程秘书快要哭了："没，没有……"

"真的没有？把你的手机拿来！"冷斯城其实也不确信顾青青会给他打电话，可是，万一西山别墅的保姆跟他汇报什么情况呢？

程秘书这才犹犹豫豫地说："其实早上太太打了个电话过来，可什么都没说就挂了。"

"你说什么？"冷斯城大怒，马上打电话给顾青青，电话拨通了，却是忙音，他面色阴沉，"去西山别墅！"

程秘书赶紧开车，以最快的速度赶到了西山别墅。

冷斯城进门却发现顾青青不在家："她人呢？"

保姆本就怕他，哆哆嗦嗦地说："太太刚才打了电话回来，说出事了，中午不回来吃饭。"

出事？冷斯城眉头紧皱，难道又是她那个不成器的哥哥和死要钱的妈妈？

"她哥还是她妈？"

保姆摇摇头："都不是。太太说，是李小姐家里出事了。"

顾青青赶到李家的时候，李家已经一片狼藉。

李悠悠抱着痛哭的李妈妈，对顾青青说："那个人，有了我爸的孩子，据说是个儿子。"看似轻描淡写，眼神却充满了恨意和怨气。

"那你和阿姨打算怎么办？"

李悠悠扯开嘴角讽刺地笑了笑："能怎么办？我支持我妈妈，离婚！就算我妈不肯离，他也未必肯啊！"

李爸爸当年就想要男孩，可惜政策不允许，家里经济条件也不好，只能作罢。现在，那个小三年轻漂亮会来事，有了孩子，又是个男孩。李妈妈苦求不过，李爸爸把家里乱砸一通，怒气冲冲地走了。

"他走可以，该给我们的，我一分都不会少要。"

"以后你和复兴一定要好好相处。"李妈妈握住李悠悠的手说。

说到张复兴，顾青青面露忧伤："悠悠，对不起。这是我周一拍的，你说他出差，其实他在燕城，还和这个女人……"

李悠悠死死握着手机，身体绷得很紧，把顾青青手机里的照片传到自己的手机里，又打电话给张复兴。

张复兴有点不耐烦："我不是跟你说了我在工作吗？没事就不要打扰我了。"

"你还在外地？"

"是啊，怎么了？"

"那这张照片，你怎么解释？"李悠悠把照片发给他，换来的却是张复兴的愤怒："李悠悠，我没想到你居然找人调查我！你对我一点信任都没有，我看我们也没有必要在一起了。"

这才叫"贼喊捉贼"，明明是他出轨，还怪她调查他。

听他这么说，李悠悠心里最后一丝希望也没有了，她声音冷冷的："好，我们分手！"

"分手就分手！"张复兴啪地挂了电话。

这边的三个人，听着手机里传来的嘟嘟声，很刺耳。

顾青青低头："悠悠，对不起……"

"你没有对不起我，我反而要谢谢你，要是结婚以后才发现，我……"李悠悠抓着顾青青的手很用力，虽然她同意分手同意得很爽快，可是心里怎么能不痛。

顾青青看了看凌乱的屋子："这里这么乱，你和李阿姨今晚住哪儿？"

"去酒店。"这里是她们的伤心地，要是可以，她希望以后都不住在这里。

"要不，你住我家吧！别墅里空屋子多，除了我和保姆没人来，他也不在。"

"这合适吗？"李悠悠和李妈妈互相看了一眼。

"当然合适。"顾青青笑道，"我还想吃阿姨做的饭菜呢！"

回到西山别墅的时候夜幕已经降临，顾青青刚踏进大门，一道冷冷的声音就传了过来："哼，你还知道回来？"

顾青青差点崴脚，冷斯城怎么又来了？

保姆马上迎了过来："冷总中午就来了，一直在家里等着太太呢，好像是有什么事情。"

顾青青皱了皱眉，能有什么事？难道要跟她摊牌，因为陈文捷又撒娇了？还是因为徐子佩回国了？

"是不是不方便？"李妈妈有些不好意思，毕竟是要住在别人家里。

"没什么不方便。"顾青青摇摇头。

"这什么鬼？"冷斯城从楼上下来，眼里是毫不掩饰的嫌弃。

"什么什么鬼？这是李阿姨——悠悠的妈妈。她和李叔叔正在闹离婚，家里一团乱，根本没法住人，我就把她们带回来了。"

"燕城那么多酒店，李悠悠上班我又不是不给钱，酒店住不起吗？"

李妈妈不好意思地说："如果不方便的话……"

"不方便！"冷斯城下巴一抬，斩钉截铁地道。

李妈妈和李悠悠要走，顾青青说："那好，我陪你们住酒店。"说完，她转身提起李妈妈的行李箱就要走。

冷斯城上前两步一把握住了她的手腕，声音很冷："谁让你走了？我有话要说！"

顾青青刚要反抗，冷斯城一把抢过她手里的行李箱，眉头皱得很深，转身就往里面走。

顾青青只能跟进去："李阿姨、悠悠，里面请。"

冷斯城走到沙发旁，把行李箱一放，顺手在茶几上抽了张纸，擦了擦提行李箱的手，又把纸搓成纸团扔进垃圾桶里，下巴一抬："我胃口不好，让太太熬碗粥给我送上来，我要处理公文，别打扰我！"说完这句话，他噔噔噔上了楼，然后用力关上了书房的门。

李妈妈看了看顾青青："要不，我们还是走吧？"

"不用担心。"顾青青脸色不变，让保姆带着李妈妈和李悠悠去客房。

李妈妈还是有点担心："可是，你老公似乎……"

"他一个月也难得回来一趟，今天可能是有事。"顾青青表情很淡。

顾青青说完进了厨房，给冷斯城熬了一碗粥，然后来到书房外，敲了敲门："粥熬好了。"里面没人回应，顾青青又敲了敲门，"粥好了。"还是没人应。

顾青青把粥碗放在门边，刚准备离开，书房的门突然打开，冷斯城抓住她的胳膊用力一拽。顾青青吓了一跳，差点把脚下的粥碗踢翻，然后重心不稳地摔到了他的怀里。

他顺势用两条手臂把她圈住，眸色淡淡："顾青青，你可真是……就这么着急投怀送抱？"

"我没……"她立马摇头，然后低头看了看他的胳膊，"松……""手"字还没说出口，冷斯城便手一松，往后一退。

可能是他松得太快了，顾青青一下子没站稳，往后退了一步，一脚踩到了粥碗上，粥洒了，碗也碎了。

她还没来得及说话，忽然一阵天旋地转，冷斯城直接把她抱了起来，顾青青吓了一跳："冷斯城，你这是……"

"你毛手毛脚的，弄脏了我的书房。"他声音冷冷的，转身把她抱到了办公桌上。

顾青青的身体刚触到桌面就想要逃离，冷斯城的身体却压了上来，限制住了她的行动。

见她还要跑，冷斯城见好就收，转移话题："李悠悠是怎么回事？"

顾青青果然被转移了注意力："她爸爸出轨闹离婚，把家里弄得一团乱，她男朋友劈腿也分手了，大晚上的没地方住，我就把她和她妈妈带了回来。"

"她们男人出轨关你什么事……"话说到这里，冷斯城猛地一顿——顾青青这是什么意思？在告诫他，他不要出轨吗？这算是结婚三年，她第一次对他、对他们的婚姻有了在意？这样看来，那俩人虽然是"电灯泡"看着讨厌，但也不是毫无用处嘛！

冷斯城很高兴："所以，你今天打电话给我，是为了解决她们母女的破事？"

顾青青摇头："这怎么是破事呢？李悠悠是我最好的朋友，她妈妈也拿我当女儿看，她们出了事，我不能不帮。"

冷斯城轻哼一声："帮？怎么帮？这是她们家的事，你一个外人插什么手？如果她和她妈妈选择妥协，你这样不是制造矛盾吗？"

顾青青皱着眉："我也没说一定要帮她处理家事，只是在们无家可归的时候收留几天，在她们困难的时候提供一点帮助。不过，我看她爸爸的态度……应该没有转圜的余地，就算悠悠和她妈妈想保住这个家，恐怕也难了。"突然，她想到冷斯城的身份，"你认识打婚姻官司的律师吗？就算不离婚，知道怎么保护自己的财产也是好的吧？"

冷斯城眯起眼睛："帮她们，也不是不可以——我有什么好处？"

顾青青愣了，她从来没有从冷斯城嘴里听见过这样的话，再说，她能给冷斯城什么好处？

"你想要什么好处？"

"爸妈教训我的话，我仔细想过了，我认为他们说得很对。"冷斯城一本正经地说，"他们让我好好过日子，以后多跟你过夫妻生活。"他说完，投给顾青青一个"你知道该怎么做"的眼神。

顾青青脸色唰地爆红，立即推开他，从办公桌上跳了下来："冷，冷斯城……"她大声抗议，又怕李悠悠听到，声音越来越小，最后一个"城"字，几乎用的假声。

比起害羞，更多的是不可置信。明明他之前还嫌弃她嫌弃得要死，明明他很宠陈文捷，连项链都给陈文捷定制了。

"你在开什么玩笑？"

"你看我的样子，像是在开玩笑吗？"他看着面前红着脸的女人，眼底闪过一丝狡黠。

"可是……你不是很喜欢……陈文捷吗？"

"陈文捷？她算个什么东西。"冷斯城语气轻慢，好像在他眼里，这个女人连他家的狗小威尔士都不如，"我可以帮李悠悠找最好的律师，而条件你也知道了……"

顾青青懒得理他，抬脚就往门口走，还没走两步，身后传来了冷斯城的声音："如果你现在出门，李悠悠马上会失去这份工作。"

顾青青没想到冷斯城居然这么无耻："你这是公报私仇！"

"是又怎么样？"冷斯城坐到椅子上，表情傲慢，"有本事，你们去工会告我啊！"

"你……"

"我是个商人，明码标价，钱货两讫。你要是不愿意，可以出去。"他说完，竟然翻开面前的文件看了起来。

顾青青站在门口，不敢出去也没走回来。她知道，之前每次她开口让冷斯城帮忙，他都要讨要"报酬"，从来不会亏待自己。只是，现在是该说这个的时候吗？

直到他看完了第三份文件，顾青青终于忍不住了："冷斯城，你到底想怎么样？"

冷斯城这才把文件往旁边一放，揉揉眉心："今天晚上看文件有点多，头疼。"

她忍住气："要是你没什么事，我就……"

"这是你求人的态度吗？"冷斯城的声音冷冷的，长腿伸直，双手交握，一副玩世不恭的样子。

顾青青差点被气死："你，你到底想怎么样？"

冷斯城眼神淡淡的："我怎么'想'，不重要，关键是看你怎么'做'。"意思很明白，让她主动！

顾青青缓缓低头，声音也低低的："你也经常要求别的女人这么做吗？"

冷斯城一挑眉："我从不要求。"都是别人想着法子要扑上来，只是我根本不搭理罢了。

"那……"顾青青微微握拳，许久才说，"……她呢？"

"她？"冷斯城一皱眉，"哪个她？"

顾青青握紧的拳头又松开，一句话在喉咙里转了半天才冲出来："她……听说要回国了。"

冷斯城刚刚还平和静淡的眼神瞬间犀利了起来。

"她"和"他"发音是一样的，他第一反应是，她知道聂之宁要回来了？

徐子衿从上学到现在一直苦追聂之宁，而聂之宁从来没有答应和徐子衿交往，直到最近因为徐聂两家要商业联合，双方父母逼迫，才勉强点头答应要订婚。

可是订婚宴一天没办，他心里就一天不踏实。

"怎么，听说他回国……你心里不痛快了？"居高临下，冷斯城微眯着眼，缓缓靠近，"你忘了，我上次从英国回来的时候，怎么跟你说的了？"

她当然记得！他说，只要他不签字离婚，她就算守一辈子活寡，也别想离开他的身边。

她大声控诉："你这样对我不公平！凭什么你在外面花天酒地，却让我在家忍气吞声？想要我乖乖待着，好啊，你也得擦干净自己的嘴！不然……"

"不然，怎么样？"

"不然，我……""我就离婚！"最后几个字，顾青青抬眼看了冷斯城几秒，愣是没有说出口。

昏黄的光线下，冷斯城的面色格外阴沉。

屋子里突然变得很安静，谁也没说话，好久好久，冷斯城才站起身，绕过办公桌走到她面前："就这个条件？还有别的要求吗？"

"啊？"顾青青愣了，这可是她第一次敢反驳他的话，第一次敢指责他"花天酒地"，冷斯城居然不生气、不发怒？

冷斯城又问了一句："没有别的要求，那就——成交了。"

"成交？"这又是什么意思？是他答应了她的要求，以后不再碰陈文捷那些人了？真的吗？

她来不及发问，冷斯城便封住了她的嘴唇，抱着她朝卧室走去。

第二天。

早上八点，冷斯城一身家居服，神清气爽地下了楼。

厨房里热火朝天。李妈妈和李悠悠被顾青青接来住了一晚，十分不好意思，此时正跟着保姆在厨房里忙。

李悠悠嘴里啃着一个苹果，口齿不清地说："妈，给青青做碗皮蛋瘦肉粥，她最喜欢。"扭头看到冷斯城神色淡淡地下了楼，吓得她一口把苹果核全吞了："冷，冷总……"

冷斯城看都没看她一眼，只淡淡吩咐："一杯蜂蜜柠檬。"眼帘微微一垂，顿了顿，又说，"两杯。"

保姆脆生生地应了一句，马上去准备。

冷斯城直接往客厅走去。

待早餐做好了，冷斯城把报纸一放，径直走向餐桌。

过了一会儿，李妈妈端着一锅热气腾腾的皮蛋瘦肉粥出来。

冷斯城看了一眼，声音淡淡："坐吧。"

李妈妈笑："青青爱人太客气了。"

"青青爱人、爱人……"冷斯城低声呢喃着这几个字，这次眼神真诚了几分："待客不周。"

李妈妈不好意思地说："是我们麻烦你们了。"她看了看周围，

"青青呢？"

冷斯城淡淡地说："她昨晚睡得晚，有点累，还在赖床——那什么皮蛋瘦肉粥，给我添一碗。"

李妈妈随口问了一句："你和青青结婚几年了？有要孩子的打算吗？"

李悠悠正在喝粥，闻言差点喷出来，立即拽了拽母亲的衣服，小声告诫："妈，你说这些有的没的做什么？"

冷斯城把一碗粥喝光了，才淡淡地说："是有这个打算。"

李悠悠尴尬得很。

恰好此时，李爸爸打来了电话，李悠悠赶紧接起，问道："有什么事？"

李妈妈问了一句："谁啊？"

李悠悠一脸严肃地回答："爸爸。"

李妈妈的眼神瞬间一变。

李爸爸的目的很简单，他要离婚。

"欺人太甚，离婚就离婚。"李妈妈再多的感情也被耗光了，转头就要收拾东西回家。

冷斯城叫住李悠悠："你，是皇霆娱乐的人吧？"

李悠悠头皮发麻，以为他要开训——虽然她平时在顾青青面前对他很是不屑，可现在这样直接面对，还是不得不服软："……是。"

"调查一下你爸爸转移财产的情况，律师也请个有名的，应该可以告他'重婚罪'。如果你找不到好的律师，我们公司的法务会帮你介绍一个。"冷斯城道。

"好。"李悠悠立即应道。

"要是我们皇霆娱乐的员工受欺负，我的脸往哪里搁？"冷斯城一脸嫌弃，好像李悠悠丢的是自己的脸。

后来，李悠悠跟顾青青说这事的时候还一脸惊诧："后来他的秘书给了我一个大律师的联系方式，说是专打离婚官司的，让我狠下心，争取自己最大的权利。"

"你准备怎么办？"顾青青问她。

"这次，我绝对不会轻饶他，我妈妈也不会！"李悠悠态度决然。

"加油！"顾青青也不好多说什么，李家有家务事要烦心，她也有工作上的烦恼——林周逸决定参与皇霆娱乐的广告案，由她负责。

皇霆娱乐对于广告商的甄选十分严格，报酬也丰厚，可是她不能让冷斯城直接选旭逸，更不可能让冷斯城知道她在外面工作。

过了一会儿，顾青青又问："那，你和张复兴的事情……"

"说到这个，我还想问问你，周六有没有空？"

"有空，怎么了？"

"张复兴约我'谈一谈'，估计是说分手的事吧！谈就谈，还偏偏摆一个'鸿门宴'。你知道他让我去哪里？他让我去参加他们公司的宴会，因为他的新女友是他的上司，也是他老板的远亲。"李悠悠说着，冷笑了一声。

"所以，你要我做什么？"顾青青揉揉眉心。

"废话！当然是跟我一起去，给我壮胆子！"李悠悠声音一扬，"他以为我是穷人，不能在事业上给他帮助？我就要告诉他，老娘有的是钱！我们打扮得漂漂亮亮的去，气死他！"

顾青青点点头："好，我陪你去。"

周六中午。

嘟嘟两声，顾青青拿起手机，从手机那头传来了李悠悠特有的大嗓门："青青，你准备好了没？"

"小的早就收拾好了，大爷你在哪里？"

"我在这里。"这声音不是从电话里传来的，而是楼下。

顾青青跑到窗前一看，李悠悠买了一辆奔驰小跑，把墨镜一摘，正朝她挥舞着手。

顾青青立即下楼："这什么时候买的？"

李悠悠一面开车一面笑："我带着你家那位介绍的大律师和我爸的律师一见面，对方立马就蔫了，我爸很痛快地签了字，钱也到手了。经过这件事，我妈也看开了，钱该花得就花，所以我立马提了这辆车，还有今天所有的花销都由我出了！"

"好啊，那就沾你的光了。"

李悠悠开着车到了燕城最大的美容院。

"不好意思，两位小姐，请问有预约吗？"

李悠悠点点头："有预约。"

核对了姓名，立马有人把她们迎了进去："您好，请问今天需要什么服务？"

李悠悠喝了一口咖啡说："把我们俩收拾一下，我们要去参加宴会。"说完又补充道，"不用担心钱，怎么漂亮怎么来，我就是要亮瞎别人的眼睛！"

美容顾问微笑着说："李小姐，我们这里有一个水疗中心，泡完澡再做美容。"

两个人泡了二十分钟，换了一套衣服，然后有人把她们带到了化妆间。

李悠悠问："你们这里是不是经常有明星来啊？"

化妆师点头："是啊，刚刚还来了一个，是最近挺火的一个明星，叫陈文捷。"

陈文捷？顾青青和李悠悠都一愣。

陈文捷这个名字，顾青青有段时间没听过了，冷斯城还真是"言出必行"，跟父亲保证后，再也没有跟陈文捷传出绯闻，可终归还是她老公的前女伴，怎么都让人觉得别扭。

化妆师说："听说她今天晚上也去参加什么宴会。"

"什么宴会？"

"这就不知道了。"

顾青青和李悠悠互相看了一眼，不会是她们晚上要去的那个吧？

另一边，程秘书拿着一张请帖，上面写的宴会时间是晚上八点，"徐氏企业成立20年庆祝会及爱女徐子衿与俊才聂之宁订婚宴。"

"冷总，今晚的宴会，您去吗？"

冷斯城抬头看了一眼，目光落在"订婚"两个字上，笑了笑："去啊！为什么不去？"

"不仅要去，还得送上一份'大礼'！"冷斯城修长的手指一下一下地敲着办公桌，"徐子衿降妖除魔收了聂之宁，这简直是要放鞭炮庆祝的大好事。我作为他们的学长，又是他们曾经的好朋友，一定会真心祝福他们'百年好合，白头到老'！"冷斯城说着，站起了身，拿过请帖。

程秘书好死不死地加了一句："要通知太太吗？"既然是订婚宴，按理说要夫妻一起去吃喜酒才对。

冷斯城瞪了他一眼，程秘书立即把头低下了。

叫顾青青一起去？他疯了吗？他希望顾青青和聂之宁这辈子都不要再见面。

"那冷总还需要女伴吗？"刚刚陈文捷一直在打电话，应该是不知道从哪儿听说了今晚的宴会，也想跟着去。

冷斯城只淡淡地看了他一眼，什么都没回答。

程秘书马上低下头来，知道自己又多话了。

第五章　莫名其妙的情绪

晚上七点半，燕城酒店。

宴会厅旁边的一间套房外面，站着两个打扮耀眼的女人，正是顾青青和李悠悠。

李悠悠深呼吸一下，想进去又不敢，手心全是汗。七年的感情，大学到现在，一直没有分手过，没想到还是抵不过现实。

过了半天，李悠悠终于鼓起勇气把手放在门上，正欲推开，门里却传来了一个女人的调笑声："死开！你还不是看在我是你的上司又是老板侄女的分上，才对我献殷勤的？"

一个男人的声音紧接着响起，是张复兴，他立即表忠心："待会儿见到那个女人，我一定会毫不留情地跟她撇清关系。我的心里只有你，跟你在一起，我才感觉到人生是多么美好！"

李悠悠听到这里，心里再多的不舍都没了，只想立刻冲进去灭了那个混蛋。

踹门进去，顾青青往里一瞟，里面相拥的两个人，男的是张复兴，女的越看越眼熟。

当然眼熟，徐子鱼是徐家的远房亲戚，当年她妈妈在徐家当保姆，她见过几次的。等等，徐子鱼公司的宴会，岂不是说……

李悠悠看也没看那对男女，径直走到沙发前，毫不扭捏地坐下，跷起二郎腿："不是说要谈分手吗？谈吧！"

张复兴还从来没有见过这样的李悠悠，虽然她以前也大大咧咧不拘小节，这样彪悍的模样却是第一次，而且她全身名牌，一点也没有之前交往时的穷酸样子。

张复兴看了看顾青青："我们谈我们的，外人就不用听了吧？"

李悠悠点头，看向徐子鱼："对啊！我们谈我们的，你身边的外人就不用听了吧？"

"子鱼是我女朋友！"张复兴仰起下巴。

李悠悠大笑："笑死个人，我们还没正式分手，你旁边这位顶多是个小三！"

李悠悠一直没跟他说自己家拆迁领了一大笔补偿款的事情，张复兴一直觉得她家里穷，所以身为老板亲戚的徐子鱼对他抛了个媚眼，他就乖乖上钩了。

李悠悠又看了一眼顾青青："青青，你还是先出去吧！待会儿我可能要说脏话，怕污了你的耳朵。"

顾青青担忧地看了她一眼："不好吧？万一他们欺负你……"

李悠悠大笑："你放心，张复兴好不容易攀上他的上司，正打算表现他的温柔呢，哪能动粗啊？尤其是男人打女人这样没品的事情。"

顾青青又看了看对面的两人，点点头："好，我就在外面，如果有事，你马上叫我。"

李悠悠点头。

顾青青退出去，把门轻轻关上了。

宴会正在举行，顾青青好奇地走了过去，刚走过转角，听到有人叫她的名字："顾小姐？"

顾青青吓了一跳，回头看见穿着银白色西装的林周逸："林总，你是来参加宴会的？"

林周逸点点头："是啊！宴会的主人和我有合作，今天是他女儿订婚。你呢？你怎么会过来？"

他曾调查过，冷家以前跟徐家关系密切，冷斯城和徐子佩差一点就结婚了。三年前，冷家出了点事，徐家竟然在危急时刻抽身离去，冷斯城和徐子佩也解除了婚约。这样的奇耻大辱，冷斯城不可能会忘。今天徐家这么大阵仗，他一定会来。

顾青青尴尬地笑了笑："我是陪我朋友来的。"

"朋友？"林周逸有点惊讶，难道她不是跟冷斯城一起来的？

也对，他刚刚看到陈文捷想进来，但因为没有请帖被拦下来了，那顾青青呢？

两人正说着，听见宴会厅里面有人大声说："现在，有请我的女儿徐子衿和她的未婚夫聂之宁上台！"

"谁？谁的女儿？未婚夫是谁？"

林周逸见顾青青一脸惊诧，好心"提醒"她："怎么，你还不知道吗？今天的宴会是庆祝徐氏企业成立20周年，同时，也是徐氏企业总经理的爱女徐子衿和她男朋友聂家小公子聂之宁的订婚宴。"

他们站在侧门外，看到宴会厅前面台上站着两对父母，是徐仲续和他的妻子李虹芮，以及聂家父母聂世泽和甄晓雅。

一身华贵的徐子衿挽着打扮帅气的聂之宁走到台上。

只是，好像没看见徐子佩。

"徐家和聂家虽然一直居住在国外，但是和冷斯城家的关系都很好。听说，徐子衿的姐姐——就是那个戛纳影后徐子佩，曾经还跟冷斯城订过婚。"

顾青青一直低着头，听到他说"订婚"，手忽然握紧，然后抬头："徐子佩，她今晚会过来吗？"

林周逸看见她眼底闪过一丝挣扎、一丝痛楚，说道："徐子佩来不来我不知道，我倒是听说冷斯城一定会来。"

　　就在这个时候，正门外传来一道嚣张的笑声："这么重要的宴会，也不等我来再开场，不太好吧？"

　　冷斯城脚下穿着锃亮的皮鞋，从容地踩着红毯，一步步朝台前走去。他琥珀色的眼瞳慢慢转动，目光扫过众人，最后落在聂之宁微微惊讶的脸上以及他和徐子衿交握的双手上，脸上的笑容越来越大。

　　"徐叔叔、李阿姨、聂叔叔、张阿姨，你们好。"冷斯城说完，目光一转，又看向徐子衿和聂之宁："……还有子衿、之宁，好久不见。"

　　"斯城，你来了。"徐仲续和李虹芮看着冷斯城，客气地说道。

　　徐子衿高兴不已："斯城哥哥，欢迎你来参加我的订婚宴！"

　　冷斯城笑了笑："这可是件大好事，我祝你们白头到老、百年好合、不离不弃！"说着，让身后的保镖把礼物送上。

　　徐仲续和李虹芮高兴得很："斯城太客气了。来，跟我们一起切蛋糕吧。"说话间，早已准备好的订婚蛋糕被服务生推到了台前。

　　冷斯城眉峰一挑，笑着拒绝："你们订婚，我这个外人切什么蛋糕？"

　　徐子衿从台上走了下来，亲热地挽住冷斯城的胳膊："斯城哥哥怎么是外人？我们差一点就成为一家人了。"

　　冷斯城淡淡地看了她一眼："东西可以乱吃，话可不要乱说。"嘴上这样说着，等服务生递上放着蛋糕刀的托盘时，他却随手拿了一把，在空中左比右划，然后把蛋糕上用草莓酱写的"百年好合"四个字"拦腰截断"，切歪了。冷斯城眯起眼睛："不好意思，我切错了，再切一刀。"又一刀下去，"徐子衿"三个字也被他切坏了，只剩下"聂之宁"三个字孤零零地在一边。他把刀一丢，满意地点头。

　　聂之宁走了过来："师兄好。"说完，看了看冷斯城身后，忍不住问了一句，"你一个人来的吗？"

冷斯城挂在嘴角的笑容瞬间收敛了不少——聂之宁看见他身边空落落的，没有顾青青，所以失望了是不是？

"哦，你在说她啊？她这段时间正在备孕，不宜劳累。"

徐子衿不想听到那个名字，故意转移话题："师兄最近有不少桃花哦！怎么，今天没带你那个女伴来？刚才我还听人说，有个叫陈文捷的女人一直在酒店外面，说要跟你一起进来。"

冷斯城面色沉了沉，扬起唇角："子衿真爱开玩笑，这样的正式场合，当然是带我的妻子来才行。"

徐子衿不想听到顾青青的事情，更不想让聂之宁听到，连忙转移话题："斯城哥哥，你怎么也不问问我姐姐怎么样了？"

冷斯城装作没听见她的话，只是看着聂之宁，表情认真，说话声音也很大："之宁，既然选择了订婚，过去的事情，就当作路过的风景，忘了吧！你这辈子只需要对子衿一个人负责！"

他说着，扫视全场，在扫过侧门的时候，微微一顿——他看到了什么？是他眼花了吗？顾青青正站在门外看着他？

他一愣之下，门外的人一晃，就像泡沫一样消失了。

他眉心微皱，甩开徐子衿的手，大步冲到侧门。

果然，门外真站了一个人："怎么是你？"

林周逸大大方方地笑道："表哥，你来做什么，我就来做什么啊！"

冷斯城懒得理会他这种废话，直接问："刚刚你身边，有女人吗？"

"当然有。"林周逸爽快地承认，"表哥，我带来的，当然是我的女伴啦。"

"把她叫过来。"冷斯城皱眉道。

林周逸拒绝："表哥，这不合适，她是我的一个下属，不是那种可

110

以让你一时消遣的人。"

林周逸说话的时候一直带着微笑，柔声细语的，听在冷斯城的耳朵里，却让他很不舒服。

林周逸不肯说，冷斯城只能派程秘书和保镖去找。

他刚转身，徐家父母和聂家父母就走了过来："斯城，怎么了？"

冷斯城没理会他们，皱着眉头径直走向程秘书，压低声音吩咐："你马上打个电话。"

程秘书见冷斯城一脸凝重，还以为是什么重要的客户："给谁？"

冷斯城眼皮一翻。

程秘书心领神会，小声说："西山别墅啊？"

围着冷斯城的人不少，他立即说："这里人太多，去洗手间打。"

冷斯城一头闯进男卫生间的时候，有个人在小便，见冷斯城一脸严肃地带着两个人冲了进来，吓得他尿意都没了，立即提起裤子跑了出去。

冷斯城皱了皱眉，看了看左右没人，让程秘书赶紧打电话："喂，我是程秘书，太太在家吗？"

保姆摇头："没有啊，她不在家。"

"太太去了哪里？"

"听说去参加什么宴会？"

手机立即被冷斯城抢走了："她跟谁一起去的？去了什么宴会？去宴会见谁？"

保姆抓抓脑袋："她是和李小姐一起去的啊！说是帮李小姐的忙，还说是什么'鸿门宴'。"

"太太有没有告诉你，人最不能有的就是无知？"冷斯城还要再问，忽然看到外面停车场上站着一个人，正是顾青青。

路灯把她的身影映得长长的，无论是过去还是现在，她都像是这凡尘俗世中的旁观者，而这凡尘俗世中的人，也包括冷斯城。

这时，有人叫她："青青？"

声音中带有一丝疑惑，带有一丝欢喜，还有一丝难以言喻的复杂感情，从顾青青身后传来。

顾青青吓了一跳，转头一看，一个男人从暗处走了出来，是聂之宁。

"我刚刚还以为看错了，没想到真的是你。"

三年不见，聂之宁个子又高了不少，褪去了少年青涩，变得成熟了许多。

顾青青后退了一步："你好！好久不见。"

"……好久不见。"聂之宁看到她客套而生疏的模样，心里五味杂陈。

"听说今晚你订婚，恭喜。"顾青青的声音一如既往地温和淡然。

这样一句祝贺的话，却让聂之宁感觉很狼狈。

想见她，想知道她的消息，也曾想过再次相遇，他要问她很多事，问她过得好不好，问她现在怎么样……

"我听说，你和冷师兄结婚了。"聂之宁上前一步。

顾青青点点头："是的。"

聂之宁面容有些僵硬："我们走了以后，你们就……结婚了？"

顾青青微微一顿，然后又点点头："是的。"

听她这么说，聂之宁心中无数情绪翻涌，话到嘴边，却什么都说不出来了。

三年前，听说他们刚到了美国，冷斯城就和顾青青结婚了。结婚三年，冷斯城在外面精彩不断，她却没有一点消息。

"他……对你好吗？"聂之宁心里所有的话都换成了这一句。

刚问完他就后悔了，他听说了冷斯城的不少"绯闻"，面对家外有家的丈夫，她怎么会过得好。

顾青青缓了缓，最后仰起头淡淡地笑："现在，你最该关心的，是你的未婚妻。"

聂之宁一愣，还想说些什么，李悠悠的车开了过来，嘀嘀两声。

顾青青笑着说："我先走了。再见。"

不等他告别，她就挥手上了车。

李悠悠开车经过聂之宁身边时并未停留，逐渐远去。

聂之宁没注意到的是，李悠悠的车开出去不久，一辆黑色的劳斯莱斯幻影跟了上去。

西山别墅前。

李悠悠停车，顾青青解开安全带："谢谢你送我回来。"

李悠悠笑得爽朗："见外了不是？"她心情很好，显然刚刚跟张复兴的"谈判"很顺利，"刚刚在停车场，跟你说话的那个男的，是聂之宁吧？"

顾青青点点头："我祝他订婚快乐。"

"就这样？"李悠悠明显不信。

"就这样。"顾青青推开车门下车，"回家开慢点，注意安全。"

"知道啦。"李悠悠笑着回道，然后车子发动，朝别墅区外驶去。

顾青青一直看着她的车离开，才转身进门。

顾青青上了楼，回到卧房，一屁股坐在椅子上，好像累得动都动不了了。

徐子衿和聂之宁回来了，徐子佩也要回来了。

只是徐子佩可能来的消息，就让冷斯城方寸大乱，还特意跑去她妹妹的订婚宴祝贺，要是徐子佩真和他见了面，他们会怎么样？

顾青青静静地坐在卧室里，冷斯城的车静静地停在楼下。

冷斯城抬头看着没有亮灯的卧室。二十分钟前，他明明看着顾青青回了家，甚至听到了她上楼梯的脚步声，她为什么不开灯？她在想些什么？她在想聂之宁吗？

113

轻轻打开了烟盒——冷斯城平时是不抽烟的，而此时，他觉得心里有一股闷气在往外冲，他想要借着烟的雾气把这股气宣泄出来——手指刚放到过滤嘴上，他又狠狠地把烟盒一盖，车门一开，长腿一迈下了车，大步朝大门走去。

　　推开卧室门，里面一片漆黑，他锐利的目光往卧室里扫了一眼，没有看到顾青青。

　　浴室里传来哗哗的水声，顾青青以为是保姆进来了，问了一句："是问我明天早上吃什么吗？我想吃梅菜扣肉包了，冰箱里还有，蒸几个吧。"

　　梅菜扣肉包，如果他没记错的话，聂之宁的妈妈是江南人，聂之宁最喜欢吃的也是梅菜扣肉包。

　　手指微微收紧，冷斯城眯起眼瞳，唰的一声拉开了浴室的门。

　　浴室里水雾蒸腾，顾青青正准备脱衣，吓了一跳："你怎么回来了？"

　　"这里是我家，我不回来，你想要哪个男人回来？"冷斯城声音很冷，倚在门边看着她。

　　冷斯城声音里的冰冷她听得出来，顾青青却不知道他为什么生气，难道是因为今天在宴会上，没有看到他想见到的人？

　　"你今天出去了？"

　　"对，我今天出门了。"她点头，走到浴缸前试了试水温。

　　"哦，是吗？"见她承认，冷斯城面色不变，走到浴室的镜子前，看着镜子里面色逐渐冷锐的自己，"跟谁一起出去的？"

　　"和李悠悠。"

　　"去做什么？"

　　"我去帮她教训她那个劈腿的男朋友张复兴。"

　　"去哪里教训？"

　　"一个宴会。"

冷斯城冷锐的目光一闪，声音和缓了下来，像是随口问了一句："那你，除了李悠悠和她前男友，还见了什么人？"

顾青青一愣，看了他一眼。冷斯城面色不变，根本看不出他的情绪。

"没，没有了。"她目光微闪，摇摇头。她不能把自己在林周逸的公司上班，偶遇聂之宁的事情告诉他，"其，其实……我今晚去的宴会，是徐家的……"顾青青解释道，"我真的不知道李悠悠前男友劈腿的对象就是徐子鱼，也不知道徐子衿和……和……已经回国了。"她想说徐子佩，话到嘴边又咽了下去。

她抬眼看了一眼冷斯城，他修长的身体靠着墙壁，眼神淡淡，似乎并没有把她说的这些当一回事，只是在最后她没有说出徐子佩的名字的时候，眸光闪了闪。

顾青青顿了顿，又说："其实，我在宴会厅看到你了。那时候我去洗手间，看到你……追出来，我怕你为难，就转头跑掉了。"

"你一个人？"冷斯城微微皱眉。林周逸说，他身边只有自己的女伴，难道顾青青和林周逸认识？

"我是一个人，不过宴会厅外还站着一个男人，我不认识。"

接下来，浴室里是一片难言的沉默。

顾青青看了一眼冷斯城。镜子里的冷斯城被水雾模糊了容颜，他用手一抹，镜子里面的面貌有几分扭曲："你真的没有见到别的什么人？"

顾青青又摇了摇头。

"是吗？"冷斯城眯起眼瞳，忽然转身，手臂一伸，抓住她的胳膊，把她往自己身边一拽。

"冷斯城，你松手！疼！"

"你疼？"他的心更疼！她明明见到了聂之宁，为什么要说谎？她还特意为了聂之宁打扮一番，为什么不敢说？她在缅怀什么？她在害怕什么？如果问心无愧，她为什么不肯告诉他？

如果宴会上她不转身跑掉，他一定会拉着她的手走到所有人的面前，尤其是要向聂之宁宣告，她顾青青，早已经嫁给了他，是他冷斯城的妻子。

难道，嫁给他成为冷太太，那么见不得人吗？还是说，她怕以"冷太太"的身份出现在聂之宁的面前？

"我最后问你一次，你今天到底有没有见到别的什么人？"

也许是因为动过想要离婚的念头，也许是不想再被他轻视下去，也许是因为他心里明明想着徐子佩却来质问自己，顾青青也豁出去了，直接质问："我见什么人，跟你有什么关系？还是说，你想见什么人却没见到，所以才来质问我？"

"你说什么？"冷斯城没想到，她到这个时候还在为聂之宁遮掩！她以前从来不敢这么跟他说话的，难道是聂之宁跟她说了什么话，或是跟她有了什么决断？今天的订婚不过是障眼法，是他想要见她，他还是放不下顾青青？

他越想越紧张，紧张到额头开始冒汗。

也许是太紧张了，他抓着她手腕的手也越来越用力，像是要捏断她的骨头似的。

顾青青想挣开他的手，却怎么都挣不开，情急之下低头狠狠咬了他的肩膀一口，他一疼，顺势一甩，顾青青猝不及防，后退几步摔进了浴缸里，呛了好几口水，头也磕到了浴缸边缘。

冷斯城看着她痛苦咳嗽的模样，心里有些不忍又有些后悔，刚上前一步，看到她防备怨恨的眼神，心好像被针刺一样，后退一步，两步，三步，转头，摔门出去。

浴缸里的水已经冷了，却不及顾青青的心冷。她缩在浴缸的一角，好久好久都没有动一下。

深夜。

两个人躺在床上，盖着一床被子，却是一个向左一个向右，绝对的同床异梦。

　　冷斯城睡到半夜忽然惊醒，回头，顾青青背对着他，发出不适的轻哼声。冷斯城伸手一摸顾青青的额头，烫手，显然是着凉发烧了。他找出退烧药，倒了一杯热水晾在一边，又用冷水打湿了一条毛巾，然后将冷毛巾小心翼翼地覆在顾青青的额头。

　　他端起水杯喝了一口水，不烫嘴了，这才抱起顾青青，轻声在她耳边说："张嘴。"

　　顾青青迷迷糊糊地张开嘴。冷斯城把药塞进她的嘴里，又小心翼翼地给她喂了点水，看着她将退烧药吞下去，才松了口气。他把她放回到床上，再次将毛巾用冷水浸湿，敷在她的额头上。换了好几条毛巾，直到她的身体不再滚烫，他才彻底放下心来。

　　病中的顾青青好像卸去了外壳的乌龟，感受到冷斯城身上的温度，无意识地向他靠近，双手双脚蜷缩起来，就像婴儿在母腹中的姿态——这个动作，据说是没有安全感的表现。

　　冷斯城伸手，轻轻按住她的眉心，将她眉心的褶皱抚平，又低头，轻轻地在她的额头落下一个吻。

　　也许是因为他的靠近，顾青青有些不舒服，当他的吻即将转移到她的嘴唇上时，她微微张嘴，无意识地叫了一声"爸爸"。

　　冷斯城猛地一顿，微微抬头。

　　顾青青又呢喃道："爸爸，青青难受。"

　　冷斯城深呼吸一口气，只觉得心口像是被钝器击中一般，无法抑制地闷疼。

　　顾爸爸，对不起，当初我在你的灵前答应你，娶了她就是一生一世，可是，我没做好。

　　然而，即便这样，顾青青嫁给了他，生是他冷斯城的人，死也是他冷家的鬼，他这辈子都不会让她跟别人离开，绝对不会！

第二天，莫东阳约他去打球，到了保龄球场，冷斯城才发现徐子衿和聂之宁也来了。

冷斯城漫不经心地转头看了一眼莫东阳。

莫东阳笑："听说你们昨晚订婚，我今天上午才从国外回来，抱歉。"

徐子衿笑："东阳哥，你说哪里话。斯城哥哥好！"

莫东阳又看了看冷斯城，说："大家都是朋友，以前的事就别计较了，再说大人的事情跟我们没关系，尤其是你斯城，你当哥的，大度点。"

冷斯城抬头看着天空，冷冷地笑了笑。

聂之宁和一群人好像在比赛，冷斯城忽然上前："你们这是怎么个比赛法？"

徐子衿解释："很简单，每人丢十个球，按分数高低，谁分数多谁就赢了。"

冷斯城点点头："之宁，咱俩比比。你是学弟，你先开球。"

聂之宁一愣，随即点点头："好。"

聂之宁拿起一颗保龄球，摆好姿势，然后动作娴熟地扔出，球在球道中滚动，最后噼里啪啦一阵声响，球瓶纷纷倒下，只剩下一个"漏网之鱼"。

轮到冷斯城，他戴着手套，扣住保龄球，比画了半天也没把球扔出去，等到聂之宁走到他身旁，他一下子把球扔了出去，球在空中划过一道弧线，啪的一声，正打在聂之宁的脸上。

聂之宁眼前一黑，一股剧痛袭来，捂住脸倒了下去。

徐子衿和莫东阳赶紧跑了过去。

冷斯城不紧不慢地走到聂之宁面前，居高临下地挥了挥他戴着特制手套的手："不好意思，手滑了，你没事吧？"

聂之宁的脸被砸得红了一大片，鼻梁和眼眶都有点发青，嘶声说："嘶——没事，没事。"

冷斯城蹲下来，伸手故意用力地拍了拍他脸上的瘀青处，疼得他眼泪一下子涌了出来。冷斯城啧啧两声："受了这么点伤就哭，你还是不是男人？"

徐子衿和莫东阳都觉得不太对劲，徐子衿说："斯城哥哥，之宁被球打到了脸，肯定很疼的。"

冷斯城看也没看徐子衿，盯着聂之宁，笑眯眯地说："疼啊？要不要去医院啊？这人啊，打球的时候看不准球路不要紧，怕的是看不清你应该珍惜的人是谁，就比如现在，子衿对你这么好，你得好好珍惜她，你说是吗，之宁学弟？"

他话里有话，分明是在告诫聂之宁，离顾青青远一点。

聂之宁强自镇定下来，站起身，直视冷斯城："没事，这点小伤，去什么医院？休息一下就行了。"

"你不去医院，那我去医院了。"冷斯城懒得跟他们多说什么，整理一下领口就准备往外走。

莫东阳问："你去医院做什么？"

冷斯城一脸坦然："昨晚，你嫂子把我咬出血了，肩膀上好几个血洞，我得去打一针破伤风。你都不知道，她牙口利着呢。"

一句话说得众人静默，冷斯城这话太引人遐想了，但是不对啊，他不是和顾青青关系不好吗？徐子衿和莫东阳疑惑不解，聂之宁惊讶之后却有丝丝心痛。

冷斯城淡淡一眼扫过，将众人的表情尽收眼底，然后他摘掉手套，往服务生怀里一扔，大步走了出去。

徐子衿愣了几秒，似乎意识到什么，上前一步："斯城哥哥。"

冷斯城回头看了看徐子衿，淡淡地说："你和之宁好好过，过去的事……就当做过去了，我不会再计较的。"包括她和顾青青、顾青青和聂之宁，还有他和徐子佩那根本不算绯闻的绯闻。

徐子衿一愣，突然想起了什么，待想要追上去，冷斯城已经走远了。

聂之宁快走几步，来到徐子衿身边，装作不经意地问："你刚刚跟学长说了什么？"

徐子衿摇摇头："没说什么。"转头看着聂之宁脸上的伤，青红一片，担忧地问："真的不需要去医院吗？"

聂之宁摇摇头："不需要。还打球吗？不打球，我们收拾一下回去。"

徐子衿看着聂之宁走远，怎能不知道他心里想的是谁？她跺跺脚不服气，什么嘛，要不是姐姐出国给顾青青可乘之机，以她的条件，能嫁到冷家？

冷斯城走到自己的车旁，打开车门钻了进去。

看了看驾驶座的程秘书，他想了想说："用你的手机给西山别墅打个电话，问问太太感冒好点了没。"

程秘书刚要答应，车门唰的一下被打开，莫东阳的脑袋钻了进来："谁，谁的感冒好点了？"

冷斯城没理他，又淡淡补充说："感冒是小事，可要是敢传染给我，她就死定了。"

程秘书点点头。

莫东阳笑嘻嘻地问："哦，是把你肩膀咬出血的那位吧？平常看不出来，顾青青是这么狂野的人啊？"

冷斯城瞪了他一眼："下车！"

莫东阳立即闭上嘴："我不说了行吧？你们要去哪里？不会真去医院吧？"

冷斯城眼眸低垂，半天才抬起头："你有没有安静一点的地方？"

莫东阳笑道："别的不行，喝酒找女人，我可是一流的，跟哥哥我走，绝对没问题。"

莫东阳带他去的酒吧，中间舞台上，一个驻唱歌手弹着吉他，声音舒缓地唱着孤独的情歌。

莫东阳找了个靠窗的位置坐下，点了几瓶威士忌，笑嘻嘻地说："这里环境还不错吧？最适合你这样失恋的男人埋头喝闷酒，垂泪到天明。"

冷斯城嗤之以鼻："我失恋？"

莫东阳反驳："你有恋爱过吗？你不是一直都在失恋吗？"

冷斯城懒得理他。

莫东阳又问："刚刚那一球，你是故意的吧？"

冷斯城给自己倒了一杯威士忌，没说话。

"都过去多少年了，你至于吗？"莫东阳不理解，如果说三年前还有可能，那时候顾青青和聂之宁是男女朋友，而现在冷斯城和顾青青都结婚三年了，聂之宁也和徐子衿订了婚，冷斯城这样做，也太夸张了吧？

冷斯城没有回答。

莫东阳继续问："你就这么喜欢顾青青吗？从什么时候开始的？"

冷斯城看着窗外，声音平静："我从来没有喜欢过她。"

我是一直爱她的。

一开始是偶遇的惊讶，而后是羞愧和意外，再然后就是深深的吸引，直到爱。

他还记得，他和顾青青的第一次正式见面，是在徐子衿十六周岁的生日宴上。

即将高考，莫东阳得了第X届全国摄影大赛一等奖，成功交到了不少嫩模，自然也惹来一片桃花，其中一个差点追到莫东阳的家里，双方约好到徐子衿的生日宴上"谈一谈"。

莫东阳一直拉着冷斯城的胳膊，做贼似的左瞄右看，最后手往左边一指："就是那个！"

"哪个？"冷斯城顺着他的手指看去，院子里摆放的巨大花灯处人不少，光女的就有七八个。

莫东阳又伸出脑袋看了一眼："就那个，白裙子长头发的女人。别看她长相清秀，其实可狂野了。以前是拍平面杂志的，混了挺长时间，还在那个时候给我拍了照片，威胁我……"

冷斯城知道是谁，反而不着急了："都拍了照，不如干脆出个写真集，反正你其他女朋友手里，这样的照片也不少。"

"冷斯城！"莫东阳突然提高了音量，又害怕被那个女人听见，急忙压低声音，"你想怎么样？"

冷斯城淡淡开口："我马上要建一个视频网站，还缺点资金，你跟你爸爸说说，给点赞助怎么样？"

"你家少钱了？为什么要问我爸要？"

冷斯城不想让家里出钱，想靠自己赚来第一桶金："你给不给？不给我走了。"

"好好好！我给我给！"莫东阳无奈，"一定要帮我把她拦下！我先走了。"

冷斯城等莫东阳溜走，自己才朝花灯处走去。

走到这个穿着白色长裙、长卷发、身材纤细、双腿修长的女孩身前，女孩背对着他，他上前一步，轻轻拍了拍她的肩膀。

顾青青一回头，疑惑地对他笑了笑。

怎么形容她的回眸一笑呢？有首古诗说得好："众里寻他千百度，蓦然回首，那人却在灯火阑珊处"。

顾青青以为是徐子衿或者徐子佩叫她，回头一看，不敢相信自己的眼睛——冷斯城，居然是他？那个站在教学楼顶，眼神淡漠，活在"传说"中的师兄？

冷斯城也一眼就认出了她——被自己骑自行车撞倒，后来领操的时候又摔了一跤——没想到再次相遇，是在这样的场合。

顾青青疑惑："请问，你找我有事吗？"

他咳嗽一声，上下看了她几眼，怕认错，又确认一遍："你认识莫东阳吗？"

顾青青点头："认识。"

莫东阳参加摄影大赛的照片里的模特就是顾青青，拍完没多久就寄去参赛了，前几天才得知获奖了，冷斯城哪里知道？

"你跟他怎么认识的？"

顾青青更是疑惑："拍照啊，我当模特。"她竟然承认了！

冷斯城内心有些挣扎地问："你……跟他在一起的时候，收钱吗？"

她当时是不想收钱的，毕竟是学校的师兄，可莫东阳客气，还是给了她一点。

她想了想，点头："拿了一些。"言下之意，是不是她只拿了一些，所以拍照威胁他？！

"只拿了一些，不嫌少吗？"

顾青青奇怪地看着他，摇摇头："怎么会？"

"怎么不会？不是还威胁他吗？"

顾青青听着冷斯城的语气越来越冷，眼神也越来越冷，一脸疑惑，摇摇头说："我没有。我只是发短信祝贺他而已。"

"演技这么厉害，怎么不去当演员？只是拍照，太屈才了！"冷斯城不屑地上下看了看她，"跟他照片拍了多少，在哪里拍的？"

顾青青虽然奇怪于他的态度，但想了想，还是老实说："室内的最多，还有一点外景，草坪上的，树林里也有。"

冷斯城大怒，莫东阳你个混蛋，你玩得还挺嗨啊，居然玩到了草坪和树林。

"多少钱？"冷斯城这次连应付都懒得了，直接问价。

"什么多少钱？"顾青青皱了皱眉。

"要你手里的那些照片，多少钱？"冷斯城低头打开钱包，"报个数，能给得起的我会给，别太贪心。"

"你说什么？"顾青青这下怒了，她就算还不明白冷斯城在说什么，也知道他说的不是好事。

"我说什么你心里清楚。"冷斯城觉得自己之前真是瞎了眼，看错了她，"才上高中就出去卖了？还敢拍艳照威胁？"冷斯城从钱包里抽出一沓百元大钞，"要钱是吗，这些够不够？"

"你才是卖的！"顾青青终于听懂了，甩手就走。

冷斯城怎肯让她离开，马上跟了上去，手搭在她的肩头："别走！把照片删了！"

冷斯城左手搭在她的右肩，左脚刚迈步上来，谁知顾青青上堂体育课刚学了擒拿，下意识地握住他的手用力一拉，右腿一绊，一个漂亮的过肩摔。

天旋地转的一瞬间，冷斯城伸脚一勾，被她握住的左手用力一扯，两个人依次倒下，顾青青压到了他的身上，嘴唇碰到了他的嘴唇。

恰在此时，头顶烟花绽放，璀璨夺目。

徐子衿笑盈盈地戴着生日皇冠走到院子里，欢呼声却戛然而止，所有人一起围观顾青青和冷斯城在院子正中接吻，而且，这还是冷斯城的初吻。

"不过，顾青青第一次和你见面，就当着所有人的面强势夺走你的初吻，还一个过肩摔把你撂倒，实在是太霸气了！"莫东阳在一旁啧啧赞叹，"所以，你说她昨晚把你肩膀咬出血，我还是相信的……"

冷斯城没理他，把酒杯一推，外套搭在臂弯上，站起身准备出门。

莫东阳继续说："你看看你，一被戳中心事就起身走人，对我是这样，对顾青青，你也是这样吧？"

冷斯城脚步一顿，手指微微收紧，许久才说："要以后你找我还是这种无聊的聚会，我就不来了。"说完这句话，他推开门，走出了酒吧。

外面，阳光刺眼，他眯起眼睛，有些眩晕。

车停在路边，冷斯城钻进车里，望着窗外不发一言。

程秘书一看就知道他心情不好，车往倾城公寓开去。

音乐电台里，女主持人说："这张专辑延续了他一贯的风格，唱出了很多人的心声，让我们听听——"随后，一首哀伤的怀旧歌曲响了起来："就是开不了口让她知道，我一定会呵护着你也逗你笑。你对我有多重要我后悔没让你知道，安静地听你撒娇看你睡着一直到老……"

歌曲播放中，女主持人说："不知道有多少人听了这首歌，会想要跟爱人表白。其实，很多时候，就是简单的三个字——我爱你。"

旁边的男主持人说："万一，因为什么，他不能说出这三个字呢？"

女主持人一下卡壳了。

所幸这种电台歌曲都换得快，很快又有人点歌，两位主持人把话题转移到了别的歌曲上。

刚刚一直看着车外的冷斯城，此时低着头，似乎在追忆什么。

他不是没有争取过，他曾经亲口对顾青青表达自己的感情，他说过他爱，可收到的是她和她朋友的冷漠与嘲笑。

他与她之间的问题，不只是聂之宁、徐子衿、徐子佩，而是早在他对她逼婚之前就已经存在了，那是他无论花费多大的精力都无法抹平的鸿沟。

等到了公司，冷斯城终于开口："你待会儿给聂家送一个慰问的礼盒去。"

"送什么东西？"

"送只百年的中华鳖，要活的，拿红绳一捆，多喜气。不管是炖汤喝还是养着玩都好，祝他早日康复。"

程秘书呆了，这是送礼，还是给人添堵？

冷斯城眸色淡淡："公司还有什么事？"

程秘书想了想说："最近新代言的那个广告，所有想要承接的广告公司都发来了资料，其中有我们合作过的威臣、麦肯、长城，还有旭逸……"

冷斯城微微皱起眉："还有什么？"

程秘书抬起头："旭逸，就是上次陈文捷拍广告的那个公司。"

冷斯城想起林周逸，总觉得这个人温纯的外表是装出来的，让人觉得别有用心。

"把旭逸的策划案先给我看看。"

程秘书打开投影，冷斯城歪在沙发上，随便看了一眼，然而只一眼，他就被吸引住了。

广告片时间很短，只有十五秒，却将皇霆娱乐要重点推介的度假村、百货商店、旅游项目，全都包含在了里面。最让人拍案叫绝的是，这更像一部电影，在讲述一个故事，吸引你一直看下去。

正看着，一个电话打了进来，冷斯城看了看来电显示，徐子衿。

冷斯城慢慢喝了一口咖啡，才漫不经心地接起电话："有事？"

"斯城哥哥，我在聂家。刚刚收到了你送的礼物，觉得很有趣呢。"

"是吗？"冷斯城想起那只活蹦乱跳的百年老鳖，挑了挑眉峰，"你们喜欢就好。"

徐子衿笑着问："斯城哥哥，我已经广告专业毕业了，你认识那么多人，能不能介绍个工作给我？"

"广告公司？"冷斯城抬头看了一眼屏幕，"广告公司，倒是有一个……"

"什么广告公司？是威臣、麦肯，还是长城？"

冷斯城摇摇头："都不是。不过，这家广告公司，最近势头很猛啊，如果你去，一定会觉得很有意思的……"

抬头，短片已经播放完，最后定格在旭逸巨大的LOGO（商标）上。冷斯城眼眸一眯，勾起一个意味深长的笑容来。

冷斯城的小算盘，顾青青一点都不知道。星期日，她在家里休息了一天，星期一上班的时候，感冒已经好了。

周一例会，顾青青早就把文件资料准备好了，开会之前又多打印了一份，这次确定沈亚婷没有机会作怪。

会上，林周逸站起来宣布："刚刚，皇霆娱乐发来信息，我们的策划案被选上了，稍后他们会跟我们洽谈费用和拍摄问题，如果双方没有异议的话，就可以签协议了。"

谁都知道皇霆娱乐不差钱，每次广告拍摄，都是各个广告公司争抢的。

"这次的策划案被选中，是两个小组同心合力的结果，但是，究竟这次的广告拍摄由哪个小组负责，则需要在本周五前，两个小组把具体的拍摄方案提出来，哪个组的方案好，就由哪个组来拍摄。"又是竞争。

顾青青还好，对面沈亚婷不善的目光却投了过来。

林周逸继续说："还有一件事，一组的副组长一直由沈亚婷担任，组长稍后会过来跟大家见面。"

顾青青和张语欣互相看了一眼，一组组长终于要来了？

"散会后，顾小姐来我办公室一下。"

顾青青点点头，跟着林周逸去了办公室。

门一关，林周逸还没坐到旋转椅上，就直接开口问："周六宴会是怎么回事？"

"林总，这是我的私事。"

"私事？"林周逸认认真真地打量了顾青青半天，只见她站得笔直，目光清冽，神色平静。

这两个人还真有趣，冷斯城看上去花心多情，可一看到妻子，立即撇下所有人。顾青青的反应更有意思，转身落荒而逃，好像冷斯城是洪水猛兽一样。而且，明明能利用自己冷太太的身份轻轻松松地搞定策划案，偏偏要靠自己，不过，她的策划案确实新颖独到。

冷斯城还特意让秘书打电话给他，说要介绍一个人，这下可好，几个人凑到一起可以打一圈麻将了。

只是，不知道顾青青还能瞒多久呢？

他收回目光："你知道，我们这次是跟皇霆娱乐合作，而你……"

"我保证会以最佳的状态投入工作。"

"好。"林周逸"善解人意"地点点头，"希望你在工作中，不论遇到多大的困难，都有这样的决心和意志，不要再做逃兵。"

这时，外面一阵骚动，林周逸说："看来一组的组长到了。"

顾青青点点头，刚出门，就听见了徐子衿骄傲的声音："我是徐子衿，从今天起，担任一组的代理组长。"

徐子衿？她没听错吧？

林周逸笑着看了一眼惊呆了的顾青青："顾小姐，不出去看看你的新同事吗？顾小姐？"

顾青青把心一横，徐子衿可以在旭逸工作，她为什么不可以？冷斯城真敢闹上门来，她就敢离婚！

想到这里，她咬了咬下唇，然后仰起头，正面迎上徐子衿："我是二组代理组长顾青青，很高兴和你成为同事。"

顾青青？

"你，顾青青？"徐子衿瞪圆了眼睛，急走几步上前，甚至没有理会林周逸的存在，"你怎么会在这里？"

"你为什么会在这里，我就为什么会在这里。"

徐子衿伸手指着顾青青，又转头问林周逸："林总，她是谁？"

如果不是冷斯城介绍她过来，如果不是前天晚上在宴会上见过林周逸，她才不会来这里工作。

林周逸笑："徐小姐，顾青青是二组的代理组长，希望你们今后能好好合作。"

徐子衿大怒："谁要跟她合作？！"

"哦？"林周逸故意装不懂，"难道你和顾小姐早就认识？"

徐子衿怒了："谁会跟保姆的女儿认识！"

顾青青倒是淡定得很："保姆怎么了？靠双手做事，靠劳动赚钱。不像有些人，只知道奢侈挥霍，这才叫没本事。"

徐子衿怒了："我没本事？我是普林斯顿大学硕士毕业，在全球排名前三的广告公司实习过。"

"好啊！既然这样，皇霆娱乐的新广告，就当作我们之间的竞争。你不许跟冷斯城透露一个字，也不许跟任何人说，只靠你自己，你有本事赢过我吗？"

顾青青绕了那么一大圈，目的就是这个。

她已经不在乎冷斯城知不知道她出来工作，可她还是希望他能迟一点知道，迟到她可以顺利拍完这个广告。

被顾青青鄙视，是徐子衿最不能忍受的，她当即点头："好啊！我要是赢了，你立马辞职！"

顾青青点点头："我要是赢了，你也不用辞职，只是，我在这里工作的事情，你不准跟任何人说。"

也许是有顾青青在，原本只想混日子的徐子衿倒是认真工作到了下班时间。

顾青青收拾东西正准备下班，徐子衿的电话响了，脸上立刻勾起甜甜的笑："之宁，你来接我啦？"声音不低，就是故意要让顾青青听到的。

"你受了伤，需要好好休息，特意来接我做什么？好了好了，我知道了，马上下来。"

挂了电话，顾青青也收拾完了，徐子衿却拦在她面前。谁知道顾青青看都不看她一眼，直接上前一步，狠狠撞上了她的肩膀，然后，顾青青眼皮都没抬一下，直接挎着包进了电梯。

徐子衿愣了几秒，立即追了上去："顾青青，你居然敢撞我？"

顾青青淡淡看了她一眼："好狗不挡道。"

徐子衿怒了："你居然骂我是狗？"

顾青青认认真真地说："你当然不是，狗是一种忠诚勇敢的动物。"

"你——"说话间，电梯到了一楼，顾青青却不出电梯。

徐子衿见她不动，开口讽刺："怎么，不敢出门？是因为之宁在外面？"

顾青青表情淡淡："希望你不要跟聂之宁和冷斯城说我们比赛的事，我也不会跟冷斯城说的。"

"赢你，我一个人就够了！"徐子衿不屑地看了她一眼。

顾青青斜了她一眼，也没多说，走出了电梯。

只是没想到，当天晚上，顾青青家里来了个"不速之客"。

"吴阿姨，您喝茶。"

保姆把一杯热茶递到吴爱梅面前，吴爱梅抿了一口，皱了皱眉头，有些嫌弃："这是什么茶？"

"这是去年的龙井……"保姆话还没说完，吴爱梅把茶杯重重放到桌子上，一脸气愤："去年的陈茶也拿出来招待我。"

保姆吓了一跳，正要解释，刚进门的顾青青声音平静地说："我平常也是喝这个，妈要是不喜欢，你自己去厨房泡。"

看到女儿，吴爱梅的脸上终于有了几分笑意："你回来了？"

保姆正要问顾青青喝不喝茶，顾青青摇摇头："你先忙去吧。"

客厅里只剩下顾青青和吴爱梅："妈，你来这里做什么？哥又闯祸了？"

"什么话，我来这里就只能因为你哥吗？"吴爱梅看了她一眼，"我这次是来看你的。"

顾青青有些嘲讽地说："看我？我记得，这个月的生活费，上回赔偿的时候一并给了吧？"

"你这孩子，我来，除了要钱，就不能有别的事了吗？"吴爱梅的脚边放着一个袋子，她拿出里面一包包东西，是煮好的中药，"这是我排了好几天的队，专门给你挂的专家号，帮你补身体的。你看看你，太瘦了，得吃点药补一补，不然孩子怕怀不上。"

顾青青低头不语。

吴爱梅似乎想到了什么，又问："还有，听说，徐家回国了？"

顾青青一愣，没想到妈妈居然问到了徐家："妈，你问这个做什么？"

"怎么不能问了？好歹我也在徐家工作过几年。"

顾青青默然。

吴爱梅又问："听说，子衿和聂之宁订婚了？你说，我们要不要上门去祝贺？"

顾青青摇头："不用，冷斯城已经去过了。"

"他去了，你呢？不管怎么说，徐家在我们家最艰难的时候聘用了我，帮了我们一把，你都得懂得感恩！以前是没有条件，你现在是冷斯城的妻子，我们可以堂堂正正地去祝贺了啊！"

"请帖都没给我们，去什么啊？"顾青青摇摇头。

"你这孩子！哎，算了，徐家要是再有事，比如子衿和聂之宁结婚什么的，你可一定要去。不说徐家对我们的恩情，就说你现在是冷斯城

131

的妻子，也得多交际交际，总在家里待着，别人才会看不起你。"

顾青青皱着眉不想说话，但还是问了一句："妈，哥哥最近在做什么？"

一提起顾青山，吴爱梅就笑："你哥哥他，上回的事情之后，好像真的转性了。最近跟我说要什么'奋发图强'，找了家公司，每天正正经经地上班下班。"

听说哥哥终于上进了，顾青青也松了口气："他肯努力就好。"

送走了母亲，顾青青上了楼，刚换好衣服，就听到门口有车停下，紧接着脚步声传来，冷斯城唰的一下推开了门。

顾青青吓了一跳。所幸，今天下午提交了皇霆娱乐的新广告设计方案后才四点，林周逸就让他们下班了，要是按时按点下班，路上再堵个车什么的，也不用徐子衿告密了，冷斯城分分钟就能让她辞职。

"你回来了。"她抬头看了他一眼。

冷斯城目光淡淡，轻轻嗯了一声，也不换衣服，瞟了一下她："收拾一下，回老宅。"

"老宅？"

"嗯，有人来了，妈懒得应付。"

洛清雪向来懒得理会这些迎来送往的事情，所以把他叫回去了。

顾青青下楼的时候，冷斯城坐在客厅的沙发上，修长的双腿交叠，脚尖点向茶几，她妈妈送来的那堆中药："你病还没好？"

顾青青摇摇头："不是，这是我妈刚刚送来的补药。"

冷斯城眼神淡漠地点点头，没发表任何意见，等出了别墅，上车之前，只有他们两个人的时候，他忽地靠近她，低声问："是补身体的药，想要我们生孩子的？"

顾青青脚下没站稳，差点摔倒。她不太明白，昨天他们不是大吵了一架吗？为什么今天他的态度变得这么亲密，难道是怕她在他父母面前说些什么？

冷斯城伸手扶住她的腰，等她站稳后，手依然不松开，手指还有意无意地上下抚摸了一下，顾青青疑惑地看了他一眼。

冷斯城表情淡然，看都没看她一眼，却鄙视地补了一刀："看来这身体是得好好补一补。"虽然语带嫌弃，但是能听得出来，他心情不错。

顾青青想了想问："谁来了？"

冷斯城回答："你过去就知道了。"

第六章　当爱已成往事

　　走绕城公路，很快到了冷家的老宅。

　　别墅外面的草坪上停着几辆车，冷斯城和顾青青还没走进去，就听到了谈笑声。

　　两个人刚走到门口，徐子衿就拉着聂之宁跑了出来："斯城哥哥，你回来了？"

　　顾青青这下知道为什么冷斯城昨天生闷气，今天的态度却一百八十度大转弯了，说到底，不过是为了一个徐子佩罢了。

　　看到冷斯城和顾青青并排而立，徐子衿和聂之宁都愣了愣。

　　一愣之后，徐子衿鄙视地看了一眼顾青青，然后把目光落在了冷斯城身上。

　　聂之宁则一直看着顾青青，好久才移开目光。

　　冷斯城下巴一抬，看了看里面，果然，徐家和聂家父母也来了，而徐子佩通告太多，此时还在欧洲。

　　徐家三年前在冷家最困难的时候撤资离开还退婚，对于徐家来说简直是奇耻大辱，冷云霆和洛清雪嘴上不说，其实心里一直有着疙瘩，如果不是徐家、聂家最近有意跟皇霆娱乐合作，这次又送来重礼，而且是徐子衿和聂之宁两个小辈敲门，他们根本连门都不会开。就算是这样，他们也懒得应付，所以才把冷斯城和顾青青叫了过来"救急"。

徐子衿跟冷斯城打招呼，冷斯城嗯了一声，手臂一伸，搂住了顾青青的腰，笑着道："好久不见了吧？子衿和之宁不久之前订婚了。"然后冲徐子衿和聂之宁说："这是你们嫂子。"

被他一搂，顾青青身体有点僵，面容平静地朝他们点点头，当作是行礼了。

徐子衿懒得理顾青青，看都没看她一眼。

聂之宁听到"嫂子"两个字，却缓缓低下了头。

里面的人不叫他们，冷斯城就一直搂着顾青青的腰站在门口，也不进去。

少顷，客厅里的徐仲续开口了："斯城，怎么不进来啊？子佩因为工作还没回来，不过，她拜托我们带来了祝福和礼物。"

特意提起徐子佩，只怕他们也觉得自己这个冷太太不过是个临时的替代品，等徐子佩这个门当户对的正牌女友回国，她就得退位让贤了？

冷斯城见顾青青微垂眼眸，他仰起下巴，一脸平静地道："子衿和之宁出国念了三年书，倒是把我们中国的优良传统都给忘了。他们俩见到我的妻子、他们的嫂子，竟连招呼都不打。"

冷斯城的声音不低，保证能让客厅里的所有人都听见，顿时，刚刚还热闹的客厅安静了。

结婚三年来，冷斯城从未在外人面前肯定过她的身份，而现在，面对她曾经的"主人"徐家，面对曾经轻视过她的聂家，这还是第一次，冷斯城堂堂正正搂着她的腰，让他们必须正视她这个妻子。

她一脸震惊地抬头看了看冷斯城，只见冷斯城目光淡然，面容平静，似乎一点也不觉得他刚刚说的有什么不对。

也是，不管怎么说，她现在都是冷斯城的妻子，不跟她打招呼，就是不给他面子，这无关情爱，但一定事关男人的尊严，甚至是家族的名誉。

不过，就算是这样，她心里仍有些感动。

冷斯城的一席话，不仅顾青青内心震动，站在他们面前的徐子衿和聂之宁也呆了，客厅里的众人也愣了几秒。

首先反应过来的是徐子衿，她一脸不甘地说："斯城哥哥，这个女人可是……"让她向顾青青行礼？向这个保姆的女儿？怎么可能！

聂之宁说了一句"嫂子"，声音有几分模糊。

冷斯城也没理他，目光缓缓放在他们身后的徐家和聂家父母身上。

三年前，在冷家最需要帮助的时候，这些人背弃了冷家，现在看冷家的形势好了，他们又回来抱冷家的大腿，却端着一副长辈的架子？做梦！

冷斯城也不行礼，下巴一抬，看着徐家和聂家父母，话却是对顾青青说的："徐伯父、聂叔叔，只怕是这几年贵人事忙，不记得你了。来吧，重新认识一下。"

两人十指相扣，他的手指干燥、修长、温暖，似乎有什么东西从指间传递过来，给她底气和力量。

她面容平静，行礼道："徐叔叔、李阿姨，聂叔叔、甄阿姨。"不卑不亢，声音清亮，没有丝毫怯懦。

两家长辈都愣了。

许久，徐仲续先开口："三年不见，青青长大了。"

顾青青朝他点点头："徐叔叔好！听说你们回国了，我妈妈还让我代问你和李阿姨好！"

徐仲续点点头："好。"

他旁边，李虹芮却没有好脸色，只是僵硬地笑了笑。

徐仲续个性温和，李虹芮却个性强硬，而且据说当年生徐子衿的时候难产，所以徐仲续特别疼爱她，把她宠得骄纵得很。

原来需要仰其鼻息的保姆的女儿，现在却变成他们需要巴结的对象，李虹芮高傲了半辈子，哪里受得了？她看了一眼顾青青和冷斯城交握的手，忍不住脱口而出："听说……没想到你和斯城关系挺好的。"

冷斯城的脸瞬间沉了下来，而后仰起下巴淡笑道："没想到李阿姨人在国外，还这么关心我的事情。我倒是真要感谢李阿姨和徐叔叔，没有你们，我和青青也不会相遇。青青最近在备孕，等我们的孩子生下来，一定会大摆筵席，感谢你们做的大媒。"

他的声音虽然不大，却是掷地有声，即便顾青青知道他不过是在讥讽当年徐家的背信弃义，并不是真的在乎自己，可是，能在曾经高高在上的人面前扬眉吐气，她心里还是有些触动的。

"好了，好了。"一直在旁边看戏的洛清雪终于出来"主持公道"了，"小宝，你和青青路上辛苦，也饿了吧？啊，徐先生、聂先生，你们……"她的意思是，我们要吃饭了，就不招待你们了，然而，徐家就是来求和的，哪能放弃这个接近的机会："我们漂泊在外，一直想念冷家的菜，不知道有没有机会尝尝久违的味道？"

冷斯城刚想开口说"不可以"，却在看到旁边聂之宁像是痛苦又像是渴求的眼神后，目光一闪，点点头："好啊！既然徐伯父这么客气，那就留下来吃个便饭吧。"

临上桌吃饭，冷斯城却说："我去洗个手。"然后走进了厨房。

等众人分宾主坐好，开始吃饭。

不知道是特意安排的还是怎样，看着很补的食物，比如泥鳅汤、酱香驴肉、烤鹌鹑、辣炒牡蛎之类的，全都放在了顾青青这边，冷斯城堂而皇之地支使她各种夹。一顿饭下来，顾青青自己没吃多少，倒是给冷斯城夹的菜快堆成小山了。

洛清雪看不下去了："你慢点儿吃。青青也别忙着给小宝夹了，你自己也吃点。"

"这是青青给我补身体的，好早点给你生个孙子。"冷斯城淡定地把顾青青筷子上最后一块牡蛎夹了过来，一口吃掉。

一句话说完，徐家和聂家的人表情都变了。

聂之宁不小心塞了口辣椒，卡到嗓子眼，辣得眼泪都出来了，他赶紧低头塞了口苦瓜炒蛋——好苦。

冷斯城将他的反应看在眼里，转头给顾青青夹了一块牛肉。顾青青的身体颤了颤，那块肉放在她的碗里一直没有动，直到最后，才小口吃了。

饭后，徐家和聂家几个长辈交换了下眼神。

徐子衿却懒得理会这些，直接跑到冷斯城旁边："斯城哥哥，皇霆娱乐的这个新广告，听说你有意让子佩姐姐当代言人？"

一句话，全客厅的人都看了过来，顾青青的身体则有些僵硬。

冷斯城声音平缓，没有丝毫起伏："徐子佩是我们董事会集体选定的候选人之一，如果她有档期，价格也合适，可以合作。"

徐仲续笑："子佩跟我说起过这件事情，她说她很感兴趣。"

冷斯城既没点头也没摇头，对他来说，和徐子佩合作不过是正常的工作，不带丝毫私人感情。

顾青青却想，当年冷家和徐家都撕破脸皮了，现在冷斯城还能和徐子佩合作，本身就是一件不可思议的事情。

几家人又客套了一会儿，聂家和徐家的人就告辞了。

徐子衿一直不喜欢顾青青，离开的时候只跟冷斯城道了别。

聂之宁想说什么，却到底什么都没说，和父母一起告辞离去。

刚钻进车里，车门一关，聂妈妈就感叹道："真没想到，冷家过了三年，不仅没有垮掉，反而蒸蒸日上了。不过，那个顾青青……"

聂爸爸拍拍她的手，两人从后视镜里看着坐在副驾驶的儿子，心有灵犀地闭上了嘴。

当晚，顾青青和冷斯城留在了老宅。

138

冷斯城从浴室出来的时候，顾青青已经躺下了。

卧室里只开了一盏小夜灯，她侧身缩在床边，只占了整张床五分之一的位置，就连她盖在身上的被子也只有整床被子的十分之一。如果不是冷母只准备了一床被子，这间卧室也只有一张床，只怕她绝对不会跟他睡在一起。

她一直是这样，让她去哪里待着她就去哪里待着，无论他在外面招惹了多少个女人，回到家对她怎么恶言恶语，她都是这样一副平淡自如的姿态。她把自己的存在感降得很低很低，不是怕他，而是不想跟他有过多接触。三年来，她在他面前唯一的激烈反应，就是她昨天晚上偷跑去见聂之宁，回来还跟他吵架。

他在外面有那么多绯闻对象，也没见她跟他生一次气，回到老宅还能把他爸妈哄得高高兴兴的，就连跟他冷战，她都替他准备好睡衣，只是他亲自夹给她的菜，她到最后才不情不愿地吃下，她这样的"贤良淑德"，生生刺痛了他的心。

大手一抬，将她叠好放在一边的睡衣全都扫落在地，他转身打开柜子，另外拿了一套睡衣出来穿好，然后猛地掀开被子，直接睡在床的正中间，卷走了被子的五分之四。

顾青青在睡梦中凉了一下，却没醒，身体缩成一团，好像这样能取暖似的。

许久，冷斯城长长出了口气，正打算把被子分给顾青青，突然，一条胳膊伸了过来，搂住了他。

冷斯城整个人一僵，出到一半的气顿时憋在胸口，好像生怕惊醒了她，然后缓缓吐气，这一呼一吸甚至超过了三十秒。

他很小心很小心地侧头，见顾青青闭着眼睛，嘴上下咂摸了两下，就像小狗小猫睡觉时不老实地撩撩爪子，然后脑袋又靠了过来。

冷斯城把她搂住自己腰部的手嫌弃地抓起，往反方向一丢，顾青青顺着自己的手躺了回去，冷斯城这才出了口气。可是没想到，这口气还没出到一半，又硬生生地卡在了喉咙里。

这次，顾青青过来的不再是一条胳膊，而是整个身体都靠了过来，她的头枕着他的肩膀，腿缠在他的腰上，胳膊更是把他抱得紧紧的，好像生怕他跑掉一样。

上回她生病的时候，就在睡梦中抱紧了他，这次又是这样。冷斯城长出一口气，又伸出手，小心地一点点把她的手挪开，脚也挪开。他刚想把她的脑袋也推开的时候，她的眉心却突然皱起，无意识地叫了一声："爸爸。"

冷斯城手一顿，她生病的时候、她脆弱的时候、她孤独的时候，都像小兽在呼唤父母一样，每次叫的都是"爸爸"。

说起来，顾青青的爸爸虽然喝酒打牌不成器，对这个小女儿却是疼得很。吴爱梅重男轻女偏心儿子，顾青青是超生，一出生就被罚了不少钱。每次吴爱梅数落女儿是"赔钱货"的时候，顾爸爸都醉醺醺地摸着女儿的小脑袋，一脸疼惜地说："赔钱什么？我们青青长得多俊，又聪明，以后一定能嫁一户好人家，能帮帮我们青山。"

他还从自己为数不多的烟酒钱里抠出一些给她买糖吃。

顾爸爸去世的时候，也只有她哭得最伤心。

"爸爸，爸爸……"顾青青皱起眉，一声一声的呢喃像是离群的孤雁，声音轻得都要听不见了。

平时见她冷心冷肺，恨不得掐死她，此时，见她皱起眉头，他又看不得她不好了。冷斯城叹息一声，伸手抚平了她眉心的褶皱，给她盖好了被子。

顾青青虽然仍轻声呢喃着"爸爸"，皱起的眉头却渐渐舒展开了，呼吸也渐渐变得平缓。

等顾青青睡熟了，冷斯城悄悄地下了床，轻手轻脚地走出去泡了杯茶——今天晚上，他怕是得在工作中度过了。

第二天，顾青青刚睁开眼，就听见院子里有动静。

她走到窗前，看到楼下的冷斯城穿着运动服，在做伸展运动。

萨摩耶小威尔士朝着窗户汪汪地叫，好像在邀请顾青青跟它一起出去玩。

洛清雪和冷云霆抬头看见顾青青，立即笑道："青青也起来了，跟着小宝和威尔士一起出去跑跑步吧。"

顾青青点点头，下了楼。

冷斯城一脸平静，看都不看她一眼，拉着小威尔士的牵引绳就往外走。

洛清雪说："小宝，你让青青牵着威尔士，你俩一起去遛狗吧。"

冷斯城把牵引绳往顾青青怀里一塞，长腿一迈，推开门走了出去。

然后，顾青青就不受控制地被早就想出去撒欢的小威尔士拖走了。

小路七弯八绕，到了山的另一侧，顾青青才好不容易追上了小威尔士，她正想教训它，一个声音突然传来："青青？"

顾青青回头一看，是聂之宁，他也穿着运动服，应该是在晨跑。

"你好。"顾青青点头打招呼，然后抓着小威尔士的牵引绳教训它："你以后还乱跑吗？"

小威尔士汪一声，小鼻子吸了吸，似乎认出了聂之宁，一屁股坐在他们两个人中间，吐着舌头，像是要把他俩隔开一样。

聂之宁显然有很多话想跟她说，好容易碰上这个机会，哪里能放过："你是出来遛狗的吗？正好，我在晨跑，不如我们一起吧？"

顾青青立即表示："我是跟冷斯城一起出来的。"她回头，林间小路错杂，根本不知道自己是从哪条路过来的。

聂之宁看出了她的茫然，建议道："既然你是和……学长一起出来的，我们顺着大路走，总能找到他的。就算……我们当不成恋人，但总是多年的朋友吧？"

顾青青抬眸，看到聂之宁脸上有一丝期待，还有一丝祈求，点点头："好。"

顾青青牵着狗，聂之宁走在她身边，两人隔着一臂远的距离慢慢往前走着，谁都没有说话，只有小威尔士脖子上的铃铛叮叮当当地响。

阳光透过浓密的树叶洒落在两个人身上，微风携着林间特有的泥土香扑面而来。

聂之宁偏过头看她，他一直知道顾青青像空谷中最不起眼的兰草，只要有人稍加呵护，就能开出令人心醉的花朵，只可惜，这个人不是他。

他有很多话想说，最后出口的还是："我们以前也这样一起跑过步吧？我记得，那次你跑越野三千米的时候，我也报名参加了。"

"嗯，大一的时候。"

大学，聂之宁和她学的虽然不是一个专业，聂之宁却跑来念了双学位，跟她和徐子衿一起学广告。

那时候，徐子衿故意整她，偷偷给她报了三千米越野跑，名单下来了她才知道，全系女生只有她一个人报名，不去也得去。只是没想到，聂之宁会陪她一起跑，更没想到，冷斯城作为学生会的干部，还把违规抄小道的她抓了。

如果不是那次意外，她也不会费尽心思进校学生会，想方设法接近冷斯城，直到后来……

想起过去，顾青青心中的戒备和疏离终于消减了一些。

两人慢慢走着，谁也没有说话。

过了个转角，聂之宁终于忍不住开口了："青青，这三年，你过得好吗？"

顾青青一愣，随即点头："挺好的。"

聂之宁一句话到了嘴边，想了想，还是问了出来："青青，你当时为什么要和学长结婚？"

山道的另一侧，徐子衿同样问了冷斯城这个问题："斯城哥哥，你当时为什么要跟那个女人结婚啊？"

聂之宁不明白，徐子衿也不明白。从初中开始，冷斯城就没有喜欢过任何女孩，唯一有过绯闻的就是徐子佩，两人同年又是同班，门当户对，大学时又都在学生会工作。

即使是三年前冷家遭遇股价大跌，徐家为了避免被牵连匆匆离开，徐子佩也不想走，甚至因此差点和家里闹僵。后来徐子佩解释，她离开是因为她想要出国深造，追求自己的梦想。徐子衿却觉得，这不是她离开冷斯城的原因，但原因是什么，徐子佩不肯说，她也不知道，唯一知道的是，徐子佩离开后发生了那件事，冷斯城就娶了顾青青，从此，开始了冷斯城三年来接连不断的"绯闻史"。

这三年，徐子佩在美国，追求者数不胜数，可徐子佩依然孑然一身，不是为了冷斯城，又是为了谁？

冷斯城表情淡淡地看着她："结婚不是因为爱吗？"

"骗人！"

"随便你相不相信。"冷斯城目光一收，步速不变地继续小跑。

徐子衿呆了一瞬，马上追上来："斯城哥哥，你是不是为了报复我姐姐，你怪她离开了你？"

说着，两人跑过一个转角，恰好与顾青青和聂之宁碰到了。

顾青青脚步一顿，刚才聂之宁问她，她没有丝毫难受，此时听到徐子衿如此反问，她心里却闷闷的，就像有只手在她的伤口上狠狠一揪。

汪！看到主人，小威尔士立即兴奋地摇着尾巴往前跑去，拽着牵引绳的顾青青则被它拽得也飞跑过去，却不小心踩到了一颗石子，身子一歪——

"小心！"她身后，聂之宁着急地提醒道。

就要摔倒的瞬间，一条手臂横在了顾青青的腰间，用力一拉，顾青青被拉了回来，一头撞进了冷斯城的怀里。

也许因为他今天穿的是运动服又运动过，他身上并没有他平日西服面料那种硬挺而清冷的触感，而是面料柔软，一呼一吸间，全是男人阳刚的味道。

等她站稳后，冷斯城立即松开手，脚步一错站在一边，像是不想再触碰到她般，然后低下头，摸了摸一直摇尾巴的小威尔士，语气温柔："你跑到哪里去了？刚刚没看见你。"

小威尔士汪汪叫了两声，猛摇尾巴。

虽然这句话是对着小威尔士说的，顾青青还是马上解释："刚刚威尔士跑了，我去追它，恰好和聂之宁遇到。"

徐子衿在看到他俩一起出现的时候，就跑到了聂之宁身边："之宁，昨晚不是说好了今天一起锻炼吗？你怎么一个人先走了？"

聂之宁摇摇头："你以前也说要晨练，结果没一次能起来。"

徐子衿没理会他的话，回头，甜甜地笑着说："斯城哥哥，我们一起跑步吧？"

冷斯城淡淡地说："我得回家了。"

小威尔士一听"回家"两个字，立即起身，拽着顾青青离开。

看到顾青青被狗拖走，冷斯城才迈开步子走到徐子衿面前，表情严厉："徐子衿，我以前说过，现在我再说一次。我曾经是和徐子佩订过婚，但是，取消婚约的是她，而我和顾青青结婚也不是因为她，我更没想过要离婚。如果你再说这样不着边际的话，后果自负！"

他说完这句话，看了一眼聂之宁，眼瞳微眯，目光凛冽，犹如刀剑，像是在警告聂之宁——如果胆敢来挖他的墙脚，小心你的命！

徐子衿从来没有被冷斯城用如此严厉的目光逼视过，吓得说话的声音都小了："斯城哥哥是不是还在怪罪我们，怪罪我们当年的离开？"

聂之宁什么都没说，只是看着顾青青离开的方向，眼里有一丝忧虑。

顾青青坐在床沿，屋子里只开了一盏小夜灯，想起今天徐子衿的发间，无边无际的黑暗席卷了她，压得她喘不过气来。

没事做，她打开手机，有几条信息，除了李悠悠，有一条居然是林周逸发来的。

除了布置一些工作，林周逸还补充了一句："你和徐小姐的策划案我都看过了，两个人各有千秋。徐小姐的策划华丽宏大，你的却像是一首诗娓娓道来。如果要我选择的话，我会更偏向你的策划。千万不要因为徐小姐的家世太好而自卑。"

话听着像是安慰，顾青青却还是有些感动的。真没想到关心她的居然是她的顶头上司——认识还不到一个月的林周逸。

卧室门打开，冷斯城面色清冷地走进来，看都不看她一眼，直接进了浴室，随后哗啦啦的水声响起。

顾青青把他的睡衣叠好，放在一边，然后掀起被子躺了下去，同样只盖了一点点被子，占了五分之一的床。

冷斯城洗完澡出来，见她已经背过身躺在床上，自然也看到了她准备好的睡衣，又去衣柜里找了一套换上，擦干净头发，掀开被子。

床垫凹陷，男人沉重的身体躺了下来，带着一股沐浴后的淡淡香气，萦绕在她身后。

关上灯，屋子里安静得很，没人说话，也没有人动一下，只有两个人的呼吸声，安静得像是异世。

原本以为两个人会保持着这样僵硬的姿势睡到天亮，谁知道，顾青青躺下不久，小腹忽然一阵钝痛，然后一股热流涌向小腹下方——她生理期到了！

她生理期一向很准，也许是最近事后药吃得有点多，以至于这次推迟了好几天，肚子还很疼。

她赶紧起身去找卫生巾，可刚掀开被子，冷风一吹，好像整个人瞬间被丢进了冰窟窿里，冻得她浑身发抖。

匆匆披了一件衣服，找到卫生巾，冲到洗手间，她刚关上门，钝痛便无边无际地包围了她，血仿佛带走了她体内仅存的热气，痛得她连腰都直不起来。

顾青青在洗手间里蹲了好久才出来，也许是因为失血，也许是因为肚子疼，走了两步，双腿有点发软。

冷斯城忽然一下掀开被子冲过来，伸手搂住了她，然后一低头一弯腰，把她打横抱起。

顾青青吓了一跳，天旋地转间，手下意识地搂住了他的脖颈。冷斯城怎么醒了？他不是讨厌她吗？连在他妈妈面前装装样子维持"恩爱"的假象都不愿意，怎么会？

冷斯城把她抱回床上，被子一裹，她感觉好像全身的力量都回来了。

"别乱动。"冷斯城的声音从头顶传来，满是嫌弃，"要是你敢乱动，把血蹭到我身上，你就试试！"

她虚弱地点点头。

冷斯城一伸手，将他的大手放在了她的小腹上。他的手掌像是一个小暖炉，给她冰凉的肚子注入了一股暖流，她原本紧绷的身体也舒展开了。

虽然知道冷斯城不喜欢跟她接触，她仍小心翼翼地靠近他，把脑袋埋在他的肩窝里，最后舒服地闭上了眼睛。

冷斯城低下头，听着她均匀的呼吸声，看着她像小猫一样蜷缩在自己怀里。

这个女人，很少有示弱的时候，就算被他欺负得狠了，也只会倔强地咬着下唇不开口求饶。即使她此刻缩在他的怀里，也不代表她冲他敞开了心门，他可以走进她的内心。

可他还是做不到把她推开，抱着她柔软的身体，心里却沉甸甸的。

也许是因为冷斯城一直抱着她，手放在她的小腹上，顾青青原本以为她这一晚上会很难熬，却没想到，居然睡得超级安稳。

第二天，顾青青从睡梦中醒来，旁边空空的。抬眼看了一下时钟，已经七点半，冷斯城已经去楼下锻炼了吧？

顾青青洗漱完毕，到楼下的时候，果然看见冷斯城已经运动回来了。

不过，楼下还有一位客人——也不算客人，是冷家的家庭医生。

家庭医生先给冷云霆和洛清雪检查了一遍，冷斯城不想让他检查，却被搭了脉："斯城身体很好，就是火气有点旺。"

可不火气旺吗？愤怒的火气，还有被她撩拨的男人的火气，都很旺。

洛清雪问："那需要吃点什么下火吗？"

家庭医生笑："不用了。"下什么火啊，跟老婆待一晚火气就没了，只是……

"青青，你睡醒了？过来，让钱医生看一看。"洛清雪招呼顾青青过来。她知道，儿子今天一早就把钱医生叫过来，给他们一家人检查了身体，其实主要目的是为了顾青青。

顾青青点点头，走过来让医生搭脉。

钱医生检查了半天，顾青青有点意外："医生，我没事吧？"

"没事。"钱医生笑了笑，"有点受凉，不打紧，吃点药调理调理就好了，还有……"

洛清雪有点担心："钱医生，怎么了？"

冷斯城虽然什么都没说，琥珀色的眼底却光芒闪烁，显然也很担心。

钱医生尴尬地咳嗽一声："其实也不是什么大事，虽然知道你们年轻人不想这么早要孩子，但是以后那种药还是要少吃点，不然不光你的身体不好，对孩子也不好。"

这一句话，瞬间让冷斯城的眼中蒙上了一层阴霾。

他说呢，顾青青刚嫁给他的时候身体更差，也没到这个地步，怎么昨晚就疼成那个样子？原来，是她吃事后药吃得。

她宁愿糟践自己的身体，也不想跟他生孩子，那他还在意什么？

"不会死就行。"他声音冷锐，长腿一迈，往楼上的书房走去。

被丢下的几个人全都愣住了，尤其是顾青青，原本苍白的脸色因为他这句话变得更白了。

她还以为昨晚冷斯城对她的善意，是有一点点怜惜她，没想到，她还是想多了。

"青青，你没事吧？我看你气色不大好。"洛清雪不知道儿子为什么转身就走，只感觉这俩人又闹别扭了。

"妈，我没事。"顾青青摇摇头。

钱医生给顾青青开了药就离开了，洛清雪让保姆照着方子煎了药，中午又给顾青青炖了汤，看着顾青青喝完，精神似乎好了很多，她才放下心来。

下午，公司出了点事，冷斯城先离开了，洛清雪便叫司机把顾青青送回家，走之前还特意让顾青青喝了药："要好好照顾自己。"

回到西山别墅，顾青青让保姆烧点热水给她喝。

也许是最近经常看到冷斯城，保姆问："先生怎么没有跟你一起回来啊？"

冷斯城怎么会回来？他恨不得她消失在他的世界里好吗？

好容易挣扎着工作完，准备休息的时候，卧室的门开了，是冷斯城，他居然回来了。

顾青青吓了一跳，他不是生气地走了吗？他为什么又回来？

她疑惑不解的时候，发现冷斯城后面跟着程秘书："冷总，护照找到了，在您的书房里。"

冷斯城眼中没有半点波澜。

程秘书继续说："明早八点的飞机，现在已经是晚上十一点了，您看您是不是……"

程秘书的话没说完，但是顾青青已经听懂了，意思是，您别折腾了，反正已经回家了，就在这里睡一觉吧！

冷斯城看了书房一眼："书房是不是打扫过？"

保姆闻言点点头："是啊。"不是下午您打电话让我打扫的吗？

冷斯城淡淡地看了她一眼，声音严厉："乌烟瘴气的，让我怎么休息？"

冷斯城看着保姆一副做错事的表情，心烦意乱地摆摆手："算了算了，一个两个的，事情都办不好，你赶紧走吧，看着就烦！"

这意思是，今天太晚了不能回公寓了，书房又脏乱，所以，他只能跟她睡一间房？

冷斯城低着头，冷声把程秘书也赶走了："明早五点来叫我起床。"说完，又看了一眼保姆："有开水吗？帮我倒一杯。"

保姆点头，赶紧去给他倒了杯开水。

冷斯城还不满意："你想烫死我？我是要喝的开水，不是刚刚烧开的水。去，再去帮我倒一杯温水来。"

保姆马上又去给他倒了一杯。

冷斯城摆摆手把她赶走："去吧。"却没喝水，转身朝浴室走去。

顾青青看着两杯水，冷斯城要喝温热的，等他洗完澡，开水温了，温水凉了，她想了想，把那杯温水喝了下去。

喝了温水，果然身体舒服了不少。

很快，冷斯城洗完澡出来，看看他特意倒的两杯水，一杯已经喝掉了，他擦干净了头发，掀开被子躺了下去。

一张床，一床被子，两个人，冷斯城躺在大床的中央。这张床可没有老宅的大，即使顾青青缩在一边，他和她也不可避免会有触碰。

顾青青虽然今天没有昨天疼得那么厉害了，但还是难受，她身子缩成一团，手心脚心仍是一片冰冷。

偶尔冰凉的脚心碰到了他的脚，冷斯城立即皱起眉毛，不高兴地说："你又怎么了？"

"我……"她很冷，可她哪里敢让冷斯城再帮她暖身体？

一冷，她又忍不住动了动身体。

冷斯城在她背后声音沉沉地说："到底要不要睡了？我明早还得走！"

她不说话，只是往旁边缩了缩。

冷斯城转过身来，一手搂住她的肩膀，一手放在她的腹部："算了算了，免得你再吵我，躺好了不准动！"

顾青青一愣，还没来得及反抗，就被他紧紧搂住了。冷斯城的怀里太暖和，他的手掌又像是小火炉，她虽然觉得有点儿别扭，但还是舒服地睡了一觉。

第二天早上五点。

程秘书来敲门，手刚举到半空，门就打开了。程秘书吓了一跳，手还保持着扬起的姿势，像要打人一样。

冷斯城从门里走出来，已经换好了衣服，一脸冷凝。

程秘书刚说了个"冷"字，冷斯城立即伸出食指，让他闭嘴，然后压低声音道："你去收拾，二十分钟之内把东西全都收拾好，到楼下等着，快去！"

程秘书转身走了。这年头，秘书还得跟保姆一样，连行李都要帮他收拾。

冷斯城转身回到卧室，顾青青听到动静，微微皱眉，挣扎着睁开眼睛："你……醒了？"

冷斯城什么表情都没有，只是轻轻点了点头。

沉默了一会儿，顾青青抬起头，问了他一句："你……要走了？"

冷斯城又点点头。

顾青青想了想，还是加了一句："一路平安。"四个字，简简单单，客套到不能再客套。

"我这次是去巴黎时装周，几天后就回来。"也许是听到她这几句"关心"的话，冷斯城难得跟她说了一下自己的行程。

顾青青一愣："巴黎时装周？"那会不会和徐子佩相遇？

冷斯城看到她忽然失落的表情，还以为她不舍得自己离开。他装作毫不在意的样子，淡淡地说："时装周上，也许会见到很多漂亮的女明星。"

"是吗？"顾青青把脑袋藏在被子里，心里像是压了一块石头。

传来咚咚的敲门声，是程秘书来催了："冷总，五点二十了。"还真准。

"到楼下等我，我马上就下去。"

把程秘书轰走了，冷斯城咬咬唇，看了一眼还藏在被子里的顾青青，伸手轻轻拉开了被角。

新鲜的空气和他的俊脸一下子靠近了她，炽热的呼吸喷在她的脸上，她有点别扭地别开脸，冷斯城却忽地一下上前，抓住了她的手。

顾青青吓了一跳，第一反应是后退，然后用力挣扎。

冷斯城想说些什么，却在顾青青挣扎之下，松开了手，然后，冷斯城盯着顾青青的手一点一点从自己的掌心脱离，连带着她的体温，还有他有些狂喜的内心。

他还想说什么，楼下，程秘书按了一下喇叭，似乎是在催促，也是在提醒，他的这段无望的感情。

冷斯城一下子把手抽了回来，背在身后，脸上很快恢复了以往的清冷，后退两步，没说一句话，转身，大步离开了卧室。

冷斯城到了楼下，正打算拉开车门，身后忽然传来唰的一声，他下意识地回头，看到顾青青打开窗户站在窗边，有点儿担心地看着他。

担心？她对他？怎么可能？他还没忘记她刚刚用力抽回去的手。

喉结上下滚动，他眼底的光芒闪了几闪，最后，还是拉开车门，钻进了车里。

顾青青有点着急，她也不知道该说些什么，千言万语到了嘴边变成一句："一路顺风！"

车子发动，冷斯城回头一看，顾青青还站在窗边，挥手跟他道别。

他看着渐行渐远的顾青青，像是想到了什么，大喊："停车！"

"冷总，不能再耽误时间了！"

"停车！"冷斯城眉毛一挑，声音沉沉，"我要你停车！立即，马上！"

程秘书说："冷总，真的来不及了。再说，您回去能做什么？多说一句话吗？"

冷斯城被他问得顿住了，微微垂眸，想起了刚刚他靠近时她的躲闪和挣扎。

车子一路前行，过了弯道，已经看不到窗边的顾青青了。

冷斯城离开之前，已经让宣传部的人通知旭逸，原本这星期就要敲定的广告策划案，得延到下星期。

开会的时候，林周逸提起这件事情，笑眯眯地说："刚刚得到了一个新的客户单，清颖日化有一支卷纸的广告，点名要一组完成，请一组组长徐小姐多多努力。"

清颖日化是聂家的产业，显然是徐子衿拉来的生意。

林周逸又说："顾小姐，有个客户约我们明天见面，你记得准时跟我过去。"

开完会，徐子衿拔高音调，嚣张地说："这下好了，让你再苟延残喘一个星期。"

顾青青没理她，低头收拾文件。她还得陪林周逸去谈客户，哪有闲工夫跟徐子衿斗气。

顾青青刚走到门边，就听到身后徐子衿说："知道为什么斯城哥哥这星期不管我们的策划案吗？因为他听说我姐姐要参加巴黎时装周，所以专门去巴黎见我姐姐了。"

顾青青依然没理她，甚至转身离开的脚步还快了几分。

等走到茶水间，她靠着墙，原本面无表情的脸瞬间垮了下来。

冷斯城去巴黎，真的是为了徐子佩吗？

是不是，又与她有什么关系？她不能左右冷斯城的思想，更不能让他不去和徐子佩见面。

也许是因为这几天生理期的关系，她觉得自己特别"脆弱"。又或者是因为他虽然不甘不愿，但还是在她最难受的两天陪着她，让她对他产生了一点期待。

她深呼吸几口气，刚准备走出去，就迎面撞上了林周逸。顾青青吓了一跳，手里的文件哗啦啦掉落在地，她一愣之后，立即蹲下，把散落一地的文件捡了起来。

林周逸看了看她，换上一个温和无害的笑容，跟着弯下腰，把最后一份文件捡起来，递到她面前。

顾青青一愣，随即接过："谢谢。"

"在想什么想得那么出神？"林周逸故意问，脸上的笑容看着更温暖了。

顾青青有点尴尬："没事，在想……工作。"

"哦，工作啊！"林周逸笑了笑，"是在介意清颖日化的事？这是徐小姐未婚夫家的公司，自然直接点名要她了。"

顾青青摇头。

"不是为了清颖日化？那是为了什么？"林周逸明知故问，"是你之前和徐小姐打赌的事情吗？"

顾青青又摇了摇头。

林周逸看着她微微低头看着脚尖的样子，虽然不清楚冷斯城和徐子佩可能的见面会对她有这么大的影响，但也猜出了个大概："好好工作，其他的事情不要想太多了。记住，能握在自己手里的，才是最可靠的。”

能握在自己手里的，才是最可靠的。

工作可以靠自己努力，而男人的爱，虚无缥缈，无处凭依。

顾青青默默地把这句话咀嚼了一番，随即点点头："我知道了林总，我会努力的。"至少，也不能输给徐子衿不是？

林周逸看着她清亮的眸子，点头笑了笑："好。还有，记得客户约我们见面的时间是明天上午十点钟，你不用来公司了，我们直接在客户下榻的四季酒店碰面吧！"

顾青青点点头，回到工位，拿起资料，打开电脑准备录入，可是对着电脑半天，打出来的居然是"徐子佩"。

顾青青吓了一跳，赶紧删掉，想了想，搜索了一下徐子佩今天的微博，没有一个字是跟巴黎、跟冷斯城有关的，难道徐子佩没有去巴黎？难道是徐子衿骗她的？难道冷斯城去巴黎不是为了徐子佩？

无数个想法在脑海一闪而过，她脑袋都涨了。

顾青青摇摇头，起身去洗手间洗了把脸，把所有想法都排出脑外，然后沉下心来继续工作。

沉浸在工作中的顾青青好像已经把徐子佩忘了，可是回到家推开卧室的门，似乎还能闻到冷斯城身上那股清冷的味道，可能是窗户没关的原因，她反而觉得更憋屈了。

呆坐在床头半天，看了看时间，这个点，冷斯城应该已经到巴黎了吧？

顾青青拿着手机，只剩下一格电了，亮起了红灯。她想给冷斯城打个电话，手扬起又落下，最后还是没按拨打键。

她翻开了徐子佩的微博，今天还没更新内容，昨天的最后一条信息是，她在布拉格为某时尚杂志拍摄写真。

巴黎和布拉格如此之近，只要有心，徐子佩一定能跟冷斯城见面。

就算媒体没有大肆报道，这两个人要是有意避开媒体偷偷约会呢？

顾青青倒在床头，想来想去，还是想给冷斯城打个电话。可是，打过去又能怎样？说些什么？她摇摇头，正准备按后退键退出程序，却鬼使神差地不小心按了拨出键。

顾青青吓了一跳，正要关掉，手机里嘟嘟两声，居然接通了，冷斯城居然接了电话。

怎么办？怎么办？她要说什么？她要怎么说？难道直接问，你去巴黎是不是跟徐子佩见面了？你跟她想要重修旧好，我是不是该准备退位让贤了？还是说，她关心他的身体，坐了这么长时间的飞机，会不会很累？然后再旁敲侧击地问他和徐子佩的事情？

其实，她想说的只有三个字——我想你。

她脑袋里乱成了一锅糨糊，正打算说话，那边传来了一个男人的呼吸声。

顾青青紧张到心脏都快蹦出嗓子眼了，大脑一片空白，连思考都不会了。

她抓着手机，勉强开口："喂……"

那边，马上有人回应："太太，是我，程秘书。冷总刚下飞机，还在洗手间里，我马上叫他出来。"

"不，不用了。"顾青青惊慌地摇头，勇气就像充满了气的气球，过了那个点，气都被飞速地放了出去。

"太太，你等等……"程秘书话音还没落，那边电话匆匆挂断了，他抬头一看，冷斯城正好从洗手间里走了出来，扯了一张吸水纸优雅地擦着手，程秘书立即说："冷总，您的私人电话，是太太打来的。"

"什么？太太打来的？"冷斯城一听到这几个关键词，二话不说，立即把手里的吸水纸往垃圾桶里一扔，大步走了过来，看到刚挂断的来电显示，立即拨打过去。

冷斯城皱起眉头，等了一会儿，电话那头却传来冷冰冰的声音：

"您所拨打的电话已关机，请稍后再拨。"

冷斯城眉心皱得更紧了，要不是他把私人电话放在外衣口袋里，也不会接不到电话。他立即问："太太说了什么？"

"什么都没说，就挂断了电话。"

冷斯城握着手机想了想，命令程秘书："你给西山别墅打个电话，看看什么情况。是她不舒服了，还是家里又出事了？"

程秘书点头应允，立马打了过去，电话很快接通了："太太今天发生了什么事吗？身体有没有不舒服？她的妈妈和哥哥有没有找上门来？"

保姆疑惑："没有啊！太太今天挺好的，吴阿姨也没有来找她。"

冷斯城奇怪，那是因为什么要打电话给他，又立即挂掉？难道说，她在担心他？

想到这里，冷斯城整个人一僵，像有一股热流从头顶一直往下，浑身暖洋洋的。

如果顾青青有心的话，一定能查出他所乘飞机的起落时间。就算她只是形式化地问他平安与否，也比她过去那种漠不关心的态度要好。

他一把抢过程秘书的手机："那太太为什么给我打了电话又挂断？"

保姆吓了一跳，摇摇头："不知道啊，需要我去问问太太吗？"

"不用了。没事，你不用跟她说。"他会亲自打电话问她。

挂了电话，冷斯城心情很好，再用自己的手机打电话过去，还是关机。

关机，是她不好意思？或者是手机没电了？不管是什么都没关系，他一定要赶紧处理好手头的工作，尽快赶回去。唔，他回去的时候，她的生理期该结束了吧？他也可以……

顾青青关机，还真是因为手机没电了。

打了电话之后，她觉得自己真是一时冲动，还不知道冷斯城回来以后会怎么责问她呢!

管不了这么多了，反正他回来还要好几天，兵来将挡水来土掩，大不了她给徐子佩挪窝，还能怎么样!

把手机拿去充电，顾青青转身去了浴室。

四季酒店楼下的咖啡厅。

顾青青打开公文包，里面资料丰富。

今天要谈的是一个美国客户，顾青青和林周逸坐下没多久，对方就过来了，只是，过来的不只是他，还有他的合作伙伴聂之宁。

这个美国人史蒂芬是聂之宁的朋友，聂之宁没想到会在这里见到顾青青。

这是怎么回事？聂家的广告不是已经和徐子衿说定了吗？为什么会牵扯到顾青青？

这些人里，反应最快的是林周逸，他笑着上前说："史蒂芬先生，你好，我是Joe，很高兴见到你和聂先生。这位是我的助理顾小姐。"

顾青青也很快反应过来，笑了笑说："史蒂芬先生，你好。聂先生，你好。"

一句"聂先生"瞬间把聂之宁拉回了现实，礼貌地道："林先生，青——顾小姐。"

几个人坐下，开始谈广告策划案的事。

史蒂芬说："林先生准备充分，策划案也很好，我有意合作，只是价格……是不是偏高了些？"

林周逸笑着不说话。

顾青青说："史蒂芬先生，我们的策划，一定会对得起您出的钱，而且，只要您不满意，可以随时修改。如果您还觉得不合适，可以去其他公司看看，对比之后再决定。"

一番话说得有理有据，史蒂芬笑了。

谈到中午，林周逸邀请史蒂芬和聂之宁共进午餐。

到餐厅落座，史蒂芬看了看菜单，没有特别想吃的，却没想到，最后端上来的菜竟是西班牙风味的。

史蒂芬一愣："我刚才看菜单，是偏法式口味的。"

史蒂芬是西班牙裔。

林周逸笑："是的，不过，我的助理顾小姐特意去找了这家店的西班牙裔主厨，希望这些菜您能喜欢。"

一顿饭结束，史蒂芬满足地用餐巾纸擦擦嘴："难怪都说中国人热情好客，我看不仅是热情好客，人也很漂亮。不知道，顾小姐有男朋友没？"

顾青青和聂之宁同时一愣，林周逸也很惊讶。

顾青青摇摇头："没有。"她确实没有男朋友，但她有老公。

史蒂芬高兴地说："是吗？不知道顾小姐下班以后有没有时间？我知道一家店的咖啡很好喝。"

顾青青立即摇摇头，正打算说话，聂之宁抢先说："恐怕青青不能跟你一起去了。"

林周逸立即挺直身体："我知道聂先生和顾小姐是同学，但是，你和徐小姐不是已经订婚了吗？"

"我……"聂之宁还有话要说，却被这一句生生堵在了喉咙里。

顾青青一愣之后，说："恐怕不行，史蒂芬先生，我的丈夫……希望我一下班就回家。"

"丈夫？你结婚了？上帝！"史蒂芬夸张道。

聂之宁听到"丈夫"这两个字，眼底闪过一抹情绪，像是失落。

饭后，几个人又商议了一下，史蒂芬最后敲定这次的广告交给旭逸："我会让我的秘书来跟您签合同，拍摄细节我们之后再谈。"

林周逸笑着点点头："合作愉快。"

与史蒂芬分别后，林周逸和顾青青站在餐厅门口等车开过来，身后突然传来脚步声，聂之宁一把抓住顾青青的手腕，声音有点急："青青，我有话想跟你说。"

顾青青吓了一跳，下意识地甩开他的手。

林周逸故意说："不好意思聂先生，如果你找我的员工是公事，自然可以；如果是私事，现在还没到下班时间。"

"你……"他找顾青青确实是私事，可他等不了了。

三年前，顾青青刚答应跟他在一起，就遭到了父母棒打鸳鸯，他原本想抗争的，想要放弃一切跟她在一起，可在关键的时候，她突然退缩了，不肯出国，不肯跟他走，还跟他提出了分手。

他不会忘记出国前一天惊闻噩耗，然后在她爸爸的灵前看到近乎崩溃的她，还有抱着她安慰的冷斯城："她答应嫁给我了，她已经是我的女人。"

他行尸走肉般被父母送到美国，在普林斯顿安定下来。

三年过去，聂家不比当年，只有抓住徐家才能继续发展下去。

徐子衿虽然骄横霸道，对他却是真心的。在父母苦苦哀求下，再加上事情已经过去了三年，他也想要冷静下来，这才答应和徐子衿订婚。

可是，回到国内看到顾青青，他的心理防线瞬间溃不成军，即便他知道他们之间再无可能，他也想要知道她当年为什么要分手，为什么她明明知道冷斯城娶她也许只是为了气徐子佩还要嫁给他？

"林先生，我找青青是有很重要的事，请你给我们一点时间。"

第七章　无法破解的局

咖啡店里。

阳光透过落地窗洒落在顾青青身上。明明还是那个她，却好像什么都和以前不一样了。

聂之宁不再绕弯子，单刀直入地问她："当年，为什么要和我分手？不是已经答应跟我一起出国了吗？"

顾青青表情淡然地放下咖啡杯："因为觉得不合适。"

"什么不合适？是因为我爸妈威胁你、威胁你们家，还是因为冷斯城？"

顾青青没有回答，三年前的事情，再去讲这些，不觉得很多余吗？她已经和冷斯城结婚了，他也订了婚，总把目光放在过去，人是不会进步的。

"是不合适。"她低头，拿起咖啡勺，轻轻搅拌着咖啡。

聂之宁显然不满意她的回答，追问："我们不合适，你和冷斯城就合适吗？你……我们刚分手，你就答应和他结婚，是因为他威胁你？还是说，他当时帮你们家解决了危机？冷斯城那时是有女朋友的——徐子佩。他都跟你合适，我为什么不合适？"

冷斯城和徐子佩的关系一直亲密，甚至当时已经订婚，而冷斯城和顾青青没有半分暧昧的关系，他们为什么会突然结婚？为什么冷斯城会说她是他的女人？

顾青青搅拌咖啡的手忽地一停，随即把咖啡勺放到一边，抬起头，淡淡地说："之宁，你和徐子衿已经订婚了，我也结婚三年了，我觉得你现在应该把你的精力放在你和徐子衿还有你们聂家上。还有，我在旭逸工作的事情，希望你不要跟任何人说。林总也不知道我的身份，希望你能帮我保守秘密。我还有别的事情，就先走了。谢谢你的咖啡，再见。"

聂之宁见她起身离开，顿时急了："青青，到底发生了什么？是冷斯城在你父亲去世的时候给了你安慰，还是他帮你们家解决了债务危机？你分明知道，他娶你不是因为爱你，只是为了气徐子佩！"

顾青青没说话，继续往外走去。

聂之宁站起身，又加了一句："是因为——他要了你吗？"

顾青青整个人僵住，迈出的脚瞬间定在了那里。

看到她的反应，聂之宁还以为自己猜对了。

他恨啊！冷斯城娶她只是为了气徐子佩，也许是冷斯城喝多了酒，才把顾青青……

聂之宁知道顾青青是一个传统的人，如果她真的贪慕虚荣，不会一直和他们这群有钱人家的阔少保持距离，甚至他追求了她好多年，她才终于点头答应跟他在一起。

他不在乎的！他知道她是被迫的！如果她跟他说清楚，他不会丢下她一个人！

顾青青微愣之后，眼神变得有些冷锐，却坚定地摇摇头："不是的。"

"不是什么？那是为什么？"

顾青青什么都没说，只是摇头："不是的。之宁，我是真心希望你能过得开心，也希望以后我们还可以做朋友。"顿了顿，她咬咬唇，又说，"虽然我一直不喜欢徐子衿，但是我能看出来，她是真心喜欢你。祝你们幸福。"说完这句话，她走出了咖啡厅。

外面，阳光明媚，顾青青抬头，微微眯上眼。

她的确是在那个时候和冷斯城发生了关系，但是，不是冷斯城强了她，而是她心甘情愿的。

当然，聂之宁有句话说对了，如果没有那晚发生的一系列事情，也许她和冷斯城的关系会有所不同，她也不会跟他结婚，只是这些事她已经没有必要跟聂之宁说了。

顾青青一路晃荡着回到家，打开手机查看徐子佩的微博，发现徐子佩发了一张图片，显示她此时所在的位置是巴黎塞纳河畔的露天咖啡厅。

顾青青有点忐忑，而事实上，昨天晚上，冷斯城真的和徐子佩在宴会上相遇了。

昨天晚上，一个大型的宴会，以政商界人士为主，也有不少受到邀请的影视明星参加。

冷斯城是在宴会举行到一半的时候来的，他先去了贵宾休息室，与德国公司代表见面，洽谈合作意向，完事出来的时候，恰巧遇到了徐子佩。

三年过去，徐子佩的变化也很大，气质更加大气、端庄。

冷斯城朝她点了点头，像遇到了一个并不怎么熟悉的人那样，然后就把注意力都落在了身旁的德国公司代表身上。

然后，她走了过去，她往左，他向右，两人擦肩而过，就像过去无数次遇到时那样。

走到转角，徐子佩回头看了看渐行渐远的冷斯城，不曾回头看她一眼。

之后，冷斯城又见了几个合作伙伴，就从后门离开了。

两人正式见面，是在第二天晚上，另一场更加私密的饭局。

巴黎冷空气来袭，外面下着雨，气温有点低。冷斯城从外面进来时，穿着长长的风衣，带着一丝潮润。

他进门后，脱掉风衣交给服务生，随意地扫了一眼房内众人，目光并没有在徐子佩身上停留，然后找到了自己的座位坐下，谁料，他旁边正好是徐子佩。

一个客商可能之前和徐子佩有过接触，笑着说："听说徐子佩小姐和冷总都是N大毕业的，你们可是校友啊！"

包厢里的人都把目光投射了过来。

冷斯城微微垂眸，一点搭理他的意思也没有。

徐子佩倒是大方地笑了："我和斯城不只是大学校友，还是高中同学。好久不见了，斯城。"她声音温和，落落大方，没有一丝要纠缠过去的样子。

冷斯城听她这么说，微微仰起下巴，轻轻点头嗯了一声。

一桌人都松了口气，气氛又热闹起来。

别人敬酒灌酒，冷斯城从不参与，一直淡漠着一张脸，等吃了七成饱，又低头看了看手机——顾青青没有打电话过来，也没有发短信。

包厢里酒气冲天，吵闹得很，他干脆把椅子一推，站了起来。

有一个客商问了一句："冷总，这是去哪里？"

冷斯城平静地说："给我老婆打个电话，报个平安。"

"老婆？"谁不知道冷斯城是出了名的"家里红旗不倒，家外彩旗飘飘"，女伴个个漂亮动人，就是没听说过他老婆是何方神圣。

一群人里，唯有徐子佩眸中闪过一丝光芒。

外面凉风习习，冷斯城倚着窗台，正要打电话，高跟鞋的声音由远及近，一个女人声音温和地道："斯城。"

冷斯城头都没回，听声音就知道是徐子佩。

　　他一直低头看着手机。现在应该是燕城的凌晨，打电话是不可能了，不过，发个短信还是可以的。想起他临走的时候，她站在窗前说的"一路平安"，即使巴黎细雨纷飞，他心里依旧一片晴朗。

　　徐子佩踩着高跟鞋走到他旁边。比起她自己，冷斯城的变化更大。三年前，冷斯城刚刚接手皇霆娱乐，还是一个意气风发的热血青年，而现在，在岁月磨砺之下，他光华内敛，越发沉静迷人。

　　不过，他再好，也已经结婚了。不管他三年前娶了顾青青，是为了报复徐家还是因为那件事不得已而为之，他现在都是别的女人的丈夫了。

　　"好久不见。"她摇晃了一下酒杯，淡淡地道。

　　"嗯。"又是一声嗯，只是比起在包厢里回应的，冷斯城现在明显更不走心。

　　他握着手机，一直在编辑短信，说些什么好呢？

　　"你过得好不好？"不好，语气有点生硬。

　　"家里出了什么事？"也不好，本来就没什么事，有事她会跟他说的。

　　"缺钱了吗？"更不行，上回顾青青在STAR跟他吵架，就是因为钱的事情，他才不会愚蠢到哪壶不开提哪壶。

　　想来想去，冷斯城鬼使神差地编辑了几个字："我想你。"

　　刚打完"你"字，冷斯城像是忽然想起了什么，赶紧删掉，好像这三个字格外烫手一样。

　　而旁边，徐子佩看着冷斯城一脸惊恐又时而皱起眉头，似乎很苦恼的模样，更是惊奇。

　　从小到大，她认识的冷斯城，一直是举重若轻、冷静自持的人，什么时候变成了这样？

　　"斯城，听说你和青青已经结婚了，恭喜你。"

冷斯城依然没什么情绪地嗯了一声，懒得回应她。

该跟她说些什么好呢？还是等她醒来，再给她打个电话？

他想来想去，最后打了几个字："你身体好些了没？"然后设定了发送时间是明天燕城的上午十点。

徐子佩等他编辑完短信，把手机放进口袋里，才继续问："青青现在怎么样？"

什么怎么样？冷斯城皱着眉头："她很好。"想了想，又补充一句，"备孕中。"

"是吗？那可要恭喜你了。"徐子佩笑了笑。

"好。"冷斯城的回答依然简练，简练到让人无话可接的地步，幸亏徐子佩已经习惯了。

她想了想，说："其实我找你，是为了你们皇霆娱乐新广告代言人的事情。我也想接下这个代言，不知道对老同学、老邻居，有没有优待？"

说到工作，冷斯城终于回头看了看她："这件事情不应该找我，而应该找我们公司的宣传部和你的经纪公司，条件都是他们去谈的。如果你的条件符合我们的要求，自然会把这个代言给你。"

"就是档期冲突啊！不能通融一下吗？"她现在处于上升期，比起赚钱，当然更希望拿出好的作品，多拿几个奖项。

"不能。"冷斯城拒绝得相当干脆。

两个人正说着，刚才那个客商一身酒气地出了包厢，像是要去洗手间，看到他俩站在一起，笑了笑："冷总，哟，下手挺快啊，和徐小姐躲在这里约会呢？"

徐子佩还没来得及说话，冷斯城冷淡地回应："徐子佩怎么样我不知道，我可是有老婆的人。"他说着，看了看手表，"时候不早了，你们慢慢玩。我老婆说了，不能让我在外面玩太久，再见。"

不仅徐子佩，那个客商也傻眼了。他原本想跟冷斯城合作，特意找来几个美女准备攻陷冷斯城，冷斯城却跑了。

"他……这是怎么回事？"

"他这个人就这样。"徐子佩一点也不惊讶地摇晃了一下酒杯。

他从小到大一直这样，说话做事从来不考虑别人的感受。

可是也奇怪，他说话难听，做事嚣张，所有人却都信服他，好像跟着他，一切困难都能迎刃而解似的。

冷斯城钻进车里，不忘对程秘书说："看看我的行程安排，能紧凑一些就紧凑一些，这里的饭菜我吃不惯，天天是炸肘子腌酸菜烤香肠，吃得我都要吐了。"

程秘书点头，想回去就回去呗，还说饮食不习惯，之前不是吃得挺欢的吗？

冷斯城顿了顿，又问："太太给你留言或者打电话了没？"

程秘书摇头："没有。"

冷斯城想了想，又问："那西山别墅呢？保姆有打电话来吗？"

程秘书继续摇头："也没有。"

冷斯城不死心地继续问："没有电话，那短信呢？短信有发吗？"

程秘书继续汗颜："没有。"

车开回酒店，冷斯城似乎心情格外不好，挑三拣四，不是嫌有错别字，就是嫌有语病，还有一处翻译德文不太标准的："我最近没生气，看起来脾气很好吗？"

一群下属被折腾得鸡飞狗跳，一直忙到凌晨，冷斯城才"法外开恩"地把他们放了。

回到卧室休息，他忽然抬起头看了看时钟——两点五十九分。

这里的两点五十九分，是燕城的上午九点五十九分？岂不是说，他的那条短信还有一分钟就要发了吗？不行，他得把那条短信撤回来！

他冲到手机前，打开手机，那条短信正在发送中，他立刻删了。

冷斯城刚松了一口气，手指却不小心按到了顾青青的电话号码，拨出。

手机里面嘟嘟了两声，紧接着，一个熟悉的声音传了过来："喂？"顾青青有点惊讶，第一反应是，冷斯城打错电话了？他不是去巴黎了吗？这个点，那边应该是深夜吧？难道是那边出了什么问题？

想到冷斯城可能出了什么事，顾青青立刻紧张起来。

顾青青紧张，这边冷斯城比她更紧张。他怎么能犯这样的错误？他要怎么回答？

他不说话，顾青青也不敢说话，两个人都瞪着眼看着手机。

过了好半天，顾青青才问了一句："你……"

冷斯城赶紧把话抢了过来："上次你打电话找我，什么事？"

"我……"她哪里敢说，那天她只是想问，他去巴黎时装周，是不是为了徐子佩。她也不敢说，他离开，她其实有点想他。

"什么？"

"我只是……"顾青青说不出来。

"只是什么？"冷斯城心脏怦怦乱跳，即使尽量装着冷静，他的声音里依然带着几丝期许、几丝激动、几丝欣喜。

又过了半天，顾青青才说："我那天是……我不小心，拨错电话了。"

像是一盆凉水从头浇了下来，冷斯城的声音瞬间冷酷得很："没事我挂了。"

顾青青愣愣地看着手机，此时还显示着刚刚通话的界面。

她苦笑一下，正准备往工位走，就听见徐子衿用夸张的语气在打电话："姐，你真的见到了斯城哥哥？他对你怎么样，很好是吗？"

顾青青像是被雷劈了一样，脚步顿住，动都不会动了。

徐子衿看到顾青青面色大变，整个人僵住不动，得意地笑了。

她得意，电话那边的徐子佩却没有："没有，只是见了一面，聊了聊代言的事情。"

"代言的事情？你真的要代言皇霆娱乐的广告？"徐子衿故意提高音量，好让顾青青听见。

"哪能啊！"徐子佩揉揉眉心，认真解释，"我倒是想接那个代言，毕竟代言费很高，但是，皇霆娱乐的要求很多，跟我的档期也有冲突，现在只能尽力调整了。"

"这有什么？让斯城哥哥让一让不就行了？"

"这怎么能让？"想到冷斯城果断拒绝的"不能"，徐子佩立即摇摇头。

"怎么不能了？斯城哥哥可是一直喜欢你的。"

"子衿！"徐子佩脸色一沉，语气严肃地说，"不管怎样，冷斯城都已经结婚了，现在谁还能没几个前男友前女友？难道分开了以后，大家都不活了？"

"可是……"

"没什么好可是的。总之，只要他一天不恢复单身，我跟他就绝对不可能！你以后也不要出去乱说，记住了吗？"

"……记住了。"

挂断了电话，徐子衿还在想，姐姐现在是艺人，所以要注意公共形象，但是姐姐也没说和冷斯城完全没可能啊，只要他离婚恢复单身，还是可以和姐姐在一起的啊！

巴黎。

"冷先生？"

冷斯城被人叫醒，疑惑地回头，恍惚间，居然有种见到顾青青的错觉。

此时，他歪坐在酒店套房的沙发上，面前的咖啡幽幽地冒着热气，已经很长时间没有碰一碰了。

冷斯城面前的"顾青青"一下子变成了徐子佩,他目光一收,顿时失去兴致地又懒懒地靠着沙发,换了一个舒服的姿势:"然后?"

徐子佩无语了。

程秘书咳嗽一声:"冷总,徐子佩小姐答应我们的所有要求,保证全力配合,如有违规,会按照规定支付违约金。"

冷斯城探身搅和咖啡,一脸淡定地问:"都谈妥了,还问我做什么?"

徐子佩的经纪人咳嗽一声:"那,冷总没有别的要说的?"别这面跟徐子佩谈好了,又去找别人。

冷斯城没回答他,慢慢喝着咖啡,直到整杯咖啡喝光,他才回了一个"没"。

一个字憋得徐子佩和她的经纪人都有点抓狂:"既然冷总也同意,我们就等着签约了。"

冷斯城什么也没说,淡淡地点点头。

徐子佩笑着说:"签约以后,还请冷总多多照顾啊!"

冷斯城看了她一眼,今天的徐子佩,一头微卷的秀发散开,也许是因为不参加宴会,穿着打扮也很朴素,乍一眼看上去,很像顾青青。

他忽地一下站起来,把徐子佩吓了一跳。

冷斯城看着程秘书:"查查,最近一班飞机是什么时候?我要回国。"

回国?工作还没结束,他回什么国?

"冷,冷总。"程秘书提醒他,"冷总,今天晚上有一个很重要的沙龙,会有大使出席,不能推掉。明天上午还要见一个客户,下午……"

既然晚上的沙龙很重要,那就不能推了,而另外两个客户可以随便挤点时间吧?

冷斯城淡淡地说:"明天上午的客户可以今天下午见,明天下午的客户是谁？"

程秘书翻开记事簿："明天下午的客户是上城高斯科技的杨总，洽谈的是娱乐TV的平台合作问题。"

"都是中国人，回国谈也可以。"冷斯城马上道。

程秘书有点为难："可是，杨总后天的飞机回国，然后第二天就要去新加坡参加东亚网络合作会议，再回国不知道是什么时候……"

程秘书正说着，忽然觉得面前凉飕飕的，一抬头，冷斯城一脸阴沉，似乎非常不爽地看着他。

"那又怎么样？徐总是后天的飞机，大后天到，大大后天晚上才走，又不是回国后立即转机，不是还有一个白天吗？"冷斯城瞪了他一眼，"我在这里这么多天，工作堆积如山，你当我是你呢，我可没时间在这里玩。去，联系一下高斯科技的杨总，如果他那边没什么问题，我们就后天在上城见了。"

程秘书无语，反正就是一条，他要回国，他归心似箭，是吧？

"好，我沟通一下。"程秘书一面说着，一面打开手机查询，"明天有一班回国的飞机是下午五点，不过不是直飞，得从迪拜转机，后天下午三点能到。"

转机？后天下午三点？冷斯城算了算时间，还可以回去见她一面。他马上点头："好，你去安排。如果没什么问题，我就明天下午五点飞。"

安排完回国的事，冷斯城抬头看了看对面，一脸"你怎么还在这里"的迷惑。

徐子佩也识趣，立马说："那我们先走了，等你回国后，我的经纪人再跟你谈具体的签约事宜。"

冷斯城点点头，一脸嫌弃地挥挥手："你们走吧。"

徐子佩笑了笑，把一脸惊讶的经纪人拉走了。

进了电梯，经纪人才吐槽："子佩，你和冷斯城不是同学、邻居吗？听说你们两家走得还挺近的，怎么会这样？"

徐子佩摇摇头："我们是同学，但是，我们家……和冷家有点小矛盾，出国后，好几年没联系了。"

"是吗？可是我听说，你和冷斯城曾经……"经纪人八卦地问，"曾经订过婚？"

"都是过去的事情了。"徐子佩面色平静得很，心里却思绪翻涌。

电梯叮咚一声到了一楼，徐子佩戴上大号的墨镜，像是要把自己眼底的所有情绪都收敛起来。

不管过去怎么样，他现在都已经结婚了。

已婚人士，不在她的考虑范围之内。

燕城。

徐子衿最近挺高兴，因为聂家的两个广告都由她负责，生生压了顾青青一头不说，姐姐和冷斯城的合作也谈成了。

开会的时候，林周逸表扬她："最近一周，一组工作成绩斐然，两个广告都签下来了。"

徐子衿得意地仰起下巴说："不是两个，是三个，我姐姐徐子佩和皇霆娱乐已经谈好合作了。"

她说这句话的时候，顾青青微微一顿，正在写字的笔停在了笔记本上。

"斯城哥哥到巴黎时装周的第一天晚上，就专程赶去参加了我姐姐要参加的宴会，第二天又在饭局上相遇了。后面的几天，他们几乎天天见面。因为皇霆娱乐的代言，我姐姐还特意排开了档期，延后了电影的拍摄。我姐姐是戛纳影后，炙手可热的超级明星，和斯城哥哥关系本来就好，如果她回国，斯城哥哥怎么会不重视？"

顾青青像是什么都没听到一样，继续写字。

林周逸说："我可记得，冷斯城是有老婆的，难道你姐姐有兴趣……"

"当小三"这几个字他没说出来，全会议室的人却都明白他的意思。

徐子衿脸色瞬间变了，看着大家一脸的八卦，她也不会愚蠢到继续纠缠这个问题，马上转移话题："如果这一次，我姐姐和皇霆娱乐签订了合作协议，那么，这个广告案肯定选我啊！某人好像跟我打过赌，如果这次广告案由我负责，就得收拾东西走人吧！"

徐子衿一脸冷笑，哼，我看你能笑到什么时候？

林周逸说："你们的广告案，各有各的优点，最后，还得看冷总的意思，我们只要尽全力做到最好就行。"他站起身，看了看低头猛写的顾青青，"顾小姐，顾小姐？顾小姐？"

"啊？"顾青青被他吓了一跳，手里的笔用力一划，拖出长长的一道痕迹，她回过神来低头一看，纸上满满都是"冷斯城，徐子佩"，她慌乱地把纸揉成一团，起身，捋了捋头发，"林总，有事吗？"

林周逸明明什么都看到了，却装作什么都不知道："我要的那份文件什么时候准备好？"

顾青青说："我待会儿交给你。"

回到工位，顾青青失魂落魄地坐下。

张语欣凑上来："什么人嘛！那个美国人的单子明明是你的，却被徐子衿抢走了，她是徐家人了不起啊？青青不用怕，皇霆娱乐的案子还没出，等出结果了，我们一定要好好庆祝一番！"

顾青青没理她，怔怔地出神。

回到家，洗完澡，顾青青觉得浑身疲乏。

李悠悠发来信息："青青，明天有空吗？我去找你。"

顾青青看着手机屏幕，手指动都不想动，半天才回了一个字："好。"

躺在床上，忽然听到外面传来了汽车的轰鸣声。怎么回事，难道是冷斯城回来了？

她起床下楼走到客厅，果然，院子里车一停，冷斯城真的回来了。

顾青青走到玄关处，几乎不敢相信自己的眼睛。怎么可能？他不是在巴黎吗？不是陪着徐子佩吗？怎么可能会回来？

冷斯城从车上下来，伸手按了按太阳穴，脸上露出一丝疲态，似乎有点儿不耐烦。他一面走，一面对程秘书说："那些文件你先梳理一下，把重点条目列出来，资料也分门别类地整理好，我明天要看，后天董事会上要作报告。"

程秘书在后面跟着，一面点头，一面道："杨总那边……"

"订机票，明天一早就走。"冷斯城说话间已经走到门口，把西装外套丢在顾青青身上，脱掉皮鞋换上拖鞋，转身上下打量了顾青青一番——气色红润，身体不错。

冷斯城微微垂眸，忽然想起了什么，回头走了两步。

程秘书低着头，差点撞上来，连忙退了一步："冷总……"

"你跟过来干什么？"冷斯城眉毛一挑。

程秘书一脸疑惑，怕耽误事，他在这里有一间客房的，难道冷斯城要把他赶出去吗？

"冷总，不是明天一大早就要走吗？现在已经十一点了……"

果然，冷斯城毫不犹豫地伸手，一直把他推到门边，声音冷冷："这里是我家，你明早五点再过来。"然后，没等程秘书回应，砰的一声摔上了门。

冷斯城走回来，把顾青青怀里的西装一把丢给旁边的保姆。

顾青青一愣。

冷斯城微冷着脸突然问了一句："你这几天，身体还好吗？"

顾青青愣了好久才怔怔地点头。

冷斯城又看了看她的小腹以下，出口的话有点儿耐人寻味："那，你的生理期，应该过了吧？"

顾青青更奇怪了，想了想点点头："嗯，前天晚上就没了。"

冷斯城看着她湿漉漉的长发，显然刚洗过澡，还没来得及吹干。他眼皮一抬，又问了一句："那，你吃饭了吗？"

冷斯城越这么问，她越觉得奇怪。

据说，男人犯了错误以后，回到家会特别老实，难道冷斯城和徐子佩在巴黎时装周犯了什么错误吗？

冷斯城看着她，她兴致明显不是很高，不过，比起过去他无论做什么，她都淡然处之，现在至少有了一点情绪波动。

他忽然问了一句："家里有什么食材？"

顾青青一愣，难道他饿了？也对，他刚刚问自己吃饭了没。

保姆一愣，回答："有土鸡，有海带，有莲藕，还有……"

话音未落，冷斯城冷冷地说："你马上去厨房，给我炖一锅海带莲藕土鸡汤。炖好后放在一边，不用送上楼。记住，不能用高压锅，要用大火煮开，小火慢炖。如果炖不好，你这个月的奖金就没了！"

说到奖金，保姆立即转身："我马上去！"

刚支开保姆，冷斯城上前一把将顾青青抱了起来。

顾青青吓了一跳，差点惊叫起来："你干什么？"

冷斯城的声音隐忍而迫切，眉毛微皱，抿着唇角："你说我干什么？"

冷斯城抱着她，旋风般冲到楼上一脚踢开卧室门。

到了这时候，顾青青再笨也知道他到底想"干什么"了，挣扎着从他怀里下地。

冷斯城立即伸出胳膊搂住她的细腰。

"冷……唔……"她才说了一个字，就被他强势地吻住了嘴唇，她立即用力挣扎，"我还没洗澡……"

"……等不及了！"

冷斯城琥珀色的眸子里闪过一丝光芒，说完这句话，再也没有理会她，把她往床上一丢，转身关上卧室门，上锁，专心享用大餐。

事实证明，饿了半个月的男人就像野狼一样，尤其是饿了半个月又察觉到顾青青心意变化的冷斯城，就像是野狼里的狼王，撕咬、啃噬、强横、窒息，他简直把她当成了狼嘴下的猎物，恨不得把她揉圆搓扁，拆吃入腹。

像海浪拍打着岩石，一开始，顾青青还担心保姆会不会听到声音，进行到后来，她整个人已经完全蒙了傻了，腿上无力，腰也软了，像树袋熊一样挂在冷斯城身上，只求他轻一点，再轻一点。

等他结束，她极速跳动的心脏许久都没有平静下来，腿软得洗澡的时候差点站不住，背抵着墙壁滑了下来。就在她快要坐到地上的时候，冷斯城胳膊一伸，将她一把捞起，面容依然冷峻，脸上却泛出几抹餍足后的红润。

冲洗完毕回到床上，她只觉得身上的每一块骨头都不是自己的。屋子里一片安静，只能听到两个人剧烈的呼吸声。

过了半天，顾青青挣扎着起身，打开床头柜，似乎在找药。这点，冷斯城太清楚了，她的事后药一直放在床头柜里。

冷斯城垂眸，半天才冷哼一声："本来就是安全期，不用吃了。"

顾青青愣了一下，见他起身准备出门，她鼓起勇气问了一句："你明天……一早又要走？"

冷斯城回头，眸子里尽是冷涩的笑意："怎么，你怕我出去浪？"

顾青青摇摇头："没有……只是……一路小心。"

她想问徐子佩的事，话到嘴边，又不知道该怎么问才好。

也许是最近这些天他们都睡在一起，她已经忘了冷斯城之前是一直睡在书房的，她还以为他只是去喝汤，想了想，把徐子佩的事压下，说："你饿了吗？汤还没熬好吧？"

冷斯城脚步一顿，心里漾起一抹波澜，不太确定地回头挑了挑眉：

"怎么，你想跟我睡？"

顾青青一愣，这才想到他可能是要去书房，立即摇头："我不是……"

"这个意思"还没说出来，冷斯城快速返回大床躺了下去："我明天要早起，你最好不要打扰我！"说完这句话，冷斯城眼睛一闭，不再看她。

"我没……"顾青青见他闭上了眼睛，后面的话也说不出来了，去浴室吹干头发，出来的时候，冷斯城似乎已经睡着了。

她轻手轻脚地爬到床的另一边，掀开被子，想要靠近他，又怕他生气，只能轻轻地向里挪了挪，碰到他的身体，又马上弹开，闻到他身上淡淡的和她用的一样的沐浴液和洗发水的香气，她才深呼吸，然后，睡了过去。

等她睡着，冷斯城忽然睁开了眼睛。

空气里弥漫着她身上的味道，淡淡的，并不强烈，但就像这空气一样，无处不在，交织成细细密密的网，将他紧紧缠绕。

虽然身体很疲劳，大脑也很疲劳，但是他一点都睡不着。

旁边的顾青青已经进入了梦乡，他轻轻叫了一声，顾青青没有应答，他缓缓地向她靠近，先是手背贴着她的手，然后是胳膊贴着她的胳膊。见顾青青没有丝毫反应，冷斯城又靠近了一点，握住她的手，然后再伸手搂住她的肩膀，最后拉着她的手搭在了自己身上。

这么大的动作，顾青青终于皱了皱眉，但也许是这几天工作忙，又刚刚运动过，她并没有醒，却像是嗅到了冷斯城身上熟悉的气息，主动伸手将他抱住，脑袋蹭着他的肩膀，找到一个最舒服的姿态，又沉沉睡了过去。

冷斯城被她的小手一抱，被她的脑袋一蹭，怀里软玉温香，他目光都柔了。

她就是有这种本事，让他前一秒身在天堂，下一秒又如临地狱。

冷斯城看着天花板，虽然她是在睡梦中无意识地靠近，他也很高兴，可这靠近也激起了他的反应，他却不能直接压倒她，不仅不能压倒她，甚至连动一动他都不敢，生怕把她吵醒。

怀里是他最渴望触碰的对象，他的身体却只能僵硬得像是木头，只好无语地呢喃着"清心咒"——他儿时的绕口令："小牛牛，围兜兜，兜兜里头装豆豆……"

顾青青坐在咖啡厅的沙发上，脑子还有点蒙。

李悠悠点了两杯咖啡和布朗尼蛋糕当早点，问她："你要不要点甜点？"

顾青青摇摇头，神情有些恍惚。冷斯城明明应该一大早就走的，她醒来的时候已经七点，他还在。他解释是对方临时有事，要晚点再去，去机场的时候便顺便把她送了过来。

等餐的时候，李悠悠凑过来问："哎，冷斯城和徐子佩的事情是不是真的啊？我听说她要接皇霆娱乐的代言，他们还在巴黎见面了。"

顾青青半天才点头："嗯。"

"你这都能忍？当年徐家背信弃义，徐子佩狠甩了冷斯城，现在还能合作，还私下见面，你疯了，也不管一管？！"

也许是她的声音大了点，顾青青还没回答，身后传来一个声音："顾青青？"这声音有一点惊讶，有一点疑惑，还有那么一点熟悉，却让人一听起来就不怎么愉快。

果然，一回头，是聂之宁的妈妈甄晓雅，她们都叫她"甄太后"。

甄太后不是一个人来的，她旁边还有几个老姐们儿，其中一个她们也认识——徐子佩和徐子衿的妈妈李虹芮。

"李阿姨，甄阿姨。"也许是刚刚李悠悠在说徐子佩的坏话，顾青青有点赧然。

"是你？"李虹芮显然也听到了她和李悠悠的对话，紧皱着眉头。

曾经，徐子衿在她面前说顾青青的坏话，她都是一副："反正她这辈子也比不过你，你甄阿姨也不可能答应她和聂之宁在一起。"

她说得没错，甄太后当年确实棒打鸳鸯，拆散了顾青青和聂之宁，只是没想到，顾青青居然嫁给了冷斯城，更没想到，冷家会东山再起，现在成为他们都需要巴结的人了。

其中一位夫人看到顾青青，凑上来问："这是谁家的孩子？长得和子佩有点像啊！"

李虹芮冷淡地说："这是冷斯城的妻子。"

那人一愣："就是代替子佩嫁过去的那一位？还真是没想到……"

"我也没想到。"李虹芮听到她们背地里议论徐子佩，很不高兴，有心想讽刺顾青青，顾忌冷斯城，最终什么都没说，走了。

出门以后，其中一位夫人说："她还不是有个好爸爸……"

这句话，顾青青没有听见，门外转角处的冷斯城却听见了，他手里还拿了一张金卡。

他刚刚开车去机场，忽然想到，顾青青逛街，不会没钱吧？一想到她可能因为囊中羞涩，只看着李悠悠买买买，他心里就有些不是滋味，立即叫了一声："停车！"

程秘书吓了一大跳，看了看时间："冷总，我们不能再耽误了，会误点的。"

"误点又怎样？不能改签就重新买！"冷斯城皱紧眉头，他又不缺这几个机票钱。

"可是杨总那边已经改过一次时间了。"

冷斯城马上下命令："不想合作就不要合作！我还不稀罕！"

程秘书无奈，只好掉转车头。

车还没停稳，冷斯城就打开车门跑了过来，大老远就看见甄太后、李虹芮一帮人在里面。他刚准备进去帮顾青青出头，李虹芮和甄太后就出来了，然后就听见她们几个小声议论着顾青青的爸爸。

万箭穿心，都抵不上他此时的痛。他其实一直知道顾青青为什么会讨厌他，即便偶尔会对他有一些好感，但始终不肯对他敞开心扉。

她的爸爸虽然喝酒赌钱，却是顾家唯一对她好的人，可是，他死在了自己手里。

虽然那是一场意外，他甚至不需要负法律责任，但是，她爸爸的的确确是死在他手里，这让她怎么能接受自己？

坐在里面的顾青青似乎感觉到了什么，转头看向窗外，冷斯城已经失魂落魄地转身，只留下一个背影。顾青青一惊，是冷斯城吗？她急忙起身，推开门追了出来。

这里人还挺多的，看到一个熟悉的背影，顾青青面上一喜，立即追了上去："冷斯城！"

那人疑惑地回头，一脸诧异："这位小姐，你找谁？"

不是冷斯城！顾青青一脸黯然地低下头："不好意思，我看错人了。"

李悠悠也追了出来，看到那个陌生人转身离开，立即问："你不是说看见冷斯城了吗？他人呢？"

顾青青摇摇头，脸上一抹失望："可能是我看错了吧。"也是，冷斯城怎么会出现在这里。

顾青青走了以后，冷斯城从旁边的大理石柱子后走了出来。

他怎么忘记了？就算顾青青不和聂之宁在一起，也很难接受他，他对她来说是有罪的。

他与她认识十年，结婚三年，如今想想，他却不记得自己是在什么时候爱上她了，也不记得他的十年时光里，爱情，除了纠结之外，还有多少甜蜜？好像，他的爱情从一开始结出来的，就是青涩的果子。

大学被保送后，他担任了学生会主席一职，每年校运动会他都会去监管，其中一项就是在三千米越野跑时，守在可以抄小道的地方监督参赛学生。那天，冷斯城是打着哈欠去的，却没想到遇上了顾青青。

当时，顾青青跑得快累死了，聂之宁偷偷跟她说："玉湖右边有一条小道，那里灌木很高，人又少，你从那边跑，能少跑八百米。"

顾青青原本是不想这样做的，可她的身体由不得她不这样做。和聂之宁分开后，她看准时机，冲进了灌木丛里。

冷斯城躲在灌木丛后，正无聊地靠着树望天，感慨大家的素质都这么高，突然传来一阵响动。摩拳擦掌地等那人靠近，他突然跳了出来："同学，你是哪个院的？"

顾青青吓了一跳，下意识地尖叫一声，一头撞了上去。

他的怀里是女生柔软有弹性的身体，像柔软可口的棉花糖。她头发乌黑乌黑的，扎成一束马尾，一甩一甩的，发梢还有些卷翘。

也许是第一次和女生这样近距离接触，他的身体居然产生了一种异样的感觉。

女生抬起头，一张小脸红扑扑的，清澈的大眼睛里满是惊慌，像林间被猎人逮住的小鹿一样。

他却记得这张脸，这不是那个夺走自己初吻的顾青青吗？

"是你？"

"是你？"

冷斯城惊讶，顾青青也惊讶。那次乌龙的接吻事件之后，两个人再没遇上，但是，顾青青知道冷斯城被保送进了N大，她努力考上N大，就是为了离他更近一点，却没想到，她跟他再次相遇，居然是因为抄小道被抓。

两人抱在一起，顾青青立即弹开，脸蛋瞬间红透。

柔软馨香的身体一离开，冷斯城居然还有点不舍。

顾青青低头捋了捋头发。

冷斯城看了她一眼："你是N大的学生？"

顾青青点点头，看着脚尖。

冷斯城看了看她身上贴着的号码牌："你是参加跑步的？"

顾青青又点点头，更尴尬了。

上回被他撞倒搞得很狼狈，现在又抄小道被抓，她在他心里的形象得毁到什么地步去？

冷斯城咳嗽一声，也觉得不好意思，刚打算放她离开，没想到她往旁边退的时候，不小心摔倒在地，扭了一下脚。

冷斯城连忙跑过去看："我送你去校医院。"

"不，不用了。"顾青青连忙拒绝。

"如果你不让我陪你去，我只好抱你去了。"冷斯城微微皱眉。

顾青青被他这句话吓了一跳，要不是看见冷斯城面无表情，只怕要幸福得晕过去了。

从玉湖到校医院并不远，此时正是秋季，枫叶红了，微风过处，红叶翩翩飞舞，脚踩着落叶沙沙地响，像是大提琴低回的琴音。

两人一路沉默到了校医院，医生检查了一下，没有大问题。

顾青青看到冷斯城在打电话，立即说："那个，你有事就去忙吧。"

冷斯城看了她一眼，点点头："好，你好好照顾自己。"

顾青青没想到的是，她和冷斯城会那么快地再次遇上，甚至孤男寡女共处一室，共度一夜。

顾青青没跑完全程，成绩自然不作数。

消息传来，徐子衿面带嘲笑地说："偷懒去了吧？我就知道顾青青绝对会弃权。"

"她跑不动，又不是她自己报的名。"聂之宁骑着单车带着顾青青回来，大老远就听见了徐子衿的讥讽。

徐子衿总在聂之宁面前说顾青青的不好，可是两人同班，长期相处下来，聂之宁发现顾青青并不像徐子衿说的那样白莲花，慢慢便对她有了好感。

徐子衿看到聂之宁骑单车带着顾青青回来，眼里都快喷火了，她立即上去，一把将顾青青从车后座上拉了下来："好啊你，你居然敢坐他后面！"她都没有坐过聂之宁的车后座。

"你没看见她腿受伤了吗？"聂之宁想上去扶着顾青青，顾青青立即跳着脚走开："今天真是谢谢你了，谢谢你送我回来。"

如果不是校医院离学生宿舍太远，聂之宁又特意跑去校医院找她，她宁肯一直跳着脚回来，也不会让聂之宁送她。

聂之宁皱着眉头说："你的脚没事吧？肿得这么高，每天上学肯定不方便，要不要我送你？"

"不用，不用！"顾青青吓了一跳。今天才搭一次顺风车就被骂成这样，再让他送自己上下课，她还不被徐子衿活撕了。

果然，徐子衿大怒："好你个顾青青，你居然敢私底下勾搭之宁，我会让你后悔的！"

事实证明，还没到当天晚上，就有人打电话找顾青青了，是吴爱梅："青青，怎么回事？听说你抢了子衿小姐的男朋友？她回徐家大闹，还说要开除我！青青，妈妈虽然让你找个有钱人嫁了，但是没让你当小三啊！"

"谁说我要当小三了？我和聂之宁根本不是那种关系。"顾青青很无语，徐子衿和聂之宁还不是男女朋友关系，就一口一个"小三了"。再说了，她根本没把聂之宁当男朋友好吗？妈妈也是，如果不是为了工作和钱，她也不会特意打这个电话来吧？

不过，这件事情还没完。

之后，徐子衿和顾青青都加入了校学生会——徐子衿是为了刷资历，顾青青则纯粹是听说冷斯城是学生会主席，想着能经常见到。

校学生会要举办圣诞舞会，徐子衿是宣传部的副部长，顾青青是她的组员，自然而然，徐子衿把所有活都推到了顾青青身上。

收尾阶段，其他学生都走了，顾青青还差一点工作没完成。

一个声音忽然传来："人呢？"

这声音，清冷之中带着一丝疲惫，她转头一看，是冷斯城。

他是学生会主席，这台舞会其实应该由他负总责，但是这个时候他已经找到了资金，和莫东阳一起开了一家视频网站，忙得不可开交，学生会的工作自然是能推则推。平常小事有徐子佩帮他兜着，而明天舞会就要开始了，他下班后不得不过来看看。

"又是你？"

"又是你？"

两个人大眼瞪小眼，谁也没再说出一个字来。

过了半天，顾青青才放下兔子LOGO的圆珠笔："冷……学长，要不要坐着休息一下？"

冷斯城看了一眼顾青青："只有你吗？其他人呢？"

"都忙完了，我在做收尾工作。"

她说完，半天没见冷斯城回应，回头看了他一眼，却发现冷斯城正静静地看着她："伤好了没？"

她低头，脸有点发红："没，没事了。"

之后，两个人都没说话。

顾青青也觉得太安静不好，便没话找话地说："听说今晚十点停电。"

"是吗？"冷斯城也有点尴尬，不知道该说些什么。

光坐着也不是个办法，冷斯城挽起袖子，帮忙布置起会场来。

顾青青做完了PPT，想试试播放出来的效果，去大厅旁边的控制室，却找不到遥控器，正着急呢，冷斯城突然出现在门口："你在做什么？"

顾青青立即说："我在找遥控器，不知道放在哪里了。"

冷斯城迈开腿走进去，门在他身后关上了。

冷斯城拉开了一个柜子："这里。"

顾青青拿出遥控器准备出去，走到门边一拽门，却发现门居然锁上了。

控制室里放着价值不菲的机器，门是特制的金属门，门锁最近有些问题，本来打算找人修的，没想到把他俩关在了里面。

"没关系，我叫老师来开门就行了。"冷斯城刚拿起手机准备打电话，突然，头顶的电灯泡闪了闪，然后，灭了。

他这才想起来，刚刚顾青青跟他说的停电的事。

没关系，就算停电了，也可以打电话给老师来救他们。

冷斯城打电话给老师，满心期待着，结果，手机里响起悦耳的女音："您所拨打的电话已关机。"

冷斯城无奈，只好挂了电话，回头看了顾青青一眼："看来，只有等到明天早上才能有老师过来，不然，我们只能报警了。"

"报警啊？"然后，警察看到他们孤男寡女深夜在这种小黑屋里，她马上摇头。

不能出去，又黑灯瞎火的，顾青青心里有点怕，可跟冷斯城待在一起，她害怕之外，又莫名地紧张。说起来，两个人见过好几次，可每次都挺尴尬的。

冷斯城借着手机的光亮在控制室里转了一圈，除了机器只有一把椅子，旁边倒是有个洗手间。

冷斯城把椅子让给她："你坐吧。"

"要不，我们一起坐吧？各坐一半。"

冷斯城看了看她，点点头。

两个人胳膊挨着胳膊，顾青青甚至能闻到他身上淡淡的味道。

在她眼里，冷斯城是一个高高在上的近乎"神"一般的人物，连亲近他都觉得是一种亵渎，何况他已经名草有主了。

顾青青尴尬，冷斯城也尴尬，他想了想问："你妈妈还在徐家吗？"

上次他和顾青青吻过之后，打听过她是徐家保姆的女儿，有心想要跟她道歉的，却不知道该怎么开口。

"嗯，还在的。"顾青青有点自卑，她只是个保姆的女儿。

两人沉默了一阵，冷斯城突然起身："我去趟洗手间。"

顾青青看着他进去后，许久都没有动静。

"冷，冷学长？"顾青青试探地叫了一声，没人回应，"冷学长？你没事吧？冷学长！"顾青青的声音都颤了，慢慢走过去，轻轻推开了洗手间的门……然后，冷斯城无一丝表情的脸出现在了她面前。

"啊！——"顾青青吓得转身就跑。

冷斯城看到她的反应，也觉得闹得有点过分，快走两步："你没事吧？"

顾青青真的吓到了，转身就对他开打。

冷斯城用力抓住的两只手，让她不要再攻击。顾青青下意识地用脚踢，没办法，冷斯城只好抓着她一路后退，把她压在了墙壁上。

什么都不能做，她又大叫起来："放手！放开我！"

"是我！"

人在恐惧当中可能会做出很多超常的行为，就比如顾青青，她此时的选择是——低头一下嘴——咬他！

"嘶——"冷斯城疼得一抽气，手下意识地一松，顾青青立刻想要逃。冷斯城第一次被女人咬了胳膊，立即向前几步把她拉了回来。顾青青还想故技重施，冷斯城一怒之下，头凑了过去……

上回，他和顾青青亲吻，不过是嘴唇贴嘴唇，被人围观，说实话，感觉并不好，而现在，少女的嘴唇饱满丰润，像Q弹的年糕一样，因为刚刚喝过茶的关系，还有茶叶的馨香。她柔软而饱满的身体贴在他的身上，害他想要继续……

顾青青原本还在惊恐，这一下，绝对变成了惊吓。发生了什么？为什么冷斯城把她压在墙上，然后，开始吻她？

她正要反抗，冷斯城一下子抽身离开，走进洗手间，并关上了门。

他一定是疯了，平生第一次对一个女人有了如此强烈的反应，他怕他再待下去，会控制不住自己。

是他先对她迷恋，是他先泥足深陷，而最后伤她最深的人也是他。两个人纠缠到现在，连他自己都不知道，这个局应该如何破解？

皇霆娱乐上城分部的办公室里。

冷斯城抬起下巴："那么，这次广告的代言人，选定徐子佩，反对的请举手。"

一片静默。

冷斯城手指在桌面轻轻一点："那就定她了。策划案呢？"

一位姓蒋的经理说道："旭逸提供的两份策划案都很有特色，一个华丽，一个清新。我觉得华丽一点的这个更好，就是预算高些。不过，要出好的效果，稍贵一些也是可以接受的。"

蒋经理说完，有几个人附和了他的观点。

冷斯城挑眉一看："哦，看来大家都支持第一份方案啊，那我可要好好看看。"

这时，蒋经理的手机突然响了起来，他扭头接起，声音很低："我到了，在开会，待会儿再给你打过去。"

冷斯城皱眉："蒋经理，现在在开会，你严肃点好吗？"

蒋经理挂了电话，点头道歉："不好意思，我太太打来的电话，问我到了没有。"

他不住在燕城，只有每次开董事会或者有工作需要的时候才过来。

冷斯城皱了皱眉："都不在一个城市了，有什么好查岗的？"

蒋经理笑了笑："不是查岗，算是一种关心吧！看我平安不平安。"

旁边还有人笑："听说蒋经理和老婆结婚十几年，夫妻关系超级好，今天一见果然如此。"

冷斯城坐在椅子上，默然无声。

他今天回燕城，她不知道，但是，如果顾青青有那么一丝关心他，他应该会接到她的问安电话，就像他在巴黎时她做的那样。

一时间，会议室里默然无声。

冷斯城静坐了五分钟，连姿势都没变，眼睛一直盯着手机。

董事们坐不住了："冷总，要是没事的话，我们看第二份方案吧？"

冷斯城这才怔怔地点头。

第八章　说不出口的话

同一时间，旭逸会议室里。

"肯定是我中选！"徐子衿一脸笃定。她去国外留学三年，创意没学到，奢华倒是学了个十成十。

顾青青面对她的不屑，没说一句话，倒是她旁边的张语欣吐槽："现在她狂成这样，要是输了该怎样打脸？"

正说着，林周逸的手机响了："林总，有人找您。"

林周逸微微一笑："各位，皇霆娱乐那边有消息了。"

林周逸还没宣布结果，徐子衿一副胜券在握的得意表情："只希望，某人愿赌服输，不要再在旭逸出现。"

顾青青没说话。

林周逸笑道："徐小姐，我知道你和顾小姐的打赌，不过，是不是太过了？"

"都是成年人了，要为自己的行为负责。"徐子衿这次也是努力做到最好，就是想彻底打败顾青青。

"你确定吗？"

徐子衿毫不犹豫地点头。

"好，既然徐小姐执意如此，那我可就说了——"他面色一肃，一本正经地宣布："刚刚皇霆娱乐打来电话，说是第二组的策划案更得他们心。"

"你，你说什么？你再说一遍！"徐子衿尖叫一声。

林周逸笑眯眯地说："徐小姐没听见是吗？那我再说一次。刚刚皇霆娱乐打来电话，他们更加欣赏二组的策划案。顾小姐，恭喜你。"

顾青青起身："谢谢林总。"

"顾青青！"徐子衿气急败坏地起身，"是你，是你作弊，是你让他选你的对不对？"

顾青青瞟了她一眼，懒得跟她说话。

林周逸笑眯眯地说："徐小姐，如果你不相信，可以亲自去问你的'斯城哥哥'。"

他话音刚落，徐子衿的电话就打了过去："斯城哥哥，为什么要选她的广告策划案？是不是她要求你的？"

冷斯城淡淡地说："这是董事会集体选的，不是我。"

徐子衿有太多话被噎在喉咙里，半天才问："真的不是因为她？"

冷斯城皱眉："哪个她？"

"没什么。"徐子衿摇摇头，又不甘心地问，"我的策划案到底哪里不好？为什么不是我？"

"你去看看人家的策划案就知道了。我还有事，先不聊了。"冷斯城匆匆挂了电话，想了想，又吩咐程秘书："中午让蒋经理过来，我请他吃饭。"

蒋经理已经五十岁了，他以为冷斯城要教训他，在饭店的包厢里，一直惴惴不安，菜再好都难以下咽。

好容易吃完饭，冷斯城开口了："蒋经理……"

蒋经理吓得差点把筷子掉地上，连忙答应："冷总，我要是有什么不对的地方，请您一定要原谅我！我上有八十岁的老母，下有八岁大的女儿……"

冷斯城微微一皱眉："你在说些什么？我其实是想问，想问……"冷斯城想了想，直接问他怎么处理和老婆之间的关系，好像不大好，"蒋经理和夫人关系很和睦？"

"啊？对啊！"蒋经理一头雾水。

冷斯城又问："你每次去外地，你老婆都会给你打电话问你是否平安？"

"是啊！"蒋经理点头。

"要是，她没给你打电话呢？"就像顾青青，他们结婚三年，她只给他打过一次电话（除了要钱），还是拨错号了。

蒋经理一脸呆滞："那主动打给她不就好了？"

冷斯城一愣："主动打电话给她？"

"是啊。"蒋经理点头，"她不打电话过来，也许是她很忙，或者她不方便，我就会打给她报个平安啊！"

冷斯城呆了。对啊，这么简单的事情，为什么他没有想到？他一直在等她打电话过来，殊不知，他也可以打电话回去。

"可是，如果，你和你老婆在吵架呢？也许，你打电话过去，你老婆不仅不会高兴，反而会更加抵触。"

蒋经理一脸迷惑："怎么会？夫妻吵架不是很正常的事情吗？再说了，夫妻没有隔夜仇，床头吵架床尾和，又不是杀父之仇，怎么可能会不高兴？不过话说回来，要是有杀父之仇之类的大仇，也不可能结为夫妻啊……"

蒋经理说着说着，忽然想起冷斯城已经结婚了，而且，他和妻子似乎不是普通夫妻的关系。

抬头，看到冷斯城渐渐阴沉下来的脸，蒋经理马上改口："当然，我是说着玩的，冷总听听就好，只当一乐子。"

冷斯城什么也没说，只是一杯一杯地喝酒，最后把一瓶酒都喝光了。

出了门，蒋经理问："冷总，还有什么事情吗？"

冷斯城理都没理他，打开车门钻了进去，然后，车子疾驰而去。

冷斯城摇下车窗，风将他原本服帖的头发吹得有些凌乱，酒劲更加上头。

拿起手机，打开通讯录，"冷太太"三个字出现在了他眼前。

想打过去，手指轻轻摩挲在她的名字上方，却始终不敢按下拨出键——丈夫给太太打电话，天经地义，除了他。

他想了想，问程秘书："你，给西山别墅打个电话，问问太太在不在家。我今天喝得有点多，想回去休息。"

程秘书点头，立即打电话到西山别墅："太太在家吗？"

保姆摇头："不在。"

程秘书的手机开了免提，闻言，从后视镜看了一眼冷斯城，果然看到他眉心微皱。

保姆哪里敢说顾青青去上班了，马上说："不过，太太马上就回来了。"

程秘书说："冷总喝多了，待会儿要回去休息。"

保姆应承下来，挂了电话，立即打给顾青青："太太，不好了，不好了，先生马上要回来了！"

顾青青一愣，冷斯城怎么会这个时候回去？难道说，他已经知道自己背着他偷偷工作了？她立马跟林周逸说自己要提早下班，紧赶慢赶地回到别墅，冷斯城已经到家了。

冷斯城躺在沙发上，侧着身，一条毛毯随意地搭在他的腰间。好像刚洗完澡，他换了一身睡衣，头发还没干。

他这是什么意思，是想等她回来训斥她吗？

如果是以前，顾青青也许还会贤惠地问他一句"你回来了"，而现在，也许是被徐子佩刺激的，她不想再妥协下去了。

顾青青站在门边，冷斯城躺在沙发上，两个人你看看我，我看看你，谁都没有说一句话。

过了半天，反而是保姆跑了出来："太太，你回来了？"

顾青青点点头："我上去换睡衣。"

冷斯城一路跟到卧室，听见浴室里水声哗哗，她在洗澡。

冷斯城走到床边，拉开床头柜，装着事后药的小瓶还在，他拿出瓶子，越握越紧。

过了一会儿，浴室里水声一停，冷斯城把药瓶放回床头柜，立即关上，然后往床头一靠，掏出手机，装模作样地看了起来。

浴室的推拉门一开，顾青青已经换好了睡衣，皮肤带着刚沐浴完的绯红。她一边擦着头发，一边看了一眼冷斯城，然后走向梳妆台，往脸上敷护肤品，最后拿起了吹风机。

正准备吹头发，冷斯城忽然过来，夺过了她手里的吹风机，打开了开关。

呼呼的风吹响起，冷斯城抓起一把她的乌发，柔顺的发丝像缎子一样，掠过他的手指，像是抓不住的风，慢慢散落。

晚饭时候，顾青青一直低着头沉默地吃，冷不丁，碗里多了一块软烂的羊肉。顾青青一愣，抬起头，冷斯城坐在她对面，正优雅地吃饭。

等这口吃完，他才开口："我以后，就搬回来住了。"

"哦，好——什么？"顾青青正点头，听到后面那句话，忽然回过神来，差点呛死。

冷斯城微微皱眉，一脸嫌弃地给她递了杯水："吃个饭都会呛到，真不知道你还有什么用？"

吃完饭，冷斯城去书房处理文件，顾青青愣愣地看着他远去的背影，一脸迷惘。

为什么会这样？徐子佩不是回来了吗？他要是想和徐子佩在一起，根本没必要跟她……

到了睡觉的时候，冷斯城终于回来了。

他把门一关，眼神幽深地看着她，一面走一面脱掉了睡衣。

顾青青下意识地后退。她不想跟他不明不白地接触了，也不想让他把自己当成一个宣泄的对象，更不想做徐子佩的替身。

当他来到床边掀开被子的时候，顾青青突然叫住了他："冷斯城。"

冷斯城身体一顿，皱眉看着她。

顾青青咬着下唇，鼓起勇气说："我今天真的很累。"

冷斯城淡淡地看了她一眼，看到了她皱起的眉心、微微垂下的睫毛："我明天也要早起，今天没兴趣。"

他这句话像是解除禁锢的咒语，顾青青瞬间松了口气。

"对不起。"他背对着她，声音在喉咙里回旋。

"什么？"顾青青疑惑地转头看他。

"没什么，睡吧。"冷斯城盖上被子，关上灯，屋子里瞬间一片黑暗，他却睁着眼睛看着天花板，一直睡不着。

对不起，真的对不起，可我无法放手，因为，我爱你。

然而，冷斯城最后还是"得偿所愿"了。

早上，顾青青睡得迷迷糊糊，忽然听到窸窸窣窣的声音，紧接着，一个男人的身体压了过来，有人在她耳边呢喃："我可以吗？"声音有点急，呼吸也有点促。

她微微皱眉，想把打扰自己睡觉的家伙推开。

"不回答就是默认了。"

什么默认？她不太明白。然而，下一秒，她不明白也明白了，冷斯城很快把她带入了疯狂的深渊。

等她彻底清醒的时候，冷斯城已经离开了，她伸手摸向床头柜，忽然一愣，事后药不见了。她睁开眼睛，把抽屉里里外外、仔仔细细地又摸了一遍，真的什么都没有。

谁会把她的事后药拿走？难道是——冷斯城？

想到这里，顾青青摇摇头。是谁也不可能是冷斯城好吗？他不是不希望跟她生孩子吗？

她记得清清楚楚，他们领结婚证那天，他跟莫东阳表示过，他不想要她生的孩子。

到了楼下，保姆拎了一大堆垃圾准备扔。

顾青青叫住她："你在扔什么东西？"

保姆拎起袋子看了看："哦，先生说有些药过期了，让我扔掉。我刚刚翻了一遍，还真是。太太，是有什么东西我误丢了吗？"

顾青青哪里敢说是事后药误丢了，她连忙摇头："没，没什么，你去吧。"

顾青青随便收拾了一下出门，到了公司，发现徐子衿没来上班。

不过，徐子衿来不来上班不关她的事，只要徐子衿不把自己在这里工作的事情说出去就好。

下班回到家，顾青青见她家门口围了一大堆人。

这是怎么回事？顾青青往前走，发现保姆也在，还有一个助理，正指挥着工人搬东西："这些名画都是真迹，还有这个酒柜里面的红酒，还有这个鱼缸，里面的小鱼是冷总的最爱，要是有一条死了，小心你们的工资！"

"这是怎么回事？"顾青青看向保姆。

保姆也是一脸无奈："先生不是说了，要搬过来住吗？"这不像是在搬家，倒像是在搬房子。

顾青青没理会他们，上楼到卧室看资料，丝毫没注意到外面的汽车声，冷斯城已经回来了。

她面前是皇霆娱乐这几年的发展情况，除了影视公司，还有视频网站娱乐TV，还在其他地方建了度假酒店。

冷斯城进来的时候，见顾青青正低头看东西："在看什么？"

顾青青吓了一跳，连忙合上资料，却已经被冷斯城伸手拿了过去。

完蛋了，她工作的事怕是要露馅了。

冷斯城扫了一眼，她居然关心皇霆娱乐的发展："这是什么？"

顾青青低着头没说话。

冷斯城又问了一句："这是你自己找的？"他在"你自己"这几个字上，着重强调了一下。

顾青青想了想，幅度很小地点了点头。

冷斯城深吸一口气，心中狂喜："你这是什么时候弄的？"

"没多久，一两个星期吧。"从自己接手皇霆娱乐的广告案到现在，也就一个多星期吧！

一个多星期？就是说，在他去巴黎的时候弄的？也是，她还给他打了电话，还担心他的安危。

冷斯城激动不已，还想说什么，手机忽然响了。

顾青青看了看他："要不……你去接电话？"

"不用管他！"冷斯城微微皱眉，一脸不爽。

手机响了一阵就止了，冷斯城皱起的眉渐渐舒展，头刚要低下来吻顾青青，卧室里突然铃声大作。

冷斯城这下子火了，不打手机就打座机，是故意要破坏气氛吗？

顾青青小声劝他："要不……你去看看……万一是爸妈有急事？"

提起父母，冷斯城的火气一下消了。知道他私人手机号码又同时知道西山别墅座机号码的没有几个人，万一真的是他爸妈有什么事……

"我去接个电话。"

顾青青点点头。

冷斯城深吸一口气，走到座机前，一看来电显示，竟然是程秘书的手机号。

别人的秘书都是神助攻，只有这个混蛋是来拖后腿的。

他缓了缓气，拿起电话，第一句话就是："你今年一年的奖金，全都没了！"

扣了奖金他都不解恨，他当初怎么招了这么一个蠢材当秘书？！

程秘书哆嗦了一下，赶紧说："可是冷总，出大事了……"

等程秘书把事情说完，冷斯城皱眉："当真？"

程秘书一脸凝重："真的。"

冷斯城挂了电话，转身出门。

顾青青见冷斯城要离开，起身问他："是遇到什么麻烦了吗？"晚饭还没吃，他又要走？

冷斯城面色不变地点点头："嗯，公司的事，没什么，我去去就回。"

十点，座钟当当当地敲了十下，顾青青坐在餐厅里，面前是一桌子菜，菜已经凉了，她还没开动。

突然，手机响了，顾青青一看，是冷斯城打来的。

他能打电话给她，至少说明人身安全没问题。

冷斯城的声音有点儿疲惫："我今天工作有点忙，你不用等我，先去休息。"

他还在工作，得多辛苦？

"你吃饭了吗？"顾青青问了一句。

冷斯城揉揉眉心："还没有。"

顾青青"哦"了一声，又忐忑地说了一句："那……你晚上……"还回来吗？

冷斯城那边的声音有点乱："我可能会很晚，你不用等我了。"

"我……没事的，我等你回来。"

"等你回来"四个字听在冷斯城的耳朵里，又很快在他的脑中盘旋，最后汇聚成一股洪流，反复激荡。

他愣了一瞬，立即点头："好。"

挂了电话，冷斯城看着手机直到屏幕待机，"冷太太"三个字消失，他才不舍地把手机放回兜里。

"斯城，你在给谁打电话？"徐子佩走了过来。

冷斯城刚才得到消息，徐子佩和一个皇霆娱乐力捧的男艺人被"燕城群众"举报涉黄，他赶紧回来处理这件事。

要想让公众转移视线，最好的手段就是炒作绯闻，所以，有人提出："要不要炒作一下绯闻？冷总和徐小姐既是朋友又是同学，想要迅速转移公众的注意力，绯闻是最容易的吧？"

提起这个，冷斯城和徐子佩同时皱眉。

徐子佩马上反对："那可不行。"

冷斯城也立即点头："对，我是有老婆的人。"

一群人无语——你在捧那十二个女伴的时候，怎么没考虑过你是有老婆的人？

不过，既然双方都不答应，只好想其他办法，比如做慈善，比如拉对方公司下水，爆他们旗下的艺人诈捐什么的。

会议开完，冷斯城站了起来："各位，待会儿去'燕城宴'吃顿便饭，我请客。"一群人刚要欢呼，冷斯城马上道："我就不去了，大家玩得愉快。"

有人起哄："冷总为什么不去？怕徐小姐的气场太强控制不住？"

冷斯城一脸淡定："我老婆刚刚打电话给我了，我要回去休息。"又提到"老婆"。

这次，连徐子佩都诧异地看了冷斯城一眼："没想到，斯城你和青青关系这么好。"

冷斯城只回答了一个字："对。"

徐子佩没想到他回答得这么干脆，微微一愣之后笑了笑："以后要是有时间，大家一起吃个饭，我好久没有见到她了。"

冷斯城无可无不可地点点头，迈步走出了会议室，第一个按了电梯键。

冷斯城一走，其他人也收拾东西准备离开。

徐子佩正准备下楼，突然后面有人叫了一声："这是谁的圆珠笔？"

说话的人是保洁，她手中拿着一支圆珠笔，上面印着的兔子头都模糊了。

徐子佩忽然想起了什么："给我吧。"

这支笔，如果没记错的话，当年是他们学生会统一印制的，这上面的兔子头还是她设计的，当作小礼品发放给学生，怎么会在这里？

徐子佩拿着笔刚到楼下，就看到原本已经开车离开的冷斯城冲了回来，神色有些凝重。

徐子佩上前两步："斯城，你是不是在找东西？"

冷斯城脚步一顿，微微皱眉。

徐子佩把圆珠笔递给他："这个……"

冷斯城立即一把拿过，揣进兜里："谢谢。"然后，再不多谈，直接转身离开。

徐子佩看着他匆匆离去的背影，心里微微泛起一丝波澜，冷斯城这么多年还留着当年她设计的笔……

上了车的冷斯城看着那支笔，又小心地放进他的公文包里。

每次他遇到大事，都会拿出这支笔，就好像问题一定能解决掉一样。

原因很简单，这是他和顾青青被困在控制室的第二天，顾青青匆匆离开后，他发现她留下的。他还有很多小物件，比如她丢掉的头绳、她遗落的橡皮擦，甚至还有她的课堂笔记、写废了的纸。

他自己也不知道，保留这些小东西到底是为了什么，可是每次顾青青丢下什么，他都跟捡垃圾似的捡回去，然后一件件整理好，放在倾城公寓的盒子里。

　　路上有点堵，到家的时候已是凌晨一点，别墅已经熄了灯，静悄悄的。

　　为了赶回来见她，他晚饭还没吃，此时肚子咕噜噜的直叫唤。厨房应该还有吃的吧？冷斯城穿着拖鞋下楼，在冰箱里翻找，果然找到了晚饭剩下的红烧肉和芹菜牛肉，正打算拿出来热一热，忽然，身后传来一个惊恐的声音："谁？"

　　冷斯城一回头，看见顾青青躺在客厅的沙发上，身上只盖了一条毛毯，手里拿着手机，一脸惊恐。

　　"你怎么在这里？"冷斯城皱眉，转身打开了客厅的灯。

　　也许是冷斯城的声音太严厉，一下子把顾青青的话都噎在了喉咙里。

　　"我……"顾青青见他站在冰箱前，"你没吃晚饭？"

　　冷斯城点了点头。

　　"需要我帮你热吗？"顾青青起身，冷斯城看见她穿着吊带裙，立即皱眉："你是想感冒后让我照顾吗？"

　　"没有。"顾青青摇头，原本想说，今天晚上的菜都是她做的，可看到冷斯城一脸嫌弃，心里有点儿发堵，为了不讨他厌，转身上了楼。

　　冷斯城回到卧室的时候，顾青青已经躺下休息了，他伸手一捞，把她抱在了怀里。

　　等忙完这段时间，他就带她出去转一转，也算是补了他们的蜜月。

　　凌晨五点，程秘书打电话给他："冷总，又出事了！"

　　冷斯城皱了皱眉，躺下才五个小时，精神还处于凌乱状态。他看了一眼身旁的顾青青，也许是手机铃声把她吵醒了，她睡眼惺忪地问："怎么了？"

"没事。你睡吧。"说完，冷斯城一边穿衣服一边往外走："什么事？"

"昨晚，徐子佩和你在公司楼下说话，被人拍了照片发到网上！你们在大学里交往的旧闻以及曾经订过婚的事，也被八卦记者弄到了网上。现在，徐子佩的经纪公司急得一团乱，这事已经上了热搜……"

冷斯城皱眉，接连出事，肯定是有人故意针对皇霆娱乐。

"徐子佩那边怎么说？"

"他们肯定是第一时间否认，不过具体的澄清策略，还得和我们商量以后再说。"

冷斯城点点头："知道了。你马上去跟她的经纪人联系，这件事不要把徐子佩牵扯进来，她要保持积极健康的形象，不能被冠上小三的名号。"

听到徐子佩的名字，顾青青立刻清醒了，问："你要走了？"

冷斯城点点头。

"是……为了徐子佩的事？"

他又点点头。

顾青青手指藏在被子下，紧紧揪住了床单。

冷斯城看了看时间才五点，还早："你好好休息，我处理完事情就回来。"

顾青青看着他走了出去，然后下了楼，上了车，车子渐行渐远，最后消失不见……

早上，顾青青一路晃悠着去了公司，没想到，徐子衿一见到她就上来挑衅："你看新闻了吗？斯城哥哥和我姐的事情已经被曝光了。"

顾青青看都没看徐子衿一眼，径直走到电梯前，按下了电梯键。

"喂，你听到了吗？"电梯里没人，徐子衿也跟了进去。

顾青青一脸淡漠："那又怎么样？这三年里，他一共有过十二个女伴，每一个人都告诉我，自己是他的真爱。"

徐子衿愣了愣，随即被激怒地上前一步："我姐姐可不是那样的女人！她多年前还跟斯城哥哥在一起。"

"你也说了是多年前。"顾青青一脸平静，"现在的冷太太是我，只要我一天不离婚，徐子佩想跟冷斯城在一起，就是铁板钉钉的小三。"

"要不是我姐姐当年离开，要不是你爸爸，你这辈子都嫁不到冷家去！"徐子衿大怒，顾青青居然敢跟自己叫板，她算是个什么东西，"我都怀疑，你爸爸是故意死的，就是为了让你嫁给冷斯……"

啪！徐子衿一句话没说完，狠狠一巴掌甩到了她的脸上。

徐子衿捂着脸，不可置信："你居然敢打我！"

"我打你怎么了？你骂我爸爸，我就是要打你！"敢诋毁她最亲最爱的爸爸，她怎能饶了徐子衿，"冷斯城不爱我怎么了？冷斯城不爱我，我也要顶着'冷太太'的名头到死，让你姐姐这辈子也嫁不到冷家，让你们徐家这辈子都被我踩在脚下！"

徐子衿大怒："你敢！斯城哥哥要离，你只能乖乖听话！"

"我有什么不敢的？"顾青青瞬间暴怒，"我告诉你，冷斯城不喜欢我不要紧，他爸爸妈妈喜欢我当他们儿媳妇就行！"

说话间，电梯门开了，顾青青懒得理她径直走了出去。

徐子衿不服气地追上来："顾青青，你给我记住！"

"你别忘了你答应的才是！你不能对外透露我在这里工作的事——算了，你本来也是食言而肥的人，没什么信誉可言。"顾青青说着，露出了一个不屑的眼神。

徐子衿被刺激得脑子一热，怒了："你想要我说，我偏不说！反正我姐姐已经确定了会接皇霆娱乐的广告代言，你给我等着！"

晚上，顾青青回到家，发现冷斯城的车停在外面，他回来了？

顾青青推开门进去，客厅里静悄悄的。

保姆迎了上来："太太，你回来啦？"

顾青青点头。

保姆又说："先生在书房。"

顾青青再次点头。

她刚走到楼梯口，楼上的房门打开，好多人鱼贯而出，看到顾青青的时候，明显都有些惊讶。

"冷太太，您好！"

冷斯城把他们叫来，是要商量他和徐子佩的绯闻怎么澄清。不过，绯闻既是污点，也是爆点，自从出了绯闻，关注那个涉黄男艺人的人瞬间减少了。

他在公司的时候与徐子佩那边进行了沟通，一致认为，这个绯闻先不澄清，可以再炒一炒，等周日正式签徐子佩为皇霆娱乐的代言人，同时郑重宣布他和徐子佩只是朋友，他是有家室的人，再澄清绯闻会更好。

昨晚回来得太晚，他今天哪怕工作再忙，也把这群人叫到家里开会，就是为了回来陪她。

顾青青原本心里有很多话想说，可是看到冷斯城的时候，只觉得累，什么都说不出来了。

冷斯城快步上前，一把拉住她的胳膊："你去了哪里？"

顾青青声音淡淡地回答："外面。"

冷斯城又问："吃饭了没？"

顾青青摇摇头。

冷斯城还想说些什么，顾青青抢先道："我想去换件衣服。"然后松开他的手，转身往卧室走去。

冷斯城一脸诧异，怎么回事？他正想跟进去问，程秘书忽然叫住他："冷总，徐子佩的经纪人打来了电话。"

门内的顾青青眉头皱紧。如果不是真有其事，徐子衿怎么可能得意扬扬地来刺激她？难道她真的要像对徐子衿放狠话时说的那样，就算死也不成全他们，一直霸占着冷太太的名号？

当晚，冷斯城一直在书房工作到深夜，第二天，又在她醒来之前就匆匆离开了。

第二天，他晚上没有回来。

第三天，已经是周六。

顾青青被李悠悠的一个电话吵醒了："冷斯城和徐子佩到底怎么了？"

"就那样。"顾青青伸了个懒腰。

"什么就那样？"李悠悠快气死了，"走了个陈文捷，又来了个徐子佩！"

"我知道。"顾青青淡淡地说，"没事我挂了啊。"不想再谈论这个话题。

她刚挂机，又有电话打进来，顾青青不耐烦地说："不是说了吗，只要我不离婚，她永远都是小三，行了吧？"

那边，林周逸的声音传来："顾小姐，我是要你明天陪我谈生意。"

"哦，林总，知道了，抱歉。"顾青青尴尬地道。

此时的她还不知道，林周逸就是有心要带她去看，冷斯城和徐子佩的记者会。

林周逸带她去的地方是燕城饭店。

冷斯城和徐子佩下午在燕城饭店的宴会厅举行记者会，宣布她代言的事，同时对他俩的绯闻澄清一下。

问他为什么会知道得如此清楚？原因很简单，爆涉黄丑闻和冷徐绯闻的就是他。

他也没想过这一次就能把冷家打倒，想要打倒冷斯城，他还有更容易的途径。

　　到了燕城饭店，随便点了几个菜，林周逸笑了笑："也不知道合不合你的口味。"

　　"没问题，我什么都吃。"顾青青笑着说，"我去下洗手间。"

　　林周逸点头。

　　顾青青走了出去。

　　经过宴会厅，她往里面瞅了一眼，一下就看到了站在台上并肩而立的冷斯城和徐子佩。

　　下面有不少记者在提问，几乎所有问题都冲着冷斯城和徐子佩的绯闻："请问冷总，和徐子佩是高中同学，也是大学同学吗？"

　　冷斯城没回答。

　　徐子佩点头："对。"

　　"请问，你们高中的时候就有传说是一对，算是校园情侣了。"

　　冷斯城眼神淡漠地看了看这位记者："你也说了，是'传说'。"

　　"那么，冷总和徐子佩曾经订婚的事情……总不是传说吧？"

　　徐子佩想解释，冷斯城眉头皱得紧紧的，一把抢过话筒，第一句话就让全场震惊："我不否认。"然而，他接下来又说，"可那是三年前的事了，我现在已经结婚，我和徐子佩是朋友、是同学、是合作伙伴，但不是情侣。这些绯闻对我们男人来说没什么，对徐子佩却是不公平的。她并不是我的女朋友，却被人无端猜测成小三，这不仅对她的事业有影响，对她个人的形象也有影响。"

　　冷斯城结婚三年来，从来没有主动澄清过自己的绯闻，这是第一次。

　　如果顾青青没有看见他为了徐子佩的名声有多努力，也许她还会相信他所说的话，而现在，他刚刚那番话在她心里，只是表面上为了澄清两个人的关系，字里行间其实都是在维护徐子佩。

不想再看，顾青青转身走开，却不料在一个转角撞上了一个人。

那人发出一声尖叫："你眼瞎了？看不见路吗？"

顾青青失魂落魄，也没注意那人是谁，只低着头说了句"对不起"，继续往前走。

那人见她不理自己，气得一跺脚，声音尖厉起来："顾青青是吧？你给我站住！"

顾青青微微皱眉，转头一看，这不是陈文捷吗？

上次珠宝店的事情之后，陈文捷再也没有见过冷斯城。徐家的订婚宴，她打听到冷斯城会去，千方百计地混到酒店，也没能顺利见到他。最近，冷斯城和徐子佩的绯闻满天飞，加上他偶尔有陪伴妻子的消息传出，以及在公司里她被全面压制——总之一点，她陈文捷失宠了。

她着急地想找出路，没想到撞上了顾青青，新仇旧恨，陈文捷叉着腰拦在了顾青青面前。

顾青青不想理她，转身刚准备走，陈文捷一把抓住了她的胳膊大喊："她偷了我的东西！"

保安立刻赶了过来："这位小姐，你什么东西丢了？"

"我的项链不见了！那可是卡地亚祖母绿高定！我怀疑是她偷了！"她指着顾青青。

保安认出了陈文捷，不管是冷斯城的前任小三还是女明星，反正她很有钱。相比之下，顾青青的穿着打扮就普通多了，一看就不像是有钱人。

"神经病！"顾青青懒得理她，甩开她的手就要离开。

保安拦住她："这位小姐，不介意的话，请你配合检查。"

旁边，围观的男人们好事地起哄："美女，你就让我们检查一下嘛！要是你真没偷，也算是还你一个清白啊！"

正闹得不可开交，忽然有人走了过来，正是徐子佩。

看到顾青青，徐子佩一愣。

她认不出顾青青很正常，三年前顾青青安静羞涩毫不起眼，而现在，即便衣着朴素，眉宇间仍流露出一股恬然高贵的气质，像是一朵盛开的花，让人难以忽视。

"你是青青？"徐子佩上前一步，"好久不见，变漂亮了，都快认不出来了。"

顾青青在她走过来的时候，一直低着头，把惊慌、意外、狼狈，甚至自卑，全都遮掩了起来。

听到徐子佩的话，她才抬起头来，眼底已经波澜不惊："子佩姐，你好。"

这两个人眼神在交锋，陈文捷则拉着顾青青的胳膊："你偷了我的东西，今天不说清楚，我就报警！"

听她这么一说，徐子佩惊讶道："你说，青青偷了你的东西？"

"斯城送给我的东西被她偷了，我自然要找她算账！"陈文捷一提冷斯城的名字，连徐子佩都无语了："你知道，斯城的妻子是谁吗？"

"我管她是谁！"就算顾青青和冷斯城的妻子认识又怎样？那个女人连自己的老公都拴不住，还能帮顾青青出气不成？！

"子佩姐，别说了！"顾青青摇摇头，甩开了陈文捷的手，转身走向电梯。

这时，冷斯城恰好走了过来，听到徐子佩说"你知道，斯城的妻子是谁吗"，然后，是陈文捷嚣张跋扈的声音"我管她是谁"。怎么又是陈文捷？他皱了皱眉，这人虽然有点小聪明，演技也不错，但是太狂傲，一被人捧就飘飘然不知道自己是谁了。可他没走两步，就听到了极弱的一声"子佩姐，别说了"。冷斯城脚步一顿，这个声音，如果他没听错的话，是顾青青的？

他意识到什么，快速走过去，却听到叮的一声，是电梯门打开的声音，他立即冲了过去。

顾青青已经站在电梯里，眼神冷淡地看着他。

居然真的是她！她怎么会在这里？而且，她站得笔直，眼神好冷，就好像他是个陌生人一样。

他正想上去说话，电梯门忽地一下合上了。

电梯门合上后，冷斯城疯了一样往楼下跑去。

还好这里只有五层，冷斯城一路冲到大厅，左看右看，电梯口已经没人了。冷斯城冲到酒店外面，正好看见顾青青弯腰钻进了一辆出租车："顾青青！"

顾青青听到他的声音，身体微微一顿，然而，她连头都没回，关上了车门。

外面下着雨，冷斯城也顾不得许多，直接追了上去："顾青青，你给我下车！下车！停下！"

出租车师傅问："这位小姐，要不要等一等？"

顾青青摇摇头，声音带着疲累："不用了，开吧。"

冷斯城追了一段路没追上，气得要死。

他喘了口气，掏出手机给顾青青打电话，被挂断，接着打，居然关机了！

"小姐，我们去哪里啊？"

司机忽然一问，把顾青青问住了。

是啊，去哪里？天大地大，居然没有她的容身之处。

她不能回西山别墅，不能去冷家老宅，也不可能回娘家。就算她回去，妈妈和哥哥只怕也会押送她回来跟冷斯城道歉。她算什么？她从头到尾就是一个配角、一个可有可无的影子。

"先……随便开吧，上三环。"

"好。"司机看出来这是小夫妻吵架呢，也不多说，开了车奔三环而去。

顾青青犹豫了一下开机，打电话给林周逸："林总，不好意思，我有点不舒服，不能跟你一起吃饭了。"

"哦，没关系，你回家好好休息吧。"林周逸悠然自得地喝了一杯酒，知道肯定是那边闹开了。

顾青青挂了电话，刚想关机，一个电话打了进来。

这边，一直打顾青青电话打不通的冷斯城，气得要发狂。他想了想，干脆扭头走进酒店，不是上楼去查问始末，而是去地下停车场开车追了出去，什么事情都没有顾青青重要。

马路上，车流量很大，顾青青坐的出租车很快不见了影子。他想了想，打方向盘往西山别墅的方向驶去。不管怎么说，这里都是她的家，她肯定要回来的。

回到西山别墅，保姆迎出来："先生？"

冷斯城面色严肃："太太呢？"

"太太没回来啊！"保姆摇头。

"太太有打电话回来吗？"

保姆继续摇头："没有。"

冷斯城再次给顾青青打电话，关机。

"先生，你要不要……"保姆想问他要不要喝水，却被他杀人般的目光吓得没有说出来。

冷斯城坐在客厅里，一面等她，一面打电话给她。

顾青青一直没回来，电话也一直处于关机状态。

一直等到东方发白，双眼都熬红了，他的手机终于响了，是顾青青打来的。

那边，顾青青的声音没有传出来，而是一个咆哮的声音："冷斯城，是你吗？"

冷斯城一愣，这声音听着耳熟啊："你是谁？顾青青呢？"

"我是你大爷！"这边，李悠悠实在忍不住了，"你还知道你有个老婆叫'顾青青'？只怕她死在外面你也不会在意吧？！"

冷斯城赶到医院的时候，顾青青正在打吊瓶。

"到底发生了什么事？她怎么会变成这个样子？"

　　李悠悠和李妈妈在旁边照顾着，一看到冷斯城就气不打一处来。顾青青无处可去，只能去李家。她穿得很少，外面下着雨，到李家的时候像只落汤鸡一样。

　　李悠悠父母离婚后，她们原来住的那套房子被火速卖了出去，她和妈妈又买了一套两室一厅的小户型，精装修，拎包入住。房子虽小，却比那套豪华的大房子温馨得多。顾青青到她家的时候，李悠悠看她面色平静，似乎并没受到很大的打击，问她，她只说："没事，能有什么事，不过是离婚罢了。"

　　离婚而已，地球又不会停止转动，她也不会真的心痛到死掉。

　　李悠悠还想问什么，她直接说："我饿了，可以先吃点东西吗？"

　　李悠悠愣愣地点点头，看着她闷声不响地低头吃了一大碗面条——顾青青平常的食量可没这么大。不过，她既然能吃，心情应该也不会太差，至少还有胃口不是？

　　顾青青来了，李悠悠晚上便和妈妈一起睡。李悠悠睡到半夜醒了，迷迷瞪瞪起床走到客厅想喝点水，忽然发现浴室的灯没关。她以为是自己睡前洗完澡忘记关灯了，想推开浴室的门关上，没想到，浴室的门居然反锁了。

　　李悠悠一下吓醒了，她忽然意识到什么，扭头往顾青青的房间一看，床铺整齐，床上没人。

　　她脑中瞬间闪过很多不好的画面，再想到顾青青反常的举动，难道她想不开，在浴室里割腕自杀？

　　"青青！你在里面吗青青？"李悠悠用力敲门，浴室里毫无动静。李悠悠更加害怕，声音也更大，敲门声也更响了："青青，你别做傻事啊青青！"

　　她这一番举动，把李妈妈吵醒了："怎么回事？"

　　李悠悠满脸焦急："青青在里面，门反锁了，我怕她想不开！"

李妈妈看到女儿想要踹门而入，连忙制止住她："去找钥匙！"

"对对对，钥匙！"李悠悠赶紧冲到客厅翻箱倒柜，总算找到了钥匙，开门进去。

浴室里拉着浴帘，浴帘里面一点声音都没有，两个人都吓了一跳。李悠悠声音颤抖地叫了一声："青青，你在吗？"

这时，她总算听到了一道虚弱的声音："怎么了？"

接着，浴帘里面有哗啦的响动，没过多久，顾青青披着浴巾拉开了浴帘："怎么了？"

"青青！"李悠悠立即冲过去，往里面一看，浴缸里的水没有染红，她没割腕。

"就是看你好久不出来，怕你出了什么事。"

"我真的没……""事"字还没说完，顾青青脑袋一晕，差点摔倒。

李悠悠吓得赶紧打电话叫医生。

她家是天然气管道，有一点泄漏，幸好浓度不高，再加上顾青青泡在水里，水都凉了，感冒和缺氧加重了病情，一下子就倒了。

"她能怎么样，还不是被你逼的？！"李悠悠上前一步，"冷斯城，你想想你做了这么多破烂事，哪个女人受得了？今天是幸运，顾青青不是自杀，万一她哪天真的想不开……"

正说着，顾青青皱了皱眉，慢慢睁开了眼睛。

李悠悠话没说完，赶紧来到顾青青面前，却没想到冷斯城毫无绅士风度地把她挤到了一边。

被推到后面的李悠悠不甘心地叫了一句："青青，你醒了？你还难受吗？"

顾青青轻声道："悠悠，可以请你出去一下吗？"

李悠悠犹豫地看了一眼冷斯城，才点点头："好，我就在外面，要是这家伙欺负你，你立马叫我！"顾青青点点头。

李悠悠又瞪了冷斯城一眼，还重重哼了一声，才扭头走了。

病房里只剩下顾青青和冷斯城，他背负着双手站在床边，她虚弱地躺在床上，两个人你看看我，我看看你，谁都没有说话。有那么一瞬间，顾青青有种冲动，想开口提出离婚。她说不出来，倒是冷斯城上前一步，伸手轻轻放在她的额头上，然后握住她的手："不怎么烫了。"

他看着她，她却看着前方，彼此视线没有交会。

两人谁都没有再说话，直到顾青青加大力道想抽回手的时候，冷斯城突然开口："你昨晚……怎么了？"

昨晚？不提昨晚的事情还好，一提起来，顾青青立即想起昨晚在燕城酒店发生的事情："就那样。"

什么就那样？冷斯城微微皱眉："那你怎么会病倒？"

顾青青看了他一眼，轻轻地咳嗽一两声："你放心，死不了，我也不想死。"

听到顾青青的话，冷斯城更紧张了，他皱着眉："我不是这个意思，我是想问……"

话音未落，病房的门被推开，程秘书走了进来："冷总，徐子佩打电话过来，说有事找您。"

徐子佩也是无奈了，昨晚冷斯城说走就走，电话打不通，人也找不到，只有个程秘书，也不可能引荐她去见合作商和社会名流。一大早，网上还出现让人无语的八卦新闻——新旧"城女郎"大战！戛纳影后徐子佩与新晋花旦陈文捷发布会起争执！

"冷总，您看……"

冷斯城眼皮都没抬，直接说了一个字："滚！"

"可是冷总，如果不尽快处理，只怕公司股价会跌得很惨啊……"

冷斯城语气淡淡地说："你现在就在找死。"

门一关，病房里又只剩下冷斯城和顾青青两个人。顾青青看着窗外，他看着她的背影，没人说话，有一股莫名的气氛，在病房里弥散开来。

过了一会儿，冷斯城探身过去，手指轻柔地落在她的耳际，将她微乱的发丝轻轻理顺，然后看了看她的吊瓶："没多少药了，我去叫医生来。"说完，按响了床铃。

很快，医生就来了，检查了一下："顾小姐的高烧已经退了，但是她体内还有一氧化碳残留，需要住院观察几天，平时要多吃点水果蔬菜。"

冷斯城点点头："既然这样，不妨做一下全身检查，然后开几服药调理一下。"

医生点头。

顾青青皱了皱眉："我没事。"今天周一，她还要上班，怎么可能住院。

她拔了针管，艰难地坐起来，身子有些虚，身体晃了晃，又要倒回去。冷斯城上前，胳膊一伸，搂住了她。顾青青当着医生的面被他抱住，又羞又气，心里生起一股强烈的反抗的情绪，用力推他："冷斯城！"

"要不乖乖躺回病床，要不换一间病房躺着，你自己选！"说完，冷斯城转头对程秘书说："把资料和电脑拿过来，我要在病房里工作。"程秘书刚走到门口，冷斯城又把他叫了回来，"把昨天的事情查清楚。"顾青青怎么会去酒店，又怎么会受气离开。

不多时，程秘书回来了，把事情经过告诉了他。

"陈文捷这个人不能留了。"

程秘书立即说："我知道了，我会通知公司，停止她的一切业务。她签约的广告，还没开拍的，看能不能转给其他艺人？"

冷斯城说："不忙。"然后打了个电话，很快，陈文捷惊讶而惊喜的声音传来："……冷总！"

冷斯城嗯了一声："昨晚有人偷你东西？"

陈文捷还以为冷斯城要帮她出头，立即娇声说："是啊！冷总，昨天气死我了，那女人……"

冷斯城淡淡地说："你还说，是我送给你的祖母绿高定？"

陈文捷隐约觉得情况不妙："冷总……"

冷斯城说："我的确丢了一条祖母绿高定，可我记得我没送给过任何人。这样吧，这祖母绿要四百八十万，我也不让你还了，你明天下午把四百八十万打到我的账上，我就不报警，否则……"

"什么？"她没想到冷斯城一开口就跟她要钱，而且是四百八十万，她几年赚的钱加一起也不够啊！

可是，就算冷斯城故意编造了她偷窃的事情，她能说冷斯城说谎吗？

"冷总，我不是故意的，我……"

"当时很多人都听到了你说的话，还有徐子佩做证，你确实拿走了我的祖母绿，自己看着办。"冷斯城说完这句，懒得跟她扯，直接挂了电话。

陈文捷呆了，这边，程秘书也呆了。

冷斯城倒是一脸淡定地说："明天下午之前，陈文捷和她的经纪人给你打电话，你都不用接。"

"冷总，那徐子佩那边……"

冷斯城淡淡地看了他一眼，懒得理他，挥挥手让他离开了。

冷斯城转头对顾青青说："昨天晚上的事情我已经知道了，陈文捷敢这么对你，我一定不会轻易饶过她！"

陈文捷再怎么嚣张，也不过是一个不成功的"替身"，她从来没有放在眼里："那，徐子佩呢？"

"徐子佩？"冷斯城微微皱眉，昨晚的事情与她一点关系都没有，"这跟她有什么关系？"

顾青青怅然地笑了笑："是啊，跟她是没有关系……我有点累了。"她轻轻地垂下眼帘，不再理他。

冷斯城帮她盖了盖被子："你好好休息。"

顾青青没再说一句话。

第九章　不舍得离他而去

回到公司，冷斯城投入到了紧张的工作当中，直到傍晚，保镖的电话打过来，声音惊慌得很："冷总，不好了，太太不见了！"

冷斯城赶到医院的时候，保镖和医生、护士都在，每个人都急得不行。

冷斯城一脸阴沉地问："怎么回事？"

其中一个保镖立即说："冷总，你离开后，太太让我去找主治医生，并且说医生正在手术室里做手术，让我在外面等他，可没想到，等了一个多小时医生才出来，却根本不是太太的主治医生。我赶紧跑回来，谁知道……"

冷斯城沉着脸听他说完，看向医生："有监控吗？"

"有的、有的！"

冷斯城立即跟去看，果然在视频里，看见顾青青换好衣服，神态自若地离开了医院。

冷斯城眉心一皱，立即拨打顾青青的电话，居然关机了！他心里忽然有种不好的预感。

冷斯城马上给保姆打电话："太太回去了吗？"

保姆疑惑："没有啊。"

"那她打电话回去过没有？"

保姆继续摇头："也没有。"

"那她之前有说过什么没？"

"之前？"保姆想了想，除了她出去工作的事情，什么都没有，"没有的。"

一问三不知！冷斯城气得挂了电话。他想了想，又打电话给李悠悠。

李悠悠当然没什么好话："顾青青？她不在我这里。你是不是又做了什么坏事？你要是敢对不起她，小心我找你算账！"话说得这么狠，那她应该是不知情的。

冷斯城又打电话给母亲，声音有点焦急："妈，青青有没有给你打电话？"

洛清雪摇摇头："没有。"

那她会去哪里？

洛清雪还教训他："小宝，听说青青生病了？她是你的妻子，现在没有什么事情比她的身体更重要，知道吗？"

"妈，我知道。我还有事，先挂了。"没时间跟母亲多说什么，想了想，他又打电话给顾青青的母亲吴爱梅。

电话打通的时候，吴爱梅正在打麻将，周围环境有点儿吵："女婿，有什么事啊？"

冷斯城皱了皱眉："青青有去找你吗？"

吴爱梅摇摇头："没有。是不是她又惹你生气了？我待会儿教训她！"

"没有就算了。"冷斯城也没多说，立即挂了电话。

也没回娘家，那她去了哪里？

正在这时，病房外面传来了女人的声音，难道是顾青青回来了？他立即迈开大步走到门边，一把拉开了门，却是徐子衿和徐子佩，还有聂之宁。他们听说顾青青生病了，虽然徐子衿万般不愿意，还是跟姐姐一起过来了。

看到是他们，冷斯城一脸失望，也没时间跟他们叙旧。烦躁的他偏了偏头，在看到楼下一个寿衣店的时候，脑海忽然灵光一闪——难道说，顾青青去了那里？

太阳，慢慢地落山了。

顾青青一个人站在爸爸的墓碑前，风吹起了她的长发。

平时，只要顾青青遇到不开心的事，就会来这里跟爸爸说。她知道，在世人眼里，爸爸不是个成功的人，在小工厂里工作，拿着微薄的收入，每天都喝得醉醺醺的，喝了酒也会骂人打人，还借了高利贷，但是，他是家里人中对自己最好的一个。

她和冷斯城结婚之前，心情复杂，有排斥，有激动，也有一丝怨恨。当她真的嫁给冷斯城之后，她曾经在爸爸的墓前发誓，爸爸用生命换来的这段婚事，她无论如何也不想让。可是，到了如今，她对这段婚姻，毫无信心了。

"爸爸，你知道吗？徐子佩回来了。"顾青青蹲在墓碑前，伸手轻轻地拂掉墓碑上的灰尘。照片里的爸爸微微笑着，一切仿佛还是他离开前的样子。

"其实，就算她没有回来，我跟他也很难过下去了，他……"

不就是离婚吗？不就是和冷斯城分开吗？她有什么舍不得的，他对自己又不好。可她的心脏还是不受控制地抽痛，疼得她伸手死死地抓住墓碑的边缘，想要让爸爸给予她勇气和力量。

"青青，青青，你在哪里？青青？"山下传来了呼唤声，但不是冷斯城。她用力地抹了抹眼睛，即使狼狈也不要让别人看见。

等她胡乱地把脸上的泪水擦干，聂之宁走了过来——他在医院听冷斯城说顾青青失踪了，哪里都找不到，忽然想到这里离顾青青家的老房子不远，便跑了过来，果然找到了她。

"青青！谢天谢地，你没事！"见她脸色不好，聂之宁心疼地上前，想要扶着她，忽然，一个人大喝道："放开她！"话音未落，一个拳头直直地打向了聂之宁的脸。

聂之宁被这一拳打得后退几步，摔倒在地，抬头一看，冷斯城像是浑身裹挟着无边的戾气，从地狱中走来一般。

他其实比聂之宁先想到顾青青可能会在这里，只是因为走了不同的路，又遇上堵车，才来得稍微晚了一些。

他过来的时候看到了什么？看到在顾青青父亲的墓碑前，顾青青和聂之宁靠在一起？

看到顾青青失魂落魄的样子后，他如受重击。她爱不爱他有什么要紧？他爱她、不能放开她，不就够了？再说，他有什么资格求得她的爱？他是害死她爸爸的罪魁祸首啊！

"呵，冷斯城。"顾青青轻嘲地笑了一声，伸出小手，用力地想把他推开。

冷斯城却将她打横抱起，准备带她下山。

"等等！冷斯城！"聂之宁捂着被打疼的脸，艰难地从地上爬起来，"你根本不爱青青！既然你一直喜欢的是子佩姐，你为什么不放手？！"

冷斯城抱着顾青青，回眸淡淡地看了他一眼，这一眼，极冷，像是警告，然后，他什么也没说，抱着顾青青，一路走下了山。

"冷斯城，你站住！"聂之宁追了上去，而他没跑两步，下面，忽然传来了一个焦急的女声："之宁，之宁，你在这里吗？"是徐子衿和徐子佩。

他们找了半天没结果，打电话给程秘书，程秘书说："太太能去的地方都找过了，太太也没有别的亲人，实在不知道会去哪里。"

说到亲人，徐子佩脑中灵光一闪，想起了顾青青去世的爸爸，便也赶了过来。

可是，她刚刚在下面听到了什么？聂之宁说"你根本不爱青青，一直喜欢的是子佩姐"？

徐子佩听到这一句的时候，完全呆住了，她甚至停下了脚步，看着妹妹一路往上，去迎聂之宁。

冷斯城就在这时抱着顾青青一步步走了下来，擦肩而过的时候，甚至一眼也没有看向徐子佩，好像把她当成空气一样。

徐子佩高高吊起的心瞬间又落到谷底。她往前走了两步，想要叫住他，可话到嘴边，她又不知道该怎么开口，就这样眼睁睁地看着冷斯城抱着顾青青越走越远，最后消失不见。

等回到家，顾青青下车，也没等冷斯城，径直上了楼。

等冷斯城来到卧室的时候，顾青青已经关上浴室的门，里面传来哗哗的水声。

冷斯城站在浴室门口看了几眼，没有进去，而是转身拉开了床头柜的抽屉。果然，顾青青又买了一瓶事后药。他把里面的药通通倒了出来，然后装上了他买的叶酸。他知道他卑鄙，他知道他无耻，可是除了这么做，他实在不知道，应该如何挽回他和她岌岌可危的婚姻。

他知道，就算横刀夺爱，把她从聂之宁身边抢走的时候，他还有一丝机会，能赢得她的爱。可是，自从她爸爸去世的时候他逼婚上前，在灵堂上，她看着他的目光，从一开始的哀痛到错愕，再到仇恨，他就知道，这辈子想要赢得她的爱，近乎渺茫。

刚结婚的时候，莫东阳问过他有没有要孩子的打算，他当时摇摇头，孩子是爱情的结晶，如果孩子的到来不是带着妈妈对爸爸的爱，而是仇恨，那会是多么可悲？现在，他却反悔了。如果有个孩子能拴住她的心，她应该会看在孩子的面上，继续留在他身边吧？

浴室里的水声一停，冷斯城马上把抽屉一关，装作什么事情都没有发生过的样子，坐在了床边。

过了一会儿，顾青青换好睡衣，用毛巾擦着湿漉漉的头发从浴室出来，走到梳妆台前，简单的护肤之后，拿起吹风机，呼呼地吹起了头发。

冷斯城说："我和徐子佩……不可能在一起。"

顾青青的手握着吹风机，越握越紧。半天，她才松开手，怅然地笑了笑："是啊，不可能在一起。"她和他还没离婚，他们怎么可能在一起？

"我会严肃处理陈文捷。"冷斯城忽然起身，伸出胳膊，从背后紧紧搂住了她的腰，"你要相信，我从来没有想过，要那些低微的女人踩在你的头上。"

顾青青脸上没有任何表情。

她当然清楚，虽然冷斯城心里没有她，可她毕竟是他明媒正娶的妻子，夫妻是一体的，陈文捷打她的脸，也就等于让他丢脸。

"还有……我和徐子佩……并不是你想的那种关系。"

顾青青一愣，微微抬头，想从镜子里看到冷斯城的表情，却只看到他把脑袋埋在她的肩窝，像是在极力掩藏自己的情绪似的。

"也许，你以后还会看到有关我们两个人的八卦新闻，也许……有些新闻还会说得很暧昧、很难听，但是，你要知道，我不可能娶她，也不可能跟她在一起。"

她当然知道，就算冷斯城和她真的离婚了，也不一定会跟徐子佩在一起。他和徐家有大仇，即使他再爱徐子佩，也不会释怀。

可就算不能结婚，也不妨碍他爱她啊！

不过，不管怎么说，这是他第一次明确表示，他不会和徐子佩重修旧好。

"青青……"冷斯城抬起头来，看着镜子里的顾青青。顾青青正扭头看着窗外的一棵梧桐树，有风吹过，梧桐叶子沙沙作响，像是在诉说着什么。

"只要你不先放手，你会是我这辈子唯一的妻子。"

对一个男人来说，什么"我喜欢你""我爱你"，都不如一纸婚约。

顾青青一直扭头看着窗外，一语不发。

许久，她才轻微地点了点头。

冷斯城看到她点头，还以为她的心虽然游离，但还是愿意给他一次机会，他激动得有些难以言喻，声音也跟着柔和起来："窗口凉，你身体还没完全康复，小心再感冒。"一面说着，他一面拿起自己的外套，轻轻披在她的身上，"你好好休息，今晚……我去书房睡，不打扰你。"

他凝视着她的侧颜，终于忍不住，轻轻地在她的脸颊吻了吻。

一个浅浅的吻，她明显感觉到，有一双琥珀色的眼睛凝视了她一瞬，又很快离开，连抱住她的双手都松开了，然后，他直起身子，离开了卧室，连带着他身上的气息，也离开了这间屋子。

顾青青机械地点点头，眼睛依然看着窗外的梧桐树。

她反正也没得到过什么，所以无所谓失去。

现在，唯一抓得住的就是她的工作，她一定要努力。

第二天。

缺席两天没去上班的顾青青，终于趁着冷斯城去皇霆娱乐的机会，跑去了旭逸。

到了旭逸，张语欣第一个冲了过来："听说你生病了，没事吧？"

"我没事。"顾青青摇摇头。

林周逸微笑着看了她两眼："身体好了吧？"

"已经没事了，谢谢林总！"顾青青立即向他行礼。请假两天，林周逸都没收拾她，她觉得很不好意思。

"皇霆娱乐还没发来通知，男代言人也没敲定，我们再等等。"男代言人涉黄被抓，冷斯城最近一直在物色更好的人选。

皇霆娱乐的会议厅，冷斯城转过旋转椅，笑了笑："各位，男代言人，我有个好人选。"

滨海市的度假酒店。

从大巴车上下来，大家便开始了一天的工作。

确定了男代言人的当天晚上，冷斯城便坐飞机去了欧洲，说是要走两个星期。

他走了更好，她可以光明正大地来拍广告，也不用担心被他发现。

这次广告的拍摄地点选在了离燕城很近的滨海市的一家五星级度假酒店，这家酒店据说是皇霆娱乐投资的，刚刚建成，依山傍海，有私人沙滩，风景极好，在这里拍广告，也是一种宣传。

除了旭逸和皇霆娱乐的工作人员，没通过策划案的徐子衿也跑来了，顺便把聂之宁拉了过来，美其名曰"来学习"，其实就是想来度假外加示威。

顾青青懒得理徐子衿，按照公司安排住在了分配好的房间，对酒店的奢华丝毫不感兴趣，唯一能牵动她心神的则是晚上八点皇霆娱乐代言人的发布会。

这次的代言人人选一事，冷斯城故意利用绯闻炒得尽人皆知，徐子佩的代言人身份已经官宣好几轮了；男代言人偏不提前公布，越是这样半遮半掩，越是引人猜测。

发布会马上就要开始了，记者们和相关人员都已经入场。

冷斯城也就算了，徐子佩和那个男代言人，一直都没来。

还差一分钟，顾青青站在侧门掏出手机："林总，发布会还有一分钟就要开始了吧？可是人还没来齐。"

"哦，他们啊……"林周逸意味深长地说了几个字，忽然，会场的灯一下子暗了。

众人正议论纷纷的时候，一个男主持人走上台："下面，让我们以热烈的掌声，有请我们皇霆娱乐新一届的代言人徐子佩小姐，还有，我们皇霆娱乐的总裁——冷斯城先生！"

台上一束高光打下，一个巨大的升降台从台中央升起，升降台上，冷斯城穿着西装，英俊不凡，和徐子佩并肩出现在了所有人面前。

包括顾青青在内，所有人都没想到，原来那个一直藏着掖着不官宣的男代言人是冷斯城本人。他是真会利用舆论啊！之前力捧的小生涉黄被抓，他也懒得再找别人了，干脆自己上场。

即使在如此令人瞩目的场合，冷斯城仍是一脸淡漠。然而，当他淡然的目光随意地扫视全场的时候，看到角落里一个身影，目光瞬间锐利了几分。

男主持人还在介绍，他忽然从台上跳了下来，在众目睽睽之下，径直朝着那个身影走去。

全场哗然！

连站在他旁边笑容优雅、端庄大方的徐子佩都有些诧异——发生了什么？为什么冷斯城会突然跳下去？他不是要跟自己一起做这次的代言吗？他这么一走，发布会怎么办？

一愣之下，所有人潮水一般涌向了侧门。

侧门这里，林周逸背着手，悠然地站立。等大家涌过来的时候，他脚步一错，站在门前，挡住了大家的去路。

面对所有人质疑的目光，林周逸淡淡地笑了笑，声音清朗，表情镇定："发布会还在进行中，大家不用惊慌。我是负责这次广告拍摄的林周逸，请大家少安毋躁。"

他一开口，躁动不安的众人顿时情绪和缓了不少。

台上，徐子佩在震惊之后，也渐渐冷静下来，抢过男主持人的话筒，提高音量向大家笑着"解释"："各位，我们的冷总——也是这次广告的男主角，去后台要给大家制造一个'惊喜'！至于惊喜是什么，我现在先卖个关子，等他再次出现的时候，大家就知道了！"

说完，她眼睛一瞟，旁边的男主持人立刻反应过来，继续插科打诨，气氛很快重新活跃起来。

等进行到下一个环节的时候，徐子佩终于松了口气。

在大家不注意的时候，她的眼神飘向了远方，那是冷斯城离开的地方。

如果，她刚刚没有看错的话，那个人应该是顾青青吧？

酒店外的沙滩。

海浪轻轻地拍打着岸边，路灯昏黄。人们此时都在酒店里，沙滩上一个人都没有，静谧得仿佛异世。

冷斯城原本追出来的时候是大步走，到了外面，干脆跑了上来。

"站住！"他人高腿长，没几步就追了上来，一把抓住顾青青的胳膊，"你还跑？"

顾青青被抓住，也豁出去了，不退反进。

两个人同时问了出来：

"你怎么会在这里？！"

"你怎么会在这里？！"

冷斯城见她居然敢问自己，更加生气，用力一把将顾青青拉向自己。

两个人又一次同时开口：

"你先说！"

"你先说！"

她怎么会出现在这里？她怎么站在林周逸身边？

冷斯城有疑惑，顾青青也一样！他怎么会突然回国？又怎么会成为广告的男主角，和徐子佩并肩而立？

"到底是怎么一回事？你说！"震惊过后，他有些生气，更有些担心——林周逸可不是什么好人。

"你在这里做什么，我就在这里做什么！"

他在这里是为了拍广告，难道顾青青……

"你在旭逸工作？"

"是又怎么样？"顾青青豁出去了，反正已经被他抓到，工作的事情迟早会曝光，"你不也是吗？你不是要出国两个星期吗？为什么会……突然出现？"她原本想说徐子佩，话到嘴边又生生咽了回去。

冷斯城眼眸一眯："你马上给我辞职！"

"我不！"

从顾青青的角度来说，林周逸是个好人，他会支持你的想法，也会合理地提出自己的意见。你有困难他会理解，如果你做错了，他会善意地提醒，徐子衿强势，他也从不偏袒。而且，他不仅仅对她是这样，对公司的所有人都是如此。公司里，没有人不喜欢他、尊敬他、爱戴他。

她自然也很感激林周逸对她的"知遇之恩"，如果没有他从旁协助，她的工作能力不会得到如此迅速的提升。

"你给我辞职！"林周逸这个人没安好心，顾青青要是在他手底下工作，只怕会被他利用。

"你想要我辞职，好啊！"冷斯城没想到，顾青青一口答应下来，她接着说，"那你也得答应我一个条件！"

冷斯城微微皱眉："什么条件？"

"你不要让徐子佩做代言人。"

他凭什么双重标准？不让她出去工作，却千方百计地把徐子佩签下来，让她当广告代言人。混娱乐圈、拍电影、接代言，难道就不是工作吗？他还把徐子衿介绍到旭逸工作，为什么她就不可以？

冷斯城眉心皱紧："这是两码事！"

"这不是两码事，她们可以，我为什么不可以？"她受够了只能站在徐子佩的身后，当徐子佩的影子。

她不想被关在冷家当一个废物，她只想用自己的双手，通过自己的劳动，证明自己的价值。

"你想要工作，可以去皇霆娱乐，为什么要留在这里？"

"我去皇霆娱乐做什么？那边有广告部吗？"顾青青越想越委屈，"还是说，你想要我在那边，每天处理你和这个女人的绯闻、那个女人的八卦？一不小心，可能还会被人议论，我这个冷太太到底有多无能、有多窝囊？连陈文捷那样的人都能冤枉我偷了她的东西，你还想要我怎么样？如果你看不惯，我们干脆离……"

"你说什么？"顾青青话音未落，就被冷斯城打断了。

虽然这不是顾青青第一次提出要"离开"，却是第一次把她心里所有的委屈都宣泄了出来。

三年，超过了一千天，两万多个小时，而她每一天、每一个小时、每一分、每一秒都是煎熬。

她什么都不想了，也什么都不期待了，她只想要凭自己的双手养活自己，难道这也不可以吗？

"我要留在旭逸！我喜欢在这里工作！"

冷斯城抿唇，半天才沉沉开口："我不喜欢林周逸。"

最近皇霆娱乐发生了这么多事，他怀疑和林周逸有关系。

顾青青立即说："我也不喜欢陈文捷，她不是一样还在皇霆娱乐？我也讨厌徐子衿，她不还是被你介绍到旭逸工作？我……"她还想说，她嫉妒徐子佩，他以后能远离徐子佩，也不跟徐子佩一起工作吗？

冷斯城看着她微微低下脑袋，就像小刺猬被拔掉了浑身的刺，只露出柔软的肚皮，显得如此委屈。

他叹了口气，伸出胳膊，轻轻抱着她。

海边，微风吹过，吹乱了顾青青的发丝，带来了海的涩意。

"冷斯城，我真的很想要工作。"她声音幽幽的，像是风筝，想要往天上飞，可是，只要微微一用力，掐断了线，就一头栽了下去，"我只是想要有一份自食其力、可以实现自身价值的工作，我不想再留在家里发霉了。"冷静下来后，她也没有刚刚那么冲动了，"而且……就算你实在不想让我在旭逸工作，也让我把手头的任务完成了再辞职吧？"

从小到大，妈妈重男轻女，哥哥不务正业，徐家又高高在上，嫁给冷斯城以后，她也没有多少被尊重被呵护的感觉，反而因为冷斯城的绯闻，受到无尽的奚落和嘲笑。

她从出生到现在，从来没有一样东西让她有归属感、成就感，让她觉得只要自己努力，靠自己的双手，就能获得成功，而在旭逸，她感受到了。

"手头的任务？"冷斯城微微皱眉。

顾青青点头："是啊，我是这次广告策划的负责人。"

冷斯城顿时惊讶了。

自从皇霆娱乐放出风声要拍摄新广告，就有无数广告公司提出了策划案，但是，唯有顾青青的这份，内容、心意、创意十足，让人一看就印象深刻。

"这个广告策划案真的是你写的？"

顾青青点点头："就算要我辞职，也让我把这次的广告拍完再说吧？"

冷斯城沉默了一瞬，才问："你真的很想工作？"

顾青青点点头。

冷斯城眉毛皱了皱："还在旭逸？"

顾青青犹豫了一下，又点点头。

沉默了一阵，冷斯城才点头："好。"

顾青青惊喜道："你放心，我在旭逸工作的事情是瞒着大家的，这次的策划案，我是凭自己的实力争取到的，没有人知道我是你的妻子，我更不会丢你的脸，甚至是陈文捷当初在旭逸拍广告的时候，我也没有和她起冲突。"

"陈文捷？"冷斯城一愣，他突然想到，那时他还为了试探顾青青对他的感情，特意去探班陈文捷，还当着所有人的面高调"秀恩爱"。

"陈文捷的广告，也是你负责的吗？"

顾青青点头，然后解释道："你放心，她不知道我们两个人的关系，公司里也没人知道。"

冷斯城心里无比痛悔，那他之前利用陈文捷的事情，她岂不是全都知道了？她都看在眼里，所以才这么讨厌陈文捷，也讨厌自己吧？

他怎么会这么愚蠢，用这么白痴的方式，伤害他最深爱的妻子。

冷斯城低着头想了半天："你想继续工作可以，不过，我有一个条件。"

顾青青一愣："什么条件？"现在别说一个条件，十个条件她都答应。

冷斯城看了看她，半天才说："晚上，跟我一起住。"

"什么？"顾青青呆了，她听到了什么？

冷斯城又看了她一眼，声音平静得很："既然你已经来到这里，工作也开始了，我也不好让你马上离开，但是，你必须要跟我住在一起，难道你还想让我晚上找别的女人吗？"

"我……"顾青青立即摇头，"可是，我怎么能和你住在一起？"那样她的身份不就暴露了吗？冷斯城不是不希望别人知道她在外面工作丢他的脸吗？还有，她和冷斯城住在一起，徐子佩怎么办？

"为什么不能？"

"我……"顾青青想说徐子佩，可话到嘴边，又咽了下去，"因为，我想……靠我的能力，独立完成工作。"

他想了想，才点头答应："好。"顾青青微微松了口气，却听冷斯

228

城又说："但是，这并不妨碍你今天晚上跟我住同一间房。"

顾青青咬了咬下唇，点头答应，又马上补充了一句："那，我也有个要求。我在旭逸，大家都不知道我们的关系，和你一起住可以，但是，我们的关系，我想……隐瞒着。"

冷斯城皱起眉，他都想要公开了，凭什么要隐瞒？他们又不是见不得人。

看到他皱起了眉头，她又加了一句："至少，得等这个广告拍完吧？这是我全凭自己的实力得到的，我不想公开了以后，公司的人会用'开后门'的眼光看我。"

冷斯城眉头越皱越紧，好半天才艰难地点头："好。"说完，冷斯城退后一步，静静地看着她。

月光下，顾青青穿着贴身的裙子，纤腰束素，曲线完美，被月光一映，好像整个人都在发光。

他一直知道他的顾青青很美，却没有想到，顾青青打扮过后居然会如此惊艳。

"你以后，不准穿成这样！"

他脸色微微一沉，一把把她拉了过来，看看她的前胸，没有走光，又看了看她的后背，不是露背装，再看了看裙子的下摆，为什么是前面短后面长，露出一截白皙修长的小腿给谁看？

"我这样怎么了？"徐子衿是深V领、超短裙，徐子佩还是露背装呢！陈文捷连透视装都穿过，他不是一样面色平静地挽着她的手参加宴会？

"露胳膊露腿，难看死了！"冷斯城微微皱眉，一副嫌恶的表情，"而且晚上穿这么少，你想感冒了以后再来麻烦我？"

像是要印证他说的话一样，一阵海风吹过，带来了海水咸腥的湿冷，顾青青浑身一哆嗦。

"你看！"冷斯城脸色微沉，一面把外套脱下来给她披上，一面数落，"我就说了你会着凉！"

顾青青不满地拢了拢衣服，抬起头看了他一眼，这才发现，冷斯城的眼底一片青灰，看起来精神不是很好。

"你不是在欧洲吗，怎么会过来？"顾青青问道。

冷斯城沉默了一瞬，才缓缓开口："坐飞机过来的。"

今天凌晨五点，刚下飞机，他就直奔滨海市，这才能在发布会开始前的最后一刻赶到。

这次代言的事情一波三折，已经影响到皇霆娱乐的形象。他打算自己突然回国和徐子佩同框拍摄，等绯闻炒到最热的时候，澄清所有绯闻，然后对着全国的电视观众表示，要补办一场盛大的婚礼。

他从来不敢对她表白，更别提当着全国电视观众的面了，因为，他曾经表白过，亲口说了"我爱你"，可她不是笑着接受，甚至不是理智地拒绝，而是无情地嘲笑。而且，他表白后不久，顾青青就答应了聂之宁，做了聂之宁的女朋友。

他现在真的等不了了！一方面是痛悔自己过去对她的态度，另一方面是她身边虎视眈眈的男人太多，他真的怕一不小心就弄丢了她。她因为一份工作，就跟他提出离婚，夫妻之间的信任，少到了什么程度？说是如同陌路，也不为过吧？

冷斯城刚要说话，手机响了起来。顾青青看着他掏出手机，这一次，手机屏幕上的名字终于不是程秘书了，而是徐子佩。

冷斯城皱了皱眉，紧抿唇角，手机在他手里响了许久，他也没接。

手机响了一阵后挂断了，然而，还没等两个人喘过气来，手机又响了起来。他不接，她也不动。半天，还是顾青青开了口："不接电话吗？"

冷斯城这才点点头，接通了电话："喂。"

那边，声音很吵："斯城，到底是怎么回事？发布会现场快要撑不住了。"

冷斯城静静地听着，等她说完才开口："青青在这里。"

这五个字一出，电话那头的徐子佩和面前的顾青青，都是一愣。徐子佩顿了顿，声音很平静："现场仅靠我的能力是控制不了的，我已经做了我应该做的，如果这里持续乱下去，搞砸了这次的代言，与我无关。"

冷斯城听完，只是淡淡点头："嗯，我知道了。"然后就挂断了电话。

冷斯城看着顾青青："你穿得太少，我先送你回房间。"

"发布会……你不管吗？"

冷斯城说："管啊！先送你回去。"

这两句话，把顾青青听愣了。

冷斯城先帮她把即将滑落的衣服扶了扶，又扶住她的后腰，轻轻一推。

两个人谁都没有再说话，一路不紧不慢地走向酒店，刷卡进了房间。

冷斯城也跟着进来，还顺手关上了门。

顾青青疑惑地问："你，还不去发布会会场吗？"

冷斯城点头："去的。"

临走，他忽然回头，目光灼灼地看着她："你还记得，你从医院回来那天，我说的话吗？"

顾青青点点头："嗯。"

他那天和她说——

"我和徐子佩……不可能在一起。"

"我和徐子佩……并不是你想的那种关系。"

他还说："只要你不先放手，你会是我这辈子唯一的妻子。"

对于冷斯城这样的人来说，门当户对娶一个他爱的又对他事业有帮助的女人才是最好的，三年前的徐子佩是这样，只是她背弃了他。

她其实有感觉到，徐子佩回国后，冷斯城和徐子佩的关系是有了转变的，他不用再寻找徐子佩的"替代品"，可以跟徐子佩本人坐在一起交流。但是，时间隔久了，原来的白月光，也变成了黏在唇边的饭粒子。

终于等到了这一天，可为什么，她的心里有那么一丝忐忑呢？就好像是暴风雨来临之前，那一丝难得的平静。

冷斯城来到发布会会场时，这里果然已经处于失控的边缘。

男主角不在，就算徐子佩和那个男主持人再厉害，也不可能控制住全场。程秘书要疯了，男主持人要疯了，整个冷氏集团的人都要疯了。

徐子佩皱了皱眉，想再给冷斯城打个电话，忽然，会场的大门被人一下子打开了。冷斯城眼神冷漠地看了看全场，然后信步走到台上，一把拿过男主持人手里的话筒，淡淡地开口："抱歉让大家久等了，发布会正式开始！"

有冷斯城在，发布会顺利进行。

等发布会结束，晚宴开始，冷斯城和徐子佩也可以"功成身退"了。

这时，不少合作商涌了上来，一是为了跟他攀交情，二是想知道他这次去欧洲，有什么最新的财经资讯。

冷斯城从来不理会这些凑上来的攀附者，包括徐子衿在内，尤其当他看见徐子衿身后的聂之宁，那种排斥感更强烈了。

刚刚徐子衿看到冷斯城追了出去，把姐姐抛在脑后，追的人还是顾青青，她就气不打一处来。

又是那个顾青青，怎么总是她？斯城哥哥明明是喜欢姐姐的！那个女人鸠占鹊巢，占了姐姐三年的名分，现在也该还回来了。

"斯城哥哥，你过来，怎么也不告诉我们一声？姐姐也是！"

冷斯城淡淡地扫了她一眼，没有说话——她算是什么人，他为什么要告诉她?

徐子佩笑着拧了拧她的脸:"告诉你干什么?你这张大嘴,肯定弄得满世界都知道了。"

徐子衿得寸进尺,故意说:"斯城哥哥,你刚刚有事出去了?现在还有什么事情,比跟我姐姐一起代言更重要?"她其实想说"有什么事情比我姐姐更重要",话到嘴边,又改了口。

冷斯城瞟了一眼她身后的聂之宁,淡淡地说:"当然,我老婆来了。"

如此自如的一句话,让徐子衿半天不知道说什么好,徐子佩也是。

倒是不远处的林周逸,落落大方地上前想要和他握手:"表哥,你来了。"

没想到,冷斯城背着手,根本没有理会他,甚至连一丝目光都没有扫到他的身上。

林周逸的手扬在半空,脸上的笑容也僵了几分。

他应该知道了什么吧?是知道顾青青在自己手底下工作,还是知道这阵子冷氏遭遇的风波,都是他在背后推波助澜?

不过,就算知道了又怎么样?冷斯城有证据吗?是让顾青青从旭逸辞职,还是立即跟他开撕?林家和冷家积怨多年,他敢做到这一步,就根本不担心冷斯城会报复。

冷斯城是真的没把他放在眼里,很快又有受邀的合作商上前,冷斯城更没时间理他了。

有冷斯城的"配合",宴会圆满结束。

临走,徐子衿凑了上来:"斯城哥哥,你住在哪里?"

她以为冷斯城会住在总统套房,那就和姐姐是隔壁了,谁知道冷斯城淡淡地说:"我当然是住在我老婆的房间里。"

一句话把徐子衿等人吓了一跳。

冷斯城没再说什么,转身走了。

徐子衿看着冷斯城的背影，着急地说："姐，你不去追吗？"

"我追什么？"徐子佩微微皱眉。

腿长在冷斯城的身上，他愿意去哪里就去哪里，他和顾青青是合法夫妻，她还能拦着他不成？

"可是，是那个女人啊！"好不容易姐姐才回国，有机会夺回原本属于自己的东西，"我就是看不惯她那副自以为是的样子。"

正说着，他们突然看到刚刚离开的冷斯城折返了回来，表情严肃。

徐子衿一愣，下意识地闭上了嘴，难道是她刚刚吐槽顾青青，被冷斯城听到了？

如果是以前，她一点也不觉得说顾青青的坏话有什么不对，而现在，她数次被冷斯城的态度吓到。也对，即使他真的不爱顾青青，表面上，顾青青也还是他的妻子，在外也得维护一下她的脸面。

冷斯城走到他们面前："子衿，你是青青的同事吧？"

徐子衿点点头。

倒是徐子佩有些惊异："青青也在旭逸工作？"

冷斯城面色严肃："我希望你不要对外说出她的身份，不要让别人知道我与她的关系，记住了吗？"

徐子衿一愣之后点点头。

冷斯城这才迈开大步离开了。

徐子衿看向姐姐，脸露疑惑："姐，斯城哥哥这是什么意思？他是不想承认顾青青的身份吗？是那个女人惹怒了他？"

她一面说着，一面表情有些兴奋。

她就知道斯城哥哥根本不喜欢顾青青，顾青青惹他厌烦了对不对？

"子衿，这是他们夫妻俩的事情。"徐子佩微微皱了皱眉。

徐子衿见她招呼经纪人收拾东西，疑惑道："姐，你做什么？"

"回去啊！明天一大早就得起来拍广告。一会儿回去还得卸妆护肤，不然皮肤受不了。"

徐子佩收拾好东西准备走人，徐子衿立即追了上来："可是姐姐，斯城哥哥……"

徐子佩皱了皱眉："子衿，你以后说话也注意一点，尤其是在外面。斯城是有老婆的人，我跟他不可能了。你这么说，不仅会伤害他的家庭，对我也不好。"

"可是，斯城哥哥喜欢的人明明是你！"徐子佩还要往外走，却被徐子衿叫住，"你就这么放弃了吗？姐，你也看到斯城哥哥的态度了，他娶顾青青根本是为了跟你生气，他现在还没有离婚，不过是因为他顾及姐姐的名声……"

"够了！"徐子佩突然打断了她的话，声音有些严厉，"你以后，不要再说这样的话。不管怎样，他都已经结婚了，我与他再也没有可能了。"

"可是……"

"没有什么好可是的。"徐子佩摇摇头，叹息一声，推开门走了出去。

"姐姐……"徐子衿看着姐姐越走越远。

她和斯城哥哥明明相爱的，为什么不可以？只要顾青青跟斯城哥哥离婚不就可以了吗？

酒店大堂。

"明天早上四点半一定要到海滩，赶在太阳出来的时候拍摄广告中的第一场吻戏。"林周逸坐在大厅的沙发上，微笑着指挥，"这场戏需要抢拍，请大家一定不要迟到。"

大家纷纷点头。

"今天晚上辛苦大家了。这两个星期大家要打起精神，以后的拍摄任务会比较繁重。明天早上，皇霆娱乐的摄制组也会进驻，希望大家好好配合，不要闹矛盾。"

林周逸说完，大家纷纷点头。

准备离开的时候，他特意看了一眼站在角落的顾青青："顾小姐。"

顾青青回来以后，没有再去会场，而是换了一身衣服，洗了一个澡。林周逸通知大家到大堂开会的时候，她刚洗完澡，连头发都没吹干，随便穿了一身棉质睡衣，踩着拖鞋就匆匆下来了。她乌发未干，发梢还在滴水，却丝毫不觉得难看，反而有股俏皮。

"林总，真是太不好意思了。"她真是无地自容，今晚的发布会，她是策划人和负责人，结果她跑了，把林周逸一个人丢在会场。

"没事！只是……"林周逸说到这里，眉心微微皱起，"你能告诉我，为什么你今晚又离开了吗？还有，表哥为什么会追过去？他是去追你的吧？"

"林总……"如果林周逸不问，顾青青也会觉得奇怪，而他真这么问了，她又觉得尴尬，低着头，半天才说，"林总，抱歉，这是我的私事，我可以不说吗？"

林周逸看着她，试探性地又问了一句："可是，你好几次不告而别了，到底是怎么回事？是因为你的丈夫吗？"

林周逸说完这一句，只见顾青青猛地抬起头，眼睛一眨不眨地看着他。

林周逸故作感慨："我知道你结婚了。如果你有什么难处，我可以帮你。"

"不，不用了。"顾青青摇摇头，"林总，我可以保证我的私事不会影响到工作。"

她怎么可能找他帮忙，他是冷斯城的合作伙伴，也是冷斯城的竞争对手，还是冷斯城的远房表弟。陈文捷在他面前炫耀过她和冷斯城的绯闻，徐子衿还天天在公司说姐姐可能会"转正"，甚至连林周逸本人也表示过对那个"神龙见首不见尾"的冷太太的同情，如果被他知道自己就是那个众人口中的弃妇，会有多尴尬？

正说着，大堂的旋转门转动，冷斯城走了进来。他身后跟着一群下属，像是刚开完会回来。所幸，这群下属不是董事会的成员，没有见过她，也不知道她的身份。

顾青青吓了一跳，虽然她和林周逸是为了谈公事，可毕竟是大晚上的，而且公事已经谈完了，现在大厅里只剩下他们两个人。她之前跟冷斯城保证过，绝对不和林周逸走得太近。虽然自己行得正坐得端，但是，怎么总有一种被抓现行的感觉？

顾青青侧了侧身，微微低头，不想被他看到。

冷斯城面色冷凝，目不斜视，好像根本没有注意到她和林周逸，径直朝电梯走去。

程秘书按了电梯键，冷斯城迈开长腿进了电梯，很快他的那些下属也跟了进去，电梯门咔一声关上了。电梯门关上之前，冷斯城一直面色沉静，瞳光丝毫未乱。

顾青青这才松了口气。

林周逸看到她的样子，故意问："怎么了？你好像不太舒服。"

"啊？我吗？没，没事。"顾青青立即摇摇头，"林总，我的事情……真的很抱歉。我只能说，我和冷斯城……和徐子衿、徐子佩都认识，但是，这只是私事，我保证不会影响工作。"

林周逸点头："好。"

听他这么说，顾青青终于把心放回肚子里："明早四点半我一定赶到。"

林周逸笑道："晚安。"

顾青青转身上了电梯，林周逸才微微皱眉，有点疑惑——冷斯城这是怎么回事？在发布会上，他明明看到了顾青青站在自己身边，为什么一点反应都没有？是他不反对顾青青工作，还是，他根本不知道自己在背后玩的那些小动作？

顾青青很快到了五楼，走向自己的房间。

刷卡进门，她隐约感觉到屋子里有人，下意识地就要转头冲向门外。

黑漆漆的屋子里，那道黑漆漆的影子一下子冲了过来，一把按住了房门，门砰的一声合上了。

顾青青吓了一跳，差点叫出声来，却被那个人一把按在了门上，虽然没有开灯，但是，熟悉的气息一下子就传了过来，是冷斯城。

她伸手往旁边一探，打开了玄关处的灯，便看见一个男人眼神冷凝、皱着眉头、一脸严肃地看着她，不是冷斯城，又会是谁！

可是，他怎么会出现在这里？他怎么会有她房间的钥匙？

"你是怎么进来的？"

"这是我的酒店，我想去哪里就去哪里。"

冷斯城高大的身躯把她逼得后背紧紧贴着门。

看着他近在咫尺的脸、皱紧的眉心，闻着他呼吸间浓郁的酒气，她马上解释："我刚刚下去是为了公事，为了明天的拍摄。"

"公事？"冷斯城目光微微一沉，"谈公事，需要大晚上的，两个人单独在楼下谈吗？"他一面说着，目光一面下移，"还特意洗了澡，换了身衣服见他？"

他早说过，林周逸不是什么好人，这个蠢女人怎么就不长一点心眼呢？

"不这个时候见，那什么时候见？宴会刚结束，拍摄明早就要开始了，而且我们刚刚是一大群人一起下去的。"顾青青立即道，"你不也……这个时候才回来吗？"

冷斯城眯着眼睛，像猎犬看着濒死的猎物，灼热的呼吸喷在她的脸上："怎么，你是怪我……在宴会厅有太多女人想要贴上来，怕我把持不住，今晚会睡在别的女人怀里？"

"不，我没有……"

"还是说，你在担心，我和徐子佩死灰复燃，今晚住到她的房间里去？"

冷斯城的话，让她眼皮微微一跳。

的确，比起身体出轨，她更无法接受的是他心灵的背叛。

冷斯城之前无论有过多少个女人，都是照着徐子佩的样子找的，包括她在内。即使陈文捷那样的女人再嚣张，顾青青也不会放在心上，因为她知道，冷斯城不过拿她当一个玩物，徐子佩却是真真切切被他放在心里的。

"我，我……"她想说"我没有"，话到嘴边，却怎么都说不出来。

冷斯城眯着眼睛看了她许久，忽然伸手，白皙修长的手指捏住她小巧的下巴，强迫她与自己对视。

她的眼睛猝不及防地撞进了他幽深的琥珀色的眼眸中，在玄关灯的映照之下，他的眼睛里似乎凝聚着琉璃般的光彩，让她所有的心思都无所遁形。

"你什么？"

捏着她下巴的手指渐渐用力，让她的脸与自己的贴得更紧，五厘米、三厘米、一厘米……直到两个人的鼻尖只有侧着头才能不贴上，一张嘴就能亲上。

顾青青深呼吸，憋气，不想和他碰上嘴唇，可一憋气，她的胸脯就鼓了起来，一下子贴着了他饱满的胸肌，她吓得立即一松气，胸脯落下去了，她的唇瓣却不小心蹭到了他的唇角。

退也不是进也不是，就在顾青青差点憋死的时候，冷斯城忽然松开了捏住她下巴的手，身体微微退后一点："今天太晚了。"

没头没脑的一句话，让顾青青丈二和尚摸不着头脑。

冷斯城见到她呆呆的模样，眼睛一眨，睫毛微微一颤："这里离我的房间有点远。"

冷斯城这下真的放开了对顾青青的束缚，转身走到了沙发前坐下。

所以？

他微微仰起头，看着一本正经，说出来的话却超级无耻："我给你一个机会。如果你伺候好我，我今晚就不回去了。"

"你——"顾青青差点气死。谁想伺候好他？她去大堂和林周逸谈公事就被他各种猜忌，他这个绯闻无数次的男人，还好意思拿这个来威胁自己？爱去不去，老娘不伺候！

顾青青懒得理他，走到桌前收拾东西。明天还要早起拍广告，拍的还是他和徐子佩的吻戏，关键是，这个策划案还是她写的。让自己的老公和老公的前女友拍吻戏，有没有这么悲剧的人生？

冷斯城见她收拾起东西，有些诧异。顾青青不是没有表面表现出来的对他的绯闻那么淡定吗？现在她怎么还……

"既然如此，那我就回去了。"冷斯城一面看着她一面起身。

顾青青一直没有回头，只是，正在收拾东西的手，不由自主地僵在了半空。

她没回头也没看他，却听到冷斯城的脚步声越来越远，她的心也随之愤怒、抑郁、难受，又失望。

顾青青正纠结的时候，冷斯城一步跨进了浴室，然后打开了浴缸的水龙头。

水声一响，顾青青吓了一跳，立即跑过去看。

冷斯城一面神情淡漠地回头，一面脱去衣裤，像是什么都没有发生过的样子："你来得正好，一起洗吧。"接着，不由分说，把她拉进了浴缸里。

顾青青猝不及防，浴室地上又滑，她站立不稳，一下子跌到了他的怀里。她下意识地抱住冷斯城，抱得紧紧的。两个人的衣服都有些湿透，这样半遮半掩的风情，简直比直接的接触还要命。

冷斯城手掌一挥，拍了拍她的脑袋："别闹，我今天很累，没时间喂饱你。"

谁要他喂了？他居然还拿出轨来威胁她！混蛋，他要是真敢在她眼皮子底下出轨，她就敢离婚。

她抬头，发现冷斯城抱着她倒在浴缸里，头枕着浴缸的边缘，合上了眼睛——他居然睡着了！她这才想起来，冷斯城是坐了十几个小时的飞机，然后直奔到了这里，中间几乎没有休息时间。

现在已经十一点了，明早他们要四点半到海滩，也就是说，冷斯城至少得四点起来。

去欧洲之前他就是如此辛苦，这一个星期，也不知道他真正的休息时间有多少？想到这里，顾青青满腹的怒火消散了不少，让他在浴缸里躺好，再打上泡沫，等给他冲洗干净了，才把他叫醒。

冷斯城睁开惺忪的眸子，眼球上满是红血丝，像一头警惕的雄狮，充满了蛰伏的雄壮力量。

"去休息了。"

他微微点头，起身拿起浴巾，把自己身体裹上。转头，看见顾青青要站起来，他微微皱眉，手臂一抬，一把将她抱了起来。顾青青下意识地伸出胳膊，搂住了他的脖子。冷斯城看了她一眼，迈开腿走出浴室。

到了浴室外面，顾青青轻轻动了动腿："放我下来！"

冷斯城嗯了一声，把她放在地上，随手拿起旁边的浴巾，将她的身体也裹了起来。

等顾青青擦干身体，身后一直没有动静，她回头一看，冷斯城已经倒在床头，沉沉地睡了过去。睡梦中的冷斯城，褪去了冷漠和霸道，看上去就像是一个大男孩。

他工作拼命，吃过不少苦头，现在的这一切，都是他辛苦挣来的。

顾青青走到床边静静地看着他。忽然，冷斯城胳膊一伸，将她紧紧搂住，像是抱着一个大号抱枕一样："睡吧。"

男人沉沉的平稳的呼吸声在头顶响起，顾青青原本以为自己会很难入睡，却没想到，她居然睡了这段时间以来最沉的一觉。

第十章　你愿意跟我接吻吗

第二天早上。

咚咚咚……顾青青被敲门声惊醒，第一反应是，冷斯城在她房间里，不会被发现吧？她马上爬了起来，往旁边一看，床铺整齐，冷斯城已经不见了。

敲门的是张语欣，来找她一起出发。

天还没亮，路上却是人来人往，一点也没有凌晨的寂静。

到了海边，顾青青发现冷斯城和徐子佩早就到了，徐子佩在化妆，冷斯城则躺在躺椅上，悠闲自在地喝着热咖啡。

冷斯城只是眼神淡漠地看了她一眼，便低下头去，一面喝着咖啡，一面漫不经心地翻着台本。

等徐子佩化妆完毕，各部门也准备就绪，冷斯城把台本往旁边一放，摄影机开始移动，导演在后面盯着监视器："各部门注意了！准备，1-2-3，action！"

这一幕拍摄的是男女主角初遇，因为意外而产生的吻戏，就像当年顾青青和冷斯城那样。

她在这次的广告案中，写入了自己的孤单心事，因为意外而相遇，又因为不断碰撞而激起火花，只是没想到，主角居然是冷斯城和徐子佩。

顾青青躲在监视器后，看着镜头中的两个人逐渐走近，她心脏微微一缩。

冷斯城的手搭在了徐子佩的肩膀上，徐子佩缓缓合上眼睛，冷斯城脑袋微微一低，脸庞一错，正要吻下去……冷斯城突然像是被点了穴一样无法动弹，然后摇摇头，缓缓地退了一步——他亲不下去。

徐子佩也有点尴尬，不过拍吻戏会NG是非常正常的事情，此时她以一个"过来人"的语气笑了笑："别紧张。"

冷斯城眼神淡漠地看了看她，没说什么。

唯有顾青青，在监视器后，稍稍松了口气。

一直拍了好几次，冷斯城都进入不了状态，不是浑身僵硬就是眉心皱紧，要不干脆直接摇头。

"咔——"

这次，连徐子佩也被他带得身体有点僵硬，冷斯城靠过来的时候，她下意识地拨动了一下额前的刘海，很大方地承认："这是我的失误，抱歉。"

导演着急，可又不敢训斥，正无奈的时候，冷斯城忽然开口："我有个建议，不如，找个替身替吻？"

"替吻？"

听到冷斯城的这个说法，一群人顿时面面相觑——替身他们知道，替吻是什么鬼？接吻还有替的？

冷斯城一本正经地说："很抱歉，可能是我昨天坐了一天的飞机，一下飞机就过来了，不仅自己状态不好，还拖累了徐子佩，耽误了大家的时间。也许是我跟徐子佩太熟了吧，反而放不开手脚。"

导演问："这……这能找谁来替身——替吻啊？"

替吻是没问题，可是这一时间，去哪里找这样的人？

"嗯。"冷斯城说，"只要找个身材、相貌和徐子佩相似的人就可以了。"

导演无语："那你说的人是？"

冷斯城目光淡然地扫过在场的每一位女性，最后目光落在了监视器后的一个身影上，然后他朝顾青青大步走了过去，有力的大手一把抓住她的手腕，把她带到了众人面前："就她吧。"

导演上上下下看了顾青青一番，还真别说，这个被冷斯城随便拽出来的女人，长得挺漂亮的："她？倒是可以试试。"

有了导演这句话，冷斯城立即把她拉到徐子佩的助理面前："你们不是另外准备了一套衣服吗？给她换上吧。"

"啊，好。"助理看了一眼徐子佩，见徐子佩点头，助理立即把顾青青带了下去。

顾青青还处于茫然状态，已经换了一身衣服出来。

当她站在徐子佩身边的时候，因为两个人身高差不多，身材也差不多，又都是一头微卷的乌发，长相也相似，连导演都惊了："没想到居然很像嘛！"

顾青青微微低头，当然像！如果不是她长得像徐子佩，又怎么会被冷斯城注意到，甚至最后娶了她？

衣服有备用的，鞋子却没有，冷斯城干脆直接对徐子佩说："把鞋子脱下来。"

这时，顾青青才知道，自己居然被冷斯城抓来拍那场吻戏，虽然只是替吻。

冷斯城这才看着她，象征性地问了一句："你愿意和我接吻吗？"

顾青青能说不愿意吗？

跟冷斯城接吻，在这么多人面前？关键还是代替徐子佩跟他接吻？

她只是说："可我不会拍广告……"

"青青，你就试一试嘛。"张语欣马上过来劝她，"不然冷总和徐小姐还得再亲一次。"

听到前面的还好，听到后面一句，顾青青立即不愿意了。徐子佩和冷斯城还要再亲一次？她不想，她不愿意！

顾青青咬着下唇，想了想，终于点头："好。"

看到她点头，旁边的人终于松了口气。还没等她反应过来，化妆师立即把她拉到一边："我来给你上点妆。"

旁边的导演告诉她拍摄细节——她只是个替身，只要站在那里不动，等冷斯城吻上来就行了。

导演说："没时间了，接下来的吻戏必须一条过！各部门准备，1——2——3，action！"

顾青青站在原地，当冷斯城靠近的时候，在他琥珀色眸子里，她看到了自己，就像黑洞一样，强烈地吸附了她所有情绪。

冷斯城的嘴唇就在此时轻轻地贴了上来，伴随着渐渐升起的太阳，伴随着碧蓝的大海，伴随着细软的沙滩，伴随着嶙峋的礁石，还有远处的孤岛……

他修长有力的胳膊搂着她的腰，头微微侧着，薄软的嘴唇贴着她柔嫩的唇，吻得轻柔。他的睫毛好长，像扇子一样轻轻地扑扇着她的脸颊。他灼热的呼吸，喷薄在她的脸上。海风吹起，他有点儿长的刘海在她的额头轻轻拂过，就像有人拿着羽毛搔了搔她的脸颊，让她不自觉地沉溺其中。

他的体温是她熟悉的，他的味道是她熟悉的，他在她腰部上下游弋的大手也是她熟悉的。

他是她的丈夫，合理合法的关系，却，见不得光。

从过去到现在，她一直是他身后默默无名的那个人。他的身边永远是那些光鲜靓丽的美女，没有了徐子佩，还有十二金钗，个个娇艳动人，貌美如花。

此时，她是徐子佩的替吻，而这三年，她一直都是徐子佩的替身。

她多么希望有一天，自己能堂堂正正地站在他身边，实实在在地进驻他心里，而不是顶着一个有名无实的"冷太太"身份，做徐子佩的"替身"！

"好，保持这个角度，再加深一点！"终于拍到了完美的画面，导演激动不已，摄影机三百六十度跟拍，"脑袋向右偏，再吻——"

切换了各种角度，导演终于满意了，喊了一声"咔"，正在亲吻的两个人立即分开了。

顾青青嘴上的唇膏花成一片，像是零落的樱花花瓣。她一双水雾蒙蒙的眼睛，像受惊的小鹿的眼睛一样眨着。

顾青青立即低下头，亲吻的时候不觉得害臊，现在羞耻感简直爆表。

"好，拍得很好，辛苦了。"导演看着监视器里的画面，连连点头，十分满意，"冷总很会吻嘛！不知道的，还以为你们真是一对恋人呢！"

冷斯城看了一眼顾青青，声音不由自主地扬起："因为她很漂亮。"

顾青青瞬间红透了脸，立即说："我，我先去换衣服。"说完，她低着头，匆匆离开了，直到下午拍摄的时候才出现。

这一幕，拍的是冷斯城穿着白衬衫，在海边的公路上骑着单车，徐子佩坐在他的单车后座上。

这其实是大学时，冷斯城有一次骑车带着她的情景。那天，春风拂面，路边的桃花开得正好。下了公交车往徐家走，她抱着的大购物袋掉落在地，里面是妈妈要她去买的徐家一星期的日用品。忽然，一辆山地车停在她面前，一个冷冷的声音问："怎么了？"

她抬起头，太阳从他身后照射过来，像是给他周身镀了一层金边。

怎么每次遇到冷斯城都是她最狼狈的时候？

她摇头说："我没事。"

冷斯城把车一停，二话不说帮她把散落一地的东西捡起，然后把购物袋挂在了山地车的车把上。

山地车没有后座，冷斯城看了一眼车前的横杆："坐在这里。"

顾青青一愣，脸色发红，脚尖并在一起："不，不用了。"

冷斯城看了她一眼，然后不由分说拉着她的胳膊让她坐在自行车的横杆上，脚尖一点，骑车向前。

这是她第一次坐冷斯城的车，他的胳膊环绕着她，一呼一吸间，都是他身上清新的味道。她有点紧张，刚一侧身，冷斯城的嘴唇就擦过了她的脸颊。她的脸瞬间通红，像鸵鸟一样缩在他的怀里，恨不得自己化成一颗沙，随风飞走。

想起不久前两个人在控制室里接吻，她的心情就像远处延绵起伏的群山，忐忑不已。

她不说话，冷斯城也没出声，微风吹起她的发丝，他能嗅到她身上甜柔的体香，混合着春天郊外泥土的芬芳。

突然，他有点儿期待，这段路，可以长一些，更长一些。

到了徐家，她下了车，脸红红的，低着头捋了捋秀发，不敢看他。

她还没说声"谢谢"，徐子衿就从屋子里冲了出来，挽着冷斯城的胳膊撒娇："斯城哥哥，你怎么才来？姐姐都等你好久了！"然后，她拉着冷斯城往屋子里面走，还故意撞了顾青青一下，把顾青青撞到了一旁。

原来他过来，不是为了送她，而是来看徐子佩的……

顾青青拉回思绪，看着正在拍摄广告的冷斯城。

冷斯城先上了车，徐子佩坐在后座："真没想到，我还有机会坐你的车后座。"

冷斯城没理她，还没等她坐稳，就踩了下去。

徐子佩吓了一跳，下意识地伸出胳膊搂紧了他的腰。

冷斯城微微皱眉，往顾青青的方向看了一眼，却没看到她。

拍完一条，导演喊了"咔"。

徐子佩刚从车后座上跳下，还没来得及站稳，冷斯城就把单车往程秘书身上一倒，径直走向休息区。

他找了一圈也没看到顾青青，这时要准备拍摄下一幕，程秘书过来叫他换装，他劈头就问："看到太太了吗？"

"太太？没看到。"程秘书摇头，顿了顿又说，"导演叫您再过去拍一次。"

冷斯城没回答，继续问："五分钟之内我必须知道她去了哪里。如果找不到她，我就扣你工资。"

冷斯城坐到休息区，没再拍广告，而是拿起电脑，处理起工作来。

导演、摄像，甚至所有工作人员都跑了过来，围在他旁边，却没有一个人敢说一句话。

冷斯城一直低着头看电脑，不时拿鼠标点一点，伸手捞过旁边的咖啡杯，悠闲自在地抿一口，根本不理会旁边的人。

直到程秘书回来，挤进"包围圈"，在冷斯城身边说了一句："冷总，找到了。"

冷斯城这才放下咖啡杯，合上电脑，站起身来。

导演还以为这位大爷终于肯拍摄了，没想到他却抬腿一迈，往远处走去。

导演这下急了："冷总！"

程秘书挡在他面前："不好意思，冷总有急事要马上去处理，等一会儿就回来。"

急事？他去的地方，既不是酒店，也不是旁边的洗手间，而是他们为了堆放杂物临时搭建的房子，他去那里做什么？

杂物室里。

"放到这里就好了吗？"顾青青拿着几块反光板和几样道具放到

墙边。

"对，就是那里，麻烦你了。"林周逸笑着点头。

"不要紧，东西也不重。反正……"反正我也不想看冷斯城和徐子佩亲密的样子。

林周逸是故意把顾青青叫过来的，想看一下冷斯城对她的态度。如果顾青青真的是冷斯城的软肋，他不介意利用一下。

"还有一些东西需要收拾，下午拍摄要用。"林周逸说着走到她身边，正要装模作样地收拾东西，杂物室的门一下子被人打开了，冷斯城站在门口，目光冷冷锐地看着他们。

林周逸笑道："表哥？什么风把你吹过来了？"

冷斯城看都没看他一眼，目光一直落在顾青青身上，半天才开口："你，出去。"

顾青青低着头没说话。

林周逸笑了笑："表哥，这不大好吧？你是有老婆的人，而顾小姐是我的员工。再说了，徐子佩还在外面呢，她不是和你传绯闻吗？"

冷斯城目光陡然一厉，好一个林周逸，居然挑拨离间！

林周逸见好就收："今天的拍摄还挺赶的，表哥长话短说，可千万不要耽误时间啊！"

冷斯城眼神犀利，还想说什么，林周逸已经走了出去。

冷斯城眼瞳微眯，上前两步走到顾青青身边，看了她半晌，刚想说什么，张语欣推开门走了进来："青青你在吗？"

顾青青和冷斯城一下都愣住了，完蛋了，她和他的关系被发现了。

张语欣叫了一声，明明看到顾青青和冷斯城面对面站着，样子很亲密，却好像什么都没看到一样，幽幽地飘了出去，还"好心"地帮他们关上了门。

顾青青刚要出去，冷斯城一把抓住她的手腕，把她拉了回来："反正也被发现了，我们继续。"

什么继续？顾青青伸出手抵住他靠近的胸膛，冷斯城却按住她的手，凑上来亲了亲她的嘴唇。

顾青青这下紧张了："冷斯城……不要！"

"什么不要？"如果没被人发现也就罢了，现在她同事都知道了，他还藏什么？她是他的老婆，他想亲就亲，想抱就抱。

"别……别在这里！"

"别在这里？"他像是抓住了老鼠的猫，故意挑逗猎物，"那要在哪里？"

"……至少也要晚上回酒店吧？"

"好。"

冷斯城点了点头，临走，看了她一眼："记住你刚刚说的话。"

顾青青顿时噎住了。

冷斯城打开门，迈步走了出去。

又过了一阵，顾青青才走出去。

拍摄一直到晚上才结束。

"累死了！"餐厅里，顾青青跟大厨要了碗面，刚吃一口，张语欣就飘了过来，看看左右无人，拍了拍她的肩膀，贼兮兮地说："冷斯城是不是要追你？"

顾青青惊得一下呛住了，眼泪都出来了。

张语欣吓了一跳，立即给她拍了拍背，帮她顺气。

顾青青咳嗽完，一脸惊恐地看着张语欣："你，你说什么？"冷斯城追她？这是什么鬼！

张语欣凑过来，低声说："你们刚刚在杂物室里……我都看到了。冷斯城是不是喜欢你啊？"越想越觉得是。

顾青青无语地摇摇头："不是，真的不是。"她和冷斯城不是那种关系好吗？他们本来就是夫妻。

张语欣一派"你还要骗我"的幽怨眼神，拍了拍顾青青的肩膀：

"其实仔细想想，冷斯城挺不错的，长得又帅又有钱，还肯为你花钱。你看看陈文捷，有什么了不起的，一个十八线小明星，也把眼睛长到天上去。她可以，你也可以！"

顾青青低头不语，随便一个人都会觉得，她这个正牌妻子过得比那些小三还差。

张语欣感叹一声："当然了，这样心里是会有点过意不去，毕竟冷斯城已经有老婆了。说来也奇怪，他老婆怎么从来不管他？"

顾青青看了看已经泡得有些发胀的面条，忽然问："你也觉得他的妻子很傻是不是？"

张语欣一愣，不知道她怎么会问这个问题："是啊！不过这种豪门太太，外人看着风光，谁知道实际是什么样的。不过，像他这种男人，认真你就输了。跟他玩一玩还可以，可千万别付出真感情啊！"

顾青青什么也没说，只是面前的一大碗面，半天也没吃下一口。

这时，一个声音飘了过来："顾小姐似乎不太喜欢我们餐厅的伙食？"

顾青青吓了一大跳！她能不惊吓吗？这个飘过来的声音是冷斯城的。

"餐饮部的人呢？"冷斯城指着顾青青面前的面条，"这是谁做的？"

餐饮部的经理说："冷总，是新上任的大厨。"

冷斯城看了他一眼，声音陡然变得严厉起来："你们，就是这样做事的吗？我们这儿最重视的就是客户的感受，而这位顾小姐，从早到晚一顿饭都不想吃，这样下去，餐饮部要接到的投诉会少吗？"

他一席话说得一本正经，把整个餐厅的人都镇住了，尤其是顾青青——她只是不想吃饭，怎么就上升到这个高度了？

她刚想帮他们说话，冷斯城忽然看向她："我就坐在这里吃吧！要深入群众，才能知道他们的心声。"说完，他便一屁股坐在了顾青青身

252

边："希望大家用餐愉快。"

顾青青一脸无语。

突然，一只手从桌下探过来，一把摸在了她的腿上。

喀喀喀……顾青青正在喝水，被他一摸，差点喷出来。她强迫自己把水咽了下去，然后侧身，用手掩住嘴咳嗽起来。

张语欣吓了一跳："青青，你没事吧？"

"没，没事。"顾青青终于止住了咳嗽。

冷斯城却像是没看见一样，动作优雅地吃着菜。

他疯了吗？这可是大庭广众，周围坐的不是朋友就是同事，要是被发现了，她以后还怎么做人？

突然，程秘书匆匆赶过来，一脸焦急地凑到冷斯城的耳边低声说："冷总，出事了。慕总一行人在法德边界被扣，说他们携带了违禁品。"

"违禁品？怎么可能？"冷斯城微微皱眉。皇霆娱乐的代表团这次过去，是和书商谈电子版权的事，他打算收购一家文学网站，怎么也弄不到违禁品上去。

顾青青见他表情瞬间变得严肃，知道他肯定遇到了棘手的事，立即问："怎么了？"

冷斯城淡淡地说："没事。"

见冷斯城起身，徐子佩立即跟上："斯城，是不是出事了？我在欧洲认识不少人，应该可以提供一点帮助。"

原本不想让她帮忙的，但是事态紧急，他闻言点点头："那好吧。"

顾青青看着他们并肩离开，又是担忧又是埋怨自己，如果她像徐子佩一样有能力，交游广泛，能帮他分担一点就好了，现在也不用在这里干着急。

顾青青匆匆吃了几口就准备回房间了，她刚进电梯，徐子衿一脚跨了进来："你看到了吧,只有我姐姐才配得上斯城哥哥。"

顾青青眼眸一抬,只在她身上扫了一眼,懒得理她。

"问你话呢!"徐子衿怒了,逼近一步。

顾青青淡淡地看了她一眼:"你想问什么?"

"当然是你离开斯城哥哥,让我姐姐和斯城哥哥有情人终成眷属!"

"哦。"顾青青随口应了一句,徐子衿竟不知道该怎么接下去了。

刚刚看见姐姐走了,她也想跟着去,却被聂之宁拦了下来:"你去做什么?"

来了这里以后,她原本以为可以和聂之宁和好,却没想到因为顾青青,把事情搅得一团糟:"留下来干什么?看你跟顾青青相亲相爱吗?"

"你简直不可理喻!"聂之宁甩开她的手,扭头回了餐厅。

她一气之下,也没跟聂之宁撒娇,而是打算回房间,没想到在电梯这儿碰到了顾青青。

仇人相见分外眼红。

"哦什么?你答应跟斯城哥哥离婚?"

"我要是离婚,你把聂之宁还给我?"顾青青的一句话让徐子衿愣住了。

"你说什么?你疯了吗?"把聂之宁还给她?开什么玩笑!

"自己做不到的事情,就不要来烦我!"顾青青眸色一沉,再也懒得说话,等电梯停下,她走出电梯,往房间走去。

"喂!顾青青,你给我站住,你听到了没?"

回答她的是重重的关门声。

顾青青不知道的是,她刚刚和徐子衿的对话,被徐子衿偷偷录了下来。

会议室。

"斯城，喝咖啡。"徐子佩端着一个托盘，上面放着两杯咖啡，敲门走了进来。

冷斯城回头看了看她，眼中不带任何情绪，只是轻轻地点点头。

刚刚他紧急联系了代表团的团长，回复说已经解开了误会，一行人经过简单的审核，就被海关放行了，也不需要徐子佩出力。

徐子佩笑："抱歉，没能帮上你的忙。"

随后，两个人走到露台，微风吹过，将两人的发拂起。徐子佩转头看了冷斯城一眼，一句话忍不住脱口而出："斯城，你心里……是不是有人了？"

她知道冷斯城已经结婚，问他是不是有喜欢的人有些奇怪，但是，说她好奇也好，说她对过往还没有完全释怀也罢，她只是想问一问。

冷斯城转头，目光锐利地看了她一眼："你问这个做什么？你想当我的女伴？"

徐子佩立即摇头。她的地位、她的家族不允许，她的教养和三观也不允许。

徐子佩又问了一句："所以，你心里真的有人了？"

冷斯城这次没再说话，直接走出了会议室。

徐子佩微微摇头，却在桌子上看到了他遗落的那支笔。她拿起来看了看，这支笔上面果然是她亲自设计的LOGO，那他到底是怎么想的？

冷斯城一路走向顾青青的房间。

他的感情世界，为什么要告诉徐子佩？

刷卡进了房间，里面一片漆黑，她应该睡了吧？

冷斯城刚往里面走了两步，顾青青就抱着被子头发凌乱地从床上坐了起来："你回来了？"

冷斯城嗯了一声，转身走进浴室，简单冲洗了一下，出来时，发现房间里的灯已经打开了，顾青青穿着睡衣坐在床头，像是在等他。

冷斯城扭头看了看墙上的挂钟，已经一点半了。他伸手关了灯，声音有些严厉："起来做什么？"

黑暗再次降临，他掀开被子，和她并肩躺到一起。

谁都没有说话，房间里一片安静，只有空调送风的轻微声音，还有两个人平缓的呼吸声。

她翻了一下身体，旁边的冷斯城立即感觉到了："你不睡？"

顾青青想了想，低声问："公司的事情怎么样了？"

冷斯城低声说："没事了。"

那就是搞定了？顾青青又说："那，子佩姐，是不是帮了你不少忙？需要我和你一起去感谢她吗？"

"她？不需要了。"冷斯城皱了皱眉，摇摇头。

顾青青回了一个字："好。"然后，转身背对着他闭上了眼睛。

他轻轻地说："公司的事情，我自己会处理，不需要别人帮忙。"

他是在说，不需要她过问他工作上的事情？因为她什么忙都帮不上？

顾青青缩在被子里，双手握拳，心里有些酸涩。

第二天，拍摄继续。

这一幕，是要拍摄男主角女主角吵架之后，男主角将他送给女主角的项链扔进大海，女主角跳下去捞回来。

要从礁石上往下跳，虽然不难，却还是有一点危险的。

经纪人劝徐子佩："要不待会儿再拍吧，现在风浪有点大。"

"没事，这水深还不够淹到脖子。"徐子佩摇摇头。她会游泳，而且有安全措施。

经纪人还在阻止，徐子衿忽然飘出来一句："不是可以找替身吗，这里就有个现成的替身！"

徐子衿这话一出口，所有人都看向了顾青青。

"她之前代替我姐姐拍戏，不是挺好？现在有了危险，也正是用她的时候。"

"你自己都知道有危险，凭什么让青青去？"张语欣怒了，"你姐姐的命珍贵，青青的命就不是命了？"

徐子衿立即昂头："那怎么一样？我姐姐什么身份，顾青青什么身份？再说了，替身本来就是要在演员遇到危险的时候挺身而出的。"

张语欣眼皮一翻："青青根本不是替身，凭什么替你姐姐卖命？你付给她钱了吗？就算你掏钱，人家不乐意接你这个戏，你又能怎么样？"

她们正争论着，冷斯城走了过来，皱了皱眉："怎么回事？"

徐子衿快步走过去："斯城哥哥，昨天顾青青不是代替我姐姐演得挺好吗？我建议让她当姐姐的替身，谁知道她不领情也就罢了，还骂我！"

徐子佩一脸尴尬："青青、斯城，不好意思，我妹妹她……这场戏本就说好我来拍的，不会找替身，更不会让青青代劳。"

冷斯城脸上什么表情都没有，听完，点头："嗯，我觉得你说得对。"说完，他还特意回头嘱咐摄像："这可是戛纳影后在国内的首秀，你们可得把她拍得漂亮点。"

徐子佩虽然的确没想过要找替身，可冷斯城这句话，还是把她噎得半天喘不上气来。不过，她好歹见过不少大场面，微微一顿之后，立即微笑道："那当然，我在好莱坞可是演过打戏的！"

徐子佩下去换装了，这边也开始布置起来。

过了一会儿，徐子佩回来了，面色却有些苍白。

她不能跳海了，原因很简单，万恶的生理期到了。

冷斯城皱眉，半晌才说："如果今天身体不适，那就算了。"

"没事，我可以。"

"子佩姐，你别硬撑着了，你这样怎么拍跳海的镜头啊？"经纪人也着急，立即劝她。

徐子佩摇摇头："这算什么？我有一年拍戏，不是照样在冰天雪地里待了七八个小时吗？"

经纪人皱眉说："是待了七八个小时，之后就落下了病根，你现在还在吃药调理呢！"

"没关系。"徐子佩摇摇头，"大家都已经准备好了，我动作做得标准些，争取一条过。"

经纪人再次阻止："无论如何，跳海的镜头现在都不能拍。"

"可现在不拍，要等到什么时候？"生理期要一星期，生理期前后三天也不能下海，这样算起来，两个星期也未必能拍完。

"就不能找个替身吗？"替身？有啊！这里就有一个和徐子佩外貌、身形皆相似的"替身"，只是……经纪人急了，想了想，对顾青青说："顾小姐，能不能请你帮这个忙？那里水不深，旁边又有工作人员在，不会让你出事的。"

"不行。"顾青青还没回答，冷斯城就冷冷地替她答了，"今天不拍这一条了。"

"可是子佩姐生理期要一星期，生理期结束后也不能马上下海啊！"

顾青青看了看徐子佩，见她面色苍白，微微蜷缩着身体，顾青青叹了口气："不行的话，只好我代替了。"

"不行！"顾青青答应，冷斯城也不能答应，"她不能下海！可以以后再拍，找别的替身。"

"可是你也知道，我很合适……不是吗？"顾青青自嘲地笑了一声。

她没想到，自己和徐子佩长得像这一点，在这里居然派上用场了。

"我派人去找一个更合适的人来。"冷斯城转身就要离开。

"可是，如果我能拍好，不是对你、对皇霆娱乐都有好处吗？"她想拍，不是被旁人逼迫的，更不是被徐子衿刺激的，而是因为他，她愿意为他拍好这个镜头。再说，这是她自己写的策划案，她自己设定的剧情，哪怕再艰难，她也要完成。

冷斯城回头，看着顾青青坚定的表情，拧了拧眉毛，半天才说："那先让救生员过去看看。"

救生员赶紧游了过去。

此刻风浪小了一些，拍摄地点的水最深也不到一米四，走着就能回来。

冷斯城终于松了口气，开拍。

顾青青站在礁石上，海风吹起她的长发，她像美人鱼一样一跃而下，动作优雅得很。

等导演喊了一声"咔"，冷斯城悬着的心才放下来一半。

顾青青正往回游，突然，一个大浪打了过来，将她一下子拍入了水里。

"青青！"冷斯城想也没想，快速冲了过去。

喀喀……顾青青呛了好几口水，努力保持着身体平衡。

看到冷斯城过来，她努力划水，想靠自己的力量游过去，谁知道这个时候海水开始退潮了，她被海水推得往前进了一小步，又很快退了一大步，离岸边越来越远。

又是一个大浪，即使顾青青已经有了心理准备，还是咕噜噜灌了一大口水，人也被拍到了海里。四周一片昏暗，无边无际的海水涌来，她想挣扎都没有力气。

慌乱间，一个男人的身影映入了她的眼帘，是冷斯城。

冷斯城看着她在海里沉浮挣扎，被浪越推越远，眼睛瞬间变得赤红，他不敢想象顾青青要是出事了，他该怎么办，但他一定会恨不得杀人。

还好她被海浪推得不太远，他很快找到了她的位置，带着她游向岸边。

"青青，你没事吧？"

冷斯城拍了拍她的身体，顾青青咳嗽了两声，把肚子里的水都咳了出来。睁开眼睛，面前一片蓝天，还有一脸担忧的冷斯城。

她刚想说自己没事，就被他一把拥入怀里："你没事就好，没事就好！"

男人的胸膛温暖宽厚，胳膊结实有力，像山一般让她感到安心。

冷斯城这一抱，旁边的人都吓了一跳。

早有人打了120，冷斯城转头看向程秘书："你，把西装外套脱下来！"

程秘书赶紧脱掉了外套，被冷斯城一把夺过，盖在了顾青青身上。

"我的登……""喜路"两个字来不及说，冷斯城已经把顾青青抱了进来，径直走向已经赶来的救护车，然后坐着救护车离开了。

这边，徐子佩心怀歉疚，生怕顾青青会出什么意外，立即让经纪人准备车子追上去。

聂之宁也一直担心顾青青的安危，二话不说，扭头就跑去开车。

徐子衿也跟着去了。

他们的车子刚发动，旁边，一辆银色保时捷比他们更快一步，是林周逸，一踩油门冲了出去，留下一地烟尘。

被丢下的众人面面相觑，皆是满脸诧异。

顾青青出事，冷斯城、聂之宁还有林周逸，都第一时间冲了出去。等她被救护车拉走，这些男人也都追了上去。她跟他们，到底有什么关系？

当聂之宁和徐家姐妹赶到医院的时候，冷斯城和林周逸正站在医院走廊的两侧，冷斯城眉头深锁地看着病房，林周逸则在打电话："啊？

顾青青和冷总？没有关系啊！我跟你们说，顾小姐是有老公的，你们这么妄自揣测，不仅对冷表哥不好，对顾小姐也不好。"这最后一句，明显是针对冷斯城的。

林周逸见冷斯城剑眉皱起，眼神锋利而冰冷，一下笑了："怎么，表哥，我说得有什么不对吗？难道你和顾青青，还有什么不可告人的关系？"

两个人正剑拔弩张，医生从病房走了出来："病人没事，就是呛了几口水，不过怕感染肺炎，需要留院观察一天。还有，避免感冒，最好先给她换一身衣服。"

不仅顾青青没换衣服，冷斯城和林周逸也没换，三个人都是浑身湿淋淋的。

徐子佩立即说："我的经纪人马上就过来了，我和青青身材差不多，我的衣服她应该也能穿，先换上我的吧！"

她话音刚落，程秘书便走了过来，手里拿着几件干净的女装。

冷斯城直接发话："把林周逸赶走，看着就心烦。"然后也不理会徐家姐妹和聂之宁，转身进了病房。

徐子衿本来就不喜欢顾青青，此时被赶，又看到旁边聂之宁一脸忧色，顿时不爽了："就是呛了几口水，闹得好像天塌下来一样。明明是她自己逞能，出事了却让大家背锅，也不知道是不是故意的。"

聂之宁立刻横了她一眼："你说什么？你怎么能说这样的话？"

"我说话怎么了？这本来就是事实！"徐子衿本来就嫉妒顾青青和聂之宁曾经的情意，现在看到他浑身湿淋淋的，想起他也跳海去救人，心里的醋意都溢出来了，"倒是你，人家已经结婚了，你还眼巴巴地看着。要我说，她这样就是活该！"

"子衿！"徐子佩在聂之宁眼珠子快要瞪出来之前，赶紧制止了徐子衿，"行了行了，她是为了替我才出的事，就算没有过去的情分，之宁救她也是应该的。再说，斯城在里面，你少说两句。"

徐子衿刚想说，反正冷斯城又不喜欢她，话到嘴边，想到最近发生的事情，又说不出口了。

病房里，顾青青挣扎着坐了起来。冷斯城立即上前，伸出胳膊揽住她，皱了皱眉，声音有点严厉："就说不要你逞强。"

顾青青抬眼看了看他，也许是因为身体太虚弱还被骂，她眼圈一下就红了。

"你还委屈！"刚刚都快把他吓死了好吗？要是她真出事……他想都不敢想。

顾青青低着脑袋不说话，像是做错事的孩子。

她脑袋低着低着，冷斯城居然看到，她睫毛一颤，吧嗒——一滴眼泪落了下来，落到她的腿上，也落到了他的心里。

只是一滴眼泪而已，冷斯城却一瞬间有种慌乱的感觉。

"别哭了！"像是训斥，更像是自责。

冷斯城越说，顾青青越觉得委屈。

她越哭，他心里越慌乱。

"本来就长得丑还哭，你知道你现在有多难看吗？"冷斯城将她抱起，让她坐在自己腿上，伸手擦去她眼角的泪，"好了，别哭了。快换衣服吧，免得着凉了又要我照顾。"

在顾青青去洗手间换衣服的时候，程秘书汇报："冷总，皇霆娱乐的公关部都要炸了！也不知道是谁传出去的，现在所有媒体都在问您的情况！"

"我知道了。"冷斯城淡淡地点头。

顾青青换衣服的时候也听到了程秘书的话，换完衣服回来，问："是出事了吗？"

"没事。"冷斯城一脸平静地说，"你还想继续在旭逸工作吗？"

顾青青嫁给他三年，他从来没见过她如此有朝气、如此有追求又如此生动的表情，会放肆地笑，会认真地皱眉思考，会努力地工作，会不顾危险地当替身……他第一次感觉到，他身边的这个女人，浑身充满了能量，闪闪发光。

顾青青下意识地点头。

冷斯城说："我知道了。你先休息，我去叫医生来给你打吊瓶。"

冷斯城看着她乖顺地躺到床上，才转身走出去，轻轻带上了门。

他跟程秘书交代道："推翻原定计划，不公开太太的身份，无论是谁来采访，都咬死这只是一场意外。"

既然林周逸想玩，他就陪他玩到底。

只是，他会护她一世周全，会让她完成她的心愿，不会再让她受到任何伤害。

皇霆娱乐的新广告才开拍几天，比电影还要热闹，"皇霆娱乐新广告、冷斯城、徐子衿"这几个名字，天天上热搜。

这边热闹非凡，那边却像发生了七级地震一样。

"你说什么？要解除婚约？"徐子衿不敢相信自己的耳朵。

"对。"聂之宁点头，"我们订婚以后，你三番五次地找别人麻烦，无论我怎么劝说你都不听，我开始觉得跟你在一起是个错误，我们不合适，还是早点跟父母说清楚，免得以后结婚了再离婚更受伤。"

"我们不合适？跟我们徐家合作的时候，你怎么不说不合适？答应跟我订婚的时候，你为什么不说这是一个错误？"

"子衿，你少说两句！"徐子佩赶紧拉住她的胳膊，又回头劝道："之宁，你和子衿认识这么多年了，子衿什么脾气你知道。她有时候并不是恶意，只是嘴巴毒了一点。"

"是吗？"聂之宁已经想开了，也不怕得罪了徐子佩和徐家，"青青当你替身，差点淹死，她居然还骂人家，这只是'嘴巴毒了一点'吗？"

"又是为了顾青青！你跟她分手都三年了，她都嫁人了，你还想着她！"

聂之宁眉毛一皱："我们的事情，不要牵扯到旁人。你在旭逸就一直和同事闹矛盾，我劝了你好几次你也不听，我真的不能忍受了。"

"什么不能忍受？如果不是因为我骂了顾青青，你会跟我提分手？"徐子衿又气又怒。

顾青青刚来徐家的时候，因为跟她同班，成绩、长相都比她好，在学校比她受欢迎，更可恶的是，聂之宁也喜欢顾青青。而她，苦追聂之宁这么多年，甚至告诉了家长，逼迫聂之宁和顾青青分了手，她自己又在甄太后面前刷好感，加上半年前聂家投资失败，是她求爸爸和伯父给聂家一笔投资，解除了聂家的危机，他们才能顺利订婚。谁知道，才回国不到一个月，就变成了这样。

聂之宁皱了皱眉："你看看，只要有事，你就会把责任推到别人身上。"

他不爱徐子衿，为了家族利益和徐子衿在一起也没什么，但是，他不能忍受徐子衿习钻任性，甚至连品德都有问题。

"你还说不是为了她！我就是讨厌她，就是讨厌她那副清白无辜的样子！"

徐子衿越说，聂之宁越皱紧眉头："徐叔叔、李阿姨都是有教养、有礼貌的人，你怎么会是这副样子？"

"解除婚约就解除婚约，谁怕谁？"徐子衿哼了一声，愤愤不平地冲了出去。

"子衿！"徐子佩急了，回头见聂之宁也没想要追出去的意思，有点生气："之宁，不管怎么说，子衿都是女孩子，她大晚上一个人被你气得跑出去，要是出了事可怎么办？"

聂之宁听她这么一说，皱了皱眉，想了想，还是抬腿追了出去。

徐子佩也跟着追出去，后来听说徐子衿回了徐家，才安下心来。

徐子衿这边的事情没影响到顾青青，她在医院住了一晚，一切良好，第二天就出了院。

旭逸这边，都像把顾青青孤立了一样，每个人看向她的眼神都怪怪的。

张语欣贼溜溜地摸过来，终于忍不住问道："你和冷总……真的在一起了？"

"我……不是。"

张语欣又说："你还想瞒我？就你和冷总的事情啊，外面的人都知道啦！"张语欣一脸义愤填膺，亏老娘还帮你隐瞒这么久，到底还是被人说出去了。

"外面的人都知道？"顾青青差点昏死过去！

"你看他们的眼神，羡慕嫉妒恨。毕竟是冷斯城嘛，那可是一步登天啊！"张语欣说着，表情又有点复杂，"但是这样，你们不就是婚外情了吗？"

"我真的没……"顾青青自己都解释不清。

还没公布她和冷斯城的关系，就已经变成这样，如果对外公布了，她在公司岂不是寸步难行？

幸好拍摄即将结束。

这一幕，拍的是男主角和女主角在初遇时的海滩再次见到。

冷斯城坐在躺椅上，招招手叫来程秘书："去，把她给我叫过来。"

"冷总，怎么了？"顾青青被叫过来后，一头雾水。

"这剧本我不想看，你给我讲讲吧。"

旁边一群人看着，顾青青只好硬着头皮说："……好。"

"搬个小板凳，自己坐过来。"

顾青青只好去旁边拿了个小马扎，坐在躺椅旁边。躺椅比较高，马扎比较矮，顾青青有种大型犬在主人身边看护的错觉。

他还要提意见："念大声点，今天没吃早饭啊？"

"念得声情并茂一点。"

"怎么声音又小了？"

看着冷斯城一副清冷孤傲的样子，顾青青真想把他旁边的椰子夺过来砸他脑袋上。

她正烦躁的时候，一双大手伸了过来，拧了她的腰一把。顾青青怒了，毫不犹豫地伸手，狠狠打了冷斯城的手一下："这天也不热，怎么会有蚊子？"

"是吗？"冷斯城听她这么一说，还故意看了看她的后背，"还真有虫子，你别动，我帮你拍下来。"说完，他伸出手，在她的后背上不停地摩挲起来。

"冷……斯城。"顾青青忍了又忍。在外面，她不敢跟他闹，连话都不敢大声说，免得被人听见。

冷斯城见好就收，指了指剧本："这里为什么这么写？"

"怎么了？"顾青青看了看，多年以后两人相遇，女人身边多了一个英俊帅气的男人，无数心思在眉间，两人相视之后却是擦肩而过。

冷斯城嗤之以鼻："如果是我，根本不会给对方离开三年的机会，就算那时候已经无法继续，我也会一直跟着她，确定没有我在身边也能过得很好，我才会安心地离开。"

冷斯城说这句话的时候，琥珀色的眼睛一直盯着顾青青，像是要把她看进心里。

顾青青正思考的时候，旁边徐子佩叫了冷斯城一声："开始拍戏了。"

冷斯城掀开毛毯，高大的身躯站了起来，没拿台本，直接往拍摄地走去。他跟徐子佩站在沙滩上，俊男美女，分外养眼。

顾青青却没心思关注这些，她满脑子想的，全是刚刚他说的那番话。他是什么意思？难道是在暗示什么？比如，他和徐子佩的关系？按照他的说法，徐子佩离开他三年，他一定会跟着她，知道她过得很好才行。难道说，这三年里，他其实经常偷偷摸摸地去美国？这不可能啊！还是说，他根本没有那么喜欢徐子佩？

顾青青抬头看向远处，冷斯城和徐子佩在对戏，两个人亲近得很，徐子佩笑容温和，冷斯城也不是很排斥。

仔细想想，他跟徐子佩的感情一直是这样，相处得很和睦，但是说有多亲近，似乎又不是。也许是因为他身边只有徐子佩一个人，所以，才显得他俩"情比金坚"。

原来爱情
刚刚好

下册

碧玉萧 著

青岛出版社
QINGDAO PUBLISHING HOUSE

第十一章　谁说我喜欢他了

大一下学期，李悠悠冲到寝室里，给了顾青青一张"阻击冷斯城作战地图"。

"我告诉你啊，虽然N大是综合性大学，但是好男生一样很稀缺好吗？尤其是冷斯城这样的校草。虽然有个徐子佩跟他传绯闻，但是两个人都没有挑明关系。你知道他们宿舍从来都不用买笔记本，光是女生给他写的情书背面就足够用到大学毕业了。你要是喜欢冷斯城，得早点下手！"

"谁说我喜欢冷斯城了？"

李悠悠白了她一眼，一副"装什么装"的表情，展开"作战地图"，是一张校园图，上面还标明了具体路径——宿舍一星期内出现次数：八次。旁边还画了一个大大的红叉。学校禁止男生进女生寝室，也禁止女生去男生宿舍闲逛。

计算机教学楼研究室：七次。旁边同样红叉一个。

李悠悠感叹："计算机教学楼不对外开放，尤其是研究室。"

图书馆五楼科文资料馆：五次。旁边标注五颗星。

"建议你早点过去，女生多着呢，去晚了抢不到位置。"李悠悠说，"还有这里，第五食堂的小阁楼，饭菜稍微贵一些，冷斯城经常去。"

剩下还有"湖畔草丛：冷斯城偶尔会去散步"，"科文礼堂：学生会举办活动时能遇到"。

可是，看到"湖畔草丛""校医院"和"科文礼堂"这几个字，顾青青微微一怔。湖畔草丛和校医院，不正是之前她参加跑步比赛遇到冷斯城的地方吗？而科文礼堂，他们两个上次还被关在小黑屋里一晚上……应该只是巧合而已吧？

李悠悠还在那儿侃侃而谈，见顾青青一副神游太虚的模样，她扔出了"重磅炸弹"："听说冷斯城选了'美学教育'课，你看看能不能抢到？"

顾青青没理她，但是从那天开始，顾青青每天早上去图书馆五楼自习，午饭晚饭也只去学五阁楼，可是等了一个星期，连冷斯城的影子都没看到。

顾青青还真的选了美学教育，冷斯城却没有来。

直到开学后的第三个星期，徐子衿炫耀道："斯城哥哥和子佩姐姐被选为我国和法国建交xx年的友谊交流生，报纸都登了！"

原来这三个星期，冷斯城一直和徐子佩在一起，还是在法国那样的浪漫之都。

中午，李悠悠把顾青青拖去学五阁楼。

可是，就算再好吃的东西，一连吃了三个星期也很想吐。

顾青青食不知味地挑了挑盘子里的菜，正准备走的时候，没想到却撞见了冷斯城，只是，他身边还有徐子佩。

两个人一看就是刚从法国回来的，一面走一面讨论些什么，伴着徐子佩的微笑，看起来，两个人真的很亲密。

顾青青原本吃得就很不开心，看到这一幕，心里更堵了。

晚上还有课，恰好是美学教育。因为已经过了选修课修改的时间，挣扎了好久，顾青青还是去上课了。

她习惯性地坐在第一排中间位置，正准备上课，最后一名学生踩着上课铃推门而入，是冷斯城！

"抱歉，我来迟了。"冷斯城扫了教室一眼，看到顾青青，居然径直朝她走了过来，坐在了她身边。

她问："学，学长，为什么选这门课？"

冷斯城想了想："徐子佩说这门课很有意思。"

徐子佩是上个学期选的，说是给分高。这学期，他还欠一门课的学分，便挑了这个。当看到顾青青的时候，他才觉得自己挑这门课是多么正确。

冷斯城很少跟女孩子相处，跟徐子佩也只是纯工作上的往来，他也不知道怎么跟顾青青说话，怎么让她注意到自己，甚至偶尔去徐家找她，也只能拿徐子佩当借口："徐子佩在吗？不在没关系，我等一会儿，有事情和她商量。"然后，他会一直支使她给自己端茶递水，躲在一旁偷偷看她为自己忙碌。

现在是同学了，他终于有了个光明正大的接触理由——抄笔记。

于是，每次上课，顾青青多了一份工作——记笔记。

因为冷斯城上课总是"走神"，需要借她的笔记来抄。

老师在讲台上眉飞色舞地讲，顾青青为了把笔记记全，每次都写得很潦草，她回宿舍后再用漂亮的花体字誊写一遍给他。

明明每次冷斯城都听了所有课程，却每次都在上课之前把她约出来，在学校附近的咖啡厅，照着她抄写得很整齐很干净的笔记低头写着，甚至为了能跟她多待一会儿，他会故意写得很慢很慢。

现在想想，其实当时冷斯城也是为她朗诵过"情诗"的，还是当着全班人的面。

期末，老师安排了一场特别的"期末考试"，让班里的男生女生互相朗诵诗歌，爱情友情都可以，但是一定要声情并茂，否则判定为"不合格"。

顾青青性格内向，随大流一般，念了一首祝福老师的诗歌，算是交了答卷。

轮到冷斯城，他一站起来就说："这学期，我因为事情很多，请了好几次假，很感激顾青青同学把笔记借给我，帮助我完成了功课，我就朗诵一首普希金的《致凯恩》，表达我的谢意。"

顾青青又惊又喜，她从来没有想过，冷斯城会为她朗诵诗歌。

接着，他磁性的声音就在教室里响了起来：

> 我记得那美妙的一瞬：
> 在我的面前出现了你，
> 有如昙花一现的幻影，
> 有如纯洁之美的精灵……

这首诗极美，普希金当时的心境也与他此时的心情吻合——邂逅了美丽的女子，可她身边还有别的追求者，他想表达感情，又无从表达。

> 我的心狂喜地跳跃，
> 为了它，一切又重新苏醒，
> 有了神性，有了灵感，
> 有了生命，有了眼泪，也有了爱情。

冷斯城念完最后一个字，余音久久不绝。

即便不是因为爱情，只是出于感激，她也好高兴，直到——

"斯城，这学期的学生会总结大会要开始了，就等你一个人了。"下课铃刚响，徐子佩就推门而入，瞬间将顾青青的所有遐思都撞没了。

灰姑娘的南瓜马车，铃声敲响，一切还是要回到现实的。

顾青青在惆怅，冷斯城回头看着她，思绪也飘向了远方。

其实，除了这一次，冷斯城还表白过一次。他还记得，那是三年前的三月三十一日。

这天，顾青青这一届毕业生聚会，吃完饭，照例去附近的KTV。冷斯城打听到聚会的消息，马上召集了学生会成员也在那家KTV搞起了聚会。正百无聊赖，忽然一个电话打了过来，他看到名字的时候一愣："顾青青？"

顾青青问："是，斯城学长吗？"

"有事？"他推开KTV包厢的门，想出去透透气。

"学长，其实，其实我一直……我一直喜欢你，喜欢你很久了。"

恰好附近钟楼的钟声响起，新的一天到了，他的内心也在此刻掀起了惊涛骇浪。

"你，你呢？"

听到顾青青的问话，他一下哽住了。

就像是黑夜里的一道流星，刹那间划过天际。

"我……喜欢。"

"那……学长愿意当我的男朋友吗？"

"我愿意！"没有丝毫犹豫。

手机那头沉默了一下，然后听见顾青青声音虚虚地说："其实我还有一句话想告诉你——你像猪一样，我最讨厌你！"

冷斯城一下子蒙了，不知道发生了什么，只听见那边传出一阵刺耳的笑声："哈哈哈哈哈！冷斯城真的说喜欢你，真的愿意当你男朋友？这是愚人节的玩笑吗，笑死我了！"是李悠悠的声音。

愚人节？对了，刚刚过了十二点，现在已经是四月一号了！

她根本不喜欢他，不过是跟他开了一个玩笑吗？

他在做什么？他就是个傻子！

冷斯城拿着手机半天没关，听着那边挂掉电话后，手机里传来急促的嘟嘟声，他的心里像有风刮过，刺骨地冷。

不想回包厢强颜欢笑，也不想去质问，他转身去了吧台。他不嗜酒，偶尔喝一点红酒，而这个晚上，也许是懊恼，也许是失望，也许是自嘲，他只想买醉，只想藏在角落里让所有人都看不到他的狼狈。

徐子佩找到他的时候，他正独自一人坐在吧台前，一瓶接着一瓶喝着酒。

"斯城，别喝了。"身边，一个温柔的声音传来。冷斯城根本没有理会，又拿起了一瓶威士忌。

徐子佩看了看，空酒瓶竟有七八个，她吓了一跳，想要劝他离开："要不，我们换个地方喝好不好？"

冷斯城还是没有理她。

她想把冷斯城拽起来，可是冷斯城一米八几的大个子，身体健壮，她怎么可能拽得动。拉扯了半天，她不但没把他拉起来，还向前撞去。

她这一撞，恰好撞到了冷斯城的腿上，顿时吓下了一跳。

她和冷斯城这么多年，虽然在所有人眼里，他们就是一对，可其实冷斯城从来没有跟她表白过，他俩也从来没有亲密的肢体接触，她还是有点羞涩的。

她第一反应是要站起来："我，我起来！"

冷斯城听到她的话，脸上一点表情都没有，好像撞到他腿上的不是一个活色生香的大美人，而是一只小狗、一棵大树或一个瓷器。

他低头，看着眼前的徐子佩，竟和顾青青的脸重合了……

"你怎么会……"在这里？

徐子佩愣了，她在冷斯城眼里看到了惊讶、疑惑，还有更多的是迷恋和喜欢。

"是你……"他缓缓低头，要亲徐子佩。

这一幕，恰好被赶来的顾青青看到了。

她刚刚假借"真心话大冒险"跟他表白又闹了恶作剧后，心里十分不安，不好意思给他打电话，只好去包厢找他。他人不见了，包还在，显然还在KTV里。她出来转了一圈，果然看到了他，不过是和徐子佩在一起。

她看到了什么？徐子佩趴在冷斯城的腿上，冷斯城的脑袋缓缓低下，再低下，即使大厅灯光昏暗，她还是看到了冷斯城唇角扬起的笑容，还有他眼底的迷醉。

"你不知道……我有多喜欢你。我喜欢你，做我女朋友好吗？"冷斯城对"顾青青"说着。

平时的徐子佩，在人前总是端庄大方，从来没有这样又羞涩又惊讶、又期待又迷离的表情。看着他靠近，她并没有抗拒，而是羞涩地闭上了眼睛。

顾青青缓缓后退，速度很慢，然后，越来越快，越来越快，最后等于是狼狈地跑出去的。

跑到外面，夜风吹拂，仍平复不了她翻涌的心绪。

有人出来找她，是聂之宁："我听悠悠说，你一个人跑出来了，怎么了？"

顾青青神色慌乱，像是受到了什么打击。

聂之宁看出了不对劲："你还要回去唱歌吗？"

顾青青立马摇头。

"那我送你回去？你一个女孩子，大晚上的自己走，我不放心。"

顾青青魂不守舍的，没有点头也没有摇头，直接转身走了。

聂之宁还以为这是她默认了，三两步跟上。

两个人走在街上，虽然今天是愚人节，但是……难得他们能单独相处，他真的想向她表达自己的感情。

"青青，我……其实……"聂之宁鼓起勇气决定表白，然而，还没说完这句话，一道刺目的白光闪电般从马路对面照射过来，顾青青还没回过神来，聂之宁想都没想，第一时间把她推开了。

这边，冷斯城不知道自己喝了多少瓶酒，也不知道自己是什么时候睡过去的，更不知道自己睡了多长时间，他只知道他是在刺耳的救护车鸣笛声以及周围人的惊呼和推搡下醒来的。他倒在吧台上，揉着昏涨至极的脑袋，当听到"救护车""车祸""顾青青"这些字眼的时候，一下子就清醒了。

他身边的徐子佩还有其他同学，听说顾青青和聂之宁出了车祸，都第一时间跑出了KTV。

他立马也跑了出去，拦了一辆出租车，以最快的速度到了医院。

聂之宁正被送往抢救室，顾青青倒是无大碍，他顿时松了口气，然而下一秒，他便痛彻心扉，因为聂之宁拉着顾青青的手问："青青，我喜欢你，做我女朋友好吗？"

顾青青此时浑身都是车祸发生时他推开自己而蹭染的血渍和污泥，看着这样的聂之宁，她无法不点头。却不知道，不远处的冷斯城看到她点头的一刻，心脏彻底抽痛了。

时至今日，想起那天，冷斯城仍忍不住痛恨自己。如果车祸发生时是他在她的身边，是他推开她救了她，是不是，结果就会不一样？她不会和聂之宁交往，他也不会在心灰意冷之下答应徐家的联姻和徐子佩订婚，两人不会白白走了那么多的弯路。

可惜，一切都没有如果。

也许是拍摄即将结束，大家干劲十足，一切进展得十分顺利。

最后一个镜头刚拍完，拍摄地点的大门突然被人一脚踹开，一个身影疾风一般冲了进来，在大家还没反应过来的时候，瞬间冲到了顾青青面前，在她脸上狠狠地甩了一巴掌。

"顾青青，你个贱人，抢我男人，你不要脸！"是徐子衿，她双眸红得快要喷火，"你不是已经结婚了吗？你还出来勾三搭四，勾引我的未婚夫！"

跟着徐子衿一起过来的还有她的父母，以及聂之宁和聂之宁的父母，显然，她是回家后谈判失败，又冲了回来。

"你给我住手！"聂之宁也冲了过来，看到顾青青被打，又是心痛又是愤怒。

同样心痛又愤怒的还有冷斯城！他的宝贝老婆，他自己都舍不得打，徐子衿算什么东西，竟然敢打人？

两个男人正打算上来找徐子衿的麻烦，顾青青白皙的手指撩起了凌乱的头发，抬手对着徐子衿的脸，也狠狠甩了一巴掌。

　　包括聂之宁在内，在场的人全都被镇住了，一句话都说不出来。

　　"顾青青，你……"徐子衿捂住被打得红肿的脸，又惊又怒。

　　话音未落，顾青青微眯着眼睛，反手又抽了她一巴掌。

　　啪！反手的力量虽然不大，却出乎意料，打得徐子衿本人也惊呆了。

　　"顾青青，你居然敢打我！"徐子衿被打了两巴掌，彻底怒了，一下子冲了过去，想要抓花顾青青的那张脸。

　　"青青，小心！"聂之宁阻止不及，立即出声提醒。

　　就在这时，一只手抓住了徐子衿的手，阻止她继续向前——是冷斯城，是他站了出来，挡在了顾青青身前。

　　"你闹够了没有？！"冷斯城一声暴喝，然后用力一甩手，狠狠把她往后一推。

　　徐子衿站稳以后，不可置信地回头看了他一眼："斯城哥哥，你……"

　　"徐子衿，你不要忘了你的身份！"他背负着双手，满脸怒容，"你自己的男人自己管不住，跑到这里来撒野，你以为你是谁？"

　　李虹芮在短暂的惊讶之后，一脸沉郁："刚刚子衿打了顾青青一巴掌，顾青青却打了她两下，怎么都说不过去！"

　　"怎么说不过去？张口一个'贱人'，闭口一个'不要脸'，抬手就打人，打不过就怪别人，这就是你们徐家教出来的好女儿？"

　　冷斯城这一席话，说得整个片场寂静无声，回头再看顾青青的时候，他脸上的所有戾气瞬间收敛："疼吗？"

　　顾青青摇摇头。

　　冷斯城点头，转身，又语气严厉地说："待会儿顾青青会去医院做检查，如果她脸上的伤痕够轻伤，小心把你们告到法庭！"说完这句话，他拉着顾青青的手，当着众人的面走了。

冷斯城一路把顾青青拉到了酒店的房间里，轻轻抬起她的下巴，对着电灯仔细看。她的脸又白又嫩，就算徐子衿力气不足，这么一巴掌甩上去，一样又红又肿，有一个清晰的五指印。

冷斯城看了看她的脸，忽然转身离开。

顾青青正疑惑的时候，听到洗手间传来哗啦啦的水声，紧接着，冷斯城拿着一条湿毛巾走了出来，给她冷敷。

冰凉湿润的毛巾贴在她的脸上，就像是三伏天吃了一支冰激凌，一下子让她伤口的疼痛感减弱了不少。

顾青青看着面前的男人，面色依然平静，不笑不怒，但是，他今天在那么多人面前维护了她，哪怕只是因为她是他的妻子，她也好高兴。

冷斯城又去换了一条毛巾，这回，顾青青不好意思让他敷了："我来。"

冷斯城看了她一眼，没理她，继续轻柔地给她冷敷。

一连换了三条毛巾，她脸上的红肿好了不少，冷斯城才放下心来："还疼吗？"

她摇摇头："不疼了。"

冷斯城嗯了一声，想了想，问："徐子衿平常在公司有没有这样对你？"

顾青青摇摇头："没有。"

"真没有？"冷斯城不相信。

顾青青再次摇摇头："她是找过我麻烦，可我不会示弱的。"

不会示弱……是因为，聂之宁是徐子衿的未婚夫吗？冷斯城的心脏微微一缩，有股酸涩在心头蔓延。

果然，顾青青马上问道："徐子衿这次暴怒，是因为聂之宁要和她分手？"

"他们，分不了手。"半天，冷斯城才淡淡地说了这么一句。

"为什么？"

"聂之宁和徐子衿，不是一般意义上的男女朋友，他们两个人的交往和订婚以及结婚，都是有经济利益和无数商业合同牵扯的，甚至有股东在后面操控，不是他们自己想怎么样就能怎么样的，有时候甚至连他们的父母都不能做主。"

"可是，我们当年不也……"

当年皇霆娱乐经济危机，徐家背信弃义，甚至徐仲续亲自上门来退婚，也曾暗中挑拨聂之宁和顾青青分手，甚至因为意外害死了顾爸爸。冷斯城以让顾青青的母亲和哥哥闭嘴为条件，顺势求娶她，将那件丑闻深深掩埋。

董事会不是没有反对的声音，可是冷斯城这样做，总比让吴爱梅和顾青山出去嚷嚷，说他们的总裁是一个杀人凶手要好吧？！

他知道她父亲的死，是她心中最深的伤痕，无论他怎么努力都难以修复，但是，他仍要努力，尽量让她心中的伤痛减轻一些。

就在这时，有电话打过来，冷斯城和顾青青都看到了手机屏幕上的名字——徐子佩。

冷斯城眉头紧紧皱起，毫不犹豫地按了拒接键，再来，再按。

顾青青忍不住问："不接吗？"

"她打电话我就得接，那我成什么了？"冷斯城干脆把徐子佩拉黑了，"就算要赔礼道歉，也得拿出诚意，别以为随随便便就能打我冷斯城的人。以后徐子衿再找你麻烦，不用忍着。"

"嗯。"她点点头。

冷斯城又说："脸再敷敷，明天就消肿了。"

"好。"顾青青点头。

这时，她的手机响了，不过不是徐子佩也不是徐子衿，是她的妈妈。

她没想到，她妈妈既没跟她要钱，也没求她办事，更没有为哥哥的事情找她，而是一张口就问："你现在在拍广告？"

顾青青点头："嗯。"

"你在海边拍广告，还跟徐子衿在一起？"妈妈的声音有点儿严肃。

顾青青有点奇怪，不过还是如实回道："是啊！"

"聂家那小子也在吧？"

妈妈的声音一落，顾青青就意识到她妈妈想说什么了，她不可置信地说："妈妈……"

"那你为什么要抢子衿的未婚夫？！"

"妈！"顾青青怎么也没想到，她妈妈居然会说这种话。

"青青，妈妈和哥哥的确是为了钱，逼你嫁给了你不喜欢的人。这些年，冷斯城和你关系不好，可你也不能因为你生活得不幸福，就和聂之宁藕断丝连啊！你都不知道，接到李虹芮的电话的时候，我有多生气！我……"

"够了！"顾青青再也听不下去了，"妈，你知道吗，我昨天差点淹死了，是因为被徐子衿撺掇替徐子佩完成危险动作。"她说完这句话，立即挂断了电话。

手机铃声再次响起，还是她妈妈打来的，她没理会。

手机铃声响了很久很久才停止。

当天晚上，徐家和聂家争执不休，徐家还想让顾青青来道歉，可是冷斯城电话不接，去他的房间，他干脆和顾青青先回了燕城，反正广告已经拍完了。

他们一走，徐家顿时傻眼了。更可怕的是，徐家很快得到消息，皇霆娱乐最近要增发新股，徐家有意参股，本来谈得好好的，皇霆娱乐却突然说因"不可抗力"只能婉拒，很明显，这是冷斯城向徐家施压了。

回到燕城的第二天是周六，冷斯城便带着顾青青回老宅休养。最近他拍广告的传言很多，父母也有疑问。另外，他还得向父母汇报一下和徐家合作的事。

星期天的早上，徐聂两家人都来了。

"稀客啊！"冷斯城挽着顾青青的手从二楼缓缓走了下来。

徐聂两家人的表情个个精彩，有愤恨的徐子衿，有倔强的聂之宁，有担忧的聂徐两家长辈，还有表情复杂的徐子佩。

将他们的表情全都看在眼里，冷斯城和顾青青坐在沙发上，吩咐下人倒茶。

聂世泽皱了皱眉毛坐在沙发上："之宁，你给我跪下！"

聂之宁抬眸，面色很平静，却真的站出来，跪在了厅中。

聂世泽说："之宁，你知道你错了吗？"

冷斯城赶紧挥手："你们两家的事情我没兴趣参与。你们今天来，不会是让我和我太太当看客的吧？"他在"我太太"几个字上用了重音。

果然，他刚说完，众人就都把目光投射到了顾青青身上。

一晚上的时间，她脸已经消肿了，而徐子衿的脸上还有淡淡的痕迹。

徐子衿摇晃了一下身子，转头祈求地看向自家父母，希望他们能帮自己说句话。

然而，他们没有开口，徐子佩劝说道："子衿，你昨天确实太冲动了。"

徐子衿咬咬牙，看向冷斯城："斯城哥哥，对不……""起"还没说完，冷斯城冷冷地摆摆手："这次的事情，你不需要跟我道歉，你应该跟青青道歉。"

"让我跟顾青青道歉？这不可能！"徐子衿立即尖叫起来。她最痛恨的也是最看不起的人就是顾青青，让她道歉？还不如杀了她！

冷斯城一句话都没说，端起茶杯抿了一小口。

徐子佩连忙当和事佬："青青，我妹妹脾气不好，最近做了很多错事，请你原谅她。"说着，她把徐子衿拉了过来。

徐子衿咬牙半天，才终于挤出几个字："对不起。"

冷斯城淡淡开口："声音太小了，听不见。"

徐子衿这次用超大的音量说："对不起！"

冷斯城仍皱着眉头："这就是你道歉的态度？"

旁边，李虹芮第一个忍不了了："冷……斯城，够了吧？她错都认了。"

冷斯城小口地抿着茶："六年前，你不也这样对待过她吗？"他指了指顾青青。

那是顾青青大二那年的情人节，也恰好是徐子衿的生日。当时，徐子衿不满聂之宁给顾青青送了情人节礼物，她又不小心打碎了妈妈精心收藏的瓷瓶，害怕被妈妈责罚，就诬赖是顾青青打碎的。

当时，顾青青握着拳头："不是我！刚刚徐子衿让我上去收拾屋子，我开门进去的时候，瓷瓶就已经碎了一地。"

"怎么，你的意思是我诬赖你？"徐子衿高声说，"顾青青做错了事情还死不认账，把她赶出去！"

"真的不是我。"顾青青摇头。

而最让她伤心的是，吴爱梅居然让她道歉："青青，是你做的就是你做的，好声好气地跟徐家长辈道个歉，说声对不起，他们会原谅你的。"

"妈！我真的没有！"顾青青转头看向她。

吴爱梅却扣住她的后脑勺，用力地让她低头："对不起子衿小姐，青青年纪小，不是有意的，请不要怪罪她。"

她知道妈妈不想丢掉工作，可是，也不能因为这个，就让她承认她没犯过的错啊！

直到冷斯城说："不是她做的。"

李虹芮说："怎么可能？"

"刚才在院子里她给我端咖啡的时候，楼上就传来了碎裂声，所以肯定不是她。"

顾青青疑惑地看着冷斯城，刚才她一直在屋子里忙，从没出过大门，他为什么要帮她说话？

徐仲续缓和了下脸色："你这孩子，刚刚为什么不说清楚？"

说来说去，还是怪她顾青青。

一场闹剧将要结束，冷斯城却说："是不是有人应该为诬陷别人道歉？"

那个时候，徐家二小姐徐子衿，怎么可能会跟一个保姆之女道歉？而现在，就不一样了。

冷斯城坐在顾青青身边，神色疏淡地看着徐子衿："这是最后一次。顾青青是我的妻子，不是你们可以肆意轻贱的对象。她和聂之宁从无关系，我也从来没打算和她离婚，更没想过和你姐姐复合。"

"这是子衿误解了，我从来没有想过要破坏你们的婚姻。"徐子佩马上出来解释。

"无所谓。"冷斯城毫不客气地道，"你自己想当小三，别赖在我的头上。不要忘了，当年是你爸爸亲自上门退的亲。"

一句话说得徐家人脸色都变了。

"还有之宁，你既然和徐子衿订婚了，就该对她负责。婚姻不是儿戏，你也不是十七八岁的小孩了，怎么这么没有分寸？以后，我不想你和我太太扯上一点关系。"

徐聂两家人难堪得不行。

徐仲续离开的时候表示："以前的事情是我们不对，以后子衿不会再为难顾青青。子佩也绝对没有做小三的可能。我们走吧。"

唯有徐子佩离开的时候有些失神，她妈妈叫了她几次她才回过神来。

三年前，是徐家背弃了冷斯城，她没有。

她一直坚信冷斯城对她是有爱的。他们分开后的这三年，他虽然和顾青青结了婚，却一直在外面找女人，每一个都很像她。

而现在看来，与其说冷斯城一直在照着她的样子去找替身，不如说她和其他女伴全都是顾青青的替身。

这个想法太疯狂了，连徐子佩自己都被吓到了。

等他们都离开了，顾青青忽然想起了什么："可是，六年前……我记得六年前，我没给你端咖啡啊！"

她一直很疑惑，那天，冷斯城为什么会帮她出头。

冷斯城语气淡淡地说："那么久远的事情，我怎么会记得。"

顾青青看着他："可是，你刚刚在徐子衿面前说……"

冷斯城没看她："我觉得你不是这种人。"

冷斯城哪里好意思说，他知道那个瓷瓶不是她打碎的，是因为他一直躲在远处偷偷地看她。

顾青青低下头，半天才说："谢谢，谢谢。"

第一个"谢谢"，是谢谢今天他让徐子衿当众向她道歉，第二个"谢谢"，则是谢谢他当年帮她解围。

徐家。

徐子衿一进门，就看到徐子佩靠着窗台，一只手拿着一本旧相册，另一只手上夹着一根烟，烟灰很长，显然，她保持这个姿势很久了。

"你来了。"烟雾缭绕中，徐子佩把雪茄往旁边的烟灰缸里一旋，把旧相册一合。

"姐姐，你看这个做什么？"

"没什么，只是发现了一件有趣的事。子衿，当初，聂之宁和顾青青在一起多久？"

"姐，你怎么问这个啊？"徐子衿现在一听到"顾青青"三个字，就青筋暴起，"当然是从那个女人的妈妈来我们家当保姆，她也来我们家开始的。"

"是啊，那个时候就开始了。"徐子佩说着说着竟然笑了起来，"是啊，一直是她和聂之宁，我居然没发现……"

妹妹一直在自己面前提起聂之宁和顾青青，以至于她都被糊弄过去了，没想到，原来顾青青身后，还有一双一直盯着她的眼睛。

所有的旧照片，只要有顾青青，冷斯城才会勉为其难地"赏赐"一个笑脸。

在所有人眼里，她都是冷斯城的那道"白月光"，所有人都说顾青青不过是她的替身，殊不知，替身是有的，不过不是顾青青，而是她。

她现在终于体会到，妹妹当初看着自己喜欢了十年的男人喜欢着顾青青，是一种什么感觉。

她深呼吸，平复了一下杂乱的心绪："爸爸在和董事们商量皇霆娱乐那部分增发股票的收购价吧？"

没想到姐姐话题转得这么快，徐子衿微微一愣，随即点头。

徐子佩打了一个电话，单刀直入地说："斯城，你报个数吧！如果要购买增发的那部分股票，每股的价格是多少？"

冷斯城语气淡漠："这件事，董事会还没有开会决定。"

徐子佩淡笑着说："如果我家钱不够，可以用我来抵债吗？"

冷斯城的眉毛皱起："你的意思是……你把自己签给皇霆娱乐？"

"对啊！"她点头，"我今后的发展重心要转回国内，你也知道，好莱坞那边留给亚洲面孔的机会不多。我要是过来，下一部大制作的电影我必须当主角，我的片酬也可以算成投资吧？"

"可以。"冷斯城点头。

"好，那以后还请多多关照。"

她话音刚落，冷斯城就挂了电话。

徐子佩看着手机愣了半天。

徐子衿没想到姐姐会这样做，不禁有点傻眼。看到姐姐挂电话，她立即凑了上去："姐！你刚刚不是在想怎么给我们家争口气吗？就算不争口气，也要讲讲价吧？怎么能……"

徐子佩眼眸淡淡："你以为，我们现在有跟他讲价的资格吗？"

徐子衿一愣。

徐子佩摇摇头："子衿，我告诉你，你想要别人尊重你，得比别人更有实力。顾青青现在是冷斯城的妻子，'打狗还得看主人'。你现在需要做的是，看好聂之宁，在工作上赢过她。"

"可是姐姐，你甘心吗？就看着顾青青那么嚣张？"

徐子佩没有说话。

周一上班，林周逸把顾青青叫到办公室："我打算推荐你去参加'环球广告创意大赛'，机会很难得，你考虑一下。"

"环球广告创意大赛"是广告界最著名的赛事，报名审核通过后，组委会提前一星期指定一个主题，参赛选手根据这个主题拍摄一段广告，最后由评委会现场投票选出一二三名，第一名有机会被推荐到国外的名校留学一年。

顾青青想参加比赛，可是冷斯城不喜欢她在旭逸工作，于是回到家，她跟冷斯城商量："我能不能等参加完比赛再考虑换工作的事情？"

冷斯城微微皱眉。

顾青青等了半天，她以为冷斯城会拒绝，没想到他居然点头："那就等你参加完比赛再说吧。"

顾青青抬头看了他一眼，不敢相信。

"不过，你以后要长点记性，跟林周逸保持距离。"冷斯城看着她，"他明明知道你和我的关系，还装成什么都不知道的样子来骗你，也就你这么蠢，会以为他是好人。"

他查到，之前爆对皇霆娱乐不利消息的人就是林周逸，他非得想个法子，让林周逸栽个大跟头才行。他最近想要收购一家公司，不知道给林周逸挖坑，林周逸上不上当。

顾青青半天没声音，冷斯城以为她被自己训了不高兴："说你几句，你还不乐意？本来就是蠢，连他的别有用心都看不出来……"

话还没说完，他的声音就断了，因为顾青青忽然凑上来，搂住他的腰，把头靠在了他的胸口。

"谢谢。我会好好工作的，我也会争取获奖。"

"不是争取，是一定！不然，以后别人说起我冷斯城的妻子，参加个比赛连奖都没得，简直丢我的脸。"

顾青青点点头，面上的一抹喜色也变成了认真。她一定要靠自己的能力证明，她不是借了冷斯城的势，才有今天的成绩！现在，徐子衿向她认错是因为冷斯城；下次，她一定要让徐子衿心服口服。

"不过，我有个条件——你去医院检查一下身体，开始备孕。"

顾青青好久才开口："冷斯城，你真的想要孩子吗？"

三年前，他们结婚那天，喜宴过后，她脑子还浑浑噩噩的，一时间，无法从丧父之痛中走出来，更不敢相信，她现在已是冷斯城的妻子。

从大厅走到二楼，还没过转角，她就听到了冷斯城和莫东阳的对话。

"你还真跟那女人结婚了啊？"莫东阳的语气有些戏谑，"你娶她是因为一时意气，还是为了还债？总不会，你真要跟顾青青结婚过日子再生孩子吧？"

冷斯城没说话，她只听见他有些重的呼吸声。

好半天，他才张口，说了她这三年来始终忘不了的一句话："我不会跟她生孩子的，我不会让我的孩子在没有爱的家庭长大。"

他一个字一个字，清晰、明了、不容置疑，一下一下敲打在她的心头。

但是，既然结婚了，新婚之夜还是要在一起睡的。

卧室里，床单、被罩、衣服，全都是大红的喜色，可她半分新婚的高兴羞怯都没有，只有苍凉。不知道是等待他的回来，等待她即将开始的婚姻生活，还是等待灰茫茫的未来人生。

没等多久，卧室门被人推开，开门的不是冷斯城，是他那群狐朋狗友，冷斯城喝得醉醺醺的，被人扛了回来。

一般人结婚，肯定是要闹洞房的，可是冷斯城和顾青青不一样，他们不是因为相爱才结婚，反而还夹杂着父仇和对徐子佩的报复。一时间，大家都有些尴尬，连最闹腾的莫东阳都有点束手束脚："那什么，青青，小宝就交给你了。"

他把冷斯城往顾青青身上一推，一米八几的大个子，差点把她撞倒，顾青青连忙扶住他。

那几个人关门走了，顾青青听到有人问："这样就行了？"

"别啰唆，也许他们今天晚上都不会洞房……"声音越来越小，最后彻底消失。

一室安静。

顾青青扶着冷斯城："学……冷斯城，我扶你到床上休息。"

冷斯城没回应，顾青青只好把他扶到了床前。他又高又重，顾青青一个不小心，跟他一起倒在了床上。

顾青青怕他摔坏了，赶紧侧头看，却见冷斯城已经醒了，被酒气熏染得眼神迷离又带着些许狂躁，忽然一下翻身扑到了顾青青身上，不容反抗地吻上了她的唇。

大红喜服被他一件件剥去，正当他要压下来的时候，她轻声提醒："那个，我是不是之后要吃事后药？还是……"

冷斯城的身体在她身体上方顿住，似乎在她的提醒下，神志清醒了不少。

"是要戴……那个，还是我之后……吃那个？"虽然说得隐晦，但是，顾青青相信冷斯城能听懂。

果然，冷斯城听懂了，而以他的个性是绝对不会屈就的，他眼神冰冷，声音更冷："你自己去解决！"

之后的几年，每次冷斯城过来，她都会吃药，甚至有时候冷斯城还会"提醒"她，不要怀上他的孩子。每次他父母催他们生孩子，他也是掉头就走，丝毫不愿跟她有什么牵扯。

现在，他却说想要一个孩子。

"你，真的想要孩子？"

冷斯城认真地看了看她，然后，在她的注视下，认真地点点头。

顾青青看着他，好久好久，紧紧咬住下唇的牙才松开，像是下定决心一样，点点头，说了一个字："嗯。"

天知道，他等了多久，才等到她的这一个字。

不过，她刚出院，还不适合做那件事，至少得等她养好了身体才行。

"睡觉。"

靠得那么近，她能感觉到他的身体烫得很。

冷斯城用力抱紧她，把她的头按到他的怀里，却始终不曾动手。

她听到他在她的耳边，有点痛苦又有点隐忍地在念叨着什么。

"小牛牛，围兜兜，兜兜里头装豆豆……"

她有点诧异，冷斯城平时冷峻严肃，实在不像是会念绕口令——而且是这么童趣的绕口令的人。

黑暗中，冷斯城眼神清冷，微微皱着眉，一脸的苦大仇深。他的身体越绷越紧，反应也越来越强烈，内心煎熬得要死，可他不愿推开她，不想让她离开自己身边。

听他翻来覆去念了好几遍这首童谣，顾青青才明白这东西好比"清心咒"，他想要却顾及她的身体，强自隐忍着。

对于女人来说，感动远远大于接触。

她抬头，轻轻地在他脸颊上亲了亲，脑袋在他肩窝处蹭了蹭，更加用力地抱住了他。

第二天，医院。

顾青青有点感冒，生理期又快来了，身体有些发沉，冷斯城走后，她就给林周逸打了个电话，请了几天假。

顾青青百无聊赖地在休息室坐着，忽然休息室的大门打开，徐子衿和聂之宁，还有他们的妈妈甄晓雅和李虹芮走了进来。

聂之宁和徐子衿是来做婚检的，碰到顾青青，他们也觉得尴尬。

甄晓雅朝顾青青点点头算是打招呼，李虹芮却哼了一声懒得看她，特意坐在了离她很远的地方。

恰巧这时顾青青的检查报告出来了，她起身去了医生办公室。

过了一会儿，顾青青刚从医生办公室离开，徐子衿就推门进去了："刚刚那个，有什么病吗？"

医生回答："不好意思，这是病人的隐私，我不能泄露。"

徐子衿眯着眼睛笑了笑："我是顾青青的朋友，她向我推荐了这里的VIP服务。"

医生问："不知道您想要让哪位医生来当您的主治医生？"

徐子衿笑了笑："就和顾青青一个医生吧。"

五分钟后，徐子衿拿到了顾青青主治医生的电话。孔医生有点忙，告诉她明天下午三点以后过来咨询。徐子衿答应了，然后跟他要了助理医生的电话，说如果明天自己的行程有变，就跟助理医生联系修改时间，免得打扰到孔医生。

孔医生也没多想，把助理医生的联系方式给了她，她立马联系上了。

"徐小姐，您的手续已经办好了，欢迎您成为我们医院的贵宾，可以享受最优质的服务。"

助理医生把一张贵宾卡推给徐子衿，徐子衿看都没看，反而推给他一个信封，说："以后辛苦你了。"

助理医生笑了笑："徐小姐客气。"红包一拿，又把婚检单递给她，"这是婚检的结果。"

徐子衿打开看了一眼，一切正常。

离开之前，她看到助理医生偷偷打开信封，看到里面的金额后，谄媚地笑了。

收了红包好，收了一次，还有下一次，等她要利用的时候，那些红包就发挥作用了。

第十二章　希望她能爱上他

从医院出来，时间还早，虽然因为徐子衿的事情，顾青青和母亲之间有些不愉快，但毕竟是母女，她还是给吴爱梅打了个电话："妈，最近家里怎么样？"

"你哥哥最近跟他的几个朋友在合伙做生意，赚得还挺多的。"提起儿子，吴爱梅很是得意。

"妈，哥哥在做什么生意？"顾青青反而皱眉。哥哥那个人她知道，好吃懒做又好高骛远，能赚到什么钱？

"你哥说，是在做什么投资，一笔能赚好几十万呢！"

顾青青提醒道："妈，你可千万看好了哥，投资这种东西，一不小心就要倾家荡产的。"

吴爱梅不以为然："他说他那个大哥跟很多人做生意，来头大得很，不会骗他。再说，我们家能有几个钱，能骗多少？"

"妈，哥工作的地方在哪里？你发个地址，我去看看。"

按照吴爱梅给的地址，顾青青找了过去——金融中心大楼一号楼A1。

从外观看，还挺正规的，落地窗擦得锃亮，门口是一块大的镏金牌子——XX信贷融资中心。

她刚到门口，就有帅哥把门拉开，笑容灿烂："欢迎光临！请问有什么需要帮助的？在我们这里存款能获得高额的回报，半年期的利息是百分之十二，一年是百分之十五，三年就有百分之二十了！而且随时可以办理取款业务，保证让您存得放心！"

顾青青走进去，正好有一个老太太在办理取款业务。

"阿姨，您拿着，这是您的钱。三十万本金，加半年的利息一万八，一共三十一万八。"

"三十万，半年就有一万八的利息了？"

顾青青吃了一惊。

工作人员说："我们老板在全国各地有好几十处楼盘，连我们自己都存了几万几十万，怎么可能会坑你的钱。"

"就是就是，这里的利息确实高，我们随便支取的都比银行高几倍呢！"

不少老年人表示赞同。

越是这么说，顾青青越觉得有问题，她打电话给哥哥："喂？我是青青。"

那边，是麻将的声音："哦，青青啊，什么事啊？"

"哥，你是不是在跟着别人做信贷业务？"

"是啊，你怎么知道？"也许是因为最近过得不错，顾青山的声音显得高昂有力了许多，"你哥哥我，现在可是总经理！"

他旁边有人笑道："顾总这把牌手气真好。"

"哥，你真的在这里工作，还是总经理？"顾青青惊呆了。她哥连账都算不清，大盘、K线图更看不懂，谁会聘用他做总经理？

"小看我了不是？这年头，博士出身，给小学毕业的老板打工的不计其数。英雄不问出处。"

"你看得懂账目吗？你懂投资吗？"

"这你就不懂了吧？"顾青山得意道，"这年头，哪个大老板还亲自去管账？当然是交给手底下的人去做就好了！做生意，最重要的是要有投资的眼光，眼光！"

顾青青面色一沉："哥，你现在在哪里，能不能出来见我一下？"

"你哥我现在忙着呢！等晚上回了家，你去家里找我吧。"说完，顾青山就挂了电话。

顾青青听着手机里的嘟嘟嘟声，眉头皱得更深了。

她二话不说，立即回了娘家。

顾家老宅准备拆迁，吴爱梅和顾青山现在住在一套公寓里，当然，是冷斯城给他们的。

她刚到家门口，一辆黑色的奔驰轿车就驶了过来，正好停在单元楼下，抹着发蜡穿着西装踩着皮鞋的顾青山从车上走了下来。

顾青山好像真有钱了，一举一动都一副财大气粗的模样，笑眯眯地上前："哟，青青啊，怎么这么早就来了？快进去喝口茶歇息歇息。"

进了家，顾青青急道："哥，你一不会算账管理，二不会融资投资，你的老板凭什么要相信你？而且，这投资有风险，一不小心就会倾家荡产！"

"你懂什么？"顾青山现在志得意满，"你放一百二十个心！你自己去查，刘总注册资金二十几个亿，是东海市十佳民营企业之一，现在正在开发待售的楼盘就有好几处。刘总跟咱爸一起当过兵，小的时候我还见过他，他给过我糖吃。"

吴爱梅也点头："你哥哥说的是真的，你爸爸之前欠了赌债，还找他借过钱，最是仗义疏财的。据说，当年你爸爸救过他一命！你哥哥虽然在那个公司工作，但是我们没有往里面投一分钱，不会有损失的。"

"这样最好。哥哥，你可千万记住了，别陷进去，别投钱！"

顾青青回到家，还是觉得有点不妥，打电话给冷斯城，却是忙音。

她问保姆："斯城今天回来过吗？"

保姆摇摇头："没。"

顾青青忧虑地点点头，打开电视，财经新闻正播报皇霆娱乐增发新股的事，估计他是在忙这件事吧。

之后，一连几天，冷斯城都没回来。

顾青青每天都看电视，最近报道皇霆娱乐的新闻很多，据说冷斯城还在准备拍一部新戏，要做一个大项目。

这天上班，林周逸问了一句："最近顾小姐好像有点魂不守舍啊。"

顾青青只好说道："是一点私事，不过不会影响工作的，请林总放心。"

下班后，她终于拨通了冷斯城的电话，告诉了他哥哥的事。

"你妈妈和你哥哥的事情不用担心，我去查查。"冷斯城的声音明显疲惫，顾青青马上问："你最近……是不是很忙？"

冷斯城嗯了一声："有一项棘手的工作？"

"棘手的工作？"顾青青问了一句，这时听到顾青青身旁有脚步声，冷斯城立即问："你身边什么人？"

顾青青看了一眼："林总走远了。"

冷斯城没有回话。

顾青青担心他："你工作……拼命是好，但是也要注意身体。"

冷斯城一下子有点激动，她是在担心他吗？他犹豫了一下："这样，待会儿我们吃个饭。"

"好。"顾青青兴奋道，"要不，我们在N大见？我请客。"

顾青青带他去的地方，让冷斯城有些惊讶。

看着冷斯城嫌弃的样子，她笑了笑："过来啊。"

这里他熟悉，被N大学生戏称为"外卖一条街"，烤鱿鱼、凉皮、羊肉串、卖水果的、卖奶茶的……大都是N大的学生来这里吃。

见他站在街口不动，顾青青走过来伸手牵住他的手，往里面走去。

来到一家烤肉店，冷斯城看着油腻腻、脏兮兮的桌子，眉头皱得更紧。

这家小店上菜速度很快，不一会儿，服务员就端来一个大铁锅，锅下面燃着通红的炭。呲呲呲……一阵清脆的油声中，一股香味霸道地钻进了冷斯城的鼻子里。

等肉烤熟了，顾青青夹了一筷子放在他的盘子里："你尝尝，味道可好了。"

冷斯城抱臂，冷眼看着她，连动筷子的想法都没有。

"真的很好吃。"顾青青劝说他，他还是不动，最后，她没办法，直接夹了一筷子，递到他的嘴边喂他，"试试看。"

冷斯城微微皱眉，勉为其难地咬了一小口。虽然样子难看，但是味道真的不错。

"怎么样，好吃吗？"顾青青看着他缓慢地嚼了两口，喉结滚动，面色丝毫不变，忍不住问他。

一口吃完，他才优雅地放下筷子，面色冷凝："下次，不要再吃这种脏兮兮的东西了。"

"嗯！"顾青青点点头，见他仍皱着眉头，有些不好意思地问了一句，"你不喜欢吗？实在不行，我们换一家？"

"不用。"冷斯城眉毛都没动一下，拿起筷子又夹了一块肉。

"牛肉好了。"顾青青翻动完肉块，半天没听到冷斯城的动静，转头一看，他正眼睛一眨不眨地盯着自己，"怎么了？"

"没事。"冷斯城收回目光，"你先尝尝熟了没。"

虽然有些奇怪，顾青青还是夹起了一块牛肉："熟了。"

冷斯城依然没动。

顾青青又夹了一筷子，没想到，冷斯城居然凑上去，把她筷子上的肉叼走了，然后在她惊讶的目光中咽了下去："嗯，是熟了。"

顾青青愣住了，他怎么……吃她筷子上的东西？

冷斯城吃完，面色平静地看着她："看着我做什么？给我夹啊！"

吃完烤肉，两人走出烤肉店，N大近在眼前，冷斯城提议："不如散步？"

顾青青点头："嗯。"

两人并肩走在校园的林荫道上，凉风习习，远处的教学楼在夜幕之中若隐若现，宿舍楼星星点点地亮着灯，不时有三三两两的学生走过，路灯投下昏黄的灯光，静谧，隽永，和谐。

"小心！"走过一个转角，有个学生骑着飞车路过，差点撞到她，冷斯城一把伸出胳膊，将她紧紧搂在怀里。

"抱歉！"那个学生回头一笑，继续飞车前行。

那个学生已经不见了身影，冷斯城仍搂着她。

月光如水，静静地泻在他们的脸上、身上。

这是一条长长的道路，通往玉湖，嗒嗒，嗒嗒，只有两人的脚步声。

为了和他步伐一致，她还特意调整了自己的步速，这下连脚步声都同调了。

冷斯城注意到了："这里，好像是我那次抓到你跑步作弊的地方吧？"

"是啊！"顾青青点头，"那时候，实在跑不动了，所以我……"

冷斯城看着她，点头："你体力是不怎么好。"说完，还补充了一句，"尤其是晚上跟我在一起的时候。"

顾青青羞得脑袋赶紧低下了。

路过一个小卖部，顾青青买了个小雪人的雪糕："当年这雪糕只要一块钱，现在都涨到两块了。"

"你那时候也喜欢吃这种雪糕？"

顾青青摇摇头："没有。那时候，这样的雪糕，我可吃不起。"

冷斯城愣了。

顾青青举着雪糕，没有吃，而是静静地看着远方。

冷斯城也没有说话，只是陪在她身边，看着她的侧颜。

好半天，顾青青才说："我是超生的，一出生就罚了钱。爸爸和妈妈单位效益都不好，我上初中的时候，妈妈还下岗了。如果不是被徐家聘用，也许我初中毕业就得去工厂打工赚钱了。我上大学的时候，除了拿奖学金，还要勤工俭学，最忙的时候，一天要打三份工。"

"三份工？！"冷斯城惊呆了。

"是啊！"顾青青点头，"我做过家教，做过文员，发过传单，当过礼仪小姐。现在想想，也幸亏那时候我做过这么多工作，不然，现在的工作也不会觉得这么轻松。"

冷斯城看着路灯下她静谧温柔的侧脸："所以，刚刚那家烤肉店……是你大学时候打工的地方？"

顾青青摇头："没有，我就去过一次，那是我拿了一等奖学金后，爸爸带我去的。我还记得那天，爸爸红光满面，很少见地没有喝酒，而是一直给我夹菜，高兴地说'我女儿漂亮聪明又能干，到时候嫁个有钱人，一定会很幸福的'。他要是知道我嫁给了你，不知道会怎么想。"

顾爸爸会怎么想，他不知道，他只知道，他此刻心脏像是被什么东西抓住，有一种酸酸涩涩的疼。

明明在她爸爸的灵堂发过誓要对她好，却一直让她受委屈，直到现在才醒悟。

冷斯城喉结上下滚动，半天才缓缓开口："你的雪糕，要化了。"

顾青青"哦"了一声，果然，小雪人快变成小雪堆了，她赶紧低头把雪糕吃完。

也许是吃得太快，冰激凌太凉，不敢一口吞掉，又不好吐出来，只能含在嘴里，让雪糕在舌头上完全融化掉再吃。

"凉吗？"冷斯城微微低头，准确地噙住了她的嘴唇。

她说得没错，这个雪糕，凉凉的，有牛奶的甜，更多的则是巧克力的苦，在他的口腔里融化，然后滑进了他的胃里，其实更是心里。

冷斯城忽然把她抱了起来，大步向校园外面走去。

顾青青吓了一跳，立即搂住他的脖子，把头埋在他的怀里，小声问："这是怎么啦？"

冷斯城没有回答她。她抬头，看见冷斯城面容冷肃，眉心微皱，薄软的唇角紧紧抿着，似乎很生气。

车就停在校门口，冷斯城一抱她出来，司机马上把车门打开了。

冷斯城虽然一直绷着脸，动作还是很温柔的，把她抱到车上，转身关了车门，一面扣上安全带，一面告诉司机："开车！回西山别墅！"

一路上，冷斯城一直绷着脸，像是一把拉开的弓。

顾青青实在想不通，他为什么忽然变了脸色？难道，是他工作上出了问题，所以一时心绪难平？

回到西山别墅，保姆不知道发生了什么事，看到车后门打开，冷斯城抱着顾青青从车里出来，表情严肃得很，赶紧道："先生，太太。"

冷斯城理都没理她，抱着顾青青直接上了二楼。到了卧室门外，他也没把她放下来，而是一脚踢开了卧室门，把她丢到了床上。

保姆见冷斯城表情吓人，跟了上来，怕出什么事："先生……"

冷斯城面色冷峻，重重地关上了卧室的门。

当冷斯城身体压下来的时候，顾青青其实早就猜到了会是这样。

他有心事，愤怒、抑郁，虽然他不说话，却一定会找办法来宣泄。

她也没说话，只是伸出手，将他额前凌乱的刘海儿理了一下。她白皙微凉的指尖从他的额角落到他修长斜飞的墨眉，落到他目光清冷的琥珀色眼眸，再顺着他高挺的鼻梁滑到他薄软的唇上。

一场终了，冷斯城心里的难受、郁闷和激情全都爆发了出来，他懒懒地翻身躺下之前，还不忘狠狠地吻住她的嘴唇，包括她的呼吸、心跳……她的一切他都要。

"你妈和你哥那边不用担心，我来处理。"冷斯城淡淡地开口。

他不喜欢顾青山和吴爱梅，这两个人经常闹事，但是再怎么说，他们也是她的血脉至亲。

顾青青点点头："也别太纵容他们，我妈妈和我哥哥的脾性我是知道的，你给他们的越多，他们的胃口会越大。"

"我知道。"冷斯城自有分寸。

他轻轻用鼻尖在她的脸颊上蹭了蹭，似乎在感受她的呼吸、她的体温、她身上的香气："你先养好身体，以后你要跟我一起出去的时候会很多，我可不想让人看到我冷斯城的妻子病恹恹的模样。"

顾青青第一反应是："我以后，要跟你一起参加宴会之类的？"

她这些年没与他参加过任何宴会，她一直以为他看不起自己，怕她丢他的脸，所以从来不公开她的身份。

"怎么，你不愿意？"

她摇摇头，心里甜甜的，没有什么比自己深爱的丈夫重视自己，更让人激动欣喜了。

"那生孩子，你听不听我的？"

顾青青立即撒开了搂住他脖颈的手，转身，故意背对着他："不听。"

"不听是吗？"最后一个字，淹没在他的吻里。

很快，床又剧烈摇晃了起来，许久许久都没有停歇……

第二天。

一大早，顾青青在一阵窸窸窣窣的声音里醒来，她睁开眼睛，果然，旁边的冷斯城正准备起床。

听到动静，冷斯城立即回头："你醒了？"

顾青青抱着被子，睡眼惺忪的模样："你要走啦？"

"嗯。"冷斯城点点头，"时间还早，你继续睡吧。"

"这么早你就要走？"顾青青看看时间，才早上六点半。

"嗯。公司有事。我争取晚上回来。"冷斯城说。

他不动，顾青青也没凑上去，闻言，只是点头。

都要走了，难道不应该给他一个送别吻吗？

"等等。"他转身，刚走了两步，就被顾青青叫住，手里多了一盒蜂蜜。

"我听说蜂蜜对胃很好，你经常一忙起来就不好好吃饭又喝酒，记得多喝点，对身体好。"

冷斯城不喜欢吃甜食，可是不知道为什么，此时一股幸福的感觉涌上心头。

"嗯。"他收下蜂蜜，"还有什么要说的？"

"工作顺利。"

"还有呢？"

顾青青小声地说："晚上早点回来。"

临走，他还恋恋不舍地摇下车窗，非要完全看不到她，才把车窗关上。

程秘书汇报说："按照您的吩咐，已经派人去查了。他的人果然按捺不住，四处打听情况。"

冷斯城目光犀利地吩咐："继续吊着，不要透露任何信息，千辛万苦打听来的消息，他才会信。"

这几天，冷斯城工作的确很忙，但不是真的忙到连家都回不去的地步。他不回家，不过是为了借着顾青青的口，传递给林周逸一个信息：他在密谋一件大事，一旦成功，他会收获巨大的利益。

皇霆娱乐主要业务是拍电影，娱乐TV是视频网站，拍摄和播放都有了平台，唯一没有的就是电影剧本和小说版权。

慕总一行人去欧洲就是为了约见一位文学网站的老总，林周逸应该能打听得到。他现在频繁见合作商，就是想收购一家小说网站，用最便宜的价格获取小说版权。

既然林周逸这么想打垮自己，那就给他这个机会，看他上不上钩。

"可是，这件事情不用告诉太太吗？"

"不用。"冷斯城摇摇头。

瞒着顾青青，一方面是让她把这个消息"传达"给林周逸，另一方面，是不希望她卷入男人们的争斗中。林周逸怎样做他都奉陪，只要不牵扯到顾青青。

"对了，还有一件事，你帮我去查一查。"虽然觉得顾青山不会捅什么大娄子，但顾青山要是出事，顾青青会很担心，那他还是得关注一下。

到了公司，程秘书看见他手里拿着一盒蜂蜜，连忙说道："冷总，东西我来拿吧。"

冷斯城狠狠瞪了他一眼，把那盒蜂蜜藏在了怀里——顾青青给他的，他才不要给别人，碰一下都不行！

程秘书无语，自己又不是想偷喝他的蜂蜜，不过帮他拿一下，看他那样儿！

顾青青到了公司，发现徐子衿又请假了。

下午开会的时候，林周逸直接宣布："顾小姐，徐子衿这单广告交给你了，稍后我会通知聂家，让他们和你接洽，你们再商量拍摄细节。"

顾青青一个头两个大，如果有选择的机会，她绝对不会和聂之宁共事："林总，这单生意是徐子衿拉来的，现在交给我，是不是有点……"

林周逸看向她："徐小姐无故旷工多次，我可不想让旭逸的名声被她拖垮。从今天开始，她不来一天，她的工作就移交给你一天，直到所有case（事情）全都移交给你，然后自动离职。"

沈亚婷不服气："顾青青手里的工作本来就不少了，还把我们组的工作也揽了过去，也不知道吃不吃得下。"

林周逸声音稍稍扬了起来："她吃不下，难道沈小姐就可以？沈小姐在公司三年，不知道为公司带来多少业绩？"

"那她还惹了一堆事呢！她和冷斯城的事情，现在闹得满城风雨。"

"自从有了这些传闻，你知道我们旭逸的股价涨了多少？又有多少公司想要与我们合作？沈小姐也是做了几年广告的，怎么连这个都不懂？还有什么异议吗？"

一屋子人都看向顾青青。

她虽然压力山大，但还是站起来："感谢林总的信任，我会继续努力的。"

会议结束后，顾青青想了想，还是去了林周逸的办公室："林总，其实，我和冷斯城……"

她还没说完，就被林周逸打断了："我并不关心你和我表哥是什么关系。"

顾青青有点诧异。

林周逸说："只要是能做事、能给旭逸带来发展的人，我都接受。所以，徐子衿能给我拉来case，我就留她，而你也是一样。我就问你一句，你有没有信心做总监？"

顾青青点头。

林周逸话锋一转，又关心地问："不过我看顾小姐最近似乎有点烦躁啊，是不是家里有什么事情？"

想到冷斯城的工作，她说："林总放心，私事是私事，我不会影响工作的。"

顾青青刚走出林周逸的办公室，冷斯城的电话就打了过来，林周逸只听到她有点遗憾地说："今天又要很晚回来啊……"

之后一连几天，冷斯城都没回来，但是每天都会在顾青青工作的时候给顾青青打电话。

林周逸肯定会旁敲侧击跟顾青青打听消息，而顾青青是可以传达消息，但也可以传递假消息。

"林周逸已经查到那家公司了，不出冷总所料，他们准备抢单。"一上车，程秘书就汇报情况。

冷斯城点头："那今天在董事会上，我们正式提出收购计划。"

程秘书说："可是，董事会不是一直都不同意我们的收购计划吗？"

"他们答应不答应不要紧，我只要让林周逸相信，我对那家公司是志在必得就行。"

林周逸不傻，他打听到这个消息，即使很想截和，事前也得做大量的工作。这个文学网站，即使林周逸加价，上市以后也能赚钱，只是赚多赚少的问题。他现在要做的，就是让林周逸确信这是个一本万利的买卖，加价也必须拿下。

冷斯城忽然想到了什么，转头问程秘书："对了，太太的家人什么情况？"

程秘书回答："太太的哥哥任职的这家公司的确不是什么野鸡公司，老板是个房地产开发商，不过最近形势不好，一个别墅区拖了半年没交房，业主正在闹。"

冷斯城说："你帮我盯紧一点。"

他赶紧把消息告诉顾青青，顾青青又告诉了妈妈和哥哥，哥哥只是随便应了一声，她再劝，他就挂了电话。

娘家的事情不顺，工作上也是，下午还要和聂之宁商量广告事宜。幸好在公事上，聂之宁并没有为难她，大概说了一下价目和要求，就放手让她去做了。

从聂家的公司出来，时间也不早了，顾青青直接坐车回家。

路上，她给冷斯城发了条微信："工作还顺利吗？"

冷斯城看到信息，脸上瞬间扬起了笑容，故意逗她，回道："不太顺利。"

果然，顾青青一下就急了，马上问："怎么了？严重吗？"

冷斯城回了个"摊手"的表情，故意说："我今晚可能还得待在公司，你不用等我了。"

他挂了电话，转头命令保姆："你今天请假。"

"可是我不需要请假啊？"保姆一脸迷惑，最后在冷斯城严肃的目光下，点头，被迫请假了。

另一边，顾青青没来由地失望起来，从聂之宁那里得来的好心情瞬间一扫而空。

回到家，她换了鞋，表示："我今天不想吃饭。"

屋子里没人回应，只有厨房里有动静，她无精打采地走了过去：
"我今天不想吃饭，不用煮我……"待看见厨房里的人，她吓了一跳，
是冷斯城。

她从来没见过冷斯城下厨，一米八几的大男人，穿着宽松舒适的家
居服，站在灶台前煎炒烹炸。

见她进来，他回头看了她一眼："牛排要几成熟？"

"啊？"顾青青有点诧异，然后说，"七成。"

冷斯城点点头，转头又看向煎锅。

"你会做饭？"

"还看着做什么？吃饭去。"说话间，冷斯城已经把牛排煎好，盛
在盘子里。

顾青青连连点头，跟着他一起走到了餐厅。

走到这里，她才发现冷斯城还准备了红酒和烛台。

冷斯城转身，用遥控器打开音响，一首轻柔舒缓的曲子慢慢响起。

"你这是……"

"保姆今天请假。"他低头切牛肉，"吃饭环境很重要，没氛围，
再好吃的东西也没胃口。"

顾青青"哦"了一声，走过来，坐在他身旁。

牛排煎到七分熟，有非常漂亮的雪花纹，还有一种入口即化的
奶香。

"好吃！"

她抬头的时候，发现冷斯城正拿着她中午没吃完啃过一口的三明
治，毫不犹豫地大口吃起来。吃也就吃了，他还皱了皱眉，一脸嫌弃
地说："这个三文鱼肉不新鲜，味道也咸，你怎么喜欢吃这样的垃圾
食品？"

"我……"顾青青答不上来了。

一个没注意，冷斯城还把她的牛排抢了过去，一口接着一口，很快
就要消灭光了。

"你，你还我牛排！"吃她的三明治也就罢了，牛排也吃，他自己的盘子里还有好大一块呢！

冷斯城微微勾唇："想吃吗？"

废话，才吃到一半就被他全都抢去了。

冷斯城见她愤怒地瞪着自己，竟然还笑："张嘴。"他用刀叉切了一块，递到她面前，塞进了她的嘴里。

顾青青没想到，有一天自己会被冷斯城这样"投喂"食物："冷斯城，你以前……是不是也这么做过？"

"你是说，给女人喂饭？"冷斯城居然真的点头，"有啊。"

顾青青内心有点慌乱："是，是谁？"

冷斯城淡淡地看了她一眼，十分自如地回答："我堂妹。她小时候生病不爱吃饭，我就是这样一口口喂她吃的。"

顾青青无语了："那别人呢？"

冷斯城淡淡地道："暂时还没有。怎么，你希望我喂别的女人吃饭？"

顾青青立刻瞪圆了眼睛。

冷斯城既无奈又高兴。顾青青这么介意他和别的女人有事情，就算不是爱，也在意得很了。

她问："你不是说，你今天有事可能回不来吗？"

冷斯城点头："是有事。我看好的生意，有人跟我抢。"

"这单生意……真的这么难做吗？"顾青青从来没听过冷斯城抱怨工作上的事情，这好像是第一次。

冷斯城点头："我再去跟对方商讨一下，看看竞争的人出的什么价码，实在不行，我们也可以加价，能用钱解决的问题就不是问题。"

现在的广告，除了投放平面和媒体，怎么运作也是很重要的。

除了广告片要做得有新意之外，怎么一步步投放广告，吸引购买者的注意力，上微博热搜，利用明星效应，甚至产品本身怎么包装，都是一门学问。做得好了，一款限卖两万台的手机能一分钟之内被迅速抢光，做不好，一块只要三块钱的肥皂，也能滞销到下架的悲惨境地。不过，这样的投放，需要更多的预算。有客户听说要加价，立即摇头，原本准备签下合同了，也会转去另一家报价比较低的广告公司谈。

徐子衿阴阳怪气地说："得罪客户了吧？报价太高，人都被你吓跑了。"

顾青青面色平静："只要还没签约，当然可以比较，如果客户觉得我们做得更好，自然还会回来的。"

"自己没见识还敢胡乱开口，你以为你是谁？"

顾青青目光平和地看了徐子衿一眼："我是谁不要紧，但是我怎么做，还不需要你来指挥。"

"你！——"徐子衿怒了，"别以为有人帮你撑腰就了不起！"

顾青青只是淡淡一笑："不敢。不过，也希望徐二小姐以后按时上班，不要无故旷工，不然，就算我们私下里认识有交情，也不好徇私。"

徐子衿讨不到便宜，转头看向林周逸："林总！"

林周逸只说："顾总监待会儿把你的报告拿来，我需要再看看。"

"好的，林总。"

徐子衿得意地扬起眉毛，这回，要去听教训了吧？

林周逸的办公室里，林周逸随手翻了翻报告，心思却不在这上面。自从得知冷斯城想加价购买那家小说网站，他就派手下的智囊团研究过了，虽然这家网站要价很高，但也不是没有利润空间。要知道，罗琳靠着一部《哈利·波特》赚了十亿美元，一部《暮色》也收获数亿，甚至连《暮色》的衍生作品《五十度灰》也在全球卖了七千万本，漫威公司更是靠着把漫画拍成电影养活了无数人。既然冷斯城这么想要，那他偏要抢过来。

"很好。"林周逸合上报告，笑着看向顾青青，"很好！我们旭逸虽然讲究成交量，但是，这种高端定制服务不能价格太低，不然对正常业务也是一种冲击。"

顾青青笑了笑："是啊！大钱都出了，在这样的小地方省也没必要。"

顾青青刚走，林周逸的人就传来消息："董事会上讨论很激烈，没听到结果，但是，冷斯城出来的时候，表情轻松，目光坚定，估计结果不错。"

冷斯城在这么短的时间里召开了两次董事会，一次是为了收购这家网站，一次是为了可能需要的加价，如果自己再不动手，也许真被冷斯城抢走了。

想到这里，他马上打电话给自家的谈判者："马上联系对方，定下合作意向，免得夜长梦多。"

挂了电话，他想，不知道冷斯城辛苦争取来的生意被他抢走了，冷斯城会是什么感觉？也许，会气得吐血吧？

之后几天，林周逸陆续得到消息，冷斯城最近脾气暴躁，已经骂了好几个高管，还把一套他珍藏的清代瓷器摔了。据说，皇霆娱乐集团的员工都战战兢兢，生怕触了他的霉头。他还派手下去跟那个文学网站的人谈，想要让对方改变决定。

林周逸判断冷斯城心情的另一个来源是顾青青，这几天，她留在公司加班的时间很长，每天上午九点到，晚上九点以后才离开，心情也明显低落了很多。

过两天就是七夕了，公司里的人都兴高采烈地谈论自己的男（女）朋友、老公（老婆），只有她低着头一言不发。

最后，连李悠悠都看不下去了："他这几天有给你打电话吗？有跟你聊过天吗？"

"他走之前说过，他最近几天会很忙。前天打电话给他，深夜了他还在工作。不过，这两天，他都有让他秘书跟我联系。"

李悠悠不忿地说："你是他的老婆，找个秘书来打发你是什么意思？一个男人要是想着你，就算再忙，打个电话的时间总是有的吧？

如果一个男人厌烦了你，就算他在书房里打游戏，也会跟你说‘他很忙’！"

她也是跟张复兴分分合合这么多年才得出来这些"宝贵经验"。和张复兴好的时候，一天恨不得打十次八次电话。后来他变心了，就算身在燕城也说自己"出差"。

"当然，我也不是让你们离婚，我只是让你多一个心眼！"李悠悠说着，手指头恨铁不成钢地戳了戳顾青青的眉心。

浑浑噩噩地回到家，保姆看着顾青青，还有些不好意思："太太，有件事能不能答应我？七夕节当天，我爸爸给我找了个老乡要相亲，所以……"

顾青青抬起头，梦游一般点点头："哦，好，你去吧，玩得开心点。"

保姆七夕节都有安排，可她呢？

顾青青摇摇头上楼，关上卧室门，一股压抑的孤独感瞬间侵袭了她。

屋子里都是他的味道，不管是被褥上、沙发上、书桌旁，还是浴室里。

有首歌叫"不是因为寂寞才想你，而是因为想你才寂寞"。只要一想起他，她心里就陡然空了一大块。

李悠悠说的她都懂，她只是舍不得他罢了。

看着手机，算着时间正是晚餐的点，鼓起勇气，她内心忐忑地打了个电话过去，可等来的是"您所拨打的电话已关机"。

犹豫了一下，她又打电话给程秘书。

程秘书倒是接得快，背景音里有着激烈的争辩声，听着似乎在开会。

"太太。"

"你们……还在工作？"

"是啊！这几天天天忙，冷总晚饭都没来得及吃，一直在争取。"

顾青青立马心疼了："工作再忙，饭也得按时吃啊！他胃不好，待会儿让他喝点清淡的粥之类的，千万别喝酒。我不耽误你们工作了。"

挂了电话，程秘书走到冷斯城身边，轻声道："刚刚，太太来电话了。"

莫东阳怪笑一声："查岗啊？"

冷斯城白了他一眼："她说什么？"

"哦，太太说让您按时吃饭，喝点粥养胃，别喝酒。"

冷斯城多听一个字，眉头就舒展一分，紧抿的唇角也上扬一寸。

听完，冷斯城忽地站了起来，全办公室的人都跟着抬起头来。

"我去喝点粥。"他说完，目光冷淡地扫了一眼屋子里的人，"如果我回来的时候，还没讨论出个所以然……"后面的话他没说，直接迈开腿走了。

做戏做全套，这两天林周逸正式签约，他也把这些高管关在公司里吵闹，其实暗中早就找好了另一家更大规模的文学网站，价压得很低，通过其他公司全资买下，合同都签了。

站在会议室外面，冷斯城问："太太还说什么了没？"

"没说什么。"

旁边的莫东阳笑着说："里面的人吵了好几天也吵不出一个所以然来，还不如回去听听小曲来得轻松。我最近新泡了一个妞，是音乐学院拉小提琴的。"

冷斯城白了他一眼，没说话。

莫东阳还笑："过两天就是七夕了嘛！我消失几天，七夕的时候突然出现，这不是惊喜吗？"

冷斯城真诚地看了他一眼："你放心，到了七夕那天，我会让人通知你加班的。"

"喂，冷斯城，你也太不仗义了！"莫东阳哇哇大叫。

冷斯城理都没理他，直接抬起腿来走人。

不过，他眉头挑了挑——惊喜吗？

七夕节当天。

公司里一派喜气洋洋，难得七夕是周五，下班以后就可以跟男（女）朋友或者老公（老婆）约会了。

下班的时候，林周逸特意看了一眼顾青青，依旧情绪不高，这下，他终于可以放心大胆地去签约了。

顾青青晚上还有一单生意要谈，对方指定了地点，是燕城最繁华的天街中心。

在路上，她又给冷斯城打了个电话，这次，依然是"您所拨打的电话已关机"，气得顾青青直接关机，她以后再也不要给他打电话了。

谈完生意已经九点半，正是天街中心最热闹的时候，听说晚上这里还有狮子座流星雨，不少男男女女挤在广场等候。

碰到一个卖棉花糖的小贩，她买了一个棉花糖，然后拿着比她的脑袋还大两倍的棉花糖慢慢地舔。

"你看，一点都不甜。"旁边一个女生在跟自己的男朋友撒娇。

男朋友奇怪地问："怎么会不甜呢？"

"不信你尝一口！"女生把棉花糖往他嘴边一塞，男朋友疑惑地吃了一口："很甜啊。"

女生笑了："这才甜。"

甜吗？顾青青又吃了一口。骗人，明明是苦的，苦得她眼泪都要出来了——分外的孤单，一直都只有她一个人。

流星雨在十点钟，突然，不远处的古老大钟闷闷地敲响，广场上的灯毫无征兆地全都灭了，所有人都抬起头来，期待着将要到来的流星雨。

顾青青也抬起头来，却是毫无期待地看着天空。

就在这时，冷斯城悄无声息地从背后抱住了她。

顾青青哆嗦了一下，差点叫出声来。

他靠近她，呼吸间的灼热气息，轻轻撩拨着她的耳朵："是我。"

是冷斯城。

"你怎么会来这里？"

他当然知道，因为顾青青刚才去谈的那个合作商就是他派人找的，之后一路跟着她到了这里。

广场上的人跟着倒计时一声声喊着："十，九……"

冷斯城看了她一眼："因为，今天是七夕。"

她的心脏蓦地停跳了一瞬。

两人一直沉默着，此时，倒计时已经一路数到了："五，四……"

冷斯城忽然闷闷地说："其实，我有一件礼物要送给你，你看。"

随着倒计时，广场上的气氛渐渐紧张起来："三，二……"

远处的大钟敲响最后一声，十点整。

与此同时，双子星座的大楼屏幕上，一个显示着牛郎星，一个显示着织女星，牛郎和织女长得竟然很像他和她呢！

"七夕快乐。"他声音磁性低沉，像大提琴低回的琴声。

"快看！流星雨，是流星雨！"

突然，广场上出现了一片骚动，夜空中出现了一颗流星，而后，一颗又一颗流星，像是一颗颗璀璨的明珠，刹那间划过天际。

"快，许愿！"不少人欢呼着，也有人双手合十，闭眼许愿。

冷斯城站在顾青青身后，双臂环绕着她，双手交握在她胸前，两个人就像是最最普通的情侣，冷斯城轻声说："快许愿吧，今天也许会有好运呢！"

她回头，看到他眼睛亮亮的，也许是因为有流星划过，他的眸子里也闪耀着光芒，好像天上的星星都落到他眼睛里去了。

什么都不说，什么都不做，不言不语，已经胜过了千言万语。

"许愿了吗？"

顾青青点点头："我许了三个愿望。"

"是什么？"

顾青青说："愿望说出来就不灵了。"

冷斯城静静地看着她，反正只是一个乐子，她想许什么愿都行，哪怕，她的三个愿望里都没有他。

其实，他刚刚也许了愿望的，他的愿望只有一个：希望她能爱上他。

而她的那三个愿望是：一愿郎君千岁，二愿妾身长健，三愿如同梁上燕，岁岁常相见。愿岁月静好，现世安稳。

但是有些时候，事情并不是你想怎么样就能怎么样的。

第十三章　一个拥抱

第二天。

顾青山工作的那家信贷公司，涉嫌非法融资、以超高利息吸引投资，老板干脆直接卷走了账上所有的钱消失了，等顾青山赶到公司的时候，这里早已被愤怒的群众包围，办公室里一片狼藉，文件到处乱飞，办公物品也被冲进来的群众砸了个稀巴烂，墙上、地上，到处贴着"还我血汗钱"的大幅标语。

顾青山都傻了："他们拿走了多少钱？"

会计摇摇头："后台我们已经登不进去了，初步估计，至少有三四亿。顾总，我们怎么办？"

"怎么办？我怎么知道怎么办？"顾青山这才意识到，老板真的是跑路了。

"你怎么不知道？你不是刘总最信赖的人吗？刘总走了，我们肯定得找你啊！"

不止那些群众，不少工作人员也投了钱，而且一个多月没有领取工资了，现在群龙无首，不找顾青山还能找谁？

"对，刘总把我们的钱卷走了，顾总职位是这里最大的，就找他！"

原来还有保安在维持秩序，现在大家都争着让顾青山还钱，保安也加入了要钱队伍。顾青山一个人势单力孤，被一大群要债的员工和群众包围，简直要活撕了他。

好不容易逃回家，仍有债主上门，吓得顾青山和吴爱梅不敢开门，也不敢出去。然而，到了夜里，这次来的人更直接，直接把顾青山带走了，是警察。

顾青青和冷斯城赶到顾家的时候，已经是晚上十点。

家里一片狼藉，吴爱梅坐在家门口，眼睛红肿，头发散乱，一副悲戚的模样。

这是顾青青第二次看到吴爱梅这副模样，上次是她爸爸去世的时候。

"你哥哥，你哥哥被警察带走了！他们说刘总卷钱跑了，你哥哥是那个公司的高层，很多文件都是他亲自签的，他必须负责。"吴爱梅一把抓住顾青青的胳膊，很用力，好像要把全身的力气都用在努力抓住这根救命的稻草上。

冷斯城眉头蓦地皱了起来，上前一步，把她的手从顾青青的胳膊上掰开。

他看了看狼藉的室内，径自找了个沙发坐下，双腿交叠，眼神淡漠地看着她。

"哥哥他是不是疯了？"顾青青快要气晕了，"不是劝你们远离那个公司吗？"

吴爱梅快要急疯了，她看向冷斯城："我们怎么知道啊！当时刘建国拿出一大堆材料让你哥哥签字，旁边还有一个律师帮忙劝你哥哥，可能一时没看清就……"

这也能"一时没看清"？现在计较这些已经没用了，顾青青问："刘建国到底犯了什么事？欠了多少钱？"

"还不知道，只知道在那个投资公司，他就卷走了好几亿。"人很有可能已经出国，逃到外面去了。

"现在怎么办？"吴爱梅从来没有想到会遭遇这些，六神无主地看向冷斯城，"斯城，求求你，救救我们青山，求求你！"

谁知道，冷斯城淡淡地看了她一眼，然后摇头："我拒绝。"

听到冷斯城说拒绝，顾青青瞬间呆了。这是什么情况？冷斯城不是跟她一起过来帮忙的吗？

吴爱梅也呆住了，她缓了缓又问："斯城，这件事情，你不能帮我吗？青山他毕竟是青青的哥哥，现在他被人带走了……"

"带走了，又怎么样？"冷斯城的一句话，把她后面的话全都噎在了喉咙里。

什么叫"又怎么样"？被带走了，当然是他被抓去警局，当然是要被惩罚，要替刘家背黑锅啊！

吴爱梅说："他是无辜的，他根本没有做过那些事情，那都是刘家让他背黑锅的！"

"不管他做没做过那些事情，他的的确确签了字。他是一个成年男人，得要学会承担法律责任。"

吴爱梅已经习惯在这三年里有什么事情都直接找冷斯城，虽然冷斯城每次帮助他们家的时候，态度都不是很积极很热情，但从来没有像今天这样直接拒绝。

吴爱梅急了："可是，青山毕竟是青青的哥哥，青青是你的妻子……如果青山被警察带去，最后真的出事了，对你也不好吧？"

冷斯城坐在沙发上，这时他跟保姆要求的咖啡端了上来，他伸手接过，轻轻抿了一口，微微挑起眉头，眸色淡淡："他出事，关我什么事？"

如此清冷的声音，一下子把吴爱梅打击到了："你帮忙跟警察说一声，把他保释回来也好啊！"

冷斯城淡漠道："事情还没查清楚之前，恕我无能为力。"

吴爱梅转头去求顾青青："青青，你帮我求求他！"

顾青青问："斯城，可不可以……"

冷斯城看了看她被吴爱梅抓红的手腕："不可以。"

吴爱梅发狠道："你要是不救青山，我就把当年你撞死了青青爸爸，才娶她的事情，告诉全天下的人，你就是一个杀人凶手！"

顾青青立刻道："妈！你……"

"怎么，我说错了吗？虽然是意外，但是，你爸爸确确实实是死在他手里的！"

顾青青知道她爸爸的死不是他的错，那个雨夜，他安全行驶，既没有超速也没有酒驾，她爸爸却突然闯到机动车道。她事后反复查看了监控视频，的确不是冷斯城的错。若是有半分他的错误，就算他给他们家还高利贷，还答应娶她，她也不可能嫁啊！

说到顾爸爸的死，冷斯城有一丝动容，但是，他挪动了一下身体，还是说："如果你觉得我有问题，可以随便去告，需要我负责的，我不会推脱一点。还有……"他缓缓靠近，声音很轻地在吴爱梅的耳朵边说了几个字，原本还气势惊人的吴爱梅一下子软了下来："你，你怎么知道？"

他退后一步："我会帮顾青山请律师，但是超越法律界限的事情，我不会去做。我还有事，先走了。"

顾青青愣了，当年的事情，他和妈妈到底隐瞒了她什么？是不是，当年的事情，真的不是一场意外？

"我知道，我和青山这一次是急了点，可是不管怎么说他也是你哥哥。你哥哥你知道，他做不出伤天害理的事情，他确实是被骗了！求你救救他！"

顾青青被妈妈拉着手，进退不能。

帮人是情分，不帮是本分。虽然冷斯城是她的老公，两个人之间关系也越来越好，但是，他不帮忙她也没办法。

"妈妈，他是我的哥哥，我会尽量帮他。"

"什么叫'尽量'？是一定要帮他！"吴爱梅不敢对冷斯城发火，却敢跟顾青青生气，她用力抓着顾青青的手，力气大到想要把她的手腕捏断，"他是你的哥哥啊，也是顾家唯一的男人，你把他救出来啊！冷斯城是你老公，你去求他救青山啊！我养你这么多年，你就是这么对我们的？早知道这样，还不如当初把你丢在医院里！"

"我养你这么多年，你就是这么对我们的？"她知道妈妈重男轻女，也很理解这个时候妈妈的生气和着急，但是，听到这样的话，她心里还是很不好受。

顾青青对吴爱梅说："妈妈，我一定努力把哥哥救出来。你先别着急，现在最重要的是不能自乱阵脚，先要知道哥哥到底替别人担了什么事情，才好想办法。"

冷斯城看着吴爱梅紧紧握住她的手的手，皱了皱眉，半天开口："走吧。"

顾青青努力挣脱母亲的抓握，慎重承诺："妈，你放心，我一定竭尽全力！"

上了车，她问："斯城，可不可以……"

冷斯城看了看她被吴爱梅抓红的手腕，又看了看她焦急的模样，淡漠开口："不可以。"

"为什么？"顾青青不知道为什么冷斯城会这么绝情，"斯城，我知道我的家人给你添了很多麻烦，但是这一次如果不帮他的话，他也许真的要替刘家坐牢了！"

冷斯城看着她半天没说话，而后，忽地低头说了一句："你的手腕……"

顾青青一愣，抬起手腕，这才发现，刚刚被母亲抓住的白皙手腕上有着一道道青痕。但是，这不是重点好吗？她把手一收，着急开口："斯城，我哥我知道，他是自大、傲慢、贪婪、自以为是，他是个成年人了，他自己签的字，他自己贪婪一定要搅和进去，是他自己活该，可是，就算他活该也不应该所有责任都由他来扛啊。如果事情真是他做

317

的，我无话可说，可是，如果他真的只是被人利用了呢？"

冷斯城看了看她，没有回应她的话，而是问："你妈妈和哥哥那么对你，你为什么要帮他们说话？"

为什么要帮他们说话，这还用回答吗？

顾青青没回应，冷斯城接着说："因为他们是你的母亲和哥哥？"所以，他们之前那样利用你不尊重你，一出了事，还得找你帮忙？

顾青青点点头。

冷斯城又问："那如果，不是你的妈妈和哥哥，是别人呢？"

顾青青想了想："如果是我的朋友，我又知道她确实是情有可原，能帮助的我一定会帮助。"

"只有你的亲人和你的朋友吗？"如果他出事了，她会不会也像维护她的家人朋友一样，维护他？

她想了想："如果是正直的人，我能帮忙应该也会出头吧。"

"只是这样吗？"

"不是这样还有什么？"

其实这件事情，他如果现在就找人把顾青山捞出来，再找个好律师，就算顾青山签了协议，就算顾青山真的拿了钱也不要紧，把钱吐出来，就说自己被欺骗了，至少可以保释，甚至免予处罚，而他偏偏不愿意。

她的哥哥、她的家人，需要受到一点教训。之前是打人，现在是直接卷入了别人的经济纠纷。他们现在知道着急了，那之前顾青青劝说他们赶紧离开这个公司的时候，他们怎么不着急，反而还怪她挡了自己的财路吧？

就算要救他，也不是现在，他一定要让顾青山和吴爱梅得到教训，让他在警局多待一阵，不能让他们无限度地膨胀，无限度地帮他们擦屁股。更何况，他们从来就没有把顾青青当作一家人看待。

顾青青看着他冷淡的表情，有些忧心："真的……不可以吗？"

冷斯城摇摇头。

知道再求也无用，顾青青也不做无用功了。

车里一时很安静，只有车子行驶在路面发出的声音。

虽然冷斯城有心要给顾家一个教训，但是，看到顾青青黯然神伤的表情，他还是心软了。

许久，冷斯城先开口："青青，我刚刚的话，其实……"

"不，不用了。"顾青青思绪万千，语气有点慌乱，"我，我有点累。"

其实，冷斯城刚刚跟她的妈妈说的那句话，不是他杀了她爸爸，而是："当年那个保险公司的保单还在我手里，保险经理的联系方式我也有。"一句话，瞬间把吴爱梅逼退。

他当然不敢说，更不敢提，保险没什么，保险经理也没什么，而是，当时她的爸爸根本不是被他撞死，是故意碰瓷自杀的。

顾爸爸当时欠了一大笔高利贷，自己一条烂命，不如干脆试一试，而保险的受益人，根本没有她。

顾爸爸车祸身亡后，顾家顺利地以意外身亡的名义拿到了保险金，当然，一毛钱也没有分给顾青青，一直瞒着她到现在。这就是为什么，每次她求他帮忙处理顾家的事情，他一点都不乐意。

他皱了皱眉，半天才开口："顾叔叔的死我很遗憾，但是，那真的是一场意外。"

逝者已矣，又是她最爱的爸爸，他真的不忍心跟她说她父亲的一句不好。

"至于你哥哥，我会派律师去了解情况，如果需要我帮忙，我会帮。"

"我知道的。"她点头，脑袋偏向一边。

他看着她，他想向她表白，他不想藏着掖着，他想告诉她，他真的在乎她，他喜欢她、他爱她，从一开始就是。

他深呼吸一口气，努力平复自己的情绪："青青，你听着。就算没有你爸爸的死，我也会娶你！我想要娶你，因为这些年，其实我一直对你……"

"好。"顾青青点头，声音温柔得很，"我知道了，所以，我可以休息了吗？"说完这一句，她脑袋靠着车窗，闭上了眼睛。

冷斯城惊讶地看着她，搭在她肩头的手瞬间拿了下来。

夜半。

顾青青睡得很不踏实，也许是因为今天忙了一天，也许是因为外面闷雷滚滚，空气都显得有些窒闷，就像是有根看不见的丝线，一直捆缚着她。

她讨厌雷雨天，因为在多年前的一个雷雨天，她先是失去了尊严，又失去了爸爸。

当时，她爸爸欠了一百万的高利贷，债主扬言再过三天不还钱，就砍下她爸爸的双手抵债。她原本求了聂之宁，却被甄太后知道，把她单独约了出来，丢给她一张一百万的支票，让她赶紧离开自己的儿子。

她当时真是蠢，为了一口气，不仅泼了甄晓雅一头一脸的水，还把支票丢给她。谁知道，就在当天晚上，债主上门追债，在他们拿不出钱后，砍了她爸爸一根小手指。

那时候，顾家已经到了绝境，她甚至不知道应该怎么活到明天，她更是痛恨自己为了一点点骨气没有接下那一百万，现在再去要，人家也不会给了。

她当时想到的人，只有冷斯城。

她还记得那天晚上下着大雨，她想找冷斯城，可冷斯城在哪里她也不知道，打电话给他，没人接。

实在没办法，她只好打给莫东阳。莫东阳告诉了她，还加了一句："现在情况不大好，如果你能安慰一下他最好了。"

当时她的心里只有自己家的危机，没有想到，冷家也遇到了危机，投资人一下子撤去了大半资金，连他的亲家徐家也直接撤资毁约，甚至上门要退掉他和徐子佩的婚事。

不管冷斯城喜欢不喜欢徐子佩，对于男人来说，这都绝对是奇耻大辱。

　　她到了莫东阳说的一家会所外面，无意中发现徐子佩和冷斯城在花园的亭子里吵架，她就躲在一片灌木丛后面，偷偷地听。

　　"斯城，我知道我爸妈今天来冷家了。我想说，我爸妈想离开，我不想离开！"

　　轰隆一声，天上一道雷鸣。

　　花园里灯光幽暗，惊雷一响，闪电划过，将冷斯城的脸映得格外冷锐，他表情平静得吓人。

　　"不需要。"他声音淡淡，甚至懒得再跟她多说一句话，直接转身离开了。

　　徐子佩急了，她还以为是她爸爸妈妈的做法，深深地伤害了冷斯城，上前一步，立即表态："斯城，我知道我爸爸妈妈做出那样的事情很伤人，可他们是他们，我是我！只要你喜欢我留在你身边，我绝对不离开！"

　　"可是我不喜欢你啊。"冷斯城淡淡的一句话，让徐子佩一愣，她下意识地开口："怎么可能？这些年，你身边除了我，根本没有别的女人。"

　　她高二的时候跟着父母一起回国，和他又是同学又是邻居。他性格孤僻，身边几乎没有女生，好像只和自己亲近一点。

　　"我今天来找你，已经把一切都想好了，我还把所有证件都带齐了，我们可以明天就领证！"

　　冷斯城眉心微皱："你真的想多了。如果你说完了，那我先走了。"

　　冷斯城懒得跟她继续啰嗦。

　　"斯城！"徐子佩没想到冷斯城说走就走，她上前一步，从背后抱住了冷斯城，抱得紧紧的，"斯城，我是真心喜欢你的！"

　　藏在不远处的顾青青看到这一幕，一时间，心里五味杂陈。

雷声轰隆，她听不清他们之后说了什么，只看见徐子佩后来红着眼眶冲了出来。

冷斯城正打算离开的时候看到了顾青青，一下子眼神变得有点复杂："你？"

她站在亭子外，他在亭子内，雨还在下，徐子佩已经越跑越远了。

她上前一步，想说什么，却见冷斯城微微皱眉："你来做什么？"

"我……"她能说，她是希望他借钱给自己吗？

冷斯城看到她身上被雨淋湿了一片，眉心一皱，有些生气也有点着急："还站在外面，是想感冒了以后，让人说我故意让你淋雨？"

"我，没有！"她摇摇头。

也许是因为他的声音太严厉，她也没想那么多，犹豫了一下，走了进来。

"你刚刚听了多久？"

他是在怪她偷听他和徐子佩的对话吗？

顾青青心里一痛："也没多久。你放心，你和徐子佩说的，我……基本上都没听见。"

冷斯城的眉头更是皱紧："我不是在问你这些。"

他低头，想把自己身上的衣服脱给她，可当时是夏季，他只穿了一件衣服。看了看四周，他想了想，干脆一把抓住顾青青的手腕，把她带到了客房，又让人给她找了一套衣服换上。

也许是他拉得太用力，顾青青没准备好，这一拉直接把她拉得踉跄两步。她看向他，冷斯城像是被烫到了一样迅速撒开手。她被丢开，像做错了事情一样，不知所措地站在一边。冷斯城想安慰又不知道该如何安慰，只好皱了皱眉走到一边，心烦意乱地打开一瓶红酒，哗啦啦给自己倒了一杯。端起来正要喝，想了想，他又把杯子重重地往桌上一放。

他坐在沙发上，她站在门边，两人谁都没有说话。

冷斯城几次想拿起酒杯，最后还是把手收了回去，叹了口气。

屋子里很安静，安静到只能听见座钟左右摇摆的声音。

终于，他开口："你，刚刚都听到了吧？"

顾青青一愣，她还处在高度紧张中，闻言只是点头。

"所以……"所以我们在一起？既然知道了，他也没打算再藏着掖着，想了想又问："你和聂之宁，分手了？"

顾青青听到"聂之宁"的名字，心里还是有些歉疚，就算没有借钱的事，她对聂之宁也始终不是爱，她不能自私。

"既然这样的话……"他刚想说"我们可以在一起"，就被一个电话打断了，是顾青青的电话。

她拿起手机一看，是吴爱梅打来的："顾青青，你在哪里？"

顾青青看了一眼旁边的冷斯城，回应："妈妈，我在xx会所。"

"你去找谁了？找聂之宁了？还是去找别人了？不管是谁都好，不管是什么法子，一定要借到一百万！"

"妈妈，我……"她又看了一眼旁边的冷斯城，难以启齿。

"你怎么了？青青，你不是说聂之宁很喜欢你吗？你去求他啊！"

"妈！"屋子里很安静，很显然，她妈妈说的话，旁边的冷斯城也能听得一清二楚，顾青青恨不得把手机甩出去，"妈妈，你在说些什么啊？"

"青青，你知道那些人有多狠吗？要是不按时还钱，你爸爸会没命的。聂之宁要是不借给你，你求求别人也行！你不是在xx会所吗？冷斯城也好，莫东阳也罢，你灌几杯酒，跟他们要钱……"

"够了！"她还没回答，电话那边响起了她爸爸的声音，"你疯了，你想要青青出卖自己？"

"卖又怎么样？我养她这么大，现在命都快没了，难道还不能收一点利息吗？"

"她在哪里？"电话那头传来了凌乱的脚步声，而后一下子挂断了电话，显然是顾爸爸出来找她了。

那边声音戛然而止，这边空气也近乎凝滞。

谁都没有说话，屋子里，静，死一般的寂静。

许久，一声轻笑响起："顾青青。"

她吓了一跳，浑身一哆嗦，不敢转头去看他的表情。

冷斯城的声音幽幽传来："不管是我，还是莫东阳，或者别的什么人，灌几杯酒，然后再跟我们要钱？"

"冷……学长，不是这样的！"顾青青下意识地想要解释，可她应该怎么解释？她妈妈说得没错，她今天过来，就是为了钱。

"不是这样，那你告诉我，你今天过来，到底是为了什么？"

"我……"顾青青被他问得一时语塞，"我，我……"

冷斯城目光灼灼地看着她，他希望她摇头，希望她告诉他，这一切都不是真的。

可是，他越是这样看着她，她越是哑口无言。

冷斯城的眼神越来越失望，越来越失望，最后，变成了一声讽刺的轻笑。

难怪她肯答应和聂之宁恋爱，听说他们在一起后，聂之宁虽然没有直接给钱，但是明里暗里也帮了顾家不少忙。别的不说，他原本计划要跟顾青青一起出国读书，肯定是他出钱。

他站起身，胸腔里满是怒气，正准备离开，顾青青的手机又一次响了，还是她妈妈打来的，不过，这次她妈妈的声音里似乎带着哭腔，还有点恐惧："青青，刚刚他们又打电话来了！说如果不给钱，明天就会教训我们！青青，妈妈求求你……"

顾青青觉得自己手里的手机像有千斤重，压得她整个人都要窒息。

钱，钱，钱，都是钱！妈妈的话虽然难听，可是，说得也有道理，没有什么能比爸爸的命值钱。

想到这里，她握紧了手机，像是下定了决心，往前走了两步："冷……学长，求你，我需要钱。"

冷斯城目光忽然变得深远起来，声音也有点儿缥缈："如果，我说不呢？"

他说"不"！他说"不"！顾青青在心里惨笑一声。她算什么，她凭什么跟冷斯城要钱？

就在这时，顾青青的手机又响了，这次是莫东阳，他打电话过来关心她："青青，你怎么样了？你的事情办得如何？"

"我……还好。"她强颜欢笑，"事情办得不大顺利，也许还有别的法子。"

"是吗？如果不行，你先过来，我这里路子多，帮你想想别的法子。我在xxx客房，你随时可以过来找我。"

路子多，帮她想别的法子，还把房间号都说了？如果是在平时，冷斯城也许不会乱想，可刚刚一系列的事情发生后，他只会想到一个——她这是去"自投罗网"！

顾青青转身准备走的时候，手腕忽然被一把握住，她转头，只看到冷斯城琥珀色的眼睛里迸射出幽暗的光："你，打算去找莫东阳？"

这不是正常的吗？她点点头，发现冷斯城的眼神又幽深了几分。

"如果，他答应你呢？"

顾青青说："那当然好。"

冷斯城眼里的光跳了跳，又问了一句："如果，是他把你介绍给别人，帮你解决问题呢？"

他知道的，莫东阳有一群玩得很疯狂的小伙伴，介绍女朋友都是相互的。

顾青青更是奇怪，半天才说："只要能帮我解决困难，怎么样都行。"

怒气，更多的是对自己的嘲讽。

顾青青感觉到她的手被他松开了，说道："冷学长，那我先走了。"

她转身走到了房门口，刚把手放在门把手上，手腕就被人死死按住了。

"冷学长，你……"她下意识地觉得不大对劲，但又实在不知道哪里不对劲。

他直接扭了反锁，把她压在门板上，蛮横地扯开她的衣服："既然都想卖了，那就只卖给我，我出得起价钱。"

顾青青被他这么一扯，整个人都吓傻了。她没见过这样的冷斯城，像是野兽，又像是暴君，双目里跳跃的鬼火，仿佛能将她焚烧殆尽。

"我不要，放手！"她不要被这样对待，更不希望这个人是冷斯城。

她的拒绝和反抗更加激怒了冷斯城，刺啦一声，她衬衫上的纽扣在他这样大力的撕扯下，瞬间崩掉了好几颗。身前一凉，也许是这体温的骤降刺激了她，顾青青也红了眼睛，不知道是哪里来的勇气，撑起上半身，然后用手一甩，啪！重重的一巴掌，狠狠甩到了冷斯城的脸上，打得他的刘海都飘在了一边。

房间里蓦地一静，她和冷斯城都停下了动作，空气里只有两个人沉重的呼吸声。

顾青青在挥手打人之前，似乎用了全身的力气，一巴掌打下去以后，她整个人仿佛被抽空了所有力气，不可置信地看了看被反作用力打得有些发麻的手掌，她怎么……居然打了冷斯城？

被打的冷斯城，疯狂的情绪似乎一瞬间散去，瞳孔缩小，像一条暗夜中的蛇，咝咝地吐着蛇芯，即将对她一击致命。

"怎么，你不是想要钱吗？不是要救命？你大可以离开。但是，走出这扇门，不一定能有人出得起一百万。你想看着你家家破人亡，现在就可以滚！"

顾青青原本还想着要抗争，听了这句话，就像是一个紧箍咒勒在她的脑袋上，一下子让她失去了所有反抗的力气。

冷斯城眼神冷漠地看了她一眼，看着她眼中失去了反抗的光，再不迟疑，把手里被他撕破的衣服一扔，压了上去。

整个过程她都很痛苦，冷斯城用力得很，像要把心中的怒气、不满、不甘、怨恨、嫉妒、压抑，全都发泄在她身上一样。

不知道过了多久，在顾青青觉得自己快要死掉的时候，他终于停了下来。虽然两个人的身体贴得如此紧密，她却感觉两人之间的距离越来越远了。

也许是担心他再次强霸，在他想要低头跟她说句话的时候，她轻轻伸手推拒，想让他不要再压在自己身上。

这样一个简单的动作让冷斯城心中怒气又起，他猛地起身，捞起衣服，把她丢在了身后。

顾青青抱着被子看着他。

冷斯城穿好衣服，从外套口袋里掏出钱包，抽出一张卡，丢到她身上："密码是123456，我等会儿会打进去一百万。"

轰！就这么一句话，瞬间把顾青青打入了深深的地狱，伴着外面的闷雷，径直轰击了她的内心。

她喜欢他，被他强迫和粗暴地对待虽然让她难受，但是，绝对没有这种感觉，这就像是一件物品被消费了之后给予的报酬。

顾青青愤愤地抓起银行卡，紧紧握在手里，恨不得把这张轻飘飘却有千斤重的卡片扔到他身上。

冷斯城回头，眼神淡漠地看了她一眼，唇角勾起一丝不屑的轻笑："怎么，不想要？别忘了，你家还指望着这个救命钱呢。"

丢下这句话，他懒得跟她多说，直接打开门走了出去。

顾青青恨不得把手里的卡握碎，丢开，但是，她缺钱，他们家需要这笔钱。

几次想要扔掉的卡，最后还是被她放进了包里。她这个时候，没有权利任性，但是，她发誓，这笔钱她一定会连本带利地还给他。

顾青青艰难地起身，穿好衣服离开。

外面还下着雨，雷声似乎越来越大了。

不管怎样，她的包里现在有一百万，有了全家人的希望。

她坐出租车回家，过了一两个弯道，大半夜的，路却被封了，只看到前面拉了警戒线，一辆豪车似乎撞到了人停在一边，交警们忙忙碌碌的，不远处还有救护车的嘀嘀声。她也没多想，坐着车回了家。

到了家，敲门半天，里面没人回应，顾青青以为爸爸妈妈又冷战了，没人给她开门，也没多想，自己掏出钥匙打开门走了进去。

"爸爸，妈妈，哥，我回来了。"

没有一个人回应，她正想打电话给爸爸，拿起手机，手机恰好响了。她接了电话，电话那头是妈妈的哭声，听了几个字后，她手一松，手机啪一声摔到了地上。她不敢相信自己的耳朵，跌跌撞撞地跑出门，一路疯狂地冲向医院。

她冲进急诊中心，远远就听到了母亲悲戚的哭声，病床上面的人盖着白布，站在旁边的是浑身是血的冷斯城。

这是怎么了？出了什么事情？她脚步踉跄地往前走了两步，腿却撑不住自己的身体，歪坐在旁边的椅子上。

哥哥哭到一半，忽然想到了什么，转身抓住了站在一边像木头人一样的冷斯城："你还我爸爸，你还我爸爸！"

什么爸爸？她的爸爸明明好好的！钱的事情她已经解决了，家里的困难不再是困难。

冷斯城平常多么冷傲的一个人，却被顾青山抓着衣服用力地摇晃，最后还被泄愤一般推到一边，后背撞到墙上，很重的一声。明明应该很疼，他却皱着眉抿着嘴，一句话都不说。

顾青青脑袋里嗡嗡的一片空白，像失去灵魂的木偶木木地转身要往外走。

"顾青青。"一晚上没开口的冷斯城看见她，立即上前拦住了她。

顾青青着急地说："我要去找我爸爸，你让开！"

冷斯城用力握住她的肩膀，让她不能往前。

"你拦着我做什么？我要去找我爸爸！"她用力地掰冷斯城的手，想要把他推开。

冷斯城看着她，眼里满是愧疚、自责、痛苦、心疼，最后只说出三个字："对不起……"这三个字像一下子把顾青青的心门推倒，让她从

328

天堂坠落到地狱。

"这不可能！我不相信！"她激动地掰开冷斯城的手，眼里是绝望的光，"我爸爸好好的，他怎么会死？冷斯城，你太过分了！"她忽然想起了什么，从包里掏出那张银行卡，狠狠往他脸上砸去，"滚，我不欠你什么！给我滚！"

银行卡砸在脸上并不痛，冷斯城却疼得心一缩。

他没有去捡那张卡，而是再次握住她的肩膀，声音不大，一个字一个字地说："对不起，你的爸爸，出了车祸，是因为我……"

后来，冷家来了律师，交警也来了。根据交警的事故分析，冷斯城不存在酒驾、毒驾、超速等违规操作，而且发生车祸后第一时间打了报警电话、叫了救护车，主要责任在顾爸爸横穿马路上，加上天黑路滑，就算冷斯城要负责任，也只需要付百分之十。

吴爱梅和顾青山哪里受得了，冷斯城不说话，他们只好抓着律师大吵大闹，坐不坐牢不重要，关键是民事赔偿。

冷斯城一直一语不发，静静地守在床边。

最后，闹得不可开交的时候，还是他走过来，面对激动的顾青山和吴爱梅，声音平静严肃得像是在发一个誓言："我要是娶了你妹妹呢？"

外面轰鸣的雷声不断，顾青青睡得很不安稳。

冷斯城被她吵醒，睁眼看到她不安地左右翻身，心疼地把她的脑袋抬放到自己肩膀上，让她能睡得舒服一点。

他永远忘不了三年前的那天，她醒来以后看着他的那个表情，仇恨是那么明显，明显到他想忽略都无法忽略的程度。

之后，在灵堂上，他以顾青青未婚夫的身份接管一切，还赶走了前来吊唁的聂之宁，并对聂之宁说了那句"她已经是我的女人"。

再后来，聂之宁走了，徐家也走了，他们顺利结了婚。

那场车祸虽然是意外，但是，她爸爸的死，他不是完全没有责任的。

当时，顾爸爸赌博借了高利贷，他是知情的，不仅知情，还在顾爸爸越借越多越陷越深的时候，推了顾爸爸一把，一下子让欠款翻倍。也是他告诉徐子衿顾爸爸欠钱的事情，通知了聂家和徐家，让甄太后出马把顾青青打发走，然后他再顺势帮了她。他当时是想着，也许既能救了他们一家，也能让顾青青和聂之宁彻底分开。

他计划的一切都很完美，可他猜中了整个过程，却没有猜中结局，更没猜到她爸爸竟然会死在他的手上。

一直到现在，他都不后悔自己逼婚的决定，他只是后悔，自己为什么没有早一点向她表白。如果他早一点把钱借给她，那后面的一系列事情都不会发生。

冷斯城低下头，看到她紧皱的眉头，他的眉头也不由自主地皱了起来。他刚伸出手去，想要抚平她眉间的褶皱，就听到她的呢喃："爸爸……"

冷斯城的手一顿，看着她，眼中晦暗难明。

半天，他还是伸手轻轻地将她的眉心抚平，然后，手指掠过她的额头，将她额前的碎发整理好，轻轻地在她的额角亲了亲。

也许坎坷还会有，但是，以后他一定会多体谅她，除非是他最不能接受的底线，否则，她无论怎么作怎么闹腾，他都会一一包容。

然而，冷斯城不知道，他所谓的"底线"会这么快就被轻易"打破"了，黑暗还没有结束。

"恭喜顾小姐、徐小姐，创意大赛审核通过。"旭逸的会议室里，林周逸高兴地宣布，"比赛就在本周五，你们先把准备好的广告片剪成三十秒。如果得了第一，有一年公派出国深造的机会，两位一定要努力。"

他宣布完，公司的其他人都高兴拍手，唯有顾青青和徐子衿不在状态。

顾青青是因为她哥哥的事，徐子衿则是因为最近她母亲身体不好，她和聂之宁的关系又一直僵持着，在公司还被顾青青压制。

刚出会议室，张语欣就凑上来说："顾总监，有人找。"

顾青青奇怪："今天不是没有客户吗？"

"不是客户，说是你的母亲。"

顾青青应道："哦。"

徐子衿也听说顾家遇到了麻烦，便跟了过来。

吴爱梅果然是为了儿子来的。

顾青青跟她说，冷斯城已经派了律师去，但是现在还在调查取证阶段，还没有证据证明哥哥与此案无关，不过，律师说冷斯城已经吩咐过他，让他尽全力帮顾青山脱罪。

吴爱梅急了："怎么没有证据？我们家可没有拿过一分钱。你哥哥虽然这段时间花钱多了一点，但那可是几亿，你哥哥怎么可能拿？斯城不是有门路吗？不是认识里面的人吗？不能把他保出来吗？"

"妈，你这是徇私枉法，这怎么可以？"其实，冷斯城还真的可以先把顾青山保释出来，但他就是不让律师交保释金，想要多关顾青山一阵子。

"怎么就不可以？"吴爱梅急道，"你倒是不着急，他又不是你的亲……"

顾青青一愣："他不是我的亲什么？"

吴爱梅赶紧改口："他不是你的亲生儿子，你当然体会不到当妈的对儿子的那种深沉的爱。说来说去就是你没用，如果你早点搞定冷斯城，早点跟他有了孩子，早点坐稳了'冷太太'的位置，今天你哥哥出事，也不会变成这样。"

"妈！"顾青青不知道该怎么回应。

说了没几句，吴爱梅看到了徐子衿："子，子衿小姐？"

徐子衿过来是偷听的。

"我家的事情，你一个外人倒来操心了！"顾青青没好气地说。

"谁管你的事情了？我想出去买杯咖啡喝怎么了？"徐子衿一翻白眼，装作什么事情都没有发生过一样离开了。

"子，子衿小姐……"吴爱梅在徐子衿离开后，目光还一直追随着，待徐子衿不见了影子，她才回头看了一眼顾青青，一脸埋怨，"你跟徐子衿关系不好吗？怎么说也是从小一起长大的啊！"

"就算我这么想，她也不愿意吧？妈，你刚刚明明看见她对你是多么不尊重。"顾青青皱了皱眉，"总之，哥哥的事情我会尽力。妈，你就先回去吧，你这样着急也没用。"

吴爱梅点点头，又看了一眼徐子衿离去的方向，皱了皱眉头："青青，在公司还是要搞好关系，妈妈受点委屈没什么，主要是你的发展好。"

听到她关心自己的这一句，虽然顾青青心里还有些不舒服，但总算是缓解了不少。

"不管用什么手段，你一定要救你哥哥！"

"妈，其实我还想问，那天冷斯城到底跟你说了什么？爸爸的死，还有什么是我不知道的吗？"

顾青青忽然问起这个，吓了吴爱梅一跳，她摇摇头："没什么没什么，你爸爸是死于意外，跟冷斯城没关系，你不要瞎想，还是想想怎么救你哥哥吧。"她说完这句就转身离开了。

顾青青看着她的背影皱起眉，总觉得妈妈在这件事情上瞒了她什么，他们又偏偏都不肯说。

她疑惑不解，装作出去买咖啡的徐子衿却想到一个坏主意——看起来，顾家遇到了大麻烦啊，倒是可以利用一下。

很快到了星期五，创意大赛比赛当天。

今天前来采访的记者很多，能坐满一千人的演播厅竟然座无虚席，甚至有些来得晚的记者只能站在后面观看，真是无比壮观。

虽然是决赛，可是毕竟小众。就算徐子佩为了支持妹妹来担任特约嘉宾，也不至于来这么多记者吧？

等到开赛前一分钟，她终于知道真相了，原来和徐子佩一起出现的，还有冷斯城。

他怎么会来？他不是很忙吗？为什么他来，她一点都不知道？

徐子佩和冷斯城入场后，所有人的目光都落在了他们两个人身上，反而把台上的参赛选手忘在了脑后。

主持人把话筒递给徐子佩，她声音温柔地祝福了参赛选手，不过还表示："我今天是为了妹妹来的，所以，大家一起加油。"

话筒递给冷斯城的时候，主持人问："冷总，你平常很少参加这样的活动，对于这场比赛，你有什么话想说吗？"

冷斯城眉眼淡淡："没什么想说的。"

主持人只好再问："那不知道，您今天为什么要过来？"

他这次开口了："为了一个人。"

他说完这句话，全场人的目光一下子都落在了徐子佩的身上。

这下连主持人都不敢问话了，赶紧公布本次比赛的题目。

随着大屏幕上跳跃的画面停下，出现的文字是——玫瑰。

主持人宣布："现场比赛的题目选定为'玫瑰'，参赛选手要以'玫瑰'为主题，制作一个商业性质的短片。接下来，我们会给一个小时的时间，请选手们去后台随意挑选一个团队制作十五秒的短片。在各位选手下场之后，其搭档把之前准备的广告片展示出来。两个短片分数加在一起，分数最高的就是本次比赛的第一名！"

顾青青下场之前，抬头，目光恰好与坐在第一排正中间位置的冷斯城的目光相遇。冷斯城斜靠在座椅上，看到她的时候，眼睛格外明亮。

后台，顾青青挑好了团队，徐子衿却突然闯入："这个是我的！"

顾青青皱了皱眉："先来后到，这是我先选定的。"

"我就是想要这个团队。我是徐家二小姐，我的姐姐是徐子佩！"

团队的人面面相觑。他们虽然是后期的制作，但是广告界和娱乐圈是相通的，习惯捧高踩低。领队直接说："顾小姐，我们……"

顾青立即点头："我也不喜欢勉强，想走就走吧。"反正心不在这里，选他们也不会尽力。

这个团队的人如释重负地走了，其他选手也都挑好了自己想要的，顾青青只能带走最后一个没人要的团队，赶紧制作去。

跟徐子衿吵架耽误了几分钟时间，幸好她在"玫瑰"这个题目选定的时候就已经有了自己的想法，当即连文案都不用写，直接把团队拉到拍摄间："走吧，去拍摄我想要的画面。"

拍摄结束，顾青青赶紧投入到了紧张的后期制作中。

等到一切都结束，她抬起手腕看了看时间，还早，她又看了一遍拍摄好的短片，没什么问题，便关了电脑，去前面看了看。

前面正介绍到她之前制作好的那个广告短片。

冷斯城虽然慵懒地靠在椅子上，但是也仰起下巴看着短片。

待所有短片都播放完毕，评委们评完分，很快公布了第一轮的结果，她和徐子衿并列第一。

其实她的广告片比徐子衿的好太多，可是，谁叫徐子衿有个好姐姐呢？

顾青青转身回到后台，此时休息室里空无一人，她打开电脑发现刚才制作的短片还在，可是点开以后，却不是广告，而是——动画片？！

顾青青吓了一跳，她的电脑放在她的休息室里，而每个选手都有自己的团队和休息室，不可能会走错。

怎么会是动画片呢？她赶紧打开回收站，回收站里干干净净的，什么都没有。

顾青青急了！此时离交出这个短片还有十分钟，她虽然还有没剪辑过的初稿，可是，初稿怎么能用？

就在此时，组委会的人进来问："你的作品完成了没有？"

顾青青都不知道该怎么说了，她整个人都蒙了，只好说："还在制作中。"

把人打发走了，可之后的比赛怎么办？

"怎么了？"突然，门口传来一个温和的声音，顾青青转头看见林周逸溜达了进来。

"林总……"她握紧了拳头，深呼吸一下，"没事。"

越是不想让她赢，她偏要赢，还要赢得漂亮，把看不起她、不公正对待她、背地里搞小动作的人全都打败。

顾青青马上把自己面临的窘境告诉了他。

林周逸问："真的吗？"

顾青青不想多说什么，在这个时候，埋怨谁都没有用，只是看着林周逸，眼神真诚而坚定："请林总帮我一个忙，帮我拖后五分钟，我会交出一份满意的答卷。"

"好。"林周逸点点头，"我去跟组委会沟通，你放心在这里制作。"

"谢谢。"顾青青朝他点点头，然后转身开始了后期制作。

调色和修图实在不好弄，顾青青想，那就黑白吧，除了红玫瑰，除了唇色，全都是黑白色。

之前已经有了经验，现在再做也不会觉得很难，等到一切完成，居然离结束时间还有一分钟。

交了短片，她看了看对面的徐子衿，得意扬扬、一副胜券在握的模样，她倒是平静得很。

现场比赛正式开始。

徐子衿制作的短片，以"一生只送一个人"和"永不凋谢的玫瑰花"为概念，不说立意和深度，单说画面就是最漂亮的，又有徐子佩的加持，得分一路往上。

虽然排在最后一个的顾青青的作品还没有呈现，但是，几乎所有人都觉得，徐子衿就是第一名。

深知"内情"的徐子衿，甚至挑衅地看了顾青青一眼。

她知道顾青青的成绩不可能比她的好，连完整的短片都没有，怎么跟她比？用动画片吗？

　　终于轮到顾青青，她面带微笑走到台上，声音清朗地说："我的广告，叫作'红玫瑰与白玫瑰'。"

　　她一看到"玫瑰"两个字，就想到了男人眼里都会有的红玫瑰与白玫瑰，就比如，冷斯城眼里的她和徐子佩。

　　而后，大屏幕上，一段黑白色调的广告片，瞬间吸引了所有人的眼球。

　　女主角是红玫瑰时，唇色如火；女主角是白玫瑰时，唇色幽冷。她设计的是唇膏广告，除了女主角的嘴唇带有色彩，其他都是黑白色，就像是水墨画，给人极具冲击力的视觉感受。

　　广告短片放完，所有人的目光还停留在女主角那漂亮饱满的唇上。

　　评委亮分，分数一路高升，和徐子衿不相上下。

　　很快，只剩下冷斯城没亮分。

　　在众人的注视下，冷斯城缓缓举起了评分牌——十分！毫无疑问的第一名！

　　宣布结果的时候，坐在下方的林周逸等人都高兴地笑了。冷斯城脸上没什么表情，但眉头完全舒展，看起来很放松很舒服的样子。

　　颁奖的时候，由冷斯城给顾青青颁发奖杯和奖状。他把奖杯和奖状递给她后，突然上前一步抱住了她。他这一抱，在场的人都吃惊不已。

　　冷斯城凑到她耳边，用磁性的声音说："祝贺你。"

　　顾青青从来没有想过，自己有一天能光明正大地站在这么多人的面前，被冷斯城紧紧拥抱。

　　有他温暖的怀抱和坚实的臂膀环绕，她声音温和地点点头："谢谢。"

　　骄傲的是他！他的妻子这样才华横溢，这样光芒四射。

　　刚刚，他听说顾青青的短片被人偷换掉了，不用想就知道肯定是徐子衿干的，现在是他为老婆出气的时候了。冷斯城转头，眯着眼睛，眼神危险地看向徐子衿，还没开口，一个电话打了过来，徐子衿和徐子佩同时愣住，随即，徐子衿冲了出去，徐子佩解释："我妈妈从楼梯上摔下来，现在在医院。"

第十四章　为什么要欺骗她

徐家姐妹赶到医院的时候，徐仲续正等在抢救室外，医生、护士进进出出的。

两人着急死了："爸爸，妈妈怎么样？"

她话音刚落，一个护士跑出抢救室："患者需要输血，找B型血来。"

徐仲续马上撸起袖子："我是O型，可以给她。"

"不用担心，医院B型血还有很多。"护士很快拿来了血袋，抢救室的大门再次合上。

徐仲续担心不已，徐子衿也是，不过她的担心和爸爸不同，她现在才知道妈妈是B型血，爸爸是O型，可是自己上次体检，是AB型？B型血和O型血，怎么可能生出AB型血的孩子？

"是不是哪里弄错了啊？"她第一反应是医生忙乱之中弄错了。

徐仲续不明所以，解释："这次摔下来是你妈妈一脚踩空，不是什么人的错。"

她慌乱地转身："爸爸，我有点急事，马上就回来。"

徐仲续和徐子佩也没想太多，看着她急匆匆地走出了医院。

徐子衿给那个助理医生打电话："你们体检会不会在哪个项目上检测有误啊？"

助理医生回道："这不可能，所有样本都标记了名字，要是出了岔子是医疗事故，很严重的。"

"可是……这不可能啊！"徐子衿近乎咆哮，"我怎么可能是那个型号？"

助理医生奇怪地问："什么型号？"

徐子衿挂了电话，想了想，开车去了最近的献血站。

匆匆填了登记表，护士给她采集了血样，很快就出了结果："这位小姐是AB型。"

"这不可能！不可能！"徐子衿一下子站了起来，她怎么可能是AB型？还没等护士反应过来，她就冲出了献血站。

妈妈在做手术，血型不可能弄错，那是爸爸搞错了？她又给助理医生打电话，让他利用内部网络查一下爸爸的档案。很快医生把她爸爸的体检表发了过来，她马上点开，眼前不禁一黑——爸爸真是O型血。

怎么可能？这怎么可能呢？

徐子衿整个脑袋都快炸裂了。

她漫无目的地走在大街上，直到徐仲续给她打电话："你在哪里？你妈妈已经没事了。"

若是往常，徐子衿一定松一口气，而现在，她精神紧张到要断裂的地步，犹豫了好久才决定回去，可是到了病房，竟然有种近乡情怯的感觉。

徐仲续和徐子佩都没心思管她，看到她无碍就继续照顾李虹芮了。

徐子衿坐了半天，还是觉得自己不能坐以待毙，想知道自己的身份很简单，父母都在，偷偷验证一下不就行了？

采集样本不需要多少时间，天还没亮，她就偷偷找了个靠谱的助手去办这件事。

第二天上班，她竟然是到得最早的，公司的人看到她都惊呆了。

顾青青懒得理她，恰好林周逸叫她去办公室，她淡淡地说了一句："请让一下。"

徐子衿转头看到她，惊慌地后退一步。

和自己出生时间差不多，一直住在燕城，还是在西城妇幼出生，而且与他们家有千丝万缕联系的，除了顾青青，还有谁吗？尤其是她那张脸，和姐姐很相似！如果不是因为这样，冷斯城当年也不会看上她。可是，怎么会是她呢？绝对不可能是她！她怎么也不相信是她！而且，如果这个人是顾青青的话，那她的妈妈和哥哥岂不是……

可是，不知道为什么，和顾青青一对视，她就忍不住往后退。

顾青青皱了皱眉，懒得和她计较，从她身边走过，忽然脑袋一疼，像是被徐子衿扯掉了一根头发，顾青青转头看了一眼徐子衿："你做什么？"

"啊，不好意思，我看到你头上有一根白发，顺手扯了。"徐子衿依然不敢正视她，说话的时候微微低着头。

"白发？"她是出了名的头发好，什么时候有白头发了？心里有些别扭，懒得理徐子衿，她直接扭头离开了。

徐子衿则是抓着那根头发直接下了楼，头也不回地去了鉴定中心。

"你要去南美？"顾青青听到这个消息，有点吃惊。

"我这一去，可能十天半个月回不来，而且去得很急，后天就得走。"冷斯城说着说着还笑了，"要不然，你跟我一起去？"

顾青青摇头："我怎么可能跟你一起去？我得等我哥哥的事……"

冷斯城请的律师已经帮忙搜集到了证据，证明顾青山确实没有拿钱，但是一些文件毕竟是他亲手签的，连带责任逃不了，民事赔偿也是少不了的，就算保释也需要一大笔钱，而冷斯城明显不愿意帮他掏。再加上旭逸的工作，顾青青根本走不开。

"好，那我回来给你带礼物。"

第二天上班，林周逸办公室里，顾青青汇报完工作，林周逸打开抽屉，从里面拿出一个信封："有个东西要给你。"

顾青青接过信封打开一看："这是……"

"是的，这就是你得了创意大赛第一名，给你的免费留学机会。"林周逸表情认真，"顾小姐，你很有才华，又有能力，我真的希望你可以在广告行业有长足的发展。这个留学的机会非常难得，不仅能学到知识，还能去世界排名前三的广告公司实习。总共才一年时间，并不长，我觉得你可以考虑一下。就算你留学回来后不回旭逸，也是好的。"

如果顾青青和冷斯城还是之前三年那种冷战的状态，她真的会考虑出国试试，可是现在……她摇摇头，把信封推还给他："林总，非常谢谢你的赏识，但是这个机会，我想我不能要。"

她也许连旭逸的工作都保不住，怎么可能会出国，和冷斯城分开一年多？

林周逸一点不吃惊，只是说："就算你不打算出国，这个信封我也必须交给你。愿不愿意出国是你的事，但这是你的东西，放在我这里不合适。"见顾青青还想要说什么，他又加了一句，"还有，我知道你早有辞职的想法，但是现在你手里还有好几个大项目，你要是辞职，这些项目我交给谁？虽然工作可以转接，但是现在公司里，我还找不出一个可以接替你工作的人，所以，还得辛苦你一阵子。"

顾青青也知道现在仓促地辞职会给公司造成损失，犹豫了半天，她说："这段时间，我会尽量快点完成工作，同时物色接班人。如果我有了孩子……就得随时离职了，毕竟，我已经结婚了，要以家庭为重，这个也希望林总能理解。"

"有了孩子"几个字说出来的时候，林周逸的眼睛微微闪了一下，然后，他笑了笑点头："那是自然。还有这信封，你别忘了。"

顾青青皱眉看了那信封两眼，最后还是接了过来。

晚上，顾青青回到家，冷斯城还没回来，明天就要去南美了，可东西还没收拾。等到十一点，顾青青躺在床头翻来覆去睡不着，干脆起身，准备去皇霆娱乐找冷斯城。

她让司机把车直接开到了皇霆娱乐的大楼下，然后下了车往里面走去。

她倒是聪明，来之前特意打电话给程秘书，程秘书帮她刷卡进了办公楼，说冷斯城还在忙，要打电话给冷斯城，被顾青青制止了："我过来看他一下就走。"

顾青青到了总裁办公室门外，里面静悄悄的。

总裁办公室是个套间，外面没人，里面的休息室亮着灯。

她走了进去，脚步很轻，怕吵到他。

休息室的门没有关紧，从门缝里，她能清楚地看到冷斯城一个人坐在沙发上，闭着眼皱着眉头，脑袋枕着沙发靠背，显然是很累了。他的面前，电脑还开着，投影仪也开着，屏幕上是一堆数据，显然他睡着之前还在看资料。

顾青青松了口气，刚要推门进去，忽然，她听到茶水间传来了脚步声。

顺着门缝往里看，她看到徐子佩走了过来，手里还拿着一张毯子。

徐子佩走路也很轻，像是怕吵醒冷斯城似的。

茶几上有两个咖啡杯，而且是并排放着的。

徐子佩把毯子轻轻地给冷斯城盖上，表情温柔，然后坐在了他旁边，显然对这里的一切都很熟悉。

顾青青冷眼站在门口看了半天，一句话没说，也没往里闯，转身往回走，碰到程秘书时还不忘说一句："不用告诉他我来了。"

程秘书知道她怀疑这两个人的关系，马上解释："徐子佩是因为工作的事情找他。冷总忙了整整两天，已经四十多个小时没合眼了。"

顾青青淡淡地回应："我知道。"临走，顾青青回头看了程秘书一眼，"你如果一定要跟他汇报，就说我是为了我哥哥的事情来的。"

冷斯城这次是铁了心不想像过去一样，顾青山一出事，他就给他擦屁股，非得给他一个教训不可。顾青青每次提起这件事，两个人都会不欢而散。果然说起这件事，程秘书犹豫了一下，退了下去。

第二天，冷斯城临走前特意拐回西山别墅去看她，谁知顾青青一早就走了。

开会的时候，没想到林周逸宣布："各位，明天我要去南美，而明天也是我们公司的年会，大家好好玩，玩尽兴了再回来工作。"

一群人欢呼雀跃。

顾青青疑惑："什么年会？"

张语欣解释："都讨论好久了，是你一直在忙比赛的事情，没在意。"

只有顾青青表示："我留下来工作。"

这个时候留下来，大家当然欢迎。

林周逸都说："那就麻烦顾小姐看家了。"

开完会，她拿起手机，发现冷斯城在半个小时前给她发了条微信："已经上飞机了。"

她其实真的很想问一句，徐子佩也跟过去吗？你们两个依然这么亲密？

可是，飞机已经起飞，她什么也问不到，也不敢问。

送同事们上了年会的大巴，顾青青转身上楼。

整栋大楼静悄悄的，顾青青工作了一会儿，拿起手机看了看，这个时间，冷斯城应该已经到南美了吧？这边已经入秋了，那边正是满园春色。

正想着，手机忽然振了振，吓得她差点把手机摔地上，是冷斯城，他发了条微信过来："已经到了。"

她回了一个字——"嗯"，还想说什么，冷斯城又发来一句："想你。"

简简单单的两个字，像在顾青青的心湖丢下一颗石子。

她是不是误会了他和徐子佩？

她马上去查徐子佩的行程，看到她的标记地点在洛杉矶，瞬间欣喜又自责。

"我也是。"回了三个字，她只觉得心情明朗了许多。

中午的时候，她接到妈妈的电话，说是律师已经争取到保释，保释金冷斯城也已经交了，顾青山应该很快就能出来。

原来他早就安排好了，是她自己多想了。

埋怨的时候，时间总是过得很快，而一思念起来，则会度日如年。他去南美要待半个月，现在他刚走一天，她就开始想他了。

顾青青摇摇头，继续工作。

忽然，她听到身后有脚步声，在安静的办公室里格外清晰。

公司的人都去年会了，那来的人是……

她猛地一回头，自己没吓到，反而是身后的林周逸吓了一跳："你怎么了？"

"林总？你不是？"她马上起身。

"家里突然出了点急事，我可能去不成南美了。"他刚说完就接了个电话，似乎在安排工作，进了办公室没多久又出来，也没跟她继续聊，直接下了楼。

她也没时间理会许多，任务还很重，每天忙到晚上九十点才回家。

忙了四天，好不容易把林周逸交代的工作全部完成了。

第五天，林周逸来到了公司，顾青青汇报完工作，林周逸点点头："工作完成得不错。"

顾青青松了口气。

他合上报告单："顾小姐，还有一件非常重要的工作要请你去做，而且，目前只有你能做到。"

"我一定能完成。"她都不问是什么事，就说"我一定能完成"。

林周逸笑了笑："非常好。那请你，明天跟我一起去南美。"

"什么？"顾青青以为自己听错了。

"明天，请你和我一起去南美。"林周逸又重复了一遍，"我记得，你之前跟我说过，你有去南美的签证吧？"

"有是有，但是……"顾青青犹豫了一下，说，"我连要去做什么都不知道，我怎么帮你？而且，去南美，我也不会说葡萄牙语和西班牙语啊！"

林周逸说："工作比较简单，我会把相关资料发给你，在飞机上，你抓紧时间看一遍就好。不需要你会西班牙语和葡萄牙语，会英文能交流就行。"

"可是……"

"没什么可是的。我明天就得走，身边找不到更好的助手，只有你。"

话都说到这份上，顾青青也不知道说什么好了。

她也有点想冷斯城，如果去南美，应该能在那边见他一面吧？

她低着头，半天才说："林总，我需要考虑一下。"

林周逸也不为难她："去吧，不过不要太晚，最好在今天给我答案。"

顾青青点点头准备出去，林周逸又说："哦，等等。"顾青青回头，林周逸说，"我去南美的事情，希望你不要告诉任何人。我这次去是做一单秘密生意，不想让人知道，希望你能保密。"

顾青青点头。

顾青青下班刚到家，就接到了冷斯城的电话。顾青青还在犹豫要不要告诉他自己也要去南美，冷斯城就开口："原本我说尽量早点回去的，可是这里有一单生意，需要耽误几天。"

"不急。"她开玩笑似的说，"也许，你在那里待得太久，我就直接杀过去找你了呢！"

冷斯城点头："当然好。"

他也没在意，毕竟这里是南美，来一趟得三十个小时，而她还在工作，哪里有时间过来。

两人又说了半天，顾青青才挂了电话。

她拿着手机看了一会儿，似乎在发呆，好半天才打了几个字："林总，我去。"

林周逸订的飞机是傍晚起飞的，从洛杉矶转机，算起来比从伦敦走要快一点。

上了飞机，林周逸果然给了她一大堆资料，还都是英文的。

他笑："允许你先睡觉，等到了洛杉矶转机的时候再看。"

顾青青打开资料，发现里面的一个case是昨天林周逸交给她办的。

看到她疑惑的表情，林周逸笑："你再仔细看看。"

她仔细看起来，这份资料里，更多的是那个合作商的个人信息，喜好、信仰，还有禁忌之类的。

林周逸说："记好这些禁忌和喜好，这个人比较麻烦，不要惹到他才好。"

到了南美，林周逸说："后天有一个宴会，会邀请我们的合作商出席，就在隔壁酒店，冷斯城也住在那里。不过，我们这次行程是保密的，宴会之前，我不想泄露我们的行踪。"

那就是说，后天之前，她见不到冷斯城了？

刚刚安顿好，冷斯城就来电话了："早上打你电话，你怎么关机了？"

顾青青自然不能说自己当时在飞机上，只是解释："抱歉，手机没电了。"

"哦。"他点点头，没事就好。

"你工作忙吗？"顾青青差点脱口而出自己也在这里。话到嘴边又忍了下去，她想给他一个惊喜。

"嗯，忙得快没有休息时间了。"

正说着，有人敲门，顾青青立即说："我要工作了，再见。还有，我很想你。"

冷斯城听她说了这么一句，一下子愣了，片刻后，他说："嗯，我也是。"说完这一句，他的唇角不经意地弯了起来。

只是，挂电话的时候，外面的大教堂响起了钟声，他怎么觉得，顾青青那边响起了同样的声音？

敲门的是林周逸。

前期工作基本完成，他这次来就是签协议的。

两个人连饭都来不及好好吃，只能买了便当在车上草草解决。

第三天傍晚，对方对合同没有异议，这才签了约。

生意顺利签下，顾青青终于松了口气。

来南美这两天，顾青青原本想着能抽空去找冷斯城，没想到自己忙得不可开交。冷斯城也是，一再表示自己这几天太累太辛苦。

宴会马上就要开始，林周逸去洗手间，顾青青一个人在酒店的角落里给冷斯城打电话："这么忙啊？没有女人来安慰安慰您？"

"算了吧！我身边全是男人，哪有什么女人？要是你能来这里就好了。"

"是啊，要是我能去你那里就好了。"她到处找他，"宴会要开始了吧？你现在在客房里吗？"

"你怎么知道？"冷斯城奇怪地问道。

顾青青马上找话题圆了回去："你每次参加这种宴会，不是掐点就是迟到。"她说着，踩着高跟鞋走了过去。

打听一下就知道，酒店只有这一层西侧住着中国来的商人，只是不知道他住在哪一间？

走廊尽头的房门打开，恰好里面传来冷斯城接电话的声音。

她满心欢喜地走了过去，想突然出现在他面前吓他一跳！

"斯城。"

冷斯城回应："嗯。"

她又往前走了几步："斯城。"

冷斯城继续回应："嗯。"

离门口越来越近了，这个时候，顾青青反而不知道该说些什么，拿着手机又说了一句："斯城。"

"嗯。"虽然冷斯城仍在回应，但是能感觉出他声线微微扬起，似乎有点疑惑。他还特意走出来两步，伸头往外看了看。

顾青青哪里会让他现在就看到自己，立即躲到一棵巨大的盆栽后。

冷斯城疑惑地问道："我怎么觉得，你好像就在这里？"

"怎么可能，我们隔着一个太平洋呢！"她轻轻笑着，挂了电话。

等冷斯城走回去，她才打算进去。

刚走到门边，她就听到有个声音在里面响起："快点，我们要迟到了。"

顾青青瞬间蒙了——这个声音，如果她没听错的话，是徐子佩？

她简直不敢相信自己的耳朵。

很快，她听到里面一阵窸窸窣窣的声音，像是在穿衣服，然后，是一阵高跟鞋声。

徐子佩出来的时候，顾青青低着头，又躲在了一棵一人高的盆栽后面。

熟悉的脚步声响起，即使她不看，也能听出来，这个人是冷斯城。他出来的时候还看了看周围，并没有发现盆栽后面的她，就这么在她面前走了过去。

顾青青整个人都呆了，脑子里一片空白，根本无法想象刚刚到底发生了什么。等她终于回过神来，客房服务员已经打开了房门在里面收拾，顾青青疯了一样冲了进去。

在大床上，她看到了徐子佩换下的衣服，旁边还放着她的行李箱，行李箱里有她贴身的内衣裤。

会不会是她看错了？她想了想，转身打开了衣柜，里面整整齐齐地挂着冷斯城的西装和衬衫。

顾青青不可置信地退后两步，转身看向大床，床是双人床，枕头两个。

不，肯定是她看错了，他们怎么会住到一起？

她从卧室出来，奔到了洗手间。属于冷斯城的剃须膏和男士用品，和属于徐子佩的化妆品，都并排放在洗漱间里，甚至，还有两双并列摆放的拖鞋，一双男式，一双女士。

　　顾青青全身的力气都被抽走了，她不相信也得相信，这的的确确是冷斯城和徐子佩一起住的房间。

　　服务员这时走了过来，一口西班牙语："你在干什么？"

　　顾青青猛地转头看向她，眼睛亮得像鬼火一样："住在这里的，是那个男人，还是那个女人？"

　　"什么男人女人，你是谁？"服务员用别扭的英语回答。

　　顾青青眼睛都快要瞪出来了，声音近乎咆哮："我问你，这间房是谁住？是那个男人还是那个女人，还是，还是……"她说不出口，她怎么能说，冷斯城和徐子佩住到一起了？她不相信，她真的不相信！

　　服务员一脸惊惧："你做什么？这里本来就是两人间，你到底是谁？"

　　"两人间，你的意思是……刚刚出去的那两个人？"顾青青顿时像泄了气的皮球一样，她不相信看到的这些，现在也只能相信了。

　　正崩溃绝望的时候，她的手机响了，她像幽魂一样接起："喂？"

　　那边，林周逸的声音传来："顾小姐，你在哪里？冷斯城已经来宴会了，我怎么没有看到你？顾小姐，顾青青？"

　　顾青青半天没说一句话，挂掉了电话，像游魂一样飘了出去。

　　到了宴会厅，宴会刚刚开始。冷斯城和徐子佩并肩出席，俊男美女，无论走到哪里，都是众人瞩目的焦点。

　　然而，不知道为什么，看着这两个人并肩而立，顾青青怎么觉得这么刺眼呢？

　　两个男人端着酒杯走了出来，一个是金发碧眼的外国帅哥，一个看起来像是中国人。

　　外国帅哥说："Penny(徐子佩的英文名)看起来和那个男人很熟，他们真的是情侣吗？"

旁边的男人暧昧地笑着说："情侣不情侣的我不知道，我只知道，昨天晚上他们两个是住在一起的。"

外国帅哥有点惊讶："哦？不是说那个男人已婚？"

旁边那人耸耸肩膀："你知道的，性别不是问题，年龄不是距离，婚姻更不是爱情的阻挡。"

这两个人很快又聊到了别的话题，没有注意到角落里已经完全蒙掉的顾青青。

南半球已经度过寒冬，可她为什么觉得这么冷呢？

如果说，刚刚客房服务员一个人有说假话的可能，这两个她根本不认识的人也这么说，那就说明这事是真的了吧？

一直以来，她都确信冷斯城不会背叛她，也不会和徐子佩有亲密关系。除了相信他不会，更重要的是，她觉得徐子佩不会做这么掉身价的事。

可万一，她忍不住真的做了呢？这异国他乡，不管发生什么事，她如果不是来了这里，根本不会知情。

现在想想，她其实之前就发现了端倪，只是不愿意相信，也情愿被他的谎言欺骗罢了。

"顾小姐？我找你半天了，原来你在这里。顾小姐？顾青青？"

林周逸呼唤了几声，顾青青才悠悠地抬起头看他，眼神有些空洞。

"你没事吧？"

顾青青摇摇头："我没事，就是有点累了。"她的声音特别低，像是大病初愈一样，有一种有心无力的无奈感。

"可是你这样，哪像是没有事？"林周逸故作不安。

顾青青摇摇头："林总，如果待会儿没有工作和应酬，我可不可以先回去休息一下？"

"可是，你看起来很不好，要不要去看看医生？"林周逸一脸忧虑。

"不用了。谢谢林总，我先回去了。"她说着，摆摆手，直接往外飘去。

她刚回到房间，就有电话打了过来，冷斯城。

她看着屏幕上跳动的名字，眼神冷冷的，不想接，不想理会。她闭上眼睛，不愿意看到这个名字，更不愿意想起今天晚上看到的场景。

电话没人接，许久后自动挂断，但是很快又响了起来，还是冷斯城打来的。

顾青青心里生起一股怒火，拿起手机，想要接通，想要质问，到底他和徐子佩进展到了哪一步？徐子佩怎么会在这里？他不是说他身边没有女人吗？徐子佩为什么会和他住在一个房间？可是想了想，她又退缩了，不敢戳破这个残忍的泡泡，干脆用力按掉了手机，关机，把手机一扔，把自己丢在床头，用被子紧紧蒙住脑袋，好像这样做，自己就能从这个荒诞的世界逃离似的。

也不知道过了多久，一阵猛烈的敲门声把她从睡梦中叫醒，是林周逸："顾小姐，顾青青，你在里面吗？"

她没回应，只是躺在床上发呆。

她的恍惚和愤怒都是真的，那就说明，她看到的那些也是真的。现在，她所能做的，要么是迎难而上，要么是玉石俱焚。

她打开手机，没过多久，冷斯城的电话就打了进来，听声音，他有点紧张："发生了什么事，为什么你的手机关机？"

"没电。"顾青青好一会儿才冷冰冰地回答。

"没事就好。"冷斯城缓缓松了口气。

"我能有什么事。"顾青青轻笑了一声。有那么一瞬间，她想直接质问他，他和徐子佩到底是什么关系？

"青青？"冷斯城有点疑惑，她状态明显不对劲。

她有气无力地问："你……你最近几天怎么样？"

"昨晚参加了宴会很累。"

昨晚很累？不知道是因为什么累的吧？

她扯了扯嘴角："你身边，确实没有女人陪你吗？"

冷斯城皱了皱眉，这个宴会保密度很高，除了被邀请的人，外人都不知情。徐子佩是抽空悄悄过来的，昨天住的房间被水淹了，又没有空房，不得已才来他的房间梳洗。怕说了让她多想，他马上回道："没有。"

　　这边，顾青青半天没有回应，好久才说："我有点累，先挂了。"她说完，也不等冷斯城回应，直接挂断了电话。

　　她拿着手机，眼神空茫。

　　他过去从不屑于骗她，而现在，也在编造谎言。这说明，冷斯城已经开始重视她，不像过去一样把她当成一个可有可无甚至有点嫌弃的拖油瓶，而是真真正正的妻子？她是应该庆幸，还是应该苦笑？

　　她就这样坐在床头，静静地看着窗外的景色，直到林周逸再次重重地敲门："顾青青，顾青青，你在里面吗？顾青青！"里面没人回应，林周逸又说了一句，"顾青青，你再不回话，我就叫人开门了，顾青青！顾……"

　　话音刚落，门就被打开了。

　　林周逸吓了一跳："你怎么了？打电话你也不接。你的气色怎么这么差？生病了？"

　　"没事。"顾青青摇摇头。

　　林周逸故作不知，又说："那你收拾一下，中午我有一个饭局，很重要，下午还有工作。"

　　顾青青点点头，工作也好，工作多了，就能忘记冷斯城的事了。

　　她稍稍收拾了一下，跟林周逸一起出了门。

　　一起吃饭的是一个华裔商人，上餐之前，这个人挤眉弄眼地问："你也是燕城的吧？你知道那个戛纳影后和那个皇霆娱乐小开的事吗？"

　　话音刚落，正拿着酒杯的顾青青手一歪，香槟洒到了裙子上。

　　林周逸吓了一跳："顾小姐，你没事吧？"

　　"啊，哦，我没事，没事。"顾青青立即把杯子放在桌上，正准备拿纸巾，林周逸已经把纸巾递给她，她赶紧接过，擦干净。

等收拾完，她不好意思地说："抱歉。"

那人依然一脸八卦："听说，这两个人的事情都传遍了，不知道是真的假的？"

林周逸转头看了一眼顾青青，她此时已经冷静了下来。

林周逸立马说："我也不太清楚。"

那人一脸不信："扯吧你，你不是那个姓冷的远亲吗？再说，昨天晚上的宴会你也去了吧，应该听到不少八卦才是？"

林周逸只是说："这是他的事情，我也不好问。"

送走了这个合作商，林周逸急忙回头看了一眼顾青青："你别介意，这人是徐子佩的影迷，嘴又碎，喜欢八卦，你可千万别往心里去。"

顾青青问："林总，这里没工作了吧？我想明天回去，不知道可不可以？"

林周逸问："可以倒是可以，只是好不容易来一趟，不出去逛逛吗？"

"不了，谢谢林总。"顾青青摇摇头。

顾青青很快就订好了明早的票，然后回到酒店蒙头就睡，只是，这一觉睡得并不踏实。睡梦里，她回到了三年前，冷斯城和徐子佩是众人皆知的情侣，总是出双入对。她羡慕嫉妒，更多的则是希冀，就算他把目光投在自己身上一点也好，她渴望能被他关心爱护。

现在，她想要的都已经有了，为什么她还是觉得不满足？也许是因为，他们说好了，要对彼此忠诚，不会做对不起对方的事情，而现在，他违背了誓言，他欺骗了她！也许他回国后，就会跟她摊牌，和她离婚，不过，这些已经不重要了。他的人、他的心，她都留不住，还守着这一个名存实亡的婚姻作什么？

第二天，天刚蒙蒙亮，林周逸打开门，顾青青已经拉着行李箱等候在外。他一愣，说："没想到这么早你就起来了。"

顾青青只轻轻点了点头，随后，两个人坐上了车。

车开出酒店的时候，恰好住在对面酒店的冷斯城也准备出门，两辆车迎面驶来，顾青青和林周逸都看到了冷斯城，而顾青青并没有叫司机停车，两辆车在短暂的相遇后擦肩而过，渐行渐远。

林周逸问："那不是冷斯城吗？要跟他打声招呼吗？"

顾青青一句话都没说，只是低着头。

其实，昨天的客房服务员、宴会上的那两个人，还有今天这个合作商，都是林周逸安排的。还有，前天晚上是他包下了酒店剩余的房间，又买通了客房服务员，淹了徐子佩的房间，让她没有地方落脚，只能求助冷斯城。

他可以确定，前天晚上，冷斯城和徐子佩的的确确是住在一个房间里，顾青青不论找谁问，都会说这两个人住在一起，到时候她再去找冷斯城质问，无论冷斯城怎么解释，她心里也一定种下了一颗怀疑的种子。

到了机场，办好了登机牌，顾青青一直沉默着，唯有在过安检的时候，她回头看了一眼天空，阴沉沉的。摇摇头，她最终什么也没说，走进了安检口。

她以为自己经历了最黑暗的时刻，却不知，这样的黑暗只是个开始……

第十五章　我要和他离婚

李虹芮出院回家，医生吩咐，她摔倒的时候碰到了头，脑部还有血块，回家调养的时候一定要注意，不要让她受刺激。

吃过饭，保姆上来倒茶的时候，徐仲续说："聂老弟，子衿和之宁订婚时间也不短了，你看看是不是该考虑一下两个孩子结婚的事情了？"

聂世泽和甄晓雅都点头。

徐仲续和李虹芮互相看了一眼，也是一脸微笑。

徐子衿有些不好意思，但一直看着聂之宁。她最近日子过得是心惊胆战，就怕哪天被父母发现自己的真实身份，所以，一定要尽早结婚，把生米煮成熟饭。

聂之宁听到这句话，并没有多高兴，而是皱着眉头："这，会不会太快了？"

"快吗？你们订婚到现在都好几个月了。"甄晓雅笑，她显然看出了儿子的犹豫，立即对徐子衿说："你和之宁认识这么多年，彼此早就了解。刚好你妈妈出院了，子佩也在，早点定下婚期也好。你放心，以后要是之宁敢欺负你，就算你爸爸妈妈不出手，我们也会帮你撑腰！"

徐子衿顺势点头："还得看之宁的意思。"

所有人都看向聂之宁。聂之宁从刚刚的惊讶和犹豫中缓和过来，表情淡漠："一切都听爸爸妈妈安排。"

甄晓雅立即说："我要去找个大师算个黄道吉日，风风光光地把子衿迎进门！"

徐子衿不好意思地说："我有点累了，先上楼了。"

聂之宁一直坐着，脑子有点放空。他好像不知道自己在哪里，从什么地方来，要到什么地方去，他也不知道以后的人生将怎样继续，怎样度过每一天，尤其是提到"结婚"这个话题，他一阵恍惚。

"之宁，之宁，之宁？"爸爸叫了好几声，聂之宁才反应过来，他转头看了一眼父母，眼中一片茫然。

他的茫然，不仅聂世泽看出来了，旁边的徐仲续看到，也忍不住皱了皱眉。在察觉到父亲明显的不悦后，聂之宁道歉："抱歉，我刚刚想到一个合作案，没听清楚，你们在说什么？"

客厅里的气氛一下子变得有点微妙，甄晓雅马上出来打圆场："子衿上去很久了吧？你去找找她。"

聂之宁点头，马上起身，上了楼。

徐子衿房间的门虚掩着，他隐约听见徐子衿说什么"顾青青""鉴定"。皱了皱眉，他刚想说话，徐子衿打完电话拉开门，看到他在门外，神色有那么一丝惊惶："之宁，你怎么来了？"

"爸妈让我上来找你。"他装作什么事情都没发生过，和她一起下了楼。

吃完午餐，徐子衿起身说："妈，有个朋友约我去逛街，她难得来燕城一趟，我就去陪她了啊。"

徐子佩好奇地问："什么朋友啊？之宁你认识吗？"她和聂之宁的朋友圈子几乎是一样的。

聂之宁也看向了她。

徐子衿的表情有一瞬间的龟裂，但很快就调整了过来："是小学同学啦！之宁应该不认识。再说，两个女人逛街，他在一边也挺无聊的。"

"那让他开车送你过去。"甄晓雅担心刚刚儿子答应婚事时不太乐意的模样，会让徐家不高兴，赶紧帮他刷存在感。

徐子衿笑笑说："不必了，我也会开车，还是我自己去吧。放心，我晚上会回来吃晚餐的。"

为了打消大家的疑虑，徐子衿特意换了一套漂亮的衣服，在李虹芮面前转了一圈："妈妈，你说我穿这身好不好看？"

李虹芮看了一眼，笑着说："当然漂亮。"

"那是，妈妈漂亮，我当然就漂亮啦。"

"你是妈妈的亲生女儿，当然跟妈妈长得像。"

"是啊，妈妈的亲生女儿，当然跟妈妈长得像。"徐子衿重复了一句，又抬头看了看客厅墙上挂着的他们一家四口的全家福。其实养得久了，小孩是会越长越像父母的，可是，一想到顾青青和徐子佩站在一起，活脱脱一对孪生姐妹……她捏了捏拳头，眼神一冷，走出去，开车一路飞驰。

"徐小姐，您要的东西，我已经让人加急处理好给您带来了。"

徐子衿点点头，接过来人递给她的两个资料袋，她打开其中一个，赫然是她和父母的亲子鉴定。她没看前面的一大堆数字，只看了结果——根据DNA遗传标记分型结果，不支持xxx与xxx的生物学亲子关系。

她脑袋有些发晕，虽然早就猜到她和父母血型不合，不是亲生的可能性极大，然而，亲眼看到这个结果，她还是有些崩溃。

她立即撕扯开了第二份亲子鉴定的资料袋，然后深呼吸一口气，这一次，她看得仔仔细细，一个字都没放过，最后的结果是——支持xxx与xxx的生物学亲子关系。

徐子衿把第二份鉴定报告紧紧捏在手里，最后捏皱成了一团废纸。

"你确定？会不会弄错了样本？"她无论如何也不相信这个结果，

"这个鉴定机构权威吗？"

"我是按您的吩咐去分别做鉴定的，这家机构是燕城最权威的了。如果徐小姐有怀疑，可以再去别的机构做一次。"

即使已经有了心理准备，她在看到这两份鉴定报告的时候，心脏仍隐隐抽痛——被她鄙视的顾青青，竟然是爸爸妈妈的亲生女儿。

最后，她深呼吸一下，把两份资料重新装进袋里："这两份报告，没人看到吧？"

那人摇头："放心，绝对没有。"

"很好。"徐子衿把袋口封住，又问，"有打火机吗？"

那人一愣，随即把打火机递给了她。

徐子衿拿过打火机，打着火，眼神冰冷地看着纸袋燃烧起来，最后落在地上，变成一团灰烬。

送走那个人，徐子衿在咖啡厅又坐了一会儿才准备离开。

她刚走没两步，突然身后一个人叫她的名字，声音有些惊喜："子衿小姐！"

徐子衿吓得心惊肉跳，一回头，果然看到吴爱梅正朝她走过来。

她忽然想到，顾青青是父母的女儿，那自己岂不是……

再一看吴爱梅，她恶心得快要吐出来了！她怎么会是这个女人生出来的？这个女人配吗？配吗？

她不再看吴爱梅，转头就往外走。

好不容易有机会跟徐子衿单独相处，吴爱梅哪能放过这个机会，她立即上前，伸手握住了徐子衿的手腕："子衿小姐，你……"

话音未落，徐子衿就嫌弃地把她的手甩开了："放手！"

吴爱梅被吓到了，她慌乱中不小心只叫了徐子衿的名字："子衿，我……"

"住口！'子衿'也是你叫的吗？你是我的什么人？"徐子衿转头看了她一眼，气得浑身颤抖。

吴爱梅被她回头这一瞬间眼里的怒气吓得一震，她又不是看不出来徐子衿对她的轻视，只是……

如果说一开始只是怀疑，此时看到吴爱梅的反应，徐子衿再傻也得相信了，可越是这样，她越觉得恶心！

夺门而出，关上车门，徐子衿心里还是不得劲，她用力捶了捶方向盘，直捶到她的手掌红肿一片才停下来。

为什么，为什么自己的身体里流着的是这种卑贱之人的血？为什么自己这个能感觉到痛感觉到难受的躯体，也是从这个肮脏的女人肚子里爬出来的？

不行，她不能这样坐以待毙，她一定要想个法子出来。

恢复了理智，她找到吴爱梅的电话号码打了过去。

电话打通的时候，吴爱梅还很激动，徐子衿倒是冷静得很："所以，我是……对吧？"

吴爱梅连连点头，激动得眼泪都要出来了。她知道，身世这种事情对于徐子衿这样的大小姐来说，肯定难以接受，但是她愿意等："子，子衿……你是怎么知道的？"

吴爱梅这样说，等于间接承认，她就是徐子衿的亲生母亲。徐子衿又怒又气，恨不得一刀杀了她，但还得靠她帮忙，不得不虚与委蛇。

"你应该，已经控制不住顾青青了吧？这次顾青山被关，你们应该也看清了，她和你们不是一条心。"

吴爱梅确实有点担心，冷斯城这次差点就把她儿子丢下不管了。毕竟没有血缘关系，一到关键时刻，还是能分出亲疏远近的。

"子，子衿，以后我们能不能……常联系？"

徐子衿没等她说完，直接挂了电话。

她想了想，一定得做些什么才行，她不能放弃徐家二小姐的身份，更不可能看着顾青青踩在她的头上。

调整了心情，徐子衿一脚油门朝前驶去。

她没发现的是，聂之宁看着她开车远去，疑惑地皱了皱眉。

他之前听到徐子衿在房间里提到顾青青，便有疑惑，这才跟着她到了这里。他看到她和一个陌生男人见了面，之后又是吴爱梅。隔得远，他不知道他们说了什么，只看到她烧了东西，又和吴爱梅拉扯。

这事和顾青青有什么关系？她烧的东西是什么？为什么要骗他说和朋友逛街？还有，她和吴爱梅有这么亲近吗？

同样的算计，徐家的书房也在上演。

徐仲续面色阴沉，再无往日的温和儒雅，把他的秘书叫了过来："我上次让你调查的人怎么样了？"

徐仲续平常从不黑脸，做什么事情都是温和微笑着的，他一旦沉下脸来，那这件事一定要做得干净漂亮，无论有什么困难都要坚决去做好。

他之前也有过这样的表情，那还是三年前，他发现他的小女儿徐子衿被家里保姆的女儿顾青青抢走了男朋友，便特意找了一个开赌场的老板，诱使顾青青的爸爸赌博借高利贷，欠了一百多万，最后生生逼死了顾爸爸。同时，他和老婆一起联合聂世泽和甄晓雅，强行拆散了顾青青和聂之宁。上次是为了女儿，这次，除了为女儿，更是为了整个徐家。

顾青山是顾青青的哥哥，从小就因为父母重男轻女偏疼他，养得极不成才，喝酒打架赌博玩女人，没有一样没做过。他和女儿的看法一样，既然顾青青和顾家是借了冷斯城的势力，那他就让他们以后借不到。

"顾青山刚刚卷入一场官司，他的老板卷钱跑了，留下烂摊子让他收拾。现在，已经有律师保释他，只是，明明可以早一点被保释出来的，律师似乎有意拖延，让他在牢里多待了几天。"

律师一定是冷斯城帮他请的，律师都能有意拖延，估计是冷斯城对他们也有不满，要是再闹点事，可能冷斯城也不会救他。

"既然这样，那就把事情闹大，让他脱不了身。他现在保释在外了吧？老规矩，让他赌钱，欠高利贷！"

他就不信了，就算冷斯城和冷家再维护顾青青、维护顾家，他们能

360

接受一个欠下巨额赌债、声名狼藉的家伙？

"是，我知道了。"秘书说完，又补充了一句，"还有一件事，当年我按照您的吩咐让人引诱顾青青的爸爸赌博的时候，他们跟我说冷斯城也知道这件事，还参与了。"

"什么？你说冷斯城？"徐仲续有点意外。

当年，他吩咐手下陷害顾家的时候，冷斯城刚跟子佩订了婚。冷斯城知道了却不说破，看来当时对顾家也没什么好感，对顾青青的情分也不多吧？

这件事情利用好了，也许是一个助力，至少能离间他们夫妻的感情。

"既然这样，这么重要的事情，当然要让顾家人知道。你去安排一下，尽量做得自然一点。"

"知道。"

"还有，你看看三年前顾青青爸爸的死，还能不能翻出点什么来，我总觉得这件事情还有疑点。"

秘书退出去后，徐仲续点了支烟。

今天，他提出让两个孩子尽快完婚，聂之宁一副不情不愿的模样，说到底，不就是因为他还想着顾青青吗？他可不希望自己的女儿受委屈。

子衿说得对，顾青青就是他们徐家命里的克星。自从她跟家里扯上关系，这些年，徐家一直风雨飘摇，零落不堪。顾青青占了冷家少奶奶的位置，还来引诱聂之宁。她一个人把子佩和子衿都弄得痛苦不堪，冷斯城偏又帮着她，让他不好下手。

他的两个宝贝女儿，哪怕天上的星星也会摘下来给她们。同样的，谁敢动他的妻子和女儿，他一定让那人生不如死。

从南美回来以后，冷斯城明显感觉到顾青青对他冷淡了。

说冷淡也不全是，她好像很忙，除了工作，她还抽了一天时间去接顾青山出来。

被关了快一个月，顾青山明显瘦了一大圈，脸色苍白，下巴上满是胡楂，他那双狭长的眼睛，眼神却比以前还要阴鸷许多。

曾经的哥哥虽然不成才，但是总给人一种容易被人骗的感觉，而现在的他，连顾青青看着都有些发怵。

吴爱梅扑了上去，看到他的样子心疼得要命。

顾青山什么都没说，临走，只跟一个一起出来胳膊上满是刺青的狱友打了个招呼。

顾青青问："这是谁？"

"住我隔壁的狱友。"顾青山随口回答。

律师办完了手续，说："太太放心，冷总已经吩咐过，我会尽最大努力，刑事上不必担心，只有民事赔偿方面得打打官司。现在是保释，人身自由有一定的限制。"

"说完了没有？可以回去休息了吧？"顾青山懒得跟他们周旋，直接走向车子。民事赔偿他从来不担心，反正冷斯城有钱，总不可能看着他这个大舅哥真的坐牢吧？

顾青青看着哥哥的背影，这一看，就知道他根本没有悔改。另外，她怎么看着，刚刚跟他打招呼的狱友，有点眼熟呢？

冷斯城最近也忙得很，买下文学网站后，他又在看游戏公司，想把皇霆娱乐，从版权到影视再到游戏全都整合到一起。

忙了好几天终于有时间回家透口气。

顾青青回到家，他说了一句："这么辛苦，干脆别做了。"

谁知道，顾青青只是淡淡地看了他一眼："我不工作，等着被你养在笼子里混吃等死吗？"

冷斯城皱了皱眉，隐约觉得不对劲，上前想问她，顾青青已经转身上楼了。

关上卧室的门，她狠狠皱了皱眉，为什么不敢问？为什么不敢直接面对他背叛了她的事实？

他过去有过无数花边新闻，她管不了，也没法管，可是，后来他明明答应了她的，答应了要跟她好好过日子，答应了不再跟别人有来往，为什么要背叛她？！

门外有脚步声传来，冷斯城敲门："青青，你没事吧？是不是哪里不舒服？"

她没回答。

冷斯城询问保姆她的身体情况，保姆回答说她这几天除了吃得少些，一切正常。

她不开门，他有钥匙。

她抵着门，不想让他进来。

她一直在等，等冷斯城跟她解释，可是什么也没有。他是觉得自己很好骗，什么都不知道？还是笃定自己会和过去一样，知道他在外面逍遥也红旗不倒？

冷斯城没有推开门，刚要说话，一个电话打了过来，她在门内清楚地听到电话那边说了"徐子佩"三个字，然后是他的声音："我知道了，我马上就来。"

话音刚落，门应声打开，顾青青眼睛亮得像黑夜中的猫眼，一眨不眨地看着他："不要去。"

冷斯城仔细地看了看她，除了稍微瘦了一点，没有什么问题。他上前一步："我是去工作。"

"是和徐子佩吗？我不想你去！"

冷斯城眉头皱得紧了些："她已经跟皇霆娱乐签了约，增持新股也有徐家的份，而这次法国电影导演来，主要也是她的关系。这个导演在国际上很有名，将要亮相燕城电影节，电影节是皇霆娱乐第一次承办，所以，我必须过去。"

他难得解释了这么多，可顾青青还是不满意："那为什么要今天晚上过去？你要去多久？"

冷斯城打电话给程秘书，得到的回答是"三天"。

顾青青马上说："好，就三天。"

她再等他三天时间，如果这三天里他还不跟她说明情况，她就自己去问个明白。

冷斯城觉得她有点奇怪，不过还是点点头："好。"然后再不迟疑，转身走出了别墅。

顾青青一直站在门边，看着他离开的背影，直到车子远去的声音都听不到，她才恍惚地跌坐在地。

保姆上来收拾房间，看到她脸色惨白地坐在地上，吓了一跳："太太，你这是……"

"我没事。"她虚弱地摇摇头。

保姆又问："晚上想吃点什么？"

她摇摇头："我什么都不想吃。"

"那怎么行？好歹吃一点。"

她有气无力地点点头，跟着保姆去了餐厅。

今天炖的鱼汤，奶白色的汤无比鲜美，可她烦闷不已，只喝了一口，就恶心得全吐了出来。

保姆吓了一跳，以为她真的生病了："太太，要不要去医院看看？"

她摇摇头，配着素菜勉强吃了几口饭就上了楼。

躺在大床上，看着头顶的水晶灯，一明一暗地折射出光芒。

不行，她不能这么颓废下去。这次的事情不管真假都给她提了个醒，她不能没有工作，不能把自己的一切都寄托在冷斯城的身上。若是他和徐子佩没事，工作对于她来说也是一种提升；如果他们有事……那工作就是她谋生的手段，她不能放弃。

起身，打开公文包，里面要处理的文件有很多，还有几个外景需要拍。

一沓文件抽出来的时候，一个信封也被带着落到了地上，是留学的邀请函。

收拾好心情，第二天，工作中的顾青青格外拼命。

林周逸听她的工作汇报时，感到很惊讶。俗话说，耳听为虚眼见为实，南美的事情，她看也看了，听也听了，冷斯城根本解释不清为什么徐子佩会在他的房间里，可是她回来以后，好像没有受到丝毫影响，反而工作更拼命了。难道她真的会像过去面对冷斯城的女伴比如陈文捷那样，继续隐忍下去？

"做得非常好。我这里有项工作，交给别人我不太放心，你……"

"林总尽管吩咐。"

林周逸想了想说："燕城电影节明晚开幕，有个合作商也要来参加，而他对你印象很好，我想请你跟我一起去，只是可能要在外面留宿。"

顾青青眉头皱了皱："是去参加开幕式吗？"

林周逸摇头："并不是，也不是什么宴会，只是跟那个合作商私下会面，你不用担心会见到什么混乱的场面。"

顾青青犹豫了一下："林总，我能考虑一下吗？"

"可以，你明早给我答复。"

从林周逸的办公室出来，顾青青想了想，还是给冷斯城打了个电话："你今天能回来吗？"

"青青，我很忙，这一两天都不能回家。"

他的声音温和里带着一丝关切，顾青青却觉得，在这关心下，掩藏着一张巨大的网。

顾青青没回应就挂了电话，只觉得血管里汩汩流动的鲜血中满是冰碴，胸口好像空了一大块，风一吹，呼呼的，透心凉。

第二天下午，顾青青和林周逸开车上了高速。

燕城电影节的开幕式在一座风景秀丽的度假山庄举办，开车得一个多小时。昨天下了一夜的雨，车行缓慢。顾青青不想说话，林周逸也不好意思找话题，他干脆打开了车载广播。

"冷斯城和徐子佩一同出席第xx届燕城电影节开幕式，盛装打扮，十分耀眼……"

听到这里，林周逸立即换了个台。

谁知道，这个台也是关于冷斯城和徐子佩的："徐子佩日前表示自己的下一部电影将由法国导演米歇尔执导。据悉，冷斯城对此很重视，将投资数亿拍摄这部影片……"

林周逸立刻又换了一个台，这次是音乐台。

男主播用低沉的声音说："这位尾号二三三的朋友，不久前被男朋友背叛了，这首歌是她点给自己，也是点给她男朋友的，来自蔡依林的《睁一只眼闭一只眼》。'你和谁去逛街还换了新球鞋，明明鬼鬼祟祟说我疑神疑鬼，打给你不是没接就是手机没电……'"

电台一关，车里顿时安静无声。

她已经过了"失恋大过天"的年纪，她这次去电影节开幕式，不是要挽回什么，而是去做决断的。他要选择徐子佩就选择徐子佩，要回家就回家，她不会再容忍过去那样的生活状态，要是他想家里红旗不倒家外彩旗飘飘，她宁愿离婚。

到了酒店，也是电影节指定酒店，林周逸带顾青青去见了合作商，见面地点在一楼的咖啡厅，这里有巨大的落地窗，能直接看到外面的景色。

顾青青全程心不在焉，一直有意无意地看着窗外来来往往的人。

等到晚上，终于有动静了。

外面驶来几辆安保严密的车，顾青青一眼就认出来，其中一辆车是冷斯城的。

冷斯城下了车，被一大群记者围着，脚步匆匆地进了酒店。庆幸的是，徐子佩和他并不是坐一辆车，而是跟徐子衿一起。

没过多久，两个人又出了酒店进了车，这次换了个造型，显然是要去参加晚宴的，不过这一次，他和徐子佩坐在了一辆车上。

此时，已经和合作商谈完了，合作商离开后，林周逸准备和顾青青一起去吃饭，而他刚说了句"晚餐"，顾青青便摇摇头："我不想吃，林总自己去吧。"

顾青青坐在沙发上，透过落地玻璃窗看着冷斯城和徐子佩上了车，她一边看一边打电话给冷斯城："有时间吗？"

"我正在忙。"

"是啊，大晚上的，还得忙着去参加宴会，还得跟法国导演谈新电影的拍摄，难怪忙得连回家的时间都没有了。"

冷斯城一愣："电影节是大事，米歇尔导演也是难得一见的。"

顾青青轻哼一声："我又没问你什么，你为什么要解释？心虚吗？"

冷斯城眉心微皱："青青，你怎么了？怎么感觉你话里有话呢？你现在在什么地方？"他说着，朝车外看了看。不知道为什么，他总感觉顾青青就在这附近。

顾青青刚想说什么，就听到徐子佩说了一句"斯城"，她胃里一阵翻涌，立即挂了电话。

林周逸看到她有些阴郁的表情，故意问："顾小姐，我们是继续在这里等，还是？"

她都在这里等了一个下午了，已经喝了十五杯咖啡，她不想再等下去了。

起身，那辆车已经开走了，她犹豫了一下问："林总，你知道今天的晚宴在哪里吧？"

前往宴会地的路上，林周逸打开电台，有当地新闻在播报天气情况。最近几天多雨，这里又是多山的丘陵地带，气象台提醒，小心山体滑坡。

果然，没过多久就遇到了堵车，据说是前面出了事故，救护车和消防车的鸣笛声此起彼伏。

虽然生气，虽然失望，可是在这个时候，顾青青第一时间想到的是冷斯城的安危——他刚走不久，前方出事的人里要是有他怎么办？

她赶紧掏出手机给冷斯城打了个电话，可也许是他在忙着救人，也许是现场太乱他没听到，电话一直没有人接。顾青青皱眉，再打，还是没人接。

林周逸还在感叹："这里地势险要，万一来个山体滑坡，救援难度就更大了。"

他刚说完，就听到前面的山上传来令人不安的隆隆声，也许真被他说中，要滑坡了。

她这里听到动静，前方也一样，本来还在紧急救援中，一听到可能要滑坡，一下子全乱了，所有人都往后面跑，只有顾青青朝前面冲去。

她不知道冷斯城在哪里，她只知道就算自己再想跟他离婚，也不希望他死。

看到她往前面跑，林周逸也傻了。这可是滑坡，一不小心会死人的。他跺跺脚，咬咬牙，也冲了上去："顾小姐！顾小姐别过去！"

顾青青一面跑一面给冷斯城打电话，可是，怎么都打不通。

她快要急疯了，林周逸也是，他还没见过顾青青如此奋不顾身。

突然，顾青青在人群中看到了冷斯城，眼睛一下子亮了起来，她刚要叫他的名字，发现徐子佩就在他身边。

顾青青一下子呆住了，眼睁睁地看着冷斯城一条胳膊护着徐子佩，两个人并肩往回跑。这两个人旁边还有程秘书以及皇霆娱乐的工作人员，可在她的眼里，其他人都成了背景，只有冷斯城搂着徐子佩的画面印刻在她脑海里。

无数人在她身边跑过，她也没有任何反应，甚至当滑坡真的来临那一刻，她依然站在原地静静地看着他俩，没有躲避，没有掩护，也没有逃跑。她只看到冷斯城很紧张地喊了一声"小心"，然后按住徐子佩卧倒在地，张开手臂，用自己的身体护住了徐子佩。她看傻了，也看呆了，恍惚间，自己的胳膊被人用力一扯，一条胳膊同样护着她卧倒在地，膝盖咚地撞在地上，很疼。

飞沙走石在她头顶飞过，有几块小石头砸在了她的身上，很疼。

山体滑坡来得快去得也快，还好不是特别严重，不少人只是被小石头砸到了，磨破了点皮，并没受很严重的伤。

冷斯城没受伤，受伤的是徐子佩。

顾青青看见冷斯城一脸惊慌和担忧，直接把徐子佩抱了起来，朝救护车奔去。

她，其实一直都没有变，她一直是那个躺在尘埃里拼命仰起头，用羡慕嫉妒的眼光看着这两个人恩爱的人，无论是三年前，还是三年后，从来没有变过。

在这样的生死一刻，冷斯城选择护住的是另一个女人。

她头很疼，膝盖很疼，手掌破皮的地方很疼，也许是刚刚撞伤了，也许是生理期要到了，她觉得自己的小腹也疼，疼痛像是丝丝密密的网从脑袋到四肢到腹腔，然而，不管她哪里疼，最疼的地方绝对是她的心脏。

救护车呼啸而过，顾青青不叫也不闹，一直默默地站在原地，默默地看着救护车渐渐远去。

别人的东西她不要，别人的爱情她不贪，既然他被绑在婚姻这条船上三年这么不自由，那她就放他自由。

"顾小姐？"旁边，林周逸看她有点傻掉的模样，叫了她一声。

"林总，今天又耽误你这么长时间，刚刚你还救了我一命，真是谢谢你。"

林周逸问："你……不去看看吗？"

顾青青摇摇头："看了，又能怎么样？"

也许是太痛了，她只觉得浑身像是被撕裂了一样，像是武侠小说中的高手受了内伤，表面看不出来，内部却已是千疮百孔。

她知道，她不想留在这里，一分钟也不想。

深吸一口气，她缓缓开口："我们可以走了吗？"

回到车上，林周逸问：“我们现在去哪里？宴会吗？”

顾青青摇头，声音越来越微弱：“我不想去了。”

不想去？林周逸犹豫了一下：“那我们回城？”

顾青青点点头。

她最近生理期极不准，也许要来月经了，小腹一阵阵痛，她下意识地伸手护住了小腹。

林周逸也不跟她废话，车往大路上开去。

她的小腹越来越痛，就像是有枚炸弹在她体内猛烈地炸开，连呼吸都越来越难。

疼，好疼，疼得她几乎什么都看不到了，四周是无边无际的黑暗。

“可不可以……开快一点？”她咬紧牙关，一句简简单单的话也说得如此艰难。

“好。”林周逸点点头，侧头看了她一眼，这一眼吓了他一跳，她整个人缩成了虾米样，脸上苍白一片，嘴唇也是惨白，额角甚至渗出层层细汗。她的手则一直死死地抓着小腹处的衣服，抓得那么用力，浑身都在抽搐。

林周逸忙问：“你怎么了？”

“没……”她想说“没事”，可刚说了一个“没”，阵阵寒气便从齿缝涌出，疼得她差点晕过去。

“要不要我们去冷斯城他们去的那个医院？那里没多远。”林周逸看到她的状况，立即建议道。

没想到，顾青青立即反对：“不。”她原本虚弱得话都要说不出来了，此时却拼命从胸腔里挤出几个字来，“我……不去！我不去……他们在的那个医院！”

“你放心，我一定尽快把你送到医院。”林周逸难得说句不带任何算计的话，开着车往市里的医院快速驶去。

顾青青勉强笑着向他道歉：“对……对不起，实在不好意思，总是劳烦你。”

林周逸摇摇头："没什么。已经到医院了。"

"我想我得快一点去……不然我会弄脏你的车子。"顾青青笑了笑，手颤抖着打开安全带，下车的时候差点滚下去。

林周逸快速跑了过来，一把接住她，把她抱下了车。

也许是刚刚开车门花光了她所有的力气，此时的顾青青好像全身没有骨头一样，软绵绵地躺在林周逸的怀里。

当林周逸抱着顾青青跑进医院的时候，才发现他的手上全是淋漓的鲜血……

同一时间，郊区医院。

徐子佩意外受伤，冷斯城亲自把她抱上了救护车，再加上这是燕城电影节期间，一下子吸引了记者们的注意力，把医院围得水泄不通。

徐子佩在里面接受治疗，冷斯城在外面忙着善后。

不需要打开网络就能猜到记者们对他和徐子佩是怎么描写的。

冷斯城正恼火得很，突然顾青青的电话打了过来："青青，我现在很忙。"

"我很怕，你来陪我。"电话那边，顾青青的声音颤抖，气息很弱。

他长出口气："青青，我真的很忙。"

"好冷。"她的声音还在颤。

冷斯城叹了口气，又哄了哄她："你又开窗户睡觉了？要开窗也行，把空调开得暖和一点。"

"你说过，你今天回来的。"顾青青的声音无比委屈。

虽然他现在真的焦头烂额，可是听到她这么说，他心里还是有些歉意："我明天一定回去。"他顿了顿又说，"记者在乱写我和徐子佩的事，都是假的，你不要信。"

"哼哼。"像是嘲笑，又像是一切已经了然，顾青青声音淡淡的，"不用了。"说完，挂断了电话。

冷斯城拿着手机看来看去，确实是顾青青给他打来的，不免奇怪，她这是怎么了？

他立即叫来程秘书："待会儿，你事情忙得差不多了，打个电话问问太太的情况。"

程秘书点头，想了想又问："冷总，这大晚上的，太太要是睡了，不合适吧？"

"太太要是睡了，你不会打给保姆啊？再问扣你工资！"

程秘书立即点头。

冷斯城吩咐完，又问了一句："米歇尔那边联系上了吗？"

"哦，联系上了。"程秘书立即跟他汇报情况。

冷斯城看上去是在听，思绪却不知不觉飘到了远方。

不知道为什么，他总感觉顾青青有事情没跟他说明白。

"冷总？冷总？"程秘书叫了好几声，冷斯城才反应过来，他想了想，忽然抬起头来，像是要做什么决断一样，转身拿起外套："我得回去一趟。"

程秘书呆了："回哪里？"

"当然是回家。"不然回哪里？回公司？

见冷斯城真的打算离开，程秘书傻了，二话不说抓住他的胳膊："冷总，现在外面都是记者，而且刚刚我们已经和米歇尔谈妥了，他待会儿就赶过来，你现在回去，把一个大导演撂在这里怎么办？"

"条件随便提，钱给够，只要把徐子佩的主演保住，一切都可以商量。至于记者，我养你们是白吃饭的？"冷斯城一个眼刀扫到了旁边的保镖和工作人员身上。

程秘书急了："冷总，你就算再想回去，现在也已经是凌晨一点了，等你赶到家可就凌晨三点啦！您人在这里也可以哄太太啊！要不这样，您先打个电话给太太，也许她刚刚害怕，现在已经休息了呢？你再回去打扰她也不合适不是？"

冷斯城微微皱眉，打电话给顾青青，关机了。顾青青偶尔睡觉的时候会关机，也许她真的已经睡下了。

这时，徐仲续和李虹芮闻讯赶来了，徐子佩还在里面接受治疗，他要是现在走了，一定会被他们撕碎的。他深呼吸一口气，勉强压制住内心的不安。

万幸，徐子佩没有大碍，大家都松了口气。

眼看着天已经亮了，程秘书打电话到西山别墅。

电话接通，程秘书把手机塞给冷斯城，那边保姆声音中还带着困意："喂？"

冷斯城直接问："太太呢？"

保姆揉着眼睛打着哈欠说："太太？太太没回来啊。"

一句话，冷斯城直接从椅子上跳了起来："太太没回去？她去了哪里？"

"太太跟我说她要去李家住一段时间。"

顾青青不傻，她既然要偷偷过来，肯定不能让保姆坏了她的事。

冷斯城觉得有些不对劲，但又说不出什么来，只好挂了电话。

第二天，记者来得更多了，问到冷斯城和徐子佩的事情："听说昨天是冷总你把徐子佩抱上了救护车？"

冷斯城也不含糊，直接承认了："是。"

记者激动，刚准备说什么，就听冷斯城又说："她膝盖受伤，请问我不抱着她难道拖着她上车？事急从权，我不认为有什么不对的地方。"

"听说你为了把米歇尔电影女主角的位置给她，花了不少钱。"记者问话也是直接，就差说这两个人有一腿了。

冷斯城回答更干脆："她签给了皇霆娱乐，还是戛纳影后，不留给她我留给谁？"

徐子佩是膝盖半月板受伤，腿上打了石膏，随后，记者跟着冷斯城一起去病房看她。

徐子佩也是绝，干脆不化妆，脸上甚至还带着昨晚蹭到的泥土，苍白的脸色更多了几分楚楚可怜。

她表示，即使打了石膏她也要去法国，不能演电影就住在乡下感受风土人情。敬业精神一下子打动了众人，即使知道有虚假成分，依然不免会赞美她。

等记者们散去，徐子佩马上道谢："谢谢你救了我。"

生死时刻，是冷斯城护住了她，她虽然受了伤，心里却莫名有些甜。

"不过是为了不浪费付给你的签约费罢了。"

"那你……对我……就没有一点……"尽管他如此冷淡，她还是忍不住问了一句。毕竟经历过生死，她不可能心里没有一点触动。

冷斯城淡淡地看了她一眼，眼中没有一丝波澜："你想说什么？"

听到这句话，一股气瞬间横亘在她的心头。她原本以为冷斯城至少是喜欢她的，而真相远比她想象的要残酷，从来没有一刻像此时这样让她感到绝望。

"你爱顾青青。从以前到现在，你一直爱的是顾青青。"这两句，徐子佩用的都是肯定句。

冷斯城静静地听完，没有丝毫否认。徐子佩心里钝痛蔓延，虽然早已猜到这个事实，挑明的瞬间，还是像结痂的疤被揭开，神经连着骨血在抽搐。

房间里一时很安静，安静到冷斯城打算离去的时候，徐子佩又说了一句："你确定她也爱你？"不管甘心不甘心，她还是忍不住问了这么一句。

提到顾青青，冷斯城的眉头皱了皱，然后认真想了想，最终点头。为什么不？也许以前她不会，但是今后，他会努力让她爱上自己，再生个可爱的宝宝，有了家庭的牵绊，他就能期盼更美好的未来。

看到了他一秒的犹豫，徐子佩笑了："顾青青是个很有个性的女人，要是你降不住她，她是不会把心交给你的。"

冷斯城想了想，又点点头："不会。"我会让她爱上我。

工作上的事情一解决完，冷斯城就回到了市里。

她现在在哪里？好想见她。

这天是周末，他打电话回西山别墅，保姆老实交代："今天太太没回来。"

她没回来，那肯定是还在李家。冷斯城立即命令司机开车去李家。

按响门铃，他满脸期待地站在门外，可是等了一会儿，没人来开门。有一个买菜的大妈经过，问了一句："你做什么？"

冷斯城问："这家人去了哪里？"

"哦，你说小李她们啊？今天去医院复查了。"

去医院了？他对程秘书说："走。"

程秘书疑惑："走去哪里？"

"回家。"冷斯城淡淡地回了一句，钻入车里。

从李家到西山别墅不需要太长时间，保姆迎了出来。

冷斯城问："太太呢？"

保姆回答："太太还没回来。"

冷斯城没再多问，直接上了二楼，回房间洗完澡，穿着睡衣又下了楼，刚到楼梯转角就愣住了，因为他不仅看到了保姆，还看到了顾青青和林周逸。

林周逸没看见冷斯城，吩咐保姆说："这只是老母鸡，炖汤喝最好了。这棵山参不要全切了，先切点参须，每天炖汤的时候再切下来一两小片就行，这山参是两个星期的量，千万别放多了，免得虚不受补。还有，不要给她吃寒凉的食物，比如薏仁、薄荷、莲子什么的……"话音未落，他走进屋子，一眼就看到了站在楼梯上的冷斯城。

顾青青穿了一套新的羽绒服，整个人裹得严严实实的像粽子一样，衣领竖起，只露出半张脸来。看见冷斯城回来，她也没有什么反应，低头换着鞋，只是她的脸色苍白得要命，像是被外面的风吹成了冰霜，整个人看着都有些寒气逼人。

冷斯城看了看顾青青，又看了看林周逸，还有他手里拎着的食材，一股不爽瞬间腾起。虽然他不觉得顾青青会跟林周逸有私情，可他就是不喜欢看到他们在一起。

林周逸看了看顾青青，见她面色平静，目光一转又回到冷斯城身上，恭恭敬敬地叫了声："表哥。"

"谁是你表哥？"表了几表的远房亲戚，也好意思装熟！冷斯城脚步快了几分，走到顾青青面前，一把拉住她的手："你去哪里了，怎么现在才回来？"

这一拉，冷斯城吓了一跳，顾青青的手怎么这么凉？

林周逸并没有跟他废话，只是说了一句："小心！"

冷斯城很不爽："这是我家，请你离开！"

他话音落下，林周逸还没反应过来，顾青青手一抽，从他的掌心滑走。冷斯城吃惊不已，之前两个人关系最不好的时候，她在外人面前都会给自己几分面子，现在这是怎么了？

他又用力握住她的手，不让她逃离。最最没想到的是林周逸，他居然一脸担忧地喊："别握这么用力，她现在经受不住。"

林周逸越说话，冷斯城越讨厌："这是我老婆，关你什么事？保姆，送客！"

林周逸也没死赖着，不过也没理会冷斯城，而是看向顾青青，语气里有他从来没有过的轻柔："那我先走了。公司的事情不用你操心，什么时候身体好了再说。"

顾青青这次什么都没说，只是轻轻点了点头。

大门关上以后，顾青青懒得理会冷斯城，丢下他直接转身上楼。

冷斯城自从和她认识，还从来没被她如此轻蔑地对待过——就算她不喜欢他，表面至少还是装作讨好的姿态。他立即跟了上去："你这两天去了哪里？"

顾青青进了卧室，换衣服，她平常不是特别怕冷，除了在特殊的日子里。

想起刚刚林周逸的吩咐，冷斯城立即问："你生理期到了？"

顾青青眼神冷冷地看了他一眼，其中还带着嘲讽、愤怒以及痛苦。他说她是生理期？她也希望不过是一次简简单单的生理期。其实算起来，自己这种状态，跟生理期没什么差别，不过一个是正常消亡的卵细胞，而另一个是只有一个多月的宝宝罢了。

大约在十个小时之前，她失去了她的第一个孩子。昨天医生跟她说的时候，她都傻了。其实也不是完全没有征兆，她最近吃的东西都特别清淡，鱼和肉类都不想碰，只是，她有胃病，有时候疼起来什么都吃不下，她也就没往那方面想。最近情绪波动大，又磕了摔了，昨晚到医院的时候，孩子已经保不住了。

她从来没想过孩子对自己有多么重要，可当身体的某一处突然空了，就像有人拿着小刀在一刀一刀刮着她的骨头，狠狠地质问她，为什么她如此不负责任，没有一点做母亲的担当？她不配当妈妈，她真的没有资格！

而后，她的注意力终于有了转移，是在病房的电视里看到冷斯城在徐子佩的病房接受采访。

其实，冷斯城说得很清楚了，他对徐子佩真的一点男女之情都没有，只是纯粹的朋友之情，可记者不会这么报道，人家的标题是"影后为爱屡次受伤，公子千万买她一笑"。

顾青青躺在床头静静地看着，身旁一个人都没有，病房里静悄悄的，甚至能听见药液一滴一滴的滴答声。她忽然有点恨了，昨晚他要是回来，甚至就算他不回来，多安慰她一两句，她也不用这样一个人面对孩子的离去。

所以，他昨晚说的"我很忙""我没有时间"，其实是他一直陪在徐子佩的身边。

她对不起这个孩子，她没有资格当孩子的妈妈，冷斯城更没有资格当爸爸。他不回来，那就别回来了，她也不会让他知道这个孩子曾经存在过。

冷斯城看着她冷若冰霜的脸，还以为是生理期，加上这几天他没陪在她身边，或者是她听到了他和徐子佩的传闻，所以使小性子，也就没有想太多。

"你是说，你真想和冷斯城离婚？"

第二天，顾青青约李悠悠出来逛街，其实是她不想待在家里，不想和冷斯城在一个空间。

顾青青点点头。

李悠悠还不知道她流产的事情，她没说，是怕李悠悠为她担心。

"是不是因为徐子佩？不行，不能让这对狗男女逍遥自在，我非得教训教训他们。"

"悠悠，我叫你出来是有事，希望你能帮我。"

"什么事？你尽管吩咐。"李悠悠拍了拍胸脯。

"我想找个离婚律师。"顾青青面色平静，"我不稀罕他的财产，我只想离婚。"

"为什么不要啊？那本就是夫妻共同财产，你应得的。"李悠悠怒了，"你还应该多要！你在这段婚姻里多憋屈，都快被欺负成小白花了。你放心，我一定帮你讨个公道！"

"我不需要钱，我只是担心他不会答应离婚。"

李悠悠激动地停下："是啊，光靠离婚律师恐怕不行。"那她就找个私家侦探！等侦探拍到了他和徐子佩的铁证如山，看他还能赖着不离婚。

李悠悠见顾青青心事重重的，估计她也不想逛街了："接下来你去哪里？"

去哪里？回西山别墅？现在，那里可是她最讨厌的地方。

回娘家？她妈妈和她哥哥更是一言难尽。

天下之大，竟然没有她可以去的地方。

"要不，你上我家坐坐？"

"不用了，我回……顾家去吧。"顾青青想了想，还是选择回顾家。再过不久就要开庭了，她也得回去了解一下情况。

李悠悠只好答应，开车带她回去。

刚下车，大老远就看到顾青山和几个人在打打闹闹，其中一个眼熟的，正是那天跟他一起出狱的狱友。

那个狱友手臂上有刺青，一脸痞气，一看就不是什么好人，并且，顾青青总觉得这个男人在哪里见过。

顾青青问："哥，他们是谁？"

"要你管？"顾青山冷冷地扫了她一眼，没理会她，跟着那帮人走了。

顾青青仍觉得不妥，上楼问母亲。

吴爱梅直接道："那你让他怎么样？能有个地方接纳他，让他好好工作已经很好了。他现在有了案底，就算不用判刑，以他的学历、背景，他能去哪里发展？"

从顾家出来，顾青青还是觉得有什么地方不妥，不只是哥哥跟那些痞子一样的朋友混，家里的经济状况似乎变得也不错，她看到客厅的凳子下有两个LV的纸袋，以她每个月给母亲和哥哥的钱，是买不起这些奢侈品的。

还有，母亲和哥哥对自己的态度好像疏远了不少，连哥哥到底在哪里工作，母亲都不肯告诉她。

第十六章　如你所愿

之后的几天，冷斯城很忙，没时间回来。

眼看到了周末，顾青青不想面对冷斯城，干脆去见律师。

等待律师的时候，顾青青看到这家律师事务所的墙上贴着关于经济方面的保释条款，这一看，她一下就呆住了。

很快，约好的律师叫她进去，一坐下，她问的不是离婚、财产分割、第三者之类的，而是问："如果我涉嫌经济犯罪，就是说，担任一个公司的高管，被骗签了协议，然后我上司携款潜逃，我确实没有贪一分钱也被抓了。这样的情况，我能不能申请保释？"

律师说："如果调查了你的经济状况，证明确实没有异常收入的话，可以保释，不过需要有担保人，需要付保释金。"

"一般什么时候能申请？"

"一般三日内就可以申请，申请后一个星期会给答复。"

她哥哥被关了近一个月，前几天才放出来。冷斯城还找了律师欺骗她和妈妈，说他已经尽了最大的努力，其实都是骗她的。

和律师谈完出来，她还有一点恍惚。这时，她接到了一个电话："喂，您好，请问是顾青青小姐吗？"是一个女人的声音。

她也没多想，点头："是。"

那人声音甜美："顾小姐，您好，我是xx保险公司的业务员，有一款人身意外险可以推荐给您……"又是广告。

顾青青直接说："不感兴趣。"

她正准备挂电话，那人又加了一句："顾小姐，之前您父亲顾宝华购买的我们公司的保险很快就理赔了。我们这款产品很好的，理赔快……"

"什么？"顾青青听到爸爸的名字，有些疑惑，"你说我的父亲？"

"是啊！"那人说道，"顾宝华先生三年前购买了我公司的人身意外险，保额是一百万。顾老先生意外去世后，这笔钱我们核实后，马上就赔付了。"

顾青青又问："我父亲的人身意外险？"

"对，这份保险是您父亲过世前一个月买的，受益人是您的母亲和您的哥哥。我们这次推出的保险很适合普通家庭，您可以多了解一下。"

顾青青脑袋里嗡嗡的，像是被人重重打了一拳。

父亲出事前一个月才买的保险，而那时正是他频繁出入赌场、借高利贷的时候，这份保险的保额还是一百万，正好是他借高利贷的钱。

所有的事情串联到一起，如果要让她相信这是一个巧合，那未免也太巧合了。

难道爸爸在那个时候就想到了后面这些事，已经开始布局了？爸爸遭遇的那场车祸，甚至他的死亡，都是已经设计好的？

还有，为什么这份保单，她丝毫不知情，只有妈妈和哥哥知道？他们为什么要瞒着她？

她忽然想起上次妈妈帮哥哥求情的时候说起了父亲的死，只是因为冷斯城的一句话打住了，难道，这就是车祸的真相？

保险业务员半天没听到回应，奇怪地问："顾小姐，顾小姐，你还在听吗？顾小姐？"

顾青青握着手机，手不自觉地垂下来，连这个业务员什么时候挂的电话都不知道。

她招手拦了一辆出租车，刚坐进车里，就打电话给吴爱梅："妈，你在家吗？"

吴爱梅回答："在！怎么了？"

顾青青说："你在家别走，在家里等我，我马上就过来！"

吴爱梅不高兴了："你这死丫头，你……"

话音未落，顾青青已经挂断了电话。

到了顾家门前，她掏出钱包，匆匆抽了张百元钞票丢给司机，还没等车停稳，也没找零，她就跳下车，像连环夺命CALL一样，拼命地按门铃。

"来了，来了。"吴爱梅不耐烦地打开了门。

顾青青进门："妈，你跟我说句实话，爸爸到底是怎么死的？"

"什么怎么死的？"吴爱梅吓了一跳，"你还来问我？"

顾青急了："爸爸的死，不是意外是不是？他根本不是因为意外死的，这一切都是设计好的，是不是？"

"你在胡说些什么？"吴爱梅真的被她吓到了。吴爱梅心里自然清楚，顾爸爸死在冷斯城手上真的是一个意外，即使不是冷斯城，还会有别人，他早就想好不要那条命了。只是这件事情，只有她、顾青山和冷斯城知道，冷斯城自然不可能告诉顾青青，顾青山和自己也不可能，那顾青青是怎么知道的？

"我都知道了！我知道爸爸生前买了一份保险，保额恰好是他借的钱数！"

她根本不在乎那笔钱，她只想知道真相，只想知道爸爸的死到底是怎么回事，他是不是自杀。

"什么保险啊？我不知道你在说什么。"给她的钱就是她的，她可不想吐出来，而且这钱他们早就挥霍完了。

冷斯城上次还威胁她，不准把这件事情告诉顾青青，不然，顾爸爸不是意外而是自杀的事情一旦被保险公司知道，是要被起诉的。

"妈，你还要瞒我？我都知道了！"顾青青气愤不已，"保险公司的人打电话给我，我才知道的。"

"你知道了又怎么样？"顾青山不知道什么时候回来了，可能是在牢里待过，他此时表情阴沉，"爸爸是买了一份保险，但受益人是我和妈妈，没有你。你都嫁出去了，只是一百万，你还想回来要不成？"

"哥，你说什么？"顾青青怒了，"我至于为了这一百万回来找你们麻烦吗？我想要问的是，爸爸的死到底是一场意外，还是……还是他自己设计的？"

啪！重重的一巴掌狠狠甩在了顾青青的脸上，打得她一下就愣住，是吴爱梅，是她甩了顾青青一巴掌。

顾青青愣愣地看了一眼吴爱梅，看她气得浑身发抖，不解地叫了一声："妈……"

"你给我跪下！你怎么能说出这种话来？"吴爱梅大怒，"你爸爸生前没过过一天好日子，我们家一直很穷，你爸爸也赚不到什么钱，他去借高利贷，也是想多赢一点钱。他买保险，是为了我们家能还清欠款，你竟然还说这种话？从小到大，你爸爸最疼你，他那天晚上是为了找你才出的事，你这样说，还有没有良心？他死得已经够惨了，你还想说什么？你是不是想给冷斯城开脱？你爸爸的死是自找的，是他特意找了冷斯城那辆车，是他故意撞上去的？你就是不想冷斯城是杀你爸爸的那个人，是不是？"

一番话，说得顾青青犹如当头几棒，整个人都蒙了。

她想反驳，话到嘴边，竟然不知道该怎么开口。

她不否认，得知这个消息后，她便认为她爸爸的死是一场精心设计的局而并不是意外。如果爸爸是自杀，那当时的冷斯城也许比她想象的还要无辜。

冷斯城这三年来对她如此冷淡，也许就是因为知道了她爸爸自杀骗保、他自己平白被碰瓷。

"就算你爸爸那时有轻生的想法，也是被冷斯城撞死的。他的的确确是死在冷斯城的手上，这一点无论是谁也无法改变！"

母亲的话从侧面印证了，爸爸当时的确有自杀的念头，死在冷斯城的手里的确是一场意外。

如果妈妈说的都是真的，冷斯城是为了逃避责任才娶她，等知道他可能被"碰瓷"了以后，就对她不理不睬，碍于自己被骗也不好意思随便说离婚，于是结婚这三年，一直对她冷暴力。她最近还以为冷斯城对她好一些了，谁知道人家反手就跟徐子佩暧昧不休，只是用好听的谎言欺骗她罢了。

难怪这三年，冷斯城对她始终冷淡。

难怪这三年，无论自己受了什么委屈，母亲和哥哥都要她打落牙齿和血吞，不只是为了钱，还因为有把柄握在冷斯城的手上。

难怪这次，哥哥闯祸，冷斯城不理不睬，原来他早就知道真相了。

顾青青完全木然了，自己是怎么离开的都不知道，更不知道自己以后要往哪里去。

她的手机响了，她一看来电显示，呵，是冷斯城。

"你在哪里？你在外面？"

顾青青麻木地嗯了一声。

"我在公司，晚上会回去。"

顾青青又嗯了一声。

冷斯城微微皱眉，她是不是不高兴了？他想了想，解释道："徐子佩也在这里，只是一起出席活动。"

顾青青再次嗯了一声，就像是一潭死水，风吹不起半点涟漪。

如果是在昨天，不，哪怕是在刚才，在接到那个保险电话之前，他和徐子佩的事情都是她心里的头等大事。可是，自打她知道，冷斯城早就知道她爸爸是自杀，还用这件事威胁母亲不准逼他救她哥哥，甚至这三年的冷暴力也是因为这一点，她整个人都要崩溃了。

冷斯城一下子不知道该说什么好了。他向来不懂得表达，越是在意顾青青，越是不知道该怎么跟她说话，该怎么赢得她的好感，憋了半天就说了一句："好好休息。"

顾青青这次，连一个嗯都吝于给他，好像有什么东西掐着她的脖子，让她无法回答也无法呼吸。

他骗了自己，他说谎！他明明知道父亲的死因却不告诉她，三年来还迁怒于她。他和徐子佩早已暗通款曲却瞒着她，还在她面前装出一副很温柔的样子。

忠诚、信任，在他的眼里就像水一样，根本不值一提。也许，他到现在还没有和她离婚，已经是仁至义尽了吧？

顾青青茫然地站在街道上，手机不断地响起，断掉，再响起，再断掉。过了好久，她才低头，看到聂之宁的名字的时候，犹豫了一下，最后还是接了电话："喂。"

"青青。"聂之宁气息不稳，像是嘴里含了一口水，"我能不能见见你？"

"不好意思，我最近有点忙。"

"我只需要五分钟。我没有恶意，只是有一件事情必须告诉你。"

第二天上午。

咖啡厅外的路边，冷斯城坐在车后座，前面的程秘书侧头过来："冷总，那辆车还在跟着。"

冷斯城一直闭着眼睛，半天才开口："查查到底是谁在盯着我。"

程秘书点头："是。"

冷斯城又咕哝一句："太太在这个咖啡馆里？"

"是。"

最近，顾青青总是躲着他，他回家晚，她也没早到哪里去。到了周末，顾青青一大早就出门，不是跟李悠悠逛街，就是加班，连接电话都不积极，言语之中似乎十分抗拒他。

今天工作结束，他给保姆打电话问顾青青在不在家，果然她又出门了。幸好他早有准备，叫保镖远远跟着，随时向他汇报顾青青的位置。谁知道，他刚到这里，就透过落地窗看到顾青青和聂之宁坐在咖啡厅里。

　　咖啡厅里音乐回旋，顾青青低头，一直在用小汤匙搅和牛奶。

　　聂之宁坐在沙发上看着她，面前的咖啡一口未动。

　　一首曲子结束，顾青青抬头："听说你要结婚了，祝福你。"

　　徐子衿从来不会放过炫耀她和聂之宁关系的机会，尤其是有她在的情况下。

　　"青青。"聂之宁喉结上下滚动，有太多话想说，却什么都说不出来。

　　顾青青说："虽然我一直不喜欢徐子衿，但是我看得出来，她是真的很喜欢你，如果你们在一起，应该会很幸福的。"

　　聂之宁不知道该说什么才好，半天只说了一句："谢谢。"

　　之后，又是一阵沉默。

　　三年的分离，人事的变迁，让两个曾经很亲密的人几乎无话可说。

　　好久，顾青青才说："那你呢？你找我有什么事？"

　　聂之宁说："我其实想问问你过得怎么样，毕竟……最近发生的事情挺多的。"

　　顾青青低头没说话，看着热牛奶发呆。

　　"我这次来其实是想提醒你，小心徐子衿。"

　　徐子衿的事情，他也说不好，就是觉得她怪怪的，总是魂不守舍，还经常神神秘秘地打电话。他原来知道她的手机密码，现在她把密码换了。他隐约觉得徐子衿针对的是顾青青，但是他没有证据，只能提醒。

　　"我没有证据，但是，我总感觉她最近在背地里针对你做一些小动作，而且……"他犹豫了一下，还是说了，"我有次看见她和吴阿姨在一起，看上去挺亲密的样子。"

　　顾青青真心地说："谢谢。"然后捧起热牛奶，一口喝了。

分别的时候，聂之宁看着近在咫尺的她，觉得以后自己和她再见面，就真的一点关系都没有了，就像两个认识很久但是疏远的朋友，见面只会点头笑一笑，问候一两句，然后就分道扬镳，彼此再无关联。他要结婚，她已是冷斯城的妻子，为了她好，也不该再有太多交集。

他站起身，伸出手，想要跟顾青青握手道别。顾青青也起身，伸出手和他的手握住。没想到，聂之宁忽然上前一步，手臂环过她的后背，握手升级成了拥抱。

他也不想在她心里留下不好的印象，手臂只是虚虚地环过，手指甚至没有碰到她的身体。他闻到她的发香，那种熟悉又久违的味道，深深吸了一口气，像是要把这味道记到心里。

顾青青果然有点介意，皱着眉，刚要往后退，聂之宁开口道："我马上就要结婚。我会跟徐子衿好好过日子。十几年的朋友了，我真心希望你能幸福。"

顾青青愣了愣，听到他这些话，还是有些窝心。

自从知道爸爸的死是自杀不是意外，母亲、哥哥都瞒着自己，根本没把自己当家人看，而冷斯城什么都知道，却什么都不说，也许最近偶尔对她有那么几分温情，但是，浅薄得像清晨草叶上的露珠，太阳一出现就蒸发殆尽了，她的心就越发冷了。

不带任何目的纯粹对她好的，除了李悠悠，也就只有聂之宁了。

"谢谢，你也是。"

话音刚落，一个电话打了过来，是冷斯城。顾青青退后一步，犹豫了很久才接起："喂。"

"你在哪里？"冷斯城声音很冷，她也是："外面。"

"你一个人？"

顾青青皱了皱眉，没有回答。

"你跟谁在一起？男人还是女人？还是——跟聂之宁？"

她下意识地回头，冷斯城出现在了咖啡厅的门口。

"欢迎光临"声音悦耳，三个人站在两边，谁也没有动一下。

聂之宁在看到冷斯城的时候，立即往后退了一步，他知道自己刚刚有点过分了，冷斯城可能会误会："学长，我可以解释。"

冷斯城进门后，看都没看他一眼，眼睛一直盯着顾青青。

等他走到跟前，聂之宁立即解释："我和青青一点私情都没有，我要结婚了，以后不打算再见她，刚刚是我主动的，她不是那个意思……你千万不要误会。"

原本冷斯城没什么反应，听到聂之宁这话，眼神蓦地锐利了起来，不过他依然没有看他一眼，而是朝着顾青青喝了一声："过来！"

"学，学长……"聂之宁鼓起勇气，想继续解释。

顾青青淡淡地看了冷斯城一眼："过去做什么？"

她问心无愧，坦坦荡荡，没做见不得人的事。如果她和聂之宁真有私情，不会蠢到站在落地窗前，当着咖啡厅这么多人的面拥抱亲近。

冷斯城一开始还能保持镇定，在看到顾青青平静的表情时，他怒了，大手一挥，一下子把桌子上的东西都扫落在地："你给我过来！"

巨大的动静引得服务生赶了过来："怎么了？"

看到这里一片狼藉，服务生也不是傻子，立即去找经理了。

聂之宁吓了一跳。冷斯城的冷酷与凶悍向来是对别人，对他虽然因为顾青青的关系不怎么喜欢，但从来没有这样过。今天，冷斯城气势一出，顿时把他镇住了。他想解释也不知道该怎么解释，越解释越乱，明明没有见不得人的关系，却因为自己刚刚的一时放松，害得她无端被人猜疑。

冷斯城大手一扫的时候，一个茶杯被他扫落，杯里的水溅了顾青青一身。

事情已经到了这个地步，还能怎么样？顶多是和他一拍两散。

她伸出手，轻轻拂去身上的水渍，又慢条斯理地理了理衣服，正准备开口，电视里，娱乐新闻的主持人说道："皇霆娱乐总裁冷斯城和影星徐子佩，日前接受采访的时候表示……"

顾青青静静地听着，脸上没有痛心之色，只有一丝嘲讽。

他和徐子佩可以在南美同住一个房间，可以在发生危机的时候当着众人的面护住徐子佩，可以堂而皇之地跟徐子佩一起出席活动，却从来没想过给她面子，也不曾真正相信她，她又何必解释？谁管他是去做什么，是谈工作还是谈情，她要的只是他早点做出决断。

　　她还没说话，冷斯城的手机响了，他不看也知道，不是程秘书就是徐子佩找他回去谈工作，因为这个手机是工作专用的。

　　他不接，也不理会。顾青青看着他，问："怎么不接啊？"

　　冷斯城没回答。顾青青又说："我知道，这是你工作的手机，是程秘书找你，还是子佩姐找你？你去工作吧，不用担心，我不像你，我没工作，晚上也不会在外面留宿好几天的。"

　　冷斯城眼睛微眯，他担心她的安危，才会大老远跑过来，她竟然这样说话？他上前一步，手指像钳子一样抓住她的手，把她用力往外拖。巨大的力气把顾青青拉得跟跄一步。

　　旁边的聂之宁以为他要家暴，立即上来制止："你没事吧？"

　　原本冷斯城只是生气，看到聂之宁上前来，他眼底的火苗瞬间燃烧了起来，目光狠狠的："不关你的事！"随着这话一起出现的，是冷斯城的重重一拳，只听见砰的一声，聂之宁被他一拳打中了脸颊，脸上瞬间火烧火燎的，眼泪唰的一下就流了下来。

　　"冷斯城，你做什么？"顾青青怎么也没想到他会打人，打的还是聂之宁，她脸上的冷淡嘲讽瞬间消失无踪，变为怒气冲冲。

　　她越是帮着聂之宁，冷斯城越生气，他上前一步，拽住聂之宁的衣领，扬起拳头，目光一寒，又是一拳，狠狠砸在了聂之宁的鼻梁上。砰——聂之宁被打得脑袋嗡的一声，鼻子一酸，鼻血立马涌了出来。

　　冷斯城紧接着一拳又一拳，恨不得打死聂之宁。

　　"冷斯城，你给我住手！"顾青青一开始的镇定、惊讶，此时全都化为了担忧，不过，她担心的不是聂之宁会被继续打，她是担心冷斯城真的把聂之宁打死，会犯法坐牢。

　　顾青青立即冲上去抱住冷斯城的胳膊，用尽全身的力气想把他们分开。冷斯城此时已经打得入了魔，根本听不进任何话，用力一甩，把她甩得跌倒在地，支撑身体的手掌按在刚刚碎裂的杯盘碗碟上，鲜血瞬间涌了出来。

这时，服务生领着保安、经理还有程秘书和保镖们冲了进来，看到这番场景，全都惊呆了。程秘书见状，立即眼神示意几个保镖，保镖们马上上前拉住冷斯城，没想到他竟纹丝不动，只是转头看向顾青青，声音有些嘶哑："你是不是想要我放过他？"

顾青青艰难地点了点头。

"你就这么怕他受伤？"冷斯城盯着她流血的手，声音低沉冰冷得吓人。

顾青青又点点头。她更怕的是他因为聂之宁的受伤而受到惩罚。

冷斯城眼圈发红，拳头死死握着，太用力，以至于颤抖起来。他红着眼转头，看着被他打得已经昏迷的聂之宁，拳头重重一落，没有砸中聂之宁的脸，而是打在了聂之宁脸侧的桌子上。一声巨响，玻璃桌面碎裂开来，冷斯城的拳头上全是血，眼睛也红得像血一样。

冷斯城一松手，聂之宁像块抹布一样瘫倒在地。

救护车很快来了，简单处理后把聂之宁抬上了担架。顾青青跟了过去。冷斯城在后面，一直冷眼看着她着急的模样，最后一声不吭地上了自己的车。

"冷总，我们跟着太太吗？"

"她要去哪里，跟我无关。"冷斯城把车门一关，直接吩咐程秘书，"回公司。"

程秘书愣了愣："可是冷总，你的手……"

冷斯城的手还在滴血，他像没事人一样："你开不开车？你要是不开车，我自己走了。"

"我刚才看到，太太的手也受伤了。"程秘书说了这句。

冷斯城皱了皱眉，半天才开口："……去医院。"

到了急诊室，冷斯城大老远就看见顾青青在手术室门口焦急等待，她手上果然有伤，却没有第一时间去包扎。

很快，医生走了出来："他的鼻骨断了，身上的伤倒是不严重，不清楚有没有内出血，稍后需要做一个全面的诊断，目前来看应该是没有太大的问题。"

听到这些话，顾青青总算松了口气。没有生命危险就好，如果聂家要问责，冷斯城也受不了太大的罪。

冷斯城冷眼看着顾青青松了一口气，满眼嘲讽。

程秘书趁机说："那医生，请你为我家太太和冷总处理一下伤口。"

听到程秘书说话，顾青青才回头，看到冷斯城站在一边，表情冷漠，手也破了。

医生点头，带着顾青青去处理伤口。冷斯城也跟了进去，看着医生给顾青青的伤口清洗上药，还打了破伤风。轮到他上药了，医生刚把药品准备好，他却迈开腿走了出去。

程秘书吓了一跳："冷总，你的手必须要处理一下才行啊！"

冷斯城理都不理他，直接走了出去。

顾青青处理伤口的时候，徐子衿还有聂家人得到消息赶来了医院。虽然聂世泽和甄晓雅听说冷斯城把儿子打到住院，又气又急又怒，但是聂之宁正在治疗，他们还没时间跟冷斯城算账。好在聂之宁伤得不重，大家才长出一口气。

听说聂之宁受伤，是为了替顾青青出头，聂家一向欺软怕硬，不敢找冷斯城讨说法，却把火撒在了顾青青身上。尤其是徐子衿，看到顾青青，恨不得扑上去撕了她。又是这个女人，怎么总是这个女人？！

冷斯城懒得搭理他们，到了走廊尽头，长长呼出一口气。这时，一个护士走了过来："请问，你是冷斯城冷先生吗？"

冷斯城看都没看她一眼，迈开腿就要走。护士又说："你是顾青青小姐的丈夫？"

冷斯城脚步一顿，皱着眉回头。护士说："我是负责她的护士，上一次，顾小姐流产……"

冷斯城没听清楚，疑惑地问："什么流产？"

护士回答："就是流产啊！通知她来复查的，她今天来了吗？"

冷斯城整个人都蒙了。流产？怎么可能？她不是一直在家里待着吗？什么时候流产了？

"这是什么时候的事情？"

"上个月。先生，你是顾青青小姐的家人吗？这么大的事情你不知道？你……"

护士话没说完，就被冷斯城紧紧抓住了胳膊。冷斯城脸上青筋暴起，眼睛都快瞪出来了："你说顾青青流产？上个月？"

"是啊！"护士吓得往后缩了缩，"具体情况你得问她的助理医生。"

冷斯城直接问："助理医生在哪个办公室？我现在就去找他！"

助理医师办公室，冷斯城一进来就问："流产是怎么回事？"

"你说顾小姐？"助理医生说，"就是上个月的事情啊！顾小姐过来做的手术，还有一个年轻男人陪着她，不是冷先生你吗？"

冷斯城眉毛一竖："男人？"

助理医生点头："是啊！流产这样的手术，没有家属签字怎么可以？这样，我给你找一下当时的出诊记录。"

冷斯城一脸铁青，看着他翻箱倒柜，很快找到了一个文件袋。冷斯城一下就把文件袋抢了过去，一把扯开："流产手术单？"家属签字处，清清楚楚写着他"冷斯城"的大名。

居然是真的！她真的做了流产，在他不知道的时候，签的他的名字。冷斯城反反复复看了好几遍手术单，都是同样的结果。他紧紧攥着手术单，几乎要攥烂。

整整三年时间，他原以为顾青青不想跟他生孩子，所以每次都做措施，好不容易融化了她的心，两人认真商量过生孩子的事情，他还以为她是真的愿意跟他有个孩子，想要他们的爱情结晶，没想到，她竟然连通知他一声都没有，就把孩子打掉了。

冷斯城猛地一下把手术单扔在地上，转头看向助理医生，目光犀利得如野狼一样："你们怎么能随随便便就让人流产？为什么不问问家属？为什么不打电话给我？还有，这个字是谁签的？"

助理医师吓得后退了一步："冷，冷先生，你不要激动，当时顾小姐来，确实是家属签的字，她是自愿终止妊娠的。"

"你，说，她，是，自，愿，终，止，妊，娠？"一个字一个字，几乎是从冷斯城喉咙里挤出来的，尤其是在说到"自愿"两个字时，用了极重的音。

助理医生被冷斯城的反应吓到了。他收了徐子衿的钱，但徐子衿一直没让他做什么事情，最多是帮她删改一下血型，帮她拿合适的血液，直到那天他把顾青青流产的事情告诉了徐子衿，她让他瞒着冷斯城，到此时才告知。今天的护士也是他按照徐子衿的要求安排的。

"她，她……她是自愿的！真的，自愿的。不然，我们怎么敢昧着良心做这样的手术？"

冷斯城狠狠一掌拍在桌子上："你胡说！你不是孔医生的助理吗？为什么不跟我汇报她的情况？"

助理医生声音颤抖地说："是顾小姐，是顾小姐不让我们说的。我，我当时不在，是给她做手术的医生说，陪着她来的年轻男人跟她关系很亲密，是抱着她来的。她要终止妊娠，态度很坚决，她家属也签字同意。事后，她要求我们不要再打电话给她的家人，我们以为她是怕父母担心，也没多想，所以……"

抱着她来的，关系亲密，她态度坚决，她找人假扮他，是她自己不要那个孩子……

气愤到了极致，他的脸一直红到了脖子根，像一只在炽热的铁锅里濒死的虾。他恨，他怎么能不恨？顾青青让聂之宁冒他的名，打掉了他的孩子，还瞒着他，甚至到现在她还陪在聂之宁的身边。

办公室里一片安静，助理医生吓得一动都不敢动，电话响了都不敢去接。不知道过了多久，他才哆哆嗦嗦地拿起听筒："喂？"

电话那边是顾青青的声音："助理医生吗？你在不在办公室？是你通知我复查的吗？我能不能改天再做？"

助理医生一句话都不敢说，只有顾青青的声音在听筒里响起。

"医生？"顾青青有些奇怪，又忽然想到了什么，"医生，该不会是你遇到了……什么人吧？"

助理医生抬头看了一眼冷斯城，冷斯城目光锐利如刀剑一样，他摇摇头，助理医生赶紧回答："没，没有。顾小姐，有什么事情，你说。"

顾青青试探地问："我流产的事，你有跟其他人说过吗？"

"没有。这是病人的隐私，我们不可能随意泄露。"

顾青青挂了电话。

助理医生抬头看了冷斯城一眼，只见他目光更加犀利："别告诉她我来过。"

助理医生赶紧点头。

冷斯城愤然地走了出去，像一头暴怒的狮子。他刚走到外面，迎头就撞上了徐子衿："斯城哥哥，是不是那个女人勾引之宁，他们今天才会见面的？"

冷斯城根本没有心情回答她这些白痴问题，他现在恨不得杀人。

徐子衿却拉着冷斯城："斯城哥哥，你默认了是吧？我就知道，那个女人不是好东西，她一直在勾引之宁。你还记得在滨海市的时候吗？之宁跟我闹分手，就是因为她，我有证据！"

她说着，把之前在滨海市的那段手机录音放给他听——

"你答应跟斯城哥哥离婚？"

"我要是离婚，你把聂之宁还给我？"

我要是离婚，你把聂之宁还给我？冷斯城一把抓过她的手机，又听了一遍，等确定这就是顾青青本人的声音后，怒气勃发，把手机往地上狠狠一砸。

徐子衿吓了一跳。

冷斯城按了电梯往楼下走去。几个保镖赶紧跟上，以为他要去停车场，跟司机说："准备一下，冷总要用车。"

谁知道，冷斯城并没有去停车场，电梯到了一楼，他径直迈开腿往住院部外面走去，倒把几个保镖看愣了。

冷斯城快步走出了住院部，穿过医院的中心花园，走到医院大门口的时候，忽然看见了一辆熟悉的车。他走过去，只听到司机在抱怨："小姐，我也不知道冷斯城跑到哪里去了。好了好了，我会尽快跟上，我……"

话音未落，他的衣领就被外面的一个男人一把揪住了，随即上半身被揪出车窗，他手机没有拿稳，一下子掉在了地上："你，你是冷，冷，冷……"

冷斯城想起来了，这车就是一直跟踪自己的那辆，他还让程秘书去查过这个人的底细，没想到在这里撞见了。

"说！是谁让你跟着我？你跟着我有什么目的？"

"我，我是私家侦探。"那人颤抖着说，"是一个女客户让我来调查你出轨的事情，她要为离婚收集证据。"

"你说谁？收集什么证据？"冷斯城整个人都呆了，他没听错吧？顾青青为了离婚要收集证据？

"是一个女客户……"私家侦探声音哆嗦着，"我不能告诉你她的名字。"

这时，程秘书和保镖们赶了过来，看到冷斯城揪着一个男人的领口，吓了一跳，刚要说话，冷斯城伸手一指："你看看车里的文件袋，还有其他设备。"

一名保镖点头："是。"

保镖拉开车门，从副驾驶座上拿出一个文件袋，里面装着的照片全是他和女人见面的，尤其和徐子佩的最多。

至于手机，冷斯城也不放过："把SD卡拔了，把照片都拿走。还有，逼他说出雇他的人是谁，一定要把这件事情查清楚！"

冷斯城哪也不去了，转身上车回家。

车开到家门口，保姆有些意外："先生，你怎么回来了？"

他这个时候回来很奇怪吗？冷斯城皱了皱眉，看见桌子上放着什么，上前一步："什么东西？"

"没，没有。"保姆立即把东西藏到了身后，讪笑一声，"是我的东西。"

她越藏，他越想看，上前一步："拿过来！"

保姆哪里抢得过他，很快就被他拿走了手里的东西，顺着惯性，保姆还往后退了好几步，摔在椅子上。

冷斯城皱着眉头把手中的东西——一个信封拆开，里面是顾青青找的离婚律师发来的资料。

他突然想到了什么，马上冲到楼上，打开她的电脑，文档里大都是与工作有关的文件，其中一份吸引了他的注意力，是去美国留学的相关事宜。

他又翻箱倒柜，很快就找到了那封留学的信函。

静，死一般的静，屋子里拉着窗帘，光线昏暗，程秘书站在冷斯城身后，只能看到电脑屏幕发出的光亮，在冷斯城周身晕出一片银灰色的惨白光圈，好像冷斯城是一个来自地狱的恶魔，正在等候地狱之门打开。

"冷，冷总……"程秘书害怕他突然爆发，声音低低地说了一句。

没想到这句话一出口，像打开了开关，冷斯城突然拿起顾青青的笔记本电脑高高举过头顶，然后用力一摔！

巨大的声响引来了保姆和保镖，看到卧室里一片凌乱，所有人都惊呆了。

保姆惊叫一声："先生，这，这是怎么了……"

话音还没落下，卧室里的冷斯城头都没回，双手重重落到桌子的边缘，嗓音有些沙哑地嘶吼："谁让你们上来的？！都给我滚！滚——"

声音之大，连天花板上的水晶灯都随之晃动了几分。

程秘书看见冷斯城的脖颈都涨红了，青筋暴突，手掌撑在桌子边缘，很用力，好像恨不得把心中所有愤怒都通过双手发泄出去。

"好、好，我们滚，滚。"大家赶紧走了。

屋子里很静，只有老旧的座钟左摇右晃，像是重拳击打在他的心头，一下，两下，三下……

冷斯城从医院出来的时候是上午，很快到了中午，保姆做了饭菜，也不敢叫他下来吃，然后就是下午，晚上。

冷斯城一直站在窗前，程秘书只好站在门边一动不动。不知道有多少个电话打来，程秘书一直静音，不敢打扰冷斯城。

直到月上西楼，顾青青回来了。看了看其他人，顾青青说："没你们的事了，你们先走吧。"几人点头，吱呀一声把门关上了。

冷斯城一直等到程秘书和保镖们开车离开，才把头转向顾青青。顾青青也看着他，谁也没有说话。许久，顾青青上前一步，冷斯城同时开口："坐。"

顾青青走到离他比较远的椅子前坐下。冷斯城见她如此，微微扯了一下唇角，像在嘲讽她此时的谨小慎微，又像在嘲笑自己。半天，冷斯城开口："我有话想对你说。"

顾青青回道："我也有话想对你说。"

冷斯城看着顾青青，这才发现她面色苍白，白得跟她做完流产手术回来的那天一样，一丝血色都没有。她身上的衣服还沾着血，嘴唇有些干裂起皮，也跟她的脸一样白。像是被抽走了魂魄一样，她怔怔的有些痴傻。

她就这么在乎聂之宁吗？为他担忧到了这个地步？

"你有什么事？"

顾青青看看他，问了一句："那你呢？"

"你先说吧。"

顾青青也不扭捏："好。等我一下，我把衣服换了。"

顾青青走到床前换了睡衣。不知道为什么，冷斯城忽然觉得，这可能是他最后一次看她换睡衣。

冷斯城转身把茶盘放在茶几上，上面摆着茶盏和茶叶，旁边的水壶呼呼地冒着热气。冷斯熟练地用竹勺挖了一小撮茶叶放进紫砂壶里，用开水冲烫，然后用第一道茶水洗了洗茶杯，第二道茶水才给她倒了一杯。

两人喝了三杯后，冷斯城淡淡地开口："说起来，我们好像好久没有这样安静地说话了。"

"是啊！"顾青青点头，"斯城，我们结婚已经三年了。在这三年里，我自问不算个好妻子，你的工作我帮不了忙，你的生活我也经常照顾不到，我还偶尔任性，给你惹了不少麻烦，我的家人更是给你带来许多烦恼。

"斯城，不管我做了多少错事，有一点我问心无愧，在这三年里，我从来不曾欺骗你，也不曾背叛过你。我们夫妻三年，我也不想多说什么，但是有一句话，我不得不问你。"

冷斯城点点头："你问吧。"

顾青青抓紧了杯子："我想问，你认不认识这个人？"

她把照片放在桌上，冷斯城顿时吓了一大跳。他以为她会解释她和聂之宁之间的事情，他以为她会追问他和徐子佩的事情，他还以为她会解释她流产的事情，唯独没有想到的是——这个男人！

这是他埋藏在内心最深处的一段隐秘。年少轻狂的时候，对于顾青青，他一直很想靠近，她却成了聂之宁的女朋友，还要跟他出国。求之不得，无可奈何之下，他发现顾爸爸流连赌场，不仅没有劝阻，还推波助澜。

她的家庭是那副模样，即使没有欠债，聂家也容不下她这个媳妇，何况她爸爸还是个酒鬼加赌徒。

但是，拆散了她和聂之宁也没用，她对聂之宁的心不变，即使分开了，他俩也会继续相爱，只有她最无助的时候，聂之宁也无法帮她，自己乘虚而入，才能大获全胜。

一切计划挺好，差一点就成功了，谁也没想到，顾爸爸先她一步崩溃，碰瓷自尽。

他自然装作不知："这是谁？我没见过。"

顾青青语气淡淡地说："你也不用不承认，如果不是我哥哥，现在又喝酒赌钱，一样欠了那个赌场老板的债，时隔三年，高利贷再次打到我家，我也不会知道，原来还有这样的事情。"

冷斯城从医院离开不久，她就接到家里打来的电话，说哥哥赌球，又欠了一笔赌债，高利贷赶上家了，她这才知道，难怪最近家里看起来奢侈不少，原来都是他通过所谓的"内部交易"赌球赢来的，带他"上道"的，自然就是那个狱友了。

那个狱友她就说怎么这么眼熟，虽然三年过去，他的容貌改变了不少，但当他上门要债的时候，她一下就想起来了，这个人就是三年前要债的高利贷中的一个。更让她震惊的是，这个人还透露，当年引诱她爸爸欠下巨款的人，就是冷斯城。

顾青青说到这里，笑道："一百万，让我家天天被逼债，一百万，买了我的第一次，我应该说什么才好？原来我还挺值钱的。"

"不是的！不是这样的！"冷斯城急了。

"是什么样都可以。不管是谁引诱，他都是一个思维正常的成年人，欠下赌债是他自己的选择，人家来追债也是理所应当，怨不了别人。"顾青青反而很平静，"斯城，我说这些话不是要跟你算账，我只是想问你，这件事情，到底和你有没有关系？你说！"

这让他怎么说？其实他和顾青青都清楚，他承不承认已经不重要了。这件事情他确实有参与，她所谓的想要一个答案，不过是求个心安罢了。

"青青，我……"冷斯城二十多年来，第一次无言以对，居然是在此刻。

知道她背着他做流产手术，背着他和聂之宁联系，背着他准备出国，他都只是愤怒，而不是像此刻这样恐惧。

他挣扎了一下才开口："青青，我可以解释，我其实……我其实，心里一直有你。"

她和他结婚三年，认识十年，第一次听他说他心里有她，竟然是在今天这样的情况下，顾青青真不知道该放声大哭还是该仰天大笑，这真是讽刺——绝妙的讽刺！

"是吗？原来你心里有我，原来你是喜欢我的。"这句话要是早一天说，也不会像现在这样，让她觉得好笑。

他从来没有尊重过她，也不尊重她的家人，还谈什么爱？

冷斯城慌了："青青，青青，你不要这样，我不是这个意思，我对你真的……真的……"

说到这里，他再也说不下去了。三年来他的表现一一闪现在脑海——为了刺激她，他故意去找绯闻女友；跟她吵架生气后，他对她疯狂地"惩罚"；徐子佩回国后，为了炒作无视绯闻；三天两头因为工作忽视了她，他简直一无是处！

"是啊，你对我是挺'真'的，所以，你找女人从来不顾忌我的想法、我的感受。"

"青青！"冷斯城站起来，握住顾青青的手，"我根本没和那些女人发生过关系！我找她们都是为了气你，为了引起你的注意！我自始至终都只有你一个女人，只有你！"

这句话，顾青青连回应都懒得，只轻轻一笑。

不说徐子佩，就说陈文捷，她在自己面前炫耀的样子还历历在目，冷斯城居然说，他和陈文捷什么关系都没有？这话说出去，谁会相信？简直是滑天下之大稽！

冷斯城看到她脸上的笑容，更慌了："青青，我是认真的，我真的是认真的！"

笑话听多了就不好笑了，对她来说是，对冷斯城来说也是。

一个人对你好不好，不要看他说了什么，而要看他做了什么。对不起，他们结婚后的这三年，她真的感受不到他的爱。

"那你告诉我，我爸爸欠高利贷的事跟你无关，你就说这一句！"

冷斯城一下子语塞了。

顾青青看着他，看着他的眼神从疑惑到惊讶，到悔恨，到激动，再到狂热，最后变成了此刻的狼狈和痛苦。

明明早就做好了心理准备，早就对他死了心，可是看到他此刻的模样，她的心还是会痛。

他伸出手来握住她的肩膀："青青，我们结婚三年，现在才终于好了，有什么是不能成为过去的吗？"

他没有直接承认，但这句话显然是在告诉她，没错，他就是那个幕后黑手。

"斯城，你知道，我家条件不好，我妈妈只宠我哥哥，我在学校被人欺负，在徐家也被当成下等人看待。从小到大，只有爸爸最宠我爱我。"她声音缥缈，眼神飘忽不定，眼泪瞬间滑过脸庞，"你可以对不起我，你也可以做更多混账事，我都无所谓，可是你不应该害我的家人，尤其是我的爸爸。我知道他嗜酒又贪心，可他对我是最好的。你为什么要把他逼上绝路？"

"青青……"事已至此，他不知道该如何解释，半天才说，"我没有想要逼死他，我只想要……让你变得窘迫一点，让你和聂之宁分开，让我变成你的救世主。我真的没有想到……后来会变成这个样子！青青，你告诉我，怎么才能让你原谅我？无论做什么我都愿意。"

顾青青定定地看着他："除非我爸爸活过来，或者，我不是爸爸的女儿。"

那就是根本不可能了？

冷斯城静静地看着她，她也静静地看着他。

一件事情铸成大错，以后再来弥补，就像那碎了的镜子，再怎么黏合，还是会有裂痕。

他心里忽然涌起不甘心的逆流，他们明明已经放下成见，慢慢培养起感情，他绝对不能放手。

想起她最近背着他做的那些事，他想，她最近的温情，是不是都是装的？

"好，你问完了，我也有话想问你。我想问你，我想问……你是不是……有过我们的孩子？"

顾青青原本心如死灰，听到他这句话，满脸震惊，他怎么会知道孩子的事情？

看到顾青青这副表情，根本没有否认，冷斯城就什么都知道了。

他努力克制的情绪终于爆发，声音一下子变得凌厉："是真的？你真的怀了我们的孩子？你为什么不告诉我？"

"所以，你也调查我？"

冷斯城没有回答，而是继续问道："是你找了人跟踪我吧？私家侦探？还特意找了离婚律师，还有留学咨询？这些，是不是真的？"

冷斯城想到抓住那个私家侦探时自己的愤怒，现在仍难以平复。他怎么也没有想到，那个天天派人跟踪他的，竟然是顾青青。

她早就想要离婚、要留学，即使没有聂之宁这件事，她离婚的决心也是真的。

事已至此，她再否认又能怎么样？私家侦探不是她找的，但她的确利用侦探调查了他的行踪。离婚律师也是真的。至于孩子，他还有脸质问她？他陪伴徐子佩的时候，想过他们的孩子吗？她勾起嘴唇，笑道："你想要孩子的话，不是马上就能有吗？就算不是徐子佩，也会有大把的女人肯给你生。"

这笑在她心里是嘲笑自己，看在冷斯城的眼里，却是十足地讽刺他！他突然用力拍了一下桌子，把茶盏拍得啪啦一声脆响。他手上的伤口还没好，这么一拍，越发显得伤口狰狞。

他看着顾青青，顾青青面容不变，一点悔改或者伤心都没有，好像那个死掉的孩子理所应当消失一样，他终于相信，她是真的"自愿终止

402

妊娠"！

她不说话，他也不说话。好久好久，直到电水壶嗡嗡响，他才拿起往紫砂壶里蓄水，只是这一次，手微微颤抖。

"最后一个问题，我们结婚这三年，你曾有那么一瞬……爱过我吗？"

这三年里，如果她有一点点爱自己，那他这些年的执着，也不算全部浪费掉了吧？

顾青青看着他，脸上的表情像是被冻住了一样，一点反应都没有。

她的确被问住了，不知道该怎么回答。她不太明白，这个时候冷斯城还要问这种问题，是为了什么？是因为刚刚他慌乱间说过"我心里有你"，却没有得到同样的回应，所以不甘心？

这还需要她说吗？要是不喜欢他，她当初怎么会嫁给他这样一个"杀父仇人"。她对他的感情，浓烈得快要溢出来了，他难道真的一点都感觉不到，还要问出来羞辱她？

冷斯城看着她惊讶的表情，眼里的期待，一点一点低落，一点一点消失，唇角也勾起一抹似有似无的轻嘲。他就知道，顾青青对他一点好感都没有，别说爱了，连喜欢都不愿意说出口。

顾青青半天才开口，声音也像是被冻住了："现在再说这些，又有什么意义……如果，如果你一定要问，那我告诉你，不久前，我认真想过，我们以后要好好生活在一起，好好过日子，可是……"

"够了。"冷斯城没等她说完就打断了她的话，脸上有恼怒，有掩饰不住的疲惫。

那就是……不爱？他们一起生活的这三年里，她对他一点爱情都没有，她一直都在想着聂之宁，或者说，她一直都介意他这个"杀父之仇"的身份，一直没有对他敞开心扉。

顾青青也不禁暗自感慨，不管他怎么讨厌她，毕竟夫妻三年，即使没有爱情，也有亲情吧？就算没有亲情，还有一种感情叫作"习惯"。

她又说了一句："斯城，过去的事情已经过去了，我只是……无法跟你一起继续以夫妻的名义生活下去。我也不会对外胡言乱语，败坏你的名声，更不需要你的钱，你不必担心。"

"你不用再说了。"冷斯城又打断了她的话，脸上露出一抹苦笑。

看吧，她都这么为自己着想了，不要财产，不会说他一句不是。看吧，多好的条件，只要他点头就是了。她什么都为他想过了，唯一没想过的是，她跟他继续走下去！

一切都走到了尽头，他死死握住这早已结束的婚姻又有什么用？不，应该说，打从一开始，就是他一个人在唱独角戏。

"斯城……"

"你不用再说了。"冷斯城又强调了一遍，语气是前所未有的低沉，像是全身的力气都被抽空了，"如果你的愿望只是离婚的话……我，如你所愿。"

第十七章　失去了表白的机会

"所以呢，你们就这样离婚了？"李悠悠知道这消息已经是一个月以后，她有点惊讶又有点疑惑，"真的假的？他就这么轻易地跟你离婚了，没提别的要求？你也什么都没要？"

顾青青摇摇头："我不想要。"

她是真的不想要，倒不是矫情什么的。

不过，冷斯城真的给了，她不要钱，他便把西山别墅和倾城公寓都给了她，但是这两栋房子，她不会去住，也不想卖掉或者出租。

倾城公寓就不说了，那不是他和其他女人的温柔乡吗？她绝对不会踏进去一步。而西山别墅像是一个大的牢笼，把她所有的热情和爱意一点点消磨殆尽，痛苦多，欢乐少，而且满满的都是和他在一起的回忆。只要住在这栋房子里，她就好像能感觉到他的呼吸、他的脉搏、他的气味、他的一切。即使在他眼里自己不过是一个替代品，一个可有可无无意间闯入他生命三年的过客，可她的整个青春年华都耗费在了他的身上，就像一场梦一样。不踏入这栋房子，她还可以假装自己还在梦里，否则，梦醒时分，永远是最痛苦的时刻。

"什么不要啊？这是你应得的。"李悠悠说，"那冷斯城的爸妈呢，知道这件事吗？"

顾青青摇摇头，她不知道他们是否知道他们离婚了，她也没有脸问他们。

这么多年，冷云霆和洛清雪对她是真的好，她也是真的很尊敬他们，只可惜……

"那你妈妈和哥哥呢。"

话音刚落，顾青青的手机就响了起来，顾青青看了一眼来电显示，没理，是吴爱梅打来的。

电话响了一会儿自动挂断，很快又有短信发了过来，顾青青看都没看。

"闹过，但是木已成舟。"离婚协议书都签了，他们又能怎么样？她那个哥哥实在是太不争气了，听说她离婚，闹了好几次，直到看到离婚证才消停。不过，离婚归离婚，他张口就跟她要一百万，说既然离婚了，那肯定有离婚抚恤，每天几十个电话打过来跟她要钱，而她一毛钱都不想给，也给不起了。

冷斯城给她的钱她一分都没拿，身上只有几万块的存款，去国外读书要交的抵押金，还是找李悠悠借的。他们不是还有房子吗？没钱了就卖房子，怎么也够还高利贷的了。

"不过也没关系，我马上要走了。"等她去了美国，天高皇帝远，她最多能每个月给他们基本的生活费，别的，她什么也帮不上，也不能帮，不想帮。

"你哥和你妈也真是……"李悠悠说到这里顿了顿，抬眼看了看她，又问，"那你和冷斯城呢？你们之后见过面吗？"

顾青青摇摇头："没有。我们去民政局签了协议书当天他就飞去了国外，现在……我也不知道他在哪里。不过以前他也是这样，总是很忙，神龙见首不见尾。"

李悠悠笑："这有什么，你不是马上也要出国了吗？去国外待个一两年，没准你和一个金发碧眼的帅哥相爱了呢，混血宝宝最萌了。"

现在，她可以从事自己喜欢的职业，能努力奋斗，能摆脱娘家的桎梏，一切都很美好。

可是为什么，她有点……伤感呢？

离留学还有半个月时间，顾青青在旭逸做收尾工作，每天忙得跟陀螺一样。只有用工作把自己的内心填满，她才不会胡思乱想，今天也是挤出时间跟李悠悠见了个面。

两个人在咖啡厅坐了一会儿，起身出门的时候，她们的手机同时响起，是微博头条更新了。两人拿出手机一看，是冷斯城，他宣布半个月后订婚，而新娘不是徐子佩。

顾青青一下愣住了。她知道冷斯城迟早会再结婚，自己也早就有心理准备，以后这个男人跟自己再无半点关系，却没有想到，这个消息来得这么快，他们才分开一个月，他就要订婚了。

问题是，这个叫"苏念真"的女人，又是何方神圣？

她疑惑，李悠悠也一样。李悠悠现在还在皇霆娱乐工作，从来没有听说，冷斯城最近有什么亲近的明星。

她马上用手机搜索了一下，这个苏念真是跨国公司高管的千金，半个月前和冷斯城在国外一见钟情，两人进展神速，已经有了结婚的打算。

看着新闻照片里并肩而立的两个人，苏念真有着不属于徐子佩烙印的利落短发，气质高雅，一看就是商界精英。这是不是说，他已经跳脱出过去的审美，至少不是找一个相似的傀儡，而是真真正正想要和这个叫苏念真的女人过一辈子了？

"你看看，我就说了冷斯城对你没用多少心，他根本离不开女人，没了你马上就找好了下家。"李悠悠撇撇嘴不屑地说道。

"嗯。"顾青青心里乱如麻，但还是点点头。

顾青青刚走出咖啡厅，没想到冷家就找上了她，不过不是冷斯城，而是他的父母——冷云霆和洛清雪。

顾青青出现在冷家老宅的时候，内心还是有点忐忑的。

和冷斯城结婚后的这三年里，她最留恋的不是他偶尔的温柔，而是他的父母。她从小没有享受过家庭的温暖，反而受尽了他人的白眼，而冷家父母从来没有看不起她，是真心把她当女儿一样来疼。

她和冷斯城离婚，不敢跟他们说，也不好意思去打扰他们，没想到，他们主动联系了她。

深呼吸，她按了门铃。

有人问："谁啊？"

顾青青听出来是洛清雪的声音，她调整了一下情绪："妈……阿姨，是我。"

"哦，是青青啊，进来吧。"

门打开，最先迎接她的不是冷云霆和洛清雪，而是小威尔士。

随着狗叫声，小威尔士一下子扑到了她的身上，把她扑倒在地，一边拼命摇尾巴，一边用它的口水给顾青青洗脸。

顾青青摸摸它的狗脸："小威尔士，起来。"

萨摩耶也叫微笑天使，狗狗笑得一脸灿烂，她心里却五味杂陈。

小威尔士根本不听，直到里面传来洛清雪的声音"小威尔士，过来"，小威尔士这才起身，亮晶晶的黑眼睛看向洛清雪，朝她跑了过去。

顾青青狼狈地起身，整理了一下衣服："妈……阿姨。"

洛清雪表情没有多大的变化，只是点点头："你来了。"

客厅里，顾青青端起茶杯抿了一口，心情才平复了一些。

洛清雪一直看着她，半天才说："青青，你和小宝，是离婚了吧？"

顾青青手一抖，茶杯差点掉在地上，她赶紧放下茶杯，低着头，半天才说："是我的错。"

洛清雪只是说："离婚本来就是两个人的责任，过不下去了，所以分开。小宝是什么性格我心里清楚，你不用过于自责。"

虽然她没有责怪顾青青，但是这样不咸不淡的语气，很明显没有过去那么亲厚了。顾青青心里很难过，毕竟她曾经是真的把他们当自己的父母来尊敬，现在她和冷斯城没有关系了，等于也失去了两个亲人。

"阿姨……"

洛清雪摆摆手："今天我叫你过来，是你在这里有些东西，为了避免以后的麻烦，我觉得还是让你过来亲自拿走比较好。"

顾青青点头，跟着保姆上了二楼。

她和冷斯城回老宅的次数不多，她的东西留在这里的也不多，大都是衣服和个人用品。她找保姆要了一个袋子，把东西全都装在里面。等东西收拾完，她刚下楼，就听见外面有快递过来。洛清雪让保姆接了快递，拆开就笑了："是苏念真买给我的。"

顾青青站在楼梯口，听到保姆在夸："苏小姐真是有心！上次见面听说您喜欢什么，这次就送来了。"

"东西不重要，关键是她对小宝用心就好。"洛清雪叹息一声，"小宝性格内向，有什么事情都闷在心里，现在好不容易……我只希望，他以后能过得平安顺遂，不要什么事情都放在心里不说出来。"

顾青青站在原地半天没动。其实她知道，洛清雪今天叫她过来，拿东西只是借口，主要是想问问她离婚的事情，同时告诫她，冷斯城已经有了新的对象，希望他们能一别两宽，各生欢喜。

直到袋子里的一样东西掉出来发出了声音，她才赶紧捡起来下楼，装作什么都没有听到的样子："阿姨。"

洛清雪问："东西都全了是吧？"

顾青青点点头："我先告辞了。"

到了院子里，用人也在收拾东西，一些明显是冷斯城不用的旧物凌乱地堆放在角落里。顾青青目光一扫，扫到了一样东西，她立即回头："妈……阿姨，这是？"

顾青青手指着的是一辆旧山地车，还有头盔、护膝、护腕之类的装备。

洛清雪说："这是小宝以前用的，很久没骑，而且撞坏了，放在角落也是落灰，我就扔了。"

顾青青走过去仔细看了看单车被撞的地方："这，这是什么时候买的？"

"大约……他上高中的时候？他用的时间不长。"

"是不是他高三的时候？"顾青青的表情有些怪异。

洛清雪想了想，点头："对，这是他被保送大学后奖励给他的，不过他只用了很短的一段时间，撞坏了也不修，还不让我们扔掉，就一直放在角落里。怎么了？"

顾青青嘴唇微微颤抖，看着单车说不出话来。

她还记得那是高一的时候，她被一个戴着头盔骑着山地车的男生撞了，演出的裙子弄坏了，她差点连节目都上不了，而那个撞她的混蛋之后再也没有现身过，他明明说过他会赔偿的。

她一直以为，自己是在冷斯城检查课间操的时候，第一次仰望楼顶的他——那个眼神疏淡的白衣少年，也许并不知道她的存在，因为她不过是他脚下的芸芸众生，是仰慕他的无数少女中不起眼的一个。她怎么也没想到，其实早在这之前，她就跟冷斯城见过了，而且他就是那个撞她的混蛋。

她还不敢相信，又回头问了一遍："这车真是斯城的？我怎么从来没看到他骑过？"

"不知道，这车撞坏了也不修，也不让我们扔掉，就这么丢在这里，不过他经常会把这车擦干净，直到最近他要和苏小姐订婚了，我们收拾东西，说要丢了这辆车，他也没意见。"

如果说之前她还不敢相信那个撞了她的家伙是冷斯城，那现在听了洛清雪的话，她无比肯定，那个人就是冷斯城。

可是她真的不明白，如果冷斯城对她并非毫无情意，为什么在婚后的这三年里如此对她？每当她以为冷斯城和她有一点点靠近的时候，总会被他粗鲁而不耐烦的动作推远。他要是喜欢自己，为什么还去找那么多女人？他要是喜欢自己，为什么从来不说，从来不表现出来？

他是嫌弃她出身低？还是因为她爸爸的死让他一直耿耿于怀？还是说，她的母亲和哥哥让他觉得丢脸？又或者，他是喜欢过，但是这喜欢不足以抵消他对她出身的鄙视，对她家庭的鄙视，对她父亲明明是寻死却差点让他成为杀人犯的愤怒？

这是命，真的是命。

她呆愣在原地，许久许久才告辞离开。

出租车越开越远，最终在盘山公路的尽头消失不见，洛清雪才进了老宅后院："她走了。"

冷斯城正蹲在地上逗着小威尔士，母亲的话他好似没听见一样。小威尔士被他逗得尾巴一直摇，而后又躺在地上翻着肚皮，冷斯城伸手摸了摸它的肚子，他也不叫唤。半天，狗脸一侧，把一个东西吐在了他的掌心。

冷斯城一看，这东西亮晶晶的，好像是一颗扣子。联想到它之前和顾青青在地上玩，这扣子八成是她的。

扣子吐出来以后，小威尔士汪汪叫了两声，水汪汪的大眼睛一眨不眨地看着他，毛茸茸的尾巴一直摇。

冷斯城看着手里的扣子愣了几秒，然后缓缓起身，回应母亲："我知道了。"

他把手里的扣子随便一甩，掏出纸巾来擦了擦手。

小威尔士跑到扣子落下的地方刨坑，身子跳来跳去，不亦乐乎。

洛清雪也看到了那个被他扔掉的东西，又看了看一脸平静的冷斯城，只是说："阿姨炖好了汤，你先喝一碗。"

冷斯城点头，跟她一起去了餐厅。

阿姨把汤端上来，他喝了一口。

洛清雪问："怎么样？阿姨炖了一早上了，味道还行吧？"

冷斯城点点头，低头把汤喝完了。

洛清雪说："再喝一碗吧！你看你，最近太忙了，都瘦了一大圈了。"

冷斯城没反对，依言又喝了一碗。

等两碗汤喝完，他用纸巾擦擦嘴，见母亲还在看着自己，知道她有话要说："妈，你是不是有话要说？"

"你要是有时间，就正式邀请苏小姐和她的家人过来，一起吃个饭。"虽然苏小姐上门来拜访过，但是冷斯城公布订婚消息后，还没有带她和她的家人过来正式见个面吃顿饭，这算什么事？就算是当年，他决定和顾青青结婚，都把她的母亲和哥哥请过来过。

冷斯城不说话，只是看着母亲。

洛清雪继续说："毕竟你们都准备订婚了，连她的家人我们都没有见过，这不是个事。"

冷斯城这才点点头："好，我联系她，让她和她家人明天过来。"说这话时，他脸上一点表情都没有。

洛清雪又看了他几眼，说："你年纪也不小了，结婚以后，尽快要孩子。"

没想到，冷斯城并没有拒绝，而是认真地想了一下后点头："结婚以后会的。"

这下，洛清雪知道他真的下定了决心。

婚姻是儿女们的事情，她也不方便说太多，只是点头："有计划就好。这位苏小姐别的不说，出身倒是真的很好。父亲是跨国公司的高层，母亲是大学教授，她自己也在学校教书。光是这家境，比起……那是强多了。"见冷斯城没反应，洛清雪又继续说道，"……人也不错，看着乖巧，关键是很爱你。"冷斯城依然没反应，洛清雪又补充了一句，"不过，我看青青也没有那么讨厌你，刚刚还站在山地车前看了许久，也许是在怀念什么吧。"

冷斯城听到这里，猛地起身。

洛清雪叫住他："先别走，你爸爸晚上回来，有些事情要跟你说。"

冷斯城点点头，没说什么，转身上楼去了书房。

洛清雪看着他的背影，也没多想，起身到院子里吩咐："把院子里不要的都扔了。刚刚小威尔士吐了个什么东西，脏兮兮的，扫干净了。"

晚上十点，一家人都睡下了，只有蝉在鸣叫，后院的门突然吱呀一声开了。

手机灯一下子亮起，映出清冷的光。

冷斯城拿着手机仔仔细细地在后院搜寻起来。不对啊，他明明记得威尔士把东西埋在这里的，怎么不见了？

眉头微皱，他又仔仔细细地把后院的所有角落都找了一遍，还是一无所获。难道已经被人捡走了？所以，他应该去垃圾桶里翻一翻吗？

冷斯城正不知道该去哪里找的时候，前院传来了小威尔士低低的狗叫声，他忽然想起了什么，来到了前院。

小威尔士在狗窝里，往常这个时候它已经睡了，此时，却低低地呜呜着。冷斯城走到狗窝前的时候，它的小耳朵竖了起来，小眼珠子滴溜一转，但是没理他，低头又嗷呜地咬着什么东西。

冷斯城这才发现，这小家伙咬着的不就是那颗扣子吗？他立即低声命令："威尔士，吐出来。"

小威尔士没理他。

冷斯城又命令："吐出来！"

他伸手去抢，小威尔士龇牙要咬他。冷斯城不敢硬抢了，万一它一急，把扣子咬烂就完了。

想了想，他去了厨房，恰好有一块明天要煎烤的牛排，他赶紧拿了，换了这颗扣子。

扣子已经被小威尔士咬出了好几个豁口，还沾着它的口水。冷斯城用自己的袖子仔仔细细地把扣子擦干净，握在掌心。

等他回了房间，关上门，没有灯光了，他还拿着那颗扣子对着月光看了看，好几次扬手想扔，最后还是放在了口袋里。

另一间卧室里，冷云霆和洛清雪看着外面冷斯城的举动，等他回了房间关了门，洛清雪才轻声说："他睡了。"

冷云霆没空理他的蠢儿子，只是有点心疼那条狗："刚刚你牛排是不是留多了，小威尔士吃了得难受吧？"

"放心，为了让它吃东西，晚饭特意没喂。"洛清雪说，"现在怎么办？他说明天要请苏小姐的家人过来，可是我看他明明还忘不了……"

"他自己的事情自己处理。我刚才已经跟他说了，他想结婚，跟谁结都行，唯一的一条，他不能把婚姻当儿戏。这次结婚是最后一次，以后不管这个女人他是喜欢还是不喜欢，他都不得离婚，哪怕对方去世了，他也得一辈子抱着牌位过活。我们冷家没有那种今天结了明天离的混蛋。"

"行了，你还不是怕他找的人离婚了又分财产吗？"洛清雪说，"你说得没错，他自己的事情他自己处理，婚姻不是儿戏，希望他能走过自己那一关。"

第二天。

顾青青心不在焉地上班，开会的时候一共发呆了十次，幸亏她这是要辞职，也无所谓旭逸给她小鞋穿。

她上了半天班就请了假，从公司出来，迷迷糊糊地上了一辆公交车，又习惯性地坐在最后一排靠窗的座位上。

公交车往前方驶去，她也没有理会，只是把头靠在车窗上，脑袋空空、双眼无神地看着不断向后退的风景，还有川流不息的人。

不知道过了多久，公交车停下来熄了火，司机转头对她说道："这位小姐，到终点站了。"

顾青青抬起头来，这才发现自己居然到了西山别墅的公交车站。

她怎么到这里来了？

换车的时候，有人在身后叫她："太太，是你吗？"

这个声音想都不用想，是保姆。

保姆说："太太，你是跟先生约好了吗？他晚上要回来。"

顾青青转身看见保姆拎着个袋子，里面装着的都是刚买来的菜肴。

"没有，不是的。"顾青青立即摇头。

保姆还以为她不好意思，把袋子打开给她看："先生让我去买几样可口的菜，还特意点了你喜欢的香辣鱼和皮蛋瘦肉粥，还有这个。"

冷斯城做人做事挑得很，所有食材必须新鲜，他怎么会买速食品？

察觉到顾青青的疑惑，保姆立即解释："哦，这个啊，这个是梅菜扣肉包，是先生每次回来都要点的。"

"梅菜扣肉？"不是他最讨厌的吗？以前给他吃的时候他嫌弃得不得了，恨不得把霉干菜这种东西从地球上KO掉。

"他好像一直很嫌弃，但每次买回来都会吃光。"保姆说，"既然你回来了，就跟我一起回去，和先生吃顿饭吧！"

顾青青摇摇头，这房子已经退还给了冷斯城，她再回去做什么？

正准备离开，她忽然想到，自己还有东西落在别墅里。昨天她在冷家老宅看到了那辆山地车，她是不是也能去别墅翻出点什么来？

现在才中午，冷斯城说晚上到，她还有时间。

"那个，我好像还有东西没拿走，不知道能不能……"

"当然可以，太太。"保姆点头。

"我已经不是'冷太太'了，你这样称呼我，他以后的妻子会不高兴的。"

保姆犹豫了一下，说："太太，其实我觉得，先生很喜欢你。你要我说他到底哪里喜欢你，我也说不上来，但是，我能感觉到，他真的很在乎你。"

顾青青一愣，心里不知道是什么滋味，也不知道该怎么回应，只好装作没听见。

进了别墅，这里虽然她一个多月没来了，但是所有东西都是熟悉的——铺着地毯的台阶，走廊转角的瓷器，推开卧室的门，窗户大开，外面的风吹着窗帘一直在飘。

屋子里所有东西都和以前一样，她打开衣柜，里面的衣服也一件都没动。她走的时候只拿了证件和一些必用品，其他生活用品都没拿走，她也不想拿走，现在一样样的还在。

冷斯城在西山别墅住的时候少，卧室里，他的个人用品并不多，但是有个地方，一定存着他不少私人物品。

书房的钥匙她有，开门进去，顾青青扫了一大圈，在书桌靠墙的位置看到一个柜子，打开，里面有一个小箱子。

这个小箱子一看就不是藏着机密文件的，木头做的，还雕刻着花纹，只是小箱子上挂着锁。要不用指纹，要不只能输入密码。她想了想，先输入了冷斯城的生日，没成功。再用他父母的生日，也失败了。咬咬牙，换成了徐子佩的，这个显然更不行。这个也不是，那个也不是，那会是什么？总不会……如果是以前，她根本不会往自己身上想，但是经过了昨天的事情，她犹豫了一下，试了自己的生日。

没想到，刚刚输入，锁就啪嗒一下开了。

箱子里装着看着就很幼稚的马克杯、好几支用旧的画着"hello-kitty"的笔、用了一半的橡皮擦、看起来很廉价的卡通笔记本、女生用的塑料发卡，以及其他零零碎碎的小东西。

这些很廉价很幼稚很有年头的东西，却被他精心保存着，而且看着有些眼熟。

突然间，顾青青想起了什么，这些东西，不都是她用过的吗？

其中一支笔，她记得，是她参加学生会活动的时候丢的。有一个笔记本，是她刚上高一的时候母亲买的。那时候，语文课要交周记，她就用的这个本子，并且很珍惜地正反两面都用，后来不见了还找了好一阵子，没想到会在这里出现。

打开本子，上面幼稚的笔迹、幼稚的文字，虽然很久远了，她仍记得当时发生了什么事情。幸亏她没有愚蠢到在这个本子上写日记，不然那时候冷斯城不就知道了她……不，要是他早知道自己的心思，他们可能就不会绕这么多弯路。如果她早知道，冷斯城可能也在意自己的话……

顾青青跌坐在地，此时此刻，她再也不能欺瞒自己，冷斯城对她一点想法都没有。以他的个性，他要是真的无视一个人，他根本不想沾染她身上一丝一毫的气息，甚至这个人在他周围呼吸都是一种错。

但是，这就是喜欢吗？她仔细回想他们生活过的那段日子，他一个月才来一次，每次都是那样粗暴的态度。每次看到她的时候，他除了怒火和轻视，她真的什么都看不出来。

她正发呆的时候，远远的山道上传来了汽车的马达声，难道是冷斯城回来了？

身体先于脑袋行动，她像过去一样跑到阳台，倚着窗棂往外看。

车的马达声越来越近，很快穿过树林到了别墅前，车停下了。

顾青青一看，这车的确是冷斯城平常坐的那一辆，所以车里的人……

她还没想好怎么打招呼，程秘书先下了车。

顾青青目不转睛地看着后座，结果下车的人是——离婚律师？

怎么是律师？冷斯城呢？

程秘书抬头，显然也看到了她，朝她打招呼："顾小姐。"语气很淡，没有了往日的亲近。

顾青青点头，算是回应。她不用想也知道，肯定是保姆给他们打了电话。

她微微皱眉，又看了一眼程秘书的身后，车里面已经没有人了。她刚想问，程秘书接了个电话，是冷斯城打来的："冷总，我到了，律师我也带来了。知道，待会儿，我会去接苏小姐去老宅。"

顾青青侧过身子低头，并没有听，但是，他的话还是钻进了她的耳朵里。

挂了电话，程秘书看向顾青青："顾小姐，那我们开始吧。"

417

她直到看到房门被关上，才确信冷斯城没有来。他不来，来的是律师，这是怎么回事？

"那个，他呢？"

"您是在说冷总吧？他有事，不会过来。"

一句轻飘飘的"有事"，瞬间把他们之间的距离划得清清楚楚。顾青青松了一口气的同时，也有一丝失落。

程秘书说："今天我带律师过来，是办理财产分割的时候没有您的签字，还需要跟您确认一下。"

顾青青直接摇头："我根本不想要什么财产。"

律师没理会她说的话，打开公文包，拿出文件："这是文件，请您在上面签名。签字以后，这栋别墅还有燕城市区的倾城公寓就是您的了。"顾青青沉默不语，律师补充道，"这些财产是写在你们的离婚协议书里的，你不愿意接受的话，可以亲自去找冷总商议，再重新拟定一份协议，或者你也可以直接打官司。"

直接找冷斯城谈判？还跟冷斯城打官司？她疯了？

"请您快点做决定。"律师抬起手腕看了看时间，"现在是下午三点半，我五点之前可以留在这里。如果顾小姐对财产变更还有什么异议的话，可以利用这一个半小时向我咨询。以后如果再想要找我，也可以打我的律师事务所的专线，不过是要收费的，一小时八百元。"

"我……"

程秘书说："顾小姐放心，只要您不主动找上门去，冷总是永远不会和您再有交集的。"

这话他不说她也明白，就是告诉她，不要再打扰冷斯城了。

其实这样才是她和冷斯城应该有的关系，她本来就是一个普通人，别说是冷斯城，就算是程秘书的地位也不是她可以企及的。这样也好，说清楚了，双方都方便。

"那就这样，这别墅和倾城公寓我不会要，你们爱怎么办就怎么办，以后，我不会再去找他。"

事情就这样告一段落。

律师先出门，叫了一辆出租车离开了。

程秘书上了楼，应该是有东西要拿。

顾青青收拾了一阵觉得没什么好拿的，冷斯城的东西她已经原样放好，只拿了几件换洗的衣服。

顾青青出门的时候，程秘书也恰好出来，看到她抱着东西："顾小姐，需要坐我的车离开吗？"

顾青青摇头："不必了，我自己叫车。"

程秘书上上下下扫了她几眼，说："顾小姐，虽然你不接受这两套房子，但是，倾城公寓你似乎从来没有去过，要不要过去看一眼？"

顾青青立即拒绝："不需要。"

"我觉得，你还是有必要去一趟的，也许里面还有你的东西，也许，你会发现冷总不一样的地方。"

她一定是疯了，只是听了程秘书的这一句话，就真的上了他的车，万一看到了什么辣眼睛的东西……那更好，早点断掉她对冷斯城的所有念想。

她怀着忐忑的心情打开门，深呼吸一口气走了进去。

屋内布置处处都很精心，不论是沙发、桌椅，还是吧台，还有墙上挂的油画，一看就是价值不菲的珍品。不过，和她想象中的浓墨重彩的风格不一样，整个房间是现代简约干练风，以黑白和浅灰色为主，并没有多少女性化的东西。

也对，房子都要给她了，怎么会有女人的东西？

她在屋子里转悠起来，卧室是一张一米八的大床，床单被罩是浅灰绿色。她想了想，又去了洗手间，牙具只有一套。她皱了皱眉，又跑到玄关，拉开鞋柜，拖鞋也只有一双，而且是男士的。

这就奇怪了，如果这里之前有别的女人，怎么连拖鞋都不备一双？

顾青青想了想，又去了厨房，拉开碗柜。这下她惊呆了，筷子只有一双，喝水的杯子也只有一个。

也就是说，即使冷斯城真的带了女人回来，也不可能留她们过夜。

程秘书看着她在屋子里瞎转，补刀："看过房子了，还满意吗？顾小姐放心，这套房子，冷总没让任何一个女人留宿过。"

怎么可能？

"他每次都是和那些女人出入这里，这是后来收拾的吧？"

程秘书回答："以你对冷总的了解，如果冷总真的留宿了这些女人，他用得着专门为你收拾？"

确实没有必要，但她还是不信："那，那记者拍的那些'夜宿'的照片算什么？"

程秘书看傻子似的看着她："那你是否也发现，那些女人都是皇霆娱乐的签约艺人？顾小姐在广告界待了这么久，不会不知道什么叫'炒作'吧？"

顾青青有点蒙。

程秘书好像还有话要说，可看了她一眼，皱了皱眉，最后什么都没说。

顾青青到底还是没收这两套房的钥匙。

下班后，从旭逸出来，母亲的电话又打了过来，她犹豫了一下，接了。

这几天，她的心被冷斯城的事情冲击得七零八落，打电话的时候才想起来，昨天是哥哥开庭的日子。

刘总已经跑路了，人在国外，即使派人去抓，一时也难以抓到。

顾青山虽然没卷钱，但是谁叫他签了不少文件，责任还是需要担的，加上徐仲续在背地里推波助澜，即使律师努力辩护，仍判处了他高额的赔偿金。

他现在还欠着高利贷呢，根本没钱，不就只能冲着顾青青来要了吗？

顾青青有钱也不会填这个无底洞，更何况她真的没钱。

"妈，你不是还有房子吗？把房子卖了，钱应该够。"

她挂了电话，母亲再打来，她继续挂断。

她原本想跟吴爱梅说自己留学的事情，她这一走，至少一年不会回来，她护不了家人一辈子，最后也没来得及说。

神思还是有点恍惚，到了公交车站，顾青青随意上了一辆公交车，车开到半路，她才发现自己坐错了，不过这附近她很熟悉，是N大。

顾青青一个人漫步在N大的路上，看到的所有场景，都让她想起冷斯城，她简直要疯了。从教学楼走过的时候，她回忆起他们一起在这里上过课。从图书馆经过的时候，她会想起她在图书馆当实习助理赚钱的时候，他在那边看书借书。走到大讲堂，她又想起了他们被关在里面的那个晚上。

看到教学楼想到的是他，看到操场想到的是他，看到玉湖想到的是他，随便看到路边的花草树木，她想到的还是他，她脑袋快要爆炸了，逃也似的从侧门离开了大学。

侧门离大学附近的美食街很近，这个时候已经接近傍晚了，不少大学生不愿意吃食堂，三三两两地往这边走。

她浑浑噩噩地跟着学生们等红灯、过马路、走街串巷，等她反应过来的时候，人已经在一家烤肉店里。熟悉热情的店主忙不过来，只是抬起头来招呼："想吃什么自己点，自己找桌子，很快就送到。"

顾青青想起上次和冷斯城在这里吃烤肉的情景，赶紧冲了出去。

走到不远处的商业区，前方有一群人在围观，像是有人在拍摄画报，她刚打算绕开，就被一个人叫住："顾青青。"

她回头，在这里拍画报的人，竟是徐子佩。

在附近一个安静的咖啡厅里，顾青青和徐子佩面对面坐着。

说实话，顾青青有点惊异，她没想到自己会有一天，和徐子佩这样坐在这里，如此平静地喝咖啡。

"我挺喜欢来这里的，这里安静，而且会让我想起过去的学生时光。"徐子佩注意到她看着自己时惊讶的目光，并没有意外，"以前我一点都不爱喝咖啡，尤其是曼特宁。"徐子佩先开口，她的神情难以分辨，"但是现在我喝咖啡，而且只喝曼特宁，因为冷斯城。"

果然，她还是提到了冷斯城。顾青青想装作自己毫不在意，可是一提起他的名字，她就自动坐直了身体，目光微微一闪。

"他喜欢喝咖啡，而且只喜欢曼特宁，还喜欢不加糖和奶，于是我也跟他一样。我甚至为他学了怎么煮咖啡，希望他能喜欢上我亲手煮的咖啡的味道。"

顾青青沉默。她在徐家帮佣的时候，徐家只有曼特宁，所以他才只爱曼特宁吧？但是这和她有什么关系？她和冷斯城已经离婚，他还要订婚了。

"学生时代我们也来这里，他坐的位置，就是你现在坐的这里。"

顾青青看着她，表情平静："这些跟我说，有什么意思？"

"没什么意思。"徐子佩摇摇头，端起咖啡抿了一口，而后又缓缓放了下来，眸子一抬，目光陡然变得犀利起来，"顾青青，如果要我选择这个世界上最讨厌的一个人，一定是你。"

顾青青一点也不惊讶，两个女人争抢一个男人，怎么可能不讨厌。

"刚开始你妈妈来我们家做保姆的时候，我一点也不觉得有什么不妥，虽然我们家不缺保姆，但是就当扶贫做好事了。你在我家被子衿欺负的时候，我还帮你说过话。"徐子佩轻轻哼笑一声，"我是真的没有想到，当初被欺负了都一声不吭的女人，后来居然嫁给了斯城，而且，在很长一段时间里，斯城还受你影响，对徐家各种打压。"

这是她打压的事情吗？当年如果不是徐家在关键时刻背叛了冷家，徐子佩也悔婚，他们可能早就结婚生子，过幸福的日子了。后来，冷斯城针对徐家，包括这次要和苏念真订婚，肯定是他自己过不了心里的那一关，与她有什么关系？

当然，这些话她懒得跟徐子佩讲，没有必要讲，也没有立场讲。

"所以，你跟我说这些做什么？现在要和他订婚的人又不是我。你要是还对他余情未了，那你去和那个苏小姐争啊！"

还以为她要对自己说什么很重要的话，原来是抱怨。徐子佩是不是觉得冷斯城现在没跟她在一起，也是自己挑拨的？

顾青青起身，从包里抽出一张一百块放在桌上："对不起，我跟你们，也没什么关系了，请以后不要打扰我，我们两不相扰。"

"我就是讨厌你这种样子。"徐子佩没有留她，而是坐在椅子上看着她，"明明你什么都不是，为什么偏偏他会喜欢你？你要是也喜欢他就罢了，可你对他一点都不在意，伤了他也毫不在乎。你要是不爱他，当初为什么要跟他结婚，真的就是为了钱吗？"

顾青青脚步一顿，眉头微皱，转身回头。

徐子佩还是那副模样，只是眼神里多了几分厌恶和嫉妒："我很喜欢冷斯城。从十几年前开始，不，是从见到他的第一面开始就喜欢他。为了配上他，我努力让自己变得更完美，就是想要有朝一日，能和他并肩站在一起。我很喜欢他，哪怕到后来，我知道只能掩藏自己的感情，只有做普通朋友，才能继续待在他身边，我也认了。但是，一切都被你毁了！"

顾青青冷冷地道："我没有兴趣听你说这些无聊的话。"

顾青青不再理会徐子佩，直接迈开腿走人，却被徐子佩一把拉住了胳膊："顾青青，我真的很讨厌你。你明明不爱冷斯城，干吗要欺骗他的感情？你骗就骗了，能不能骗得专业点，一直骗到最后？你都骗了他三年，你也得到了你想要的地位、金钱，你的家人也因此过上了富足的生活，再继续骗下去不好吗？你知不知道你这样半途而废很过分？你知不知道你这样做他心里很难过？"

"我欺骗了什么？他又难过什么？"她欺骗了冷斯城的感情？她听错了吗？

徐子佩一下子站起来，表情瞬间凌厉得吓人："顾青青，你知不知道你最恶心的就是现在这样一副面孔，装作自己很无辜的样子，却在肆无忌惮地伤害喜欢你的人！"

顾青青眉头越皱越深，她一把甩开徐子佩抓住她胳膊的手："你疯了吧？你以为你教训两句，我就要像徐子衿一样受你管制？还是你以为我会和你的那些疯狂粉丝一样，把你的话当作圣旨，言听计从？抱歉，我没时间陪你玩。"她走了两步，忽然想起了什么，回头又补充了一句，"还有，你自己的问题不要推到我身上，你输给了那个姓苏的，不要来我这里撒野。"

顾青青刚要出门，徐子佩的一句话，让她一下就顿住了："我就是生气，斯城怎么会喜欢你这种人，怎么会为了你，难过了这么多年，你根本就不配！"

顾青青的拳头握紧，猛地回头："徐子佩，你不要太过分，当初段了你们之间关系的人是你自己吧？如果不是徐家背叛他、不是你悔婚，会有今天？在我和他的婚姻里，一直搅和的人也是你吧？"

咖啡厅里的人都朝她们看过来。

徐子佩眼睛发红，根本不在乎自己会被认出来，也不在乎别人知道她说了什么。

"你根本什么都不知道！你不知道他当初为什么要拒绝我！悔婚的人是他，不是我！"

顾青青愣了，悔婚的不是她吗？她还记得那个雨夜，先离开的人是徐子佩，伤心的是冷斯城，他甚至还报复地在她身上狠狠宣泄了一个晚上，最后一脸厌恶地丢给她一张存有一百万的银行卡。

而后，她爸爸出了车祸，第二天，冷斯城面无表情地当着她和她的家人以及死去的爸爸的遗体，表示："我会娶她。"

她定定地看着徐子佩，徐子佩也定定地看着她。

徐子佩的手机响了，也没有理会，直到手机响了二十几秒，她才接听："妈，我还有工作，可能回不去了，你们先吃吧。"

她挂了电话，原本的愤怒不已渐渐回归理性。她看了一眼顾青青，长出了一口气："好，不管怎么样，现在一切都结束了。既然你选择戳破这个谎言，既然你选择跟他离婚，我只希望你以后永远都不要出现在他的身边，不要因为你的家人或者你自己的事情再去烦他，不要仗着他喜欢你再打扰他的生活。如果你敢做出什么事情，我一定不会放过你！"说完这一句，她直接走过来，撞开了站在门口的顾青青，推开门走了出去。

徐子佩熟练地从包里掏出墨镜和贝雷帽戴上。

她一只脚刚踏进车内，顾青青就追了出来叫住她："你等一等！"

徐子佩冷眼看了顾青青好几秒，什么都没说，直接上了车，车门一关，开了出去。

"喂，你等等！"她还有好多话想问，冷斯城怎么会喜欢她？

顾青青并没有打开新世界大门的感觉，反而像被丢进一片迷茫的雾气之中，整个人都傻了。

徐子佩是故意的对不对？明明知道冷斯城喜欢的人是她徐子佩，为了给自己添堵，才故意说出这些话。

她和冷斯城已经离婚，他又打算订婚了，不管她现在做什么，这辈子跟他都再无可能。

可是，不知道为什么，她脑海忽然浮现很多支离破碎的画面，又一闪而过，什么都抓不住，闹得她整个脑袋都快爆炸了。

她随便跳上了一辆公交车，就好像身后有什么人在追捕她一样，不逃就会没命。

公交车慢慢向前行驶，等她终于回过神来，她发现附近很眼熟。

可不眼熟吗？N大离燕城一中很近，这边的公交车几乎都是往燕城一中开的。

公交车到燕城一中站点的时候，她犹豫了一下，还是下了车。

也许是经过之前在N大的失魂落魄，这一次，顾青青稍微镇定了一点。

漫步在校园里，高大的法国梧桐遮天蔽日，掩去了夏日的暑热，只有阵阵蝉鸣响得热闹。

然而，悲哀的是，无论走在哪里，无论她身处何地，她所思所想都是他。

这些年，她一直把冷斯城藏在心里，不论他怎么对自己都没变过。从高中到大学，从结婚到离婚，她人生中的大半时间都是跟冷斯城一起度过的，所有喜怒哀乐都是关于他的，根本没办法忘掉。

她知道自己喜欢他，可没想到自己这么喜欢他，一次次失望之后，只要他对她稍微好一点，她立马又贱兮兮地对他期待起来。她也不想自己这样，为此特意去找工作，特意去职场拼搏。

虽然说是要独立自强，其实还有一个原因，就是她不甘心冷斯城出去花天酒地，力捧外面的女人，回来面对自己却是一脸的不耐烦。

她其实早就察觉到了林周逸对她这么好是另有目的，但是她无所谓，为了证明自己的能力她要抓住一切可以抓住的东西，要证明给他看，自己没有他也可以。

工作是她的执念，离婚也是她提出来的，虽然她早就失了魂，表面上还得表现出得体的姿态。

可是，她现在开始慌了，她这才发现，原来她所有的骄傲、矜持、骨气、尊严，都是因为还没有完全失去他，若是他再婚，不仅从法律上他会是别的女人的丈夫，也许他的心也被人偷走，她将要彻彻底底地失去他，一想到这个，她的世界都快要崩塌了。

她这个人就是这样，既优柔又寡断，心肠软但是性子执拗，非要把事情搞到无可挽回的地步才幡然醒悟。她要是早一点知道她真的不能失去他，也许，现在就不会这么心痛了吧？

她坐在第一次见到他时的天台上，夕阳在教学楼后面缓缓落下，余晖将远处的山石和树木的影子拉得很长很长。

也许是她福至心灵，她准备离开的时候，忽然听见转角后边人声鼎沸，好像是有什么活动结束了。

她正准备绕道而行，忽然听见身后有人在喊："冷总，你这次捐建学校的体育馆，是不是因为要订婚？"

冷斯城声音一如既往地低沉，像是大提琴低回的琴音："你可以这么写。"

那就是说，真的为了未婚妻捐建的喽？

记者还想问什么，走在前面的冷斯城忽然停住了脚步，眼睛微眯，他看到前面的转角处，有一个脑袋探了出来。

顾青青没想到会在这里遇到冷斯城，也没想到自己刚探出头来，就被冷斯城发现了。

她第一反应是想躲，在这么意外的场合，这么突然地和他见面，她根本没有做好心理准备。她下意识地低头，往后退了一小步，又忽然觉得有些不对劲，抬头想说些什么，却发现冷斯城不是一个人来的，他旁边还有一个女人。

这个女人她在现实生活中没有见过，但是在照片里她看过无数次——苏念真。

苏念真不是一中毕业的，也不是被邀请来参加活动的，但是很明显，她不管是要打造新任"冷太太"的形象，还是怕周围的莺莺燕燕来抢走老公，她现在都光明正大地站在冷斯城的身边，以冷家未来女主人的身份。

从来没有哪一刻，比现在更让顾青青感觉尴尬。这和他以往带女伴出行不一样，顾青青真切地感觉到自己的位置会被苏念真彻底取代。一个不能见光的前妻，一个并肩作战的现任，谁在他心里更重要，一目了然。

冷斯城看到她的时候，似乎有一丝惊讶，惊讶过后又是他万年不变的平静威严。

他身旁，学校领导、记者一大堆，他自如地回答着记者们的提问，还不时带出学校的领导，感谢培养之类。

他也没理她，按照原来的步速走到了学校外面。

顾青青看着人群像移动的小岛一样簇拥着他离开，她一路远远地跟着。

等送到校门口，还有人围着不走，冷斯城也不催，等程秘书挤了上来分开他和众人，他这才开口："不好意思，我还有事，就先聊到这里了。"

一大群人虽然恋恋不舍，但也没继续围着，程秘书带着保镖，把人挡在了身后。

眼见着冷斯城走到车前准备离开，顾青青也不知道是从哪里鼓起的勇气，走上前去："冷……冷斯城，我有点事想跟你说，不知道你有没有时间？"

苏念真转头看她，眼中明显有一丝好奇。

冷斯城表情平静："我没时间。"回答得斩钉截铁。

说完，他伸手拍了拍苏念真的后背，拉开车门，两个人就要上车。顾青青一手拽着车门，似乎想要阻止他们。她知道再不说，有些话就再没有机会开口："我就想说几句话，不会耽误你多少时间的。"

谁知道冷斯城依然没动，表情冷漠："几句话而已？好，我给你个机会，你在这里说。"

这里怎么说？她其实不是想挽回什么，她也知道他们不可能复婚，只是她马上就要出国了，也许一辈子都不会回来，她就是想在离开前，把这些乱七八糟的思绪理清楚。

"私，私人话题。"顾青青有点卡壳，过了半天又着急地补充一句，"真的不会耽误你很久的，十分钟就够了。"

冷斯城依然不为所动："顾小姐，我不觉得我跟你有什么私人话题可以聊，我们也没有私人关系了。我还有事，请你让开。"

顾青青依旧拽着车门不让他们走，但是她也知道，自己根本没理由把他留下来，只能一脸期待又绝望地看着他。

冷斯城懒得理会，倒是苏念真看出了一点不同，笑笑说："既然顾小姐有话要跟你说，你就去吧，我可以在车里等你。晚上虽然要回家和叔叔阿姨吃饭，但是晚一点他们也不会怪罪的。"

她这话说得太高明了，一方面显示自己的大度，给他们单独相处的机会，一方面自己在车里等着，提醒他想着还有一个翘首以盼的未婚妻，更别提直接说晚上要回家和父母吃饭了，她是在提醒顾青青，如果要点脸，都不会继续要求见面了。

顾青青是真急了，不告诉他的话，她这辈子都会有一个心结。

冷斯城听到苏念真这么说，点头："好，那就十分钟。"他回头看了看程秘书："找一找附近的咖啡厅，要顺路回老宅方便的。"说完，和苏念真上车，也不管顾青青，直接开车走了。

顾青青赶紧叫了一辆出租车跟上，到了附近一家安静的咖啡厅。

苏念真特意强调："斯城，你们去吧，我在车里等你。"

冷斯城说："既然是私人问题，就没必要瞒你，你也进去吧，反正也耽误不了多少时间。"

顾青青一下子囧了，她性格怯懦，能像现在这样厚着脸皮来找冷斯城已是极限，要让她当着外人的面尤其是他未婚妻的面跟他说心里话，她真的说不出口。

苏念真肯定是不愿意让顾青青和冷斯城单独相处的，但是与其防着，他们以后还是会有机会见面，还不如自己大方一次，于是她笑了笑："还是不用了，我在外面等你。你们尽快就行。"

冷斯城也不强求，直迈开腿走了进去，顾青青马上跟上。

两人找了个角落的位置坐定，服务员上来："请问，两位有什么需要的吗？"

冷斯城直接开口："问她，我很快就走了，不用点我的。"

顾青青也不好意思白坐人家的位子，只好说："曼特宁。"

咖啡厅里音乐回旋，冷斯城双腿交叠，一副高高在上的样子，显然不愿意跟她说话。

顾青青艰难地咽了一口口水，开口："斯城，其实，其实我想问你……"话到嘴边，她又好像被人掐住了脖子，说不出来了。

这时，服务员走过来："您的咖啡。糖和奶我放到一边了，您自己加。"

服务员还没走开，冷斯城便冷冷地开口："你想说什么？我时间有限。"他说着，特意转头看了一眼窗外，意思是苏念真还等在外面，他没时间陪她耗。

她咬咬牙："我今天找你，是想跟你说……"

就在这时，冷斯城的手机响了，他低头看了一眼，又抬头。

顾青青觉得他的眼神有了变化，变得难以捉摸，像是讽刺，又像是了然。顾青青以为他有要事，说："如果这个电话很重要，你先接吧！"

冷斯城起身，走到一个角落接通了电话。

接电话的时候，他不时转头望向她，一副"果然如此"的表情。

顾青青一直低着头，没注意到他的表情，不过经过这个插曲，她的心情倒是平复了不少。

很快，冷斯城走了回来，坐下，只是身体侧着，像是准备随时走人，不过他脸上还保持着那种嘲讽的不屑的表情。

顾青青以为他真有要事，问："你很忙吗？"

冷斯城没回答，只是淡淡开口："有什么话你就直说。"

"呼……"顾青青深吸一口气，双手不由自主地握拳，忍住心里的慌乱，"斯城，其实我想问你……我们上次说离婚的事情的时候，你说的那些话是不是真的？你说你喜欢我……你从来没有碰过那些女人，是不是真的？"

她是低着头说完这些话的，根本不敢看冷斯城的表情，紧紧握着拳头，好像使出了浑身的力气一样，说完了还喘气半天。

等心情完全平复下来，她才抬起头，想看看冷斯城是什么反应。

冷斯城，没反应。他依然保持着下巴微微仰起、眼神藐视的模样，好像她刚刚说的这些，在他的心里无足轻重，或者，他根本没有听到。

好半天，冷斯城淡淡地说了一句："你问完了？"声音很平静，听得顾青青一头雾水。

顾青青傻呆呆地点头。

冷斯城说："我可以走了吧？"

顾青青愣了："那刚刚，我问的那些……"你还没有回答啊！

冷斯城往前走了一步，逼近她说："顾青青，你知不知道，你这个人真的很残忍。"

顾青青又愣了，她不过是表白而已，怎么就残忍了？

"你以为你随便说两句，我就会为你改变什么吗？"冷斯城又上前一步，眼睛微眯，眼里充满了怒气。

她想反驳："我……我就是想问问你，是不是真的喜欢过我，我其实也是……"

"如果不是这个电话，我可能会相信你。"冷斯城脸上露出残忍的笑容，他把手机放到顾青青面前，吴爱梅的声音传了出来，原来刚刚冷斯城录了音："斯城，我女儿真的很喜欢你，所以青山这次的事情能不能请你帮帮忙？就一点钱，几百万，对你来说根本不算个事……"

"你听到了吧？"冷斯城眼里流露出鄙视又失望的目光，"你总是在有求于我的时候才会示弱。顾青青，我不会再相信你的话了，我对你已经无话可说！"

她怎么能这么残忍？如果说她一直不知道自己喜欢她，她也一直忘不了聂之宁，那就算了，可是她明明知道自己喜欢她，平常对他爱搭不理，只有当他有用，她需要钱、需要帮助的时候，才会想起他这个人来。

顾青青怎么也没有想到，自己好不容易鼓起勇气想要向他表白，竟然因为母亲的一个电话，还没开始就失败了。她本来也没想过通过这些话获得什么，只希望给彼此留下一个美好的回忆，毕竟两个人曾经是夫妻，毕竟两个人互相喜欢过，可是现在看来，因为这个电话，不仅没有给冷斯城留下好印象，反而让冷斯城满心怒火，这不是她希望看到的。

她急忙倾身上前，一把拉住他的袖子："斯城，你听我解释，我不知道我妈妈会打电话给你。"

"解释什么？"冷斯城声音冷冷的，"顾青青，你听过'狼来了'的故事吗？我们结婚以后，你哪次找我不是为了你的家人？这样的事情做多了，现在你再说什么我都不会相信的。"

他说着，一把甩开她的手，整理了一下衣服："还有，我希望你能兑现你的承诺，别忘了，我们上次说过的，以后再也不要见面了。这次是看在苏念真的面子上，等我和她结婚了，跟你就更没什么好说的了。你们家那点破事，你自己去解决！"说完这句话，他再不停留，一甩袖子走人。

直到他走出咖啡厅上了车，车子启动，最后消失在咖啡厅外，她还没回过神来。手机响了半天，她才回神接起："喂？"

打电话的是吴爱梅，刚刚在冷斯城那里没有讨到好处，就又来找顾青青了。

徐仲续太狠了，在法院判决后的当天，就派人来查封了他们的房子。房子被查封了，他们就没办法转让或抵押，就没办法还高利贷。

"顾青青，这次是救命的，我要一百万，真的要一百万！"

顾青青的声音很轻，像是从遥远的地方飘来："妈，我欠你的养育之恩，已经还清了。"

吴爱梅一愣："你这是什么意思？"

"没什么意思。"顾青青还盯着冷斯城离开的方向，"我已经没有利用价值了，没有钱，冷斯城也要再婚了，我已经没有什么可以给你的了，我也不会在你跟前碍你的眼，以后你和哥哥好好过，我再也不能帮你们什么了。"

吴爱梅原本急得火烧眉毛，听到顾青青这些话，顿时心生惧怕："你不会是以后不管我和你哥哥了吧？"

顾青青说："抱歉，我没有能力再照顾你们了。希望哥哥能改邪归正，不要再做那些不法之事。"

"你就不怕我继续去烦冷斯城？"

听到这个名字，顾青青的嘴唇牵起一丝苦笑："你去吧，反正他也不会帮你的。我话就说这么多了，希望你和哥哥以后过得好些。"说完这句，她直接挂了电话。

"顾青青，顾青青，喂！喂！顾青青！"那边，吴爱梅冲着手机大吼，再打过去，顾青青拒接。

想来想去，她只好打电话给徐子衿。

手机响起的时候，徐子衿在家，和聂家人一起。

上次双方已经定好婚期，这次是来敲定婚礼细节的。

一看电话是吴爱梅打来的，徐子衿差点骂娘。她哪里敢接电话，直接挂了，再打来，又挂。

李虹芮问："谁打来的？"

徐子衿只好搪塞："是合作商。"

"既然是工作，你先去接吧。"

徐子衿就等着这句话，立即起身，走到角落里接了，低声问："什么事？"

"子衿，求求你，救救你哥哥吧！"

吴爱梅第一句话就让徐子衿怒气爆表："谁是我哥？我只有姐姐，没有哥哥！"

吴爱梅吓了一跳，她在顾青青面前向来是颐指气使的，在徐子衿面前却自动矮了一头："子衿，求求你，借我一百万吧。"

"我没钱。"要不是因为家里有人，她肯定要大声吼出来。吴爱梅当她是什么，竟然敢开口向她要钱，还一要就是一百万。

吴爱梅这个人欺软怕硬，尤其徐子衿不在她跟前长大，她有一种奇怪的亏欠感，被徐子衿训了以后，讷讷的不发一言。

徐子衿发完火反应过来，立即解释："我最近工作不太顺利，脾气不好。"

吴爱梅立即问："你……没事吧？"

"没事！就是你也知道，我虽然是徐家二小姐，但是我们家管钱的是爸爸，要是十万二十万还好，一百万这么多，除非我直接找我爸爸要钱，否则我根本拿不出来。"

"那怎么办？"听她这么说，吴爱梅绝望了。

徐子衿自然把顾青青召唤了出来："去找顾青青啊！我听说她离婚

得了两套房子，随便卖一套就够你们吃一辈子了。多的不肯出，一百万总有吧？连这么点小钱都不给，也太过分了。"

"别提她了，简直是白眼狼！"一说起顾青青，吴爱梅就一肚子火。

徐子衿就想要她从顾青青那里要不到钱，就想看顾家被逼入绝境，以后就好下绊子了。

"我从小就说顾青青脑袋后面有反骨，只会记仇不会记恩，你现在相信了吧？"她立即挑拨，"我看，现在她和斯城哥哥离婚了还好，她要是复婚，信不信她会出手对付你们？你们之前给她拖了多少后腿，她肯定都记着呢！"

"你在跟谁打电话？"徐子衿正说着，聂之宁走了过来，他是去洗手间的，如果不是他隐约听到"复婚"之类的，他也不会开口。

徐子衿倒是反应快："啊，就是合作商啊！不只压货，之前的货款还没结，不威胁一下，他还以为我们徐氏好欺负呢！"

聂之宁微微皱眉，他觉得事情不大对劲，不过也没多说。

徐子衿上前搂住他的胳膊："你是去洗手间了吧？一起回去？"

她的手碰到他臂弯的瞬间，聂之宁浑身颤了颤，显然还是很不习惯。徐子衿也觉察到了，没有介意，反而更加紧地搂住了他的胳膊。聂之宁皱了皱眉，不过也没有甩开她的手，两个人一起回到了客厅。聂家父母看到他们如此亲密，均是一脸欣慰。倒是徐仲续和李虹芮互相看了一眼，又轻轻摇摇头。

吃过饭，李虹芮借故把徐子衿叫进了卧室，问她是不是真的想跟聂之宁在一起。徐子衿一秒变羞涩，低着头半天才点点头。

李虹芮叹了口气，女儿就是喜欢，她能怎么样呢？但是聂之宁之前退婚实在闹得太难堪，她和丈夫都不大乐意。

"你知道他之前打算退婚过，那时顾青青还没和冷斯城离婚呢，要是他再反悔怎么办？"

"不会的。"徐子衿摇摇头。

"你怎么知道不会？"

徐子衿没说话，只是微微眯起了眼睛。

上面李虹芮在问女儿，下面徐仲续也在问聂之宁。

回国以后，聂之宁成长很快，之前的他还是个刚刚毕业稚气未脱的青年，现在他接手清颖日化后大力发展，业绩不错，说明这个人还是有点本事的。

但是，他对顾青青的迷恋让人厌恶，尤其是上次，冷斯城和他为了顾青青大打出手进了医院，简直是在他们徐家的脸上扇了一巴掌。

徐仲续不像李虹芮，支开其他人单独问徐子衿，而是当着聂家父母的面，他就直接开口了："之宁，我是看着你长大的，对你也比较熟悉。说实话，把子衿交给你，我不放心。你和顾青青的事情，我没有办法放心。你不解释清楚，我是不会答应你和子衿继续在一起的。"

聂之宁今天肯过来，其实就是一个态度，他对徐子衿依然没感情，但他已经不是当初那个为了感情冲动的毛头小子，他愿意为家族牺牲："徐叔叔，你放心，上次的事情是一个意外，我既然决定和子衿结婚，以后会承担起一个丈夫应该承担的所有责任，不会出轨。"

徐仲续看了他好几眼，显然还是不相信，半天才开口："你保证你说的是真的？作为一个男人。"

聂之宁点头："作为一个男人。"

徐仲续这才点点头。

两人聊了一阵，聂之宁忽然问："请问徐伯父，你们的合作商，还欠你们的货款没结是吗？"

徐仲续一愣，想了想说："跟我们合作都是我们先发货，对方验货了以后再给钱。为什么这么问？是想跟徐氏合作吗？"

聂之宁摇摇头："没有，就随口一问。"

这边说完，楼上的徐子衿和李虹芮也下来了。虽然双方还有一些积攒下来的不愉快，但是总体上还是达成了一致。只是临走的时候，徐仲续问了一句："下个星期冷斯城要订婚了，据说要去教堂，还会有记者在，你们是怎么想的？"

聂之宁说："当然要去，他毕竟是我们的学长嘛！"

旁边，徐子衿皱了皱眉："就是不知道姐姐会怎么样……"

"你姐姐是个通透人，到时候估计会送上祝福的，不用担心。"

"姐姐是没事，但是另一个人嘛……"徐子衿说到这里忽然一顿。

聂之宁看了她一眼，什么都没说。

徐子衿想到了什么，笑了笑——她应该是等不到那一天了吧？

第十八章　有没有喜欢过我

这几天，顾青青简直可以用"情场失意，职场得意"来形容。

她还有一个星期就要离开燕城了，签证已经办好，就等着那天到来。

没想到上班的时候，林周逸告诉她一个好消息："如果顾小姐愿意的话，可以不辞职，而是停薪留职。我们旭逸有北美分部，去那边可以住旭逸的宿舍，离大学不远，附近还有大型商场，无论读书还是生活都比较方便。毕业之后，不管你是想回国还是想留在那里，旭逸都会优先考虑。在你留学期间，还可以申请生活补助，每个月有一千美元。"

顾青青缺的就是钱，不仅缺钱，她还缺少那边的生活经验，这么好的条件她没理由拒绝。

但是，因为条件太好，她总有一种"天上掉馅饼"的感觉。林周逸为什么要这么帮她，简直是把最好的东西捧到她面前来："林总，我可以问一下，您对我这样好是因为什么吗？是不是……"

林周逸笑："于公，我很欣赏你的工作能力。于私，我拿你当朋友。顾小姐，你觉得现在在你身上，我能拿到什么好处吗？"

顾青青卡壳了，的确，她现在已经不是冷斯城的妻子，冷斯城还马上要再婚了，她身上已经没有任何利用价值。林周逸现在帮她，除了关心朋友和爱护下属，好像的确想不出别的理由来。

"林总给出的条件如此优厚，我要是不接受，就是不知道好歹了。那就谢谢您。"

林周逸看着她离开的背影。他当然知道她和冷斯城离婚了，也知道冷斯城要订婚，但是，他就是觉得，冷斯城对她还没有忘情。留着她，在他的控制之下，总是有好处的。

顾青青从西山别墅搬出来后租了个小房子，东西不多，稍稍收拾一下就行了。

她虽然在这里没什么爱人，但朋友还是有几个的，尤其是李悠悠，她肯定要跟李悠悠道别。

不过，可惜的是，李悠悠最近要跟剧组，根本回不来，一星期以后倒是可以请几天假，顾青青自然是要等她的。

看看时间，一星期以后，正好是冷斯城订婚前几天，难怪李悠悠可以放假，她是皇霆娱乐的人，老板订婚这么普天同庆的日子，员工自然也是有优待的。

李悠悠请假回来后，组织了个大学同学聚会，跟顾青青说这事的时候，再三向顾青青保证，徐子衿不会出现，但是聂之宁会来。顾青青犹豫再三，还是点头答应了。

觥筹交错间，顾青青笑着举起酒杯说："这可能是大家跟我见的最后一面了，我很快就要离开这里了，也许以后再也不会回来啦。"

她说完，聂之宁立刻看了过来，目光锐利。

聚会进行到一半，李悠悠被她妈妈打来的电话叫走了，不是因为工作，是因为她家里出了事。

"是你爸爸，中风住院。"

李悠悠和顾青青互相看了一眼，顿了顿，说："他中风就中风啊，

438

跟我们说什么？跟他那个只比我大两岁的老婆说去呗。妈，他跟你离婚的时候不是说得好好的，以后他和我们没有关系了，他也不需要我赡养。现在出事了知道找我们了？"

李妈妈回答："医院打来电话说，他病了一个多星期了，他老婆就去了一次，之后再没出现过，连住院的钱都没给，所以才找到我们。"

李悠悠一下子就炸了："他跟你离婚的时候那么绝情，现在有事找到我们了，我才不去！"

"不管怎么说，你都是他女儿，你得照顾他。"其实李妈妈也不想管，"至少把他住院的钱交了吧，不然病拖得久了，以后你照顾起来更麻烦。"

李悠悠没办法，只好告辞，先离开了。

走之前，李悠悠特意嘱咐聂之宁："待会儿，你把青青送回去。"

一群人玩到很晚，散场的时候，聂之宁跟顾青青一起走。

就算没有李悠悠的嘱咐，他也会送她回去。大晚上的，一个单身女人独自回家不安全。

他和顾青青刚走到KTV包间外面，徐子衿的电话就打了过来："之宁，你在哪儿？我在你家，没看到你。"

"外面。"他接电话的时候看了一眼顾青青。

顾青青扶着墙等电梯。今天可能心事多，她喝了不少酒，但是她酒量不好，即使喝的是啤酒，三杯下肚，也有了几分醉意。

"什么外面？"她分明听到了电话那头的音乐声。

"应酬。"说话间，电梯到了，顾青青走进去，他也跟着挂了电话，"我马上就回去。"

徐子衿总觉得有些不对劲，想了想，打开微信，看到群发的信息，今天同学聚会。

平时这种信息她根本不会看，但是同学聚会——顾青青也是她的同学，难道说……

"谢谢，送到这里就好了。"顾青青租住的单元楼下，聂之宁的车停了下来，顾青青立即道谢。

　　说完，她打开车门下车，也许是真不会喝酒，也许是吹了点风，她脚步有一点跟跄。

　　聂之宁马上下车，三两步跑过去，他也不敢乱碰，只是搭着她的手，轻轻扶了扶她。

　　"谢谢。"顾青青轻轻推开他的手，往旁边走了走。

　　聂之宁也没强求，只是伸手虚虚地扶着，跟着她上了楼。

　　到了房门前，顾青青站定："之宁，真的谢谢你。还有，上次连累你被冷斯城打了，我很抱歉。"

　　"你要走？"聂之宁没回应她，只是问了这句话。

　　"当然。"顾青青一愣，随即笑了笑。

　　"去哪里？"

　　"美国。"顾青青回答，"我之前不是赢了那个比赛吗？有免费留学一年的机会。之前……没有时间，现在有时间了，当然不能错过。"

　　"不是因为徐子衿，或者是我吧？我跟冷斯城打架害你们离婚，所以……"

　　没想到，顾青青居然问了一句："如果我说是呢？如果我就是觉得你和徐子衿在一起，就别和我继续做朋友了呢？"

　　她这一句话，把聂之宁问住了。上次，徐仲续问他是不是真的和顾青青断了可能，他毫不犹豫地点头。其实也没错，他早就知道自己和顾青青不可能了，所以回答得毫无顾忌，可是不做情侣和以后连朋友都做不了是两码事。但是，让他不借助徐家的力量，不，应该说，要徐家不针对聂家，目前来看根本不可能。

　　他没有正面回答，只是苦笑一声："你也觉得我是吃软饭的，我很窝囊，要靠徐家才行是不是？"

　　顾青青本来是开玩笑，哪知道他当真了，她马上摇头："没有的事，我开玩笑的。只要你拿我当朋友一天，我就会一直站在你这边。就算你以后不再和我来往，我也会一直祝福你的。"

440

聂之宁站了半晌没说话，好久才说："可是，你留学不就一年时间吗？你怎么说，永远不回来了？"

"如果在那边发展好，当然不回来了。"顾青青笑，"就算回国，我想我应该也不会留在燕城吧。"

"所以，你这次走得这么突然，是因为……冷斯城要订婚了吗？"

顾青青可能因为经受了太多打击，已经水火不侵了，她笑："我这次是真的找到了好去处，真的，旭逸给我很优厚的条件，连房子都帮我准备好了，无论我回国还是留美，都能有很好的发展。再说，我家里的事情乱成一锅粥，我趁这个机会出去躲一躲，免得我妈又找过来。"

聂之宁沉默了半天才说："到那边安顿好了，给我来个信。"

顾青青又笑："好啊，你要是来美国，我一定好好尽地主之谊，但是说好了，你和李悠悠过来没问题，徐子衿我可是不接待的。跟她斗了那么多年，你就当我是小心眼吧。"

聂之宁看着她，发现她真的在笑，但是眼里分明还有惆怅，他不知道她在惆怅什么。

有句话在他心里憋了好久，他终于忍不住问出口："我还有一句话想问，最后一句。我想问，你……这么多年，有没有喜欢过我？"

这么多年，他一直喜欢她，从高中到大学，她还成了他的女朋友，如果不是三年前那场变故，也许他们早就在一起了。

他以前从来没有问过她心里是否有他，没有问过为什么她会答应和他在一起。如果她留在燕城，或者只是去国外一年，他还不会有这么深的感触，现在她要走了，永远地离开，今后不会再回来，再也不能见到她，他……真的受不了！

顾青青看着他，看到了他眼里的热切、温柔和渴望，她什么也没说，但其实，他什么都懂了——她看向他的目光平静如水，毫无波澜，以前他以为这是温柔，但其实这是一种拒绝。

忽然间，他懂了，她只有在面对冷斯城的时候，会愤怒、会冷漠、会幽怨、会生气、会紧张，也会感动，这才是爱情的模样。

"你是从什么时候开始……"

"应该是……从十年前第一次见吧。"

十年前，也就是说，她从一开始，喜欢的人就是冷斯城。

"那我们在一起的时候……"

"其实我们一开始就知道，不可能的，你家是那样的情况，我家是这样的情况，就算没有我爸爸的事，我们也不可能的。我们是这样，我和他……也是这样。"

如果她欺骗，或者否认，或者缅怀，他可能还会留一点念想，她却偏偏是这样直接的回答，让他知道，他们再无可能。

他深呼吸一口气，勉强将心里的暗涌压下："去了那边记得来信，尤其是——我结婚的时候。"

听他说结婚，显然是已经决定放下之前的感情，她也轻松了些："好啊！不过你结婚，我就不去了，账号留给我，我给你打份子钱。"

和顾青青道别后，聂之宁下楼，刚打开车门，就听到身后响起徐子衿阴冷愤怒的声音："聂之宁！"他还没回头，噔噔噔的高跟鞋声就急速而来，"你还有没有廉耻？"

聂之宁面色平静，缓缓回头："你跟踪我？"

"是啊！要不是我跟着你，还不知道你又来找这个小贱人！"徐子衿忍到了极点，就差冲过去直接甩顾青青巴掌了——她一直有调查顾青青，自然知道她现在住在哪里。

这两个人真的背着她旧情复燃，而前几天聂之宁还信誓旦旦地在她的父亲面前发誓，自己以后绝对不会和顾青青再有牵扯。

"我见她怎么了，我见她光明正大。"他和顾青青从来没有见不得人的关系，要说有，也是他单方面喜欢人家。再说，他对徐仲续说的也不算是谎言，顾青青跟他根本没有可能在一起，他也不可能和她藕断丝连。今天这一次的确是最后一次，等她离开燕城，他们不会再见面了。

其实就算她这些年爱的一直是他，他也不可能跟她复合了，他有聂家，有责任，不是当年那个凭着一腔热血就能做决断的小孩子了。刚才他之所以问顾青青是否喜欢过自己，不过是年少时的一点念想，想给自己留一点温情的回忆。

"光明正大？光明正大还为了她打架？光明正大你参加同学聚会还撒谎说有应酬？"

尤其是听到他们两个，一个问"这么多年，有没有喜欢过我"，另一个回答"从十年前第一次见吧"，她简直要气疯了。

聂之宁面色平静，坐进车里："你什么都知道了，还问我做什么？你要是愿意相信就相信，不愿意就算了，我反正问心无愧。"

"你说什么？"徐子衿气炸了！这就是明目张胆的精神出轨吧？还没结婚就这样，他到底把自己当成了什么？

"你不上车的话，我先走了。"聂之宁也没有等她，直接开车走了。

"你——"徐子衿气得想要杀人，伸腿朝着车开走的方向踢了踢，又愤恨不已地跺跺脚。

开车回家，徐子衿气得一脚把大门踹开。

"子衿，怎么了？"徐仲续看出了她的不快，上来问她，"你不是去聂家了吗？是不是聂之宁又惹你了？"

"没，没有。"她摇头。最气人的就是这个，明明是聂之宁对不起她，在父母面前她还得为他说好话。人就是有这么一点贱，她对谁都可以狠，唯独对聂之宁，她永远无法狠下心来。

徐仲续哪里肯信："是聂之宁吧？你放心，我马上打电话给聂家，非得治治这个混蛋！我女儿金尊玉贵地养大，不是为了给他欺负的。"

"不是他，是顾青青！"她说出这个名字的时候，连语气里都带着一股怨毒，"之宁没有变心，也没有要退婚的意思，是顾青青！她和斯城哥哥离婚以后，又来引诱之宁！爸爸，都是这个女人！"

"好了、好了，别生气、别生气。"徐仲续连忙安慰她，"不管怎么说，明天还是让聂之宁过来一趟吧。欺负我们家的女儿，他不道歉，以后就别想进门了。至于顾青青……"他没说完，只是眼神忽地一收。

最近，李虹芮发现徐子衿一直在偷偷摸摸联系什么人，一问徐子衿就说朋友或者合作商，她担心女儿被人欺骗，便偷偷看了徐子衿的手机，可是徐子衿修改了开机密码，她怎么试都打不开。

李虹芮自有办法，她找了熟人，去营业厅打了一份徐子衿最近一段时间的通话记录，把徐子衿最近联系频繁的号码记下来，最后查出来一个是医院的助理医生，另一个则是私家侦探，还有一个更让她忧虑，竟然是顾青青的母亲吴爱梅。

"都调查好了吗？"李虹芮戴着眼镜，看了看对面的男人。

男人点头："都调查好了太太，那个助理医生是负责顾青青的。"

李虹芮问："我先生和子衿不知道吧？"

男人摇摇头："他们都不知道。"

"每次这个助理医生购买奢侈品，都是顾青青出了什么事情。"

"全是顾青青的事情吗？"她只知道徐子衿从小就对顾青青没有好感，没想到回国后，徐子衿就开始调查顾青青了。

李虹芮觉得没什么可问的了，从这个男人给她的文件袋里抽出两张纸来，是徐子衿和顾青青的体检报告。

看了看体检报告上顾青青的照片，长得端庄清秀，和徐子佩很像。也对，要不是占了这张脸的便宜，她也嫁不到冷家去。

徐子衿的体检报告上，各项指标都正常。刚要把体检报告放进去，李虹芮忽然发现什么地方不太对劲，再一看，徐子衿的血型那一栏是空白的。

"不对啊，只是血型，医生怎么会不写？"李虹芮觉得奇怪。

"说起血型，我有点印象。"那个男人说，"这份体检报告是我从网上的资料库里下载下来的。我去调查的时候看过原始的手写报告，子衿小姐的血型那一栏有字迹，后来涂掉了，所以录入的电子版没有填写，可能是之前测错了吧？"

"你刚刚不是说，VIP客户分别建档，还有专人检查的，如果之前写错涂掉了，后来怎么都不核实就录入了？"

男人说："这我就不知道了。"

李虹芮回到家后看到徐子衿，直接说道："女儿，你要不要再去做次身体检查？尤其是血型之类的，要是以后出点什么事，也好有准备。"

说别的还好，一提血型，徐子衿的脸色立即变了："妈，怎么突然想到这个了？我身体很好，不需要做检查。之前不是检查过了吗？"

"我啊，今天去医院复查的时候，遇到了负责你的医生，说你血型那栏没有填，让你再做个检查。"

徐子衿讪笑一声："好，我过几天就去。"

李虹芮奇怪地问："子衿，你是不是哪儿不舒服？看你好像没什么精神。"

"没有，可能没睡好吧。"徐子衿随便搪塞了一下，"我过几天就去做检查。"

"明天我还要去医院一趟，我今天要见的中医请假了，明天才上班，你跟我一起去就行。又不是什么大事，半小时就做完了。"

"好，好。"徐子衿表面答应下来，转头又去找助理医生："这样，你帮我去找一袋B型或者O型的血，医院应该有吧？还有你们验血用的试管，给我拿一支新的。明天上午我去医院的时候，给你打电话。记住，要健康的血，不要有疾病的。"

这个倒是不难，助理医生马上答应了。

第二天上午，徐子衿特意让医生先给自己抽了血，然后陪着李虹芮去了她要见的医生的诊室，说："妈，我去外面等。"

李虹芮答应了，徐子衿立即走了出去。

李虹芮的医生奇怪地问："你的药我不是开了吗？只要你最近不

动怒，情绪波动不要太大，照着方子吃就行了。怎么，你是哪里觉得不舒服？"

"哦，没事。这样，我有点事，你就照着上次的方子再给我写一份一模一样的就行。"

虽然觉得自己有点多心，但是徐子衿离开后，李虹芮还是立马跟了上去。她看到徐子衿进了放试管的保管间，过了很久才若无其事地出来。

李虹芮心再大，也觉得徐子衿有问题了。

在徐子衿发现之前，她先一步回了诊室，幽幽地问了一句："特别在意血检会是因为什么？"

医生奇怪："血检？血检能测出来的项目有一百多个，主要是疾病、感染之类的，还能测早孕、血型、肝功。"

要不是她有什么疾病，就是……有些东西，你不去想，根本不会想到。在想到了这个"可能性"后，她脑海里电光石火般闪现了一个人，一个她最不愿意相信但是最有可能出现的人。

几乎是那张脸出现在脑海的瞬间，李虹芮眼前一黑，身体软软地向下倒去。

医生吓了一跳，又是顺气又是掐人中，半天李虹芮才醒。医生给她喂了口水，又立即给她把了把脉："你这是急火攻心。你本来心脏就不好，血压还高，可不能生气上火。"

徐子衿恰好回来了，见状吓了一跳："妈，你没事吧？"

李虹芮被她扶起，身体僵了一瞬，然后摇摇头。

徐子衿问："医生，我妈有没有事？"

不管怎么样，徐子衿问了这一句，李虹芮心里总算舒服了一点。

医生说："她这个病，最忌情绪波动了，好好调理调理，应该没事的。"

徐子衿这才松了口气。

过了一会儿，李虹芮缓了过来。

回家以后，李虹芮马上回了自己的房间休息。等睡醒，她立即叫来保姆，第一句话就是："子衿呢？"

"还没回来呢。"

李虹芮说："去她的房间打扫。"

保姆觉得奇怪："这都傍晚了，打扫房间吗？"

李虹芮点头："现在去，立即，马上。"

徐子衿没多久就回来了，听说母亲让保姆打扫自己的房间，她马上上楼："妈，怎么想到现在打扫卫生了？"

"没什么，刚看到你房间有点乱，让人收拾了一下。"李虹芮笑着说，手里却藏了几根头发。

聂之宁想都没想过，有一天会被李虹芮单独约出来见面。他有点紧张，以为她又在多心自己和徐子衿的婚事，不然就是质疑他上次帮顾青青出头被冷斯城打的事情，再不然就是上次同学聚会之后徐子衿去跟她告状了。

他承认，他一直忘不了顾青青，但是他心里无比明白，他和顾青青没有可能。问清楚了她从来没有喜欢过自己后，他对顾青青的念想就已经断了。

作为男人，尤其是确定了婚期的男人，之前他说的话确实不对，如果李虹芮要找他算账，他会虚心接受并且改正。

没想到李虹芮开口就说："这次我们见面，你不要跟任何人说，尤其是子衿，绝对不要提。你悄悄地出来，别让别人知道。"

聂之宁有点意外，不过还是点头。

李虹芮把他约到了稍远的一家咖啡厅，找了个包厢。

聂之宁调整了一下呼吸进去，看到李虹芮正襟危坐，面前只有一杯黑咖啡，他也点了一杯。

咖啡送上来后，李虹芮命令他把包厢门关上。气氛异常严肃，聂之宁虽然早有心理准备，还是紧张得不行，喝了一大口咖啡，紧张感才消减了一些。

他刚想问李虹芮什么事，对方直接开口问他："你最近有没有发现，子衿有什么异常？"

聂之宁一愣："李阿姨，这是什么意思？"

"她最喜欢你，在你面前，她会放松许多。你跟我说句老实话，你最近有没有发现子衿有什么异样的地方？"

聂之宁不知道李虹芮问他这些做什么，是想套路他，还是想对顾青青不利，又或者是有别的打算。

"李阿姨，恕我不能说。一切都是我的错，您要骂冲我来就行，和其他人无关。"

李虹芮一听就知道这个"其他人"是谁："顾青青，是吧？你是不是发现最近子衿经常背着你打电话，经常一个人出门，也不说自己去了哪里，还有去医院也是……"

聂之宁愣了，他没想到李虹芮也注意到了这些，犹豫了一下说："是的，我发现她最近经常一个人出门，也经常接奇怪的电话。之前在医院，子衿跟我一起做了婚前检查，但是检查报告一直藏着不让我看。而且有一次，我发现她和一个我想不到的人见了面。"

"是谁？"李虹芮听到了重点，立即追问，声音都高了。

"顾青青的妈妈，吴爱梅。"

"你说什么？你说子衿去见谁了？"李虹芮的声音一下子变得尖厉起来。

虽然她也查到最近徐子衿和吴爱梅有联系，但只是电话交流，没想到连聂之宁都看到她们私底下见面了。

"青青的妈妈，吴爱梅。"聂之宁也奇怪，顾青青跟徐子衿向来是相看两相厌，而且徐子衿一直很讨厌顾家人，她会去见吴爱梅，真是不可思议。

李虹芮都蒙了，好半天才回过神来："我再问你一件事，子衿是什么时候和顾家人有联系的？"

"我也不知道。就是那一次，她接了个电话说是要和小学同学见面，其实是去见吴爱梅和另一个男人了。那次见面，我看吴阿姨对子衿比对青青还要好，不知道的，还以为她和子衿才是母女。"

聂之宁不知道，他这不经意的一句话，一下就扎到了李虹芮的心。

"而且……"聂之宁说到这里，有点犹豫。

"而且什么？"李虹芮追问道。

"而且我发现，她派人调查的，是顾青青的身世。"

"你说什么？你再说一遍！"虽然刚刚李虹芮的情绪已经不正常了，但是好歹可以保持基本的仪态，而这一次，她完全失控了，从座位上一下子起身，连桌上的水杯都被她碰倒了。

聂之宁吓了一跳，马上起身把水杯扶正，又抽了几张纸巾擦了擦桌子。

李虹芮急急打断他："你刚刚说，子衿查谁的身世？"

"顾青青的啊。"聂之宁觉得奇怪，顾青青的身世，李虹芮反应这么大做什么？他还解释："其实我也不是很肯定，我是听子衿打电话的时候提过青青的名字，还有'鉴定'之类的。后来，她从别人手里拿到了一份资料，看完就把资料烧了，我只看到一堆灰烬里有'医学鉴定中心'几个字，不是调查顾青青，还能调查谁？"

李虹芮不知道自己是怎么跟聂之宁道别的，也不知道自己是怎么回到家的。

她一进门，屋子里的座钟当当当当响了四下。

保姆上来打招呼："太太。"

她回过神来，点点头，半天才问："仲续和子衿呢？"

"先生和二小姐还没回来。"

她又点了点头，扶着楼梯扶手上了楼，来到书房，找出徐子衿的高中相册翻看起来。

高中的照片，难得有徐子衿和顾青青同框的，她看着集体照，目光久久落在顾青青的身上。

高中时期的顾青青还没有完全长开，但是已经是一个美人坯子。其实仔细看，她很像年轻时的自己，五官又活脱脱一个徐家人，难怪在看到她的第一眼，大家都觉得她和徐子佩长得很像。反观旁边的徐子衿，细眉细目的，倒是和顾青山有几分相似。

她其实一直都知道，但是为什么从来没有往这个方面想过呢？

很多事情，一下子涌入脑海。

吴爱梅刚来家里做事，子衿就很讨厌顾青青，总是变着法子欺负她。吴爱梅知道了，从不为顾青青出头，不管对错一律让她道歉。当时，她以为是吴爱梅讲"规矩"懂尊卑，怎么就从来没有想过，吴爱梅也许早就知道了徐子衿的身世，甚至来徐家工作可能都是因为这个。

还有读书。她从小成绩不错，徐仲续更是出了名的心思缜密，徐子佩也是品学兼优，年年模范生，唯有子衿成绩一直很差，他们当时还以为是自己溺爱过头了，可是顾青青偏偏是个一学就会的。

为什么当时顾青青做什么自己都觉得讨厌，都觉得她别有心计？她不说话就是心里在算计，她据理力争就是没礼貌，她跟聂之宁稍微亲近一点，自己就担心女儿会失恋。她之后嫁给了冷斯城，自己更是觉得她骑在他们身上作威作福。她越是过得好，自己越不开心。也许是因为徐子衿总在他们面前说她的不是，连带着他们对顾青青的观感也差了起来。

现在回想，顾青青从来没有主动招惹过徐家，除了聂之宁是真的喜欢她之外，每次都是徐子衿主动找碴儿。

如果这次的事情是真的，如果顾青青真是他们的……那他们这些年来所做的，拆散了她和聂之宁，一次次陷害她……

不，不，事情真相还不知道，她不能妄自判断，可是为什么，她心里的空洞，越来越大，越来越深……

过了几天，李虹芮趁着拿药的机会，和她派去调查的人见面。

刚到医院附近的咖啡厅，还没坐稳，李虹芮就迫不及待地问："体检报告呢？"

那人把报告递给她，她反而不敢打开看了。

知道孩子有可能被调换过的时候，她确实是又震惊又愤怒。震惊自己疼了二十多年的女儿竟然不是自己的亲生骨肉，而她最讨厌最不喜欢的人可能是她的亲生女儿，曾经在她家当用人不说，还被各种针对。这种极大的反差，让她根本没有办法接受。

深思熟虑之后，强烈的求证欲让她忘记了一切，现在就差这临门一脚，她却不敢继续了。

真的打开了这份体检报告，她将要面对的就可能是错了位的母女关系。

她闭着眼睛皱着眉不动手，对面那人不解道："太太，是不是怀疑我的调查有问题？我这是按您的吩咐去查的，用的都是假名，结果出来之后立即让人封好，没有人看见，子衿小姐和徐先生也不知道。您不会是怀疑我偷看了吧？要不，您检查一下？"他说着，准备绕开线绳，让她看看里面封好的信封。

"……不用了。"李虹芮有气无力地摇摇头，而后长出一口气，像是下定了决心，伸出手，自己绕开了线绳，抽出里面的信封，鼓起勇气打开了。

打开信封的一瞬间，她又忍不住闭上了眼睛。她怕看到了什么，又怕没看到什么，最怕看到什么，她又不敢承认是什么。她甚至希望自己现在看到的一切都是错觉，是自己臆想的，明天一大早起来，什么都没有，一切还和原来一样。

半天，直到咖啡厅里时钟敲响，她才睁开眼睛，清清楚楚地看到了报告上面的几个字——不具备亲子关系！

尽管李虹芮早有心理准备，尽管她做了最坏的打算，看到这几个字时，她还是有种脑袋被打了一闷棍的感觉，嗡嗡直响。

原来的猜测、担忧、怀疑，竟都是真的。

她不敢想了，不敢想徐子衿是什么时候知道自己的身世的，是吴爱梅处心积虑到她家以后，还是之前？徐子衿对顾青青莫名其妙的讨厌，是不是因为她早就知道了自己的身世，才故意那么做的？

她一手拿着报告，一手撑在桌上，忽然手一松，整个人直接摔到了沙发上。

对面那人马上冲过来："太太，你没事吧？"

李虹芮缓了半天才虚弱地摇摇头，抓住这人的手腕说："这件事情，一个字都不要跟别人透露！先生不要说，子佩不要说，子衿就更不能说了！"

她抓得很用力，像是把全身的力气都集中到自己的手指上了。

那人惊吓地点点头。

这件事不能告诉徐子衿，一是她不知道该怎么面对这个"女儿"，二是她居然开始担心，如果徐子衿知道自己知道了她的身世，会不会对顾青青不利？

虽然现在她还不知道，自己那个不见了的女儿到底是不是顾青青，可她就是有这样一种感觉。

李虹芮缓和了一下情绪，坐车回家的时候，一路都在思考。这件事情，她自然要跟丈夫商量，也肯定要通知顾青青。她也怕伤害了徐子衿，但是顾家那边不处理的话，她肯定无法接受。必须得想个好点的法子才行。

不管怎么说，徐子衿都是她从小疼到大的。从嗷嗷待哺的婴儿到现在，每一个成长的时刻都有她的存在。二十几年的感情，她不好说和血缘相比哪个更重要，但也是她绝对难以割舍的。

徐子衿之前的行为，想必是因为害怕失去爸爸妈妈的爱吧？错的是吴爱梅，是顾家，跟孩子没关系。

当然了，她也不想让自己的亲生女儿继续吃苦，如果能证明顾青青才是她的女儿，她希望两个人能消除隔阂，全都跟她生活在一起。

到了家，她意外地看到院子里停着徐仲续的车——一般这个时间，他都在上班的。

她放包的时候问："先生在哪里？"

保姆说："先生在书房。"

李虹芮点点头，换完鞋走上楼去。

她原本还庆幸院里只有丈夫的车，没看到徐子衿的，却没想到，徐子衿的车抛锚，坐徐仲续的车回来了。

书房门没关，徐子衿的声音传来："爸，听说顾青青打算跟斯城哥哥复婚，他们好不容易离婚了，如果再让她占着冷太太的位置，对姐姐、对我们可都不好！哪怕斯城哥哥跟那个姓苏的女人结婚，也不能便宜了她！"

即使隔着门，她也能听出徐子衿语气里的狠毒和冷锐。

很快，丈夫的声音传来，更加让她崩溃："别着急，再等等。她哥哥已经上套了，让他们顾家自相残杀，这责任才不会落到我们头上。"

李虹芮惊呆了，她原以为他们对顾青青做得最过分的事情是帮着徐子衿找顾青青的麻烦，拆散顾青青和聂之宁，怎么也没想到，他们居然打算害她。

她再也没法否认，徐子衿就算不知道自己的身世，这心也已经黑透了。

以前她知道这种事情，会劝女儿和老公收手，可能还会帮他们遮掩或出谋划策。现在，他知道了顾青青有可能是她的女儿，想法一下就变了，尤其听到老公还在不明就里地帮助徐子衿，她又气又急，一推门闯了进去。

"你们在做什么？"

门一开，书房里的两个人都吓了一跳。

徐子衿还不知道她已经偷偷查到了真相，只是有点惊讶。

看到闻声赶来的保姆，徐仲续怒了："你怎么搞的？太太回来也不通知一声！"

"你们，你们要对付顾青青？"

徐仲续马上瞪了一眼保姆："还不给我下去！"

保姆立即道歉着退下。

徐仲续马上把门关上，还确认了一下门是不是关严了，然后回头："这种话你也当着下人的面问？"

"妈，你怎么回来了？"徐子衿说着，上前扶李虹芮，却被李虹芮一把推开了。

李虹芮盯着徐子衿，第一次感觉这个养了二十多年的女儿如此陌生！

被母亲看得有点发毛，徐子衿问："妈，你怎么了？是不是身体不舒服？"

李虹芮悲愤道："你们是不是打算整死顾青青？"

徐子衿也没多想，还以为母亲是在担心他们："妈，爸也是想帮我出气。"

"住口！"李虹芮一声暴喝，"你们怎么能这么做？"

徐仲续眉头深皱："子衿刚刚有句话说对了，不能让她有东山再起的机会。这种人不早点铲除，我们徐家会被她一辈子压死。你放心，我做事绝对小心，不会让人抓住把柄。你身体不好，先回去休息吧！子衿，扶你妈妈回去休息。"

李虹芮用力甩开徐子衿的手，伸手愤怒地指着徐子衿，刚要说"她不是我们的女儿"，可刚说了个"她"，举起的手在空中打颤，然后整个身体不受控制地瘫倒在地。

李虹芮有高血压，心脏也不好，又刚出院不久，他们瞒着她，就是怕她受刺激。

"虹芮！"

"妈，妈！"

救护车很快就来了，把李虹芮拉到医院进了抢救室，徐子衿和徐仲续在外面焦急地等待着。

徐子佩推掉所有工作，也赶到了医院。

过了不久，聂之宁和甄太后也来了。

徐子衿再也忍不住，径直朝聂之宁扑了过来，趴在他肩头大哭："之宁，我妈妈她……"

一群人都不说话。

终于，抢救室的光熄灭了，几个人立即凑过去问："医生，情况怎么样？"

"送得及时，手术还算成功。"一句话说完，众人刚松一口气，医生马上又说，"但是病人还在昏迷，脑部出血面积比较大，颅压也很高，就看她能不能挺过七十二小时了。"

医生说完这句话，几个人的心又揪紧了。

很快，李虹芮被推了出来，戴着呼吸机，送进了重症监护室。

徐子衿忽然想到，母亲昏倒前说的那些话，怎么像意有所指？

有些时候，人的直觉是相当可怕的。她有了这个怀疑后，立即去查证。

也不需要大费周章，李虹芮虽然隐瞒了这件事，没向他们透露分毫，但是她只要打开李虹芮的手机，看一下通讯记录就都明白了。

她很快就找到了那个男人，一威胁，男人也不敢不招，便把自己查过那个助理医生，以及看见她去过亲子鉴定中心的事情说了。

一说到亲子鉴定，徐子衿什么都明白了。她的身世就是一个定时炸弹，一旦炸开，她的一切都完了。

"我妈是什么时候让你去查的？"

男人犹豫了一下："就前几天。昨天下午结果出来后，她还吩咐我要保密，除了她谁都不能透露，包括你和徐先生还有子佩小姐。"

"所以这件事情除了你和我妈，谁都不知道？"

男人点点头。

徐子衿说："我姑且信你。既然你答应我妈，这件事情不能说出去，那么我希望，除了我、我妈和你之外，不要有第四个人知道这件事情。如果被我发现的话……"

男人连忙说："不敢，不敢，我绝对不敢。"

"你知道就好。"徐子衿语气很冷，"要是你敢乱说，我会让你这辈子都说不出话来。"说着，她从钱包里抽出一张银行卡，"这里面有三十万，密码是六个六。你最好马上给我从燕城消失。"

现在母亲已经知道她的身世了，不过万幸的是，只有母亲一个人知道。她本来还在为母亲的病忧心，现在倒是觉得，如果母亲一直都醒不过来的话，未尝不是一件好事。

打发走这个男人，她马上回了医院。

徐仲续坐在监护室外，眼睛里全是红血丝。

徐子佩得坐镇徐氏处理业务，不得不先走了。

徐仲续见徐子衿回来，问："去哪里了？"

"有点事。妈怎么样了？"

徐仲续摇摇头："还没醒……"

"醒"字还没说完，忽然监护室里传来响动，是李虹芮，她醒了！

是真的，徐子衿看到躺在床上的李虹芮手指不停地颤动，身体似乎也在艰难地挣扎着要起来。

天知道徐子衿看到这个情景，心里有多震惊、多慌张。

几个小时前，她还真心实意地希望母亲能早点醒来，可是，现在母亲知道了她的身世，她宁愿母亲就这样一辈子躺在床上永远不醒，她会照顾母亲一辈子。

她想着应对措施，这边，徐仲续已经去叫医生过来了。

眼见着医生推开门进去，徐子衿整颗心都吊到了嗓子眼，就差冲上去把医生赶出去了。然而，她什么都不能做，只能站在玻璃窗外，看着医护人员在里面忙碌。

怎么办？如果母亲醒来一定会说的，她该怎么办？是该让爸爸先离开，还是想什么办法堵住母亲的嘴？

徐子衿急得要死，额角的汗都沁出来了，双手握拳，指甲掐进了肉里。

等了许久，医生才出来。

徐仲续立即走了过去："怎么样？我老婆没事吧？"

医生面色严肃又有点遗憾地说："很遗憾，病人出现了术后中风的情况，还不清楚是暂时的还是长期的，我们会加强护理，争取让她早一点恢复。"

中风？徐仲续和徐子衿想过这种可能性，只是没想到真的发生了。

徐仲续一时难以接受。

徐子衿倒是大大地松了口气，问："医生，我妈这个中风是全身的还是半身？"

医生说："全身。不过，也不用太担心，程度不是很深。像她这个年纪，恢复过来的可能性很大。"

她怎么不担心，她都快担心死了，如果母亲能一直这样就好了。

医生给李虹芮检查完，把她推到了特护病房。

李虹芮现在还不能自主呼吸，头上戴着呼吸机，全身上下插着各种管子，还有监测心跳的仪器。

看到他们进来，她一只手不停地轻颤，睫毛在眨，显然想说什么，却无法说出口。

看到她这副模样，即使徐子衿想过她不要痊愈最好，但还是有点于心不忍。

徐仲续就更不用说了，坐到床边，握住了她的手。

徐子衿观察了一下，发现她的手只是颤，什么力气也使不出来，终于安心了。

医生还要给她做检查，便把两个人请了出去。

此时已是第二天的晚上，整整一天一夜，徐仲续没吃没睡，连一口水都没喝。

徐子衿说："爸，你先回去休息吧，你一夜没睡了。我是年轻人，身体扛得住。你年纪大了，千万别撑得太久，万一你也受不住倒下，我和姐姐可怎么办？"

徐仲续以为她是真的关心李虹芮，又懂得体贴自己，听到这句话还挺感动的："你也别累着了，我明天一早就过来换你。"

"爸爸，你放心吧！你回家后好好休息，好好吃饭，咱家还要靠你呢。"

徐仲续拍拍她的手，又跟医生交代了几句，才恋恋不舍地离开。

离开之前，他看到徐子衿又去问了医生李虹芮的病情，以为女儿长大了，终于懂得体贴父母。想了想，他给聂之宁打了个电话，让聂之宁过来陪她。他虽然讨厌聂之宁，但是知道在女儿心里聂之宁很重要，有他陪着女儿，女儿也能宽心些。

这边，徐子衿问了医生李虹芮的病情，知道李虹芮如果好好治疗能够康复，她更加担忧起来。回到病房，坐在床边，看到李虹芮虽然身体不能动，但是眼睛一直盯着自己，她马上伸出手去，握住了李虹芮的手："妈，我在这。"

李虹芮的眼睛眨了眨。

"你好好养病，家里的事情不用担心，我和爸爸会处理好的。"

听到她说这话，李虹芮似乎并没有得到安慰，目光不再是她熟悉的慈爱，而是多了一丝惊讶、紧张，还有愤怒。

只这一个眼神，她就明白，李虹芮肯定什么都知道了。真是好遗憾啊，她还想一直当母亲的小棉袄呢！

"妈，你好好休息。"徐子衿的声音变得冷淡起来，把李虹芮的手放在床上，起身，走出了病房。

现在母亲什么都知道了，那她必须得赶紧执行计划了。

她想了想，给徐仲续打了个电话："爸，我刚知道了顾青青的地址，你看我们是不是要……"

徐仲续犹豫了一下："你妈妈现在这个情况，还是等她好转一点再说吧。"

"可是爸爸……"

"就当……给你妈妈积福了。"他确实自责，如果不是因为顾青青的事情惹妻子生气，李虹芮也不至于变成这样。

"……我知道了。"徐子衿挂了电话，又给她找的监视顾青青的人打了个电话，刚说了一个"顾"字，聂之宁就来了："子衿。"

她立即挂断了电话，换成一副忧心忡忡的模样："之宁，你怎么来了？"

"徐叔叔打电话，要我过来陪你。"他顿了顿，又补充了一句，"李阿姨也是看着我长大的，她生病了，我过来看看也是应该的。"

"谢谢。"

聂之宁看到她此时的模样，以为她真的在担心母亲的病情。不管怎么说，这都是他决定要娶的人，之前任性也任性过了，该安慰的时候还是得安慰："你别担心，李阿姨吉人自有天相，中风也不是好不了了，只要好好治疗，相信很快就能康复的。"

徐子衿点点头。

聂之宁带了水果和补品来，现在李虹芮也吃不了，只能放在一边。

等到夜深，徐子衿找个机会溜了出去，躲到远一点的地方给监视顾青青的人打了个电话，让他二十四小时监视顾青青，一有情况，随时跟她汇报。

但是，只是监视是没用的，她想了想，顾青青为人很谨慎，又即将出国，未必会那么容易走进她设下的圈套，还是得想个更好的办法才行。

她正想着，手机一闪，有电话打来但是没接通，是她设置的黑名单用户，想都不用想，是吴爱梅。

自从上次吴爱梅开口跟她要一百万，并且威胁她不给钱就来徐家闹事，她恨不得掐死吴爱梅。强忍着恶心和愤怒，她让徐仲续联系了高利贷，对顾家各种威逼，同时祸水东引，让吴爱梅和顾青山去骚扰顾青青。她烦死这两个人了，再打电话干脆拉黑。

徐子衿愤然地刚挂了电话，忽然想到了什么，又打了过去。

果然，那边一开口就是要钱。

徐子衿暗自冷笑，声音却是疲惫又可怜："这几天我一直在医院，我妈病危，我家的钱除了我爸爸管着，现在我姐也在管，我根本一分钱都动不了。如果我现在跟他们要这么一大笔钱，他们很快就会发现我和你们之间的关系，到时候麻烦更大。顾青青呢？"

"她？哼，外来的果然养不熟，白眼狼就是白眼狼。别说找她要钱了，她现在电话都不接！"

"那你们知不知道，她要去美国，以后都不会回来了。"

"你说什么？"吴爱梅惊了。

"是啊，她把工作辞了，要去美国了，还在同学聚会上说要永远离开，应该是不会再回来了。你要是不信，可以去查查，问她的好朋友李悠悠也行。"

"她竟然……"吴爱梅怒气冲天，家里还欠一百万高利贷，顾青青居然敢自己跑了？

"妈，我早说她是一个养不熟的白眼狼。"顾青山的语气里明显带着戾气，"我们家不缺她吃的不缺她穿的，把她养到这么大，现在她说走就走，到底有没有把你这个妈妈放在眼里？别的不说，这一百万，她一定得给！"

"恐怕你们是要不到了。"徐子衿淡淡地说，"她后天的飞机，等她一走，你们上哪儿去找她？就算你们找到她，她不肯出钱，你们又能怎么样？"

"什么？"吴爱梅和顾青山没想到顾青青会走得这么快。

徐子衿在外面打电话，聂之宁在病房准备休息了。他走过来看了看李虹芮，发现她一直在朝自己眨眼睛，有点奇怪，问："李阿姨，你是不是有什么话想对我说？"

李虹芮说不出话，只能眨眼。

聂之宁想了想，说："想说什么就在我的手心写下来吧。"

李虹芮又眨眨眼。

于是，聂之宁坐在床边，把手伸了过去。

李虹芮的手一直在颤，好半天才开始动手指，似乎用了全身的力气。

聂之宁盯着她手指的动作，等她终于写完，想了想："女。"

李虹芮眨眨眼。

李虹芮半天又写了一个字，这次聂之宁猜得很快："儿。"

是在问徐子衿的事情吗？

聂之宁还没问，李虹芮又写了一个字。这次，聂之宁猜得久一点，不过还是认出来了："青。"聂之宁条件反射般，"青青？"

李虹芮拼命眨眼，显然是想告诉他，他猜得没错。

聂之宁第一反应是这两个人又有什么冲突？

"别人我不清楚，但是青青我知道，她不是那种喜欢挑事的人。之前的十几年她已经习惯被人欺负到头上了，只要子衿没有伤害到她最关心的人，她是不会跟子衿起冲突的。"

李虹芮的本意是想告诉他顾青青的身世，听到这句"之前的十几年她已经习惯被人欺负到头上了"，心里不禁泛酸。

她正准备继续写字，门一下打开了，徐子衿走了进来。

"之宁，你在做什么？"她的声音有点冷，像是带着夜的凉意。

聂之宁反应很快，回答："没什么，你妈妈她很关心你。"

也是，病成这样还关心她和顾青青的事情。

徐子衿点头："那是当然，我的妈妈不关心我还能关心谁啊。"

不知道内情的人，根本听不出来她话里有话。

夜深了。

徐子衿睁开眼睛，起身走到李虹芮的病床边。刚刚她只听了一半，没听到"女儿青青"的部分，以为母亲真是让聂之宁劝她不要和顾青青起冲突。

从小到大，爸爸妈妈一直很宠她，她想要什么，哪怕是天上的月亮，爸爸妈妈也会去宇航局问一句能不能太空旅游。

就算是现在，知道了她的身世，李虹芮也让调查的人隐瞒，还叫聂之宁帮忙缓和她和顾青青的关系。李虹芮对她是真的好，可是好可惜啊，怎么就不是她的亲妈呢？

她对自己再好，以后她的爱也会分给顾青青。她要是把顾青青的身世说出去，爸爸也许也会变心，她和聂之宁的感情也会马上崩塌，更别说徐家的财产可能没有她的份了。重要的是，输给别人就算了，偏偏是顾青青，她最讨厌的顾青青。她争抢了一辈子，原本以为自己先天就比她优秀，没想到却是一场偷天换日，她怎么能甘心！

要是没人知道这个秘密就好了。

想到这里，她眼神一冷，手伸了过去，目标是李虹芮的呼吸机。

"你在做什么？"

聂之宁突然睁开了眼睛，发现徐子衿站在李虹芮的床前，月光照在她的脸上，虽然她面无表情，聂之宁还是蓦地打了一个寒战。

"哦，没事，睡不着，看看我妈妈的情况。"她说着，给母亲细心地盖好了被子。

聂之宁也没想那么多，以为她真的是担心母亲。想了想，他走过来，拍拍她的肩膀："你放心吧，李阿姨肯定会好起来的。"

徐子衿顺势把头靠在他的肩膀上，声音有些颤抖："我害怕，我怕我妈妈看不到我身披嫁衣的样子。我妈妈最疼我了，一心只想我能幸福。"

聂之宁又不傻，自然知道她是在催婚。他们两个人又在一起了，再拖，也拖不到哪里去。他上次送别顾青青，说是心里最后一点念想，不是骗徐子衿的，是真心实意的。以后，他的生活里只有他的妻子，不会再有别人出现。

"好，等你妈妈身体好一点，我们就准备婚礼。"

聂之宁的话，说得徐子衿眼睛立马亮了。自从认识了他，她毕生最大的愿望就是嫁给他，现在终于要实现了。

"你说的是真的？"

聂之宁点头，顺便就上次一时冲动表白顾青青的事情道歉："当然。我年纪也不小了，之前……是太不懂事了。我知道你对我是真心的，又很孝顺，就算没有李阿姨这件事，我也是打算今年结婚的。我们等李阿姨身体好了，就举行婚礼，让你风风光光地嫁给我，好吗？"

徐子衿什么都说不出来，只是点头。

等聂之宁回到沙发上休息，她也回了旁边的陪床，一直看着天花板，睡不着。

其实，就算没有聂之宁的打断，她也是下不去手的。李虹芮疼了她二十多年，在知道自己的身世后也没有立即闹大，而是希望遮掩起来。

她杀不了李虹芮，就只能朝顾青青下手了。如果顾青青死了，就算爸妈再后悔又有什么用？他们只有她这么一个小女儿。

她辗转反侧了一晚上，清晨的时候发了条信息，一定要尽快解决顾青青这个祸害。

第十九章　隐藏的秘密

顾青青去美国的前一天，终于完成了所有工作。

要离开了，对未来有多向往，就会对过去有多怀念，尤其是这些亲朋好友，头一个就是李悠悠。

这段时间，李悠悠一直在医院忙着照顾她那个中风的老爸，不过她也不是冤大头，一面救人一面找人。治疗了几天，她爸爸的病有点起色了，她则打听到那个年轻漂亮的小老婆卷走所有存款打掉孩子跑路了，她爸爸听说后被刺激得脑溢血，现在还在重症监护室。

"没办法，我现在在医院，看看我爸什么情况才能脱身，我晚上有时间再去找你。"

李悠悠的话对顾青青还是有点触动的，挂了电话，顾青青想来想去，决定还是去顾家再看一眼。

不管怎么说那都是她母亲，她去了美国后，生活费虽然会给，但是只怕很久都不会回来看一看了。

她来到顾家门前，按了很久的门铃都没有人回应，不免有些奇怪。就算母亲出去和朋友一起打牌，保姆也应该在的啊！她打电话给吴爱梅，关机了，再打电话到座机，也是无人接听。等了好久，看到隔壁门前停了一辆车，她犹豫了一下走过去问："请问，你知道隔壁这家的太太去了哪里吗？"

"隔壁？不是搬走了吗？"下车的人一脸疑惑。

"搬走了？"顾青青惊讶，"搬到哪里去了？"

"听说他们家欠了不少钱，房子被查封了，现在不知道去了哪里。"可能是太久没有看到顾青青过来，隔壁的人忘记了她就是这家的女儿。

顾青青再打电话，没想到这回吴爱梅的手机开机了，只是她一张口还是："我要钱。"

钱钱钱，吴爱梅这些年，几乎所有时间都是围绕这个。小时候是因为家里穷也就罢了，她嫁给冷斯城以后，哥哥不断惹事，麻烦越来越大，要的钱也越来越多。她现在别说已经离婚，身上没有钱，就算她没离婚，也不会让冷斯城继续填这个无底洞。

"妈，你们不是骗过一百万的保险金吗？既然正好也欠了一百万，那就拿出来还。"

"那都是几年前的事情了，早花光了！"吴爱梅又着急又气愤，"高利贷都打上门了，说不还钱，就要砍断你哥哥的手！你不是有两套房子吗？你把房子交出来！我知道你要去美国了，你把房子过户给我们，以后随便你去哪里我都不会管。"

"房子没要，我也没有钱。"每次一说到钱，顾青青心里就泛起一丝疲累，"高利贷是哥哥欠的，房子被查封也是他的错。他已经三十了，应该担起责任了。实在不行，哥哥就去牢里待着，总能抵罪。"

"你说什么？你让你哥哥坐牢？顾青青！"吴爱梅还想说什么，顾青青已经挂断了电话，"喂，顾青青，喂？"吴爱梅快气疯了，对着手机一直高喊着。

她再打电话过去，顾青青怎么也不接了。

"她既然不顾念骨肉亲情，我看我们也没有必要跟她客气。"顾青山在旁边也阴沉了脸。

两人正说着话，突然传来嘭嘭嘭的敲门声。

顾青山疑惑地问："谁啊？"

外面的人不答，只是敲门声更大了。

突然，砰的一声，有人一脚把门踢开了，闯进来好几个男人："顾青山，要是再不还钱，我们要你的命！"是放高利贷的人！

顾青山和吴爱梅是窝里横，在顾青青面前凶悍得不行，看到这群凶神恶煞般的放高利贷的人，立马跪了："不是还没到时间吗？下星期，下星期我们一定还钱！"

"我是怕你们忘了时间，特意过来提醒提醒你们！"为首的一个人一使眼色，"把他绑起来！"

当即，一个人扣住顾青山的手臂，另一个人抓着他的手放在桌子上。

顾青山吓破了胆，吴爱梅也是，一个劲儿地求饶。

为首的那人开口："我们老大说了，上回说好的还钱时间你们没还，差一天都不行。今天就算不还本金，利息总是要收的。"说完，手起刀落，非常干脆地把顾青山的小手指头砍了。

顾青山痛得眼睛都翻白了，吴爱梅也哭得不成样子。

放高利贷的人临走丢下一句话："这只是一点利息，要是七天之后再不还钱，可就不只是一根手指头了！"

顾青山痛得面色发白，上牙死死咬着下牙："顾青青呢？快点让她过来！我不能残疾！"

吴爱梅立即给顾青青打电话，可顾青青的手机好像拉黑了他们，怎么打都是忙音。她又给顾青青发短信："青青，过去都是我的错，你有什么恨都发泄在我身上。妈妈好歹养了你二十几年，我现在只求你，你哥哥的手指被人砍断了，求你，帮帮你哥哥吧！"

短信发过去，却如石沉大海，毫无回应。

"我的手指，我的手指！"痛倒是其次，最关键的是，以后他手指就缺了一截，他成残疾了。

顾青山恨得想把自己那只受伤的手在床板上敲，好像敲一敲，手指就会长回来似的，吓得吴爱梅赶紧握住了他的手。

"青山，没事的，青山，我们去医院，去医院，把手指接上，你会没事的。"吴爱梅都快说不下去了，儿子难过，她比他更难过。

顾青山又痛又怒："去医院？我们有钱去医院吗？顾青青呢？我都变成这个样子了，那个死丫头在哪里？"

提起顾青青，吴爱梅的脸瞬间沉了下来："她？她根本不接电话，短信也不回。"

"你说什么？"顾青山愣了一秒，然后暴怒，"她真的不管我们了？我都这样了，她也不管我们？"

吴爱梅冷着脸，一句话没说。

风吹过房间，瞬间有点阴冷。

四月初四，宜婚嫁。

这天是冷斯城订婚的日子，也是顾青青飞往美国的日子。

收拾好了东西，她应该从家里直接打车去机场，可是不知道为什么，出租车司机问她要去哪里时，她竟然脱口而出："西云教堂。"

她到教堂的时候，订婚仪式还没开始。教堂有保安，她根本进不去，只能远远地看着冷斯城的车停在教堂前。

偌大的教堂庄严肃穆，没有过多装饰，只是把画着圣经图像的七彩玻璃擦得锃亮，平时祈祷的椅子也刷了新漆，教堂顶部的水晶灯上蜡烛全部点亮，光从上面打下来，映照出既神圣又梦幻的一片空间。

顾青青远远地站着，好像一个看热闹的路人，静静地看着属于别人的订婚礼。

是，这不过是一场订婚礼，但是因为苏念真信教，冷斯城肯在这里举办订婚礼，等于昭告天下，这是他的妻子——冷氏的女主人。

顾青青的手机突然响起，是李悠悠打来的："抱歉啊，我爸爸突然病危，我在医院照顾他，可能没法给你送行了。"

顾青青说："我多大个人了，还送什么。"

"等我去美国看你，你可得好好招待我！"

顾青青笑了："那肯定。"

接着，短信也来了，是张语欣发的："一路顺风。"

还有林周逸的："一路平安，到了美国给我打电话。"

又一个电话打了进来，这次是聂之宁。

顾青青犹豫了一下，还是接了："什么事？"

"你现在在哪里？"

聂之宁往后看了看，他有种感觉，顾青青就在这里，尤其他听到了电话里传来他在现场听到的教堂手风琴的声音："你是不是也在教堂这里？"

顾青青没说话。

她的沉默显然是默认了。

聂之宁急了："你真的在这儿？"

他身后全是人，要想看见站在远处的顾青青根本不可能，顾青青却一眼就看到了回头打电话的他。

顾青青沉默了一下，然后说："你还是回座位吧，徐子衿过来找你了。"她说完这一句，直接挂了电话。

教堂的休息室。

吉时还没到，冷斯城倚靠在门边，眼睛虽然在看着苏念真梳妆，思绪却不知道飘到哪里去了。

他想着要一中一西，所以订婚在教堂，结婚就办成中式的。这样也好，闹得大一点，某人应该会知道。

发型师回头问了一句："冷先生，您觉得这个发型怎么样？"

苏念真一脸期待地回头。

冷斯城看都没看一眼，直接抬腿走了。

教堂后的走廊空无一人，冷斯城静静地站在窗前。

这不是他想要的结局吗？用不着多漂亮多温柔他多喜欢，只要家世良好、体贴听话就行了。冷氏需要发展，他也不能原地踏步。

　　很符合他的标准啊！可是为什么，他心里空落落的？

　　他拒绝想起一个人的名字，让警戒线外的记者和普通百姓前移到教堂门口却是他的意思，好像他在期盼着有个人能来。

　　有保安走过来，看到冷斯城，立即打声招呼。

　　冷斯城表情淡淡的："外面秩序还好吧？"

　　保安不明所以，点头说："冷总放心，所有人都被拦在警戒线外，秩序很好，没有人敢挤到前面来，影响订婚仪式的进行。"

　　他点点头，挥手让保安走开。明明自己的意志很坚定的，却不知道为什么，此时心情有些烦躁。

　　莫东阳走过来的时候，就看到冷斯城靠着墙，站在走廊尽头的窗户前，一脸平静，似乎订婚的人不是他。

　　莫东阳摇摇头："怎么在这里？不去陪准新娘吗？"

　　冷斯城淡淡开口："她在化妆。"

　　"化妆你不去看看？不是说一个女人一生之中最美的时候就是订婚和结婚吗？"莫东阳故意打趣，知道他此时心情不佳的原因是什么，却偏偏要戳他的伤口。

　　冷斯城睫毛都没动一下，语气平静地说："化妆有什么好看的？"

　　"是没什么好看的，但是这个人是你自己选择的，以后也会一直在你身边，你确定你不去看看？"

　　冷斯城动都懒得动一下，也懒得回答。

　　但是，很快，他这种古井无波的状态，就被莫东阳的一句话打破了："还是说，如果是另一个人的话，你就不是现在这种状态了？"

　　话音刚落，冷斯城抬头看了他一眼，眼神蓦地变得犀利起来："你什么意思？"

　　"你说我什么意思？"莫东阳耸耸肩膀。

　　"你给我说清楚。"冷斯城语气都变尖锐了。

莫东阳笑了："就当我说的是徐子佩吧。哎呀好遗憾，认识这么多年，也订过婚了，现在都没走到一起。反正你订婚、结婚也不是第一次了。妻子是你自己选的，以后跟她过一辈子的人是你不是我，你自己看着办。"

莫东阳说完，转身离开了。

冷斯城上前两步："不要走！"

莫东阳也没理他，去前面了。

窗户没有关紧，起风了，吹乱了他额前的刘海。他定定地看着窗外摇曳的树枝，内心波澜起伏。

上次顾青青来跟他表白，后来又为了家人的事情求他，他当时气疯了，可是回过头来，竟然还有几分期待。

他知道她对自己从来没有什么感情，一直都是利用为主，可有句话说得好，不怕被利用，就怕没人用，要是连利用价值都没有，她根本不会留在他身边。

直到刚才，他吩咐可以让围观的人靠近，就是希望她能过来。

这几天，他宣传的力度够大了吧？全燕城，不，应该是全国人民都知道他会在这个教堂举办订婚仪式，可是为什么还是没有她的消息？

他正在思索，有脚步声传来。

苏爸爸和苏妈妈看到他，立即喜笑颜开地迎上来："斯城这身挺帅啊！念真呢？"

冷斯城依然站在原地，连打招呼都懒得。

看到他一脸平静，似乎一点都不高兴的模样，冷云霆训他："斯城，怎么没有一点礼貌？叫长辈。"

洛清雪立即上来解围："小宝是觉得马上要改口了，不好意思吧？"

冷斯城依然没有回答，好久好久，才缓缓地点点头。

这时，司仪来催了："时间快到了，这里准备得怎么样了？"

里面的发型师说："已经准备好了。"

随后，打扮一新的苏念真走了出来，大家一拥而上，纷纷夸赞："准新娘好漂亮！"

冷云霆凑到冷斯城耳边，用只有他才能听到的声音说："人是你自己选的，婚是你自己要结的，订婚仪式也是你自己安排的，没人逼你，你现在摆出这样一张脸给谁看？你给我小心一点，要是闹出什么毁名誉的事，我饶不了你！"

他话音刚落，苏念真走上前来，他立即推了推冷斯城，把冷斯城推到了苏念真面前。

苏念真羞涩一笑，不敢看他。

冷斯城依然没什么反应。

旁边的人提醒他："去前面行礼了。"

教堂前，观礼的人等候了许久，终于等到准新郎准新娘出场，顿时一阵骚动。

顾青青站在人群里，静静地看着订婚现场。

冷斯城站在神父面前，苏念真由父亲挽着手，一步步送到他面前。

教堂里的唱诗班唱起了赞美诗，神父打开圣经，看了看冷斯城，问："冷斯城先生，你是否愿意娶苏念真小姐为妻？无论贫穷还是富裕，无论健康或是疾病，无论顺境还是逆境，你都愿意和她在一起，永远不离不弃？"

冷斯城抬起头，看着面前受难的基督，有一种很不真实的错觉，像是他身边这一位，不是他期盼了很久的那个新娘。

见他不回答，教堂里的人都安静了，所有人的目光都落在他身上。尤其是苏念真，一直紧张地看着他，就怕他关键时刻会反悔。

神父见他不答，又问了一句："冷斯城先生，你是否愿意娶苏念真小姐为妻？无论贫穷还是富裕，无论健康或是疾病，无论顺境还是逆境，你都愿意和她在一起，永远不离不弃？"

这次，冷斯城似乎听见了，他目光缓缓地转回来，落在神父身上，又看了看旁边。旁边的女人身穿婚纱，化着浓妆，一脸期待，不是顾青青。

他没说话，微微闭上眼睛，抿着嘴。这个表情，明显是不愿意的意思，看得苏念真心惊胆战，就怕下一秒，他会转身离开。

这下，整个教堂都热闹了起来。围观群众看戏不嫌事大，亲友们也是交头接耳，一片议论声。

冷云霆和洛清雪互相看了一眼，微微皱起眉，担心自己儿子临时出状况。

神父不得不抬高音量："肃静！肃静！"他又看向冷斯城："冷先生，冷先生？"

冷斯城缓缓抬头，这次他依然没说话，却缓缓地点了点头。

神父看到他点头，立即问旁边的苏念真："苏念真小姐，你是否愿意嫁给冷斯城先生？无论贫穷还是富裕，无论健康或是疾病，无论……"

他话还没说完，苏念真就赶紧点头："我愿意。"

一个犹豫再三，一个迅速点头，虽然都口头答应了，但是要法律上认可，他们还得写下婚书，这个冷斯城也准备好了。等到正式结婚的时候，婚书才会递交到民政局。

神父把婚书放到两人面前，只要在上面写下自己的名字，再送去民政局备案，他们就是合法夫妻了。

婚书一式两份，苏念真在自己那份上写了名字，看看旁边，冷斯城还没有下笔。

摸子动子，落子无悔，写了婚书，以后即使离婚，苏念真也会在他的人生中留下一笔。

也许是因为冷斯城落笔的时间过长，教堂里的人又窃窃私语起来。被保安们拦在外面的那些记者，恨不得把镜头对到冷斯城的脸上，把他所有微表情都拍下来。

见过抢亲的，见过临阵脱逃的，还没见过这么犹豫不决的。他刚刚不是点头了吗？不是从公开订婚的消息再到订婚仪式举行不足一个月时间，决心很大吗？现在是什么情况？

现场骚动越来越大，冷云霆已经坐不住了，低吼："斯城，注意你的身份！"

冷斯城当然知道，可是不知道为什么，这最后一笔，他怎么也落不下去。

站在他旁边的苏念真紧张死了，可是现在的她什么都不能做，也不敢劝他，更不敢发脾气，大气都不敢出，好担心他随时改变了心意。

冷斯城闭上眼睛，艰难地吞咽了一口口水，长出一口气。再次睁开眼睛，他提起笔，显然已经下定了决心。

就在他落笔的瞬间，他忽然感觉到自己的上衣口袋在振。冷斯城第一反应是赶紧低头去看，而苏念真知道大事不好。

"斯城，你在做什么？快签字吧！爸爸妈妈，还有好多人都在看着呢。"

冷斯城哪里会听她的劝，打开手机，短信是顾青青发来的，只有四个字加一个标点符号："祝你幸福。"另外配了一张图，正是教堂里的场景。

冷斯城迅速转身往教堂外面看去——顾青青来了，她真的来了？

他原来以为她不会关心自己的事情，他结不结婚，跟谁结婚，她根本不在乎，可她真的来了这里。她来做什么？是来祝福他，还是……想到这里，他原本冰冷的血管都瞬间沸腾了。

他这一转身不要紧，全教堂的人都跟着"啊"了一声。

记者们看到有新闻点，闪光灯咔咔的，围观群众也激动起来，场面一下子就乱套了。

冷云霆顾不得许多，立即起身把手重重压在冷斯城的肩膀上："你给我注意点！你这是在干什么？你难道要悔婚不成？"

"爸，我不是，我就是想看看她。"

"你想看很简单，先把字给我签了！男人一言九鼎，你刚刚都点头了，现在想反悔吗？"

冷斯城已经顾不得那么多了，赶紧给顾青青打电话，可是，顾青青已经关机了。

这时，他再仔细一看，这张配图是苏念真挽着她爸爸的手刚刚交给他的时候，她可能还没有看到后面他的犹豫，她可能不想再看了，发了条短信就走了。她关机，就说明她还在乎啊！她其实没有自己想的那么冷漠，她其实是会关注他的。

她还在这里吗？她是不是能看到他此刻的模样？

冷斯城抬脚往教堂外面走去。

他这一走，全教堂哗然。

这下，不仅冷云霆上来拉他，苏家父母也过来了，挡在他面前，因为又是惊讶又是生气，声音都变了："斯城，你这是做什么？"

然而，冷斯城谁的话也不听，他拿着手机走到教堂外面，仔细对比了一下顾青青发给他的那张照片的位置，最后找到了一个角落。这里也满是人，根本看不到她。

冷斯城急了，大声喊："你在这里吗？你是不是在这里？"

他没说是谁，人们随着他的目光看来看去，然而，连顾青青的影子都没有看到。

他再打电话，依然关机。

"够了！"冷云霆吼了他一句。

莫东阳也赶紧跑过来："斯城，快回去。"

冷斯城居然立即听话地转身回去，大家以为他终于闹够了，谁知道他直接走到聂之宁的面前："她刚刚是不是来过？"

徐子衿和徐子佩立即站了起来，尤其是徐子佩，跟他认识这么多年，哪里不知道他的心思，赶紧打圆场："斯城，有什么事情回去再说，苏小姐还在那边等着你呢。"

冷斯城没理她，看着聂之宁："你知道她的消息是不是？"

聂之宁没有否认，眼皮一翻："她的事情跟你有什么关系？"

冷斯城上前一步："她在哪里？"

"我不知道。"聂之宁语气淡淡，还略带嘲讽地加了一句，"就算知道也不会告诉你。"

旁边的徐子衿听得心惊肉跳，她原本以为这两个人的情缘已经断了，没想到顾青青一个短信就能让冷斯城情绪大变，她立即上来劝："斯城哥哥，苏姐姐在等你呢！"

她一面劝一面给旁边人使眼色，大家立刻都涌了过来，

冷云霆快要气疯了，而比他更气的是苏家人，如果对象不是冷斯城，他们肯定要把新郎撕了。

"不说清楚，我是不会过去的。"

"你去不去关她什么事？就算你再结十次婚也跟她没关系。她反正都要走了，谁还关心你这些破事。"聂之宁一开始是懒得理会，后来看到冷斯城着急又惊慌的样子，竟莫名地有些高兴。

"她到底要去哪里？"冷斯城上前一把揪住他的领口，"你给我说清楚！"

"当然是离开这里了。她工作辞了，房子也换了，马上就要去国外，以后都不会回燕城了，你高兴了？"聂之宁面上是一如既往的嘲讽。

"她要出国，以后都不回来了？"他知道她在查留学的事情，但是没想到，她可能永远都不回来了。

"她好歹喜欢了你十几年，你不要在这个时候再去打扰她了好吗？"

"她喜欢了我十几年？"冷斯城有种穿越的感觉，是他听错了吗？顾青青喜欢的不是聂之宁吗？什么时候变成他了，"你给我说清楚！"

"要说清楚什么？你想知道什么？"聂之宁笑，"你想知道我有多失败吗？我曾经也以为她心里有我，后来我才知道，她喜欢的人，自始至终只有你一个！"

"不可能！"他肯定是故意欺骗他，让他心怀愧疚，让他一辈子忘不了她，"她怎么可能喜欢我？她背着我，连我们的孩子都可以随意

舍弃！"

"冷斯城，你好好想想，她是这种人吗？"聂之宁气道，"如果在你心中，顾青青是这样的人，那你也就不必去追问了。你不是不相信她，你是根本配不上她。"

"她到底在哪里？"

这次，聂之宁懒得回答他了，只是淡笑。冷斯城，你以为你什么都能把握，什么都高高在上，却连你妻子一直喜欢你都不知道。现在才知道自己喜欢的人也喜欢自己却永远错过，是什么滋味？

冷云霆怒不可遏。冷斯城都快三十岁的人了，怎么还这么不懂事？丢脸是小，把婚姻当儿戏的行为不能饶恕。

"冷斯城，你今天必须得给念真、给苏家一个交代！"叫大名了，显然是气极了。

没想到，冷斯城摇摇头："爸爸，很抱歉，我不能订婚了。"

"什么？"这下，苏家人不干了，"你说什么？再说一遍！"

冷斯城看都没看他们一眼，他异常冷静，说出口的话好像都是他深思熟虑之后的结果："抱歉，我不能订婚了。等我回来，我一定会给大家一个交代。"

"混账！"冷云霆差点伸手打人。这些年，他虽然对冷斯城很严厉，但只是口头上的，所以，才养出这么一个叛逆、自大、没有责任心的家伙吧？！

"你要是敢出去，以后我就没你这个儿子！"

可是，这个蠢儿子明显没有感受到父亲的怒气，直接冲了出去。

他一定要找到她，他这十年的光阴全都用在了她身上。这次选择订婚而不是结婚，也是为了必要时刻能给自己一个台阶下。

可是，聂之宁不肯说，她又关机，去哪里找？

冷斯城决定先去机场找，路上，他给李悠悠打电话，自然被李悠悠狠骂了一番。他忍到最后，李悠悠才说："你不用去了，这个时间她已经过了安检，飞去美国了。"

冷斯城再打给顾青青，她还是关机。

为了快速找到她，他第一时间报了警，虽然没有失踪四十八个小时，但是利用冷家的关系，警方很快立案查找，最后查出来她去美国的航班信息。

他马上给林周逸打了个电话。顾青青这次去美国是林周逸安排的，他肯定知道她的住处。

林周逸接了电话，倒是够狠，第一句话就是："我要是告诉你，我有什么好处？"

冷斯城听到这句话，想剐了他的心都有了。

"行了、行了，先欠着，等我以后想到了好处再提，反正也不怕你跑掉。"

林周逸给了冷斯城顾青青在美国的地址，连她去哪里工作都标注好了。

冷斯城第一时间飞奔回西山别墅。

保姆看到他，吓了一跳："先生，你今天不是订婚吗？怎么……"

冷斯城没时间跟她啰唆，冲上楼找出了护照。他的护照是半年签，可以直接飞美国。顾青青那趟飞机已经起飞，下一趟是几个小时后，他马上订了票，准备追过去。

保姆瑟缩着走了过来："先生，有句话，我不知道当讲不当讲……"

冷斯城眼里满是红血丝，表情严肃得很。

"我……也不知道该怎么说，你自己过来看一看。"保姆把他引到自己的房间，打开一个盒子，里面装着一些男士用品，大到名牌钱包、领带、皮鞋，小到剃须膏、刮胡刀，应有尽有。他随便拿起一罐剃须膏，日期近的是上个月的，远的是三年前。

冷斯城觉得奇怪，保姆没有男朋友，她的父亲兄弟也不像是会用这些东西的。

"这些都是太太买的。她基本每次出去都会买，但是您很少回来，也不用，慢慢就过期了……我跟了太太三年，她其实一直在学习钢琴、舞蹈、曲艺、插花，还报过烹饪班。其实，她一直挺努力的，只是……"

"你为什么不早说？"冷斯城眼睛都红了，手里那罐剃须膏，都快捏爆了。

"你……你也没问我啊！再说，你和太太关系那么差……太太好多次在你走后偷偷掉眼泪。"

冷斯城脑袋都快爆炸了："她不是一直准备离婚、准备留学吗？她连好不容易有的孩子都背着我打掉，她根本……"

"离婚的事情我不好说，但是我觉得，以太太的性格，就算她真的不想要孩子，也一定会先跟你商量的。"

冷斯城在原地站了很久，直到飞机快起飞，才从家里赶往机场。

飞了十几个小时后，他按照林周逸给的地址去了美国的宿舍，却扑了个空。打电话给顾青青，关机。再问林周逸，林周逸再三表示没骗人，美国的地址就是这个。冷斯城再打电话一查，顾青青根本没上那趟飞机，也就是说，她还在国内。冷斯城只好马不停蹄地又飞了回来。这一来一回，两天过去。警方查到她的确乘车回了市内，但是到了市区，就失去了她的踪迹，她整个人好像人间蒸发了一样。

顾青青到底在哪里呢？

顾青青艰难地睁开眼睛，后脑很疼，空气里隐约有血的腥味，那是她昏倒前，顾青山对着她后脑一木棍砸的。

她发现自己的手脚被绑在椅子上，身在一个非常熟悉的房间里。可不熟悉吗，这是她住了十几年的顾家老宅。

顾家老宅拆迁了，十几年的街坊邻居全都搬了出去，现在这里断水断电，屋子里也没有灯，黑漆漆的一片。

记忆回笼，她当时已经到了机场，准备登机的时候，打开了手机。她没理会冷斯城给她发的信息，只是把吴爱梅从黑名单里找回，看到了吴爱梅给她发的短信，还有一段视频，是一群人把顾青山按在桌上，切掉了他的左手小拇指。

虽然愤怒于哥哥的不争气，但是看到那断了一截的手指，她还是转头回了顾家。只是没想到，自己会被打晕，再次醒来的时候，自己被绑住了手脚。

很显然，绑了她的人，就是顾青山和吴爱梅。

此时，顾青山和吴爱梅听到动静走了进来。

顾青青立即求道："妈、哥，你们放了我，你们想要钱，我给你们！"

"托你的福。"顾青山居然笑了，"我的手指被切了，就在前天。"

顾青青忍不住心惊，她原以为顾青山只是单纯地要钱，此时看到他带着笑容的阴鸷眼神，就像快要饿死的狼看到了奄奄一息的猎物，这真是死亡的威胁。

"哥，哥哥……我不知道……"

"我以为我的妹妹会救我，我的好妹妹。"他说着，拿着木棒在她脸前扫来扫去，有几根尖刺将她的脸划出好几道血痕。

"哥，我真的不知道！我，我要是知道你遭遇了这些，我不管怎么样，也会帮你筹到钱的。"面对疯狂的亲人，她整个人都要崩溃了。

"我，我去找冷斯城要那两套房子，我马上帮你还钱！"

"住口，我不是你哥！"顾青山暴喝一声，打断了她的话。

"青山，跟她废什么话，直接一棍子下去不就好了吗？"吴爱梅恶狠狠地说道。

她原本对于绑架顾青青还有点犹豫，不管怎么说都是养了二十几年的女儿，可是经过了高利贷的逼迫，她敢了。尤其，徐子衿跟她说，他们用不着杀人，只要把顾青青绑起来交给她，她会给他们几百万，足以让他们后半生衣食无忧。

顾青青看向吴爱梅："妈，我求求你，血浓于水，我是你身上掉下来的肉，你真的忍心？"

"我原来也以为养了你这么多年，你会帮我们一把。"吴爱梅半天才开口，一开始声音很小，忽然话锋一转，"养不熟就是养不熟！无论怎么对你，你的心也不会在顾家！"

顾青青在祈求他们的时候，也在偷偷自救。顾家她住了十几年，没有人比她更清楚这里，她知道木床边有一处木刺，那是她爸爸喝醉了酒拿刀砍的，之后没钱就一直没修。她努力让自己的手腕靠近木刺，一点一点磨开绳索。

木刺扎到了她的肉里，很疼，但她连一声都没出。这两个人已经疯了，她不想把自己搭在这里，她要出去，她要自由、健康、孩子，还有冷斯城……

怎么会想到冷斯城？虽然疑惑，但是她脑海里，冷斯城的形象更清晰了。

人只有在被逼到绝境的时候内心才会松动，其实她早就不恨他了，不管他做了什么，这些年，只有他一个人走进了她的心里。她爱他，并且一直爱着他，虽然压抑过，想要放下过，可是对他的感情一直存在着。

过了一会儿，吴爱梅和顾青山走了出去。

顾青青听到他俩低低的声音："怎么还不来？都两天了。"

他们在跟谁联系吗？

稍早一点，医院。

徐子衿很紧张，非常紧张，她不敢害死李虹芮，又不想让李虹芮醒来，便在李虹芮的药里混入了安眠药。

这一招很好用，冷斯城订婚当天李虹芮昏睡了过去，徐子衿正等着顾青山和吴爱梅把顾青青绑架成功，没想到医生给李虹芮检查完身体后说："李女士的病真的在好转，脑部淤血也少了不少，按理说，她不会昏迷才对。"

"我不要听理论！我就想知道，她为什么不醒过来？"徐子佩质问医生。

"也许是镇定类的药物成分在起作用。"

听医生这样说，徐子衿下意识地伸手抓住了聂之宁的胳膊。

聂之宁看了她一眼，还以为她是在紧张母亲的病，也没多想。

徐仲续没那么多耐心，直接问："这跟我妻子的病有什么关系？"

"就是镇定类的药物，安抚神经的，可能是我开的量有点大，我修改一下药方，她应该很快就能醒来。"

"那还不快改！"徐仲续怒了。

站在旁边的徐子衿却松了一口气。

春风得意是什么感觉，就是此时她的感觉。她想做的事情都已经达成，还没被怀疑。她让那个助理医生开的药量非常小，医生果然没查出来。那边，顾青山和吴爱梅顺利地把顾青青打晕绑了，只要她一死，李虹芮就算醒了也没关系！有徐家做后盾，她谁也不怕。

她刚准备去顾家，没想到冷斯城为了找顾青青报了警。

因为聂之宁和冷斯城在订婚礼上有冲突，警方第一时间来到医院问询。徐子衿不敢打草惊蛇，只好又在医院待了一天。

警察问到聂之宁的时候，他嗫嚅地说："其实子衿她对顾青青……没什么。"

徐仲续在旁边看了他一眼，似乎有话要说，最后还是摇摇头，什么也没说。

问到徐子衿，她自然也没提供什么有利的线索，而且这几天她一直在医院，很快就排除了嫌疑。

然而，徐子衿怎么也没有想到，自己并不是被冷斯城或者警方逮住的，而是自己身边最亲的人——她的父亲。

第二天，因为李虹芮昏迷查出了不当用药，徐仲续便去看着医生用药，之后医生让他去拿李虹芮的体检单。体检科的医生跟他说，前几天徐子衿在李虹芮的"胁迫"下又做了一次身体检查，因为李虹芮突然病倒，体检单就没拿。徐仲续也没多想，顺手拿了。想起之前徐子衿和聂之宁做了一次婚前检查，便让医生再打一份婚检报告单给他。

两份报告单一对比，他疑惑地问医生："医生，这血型怎么一份填了，一份没填啊？婚前检查不是一定要检测血型吗？"

医生回答："当然要检测，以后病人要是出了意外，我们也有准备。"

医院会给VIP的病人建立专门的档案，看了看女儿的最新体检报告，一切都好。他往前翻，一直翻到他们回国后，徐子衿第一次来这里建档的资料。奇怪，除了最新的这份体检单，其他体检单上，血型这一栏，怎么都没有填写？

他记得，妻子最后一次让徐子衿来医院检验身体的时候，好像提到了血型。

他起身的时候还有点蒙。

助理问："徐总，接下来有什么事？"

"先回家拿点东西。"他刚走两步又想起了什么，"还有，子衿……"

"子衿小姐怎么了？"

他摇摇头："没事，我们先回家。"

等到了家，他直接上了楼，没去徐子衿的房间，而是回了自己的卧室。

三年前，徐子衿在国外读研的时候，他印象很深刻，徐子衿做了一次全面的身体检查，她有什么过敏原都查得一清二楚，可是现在那份体检单没了。他想了想，立即给远在美国的医生打了个电话。刚好那个医生当班，很快资料就传过来了。

徐仲续打开电脑接收，看到之后，整个人都傻了，徐子衿的血型那一栏填的是"AB"！一个O型血和一个B型血的人，怎么可能生出一个AB型的孩子？他特意问了一句："你们是不是资料存得太久了，弄混了啊？"

对方不高兴地说："徐先生，我们医院的建档是终身的，每个病人都有专门的数据库，血型是大问题，不可能弄混。"

不可能弄混，可徐子衿怎么可能是AB型呢？他想了想又问："那医院还有我和我太太的资料吧？"

没过多久，他和李虹芮的也传了过来，他和李虹芮没什么问题，一项项检测结果都写得异常清楚。

可是，女儿最新的体检单上明明写的是B型血，怎么可能是AB型？如果医院没有问题，那只有……徐子衿有问题了。

李虹芮生二胎的那段时间，他刚刚事业起步，每天忙得团团转，又恰好去了外地。那时候不像现在，飞机、火车很不方便，等他回来的时候，徐子衿已经抱在李虹芮的手上了。听妻子说起，他才知道是隔壁的吴爱梅通知医生她临产的事，救了妻子和女儿一命。

他当时怎么就没想过去看看吴爱梅的女儿，怎么就没想过……也许孩子抱错了呢？

几乎是在看到"AB"血型的时候，他脑中跳出来一个名字——顾青青。想到这个名字，他吓了一跳，赶紧摇摇头，不可能的，这不可能的。感情上还不能接受，但是这个名字在他脑中越来越清晰了。

顾青青刚来到家里的时候，几乎所有人都说她长得和徐子佩很像。每次她和子衿有冲突，吴爱梅都让她认错道歉。他当时还以为是吴爱梅害怕失去这份工作，是"懂规矩"，怎么就没想过，也许是吴爱梅一直都在帮着徐子衿说话？

还有子衿，从小到大都很讨厌顾青青。以前比学习、争夺聂之宁的好感、比工作，还能算是小女儿间的纠葛，那她后来对顾青青不顾一切的恨，恨到要杀了顾青青，就是真正的恶毒了。

还有，徐子衿最近一直都在跟顾家联系，他发现了几次也教育了她，徐子衿表面答得好好的，背地里依然故我，是不是因为早就知道了什么？

他越想越觉得可怕，忽然想起聂之宁的欲言又止，是不是他知道了什么没说?

徐仲续也顾不得许多了,直接去了聂家。聂之宁还没回,只有聂世泽和甄晓雅在,看到他脸色很差,还以为儿子又惹了什么事。

等聂之宁回来,徐仲续第一句话就问:"子衿知道我来你家吗?"

聂之宁有点蒙,摇头:"不知道。"聂之宁奇怪,"徐叔叔,你有什么要问的?"

徐仲续犹豫了一下说:"你今天本来想对警察说什么?"

聂之宁立即警觉了:"徐叔叔,你问这些做什么?"

徐仲续有点急躁:"我就是问问。"

聂之宁还以为他在套话,说:"徐叔叔,你要是想试探我就不必了。"

"我不是试探!"徐仲续声音忽然高了起来,之后发现自己语气有点过,又低沉了下来,在房间里来回踱步,"她是不是对顾青青做过什么?"

也许是以前徐仲续对顾青青态度太恶劣了,以至于现在他说什么,聂之宁都不信,他摇头:"徐叔叔,我知道子衿现在还放不下和青青的恩怨,我也希望这件事情和子衿没有关系,但是……你有什么事情,还是亲自去问她吧。"

顾青青失踪了,别人不知道,他知道,一定是徐子衿做的。

徐仲续一把抓住聂之宁的肩膀,眼睛红得像是野兽的眼睛,低吼出声:"你快点说!是不是子衿对顾青青做了什么?"说到最后几个字,他的声音都有点发颤。

聂之宁被他的样子吓了一跳。平时,徐仲续就算是在暴怒的情况下,表面也是温文尔雅、彬彬有礼的,就像是一个中世纪的贵族。此时的他,却是愤怒、绝望、震惊、悔恨……好多情绪交织在一起,他都快要认不出来了。

聂之宁好半天才说:"子衿的确一直在调查青青。还有,我在医院的时候看到,子衿半夜起来碰过阿姨的药瓶。"

"你说什么？你怎么不早说？"徐仲续惊得心脏都快要跳出来了。按照聂之宁的说法，医生说的在妻子血液里检测到的超量的镇定剂有可能就是……

聂之宁说这个不是为了告密，只是觉得有点儿不妥当。

"这，这没什么吧？"他说，"子衿也是为了李阿姨好吧？毕竟是母女。"

徐仲续却想得更多。有时候，不捅破那层窗户纸，他可能会跟聂之宁一样，认为徐子衿是关心母亲，可一旦猜到了另一种可能，他立即坐不住了。

"还有，李阿姨病倒前，特意问过我顾青青的事情，关于子衿怎么调查她，还有身体检查，还问过子衿和顾青青的妈妈吴爱梅单独接触的事情，还有……"

"还有什么，你快说！"徐仲续一声吼，吓了聂之宁一跳。

"还有，李阿姨第一次醒来的那天，在我手心写了'女儿''青青'，应该是希望她们不要再起冲突了吧？之后子衿回来了，她也没再写，就一直睡着。"

聂之宁话还没说完，徐仲续就起身冲了出去。

女儿，青青，这如果不是在说徐子衿和顾青青，那么也可以理解为——女儿是青青。

聂世泽和甄晓雅忙起身："快到下午了，留下来吃顿饭吧？"

徐仲续看都没看他们一眼，直接冲出了聂家。从妻子病倒前的表现来看，她应该是知道了顾青青的事情。有可能子衿也发现了什么，所以才给母亲下药。

当然，这些都是他的推测，他没有证据也不会这么轻易地就怀疑自己养了几十年的女儿。回到家，他又一次翻箱倒柜。现在最稳妥的方式就是悄悄做亲子鉴定。

他找到李虹芮的手机，手机里挺干净的，没有短信也没有什么奇怪的联系人，唯有一个人，在她病倒前几天跟她有过几次联系。徐仲续一个电话打过去，劈头就问："太太病倒前，让你去查什么了？"

那人刚收了徐子衿的钱，不敢乱说："太太不让我说。"

"你要是不说，我就让你到哪儿都不安生！"徐仲续很少发火，这一下把那人吓得手机都摔地上了，半天捡起来才哆哆嗦嗦地说："我也不知道，我只知道她让我去做份亲子鉴定，我也不知道是鉴定谁的，上面没有写名字。而，而且，子衿小姐也知道这件事，还给了我钱让我闭嘴。"

啪的一声，这一次，手机掉在地上的是徐仲续。

如果前面那些是他的推测，那么这个人的这些话，就像是压垮骆驼的最后一根稻草。他虽然还没有直接证据，但是这些线索都指向一个结论——徐子衿，不是他的亲生女儿！

因为妻子生徐子衿的时候难产，所以他们夫妻俩格外疼爱这个小女儿。她皱一下眉，自己就想她是不是不开心，她咳嗽一声，自己就怕她感冒了。她不喜欢顾青青，自己就毫不犹豫地帮她对付，甚至不让她自己动手，怕她担责任。

他怎么也没想到，徐子衿有可能不是他的亲生女儿，而一直被他看不起被他厌恶的顾青青，才可能和他有血缘关系。

最让他痛心的，不是他帮着徐子衿对付顾青青，而是，徐子衿可能在知道了自己身世的情况下还利用他、利用徐家来对付他的亲生女儿，甚至不惜伤害疼爱了她二十几年的母亲。

然而，他现在无法愤怒、伤心或者直接去质问，因为顾青青还没有找到，她很可能在子衿的手里。不管她是不是自己的女儿，不管徐子衿对付她是有什么目的，不管徐子衿知不知道自己的身世，他都必须要尽快救下顾青青！

他马上给下属打电话："子衿是不是还在医院？"

下属回答："刚才在。"

刚才在？

"什么意思，她现在不在医院吗？"

下属说："不在，她出去吃饭了。"

徐仲续一下就急了："你怎么没跟着？"

下属一头雾水："徐小姐去吃饭，我哪里敢跟着？"

"她走多久了？"

"刚出门，还不到三分钟。"

"那你快点去追她啊！今天，你一定要寸步不离地跟在她身后，就算她去洗手间，你也要在门口等着！"徐仲续觉得，如果顾青青失踪是因为徐子衿，那徐子衿今天一定会有行动。他必须要阻止她，要尽快找到顾青青。

他又叫来助理："最近子衿在公司和什么人走得比较近吗？"

助理疑惑："没有啊！每天就是上班、下班、去医院。"

"我是说，有没有特别的人，比如放高利贷的？"如果徐子衿真要动手，很有可能会借助顾家的力量，再通过放高利贷的人施压，双管齐下，达成她的目的。

"我去问问。"

"快去！"

正当徐仲续要急疯的时候，一个电话打来让他雪上加霜："子衿小姐甩开了我，离开医院了！"

第二十章　岁月静好，现世安稳

夜幕降临。

顾青青被关了两天，没吃没喝，又困又饿却不敢睡着，生怕自己一个不小心就没了命。

突然，她听到了脚步声，很熟悉，是皮鞋踏在地面，沉稳、坚毅，试探着向前——是冷斯城！

是做梦吗？她正疑惑，门外的脚步声停了，然后门被一脚踹开。

是冷斯城！绝对是冷斯城！

像是掉到了一个深渊里，突然打来一束光，她眼睛瞬间亮了："斯城！"

顾青山和吴爱梅显然也发现了，他们第一时间冲进来，挟持着顾青青。冷斯城静静地站在门口，看着他们一人用刀抵着顾青青的脖子，一人的刀口指向顾青青的心脏。

先开口的是顾青山，他一脸疑惑："你怎么知道这里？"

他是怎么来的？还有，他怎么知道是自己绑架了顾青青？他不是去美国了吗？就算回来得再快，也不可能马上找到他们吧？

"还用想吗？"冷斯城声音淡淡的，"她都要去美国了，还能有谁让她改变计划？只有你们。"

警方查到顾青青收到的最后一条信息是他们发的，但是不知道他们会把顾青青带去哪里。警察们都去他们之前住的地方找了，只有冷斯城，抱着碰碰运气的想法来到顾家老宅，没想到他们真在这里。

"你们穷酸成这样，能把她带到什么地方？这里最合适。要拆迁，周围人都搬走了，又熟悉。"冷斯城说这番话的时候，面色一直很平静，"说吧，你们费那么大劲儿把她绑过来，是想要钱吗？"

也许是被刺激疯了，也许是因为断指，也许是这些年一直看高高在上的冷斯城不顺眼，让他放人可以，但是，他要钱，更要羞辱冷斯城，于是，顾青山讥讽道："冷斯城，你很厉害啊！你有什么了不起的？你想要回顾青青，可以啊，你先跪在地上，学几声狗叫！"

"哥，你疯了？"顾青青愣了，她原本以为这两个人会狮子大开口，会威胁，却没想到，他们的要求竟然是这样的。

"你不叫？可以！她害我断了一根手指，我也切了她的一根手指！不，是两根！"

"我拒绝。"冷斯城冷冷地说。

顾青山怒了："你就不怕我杀了顾青青吗？"

"你杀啊！"他面色依然淡定，身体挺拔修长地站在门口，语气是不带一丝感情的理性，"你手里唯一的筹码就是她了，你要是杀了她，就什么也得不到。"

"不对！当年我爸爸出车祸，你马上提出要娶她。结婚以后，你虽然一直在外面玩，但是她的地位一直都很稳吧？现在还为了她逃婚，不惜和你父母作对。如果你不在意不担心她，也不会这么快赶过来！"

他看了新闻的，看到冷斯城逃婚，他和吴爱梅都相信，冷斯城是为了顾青青才这么做的！

"我当时为什么娶她，你们不是最清楚吗？"冷斯城的声音跟他的眼神一样清冷，"如果不是你那个不要脸的父亲碰瓷，我以为我撞死了人，我怎么可能跟你们这样人家的女儿结婚？那时候冷家风雨飘摇，我不能出一点事情，跟她结婚，恰好堵了对手和媒体的嘴。我要是真喜欢她，就不会娶她后冷落她三年。她不过是仗着自己长得像徐子佩罢了，不然我怎么会多看她一眼？我跟她结婚三年，无论在外面怎么玩，她都不会吭一声，这样的老婆留在家里多好。"

顾青青发誓，她被母亲和哥哥绑架，有愤怒、有惊讶、有失望，但是都没有冷斯城这几句清冷的话让她心痛！就算她知道冷斯城说这些话是为了救她，但他也说得太狠了！

冷斯城继续说："后来，我发现那场车祸其实是碰瓷，如果不是她做小伏低说好话，你以为我不收拾你们？她打掉了我的孩子，我就跟她离了婚，你以为我真这么爱她？"

"你别以为你说这些我们就会放了她！"半天，顾青山恶声恶气地说，"你信不信，我真的杀了她？"他说着，真的用力划破了顾青青的胸口，血一下就渗了出来。

冷斯城静静地看着他，脚没有往前动一步："恕我直言，你手里的刀，杀不死她。想要她死，得你妈妈那把刀，对了，就是脖子上。"

吴爱梅看了一眼自己手上的刀。

冷斯城继续："就是那里，再往左一点，就是大动脉，你一刀下去，除非在十分钟之内有专业的医护人员来，否则她必死无疑。不过，大动脉的血压是很高的，你这一刀下去，血可以喷射两米以上，你们俩的手上、身上全都会是血。知道血溅在身上是什么感觉吗？又腥又臭，还温温的、黏黏的，入目全是红色。那种感觉，只要你沾上了一次，就永远忘不掉。"

吴爱梅和顾青山本来就是凭着一股怨气怒气还有被逼到绝路的无望才绑架顾青青的，没打算真的杀人，听到冷斯城这么说，气势上立刻灭了一半，不过说话仍有些虚张声势："你以为我们不敢吗？"

冷斯城继续："你们要真要钱，我可以向警方做证，你们是被放高利贷的逼急了来威胁我，从来没想过要伤害她的性命。你们是她的亲人，算起来是家庭内部矛盾，用不着坐牢，也不需要负什么责任。你们要是要杀人，就快一点，下手狠一点，对我来说也没什么损失。"

两个人这下彻底傻了，他们一直以来的确是仗着顾青青在冷斯城心里的地位才作威作福，他们真的没想到，在冷斯城眼里，她原来只是一个生子工具，无足轻重。

要是顾青青真死了，别说冷斯城这里讨不着好，徐子衿那边也交不了差。

冷斯城低头看了看手表："我来的时候已经报了案，警察用不了多久就会赶到这里，你们还有几分钟时间考虑。她是你们的女儿和妹妹，她死了，损失的是你们，我只是可惜……"

"可惜什么？"

冷斯城挑挑眉毛，嘴唇勾起："可惜你们顾家喽，要绝后了。她死了，你们俩也别想活着。顾青山今年才三十吧？啧啧，这么年轻就要死了。反正我有钱，等你进了监狱，我有一百种整死你的方法。"

这句话彻底击中了吴爱梅的心，她这辈子最看重的就是这个儿子，她自己死没有关系，儿子要是因此出事，她这辈子都原谅不了自己。

"你说的是真的？真的会放了我儿子？"

听她这么问，顾青山第一个不答应："妈，你在说些什么？你忘了我们为什么要绑她过来？"

吴爱梅手一抖，对啊，他们绑架顾青青就是为了钱，没有必要把事情做绝。

这时，外面传来了警笛声。

"我呢，虽然不是什么光明磊落的人，但是，我不屑于在你们这样的人面前说谎。哦，对了，你们动手，可别弄脏了我的衣服。"他说着，往后退了一步！

哪有来救人，还怕身上沾血的？好像顾青青的命，都及不上他身上的一件衣服。

他这一退，吴爱梅和顾青山的精神彻底崩溃了。

两个人迟疑的时候，警车已经到了楼下。

冷斯城侧头看了一眼楼下，又转头看向他俩，嘴角勾起一抹漫不经心的笑容："看来你们已经没时间了。"

就这一句话，吴爱梅手里的刀一下没拿稳，落在了地上，而顾青山的刀还横在顾青青的胸口。

警察冲进来的时候，冷斯城仍站在门口，只是笑了笑："别担心，人已经找到了，只是我前岳母开的玩笑，是吧？"

听到冷斯城的这句话，吴爱梅慌忙拍掉了儿子手里的刀。

警察一拥而上，制住了吴爱梅和顾青山。

冷斯城刚刚还一脸淡定，在看到他们被警察制住的瞬间，脚下一软，身体靠在了旁边的门上。

刚刚，他一直站在阴影里，吴爱梅和顾青山没有看到，他的手掌早就被指甲掐出了一道一道血痕。

等确认顾青青安全了，他赶紧冲上去，脸上的冷漠瞬间消融，关心道："青青，你没事吧？"

顾青青没看他，低垂着眸子。

很快，救护车也来了。

冷斯城指着顾青青的胸口："她这里被划了一刀，别的地方不知道有没有伤。"

医生马上检查。

顾青青的意识很清楚，除了胸口的划伤、后脑被木棍击打过，以及手脚上绳子的勒痕，其他地方并没有伤，但还是得送医院。

上救护车的时候，冷斯城想要扶她上担架，顾青青却把自己的手从他的掌心挣脱了出来。冷斯城愣了愣，很快又握住了她的手，并且这回握得超级紧，死都不肯放开了。

双手相握，顾青青感觉到了冷斯城满手的汗湿，还有掌心深深的指痕。她转头看向冷斯城，只见冷斯城虽然抿着嘴唇，表情冷静坚毅，但是他额头满是细汗，领口都湿了。

她瞬间就明白了，刚刚那些狠毒、锋利、轻蔑的话，是他故意说出来的。刚刚两把刀都指向她的要害，他不是不担心，而是害怕他们真的动手，所以干脆剑走偏锋。他知道，只有自己表现出对她的性命不在意，让他们觉得手里这个把柄握不住了，她才会安全。

看到她嘴唇干得起了白皮，想到她被绑架这段时间，估计也没吃饭喝水，可现在又不能直接给她喂水，怕她呛着，想了想，冷斯城跟护士要了一瓶水和一根棉签，然后用棉签蘸水，细细擦在她的嘴唇上，一面擦一面说："我知道我刚刚说的话让你很生气，可是你在他们手里，我只能用这种激将法把你救出来。我从来没想过抛弃你，更没想过和其他女人相守一生。"

顾青青什么也没说，一直静静地闭着眼睛。

很快到了医院，医生把顾青青推进了手术室。

冷斯城想跟进去看看情况，却被医生推了出来，只能站在外面等待。

很快医生就出来了，说顾青青的身体没事，只是两天没吃东西有点脱水，而且精神高度紧张之后有些困倦，现在正在休息。

冷斯城推门进去，看到顾青青已经安稳地闭眼睡着。他看到她手腕脚腕满是勒痕，脑袋也被包扎了起来，心疼得无法言喻。

这次，不管顾青青怎么不计较，他都接受不了了，他一定要让那两个混蛋付出代价。

冷斯城跟警察去做笔录，走之前，不忘叫保镖看护好顾青青。

病房里，顾青青睁开了眼睛。刚刚冷斯城的一举一动她都记在了心里。

她打电话给李悠悠。

李悠悠跟她说："你都不知道，冷斯城听说你离开，立即给我打电话，不管我怎么骂他都不还口，听说你去了美国，疯了一样立即飞到了美国，找不到你又马上回来了。刚回国就听说你失踪了，警察也找不到你，只查到可能是你妈妈和你哥哥做的，他就想到了你们顾家的老宅，单枪匹马去了。"

李悠悠说完，半天没听到顾青青说话，还以为她怎么了："你怎么了？是不是哪里不舒服？"

"没，没有。"她摇头。

"大难不死必有后福。这一次你被绑架，冷斯城真的急疯了。原本我还害怕他又像原来一样，对你不闻不问，而看他这次的表现，要是你真的有个三长两短，他估计会把你妈和你哥五马分尸了！你妈和你哥这次是为了啥？不会还是为了钱吧？"

"他们不止为了钱。我哥哥的手指断了一根，被放高利贷的切的，他们觉得是我和冷斯城的错，他们想要钱也想羞辱我，想让我尝尝痛苦的滋味。"

"那你……打算怎么办？"

"该怎么办就怎么办。他们的事情我管不了，一切由警方处置。"

以前，无论吴爱梅和顾青山做了多少混账事，她都看在骨肉亲情的分上，不跟他们计较。现在，她已经彻底死心，也不再避讳把事情说出来。

"这也……太过分了！"李悠悠半天才回过神来，义愤填膺，"你是他们的亲人啊！以前他们闹得那么过分，不给钱不是正常的吗？他们竟然还把责任推到你身上，还要绑架羞辱你？天底下哪里有这样的母亲，哪里有这样的哥哥？你是不是他们亲生的啊？说起来，你长得既不像你爸也不像你妈，跟你哥哥更是半点都不相似，我真怀疑你是捡来的！"

李悠悠这番话只是气话，却让顾青青忽然想起来，她恳求顾青山放过自己的时候说过他们是骨肉亲人，自己是他的亲妹妹，他当时冷哼了好几声，还有母亲，对她说"骨肉亲情"也无动于衷，还总说"养了她二十几年"的话。

如果是以前，即便他们算计她，她也不会想这么多，而这次，她真的怀疑自己到底和他们是不是亲人？

顾青青和李悠悠正说着，门口响起脚步声，顾青青马上说："不说了，冷斯城来了，我挂电话了。"

冷斯城做笔录的时候说起绑匪，毫无心理负担地把吴爱梅和顾青山都说了。绑架见得多了，但是听说这两人是顾青青的亲妈和亲哥哥后，警察还是倒吸一口凉气。

警察说："这，这哪像是亲生母女啊，这不会是捡来的吧？"低头看看资料里他们的照片，"这长得也不像啊。"

冷斯城顿住了。仔细想想，顾青青在他们家过的就不是人过的日子，吴爱梅从小到大把她当用人一样使唤不说，只要徐子衿和她有冲突，道歉的人绝对是她。他和顾青青结婚以后，吴爱梅又是各种要钱，把她当成了提款机，完全没有考虑过她的生活。

现在想想，虎毒还不食子呢，如果不是他那番话，没准他们真把刀捅了下去，这是骨肉至亲会干的事吗？也许，顾青青真的不是顾家的孩子？

冷斯城赶紧从警察那儿找出了吴爱梅和顾青山的资料，什么都不看，单是看照片，就能发现，顾青青和顾青山长得一点都不像。

他目前关心的是："他们有没有说，谁在幕后指使他们？"

"没有。"警察摇摇头，"吴爱梅全招了，说是她安排的，说是她记恨顾青青在他们出事以后不帮他们，想要敲诈她一笔，她并不想害死顾青青。至于顾青山，是她拖着他做的，顾青山只是从犯。你放心，这件事情我们一定会调查到底，不管是谁，做出这种事情都不要想着脱罪。"

这时，冷斯城接到了电话，是聂之宁打来的。冷斯城还以为他是来探听消息，接电话时也是一脸的忌惮："喂。"

那边传来聂之宁惊惶的声音："子衿不在医院，我很担心她会对顾青青不利！"

冷斯城立即转身往病房冲去，一面跑，一面问："徐子衿是什么时候不见的？"

495

"我刚回家，徐叔叔就找了过来，问了我一些关于顾青青和子衿的奇怪的问题，然后招呼也不打就回去了。我觉得奇怪，给徐子衿打电话，她也不接。我马上回到医院，子衿也不在。"

"问了她和青青的问题？什么问题？"冷斯城听到顾青青的名字，脚步顿了顿。

"就是问顾青青的体检报告，还有子衿和吴阿姨的关系。这有什么好问的？总不能顾青青不是顾家的孩子吧？"

冷斯城一听，就知道这件事情八九不离十，顾青青也许真的不是顾家的孩子。原因很简单，徐仲续那样一个讨厌顾青青、行事作风又很沉稳的人，如果不是有了极大的把握，他根本不会手足无措到去问聂之宁，又招呼都不打地离开。其实，当他怀疑顾青青不是顾家的孩子后，第一个想到的也是徐家。她和徐子衿的生日只差几天，生在同一个医院，李虹芮生完孩子身体很虚弱，身边又没有其他亲人，想要偷梁换柱，不是没有可能。

他对顾青青也许是徐家二小姐没有一点兴趣，管她是谁，反正这两家都是垃圾，即使顾青青真和徐家有瓜葛，他也不会跟他们多接触。

冷斯城没理他，直接挂了电话。

聂之宁在他挂电话之前，听到他那边似乎响起医院的广播音。想到冷斯城可能在医院，他正打算出门，突然听到病床上的李虹芮轻轻哼了一声。

顾青青的病房离警察临时做笔录的房间没多远，冷斯城从电梯口出来，没走几步，就看到了站在病房门口的保镖，直接问："有进去什么人吗？"

保镖回答："刚才就来了个护士。"

护士？这个时间要护士做什么？冷斯城刚疑惑，就听见里面响起了丁零当啷的声音，他马上冲了进去。

几分钟前。

顾青青听到脚步声，马上挂了和李悠悠的电话，躺下装睡。

她听到有人推着小车进来，以为是医生或者护士，便偷偷睁开眼看了一眼，果然看到一个护士戴着口罩走了过来，车上放着针管之类的东西，以为是要给自己打针，也没多想，又闭上了眼睛。

可当护士走到床前的时候，她忽然觉得奇怪，护士身上怎么连消毒水的味道都闻不到，却有一股浓烈的香水味？经历了这么多事，顾青青的反应也不得不被逼得快一点，觉得不对的时候，她马上睁开眼睛掀开了被子。

翻身下床的时候，她看到这个人手里的针戳到了被子上，眼神阴狠。是徐子衿！尽管这人戴着口罩，但是顾青青跟她认识了这么多年，怎么可能连她都认错。

徐子衿一击不成，扬起手又是一刺。顾青青手疾眼快，抓起枕头往她头上扔去。徐子衿偏头躲过，顾青青又抓起床头柜上的杯子、碟子往她身上砸，有一个杯子砸中了她的手腕，她手里的针管掉到了地上。顾青青趁机赶紧往外跑，可是她还挂着点滴，这一跑，针管扯着她，她差点摔倒。

这时，冷斯城带着保镖冲了进来："青青！"

徐子衿手一探，摸到了她另外准备的手术刀，在顾青青跑过她身边的时候，一下就抵住了顾青青的脖子："你们谁都不准动！"

冷斯城和保镖瞬间定住，顾青青也不敢动了。

之前顾青青被吴爱梅和顾青山拿刀抵着，但是不管怎么说吴爱梅和顾青山都和她一起生活了二十几年，打人他们敢，杀人是真不敢的，所以，她当时虽然害怕，但是知道他们不会要自己的性命，而这一次，她真的感受到了死亡的威胁。

她怕，冷斯城更怕。顾青青失踪的时候，他不是没怀疑过徐子衿，但是一来她有不在场证明，二来她和顾青青除了争夺聂之宁，就是小女生之间的嫉妒和看不惯。自从猜到徐子衿可能和顾青青换了身份后，他就知道她肯定对顾青青动了杀机。

他往前迈了一小步，徐子衿立即吼了一声："都别动，不然我杀了她！"她说着，手上的手术刀微微用力，瞬间刺破了顾青青的脖子，还好力度不大，没有割到动脉，只是渗出了血。

冷斯城不敢再上前，站在原地沉声道："徐子衿，你不要做傻事。外面都是警察，你要敢在这里动手，你根本逃不掉！"

"那又怎么样？我就是要杀她！我讨厌她，我就是要她死！"

"你这么想要她的命，是不是因为她死了，你就可以安心当徐家二小姐了？"

徐子衿呆了，她知道自己身世曝光是迟早的事，只是没想到会曝光这么快，还被冷斯城知道了。这是什么意思，顾青山和吴爱梅招供了吗？

"你什么意思？"

"我什么意思，你应该清楚。"他之前只是猜测，此时看到徐子衿的表现，百分之百肯定，她不是徐家亲生的。

冷斯城声音平缓中带着不容置疑的笃定："你应该有感觉吧？你爸爸和聂之宁已经怀疑你的身份了。实际上，就是他们告诉警察，我们才能这么快抓到吴爱梅和顾青山的。不然，连我也想不到，他们会把青青藏在顾家老宅里。"

冷斯城说话真真假假，但是很明显，徐子衿信了。

而顾青青一开始还听不懂什么意思，等他话音落下，即使他话没说透，她也明白了——他的意思是，自己和徐子衿互换了身份，她不是顾家的孩子，徐子衿才是？

她还没来得及说话，明显感觉到身后的徐子衿呼吸急促，连握着刀的手都有些颤抖。

相对于徐子衿的激动，顾青青倒是平静得很。以后，自己和吴爱梅、顾青山再没有关系。他们出狱了，自己也不用再因为骨肉亲情被他们情感绑架。

但是，徐家二小姐？她的亲生父母？她完全没有兴趣。

正僵持的时候，外面出现了一点骚动，徐仲续和聂之宁闯了进来。他们看到徐子衿挟持了顾青青，吓得心脏都差点停跳。

徐仲续马上冲过来："子衿，子衿你放下刀！听爸爸的话！"

爸爸？这个称呼有多讽刺，她现在才知道。徐子衿冷哼一声，眉毛一挑："爸，事到如今还能回头吗？别忘了，对付顾青青，你也有份！怎么，你现在知道心疼了？"

徐仲续快要懊悔死了，语无伦次地说："子衿，子衿，爸爸求你，不要再错下去了！"徐子衿不为所动。

聂之宁也开口了："子衿，别做傻事。"

徐子衿看向他，眼里既有愤怒、不甘、嫉妒，还有比这些更深的仇恨："我做不做傻事有什么要紧？就算我不做傻事，你心里还是一直有这个女人！"也许是因为太激动，她说这句话的时候，手又用力了一点，血一下子就顺着伤口涌了出来，看得对面的几个人皆低呼一声。

聂之宁看着像恶魔一样的徐子衿，痛心地说："我担心的是你！"

"你不用在这里说好话骗我！从小到大，你一直喜欢她，不管我怎么努力怎么追你，甚至订婚了你都能反悔！就算到了现在，你得知她的消息仍跟疯了一样，你还好意思说为我担心？"徐子衿眼睛都红了，有伤心，更多的则是愤怒和嫉妒，"她到底有什么好，你为什么就是喜欢她不喜欢我？"

"我真的是担心你做傻事！"

"你不用再说了！"徐子衿立即打断了他的话，"现在你得意了。你家不就是想娶徐家二小姐吗？这个人是我还是她有什么区别？只要你家能接受她，你们以后就能双宿双飞了！"

她也豁出去了，就算她真杀了顾青青，到时随便验下DNA，也能很快知道她的身份，她干脆实话实说。

"我真的已经放下她了，而且她也不喜欢我，我们两个根本不可能。"聂之宁说，"我们不是说好了，等李阿姨醒了就结婚吗？她刚刚已经醒了！"聂之宁还不知道是徐子衿给李虹芮下的药。

听到他这句话，徐子衿的身体轻轻哆嗦了一下。聂之宁还以为她情绪缓和了，上前一小步："子衿，放下刀，我们出去再谈好吗？"

徐子衿立即警惕起来："别动！要是你再动，我就一刀杀了她！"

聂之宁快崩溃了："子衿，你到底想怎么样？你杀了她，你自己也要搭进去。你还这么年轻，你愿意这辈子就完了吗？"

"子衿，爸爸求你，把刀放下吧！你永远都是爸爸的女儿，爸爸不会放弃你的！"徐仲续老泪纵横。他真的没有想到，自己疼爱了半辈子的女儿，不是自己亲生的也就算了，还一心要对付顾青青，他自己也做了她的帮凶，还把妻子搭上了。

徐子衿伤心地说："爸爸……"

就在这时，冷斯城动了，不过他不是上前去救顾青青，而是转身抄起一把水果刀，一刀刺向旁边的聂之宁："你不放青青，我就杀了他！"

血流出来的时候，病房里的人都傻了。聂之宁微张着嘴，愣愣地看着那把刺入他腹部的刀，又缓缓抬头，看着旁边一脸冷酷的冷斯城。

冷斯城看出来了，这个时候，徐子衿连她父母都不顾，只有聂之宁能吸引她的注意力。

果然，徐子衿暴怒："冷斯城！"

冷斯城眼神冷酷，表情却淡定得像是在打高尔夫。聂之宁还没来得及说什么，他刀子一抽，鲜血一喷，聂之宁喘着气捂着肚子慢慢倒了下去。他竟然还把刀放到唇边，舌头一伸，舔了舔刀上的血，像吸血鬼一样："你刺她一刀，我就砍他十刀。你要是敢杀她，我会让他死无全尸，我说到做到。"他平静的声音配上他冷漠的眼神还有刀上的血，以及唇边一抹妖冶的红，诡异地恐怖，"这间病房的窗户是往里锁死的，你无法跳楼。就算自尽，这里是医院，有极大几率你会被救回来。我保证，你被抓了以后不会判死刑，我会特殊关照，让你能安安稳稳地在监狱里面服无期徒刑，绝对不会让你轻易地放弃自己的生命。"

冷斯城这番话说得很缓慢，却有一种瘆人的画面感，瞬间就让徐子衿的脑袋里塞满了种种酷刑。

她还没来得及崩溃，冷斯城的声音又幽幽地在她耳边响起："至于他……"

她顺着冷斯城的眼神看过去，看到他扬起刀，刀尖对准了聂之宁。那一瞬间，冷斯城眼里的寒意，还有咧开嘴露出的森森白牙，比她更像是疯狂变态的恶魔。

"我说过了，你刺她一刀，我就砍他十刀，现在还剩九刀。我这个人没别的优点，就是诚信，少一刀都不算诚信。对不起，谁叫你喜欢他呢！"他说完，目光变得凶狠，手中的刀就要刺下去："你给我去死！"

"住手！"徐子衿也许是真的吓到了，手一抖刀没拿稳，没想到冷斯城手里的刀在空中一变方向，猛地朝她刺来。

徐子衿慌乱之中歪头躲过了他手中的刀，顺带把顾青青往他的方向推去。

冷斯城向前一步，接住顾青青，眼神快速一扫，扫到了床尾的一支针管。那针管是红的，里面像是血。如果他没记错的话，顾青青早就打了针，这个针管绝对不是医生的，估计是徐子衿带过来的。

徐子衿会给顾青青打什么针？不管是镇定剂还是毒药，反正不会是好东西。冷斯城马上抄起针管，朝徐子衿冲了过去。

其实，顾青青被他接住的时候，外面警察就已经冲了进来，好几把枪齐刷刷地对准了徐子衿："不许动！"

然而，冷斯城还是前冲，一针刺入了徐子衿的肩膀，又用手一推针管……

啊！一声尖叫，一针管的液体被他打进了徐子衿的身体。

徐子衿倒地之前，看了一眼冷斯城，只见他表情冷淡，眸子里全是狠辣的光。

一切发生得太快了，快到他冲过去一针推完，后面的人还没注意到发生了什么事情。

冷斯城看着徐子衿后退，后背贴着墙缓缓倒了下去，声音凄厉："快，快，我要阻断！给我AIDS的阻断！"

冷斯城这才知道，徐子衿在针管里放的是艾滋病人的血液。

警察冲了过来，把徐子衿控制住。

冷斯城这才淡淡开口："抱歉，我太心急了，怕她伤人，身体惯性，一时没收住。"

骗人，他就是故意的，但是谁也不会跟他计较这个。

警方控制了徐子衿后，搜身，害怕她身上还有致命武器。

冷斯城马上回头，冲到顾青青旁边，着急道："医生呢？她的脖子受伤了，医生快给她看看！"

说话间，医生进来了，看到满地的血还有倒在地上的人，吓了一跳。

顾青青摇摇头，她脖子上的伤不重，她只是着急："斯城！"低头看了看，是聂之宁。怎么办？他为了救自己刺了聂之宁一刀，要是他因此坐牢……

这时，警察说："这也太嚣张了吧？带着有艾滋病病人血液的针管和手术刀，挟持了一个人，竟然还捅伤了一个人。"

"人是我刺伤的。"没想到，冷斯城忽然开口说了这句话。

顾青青听到他这么说，急了："他是误伤！他怎么可能故意刺伤聂之宁？他是为了救我！"

"不是误伤。"冷斯城见她着急，朝她笑了笑，"徐子衿挟持了青青，聂之宁是她唯一在乎的人，如果我不动手，死的人就可能是青青。虽然对不起他，但是我不后悔。要是再给我一次机会，我也会这么做。"

顾青青急了："斯城，你对他没有恶意，你只是为了救我！"他为什么要这么说？她不想看见冷斯城因为自己被抓进去。

冷斯城摇摇头："我该为我的行为负责，我也会如实地把一切事情说出来。"说完，冷斯城伸手摸了摸她的头发。

警察走到他旁边，眼看着要把他带走。顾青青立即推开医生冲了过来。她本来脖子上就有伤，这一动，血一下冒得更凶了。

　　冷斯城看到她这样，急得不行。不仅是冷斯城，旁边的徐仲续看见她这副样子也想劝她冷静，但是话到嘴边，又说不出来。

　　冷斯城说："你什么都不用想。我已告诉了妈妈，她很快就会来接你。抱歉，也许会有一段时间不能陪你了，你要好好照顾自己。"说完，他抬了抬手腕："需要手铐吗？"

　　警察摇摇头："啊，不，不用了。"

　　看着冷斯城走到门口，顾青青终于忍不住了："我会等你。"

　　冷斯城脚步一顿，回头笑了笑，什么也没说，只是轻轻点了点头。

　　三个月后。

　　徐子衿涉嫌绑架杀人，吴爱梅涉嫌绑架、故意伤害以及拐卖儿童，顾青山涉嫌绑架伤害，等待他们的将是法律的严惩。

　　冷斯城由于得到了受害者的谅解，并积极予以赔偿，认罪态度较好，又是因为特殊情况，判了三个月的拘役。

　　这几个月，徐仲续一直纠缠顾青青去做亲子鉴定，但是顾青青怎么都不肯。

　　顾青青和吴爱梅都不需要做亲子鉴定，一查血型，她与顾家毫无血缘关系。

　　她不是顾家人，自然在庭审中申请了和吴爱梅解除母女关系，今后吴爱梅的生死病葬都与她无关。

　　李虹芮也醒了，但她还处于严重中风阶段，虽然一直在做复健，但是行动能力和语言能力丧失了大部分，今后的岁月只能在轮椅上度过。

　　这件事情闹得太大，徐子佩也招架不住，她又是公众人物，只能借口拍电影去了国外。只是，她每次打电话给顾青青，顾青青都不接。

　　她的亲生父母是不是徐仲续和李虹芮，徐子佩是不是她的亲姐姐，有那么重要吗？她以前是一个人，以后会有冷斯城会有孩子，心中却不会有徐家人的位置。

唯一的遗憾是，冷斯城逃婚后，冷家就对他不闻不问，他被判了拘役，他们也任凭他在牢里改造。在此期间，冷云霆甚至发动董事会，罢免了冷斯城的总裁职位，并且立了遗嘱，自己的股份绝不交给冷斯城。这说明，他被踢出了董事会，今后将不能继承冷家的家产。

这个消息，是由去探视的莫东阳告诉他的。冷斯城虽有错愕，但也默然点头，显然是接受了。

没有家族的庇护，以后的路他要自己闯，虽然有遗憾，但是并不后悔。

他唯一有点心塞的是，在他拘役期间，顾青青竟然一次都没有去探视过他。

莫东阳提起顾青青的时候，忍不住一脸怒气："你到底喜欢她什么？你进来以后，她每天在家里吃得好穿得暖，还去外面找工作，根本不关心你在里面过得好不好。你都关进来这么多天了，她都不来看看你，你说你还记着她做什么？还不如你跟徐子佩或者苏念真呢！她是真的没良心，冷血！"

冷斯城什么都没说，只是皱起了眉头。

冷斯城出来那天，已是凛冬将至，顾青青竟然没有来接他。

冷斯城回到西山别墅，她竟然也不在家，一问保姆，她竟然去逛街了。

说不失望是假的。想想跟她认识的这些年，一直都是他在追着她、暗恋她。这次逃婚，不论是保姆还是聂之宁，都说她心里有他。最后，他救了她的时候，也明显看出她很紧张自己。但是，这份感情到底有多深，是爱还是亲情还是习惯，他不知道。

"她这段日子过得怎么样？"他其实是想问，她有没有想过他？

保姆回答："挺好的啊！天天跟我一起买菜做饭，休养了一阵就去找工作了，还去健身，天天都很忙碌。"

冷斯城越听越心塞，心想，还不如不问。他回到卧室，还是他离开时的模样，只是他的书桌上多了一个笔记本。笔记本平平无奇，旁边放着一支钢笔。从侧面看，笔记本有些褶皱，应该是使用过。他翻开，里面记录的都是生活小事，什么"今天是星期x，天气x"，看了什么东西，吃了什么，买了什么，又学到了什么，平平淡淡的，但是每一页的最后，顾青青都会写上一句："今天是他离开的第xx天"。

冷斯城下意识地翻到最后一页，有一些字迹，前面却被撕掉了。他想了想，用铅笔涂黑，很快字迹就显现了出来：

"其实我真的忘记了，人活在世上，最重要的是什么，不是要证明你自己的能力，而是你爱你爱的人和爱你的人，并为之努力。人的力量有大有小，你不能勉强自己像是伟人一样站在世界的顶端，但是你可以不伤害关心你的人，宽容、友爱、自信，要学会表达出来，不要让琐碎的事情扰乱了你的心。如果问我现在最后悔的事情是什么，那我一定会说——我最后悔的是我爱他，却没让他知道。"

"我最后悔的是我爱他，却没让他知道。"他默默地念着这句话，忽然听见身后有脚步声靠近，他蓦地回头，发现一双亮晶晶的眼睛正看着自己。

看到他回头，她微微一笑，眼睛弯弯的像是月牙，一如当年模样。

她手里的购物袋掉落在地，他看到购物袋里全是男士用品，并且都是他喜欢的牌子。忽然间，他明白了，她其实不是自私，她是太像自己了，喜欢对方却怕被拒绝，所以越发小心翼翼。

所有感情都流淌在生活的点点滴滴里。

他离开几个月，家里还跟他离开前一样，他就知道，她一直在等他回来。

岁月静好，现世安稳。

有你，有我，已经足够。